T0203273

BESTSELLER

Deborah Harkness es profesora de historia en la Universidad de Southern California, Estados Unidos. Ha recibido las becas Fulbright, Guggenheim y National Humanities Center y publicado escritos de corte académico como *The Jewel House: Elizabethan London and the Scientific Revolution*. También tiene un galardonado blog de vino. Alcanzó el reconocimiento internacional con la saga de *El descubrimiento de las brujas*, *best seller* de *The New York Times* señalado como un Harry Potter para adultos.

Para más información visita la página web y el blog de la autora:
www.deborahharkness.com
http://goodwineunder20.blogspot.com

Biblioteca

DEBORAH HARKNESS

El libro de la vida

Traducción de
Ana Momplet Chico

DEBOLS!LLO

Título original: *The Book of Life*
Primera edición en Debolsillo: febrero de 2016
Novena reimpresión: febrero de 2021

© 2014, Deborah Harkness
Todos los derechos reservados, incluyendo el derecho
de reproducción de todo el libro o una parte en cualquier forma.
Esta edición ha sido publicada gracias a un acuerdo con Viking,
miembro de Penguin Group (USA) LLC, una compañía de Penguin Random House.
© 2015, Penguin Random House Grupo Editorial, S.A.U.
Travessera de Gràcia, 47-49. 08021 Barcelona
© 2015, Ana Momplet Chico, por la traducción

Printed in Spain – Impreso en España

ISBN: 978-84-663-3231-6 (vol. 1132/3)
Depósito legal: B-25.819-2015

Impreso en Novoprint
Sant Andreu de la Barca (Barcelona)

P 3 3 2 3 1 6

Penguin
Random House
Grupo Editorial

Para Karen, ella sabe por qué

No es la especie más fuerte la que sobrevive ni tampoco la más inteligente, sino la que mejor se adapta al cambio.

PHILIPPE DE CLERMONT,
A MENUDO ATRIBUIDO A CHARLES DARWIN

Sol en Cáncer

El signo del Cangrejo pertenece a casas, tierras,
tesoros y todo lo oculto. Es la cuarta casa
del zodiaco. Representa la muerte
y el fin de las casas.

Libro de dichos anónimos ingleses, ca. 1590.
Gonçalves MS 2890, f. 8ʳ

1

Los fantasmas no tenían demasiada sustancia. Estaban hechos solamente de recuerdos y corazón. En lo alto de uno de los torreones de Sept-Tours, Emily Mather apretó una mano vaporosa sobre el centro de su pecho, donde aún sentía el peso del miedo.

¿Se vuelve en algún momento más fácil? Su voz, como el resto de ella, era casi imperceptible. *¿Observar? ¿Esperar? ¿Saber?*

No, que yo sepa, contestó brevemente Philippe de Clermont. Estaba sentado cerca de ella, estudiando sus propios dedos transparentes. De todas las cosas que no le gustaban de estar muerto —la incapacidad de tocar a su esposa Ysabeau, la falta de olfato o gusto, el hecho de no tener músculos para una buena pelea—, la invisibilidad superaba al resto. Era un constante recordatorio de lo intrascendente que se había vuelto.

Emily palideció y Philippe se arrepintió silenciosamente de su respuesta. Desde la muerte de Emily, la bruja había sido su compañera constante, partiendo su soledad en dos. ¿Por qué le estaba hablando de tan mal modo, como si fuera su sirviente?

Tal vez sea más fácil cuando ya no nos necesiten, dijo Philippe en un tono más amable. Puede que él fuera un fantasma más experto, pero Emily comprendía mejor la metafísica de su situación. Lo que la bruja le había contado iba en contra de todo cuanto Philippe creía del más allá. Él pensaba que los vivos veían a los muertos *porque* necesitaban algo de ellos: ayuda, perdón, venganza. Pero Emily insistía en que aquello no eran más que leyendas humanas y que los muertos solo podían aparecerse a los vivos cuando estos hubieran pasado página y les hubieran dejado marchar.

Aquello hacía algo más soportable el hecho de que Ysabeau no pudiera verle, aunque no demasiado.

—¡Qué ganas tengo de ver la reacción de Em! Le va a sorprender mucho. —La voz cálida y grave de Diana subió flotando hasta las almenas.

Diana y Matthew, dijeron al unísono Emily y Philippe, asomándose a mirar el patio adoquinado que rodeaba el castillo.

Allí, indicó Philippe señalando la entrada de coches. A pesar de estar muerto, su visión de vampiro era más aguda que la de cualquier humano. También era más apuesto de lo que cualquier hombre tenía derecho a ser, con sus anchos hombros y su sonrisa endemoniada. La volcó sobre Emily, que no pudo evitar devolvérsela. *Hacen buena pareja, ¿no crees? Fíjate cuánto ha cambiado mi hijo.*

Supuestamente, a los vampiros no les afectaba el paso del tiempo, y por ello Emily esperaba ver el mismo cabello negro, tan oscuro que irradiaba destellos azules; los mismos ojos, que cambiaban entre el azul y el gris, fríos y lejanos como un mar en invierno; la misma piel pálida; y la enorme boca. Pero, como decía Philippe, había algunas diferencias sutiles. Matthew llevaba el pelo más corto y una barba que le hacía parecer más peligroso, como un pirata. Ella lanzó un grito ahogado.

¿No está Matthew... más grande?

Lo está. Cuando Diana y él estuvieron aquí en 1590 le hice engordar. Los libros le estaban ablandando. Le hacía falta pelear más y leer menos. Philippe siempre decía que a veces se educaba demasiado a la gente. Y Matthew era la prueba viviente de ello.

Diana también parece distinta. Me recuerda más a su madre con esa melena larga y cobriza, dijo Em, que había advertido el cambio más evidente en su sobrina.

Diana se tropezó con un adoquín y la mano de Matthew se apresuró a agarrarla. En algún momento, Emily había visto aquel incesante rondar de Matthew como un signo de la actitud sobreprotectora de los vampiros. Pero ahora, con la perspicacia que le daba ser un fantasma, comprendía que aquella tendencia venía de su conciencia sobrenatural ante cualquier alteración en el gesto de Diana, cualquier cambio en su ánimo, cualquier indicio de fatiga o hambre. Sin embargo, la preocupación que demostraba hoy parecía más concentrada e intensa.

En Diana no solo ha cambiado el pelo, dijo Philippe con gesto maravillado. *Diana está esperando un hijo: el hijo de Matthew.*

Emily observó con atención a su sobrina utilizando la percepción agudizada de la verdad que la muerte confería. Philippe estaba en lo cierto, hasta cierto punto.

Querrás decir «hijos». Diana va a tener gemelos.

Gemelos, dijo Philippe asombrado. Desvió la mirada, distraído al ver aparecer a su esposa. *Mira, allá van Ysabeau y Sarah con Sophie y Margaret.*

¿Qué va a pasar ahora, Philippe?, preguntó Emily, con el corazón cada vez más cargado de emoción.

Finales. Comienzos, dijo Philippe con deliberada ambigüedad. *Cambios.*

A Diana nunca le han gustado los cambios, dijo Emily.

Eso es porque Diana teme aquello en lo que debe convertirse, contestó Philippe.

Marcus Whitmore había afrontado muchos horrores desde la noche de 1781 en que Matthew de Clermont le convirtió en vampiro. Pero ninguno le había preparado para el suplicio que le esperaba aquel día: explicar a Diana Bishop que su adorada tía, Emily Mather, había muerto.

Marcus recibió la llamada de Ysabeau mientras Nathaniel Wilson y él veían las noticias en la televisión de la biblioteca de la familia. Sophie, la mujer de Nathaniel, y su bebé, Margaret, dormían en un sofá a su lado.

—*El templo* —dijo Ysabeau con la respiración entrecortada y tono frenético—. *Ven. De inmediato.*

Marcus había obedecido a su abuela sin discusión, tan solo se había detenido a llamar a su primo Gallowglass y a su tía Verin mientras iba hacia la puerta.

La penumbra del atardecer de verano se fue iluminando según se acercaban al claro en lo alto de la montaña, bañado por el poder sobrenatural que Marcus podía vislumbrar a través de los árboles. Su vello se erizó ante la magia que había en el aire.

Entonces olió la presencia de un vampiro, Gerbert de Aurillac. Y alguien más..., un brujo.

Un ruido de pasos ligeros y resueltos por el pasillo de piedra sacó a Marcus del pasado y le devolvió al presente. La puerta pesada se abrió, chirriando como siempre.

—Hola, cariño. —Marcus apartó los ojos del campo de Auvernia y respiró hondo. El olor de Phoebe Taylor le recordaba a un matorral de lilas que había junto a la puerta roja de la granja familiar. Delicada y resuelta, aquella fragancia se había convertido en símbolo de la esperanza de la primavera tras un largo invierno de Massachusetts, despertando —como por arte de magia— la sonrisa comprensiva de su madre, fallecida hacía ya mucho tiempo. Pero ahora solo pensaba en la mujer menuda de férrea voluntad que tenía delante.

—Todo irá bien. —Phoebe le arregló el cuello de la camisa, pero sus ojos verdes estaban llenos de preocupación. Marcus había empezado a cambiar las camisetas de grupos musicales por ropa más formal más o menos en el mismo momento en que comenzó a firmar sus cartas como Marcus de Clermont en lugar de Marcus Whitmore (el nombre con el que ella le había conocido, antes de que le hablara de vampiros, padres de mil quinientos años, castillos franceses llenos de parientes intimidatorios y una bruja llamada Diana Bishop). Para Marcus, era un auténtico milagro que Phoebe siguiera a su lado.

—No, no irá bien. —Le cogió la mano y le besó la palma. Phoebe no conocía a Matthew—. Quédate aquí con Nathaniel y los demás. Por favor.

—Por última vez, Marcus Whitmore: voy a estar a tu lado cuando recibas a tu padre y a su esposa. No creo que haga falta volver a discutirlo. —Phoebe extendió la mano—. ¿Vamos?

Marcus cogió la mano de Phoebe, pero en lugar de seguirla hacia la puerta, como ella esperaba, la acercó hacia sí. Phoebe se apoyó en el pecho de Marcus, con una mano asida a la de él y la otra sobre su corazón. Le miró sorprendida.

—Muy bien. Pero si vienes conmigo será con condiciones, Phoebe. La primera, estarás conmigo o con Ysabeau en todo momento.

Phoebe entreabrió la boca para protestar, pero la mirada seria de Marcus la hizo callar.

—Segundo, si te digo que salgas de la habitación, lo harás. Sin demora. Sin preguntas. Irás directamente a buscar a Fernando. Estará en la capilla o en la cocina. —Marcus la observó y vio una recelosa aceptación—. Tercera, bajo ninguna circunstancia te pondrás al alcance de mi padre. ¿De acuerdo?

Phoebe asintió. Como buena diplomática, estaba dispuesta a seguir las reglas de Marcus, por ahora. Pero si su padre era el monstruo que aparentemente creían algunas personas en aquella casa, Phoebe haría lo que debía.

Fernando Gonçalves vertió los huevos batidos en una sartén caliente sobre las patatas, que ya estaban doradas. Su tortilla era uno de los pocos platos que Sarah Bishop se dignaba comer y hoy, más que nunca, la viuda necesitaría alimento.

Gallowglass estaba sentado a la mesa de la cocina, quitando pequeños trozos de cera de una raja en la vieja madera. Con el pelo rubio hasta el cuello de la camisa y su complexión musculosa, parecía un oso taciturno. Sus antebrazos y sus bíceps estaban cubiertos de tatuajes que serpenteaban en espirales de color. El tema de los tatuajes revelaba lo que ocupaba los pensamientos de Gallowglass en cada momento, pues en un vampiro los tatuajes apenas duraban unos meses. Aparentemente, ahora estaba pensando en sus raíces, porque sus brazos estaban cubiertos de nudos celtas, runas y bestias fabulosas sacadas de mitos y leyendas escandinavos y gaélicos.

—Deja de preocuparte. —La voz de Fernando era cálida y refinada como un jerez envejecido en barrica de roble.

Gallowglass levantó la mirada por un instante y devolvió su atención a la cera.

—Nadie evitará que Matthew haga lo que debe, Gallowglass. Vengar la muerte de Emily es una cuestión de honor. —Fernando apagó el fuego y se acercó a Gallowglass, junto a la mesa, moviendo lentamente sus pies descalzos sobre las baldosas del suelo. Al caminar, se iba bajando las mangas de la camisa blanca. Estaba impoluta, a pesar de las horas que había pasado aquel día en la cocina. Se metió la camisa por dentro de los vaqueros y se pasó los dedos por el pelo oscuro y ondulado.

—Marcus intentará cargar con la culpa —dijo Gallowglass—. Pero la muerte de Emily no fue culpa del chico.

La escena en la montaña fue extrañamente tranquila, dadas las circunstancias. Gallowglass llegó al templo unos instantes después que Marcus. No hubo más que silencio y la imagen de Emily Mather arrodillada dentro de un círculo dibujado con piedras de color claro. El brujo Peter Knox estaba con ella, con las manos sobre su cabeza y una mirada de anticipación, casi hambrienta. Gerbert de Aurillac, el vecino más cercano de los Clermont, les observaba con interés.

—¡Emily! —El grito angustiado de Sarah rasgó el silencio con tal fuerza que hasta Gerbert dio un paso atrás.

Sobresaltado, Knox soltó a Emily, que se derrumbó en el suelo, inconsciente. Sarah derribó a Knox con un conjuro poderoso que lanzó al brujo volando hasta el otro extremo del claro.

—No, Marcus no la mató —dijo Fernando, devolviendo la atención de Gallowglass al presente—. Pero su negligencia...

—... Falta de experiencia —interrumpió Gallowglass.

—Negligencia —repitió Fernando—, sí desempeñó un papel en la tragedia. Marcus lo sabe y acepta su responsabilidad.

—Marcus no pidió quedarse al mando —refunfuñó Gallowglass.

—No, yo le propuse para el puesto y Matthew coincidió conmigo en que era la decisión adecuada. —Fernando apretó el hombro de Gallowglass por un instante y volvió a los fuegos.

—¿Por eso has venido? ¿Te sentías culpable de haberte negado a liderar la hermandad cuando Matthew te pidió ayuda? —Nadie se había sorprendido más que Gallowglass cuando Fernando apareció en Sept-Tours. Fernando había evitado aquel lugar desde que el padre de Gallowglass, Hugh de Clermont, muriera en el siglo xiv.

—Estoy aquí porque Matthew me ayudó cuando el rey de Francia ejecutó a Hugh. No tenía nada en el mundo más que mi propio dolor. —El tono de Fernando era duro—. Y me negué a liderar a los Caballeros de Lázaro porque no soy un De Clermont.

—¡Eras la pareja de padre! —protestó Gallowglass—. ¡Eres tan De Clermont como Ysabeau o sus hijos!

Fernando cerró cuidadosamente la puerta del horno.

—*Soy* la pareja de Hugh —dijo, aún de espaldas—. Tu padre nunca será pasado para mí.

—Perdona, Fernando —se disculpó Gallowglass, afligido. Hugh llevaba más de siete siglos muerto, pero Fernando aún no había superado su pérdida. Gallowglass pensaba que no la superaría jamás.

—Sobre lo de ser un De Clermont —prosiguió Fernando, con la mirada fija en la pared sobre los fuegos—, Philippe no estaba de acuerdo.

Gallowglass continuó quitando la cera con movimientos nerviosos. Fernando sirvió dos copas de vino tinto y las llevó a la mesa.

—Toma —dijo, empujando una hacia Gallowglass—. A ti también te va a hacer falta fuerza hoy.

Marthe entró haciendo ruido en la cocina. El ama de llaves de Ysabeau mandaba en aquella parte del castillo y no le gustaba encontrar intrusos en ella. Tras lanzar sendas miradas agrias a Fernando y Gallowglass, olisqueó y abrió bruscamente la puerta del horno.

—¡Esa es mi mejor sartén! —dijo con tono acusador.

—Lo sé. Por eso la utilizo —contestó Fernando dando un sorbito al vino.

—Dom Fernando, la cocina no es sitio para usted. Váyase arriba y llévese a Gallowglass. —Marthe cogió un saquito de té y una tetera de la estantería junto al fregadero. Entonces vio que ya había una tetera envuelta con un trapo sobre la bandeja, con tazas, platos, leche y azúcar. Arrugó el ceño aún más.

—¿Qué hay de malo en que esté aquí? —preguntó Fernando.

—Usted no es sirviente —dijo Marthe. Levantó la tapa de la tetera y olió con suspicacia su contenido.

—Es el favorito de Diana. Usted me explicó lo que le gustaba, ¿recuerda? —Fernando sonrió con una pizca de tristeza—. Y en esta casa todo el mundo sirve a los De Clermont, Marthe. La única diferencia es que a usted, a Alain y a Victoria se les paga generosamente por hacerlo. El resto se supone que debemos estar agradecidos por tal privilegio.

—Y con razón. Otro sueño de *manjasang* de formar parte de esta familia. Procure recordarlo en el futuro, eso y el limón, dom Fernando —dijo Marthe, haciendo hincapié en el trato ilustre. Cogió la bandeja del té—. Por cierto, se le están quemando los huevos.

Fernando se levantó de un salto para quitarlos.

—Y en cuanto a usted —dijo Marthe clavando sus ojos oscuros en Gallowglass—, no nos contó todo lo que debía sobre Matthew y su esposa.

Gallowglass hundió la mirada en su copa de vino con expresión de culpabilidad.

—Madame, su abuela, ya se encargará de usted más tarde. —Y tras ese comentario escalofriante, Marthe salió de la cocina con paso airado.

—¿Qué has hecho esta vez? —preguntó Fernando, mientras ponía sobre los fuegos la tortilla, que, *alhamdulillah*, no estaba quemada. La experiencia le había enseñado que, por grave que fuera el desaguisado, Gallowglass lo habría hecho con buena intención y sin imaginarse un posible desastre.

—Pueeees —vaciló Gallowglass, arrastrando las vocales como solo podía hacerlo un escocés— tal vez me haya olvidado un par de detalles de la historia.

—¿Como cuáles? —preguntó Fernando, presintiendo un tufillo a catástrofe entre los olores caseros de la cocina.

—Como el hecho de que la tía está embarazada, y de Matthew, nada menos. O el hecho de que el abuelo la adoptara como hija suya. Caray, su juramento de sangre fue ensordecedor. —Gallowglass parecía pensativo—. ¿Crees que aún podremos oírlo?

Fernando se quedó en el sitio, mudo y boquiabierto.

—No me mires así. No me pareció bien contar la noticia del bebé. Las mujeres pueden ser muy especiales con esas cosas. ¡Y Philippe le contó a la tía Verin lo del juramento de sangre antes de morir en 1945 y ella tampoco dijo una palabra! —añadió Gallowglass a la defensiva.

Un golpe rasgó el aire como si una bomba silenciosa hubiera sido detonada. Algo verde y llameante pasó a toda velocidad por delante de la ventana de la cocina.

—¿Qué demonios ha sido eso? —Fernando abrió la puerta protegiéndose los ojos de la brillante luz del sol.

—Supongo que alguna bruja cabreada. —Gallowglass parecía abatido—. Sarah debe de haberle contado a Diana y a Matthew la noticia de Emily.

—La explosión no. ¡Eso! —Fernando señaló el campanario de Saint-Lucien, alrededor del cual volaba una criatura alada con dos patas y aliento de fuego. Gallowglass se levantó para ver mejor.

—Es Corra. Va adondequiera que esté la tía —explicó Gallowglass con toda naturalidad

—Pero ¡eso es un dragón! —Fernando miró a su hijastro con los ojos desorbitados.

—Bah, eso no es un dragón. ¿No ves que solo tiene dos patas? Corra es un dragón escupefuego. —Gallowglass giró el brazo para mostrarle un tatuaje de una criatura alada muy parecida a la bestia voladora—. Como este. Puede que me dejara un par de detalles, pero avisé a todo el mundo de que la tía Diana ya no sería la misma bruja de antes.

—Es cierto, cariño, Em ha muerto. —Era evidente que la tensión de contárselo a Diana y a Matthew la desbordaba, porque Sarah juraría que acababa de ver un dragón. Fernando estaba en lo cierto, tenía que beber menos whisky.

—No te creo. —La voz de Diana sonaba aguda y punzante por el pánico. Iba de un lado a otro del gran salón de Ysabeau como si esperara encontrar a Emily escondida tras uno de los recargados divanes.

—Emily no está aquí, Diana. —Matthew le cortó el paso. Su tono de voz estaba inundado de dolor y ternura—. Se ha ido.

—No. —Diana trató de apartarle para seguir buscando, pero Matthew la estrechó entre sus brazos.

—Lo siento mucho, Sarah —dijo Matthew, apretando fuerte a Diana contra sí.

—¡No digas que lo sientes! —exclamó Diana, tratando de zafarse del abrazo inquebrantable del vampiro. Golpeó el hombro de Matthew con los puños—. ¡Em no está muerta! Esto es una pesadilla. Despiértame, Matthew. ¡Por favor! Quiero despertar y que estemos otra vez en 1591.

—No es ninguna pesadilla —dijo Sarah. Aquellas interminables semanas la habían convencido de que la muerte de Em era espantosamente real.

—Entonces hice un giro equivocado o un nudo equivocado en el hechizo para viajar en el tiempo. ¡No es así como se suponía que debíamos acabar! —Diana estaba temblando de los pies a la cabeza entre el dolor y la conmoción—. Em me prometió que nunca se iría sin despedirse.

—Em no tuvo tiempo para despedirse... de nadie. Pero eso no significa que no te quisiera. —Sarah se lo recordaba a sí misma cientos de veces al día.

—Diana, debería sentarse —sugirió Marcus acercándole una silla. En muchos sentidos, el hijo de Matthew aún parecía el mismo surfero veinteañero que había entrado en casa de los Bishop el pasado octubre. Tenía el mismo cordel de cuero, con su extraña selección de objetos recogidos a lo largo de los siglos, enredado en el pelo rubio a la altura de la nuca y aún llevaba las zapatillas Converse que tanto le gustaban. Pero aquella mirada cautelosa y triste era nueva.

Sarah agradecía la presencia de Marcus e Ysabeau, pero la persona a quien de veras necesitaba a su lado en ese momento era Fernando. Él había sido su sostén durante todo el suplicio.

—Gracias, Marcus —dijo Matthew colocando a Diana en el asiento. Phoebe intentó poner un vaso de agua en la mano de Diana. Al ver a Diana mirándolo sin expresión, Matthew se lo retiró y lo dejó sobre una mesita cercana.

Todas las miradas se volvieron hacia Sarah.

Pero esas cosas no se le daban bien a Sarah. La historiadora de la familia era Diana. Ella sabría por dónde empezar y cómo hilar los confusos acontecimientos en una historia coherente, con un principio, un nudo y un desenlace; tal vez incluso daría con una explicación creíble de por qué había muerto Emily.

—No hay una manera fácil de contaros esto —empezó la tía de Diana.

—No tienes que contarnos nada —dijo Matthew, con los ojos llenos de compasión y empatía—. Las explicaciones pueden esperar.

—No. Debéis saberlo los dos. —Sarah cogió el vaso de whisky que siempre tenía a su lado, pero estaba vacío. Miró a Marcus en una súplica silenciosa.

—Emily murió en el viejo templo —explicó Marcus, asumiendo el papel de narrador.

—¿El templo dedicado a la diosa? —susurró Diana, arrugando la frente y tratando de concentrarse.

—Sí —gruñó Sarah y tosió para deshacer el nudo en la garganta—. Emily cada vez pasaba más tiempo allí arriba.

—¿Estaba sola? —El gesto de Matthew ya no era cálido y comprensivo, y su tono era helador.

Volvió a hacerse el silencio, esta vez pesado e incómodo.

—Emily no dejaba que nadie la acompañara —dijo Sarah tras armarse de valor para ser sincera. Diana también era bruja y, si se alejaba de la verdad, lo notaría—. Marcus intentó convencerla de que la acompañara alguien, pero Emily se negó.

—¿Por qué quería estar sola? —preguntó Diana, percatándose del desasosiego de Sarah—. ¿Qué estaba pasando, Sarah?

—Desde enero, Em había estado usando alta magia para guiarse. —Sarah apartó la mirada del rostro consternado de Diana—.

Tenía premoniciones espantosas de muertes y desastres, y creyó que tal vez la ayudaría a entender por qué.

—Pero Em siempre decía que la alta magia era demasiado oscura para que las brujas la emplearan con seguridad —dijo Diana con voz aguda otra vez—. Decía que cualquier brujo que se creyera inmune a sus peligros averiguaría por las malas lo poderosa que es en realidad.

—Hablaba por experiencia —dijo Sarah—. Puede ser adictiva. Cariño, Emily no quería que supieras que había sentido la tentación. Llevaba décadas sin tocar una sola piedra de adivinación, sin invocar a un solo espíritu.

—¿Invocar espíritus? —Los ojos de Matthew se entornaron. Con aquella barba negra, su aspecto era verdaderamente aterrador.

—Creo que estaba intentando contactar con Rebecca. Si me hubiera dado cuenta de lo lejos que había llegado en sus intentos, habría hecho más por detenerla. —Los ojos de Sarah se colmaron de lágrimas—. Peter Knox debió de notar el poder con el que estaba trabajando Emily, además de que la alta magia siempre le ha fascinado. Pero una vez que Knox la encontró…

—¿Knox? —Aunque Matthew hablaba con tono suave, a Sarah se le erizó el vello de la nuca.

—Cuando encontramos a Em, Knox y Gerbert también estaban allí —reconoció Marcus destrozado—. Había tenido un ataque al corazón. Emily debió de sufrir un enorme estrés tratando de resistir lo que estaba haciendo Knox, fuera lo que fuera. Apenas estaba consciente. Intenté reanimarla. Y Sarah también. Pero no pudimos hacer nada.

—¿Qué hacían Gerbert y Knox allí? ¿Y qué demonios quería conseguir Knox matando a Em? —exclamó Diana.

—No creo que Knox quisiera matarla, cariño —contestó Sarah—. Knox estaba leyendo los pensamientos de Emily o al menos lo intentaba. Las últimas palabras de ella fueron: «Sé el secreto del Ashmole 782 y nunca te harás con él».

—¿El Ashmole 782? —Diana parecía aturdida—. ¿Estás segura?

—Completamente. —Sarah deseaba que su sobrina jamás hubiera encontrado el maldito manuscrito en la Biblioteca Bodleiana. Era la causa de gran parte de sus problemas actuales.

—Knox insistía en que los De Clermont tenemos las páginas que faltan del manuscrito de Diana y que sabemos sus secretos. —explicó Ysabeau incorporándose a la conversación—. Verin y yo le dijimos que se equivocaba, pero lo único que le apartaba del tema era la niña. Margaret.

—Nathaniel y Sophie nos siguieron hasta el templo. Margaret estaba con ellos —explicó Marcus en respuesta a la mirada de asombro de Matthew—. Antes de que Emily cayera inconsciente, Knox vio a Margaret y exigió saber cómo dos daimones habían podido tener un bebé bruja. Habló del acuerdo y amenazó con llevar a Margaret ante la Congregación para que hubiese una investigación acerca de lo que llamó «graves infracciones» de la ley. Mientras intentábamos resucitar a Emily y poner a la niña a salvo, Gerbert y Knox se escabulleron.

Hasta hacía poco, Sarah siempre había pensado que la Congregación y el acuerdo eran males necesarios. La vida entre seres humanos no era fácil para las tres especies sobrenaturales —los daimones, los vampiros y los brujos—. Todos ellos habían sido el foco del miedo y la violencia en algún momento de la historia, motivo por el que hacía mucho tiempo las criaturas llegaron a un acuerdo para minimizar el riesgo de que su mundo llamara la atención de los humanos. El acuerdo limitaba la confraternización entre especies y su participación en la religión o la política humanas. La Congregación estaba formada por nueve miembros encargados de hacerlo cumplir y asegurarse de que las criaturas se ceñían a sus términos. Sin embargo, ahora que Diana y Matthew ya estaban en casa, para Sarah la Congregación podía irse al infierno y llevarse el acuerdo consigo.

Diana volvió la cabeza y una sombra de incredulidad atravesó su rostro.

—¿Gallowglass? —dijo aspirando el aire de mar que inundó el salón.

—Bienvenida a casa, tía. —Gallowglass dio un paso al frente, con la barba dorada resplandeciendo a la luz del sol.

Diana se quedó mirándolo asombrada hasta que soltó un sollozo.

—Ya está, ya está. —Gallowglass la alzó en un abrazo de oso—. Hacía bastante tiempo que una mujer no se echaba a llorar al verme. Además, soy yo quien debería estar llorando por volver a veros, porque para ti apenas han pasado unos días desde que hablamos por última vez. Pero para mí han sido siglos.

Una luz espiritual parpadeó a lo largo del contorno del cuerpo de Diana, como una vela prendiéndose lentamente. Sarah pestañeó. Era evidente que tenía que dejar de beber.

Matthew y su sobrino se miraron. La expresión de preocupación de Matthew se acentuó al ver que Diana lloraba cada vez más y el resplandor que la rodeaba se intensificaba.

—Deja que Matthew te lleve arriba. —Gallowglass se metió la mano en el bolsillo, sacó un pañuelo amarillo arrugado y se lo ofreció a Diana, ocultándola de los demás.

—¿Se encuentra bien? —preguntó Sarah.

—Un pelín cansada —contestó Gallowglass mientras ayudaba a Matthew a llevársela a los aposentos de este en la torre.

Una vez desaparecieron Diana y Matthew, Sarah perdió su frágil compostura y rompió a llorar. Cada día revivía los acontecimientos que habían rodeado la muerte de Em, pero hacerlo con Diana era aún más doloroso. Apareció Fernando, con gesto preocupado.

—Está bien, Sarah. Suéltalo —murmuró Fernando estrechándola entre sus brazos.

—¿Dónde estabas cuando te necesitaba? —preguntó Sarah mientras el llanto se convertía en sollozo.

—Ahora ya estoy aquí —dijo Fernando acunándola suavemente—. Y Diana y Matthew están a salvo en casa.

—No puedo dejar de temblar. —Los dientes de Diana castañeaban y sus extremidades se movían con espasmos como si las movieran hilos invisibles. Gallowglass apretó los labios y se echó hacia atrás mientras Matthew envolvía bien a su mujer con una manta.

—Es el shock, *mon coeur* —murmuró Matthew besándole la mejilla. No era solo la muerte de Emily lo que causaba aquella angustia, sino el recuerdo anterior de la traumática desaparición de sus padres. Le frotó los brazos, moviendo la manta sobre su cuerpo—. Gallowglass, ¿podrías traer un poco de vino?

—No debería. Los bebés... —empezó a decir Diana. Su expresión se desencajó y las lágrimas regresaron a sus ojos—. Ya nunca conocerán a Em. Nuestros hijos crecerán sin haber conocido a Em.

—Aquí tienes. —Gallowglass extendió la mano bruscamente ofreciendo una petaca plateada a Matthew. Su tío le miró agradecido.

—Aún mejor —dijo Matthew destapándola—. Solo un traguito, Diana. Esto no hará daño a los gemelos, y te ayudará a tranquilizarte. Le diré a Marthe que suba un poco de té negro con mucho azúcar.

—Voy a matar a Peter Knox —dijo con fiereza Diana tras dar un trago de whisky. La luz a su alrededor se volvió más intensa.

—Hoy no —dijo Matthew con voz firme y le devolvió la petaca a Gallowglass.

—¿Brilla tanto el *glaem* de la tía desde que volvisteis? —Gallowglass llevaba desde 1591 sin ver a Diana Bishop, pero no lo recordaba tan visible.

—Sí. Ha estado ocultándolo con un hechizo de camuflaje. La conmoción lo habrá trastocado —repuso Matthew, recostándola sobre el sofá—. Diana quería que Emily y Sarah disfrutaran de la noticia de que iban a ser abuelas antes de que le empezaran a preguntar por qué habían aumentado sus poderes.

Gallowglass reprimió una blasfemia.

—¿Mejor? —preguntó Matthew llevándose la mano de Diana a los labios.

Diana asintió. Gallowglass notó que los dientes le seguían castañeando. Le dolía pensar en lo mucho que le estaría costando controlarse.

—Siento mucho lo de Emily —dijo Matthew cogiendo entre sus manos la cara de Diana.

—¿Es culpa nuestra? ¿Nos quedamos demasiado en el pasado, como dijo padre? —Diana hablaba tan bajo que a Gallowglass le costaba oírla.

—Claro que no —contestó Gallowglass con voz áspera—. Esto lo ha hecho Peter Knox. Nadie más tiene la culpa.

—No nos preocupemos por quién tiene la culpa —dijo Matthew, aunque sus ojos reflejaban pura rabia.

Gallowglass asintió para mostrar su conformidad. Matthew tendría mucho que decir sobre Knox y Gerbert, pero en otro momento. Ahora solo le preocupaba su mujer.

—Emily querría que te concentraras en cuidarte y cuidar de Sarah. Por ahora eso es suficiente. —Matthew le apartó los mechones cobrizos que se le habían pegado a las mejillas por la sal de las lágrimas.

—Debería volver abajo —declaró Diana, llevándose el pañuelo amarillo de Gallowglass a los ojos—. Sarah me necesita.

—Quedémonos un poco más aquí arriba. Espera a que Marthe traiga el té —dijo Matthew, sentándose a su lado. Diana se reclinó sobre él, respirando entrecortadamente mientras intentaba reprimir las lágrimas.

—Os dejo a solas —dijo Gallowglass bruscamente.

Matthew asintió en un silencioso gesto de agradecimiento.

—Gracias, Gallowglass —dijo Diana, devolviéndole el pañuelo.

—Quédatelo —contestó él y se volvió hacia la escalera.

—Estamos solos. Ya no tienes que ser fuerte —murmuró Matthew a Diana mientras Gallowglass bajaba la escalera de espiral.

Gallowglass dejó a Matthew y a Diana unidos en un nudo irrompible, con los rostros retorcidos de dolor y pena, cada uno dando al otro el consuelo que no encontraba para sí.

Nunca debí hacerte venir. Debí buscar otra manera de encontrar respuestas a mis preguntas. Emily se volvió a mirar a su mejor amiga. *Deberías estar con Stephen.*

Prefiero estar aquí con mi hija que en cualquier otro lugar, dijo Rebecca Bishop. *Stephen lo comprende.* Se volvió a mirar de nuevo a Diana y Matthew, aún unidos en un doloroso abrazo.

No temas. Matthew cuidará de ella, dijo Philippe. Aún estaba intentando entender a Rebecca Bishop —era una criatura extrañamente complicada y tan hábil guardando secretos como cualquier vampiro.

Cuidarán el uno del otro, dijo Rebecca con la mano sobre el pecho. *Sabía que lo harían.*

2

atthew bajó corriendo la curvada escalera de piedra que llevaba de sus aposentos en la torre de Sept-Tours a la planta baja del castillo. Evitó el punto resbaladizo en la trigésima huella y el tramo irregular en la decimoséptima donde Baldwin había golpeado con su espada durante una de sus peleas.

Matthew había construido la ampliación de la torre como refugio privado, un lugar apartado del incesante ajetreo que rodeaba a Philippe e Ysabeau. Las familias de vampiros eran extensas y ruidosas, pues se juntaban dos o más linajes y tenían que tratar de convivir como una unidad feliz. Sin embargo, entre depredadores casi nunca era posible, ni siquiera entre los que caminaban sobre dos piernas y vivían en casas elegantes. Por eso, Matthew había hecho construir la torre esencialmente para defenderse. No tenía puertas para poder oír la sigilosa llegada de un vampiro ni había otra salida que el lugar por donde se entraba. Su cuidada distribución decía mucho de la relación con sus hermanos y hermanas.

Aquella noche, el aislamiento de la torre resultaba opresivo, completamente distinto de la vida ajetreada que Diana y él se habían creado en Londres durante la época isabelina, rodeados de familia y amigos. El trabajo de Matthew como espía de la reina había sido todo un reto, pero muy gratificante. Desde su puesto en la Congregación, había logrado salvar a varios brujos de la horca, mientras que Diana se había propuesto habituarse a sus poderes como bruja, un proceso que le llevaría toda la vida. Incluso habían adoptado a dos huérfanos, dándoles la posibilidad de un futuro mejor. Su vida en el siglo XVI no había sido siempre fácil, pero aquellos días estuvieron llenos de un amor y una esperanza que acompañaban a Diana adondequiera que fuese. Sin embargo, aquí, en Sept-Tours, parecían completamente rodeados por la muerte y los De Clermont.

Esa combinación llevó a Matthew a un estado de nerviosismo en el que la ira que con tanto esmero reprimía cuando Diana estaba cerca se acercaba peligrosamente a la superficie. La rabia de sangre —una enfermedad que Matthew había heredado de Ysabeau cuando le hizo vampiro— podía dominar rápidamente la mente y el cuerpo de un vampiro, anulando cualquier espacio para la razón o el control. Por ello, tratando de mantenerla a raya, Matthew había accedido a regañadientes a dejar a Diana bajo la custodia de Ysabeau mientras él recorría las tierras del castillo con sus perros Fallon y Hector para despejarse.

Gallowglass estaba canturreando una saloma en el gran salón del castillo. Por razones que Matthew no llegaba a entender, uno de cada dos versos estaba salpicado de tacos y amenazas. Tras un instante de indecisión, la curiosidad pudo con él.

—Jodido dragón escupefuego. —Gallowglass había cogido una de las picas de la provisión de armas junto a la entrada y la estaba ondeando lentamente en el aire—. «Adiós y hasta la vista, damas de España». ¡Mueve el culo hasta aquí o la abuela te hervirá en vino blanco y te echará de comer a los perros! «Pues hemos recibido orden de zarpar hacia la vieja Inglaterra». ¿En qué estás pensando, revoloteando por la casa como un periquito histérico? «Y no volveremos a verlas, hermosas damas».

—¿Qué demonios estás haciendo? —preguntó Matthew.

Gallowglass le miró con sus ojos azules muy abiertos. El joven llevaba una camiseta negra con una calavera y dos tibias cruzadas. La espalda de la camiseta estaba rasgada desde el hombro izquierdo hasta la cadera derecha. Los agujeros en los vaqueros de su sobrino parecían fruto del uso, no de alguna pelea, y llevaba el cabello desgreñado incluso para ser Gallowglass. Ysabeau había empezado a llamarle «Sir Vagabundo», pero no había servido de mucho para mejorar su aspecto.

—Intentando atrapar a la bestiecilla de tu mujer. —Gallowglass de repente movió la pica hacia arriba. Se escuchó un aullido de sorpresa, seguido de un granizo de escamas verde pálido que se hicieron añicos como la mica al chocar contra el suelo. El vello rubio de los antebrazos de Gallowglass se cubrió de un polvillo verde iridiscente y estornudó.

Corra, el dragón escupefuego de Diana, estaba colgada por los talones de la galería de trovadores, parloteando como una loca y chasqueando la lengua. Saludó a Matthew con su cola de púas y al hacerlo desgarró un tapiz de valor incalculable que representaba un unicornio en un jardín. Matthew hizo una mueca horrorizado.

—La tenía acorralada en la capilla, junto al altar, pero Corra es una moza astuta —dijo Gallowglass con un toque de orgullo—. Estaba escondida sobre la tumba del abuelo con las alas abiertas de par en par. La confundí con una efigie. Mírala ahora, ahí arriba en el techo, presumida como el demonio y el doble de mala. Pero…, ¡ha rasgado uno de los tapices favoritos de Ysabeau con la cola! A la abuela le va a dar un ataque.

—Si Corra se parece en algo a su dueña, la cosa no acabará bien si la acorralas —indicó Matthew suavemente—. Mejor intenta razonar con ella.

—Ah, sí. Eso funciona con la tía Diana. —Gallowglass se sorbió la nariz—. ¿Cómo has podido perder de vista a Corra?

—Cuanto más activa está, más tranquila parece Diana —contestó Matthew.

—Tal vez, pero Corra es un infierno para el mobiliario. Esta tarde ha roto uno de los jarrones de Sèvres de la abuela.

—Mientras no sea uno de los azules con cabeza de león que le regaló Philippe, yo no me preocuparía. —Al ver la cara de Gallowglass, Matthew gimió—. *Merde!*

—Esa misma ha sido la reacción de Alain —dijo Gallowglass apoyándose en la pica.

—Pues Ysabeau tendrá que hacerse a la idea de que hay una pieza de porcelana menos —dijo Matthew—. Puede que Corra sea un fastidio, pero Diana duerme profundamente por primera vez desde que volvimos a casa.

—Ah, bueno, entonces no pasa nada. Tú solo dile a Ysabeau que la torpeza de Corra les viene bien a los nietos, la abuelita cederá sus jarrones como ofrendas para un sacrificio. Mientras tanto, trataré de mantener a la bestia voladora entretenida para que la tía pueda dormir.

—¿Y cómo piensas hacerlo? —preguntó Matthew con escepticismo.

—Cantándole, por supuesto. —Gallowglass levantó la mirada. Corra emitió un arrullo al notar que volvía a prestarle atención y abrió las alas un poco para captar la luz de las antorchas colgadas a lo largo de la pared. Gallowglass lo interpretó como una señal prometedora, cogió aire y empezó a entonar otra balada con voz potente y grave:

Mi cabeza gira, estoy encendido cual llama, / Amo como un dragón. / ¿Acaso conocéis el nombre de mi dama?

Corra hizo rechinar los dientes en señal de aprobación. Gallowglass sonrió y empezó a mover la pica como si fuera un metrónomo y, tras levantar las cejas varias veces mirando a Matthew, empezó a cantar los siguientes versos:

Le enviaba dijes sin cesar,
gemas, perlas, para hacer de ella un ser tierno
hasta que no me quedó nada que enviar
y acabé... enviándola al infierno.

—Buena suerte —murmuró Matthew confiando en que Corra no comprendiera la letra.

Matthew rastreó las habitaciones cercanas haciendo inventario de sus ocupantes. Hamish estaba ocupado con papeleo en la biblioteca familiar, a juzgar por el sonido de la pluma arañando el papel y el tenue olor a lavanda y menta que detectó. Matthew dudó un instante y abrió la puerta.

—¿Tienes un momento para un viejo amigo? —preguntó.

—Empezaba a creer que me estabas evitando. —Hamish Osborne dejó la pluma y se aflojó el nudo de la corbata, cuyo veraniego estampado floral no se atrevería a lucir la mayoría de hombres. Aunque estuviera en la campiña francesa, Hamish vestía como si se dispusiera a reunirse con miembros del parlamento, con traje de raya diplomática azul marino y camisa de color lavanda. Parecía un gallardo retrógrado de la época eduardiana.

Matthew sabía que el daimón quería entablar una discusión. Hamish y él habían sido amigos durante décadas, desde que los dos estudiaban en Oxford. Su amistad se basaba en el respeto mutuo y se había mantenido debido a sus agudos y compatibles intelectos. Hasta los intercambios más simples entre Hamish y Matthew podían ser tan complicados y estratégicos como una partida de ajedrez entre dos grandes maestros. Pero llevaban demasiado poco tiempo hablando como para dejar que Hamish le tomara ventaja.

—¿Cómo está Diana? —Hamish notó que Matthew no estaba dispuesto a morder el anzuelo.

—Todo lo bien que cabría esperar.

—Se lo habría preguntado personalmente, por supuesto, pero tu sobrino me dijo que me marchara. —Hamish cogió una copa de vino y le dio un sorbo—. ¿Vino?

—¿Viene de mi bodega o de la Baldwin? —La pregunta aparentemente inocua de Matthew era un sutil recordatorio de que, ahora que Diana y él habían vuelto, Hamish tal vez tendría que decidir entre Matthew y el resto de los De Clermont.

—Es rosado. —Hamish apuró el resto de la copa mientras esperaba la reacción de Matthew—. Caro. Viejo. Bueno.

Matthew curvó el labio inferior.

—No, gracias. Nunca me ha gustado tanto como a la mayoría de mi familia. —Preferiría llenar las fuentes del jardín con el valioso Burdeos de la bodega de Baldwin antes que bebérselo.

—¿Qué pasa con el dragón? —Un músculo se contrajo en la mandíbula de Hamish, aunque Matthew no sabía si era porque le divertía o le irritaba—. Gallowglass dice que Diana se lo trajo como *souvenir*, pero nadie le cree.

—Es de Diana —contestó Matthew—. Tendrás que preguntárselo a ella.

—Tenéis a todo el mundo en Sept-Tours temblando de miedo, ¿sabes? —Con ese brusco cambio de tema, Hamish se acercó a Matthew—. Aunque los demás todavía no se han dado cuenta de que nadie en todo el castillo está más aterrorizado que tú.

—¿Y cómo está William? —Matthew era capaz de cambiar de tema con la misma agilidad que cualquier daimón.

—El dulce William se ha llevado su afecto a otra parte. —La boca de Hamish se frunció en una mueca mientras se volvía de espaldas, y su evidente aflicción puso un fin inesperado al juego.

—Lo siento mucho, Hamish. —Matthew creía que la relación duraría—. William te quería.

—No lo suficiente. —Hamish se encogió de hombros, pero sus ojos no pudieron ocultar el dolor—. Me temo que tendrás que volcar tus esperanzas románticas en Marcus y Phoebe.

—Apenas he hablado con la chica —dijo Matthew. Suspiró y se sirvió una copa del vino rosado de Baldwin—. ¿Qué me puedes decir de ella?

—La joven señorita Taylor trabaja en una de las salas de subastas de Londres; Sotheby's o Christie's, nunca sé cuál es cuál —dijo Hamish, hundiéndose en el sillón de cuero delante de la fría chimenea—. Marcus la conoció cuando fue a recoger algo para Ysabeau. Creo que es serio.

—Lo es. —Matthew cogió su copa y se puso a vagar ante las estanterías de libros que recorrían la pared—. Ella está impregnada del olor de Marcus. Se ha apareado.

—Lo imaginaba. —Hamish bebió otro trago mientras observaba los movimientos inquietos de su amigo—. Evidentemente, nadie ha dicho nada. Tu familia podría enseñarle un par de cosas al Ministerio de Información sobre cómo guardar un secreto.

—Ysabeau debería haberle puesto fin. Phoebe es demasiado joven para una relación con un vampiro —observó Matthew—. No tendrá más de veintidós años, pero Marcus ya la ha enredado en un vínculo irrevocable.

—Huy, sí, prohibir a Marcus que se enamorara habría sido una delicia —dijo Hamish; su acento escocés se intensificaba según se iba animando—. Parece que Marcus ha salido tan testarudo como tú cuando se trata de amor.

—Tal vez si hubiera estado centrado en su trabajo al frente de los Caballeros...

—Para ahora mismo, Matt, antes de que digas algo tan injusto que nunca te lo perdone. —La voz de Hamish le golpeó como un latigazo—. Sabes lo difícil que es ser el gran maestre de la hermandad. Marcus tenía el listón muy alto. Y sea vampiro o no, tampoco es mucho mayor que Phoebe.

Los Caballeros de Lázaro era una orden de caballería fundada en tiempos de las Cruzadas para proteger los intereses de los vampiros en un mundo cada vez más dominado por los seres humanos. Philippe de Clermont, la pareja de Ysabeau, fue el primer gran maestre. Pero la suya era una figura legendaria, no solo entre los vampiros, sino también para otras criaturas. Era imposible para cualquier hombre colmar las expectativas que Philippe había marcado.

—Lo sé, pero enamorarse... —protestó Matthew montando en cólera.

—Marcus ha hecho un trabajo excelente, sin un solo pero —le interrumpió Hamish—. Ha reclutado nuevos miembros y ha supervisado hasta el último detalle financiero de nuestras operaciones. Exigió que la Congregación castigara a Knox por lo que hizo aquí en mayo y ha solicitado formalmente que el acuerdo sea revocado. Nadie podría haber hecho más. Ni siquiera tú.

—Con castigar a Knox ni siquiera empiezan a ocuparse de lo que ocurrió. Él y Gerbert violaron mi hogar. Knox asesinó a una mujer que era como una madre para mi esposa. —Matthew se bebió el vino de un trago tratando de anegar la ira.

—Emily tuvo un ataque al corazón —dijo Hamish en tono de advertencia—. Marcus dice que no hay forma de saber la causa.

—Yo ya sé suficiente —replicó Matthew y, con furia repentina, arrojó la copa vacía al otro lado de la habitación. Al chocar contra el borde de una de las estanterías de libros, se hizo mil esquirlas de cristal que cayeron sobre la gruesa alfombra. Los ojos de Hamish se abrieron de par en par—. Nuestros hijos ya nunca tendrán la oportunidad de conocer a Emily. Y Gerbert, que ha sido íntimo de la familia durante siglos, presenció inmóvil lo que hacía Knox, sabiendo que Diana es mi pareja.

—Todo el mundo en la casa dijo que no dejarías que la justicia de la Congregación siguiera su curso. Y yo no les creí. —A Hamish no le gustaban los cambios que estaba viendo en su amigo. Era como si su estancia en el siglo XVI le hubiera arrancado la costra de una herida profunda y olvidada.

—Debí ocuparme de Gerbert y Knox cuando ayudaron a Satu Järvinen a secuestrar a Diana en La Pierre. Si lo hubiera hecho, Emily seguiría viva. —Los hombros de Matthew se tensaron por el remordimiento—. Pero Baldwin me lo prohibió. Dijo que la Congregación ya tenía bastantes problemas entre manos.

—¿Te refieres a los asesinatos de vampiros? —preguntó Hamish.

—Sí. Dijo que si retaba a Gerbert y a Knox solo empeoraría las cosas.

La noticia de aquellos asesinatos —con arterias seccionadas, la ausencia de pruebas de sangre y ataques casi animales sobre cuerpos humanos— había salido en todos los periódicos desde Londres hasta Moscú. Todos ellos hicieron hincapié en el extraño método que el asesino tenía de matar, con el riesgo que eso suponía de atraer la atención de los humanos hacia los vampiros.

—No volveré a cometer el error de quedarme callado —continuó Matthew—. Puede que ni los Caballeros de Lázaro y ni los De Clermont sean capaces de proteger a mi esposa y su familia, pero yo sí.

—No eres un asesino, Matt —insistió Hamish—. No te dejes cegar por la ira.

Cuando Matthew le miró con sus ojos negros, Hamish palideció. Sabía que Matthew estaba varios pasos más cerca del mundo animal que la mayoría de criaturas que caminaban sobre dos piernas, pero nunca le había visto tan peligroso y lobuno.

—¿Estás seguro, Hamish? —Sus ojos de color obsidiana pestañearon, dio media vuelta y salió de la habitación con paso airado.

Siguiendo el inconfundible olor a raíz de regaliz de Marcus Whitmore, que aquella noche estaba mezclado con un aroma embriagador de lilas, a Matthew le fue fácil encontrar a su hijo en los aposentos de la familia en el segundo piso del castillo. La conciencia le daba punzadas y temía que hubiera escuchado algo de la acalorada conversación, habida cuenta del fino oído que tenía su hijo. Matthew frunció los labios cuando su nariz le dirigió hacia una puerta junto a la escalera y reprimió un destello de rabia al darse cuenta de que Marcus estaba utilizando el antiguo despacho de Philippe.

Matthew llamó a la puerta y, sin esperar respuesta, empujó la pesada plancha de madera. A excepción de un pequeño portátil plateado sobre la mesa donde antes estaba el secante del escritorio, la habitación seguía exactamente igual que el día en que murió Philippe de Clermont, en 1945. El mismo teléfono de baquelita estaba sobre la mesa junto a la ventana. Todavía había montones de sobres finos y hojas curvadas de papel amarillento esperando a que Philippe escribiera a alguno de sus muchos corresponsales. En la pared aún colgaba el viejo mapa de Europa sujeto con chinchetas que Philippe había utilizado para seguir los movimientos del ejército de Hitler.

Matthew cerró los ojos al sentir una repentina punzada de dolor. Lo que Philippe no vio venir fue que acabaría cayendo en manos de los nazis. Uno de los regalos inesperados de viajar en el tiempo había sido volver a verle y reconciliarse con él. El precio que tenía que pagar era esa renovada sensación de pérdida que sentía ahora al afrontar otra vez un mundo sin Philippe de Clermont.

Cuando Matthew volvió a abrir los ojos, lo primero que vio fue el rostro furioso de Phoebe Taylor. Marcus tardó menos de una décima de segundo en interponer su cuerpo entre Matthew y la mujer de sangre caliente. A Matthew le gustó ver que su hijo no había perdido del todo el juicio al elegir pareja, aunque si hubiese querido herir a Phoebe, la chica ya estaría muerta.

—Marcus. —Matthew saludó brevemente a su hijo y miró detrás de él. Phoebe no era el tipo de Marcus en absoluto. A él siempre le habían gustado las pelirrojas—. No tuvimos tiempo de presentarnos adecuadamente la primera vez que nos vimos. Soy Matthew Clairmont. El padre de Marcus.

—Sé quién es. —El acento refinado era una seña común de colegios privados, casas de campo y familias aristócratas en decadencia. Marcus, el idealista democrático de la familia, se había prendado de una mujer de sangre azul.

—Bienvenida a la familia, señorita Taylor. —Matthew se inclinó para ocultar su sonrisa.

—Por favor, llámeme Phoebe. —Se puso delante de Marcus en un abrir y cerrar de ojos y extendió la mano, pero Matthew la ignoró—. En la mayoría de los ambientes educados, este es el momento en que usted me estrecha la mano, profesor Clairmont. —Su expresión revelaba no poca irritación, aunque mantenía la mano extendida.

—Está rodeada de vampiros. ¿Qué le hace pensar que encontraría buenos modales aquí? —Matthew la observó sin pestañear. Phoebe retiró la mirada, incómoda—. Puede que considere mi saludo innecesariamente formal, Phoebe, pero ningún vampiro toca a la pareja de otro, ni a su prometida, sin permiso. —Dirigió la mirada hacia la gran esmeralda que llevaba en el dedo corazón de la mano izquierda. Marcus había ganado la piedra en una partida de cartas hacía siglos en París. Tanto entonces como ahora, valía una fortuna.

—Ah, Marcus no me había dicho nada —dijo Phoebe frunciendo el ceño.

—No, pero sí te expliqué varias reglas sencillas. Tal vez deberíamos repasarlas —murmuró Marcus a su prometida—. Ya de paso, ensayaremos nuestros votos matrimoniales.

—¿Por qué? No encontrarás la palabra «obedecer» entre ellos —dijo Phoebe secamente.

Antes de que la discusión se encendiera, Matthew volvió a toser.

—He venido a disculparme por mi arrebato en la biblioteca —dijo Matthew—. Últimamente me enfado con mucha facilidad. Disculpad mi mal humor.

Era más que mal humor, pero Marcus —al igual que Hamish— no lo sabía.

—¿Qué arrebato? —preguntó Phoebe frunciendo el ceño.

—No ha sido nada —contestó Marcus, aunque su expresión decía lo contrario.

—También me preguntaba si te importaría examinar a Diana. Como sin duda sabrás, está embarazada de gemelos. Creo que está entrando en el segundo trimestre, pero no hemos tenido una atención médica adecuada al alcance y me gustaría estar tranquilo. —Igual que Phoebe, Matthew ofreció su mano cual rama de olivo durante unos largos instantes hasta que Marcus le devolvió el gesto.

—P-por supuesto —tartamudeó Marcus—. Gracias por confiar a Diana a mis cuidados. No te defraudaré. Y Hamish tiene razón —añadió—, aunque le hubiera practicado la autopsia a Emily (algo a lo que Sarah se opuso), no habría habido forma de saber con certeza si murió por magia o por causas naturales. Puede que nunca lo sepamos.

Matthew no se molestó en discutírselo. Averiguaría exactamente qué papel había jugado Knox en la muerte de Emily, pues la respuesta determinaría la rapidez con la que Matthew le asesinaría y cuánto sufriría el brujo antes de morir.

—Ha sido un placer, Phoebe —dijo Matthew por fin.

—Igualmente. —La chica mintió de forma educada y convincente. Sería una incorporación útil al grupo de los De Clermont.

—Marcus, ven a ver a Diana por la mañana. Te estaremos esperando. —Con una última sonrisa y una ligera reverencia a la fascinante Phoebe Taylor, Matthew abandonó el despacho.

La ronda nocturna de Matthew por Sept-Tours no había aliviado su nerviosismo ni su ira. Si acaso, las grietas en su autocontrol se habían abierto más. Frustrado, tomó una ruta hacia sus aposentos que pasaba por el torreón del castillo y la capilla. Allí yacían casi todos los De Clermont fallecidos —Philippe, Louisa, el hermano gemelo de esta: Louis, Godfrey, Hugh— y algunos de sus hijos, amigos y sirvientes queridos.

—Buenos días, Matthew. —El olor a azafrán y naranja amarga llenaba el aire.

«Fernando». Tras una larga pausa, Matthew hizo un esfuerzo para volverse.

Normalmente, la vieja puerta de madera de la capilla estaba cerrada, ya que solo Matthew pasaba tiempo allá dentro. Pero aquella noche estaba abierta, como dándole la bienvenida, con el perfil de un hombre dibujado sobre la cálida luz de las velas en su interior.

—Tenía la esperanza de que vinieras. —Fernando extendió el brazo invitándole a entrar.

Fernando observó a su cuñado acercarse y por sus rasgos comprendió que algo le ocurría: tenía las pupilas dilatadas, la curva de sus hombros le recordaba a los pelos del pescuezo de un lobo y había una profunda aspereza en su voz.

—¿Paso el examen? —preguntó Matthew, incapaz de ocultar su tono a la defensiva.

—Lo pasas. —Fernando cerró la puerta—. Por los pelos.

Matthew pasó los dedos sutilmente por el enorme sarcófago de Philippe, en el centro de la capilla, y empezó a dar vueltas nervioso ante los ojos marrones oscuros de Fernando, que no le perdían de vista.

—Enhorabuena por la boda, Matthew —dijo Fernando—. Aún no conozco a Diana, pero Sarah me ha contado tantas cosas de ella que tengo la impresión de que ya somos viejos amigos.

—Perdona, Fernando, es solo que… —Matthew empezó a hablar con gesto culpable.

Fernando le detuvo alzando la mano.

—No hace falta que te disculpes.

—Gracias por cuidar de la tía de Diana —dijo Matthew—. Sé lo difícil que es para ti estar aquí.

—La viuda necesitaba que alguien pensara en su dolor antes que nada. Igual que tú hiciste por mí cuando murió Hugh —dijo Fernando con sencillez.

Todos en Sept-Tours, desde Gallowglass y el jardinero hasta Victoire e Ysabeau, se referían a Sarah por su relación con Emily en lugar de su nombre cuando ella no estaba presente. Era como un título respetuoso, además de un recordatorio de su pérdida.

—Hay algo que quiero preguntarte, Matthew: ¿sabe Diana lo de tu rabia de sangre? —dijo manteniendo la voz baja. Los muros de la capilla eran gruesos y apenas dejaban escapar el sonido, pero aun así convenía ser precavido.

—Claro que lo sabe. —Matthew se arrodilló delante de un pequeño montón de armaduras y armas colocadas en uno de los nichos tallados en la capilla. Había espacio suficiente para que cupiera un ataúd, pero Hugh de Clermont había muerto quemado en la hoguera y no hubo cuerpo al que dar sepultura. En su lugar, Matthew había levantado un monumento conmemorativo a su hermano preferido con madera y metal pintados: su escudo, sus guanteletes, su cota de malla, su chaleco, su espada y su yelmo.

—Disculpa el insulto por haber sugerido que pudieras ocultar algo tan importante a alguien a quien amas —le susurró Fernando al oído—. Me alegro de que se lo hayas contado a tu esposa, pero mereces un azote por no habérselo contado a Marcus ni a Hamish…, ni tampoco a Sarah.

—Inténtalo tú, si gustas. —La respuesta de Matthew encerraba un tono amenazador que asustaría a cualquier miembro de la familia, pero no a Fernando.

—Quieres un castigo sencillo, ¿verdad? Pero no te va a ser tan fácil. Esta vez no. —Fernando se arrodilló a su lado.

Hubo un largo silencio mientras Fernando esperaba a que Matthew bajara la guardia.

—La rabia de sangre. Ha empeorado. —Matthew dejó caer la cabeza sobre las manos unidas en un gesto de oración.

—Claro que ha empeorado. Ahora tienes pareja. ¿Qué esperabas?

Las reacciones químicas y emocionales al apareamiento eran intensas y hasta al vampiro más sano le costaba dejar a su pareja fuera de su vista. Cuando no podían estar juntos, aumentaban en los vampiros la irritación, la agresividad, la ansiedad y, en casos extremos, la locura. En los vampiros con rabia de sangre, tanto el impulso de apareamiento como los efectos de la separación se veían acentuados.

—Esperaba ser capaz de controlarlo. —Matthew bajó la frente hasta apoyarla sobre los dedos—. Creía que el amor que sentía por Diana era más fuerte que la enfermedad.

—Ah, Matthew. A veces eres más idealista que Hugh en sus mejores días —dijo Fernando con un suspiro mientras le ponía la mano sobre el hombro para consolarle.

Fernando siempre ofrecía consuelo y ayuda a quienes lo necesitaban, aun cuando no lo merecieran. Había mandado a Matthew a estudiar con el cirujano Albucasis cuando estaba intentando superar el furor descontrolado y letal que marcó sus primeros siglos como vampiro. Fue Fernando quien mantuvo a salvo a Hugh —el hermano adorado de Matthew— mientras iba del campo de batalla a los libros y de vuelta al campo de batalla. De no haber sido por él, Hugh habría acudido al combate blandiendo únicamente un libro de poesía, una triste espada y un guantelete. Y fue Fernando quien le dijo a Philippe que sería un grave error hacer volver a Matthew a Jerusalén. Por desgracia, ni Philippe ni Matthew atendieron sus consejos.

—Me he tenido que obligar a dejarla esta noche. —Los ojos de Matthew se movían por toda la capilla—. No puedo estar quieto, quiero matar, lo necesito y, aun así, me es casi imposible alejarme más allá del alcance de su aliento.

Fernando le escuchaba con silenciosa comprensión, mientras se preguntaba por qué le sorprendía tanto a Matthew. Tuvo que recordarse a sí mismo que los vampiros recién apareados a menudo infravaloraban lo mucho que les podía afectar el vínculo.

—Ahora mismo Diana quiere estar cerca de Sarah y de mí. Pero cuando se aquiete su dolor por la muerte de Emily querrá retomar su vida —dijo Matthew, claramente preocupado.

—Pues no puede. No, si tú estás junto a ella. —Fernando nunca mediá las palabras con Matthew. Los idealistas como él necesitaban que se les hablara claro, de lo contrario se perdían—. Si Diana te quiere, se adaptará.

—No hará falta que se adapte —dijo Matthew apretando los dientes—. No voy a quitarle su libertad, cueste lo que cueste. Tampoco estuve con Diana en todo momento en el siglo XVI. No hay razón para que no pueda hacer lo mismo en el siglo XXI.

—En el pasado dominabas tus sentimientos porque siempre que no estabas con ella lo estaba Gallowglass. Sí, me ha contado todo acerca de vuestra vida en Londres y Praga —dijo Fernando al ver que Matthew se volvía sorprendido hacia él—. Y si no era Gallowglass, Diana estaba con otra persona: Philippe, Davy, otra bruja, Mary, Henry. ¿De verdad piensas que los teléfonos móviles van a darte una sensación parecida de contacto y de control?

Matthew aún parecía enfadado, con la rabia a punto de salir a la superficie, pero también se le veía abatido. Fernando se lo tomó como un paso en el buen camino.

—Ysabeau debió parar tu relación con Diana Bishop cuando se hizo evidente que sentías un vínculo de apareamiento —dijo Fernando seriamente. Si Matthew fuera su hijo, le habría encerrado en una torre de acero para evitarlo.

—Lo hizo. —La expresión de Matthew se volvió aún más sombría—. No me apareé del todo con Diana hasta que vinimos a Sept-Tours en 1590. Philippe nos dio su consentimiento.

Fernando sintió cómo la boca se le llenaba de amargura.

—La arrogancia de ese hombre no conocía límites. Estoy seguro de que planeaba arreglarlo todo para cuando volvierais al presente.

—Philippe sabía que no estaría aquí —confesó Matthew. Los ojos de Fernando se abrieron sorprendidos—. Yo no le hablé de su muerte. Lo averiguó él solo.

Fernando soltó una blasfemia incendiaria. Estaba seguro de que el dios de Matthew la perdonaría, porque en este caso estaba bien merecida.

—¿Y te apareaste con Diana antes o después de que Philippe la marcara con el juramento de sangre? —El juramento de sangre de Philippe se seguía oyendo incluso después de viajar en el tiempo de vuelta al presente y, según decían Verin de Clermont y Gallowglass, era ensordecedor. Afortunadamente, Fernando no era un De Clermont de pura sangre, así que el canto de sangre de Philippe para él no era más que un zumbido persistente.

—Después.

—Por supuesto. El voto de sangre de Philippe garantizó su seguridad. *Noli me tangere* —dijo Fernando negando con la cabeza—. Gallowglass perdía el tiempo cuidando tanto de ella.

—«No me toques, pues soy del César» —citó suavemente Matthew a modo de eco—. Es verdad. Después de aquello ningún vampiro se metió con ella. Solo Louisa.

—Louisa cometió una locura ignorando los deseos de tu padre al respecto —comentó Fernando—. Supongo que por eso Philippe la envió a los últimos confines del mundo en 1591. —La decisión siempre les había parecido un tanto brusca, y luego Philippe no movió un dedo para vengar su muerte. Pero Fernando había archivado la información para tenerla en cuenta más adelante.

La puerta se abrió de repente. Tabitha, la gata de Sarah, entró como una bala en la capilla dejando una estela de pelo gris e indignación felina. Gallowglass iba detrás de ella, con un paquete de cigarrillos en una mano y una petaca plateada en la otra. Tabitha se metió entre las piernas de Matthew, mendigando su atención.

—La minina de Sarah es casi tan molesta como el dragón de la tía. —Gallowglass ofreció bruscamente la petaca a Matthew—. Toma un poco. No es sangre, pero tampoco es ese brebaje francés de la abuela. Eso que sirve pasaría como colonia, pero poco más.

Matthew declinó la oferta negando con la cabeza. El vino de Baldwin todavía estaba agriándole el estómago.

—¿Y tú te llamas vampiro? —se indignó Fernando reprendiendo a Gallowglass—. ¡Dándote a la bebida por *um pequeño dragão!*

—Si crees que es tan fácil, intenta tú domar a Corra. —Gallowglass sacó un cigarrillo del paquete y se lo llevó a los labios—. O también podríamos votar qué hacer con ella.

—¿Votar? —repitió Matthew, incrédulo—. ¿Desde cuándo se vota en esta familia?

—Desde que Marcus se puso al frente de los Caballeros de Lázaro —contestó Gallowglass, sacando un encendedor plateado del bolsillo—. La democracia se nos ha estado atragantando desde el día en que te fuiste.

Fernando le lanzó una mirada punzante.

—¿Qué? —le increpó Gallowglass, abriendo la tapa del encendedor.

—Este es un lugar sagrado, Gallowglass. Y ya sabes lo que opina Marcus de fumar cuando hay sangre caliente en la casa —dijo Fernando con tono reprobatorio.

—Y también podrás imaginar mi opinión al respecto, teniendo a mi esposa embarazada arriba. —Matthew le quitó el cigarrillo de la boca.

—Esta familia era más divertida cuando había menos títulos médicos —dijo Gallowglass en tono amenazante—. Recuerdo los buenos tiempos, cuando nos cosíamos nosotros mismos si nos herían en combate y nos importaban un bledo nuestros niveles de hierro y de vitamina D.

—Sí, claro. —Fernando levantó la mano para mostrar una cicatriz mal cosida—. Grandes tiempos aquellos, y tu habilidad con la aguja también es legendaria, *Carnicero*.

—Fui mejorando —contestó Gallowglass a la defensiva—. Nunca llegué a ser tan bueno como Matthew o Marcus, claro. Pero no todos podemos ir a la universidad.

—No mientras Philippe era el cabeza de familia —murmuró Fernando—. Él prefería que sus hijos y sus nietos blandieran espadas en vez de ideas. Así erais mucho más maleables.

Había algo de verdad en aquel comentario, y un océano de dolor tras él.

—Debería volver con Diana. —Matthew se balanceó para levantarse y apoyó la cabeza sobre el hombro de Fernando durante un instante antes de volverse hacia la puerta.

—Amigo, esperar no va a hacer que te sea más fácil contarles a Marcus y a Hamish lo de la rabia de sangre —advirtió Fernando, deteniéndole.

—Creía que después de tantos años mi secreto estaría a salvo —dijo Matthew.

—Los secretos, como los muertos, no siempre permanecen enterrados —alegó Fernando con tristeza—. Cuéntaselo. Pronto.

Matthew volvió a su torre más alterado de lo que estaba cuando la dejó.

Al verle, Ysabeau frunció el ceño.

—Gracias por cuidar de Diana, *maman* —dijo besándola en la mejilla.

—¿Y tú, hijo mío? —Ysabeau puso su mano sobre la mejilla de Matthew buscando, al igual que había hecho Fernando, indicios de rabia de sangre—. ¿Debería estar cuidándote a ti en lugar de a ella?

—Estoy bien, de verdad —contestó Matthew.

—Por supuesto —respondió Ysabeau. Aquella expresión significaba muchas cosas en el léxico personal de su madre. Pero nunca significaba que estuviera de acuerdo—. Si me necesitas, estaré en mi habitación.

Cuando el ruido de los sigilosos pasos de su madre desapareció, Matthew abrió las ventanas de par en par y acercó su silla al vano. Absorbió los intensos olores estivales de las silenes y de los últimos alhelíes. El sonido rítmico de la respiración de Diana en el piso de arriba se fundió con el resto de melodías nocturnas que solo los vampiros son capaces de oír: el sordo golpeteo de los escarabajos abejeros enzarzados en combate por hembras, el silbido ronco de los lirones correteando sobre las almenas, los agudos chirridos de las polillas esfinge, las martas rascando el tronco de los árboles al trepar. A juzgar por los gruñidos y el ruido de algo husmeando en el jardín, Gallowglass había tenido la misma suerte capturando el jabalí que había arrancado las verduras de Marthe que antes intentando atrapar a Corra.

Normalmente, Matthew atesoraba aquella hora tranquila y equidistante entre la medianoche y el alba, cuando los búhos habían cesado su ulular y ni los más disciplinados madrugadores habían destapado sus cubrecamas todavía. Sin embargo, aquella noche ni siquiera los olores y los sonidos familiares del hogar eran capaces de obrar su magia.

Solo una cosa podía hacerlo.

Matthew subió las escaleras hasta lo alto de la torre. Allí observó el perfil de Diana durmiendo. Le acarició el pelo y sonrió al ver que su esposa respondía instintivamente buscando su mano con la cabeza. Por imposible que pareciera, encajaban: vampiro y bruja, hombre y mujer, esposo y esposa. El tenso nudo que sentía en el corazón se aflojó unos preciosos milímetros.

Sigilosamente, Matthew se quitó la ropa y se metió en la cama. Las sábanas estaban enroscadas en las piernas de Diana; las desenredó y arropó a Diana y a sí mismo. Encajó sus rodillas detrás de las de Diana y acercó sus caderas hacia las de ella. Se empapó de su aroma suave y agradable —miel, manzanilla y savia de sauce— y como si fuera una pluma posó un beso sobre su cabello claro.

Tras unas pocas respiraciones, el corazón de Matthew se tranquilizó y su inquietud se esfumó mientras Diana le daba la paz que no lograba encontrar. Aquí, en el círculo que dibujaban sus brazos, estaba todo lo que siempre había querido. Una esposa. Unos hijos. Su propia familia. Dejó que la poderosa idoneidad que siempre sentía en presencia de Diana penetrara en su alma.

—¿Matthew? —preguntó Diana adormecida.

—Estoy aquí —murmuró a su oído, abrazándola más fuerte—. Duérmete. Aún no ha salido el sol.

Diana se volvió hacia él y se acurrucó en su cuello.

—¿Qué pasa, *mon coeur*? —preguntó Matthew frunciendo el ceño y apartándose ligeramente para observar la expresión de ella. Tenía la piel hinchada y enrojecida de llorar, y las arruguitas alrededor de sus ojos se habían ahondado por la preocupación y el dolor. Le destrozaba verla así—. Dime —dijo tiernamente.

—¿Para qué? Nadie puede arreglarlo —repuso ella con tristeza.

Matthew sonrió.

—Al menos déjame intentarlo.

—¿Puedes hacer que el tiempo se detenga? —susurró Diana tras un instante de duda—. ¿Solo un ratito?

Matthew era un vampiro antiguo, no un brujo capaz de viajar en el tiempo. Pero también era un hombre y conocía una forma de conseguir esa mágica proeza. Su cabeza le decía que estaba demasiado reciente la muerte de Emily, pero su cuerpo le decía otra cosas, más persuasiva.

Apartó la boca levemente hacia abajo, dándole a Diana la oportunidad de separarse, pero ella enredó sus dedos en el pelo de él y le devolvió el beso con una intensidad que le dejó sin respiración.

Su delicado camisón de lino les había acompañado desde el pasado y, aunque prácticamente transparente, era el único obstáculo entre sus cuerpos. Matthew levantó la tela, revelando la ligera hinchazón de la tripa donde crecían sus hijos, la curva de los pechos cada día más maduros y llenos de fértiles promesas. Desde su vuelta de Londres no habían hecho el amor y Matthew notó que el abdomen de ella estaba más tenso —señal de que los bebés seguían desarrollándose— y que la sangre fluía con más intensidad en sus pechos y su sexo.

Se empapó los ojos, las manos, la boca, de ella. Pero en lugar de saciarse, su hambre de Diana solo crecía. Matthew la recostó en la cama y dibujó una estela de besos por su cuerpo hasta perderse en los lugares ocultos que solo él conocía. Las manos de ella trataron de empujarle el rostro más hacia su cuerpo, y Matthew le mordisqueó el muslo acercándose silenciosamente.

Diana empezó a luchar más en serio contra la contención de él, pidiéndole sutilmente que la hiciera suya, hasta que Matthew le dio la vuelta en sus brazos y pasó una mano lentamente por su espina dorsal.

—Querías que el tiempo se detuviera —le recordó él.

—Lo ha hecho —insistió ella, apretándose contra él, invitándole.

—¿A qué tanta prisa? —Matthew acarició la cicatriz en forma de estrella que Diana tenía entre los omoplatos y la luna creciente que iba de un lado de sus costillas al otro. Frunció el ceño. En la caída de su espalda había una sombra. Estaba hundida en la profundidad de su piel y su perfil de color gris perla parecía un dragón escupefuego hincando la mandíbula en la luna creciente que tenía encima, con las alas cubriendo las costillas de Diana y una cola que desaparecía alrededor de sus caderas.

—¿Por qué paras? —Diana se quitó el pelo de los ojos y giró el cuello sobre los hombros—. Yo soy la que quiere que el tiempo se detenga, no tú.

—Tienes algo en la espalda. —Matthew siguió las alas del dragón.

—¿Quieres decir algo más? —preguntó ella con una risa nerviosa. Aún le preocupaba que las heridas curadas le hubieran dejado marca.

—Con las otras cicatrices, me recuerda a un cuadro que hay en el laboratorio de Mary Sidney, el del dragón capturando la luna con la boca. —Se preguntaba si sería visible para otros o si solo sus ojos de vampiro podían detectarlo—. Es precioso. Otra señal de tu valentía.

—Me dijiste que era temeraria —recordó Diana sin respiración mientras la boca de él bajaba hacia la cabeza del dragón.

—Lo eres. —Matthew siguió la trayectoria arremolinada de la cola del dragón con la lengua y los labios. Su boca siguió bajando y adentrándose—. Me vuelve loco.

Apretó su boca contra ella, manteniendo a Diana al borde del deseo, apenas interrumpiendo sus movimientos para susurrarle palabras de amor o promesas, para luego retomarlos, sin dejar que ella se le desbocara. Diana deseaba satisfacción y una paz que trajera el olvido, pero lo que él quería era que aquel momento colmado de seguridad e intimidad durara para siempre. Matthew la giró para quedar cara a cara. Se deslizó dentro de ella, mientras sentía sus labios suaves y turgentes, sus ojos llenos de sueño. Y siguió moviéndose suavemente hasta que el latido del corazón de su esposa se aceleró diciéndole que se acercaba al clímax.

Diana exclamó el nombre de Matthew, tejiendo un hechizo que le puso en el centro del mundo.

Quedaron tumbados y entrelazados en los últimos instantes de oscuridad teñida de rosa antes del alba. Diana acercó la cabeza de Matthew contra su pecho. Él la miró como preguntándole y ella asintió. Matthew se deslizó hacia la luna plateada siguiendo con su boca una vena azul prominente.

Era el ritual ancestral por el cual un vampiro conocía a su pareja, el instante sagrado de comunión en el que pensamientos y emociones se intercambiaban sinceramente y sin juzgar. Los vampiros eran criaturas reservadas, pero cuando tomaban sangre de la vena del corazón de su pareja, se producía un momento de paz y comprensión que aquietaba la necesidad constante y sorda de cazar y poseer.

La piel de Diana cedió bajo sus dientes y Matthew bebió unas preciosas gotas de su sangre. Con ella le inundó una riada de impresiones y emociones: la alegría mezclada con la tristeza, el placer por volver a estar con los amigos y la familia templado por el dolor y la rabia por la muerte de Emily, contenida por la preocupación de Diana por él y sus bebés.

—Si hubiera podido, te habría evitado esta pérdida —murmuró Matthew besando la marca que su boca había dejado sobre la piel de ella. Movió sus cuerpos para quedarse boca arriba con Diana tumbada sobre su figura yacente. Ella le miró a los ojos.

—Lo sé. No me dejes nunca, Matthew. No sin despedirte.

—Nunca te dejaré —prometió él.

Diana rozó la frente de Matthew con sus labios. Le besó entre los ojos. La mayoría de parejas de sangre caliente no era capaz de compartir el ritual de unión de los vampiros, pero su esposa había logrado vencer aquella limitación, como hacía con la mayoría de obstáculos que encontraba en su camino. Ella había descubierto que cuando le besaba en ese punto vislumbraba atisbos de los pensamientos más profundos de Matthew y los rincones oscuros donde se escondían sus miedos y secretos.

Matthew se estremeció ligeramente al sentir el poder de Diana en aquel beso y trató de quedarse inmóvil, deseando que ella se llenara de él. Hizo un esfuerzo para relajarse, para que sus sentimientos y sus pensamientos fluyeran libremente.

—Bienvenida a casa, *hermana*. —Un aroma a leña y cuero de montura inundó la habitación de repente, y Baldwin arrancó la sábana de la cama.

Diana soltó un grito de sorpresa. Matthew intentó ocultar el cuerpo desnudo de su mujer tras el suyo, pero era demasiado tarde. Su esposa estaba en manos de otro.

—El juramento de sangre de mi padre se oye desde la entrada. Tú también estás embarazada. —El rostro de Baldwin de Clermont reveló una furia fría bajo su cabello rubio rojizo al bajar la mirada hacia el vientre hinchado de Diana. Le torció el brazo para poder oler su muñeca—. Y no hueles más que a Matthew. Bueno, bueno…

Baldwin soltó a Diana y Matthew la cogió.

—Levantaos los dos —exigió Baldwin, con evidente furia.

—¡No tienes ninguna autoridad sobre mí, Baldwin! —exclamó Diana, entornando los ojos.

No podía haber elegido una respuesta que encendiera más al hermano de Matthew. Sin avisar, Baldwin se abalanzó hasta quedarse a milímetros de su cara. Lo único que impidió que el vampiro se le acercara más fue la mano de Matthew agarrando su garganta.

—Según el juramento de mi padre sí la tengo, bruja. —Baldwin clavó su mirada en los ojos de Diana, tratando de obligarla a desviar los suyos con solo su voluntad. Al ver que no lo hacía, Baldwin pestañeó—. Tu esposa no tiene modales, Matthew. Edúcala o lo haré yo.

—¿Educarme? —Los ojos de Diana se abrieron de par en par. Separó los dedos de las manos y el viento de la habitación se arremolinó a sus pies, dispuesto a responder a su llamada. Desde arriba, Corra chirrió para que su señora supiera que estaba en camino.

—Sin magia ni dragón —le murmuró Matthew al oído, rogando que por una vez su esposa le obedeciera. No quería que Baldwin ni nadie de la familia supiera lo mucho que habían aumentado las habilidades de Diana mientras estaban en Londres.

Milagrosamente, Diana asintió.

—¿Qué significa esto? —La voz heladora de Ysabeau atronó en la habitación—. Lo único que puede explicar tu presencia aquí, Baldwin, es que hayas perdido el juicio.

—Cuidado, Ysabeau. Se te ven las garras. —Baldwin avanzó con paso airado hacia las escaleras—. Y olvidas una cosa: soy el cabeza de la familia De Clermont. No necesito ninguna excusa. Te espero en la biblioteca, Matthew. Y a ti también, Diana.

Baldwin se volvió para clavar sus extraños ojos color marrón dorado en los de Matthew.

—No me hagáis esperar.

3

La biblioteca de la familia De Clermont estaba bañada por la tenue luz del primer amanecer, que hacía parecer suavemente desenfocado todo lo que en su interior había: los bordes de los libros, las líneas marcadas de las estanterías de madera que revestían la sala, los tonos dorados y azules de la alfombra de Aubusson.

Lo que no podía atenuar era mi ira.

Durante tres días había creído que nada podía ocupar el lugar de mi dolor por la muerte de Emily, pero tres minutos en compañía de Baldwin habían demostrado que me equivocaba.

—Entra, Diana. —Baldwin estaba sentado en una silla Savonarola estilo trono junto a los ventanales. Su cuidada cabellera entre rojiza y rubia brillaba a la luz de la lámpara, con un color que me recordaba a las plumas de Augusta, el águila con la que el emperador Rodolfo cazaba en Praga. Cada centímetro del cuerpo musculado de Baldwin estaba armado de ira y fuerza acumulada.

Miré a mi alrededor. No éramos los únicos convocados por Baldwin a una reunión improvisada. Junto a la chimenea esperaba una joven escuálida con la piel del color de la leche desnatada y el pelo negro y de punta. Sus ojos eran grises y enormes, y estaban enmarcados por gruesas pestañas. Aspiraba el aire como si estuviera oliendo una tormenta.

—Verin. —Matthew ya me había advertido que las hijas de Philippe eran tan aterradoras que la familia le había pedido que dejara de hacerlas. Pero aquella chica no me parecía demasiado aterradora. El rostro de Verin era suave y sereno, su postura relajada y sus ojos irradiaban energía e inteligencia. De no ser por su atuendo negro de pies a cabeza, se podría confundir con una elfa.

Entonces vi la empuñadura de un cuchillo sobresaliendo de sus botas negras de tacón.

—*Wölfling* —contestó Verin. Un saludo frío para un hermano, aunque la mirada que me dirigió a mí fue todavía más gélida—. Bruja...

—Me llamo Diana —contesté con la ira encendiéndose.

—Te dije que se veía a la legua —dijo Verin, volviéndose hacia Baldwin e ignorando mi respuesta.

—¿Qué estás haciendo aquí, Baldwin? —preguntó Matthew.

—No sabía que necesitara una invitación para venir a casa de mi padre —contestó—. Pero, ya que lo dices, he venido de Venecia para ver a Marcus.

Se miraron fijamente.

—Imagina mi sorpresa al encontrarte aquí —prosiguió Baldwin—. Tampoco esperaba descubrir que *tu pareja* fuera mi hermana. Si Philippe murió en 1945, ¿cómo es posible que sienta el juramento de sangre de mi padre? ¿Cómo puedo olerlo? ¿Oírlo?

—Ya te explicará otro el resto de las noticias. —Matthew me cogió de la mano y se giró para volver arriba.

—Ninguno de los dos saldrá de mi vista hasta que averigüe cómo esa bruja ha trucado el juramento de sangre de un vampiro muerto. —La voz de Baldwin sonaba grave y amenazadora.

—No he trucado nada —dije indignada.

—Entonces, ¿ha sido nigromancia? ¿Algún repugnante hechizo de resurrección? —preguntó Baldwin—. ¿O es que has hecho aparecer su espíritu y le has obligado a darte su juramento?

—Lo que ocurriera hace tiempo entre Philippe y yo nada tiene que ver con mi magia, sino con su generosidad. —Mi ira se encendía por momentos.

—Te comportas como si le conocieras —replicó Baldwin—. Y eso es imposible.

—No para una viajera del tiempo.

—¿Viajera del tiempo? —Baldwin parecía aturdido.

—Diana y yo hemos estado en el pasado —explicó Matthew—. Para ser exactos, en 1590. Estuvimos aquí, en Sept-Tours, justo antes de Navidad.

—¿Viste a Philippe? —preguntó Baldwin.

—Le vimos. Aquel invierno Philippe estaba solo. Envió una moneda y me ordenó venir —explicó Matthew. Los De Clermont presentes entendían el código personal de su padre: cuando una orden llegaba acompañada de una de las antiguas monedas de plata de Philippe, el destinatario debía obedecer sin discusión.

—¿En diciembre? Eso significa que tenemos que aguantar cinco meses más de su canto de sangre —farfulló Verin, pellizcándose el puente de la nariz como si le doliera la cabeza. Fruncí el ceño.

—¿Por qué cinco meses? —pregunté.

—Según nuestras leyendas, el juramento de sangre de un vampiro suena durante un año y un día. Todos los vampiros pueden oírlo, pero es especialmente sonoro y claro para los que llevan la sangre de Philippe en las venas —explicó Baldwin.

—Philippe dijo que no quería que cupiera duda de que yo era una De Clermont —dije mirando a Matthew—. Todos los vampiros que me conocieron en el siglo XVI debieron de escuchar su canto de sangre y sabrían que no solo era la pareja de Matthew, sino también la hija de Philippe de Clermont. Philippe me ha estado protegiendo en todo momento en nuestro viaje al pasado.

—Ninguna bruja será reconocida jamás como una De Clermont. —La voz de Baldwin sonó inexpresiva e inapelable.

—Ya lo soy. —Levanté mi mano izquierda para que viera mi alianza—. Matthew y yo estamos casados además de apareados. Tu padre hizo de anfitrión en la ceremonia. Si aún existen los registros de la parroquia de Saint-Lucien, verás que nuestra boda se celebró el 7 de diciembre de 1590.

—Si fuéramos a la aldea, lo que seguramente encontraríamos sería una página arrancada del libro del cura —adujo Verin entre dientes—. *Atta* siempre cubría sus huellas.

—El hecho de que estéis casados o no es irrelevante, porque Matthew tampoco es un verdadero De Clermont —dijo Baldwin fríamente—. Solamente es hijo de la pareja de mi padre.

—Eso es ridículo —protesté—. Philippe consideraba a Matthew como su hijo. Matthew te llama hermano y a Verin hermana.

—Yo no soy hermana de ese cachorro. No tenemos la misma sangre, solo compartimos apellido —dijo Verin—. Gracias a Dios.

—Verá, Diana, el matrimonio y el apareamiento no cuentan demasiado para la mayoría de los De Clermont —aclaró una voz suave con marcado acento español o portugués. Venía de labios de un hombre al que no conocía que estaba de pie junto a la puerta. Su pelo oscuro y sus ojos color café contrastaban con el color ligeramente dorado de su piel y su camisa clara.

—Nadie ha solicitado tu presencia, Fernando —dijo Baldwin con rabia.

—Como sabes, acudo cuando se me necesita, no cuando se me llama. —Fernando hizo una ligera reverencia hacia mí—. Fernando Gonçalves. Lamento mucho su pérdida.

Su nombre resonó en mi memoria. Lo había oído antes, en algún sitio.

—Usted es el hombre a quien Matthew pidió que encabezara los Caballeros de Lázaro cuando renunció al cargo de gran maestre —recordé, ubicándolo por fin. Fernando Gonçalves tenía fama de ser uno de los guerreros más formidables de la hermandad. A juzgar por la anchura de sus hombros y su físico en general, no cabía duda de que era cierto.

—Así es. —Al igual que todos los vampiros, la voz de Fernando era cálida e intensa, y llenaba la sala de un sonido sobrenatural—. Pero Hugh de Clermont es mi pareja. Desde que murió junto a los Templarios, no he tenido mucha relación con las órdenes de caballería, pues hasta los caballeros más aguerridos carecen de valor para guardar sus promesas. —Fernando clavó sus ojos oscuros en el hermano de Matthew—. ¿No es así, Baldwin?

—¿Me estás desafiando? —dijo Baldwin, poniéndose en pie.

—¿Acaso hace falta que lo haga? —Fernando sonrió. Era más bajo que Baldwin, pero algo me decía que no sería fácil de batir en combate—. No me habría imaginado que ignorarías el juramento de sangre de tu padre, Baldwin.

—No sabemos lo que Philippe quería de la bruja. Puede que quisiera averiguar algo sobre su poder. O tal vez ella utilizara magia para coaccionarle —dijo Baldwin, que sacó la barbilla formando un ángulo feroz.

—No seas ridículo, la tía jamás utilizó magia con el abuelo. —Gallowglass entró como una brisa en la sala, con una serenidad que haría pensar que los De Clermont siempre se reunían a las cuatro y media de la madrugada para discutir asuntos urgentes.

—Ahora que Gallowglass está aquí, dejaré que los De Clermont se las arreglen solos. —Fernando asintió mirando a Matthew—. Llámame si me necesitas, Matthew.

—Estaremos bien. Al fin y al cabo, somos familia. —Gallowglass pestañeó inocentemente mirando a Verin y Baldwin mientras Fernando se retiraba—. En cuanto a lo que quería Philippe, es bastante sencillo, tío: quería que reconocieras a Diana oficialmente como hija suya. Pregúntaselo a Verin.

—¿Qué quiere decir con eso? —preguntó Baldwin a su hermana con tono exigente.

—*Atta* me hizo llamar unos días antes de morir dijo Verin en voz baja y con expresión abatida. La palabra «Atta» me resultaba desconocida, pero estaba claro que era un apelativo paterno cariñoso—. Philippe temía que ignorases su juramento de sangre. Me hizo jurar que lo reconocería, pasase lo que pasase.

—El juramento de Philippe fue un asunto privado entre él y yo. No tiene por qué ser reconocido. Ni por ti ni por nadie. —No quería que mis recuerdos de Philippe, ni de aquel momento, se vieran dañados por Baldwin y Verin.

—No hay nada más público que adoptar a un ser de sangre caliente en un clan de vampiros —me dijo Verin. Luego miró a Matthew—. ¿No te has molestado en enseñarle a la bruja nuestras costumbres vampíricas antes de embarcarte en un amor prohibido?

—El tiempo era un lujo del que carecíamos —contesté yo. Desde el comienzo de nuestra relación, Ysabeau me había avisado de que tenía mucho que aprender de los vampiros. Después de aquella conversación, el tema de los juramentos de sangre pasaría a los primeros lugares de mi agenda de averiguaciones.

—Déjame que te lo explique —dijo Verin, con la voz más aguda que la de cualquier institutriz—. Antes de que se disipe el canto de sangre de Philippe, uno de sus hijos de pura sangre debe reconocerlo. Hasta que eso ocurra, no eres una De Clermont de verdad y ningún vampiro estará obligado a rendirte honores como tal.

—¿Y eso es todo? Me da igual el honor vampírico. Ser la esposa de Matthew es suficiente. —Cuanto más me contaban sobre convertirme en una De Clermont, menos me apetecía la idea.

—Llegaremos a un acuerdo —dijo Baldwin—. Seguro que a Philippe le gustaría que cuando nazcan los hijos de la bruja sus nombres pasen a formar parte de mi parentela en el pedigrí de la familia De Clermont. —Sus palabras sonaron magnánimas, pero estaba segura de que tras ellas había intenciones oscuras.

—Mis hijos no son tu parentela. —La voz de Matthew sonó como un trueno.

—Lo son si Diana es una De Clermont, tal y como afirma —dijo Baldwin con una sonrisa.

—Espera, ¿qué pedigrí? —Necesitaba retroceder un paso en la conversación.

—La Congregación guarda los pedigríes oficiales de todas las familias de vampiros —explicó Baldwin—. Algunos ya no respetan la tradición. Los De Clermont sí. Los pedigríes contienen información sobre renacimientos, muertes, y los nombres de las parejas y sus vástagos.

Me llevé la mano a la tripa automáticamente. Quería que mis hijos fueran ajenos a los registros de la Congregación todo el tiempo que fuera posible. Y a juzgar por la mirada desconfiada de Matthew, él pensaba igual.

—Puede que la capacidad de viajar en el tiempo sea suficiente para satisfacer las preguntas acerca del juramento de sangre, pero solo las magias más negras o la infidelidad pueden explicar este embarazo —dijo Baldwin, deleitándose con el desasosiego de su hermano—. Los hijos no pueden ser tuyos, Matthew.

—Diana lleva a mis hijos dentro —aseguró Matthew, con los ojos peligrosamente oscuros.

—Imposible —afirmó Baldwin llanamente.

—Es verdad —replicó Matthew.

—Si es así, serán los niños más odiados (y los más perseguidos) que el mundo haya conocido. Las criaturas aullarán por su sangre. Y por la tuya —dijo Baldwin.

Casi en el mismo instante que advertí que Matthew se había apartado de mi lado oí cómo se rompía la silla de Baldwin. Cuando cesó la confusión del momento, Matthew estaba detrás de su hermano, le rodeaba la garganta con el brazo y presionaba un cuchillo contra la piel que le cubría el corazón.

Verin se miró la bota asombrada y vio que solo había una funda vacía. Maldijo.

—Puede que seas el cabeza de familia, Baldwin, pero recuerda que yo soy su asesino —rugió Matthew.

—¿Asesino? —Intenté ocultar mi confusión al ver cómo salía a la luz otra cara oculta de Matthew.

«Científico. Vampiro. Guerrero. Espía. Príncipe.

Asesino.»

Matthew me había contado repetidas veces que había asesinado, pero yo siempre lo consideré como una parte intrínseca de ser un vampiro. Sabía que lo había hecho en defensa propia, en combate, y para sobrevivir. Pero nunca imaginé que Matthew cometiera un asesinato por orden de su familia.

—¿No lo sabías? —preguntó Verin con un tono teñido de maldad mientras me estudiaba de cerca con su mirada fría—. Si a Matthew no se le diera tan bien, uno de nosotros ya lo habría sacrificado hace mucho tiempo.

—Todos tenemos un papel en esta familia, Verin. —La voz de Matthew destilaba amargura—. ¿Conoce Ernst el tuyo? ¿Ese que empieza envuelto en suaves sábanas entre los muslos de un hombre?

Verin se lanzó como un rayo a por Matthew con los dedos curvados como garras letales.

Los vampiros eran rápidos, pero la magia más.

Empujé a Verin contra una pared con una ráfaga de viento de bruja, apartándola de mi esposo y de Baldwin lo suficiente como para que Matthew le sacara una promesa a su hermano y le soltara.

—Gracias, *ma lionne*. —Era el apelativo que Matthew solía utilizar cuando yo hacía algo valiente, o increíblemente estúpido. Me dio el cuchillo de Verin—. Quédate con esto.

Matthew levantó a Verin mientras Gallowglass se acercaba a mi lado.

—Bueno, bueno… —murmuró Verin mientras recobraba la verticalidad—. Ya veo por qué a *Atta* le interesaba tu esposa, pero no creía que tú tuvieras lo que hay que tener para una mujer así, Matthew.

—Las cosas cambian —contestó rápidamente Matthew.

—Eso parece. —Verin me lanzó una mirada apreciativa.

—Entonces, ¿mantendrás tu promesa al abuelo? —preguntó Gallowglass.

—Ya se verá —dijo Verin prudentemente—. Tengo meses para decidirlo.

—Pasará el tiempo, pero nada cambiará. —Baldwin me miró con un desprecio apenas disfrazado—. Reconocer a la esposa de Matthew tendría consecuencias catastróficas, Verin.

—Honré los deseos de *Atta* mientras vivía —dijo Verin—. No puedo ignorarlos ahora que está muerto.

—Debemos consolarnos con el hecho de que la Congregación ya está buscando a Matthew y a su pareja —dijo Baldwin—. Quién sabe, puede que ambos estén muertos antes de diciembre.

Después de echarnos una última mirada de desprecio, Baldwin salió de la biblioteca con paso airado. Verin miró brevemente a Gallowglass como pidiendo disculpas y salió detrás de él.

—Bueno…, no ha estado mal —murmuró Gallowglass—. ¿Te encuentras bien, tía? Brillas un poco.

—El viento de bruja me ha descolocado el hechizo de camuflaje. —Intenté ceñírmelo de nuevo.

—Viendo lo que ha ocurrido aquí esta noche, creo que deberías llevarlo puesto mientras Baldwin siga en casa —sugirió Gallowglass.

—Baldwin no debe saber lo del poder de Diana. Agradecería tu ayuda en ese aspecto, Gallowglass. Y también la de Fernando. —Matthew no especificó a qué clase de ayuda se refería.

—Por supuesto. He estado cuidando de la tía toda su vida —dijo Gallowglass, restándole importancia—. No voy a dejar de hacerlo ahora.

Con esas palabras, cosas de mi pasado que nunca había entendido encajaron de repente como piezas de un rompecabezas. De niña, a menudo me sentía observada por otras criaturas, notaba sus ojos dándome golpecitos, haciéndome cosquillas o helándome la piel. Una de ellas era Peter Knox, el brujo enemigo de mi padre que vino a Sept-Tours buscándonos a Matthew y a mí y acabó asesinando a Em. ¿Sería otra de esas criaturas aquel enorme hombre oso al que ahora quería como a un hermano pero a quien no conocí hasta que viajamos al siglo XVI?

—¿Me estabas cuidando? —Mis ojos se llenaron de lágrimas y pestañeé para contenerlas.

—Prometí al abuelo que te mantendría a salvo. Por Matthew. —Los ojos azules de Gallowglass se enternecieron—. Y menos mal que lo hice. Eras toda una gamberra: trepabas a los árboles, perseguías bicicletas por la calle y te internabas en el bosque sin dar pistas de adónde ibas. No sé cómo lo lograron tus padres.

—¿Lo sabía mi padre? —Tenía que preguntárselo. Mi padre había conocido al gran gaélico en Londres en la época isabelina, cuando se encontró inesperadamente con Matthew y conmigo en uno de sus habituales viajes en el tiempo. Incluso a día de hoy, en la actual Massachusetts, mi padre habría reconocido a Gallowglass nada más verle. Era inconfundible.

—Hice lo que pude para que no me vieran.

—Eso no es lo que he preguntado, Gallowglass. —Cada vez se me daba mejor husmear en las medias verdades de un vampiro—. ¿Sabía mi padre que estabas cuidando de mí?

—Me aseguré de que Stephen me viera justo antes de que él y tu madre partieran para África por última vez —confesó Gallowglass con un hilillo de voz que no llegaba a ser susurro—. Pensé que cuando llegara el fin le ayudaría saber que yo estaba cerca. Aún eras una chiquilla. Stephen debía de estar preocupadísimo pensando en cuánto tiempo pasaría hasta que encontraras a Matthew.

Sin saberlo Matthew ni yo, los Bishop y los De Clermont habían estado trabajando durante años, incluso siglos, para que pudiéramos estar juntos y a salvo: Philippe, Gallowglass, mi padre, Emily, mi madre.

—Gracias, Gallowglass —dijo Matthew con voz ronca. Él también estaba sorprendido por todo lo que había descubierto aquella madrugada.

—No hay de qué, tío. Lo hice encantado. —Gallowglass se aclaró la emoción de la garganta y se fue.

Se hizo un silencio incómodo.

—¡Dios! —Matthew se pasó los dedos por el pelo. Era la señal habitual de que estaba al límite de su paciencia.

—¿Qué vamos a hacer? —dije, tratando de recuperar el equilibrio tras la aparición de Baldwin.

Una sutil tos anunció una nueva presencia en el salón, deteniendo la respuesta de Matthew.

—Siento interrumpir, milord. —Alain le Merle, en su día escudero de Philippe de Clermont, estaba en la puerta de la biblioteca. En las manos llevaba un cofre antiguo con las iniciales P. C. grabadas con tachones de plata en la tapa y un pequeño libro de cuentas encuadernado en bocací de color verde. Su cabello grisáceo y su expresión amable eran los mismos que cuando le conocí en 1590. Al igual que Matthew y Gallowglass, era una estrella fija en mi universo cambiante.

—¿De qué se trata, Alain? —preguntó Matthew.

—Un asunto relacionado con madame De Clermont —contestó Alain.

—¿Qué asunto? —quiso saber Matthew frunciendo el ceño—. ¿No puede esperar?

—Me temo que no —repuso Alain disculpándose—. Sé que es un momento difícil, milord, pero sieur Philippe insistió en que madame De Clermont recibiera sus cosas lo antes posible.

Alain nos condujo de vuelta a nuestra torre. Lo que encontramos sobre el escritorio de Matthew hizo que lo ocurrido en la última hora se esfumara de mi mente y me dejó sin respiración.

Un pequeño libro encuadernado en cuero marrón.

Una manga bordada, raída por el tiempo.

Joyas de muchísimo valor: perlas, diamantes y zafiros.

Una punta de flecha dorada prendida de una larga cadena.

Un par de miniaturas, cuya luminosa superficie se mantenía tan fresca como el día en que fueron pintadas.

Cartas, atadas con un lazo carmesí descolorido.

Una ratonera de plata, cuya bella inscripción grabada en metal parecía deslustrada.

Un instrumento astronómico bañado en oro digno de un emperador.

Una caja de madera tallada por un hechicero de una rama de serbal.

La colección de objetos no era demasiado extensa, pero contenían un significado inmenso, porque representaban los últimos ocho meses de nuestras vidas.

Con manos temblorosas, cogí el pequeño libro y lo abrí. Matthew me lo había dado poco después de llegar a su mansión en Woodstock. En otoño de 1590, la encuadernación del libro estaba fresca y las páginas aún cremosas. Ahora el cuero estaba cubierto de manchas y el papel amarillento por el paso del tiempo. En el pasado había guardado el libro en una estantería alta de Old Lodge, pero el ex libris en su interior revelaba que era propiedad de una biblioteca sevillana. La signatura topográfica, «Manuscrito Gonçalves 4890», estaba escrita con tinta en la guarda. Alguien —sin duda Gallowglass— había quitado la primera página, que una vez estuvo cubierta de mis intentos vacilantes de escribir mi nombre. Las manchas de tinta de la página desaparecida se habían traspasado a la hoja siguiente, pero aún era legible la lista que escribí de las monedas isabelinas en circulación en 1590.

Hojeé las demás páginas, recordando la cura para la jaqueca que había intentado aprender en un vano intento de parecer una buena ama de casa isabelina. Mi diario de acontecimientos cotidianos me trajo recuerdos agridulces de nuestra época con la Escuela de la Noche. Había algunas páginas dedicadas a una descripción de los doce signos del zodiaco, varias recetas copiadas y una lista de cosas que llevar en nuestro viaje a Sept-Tours garabateada en el dorso. Oí cómo pasado y presente repicaban suavemente al deslizarse el uno sobre el otro, y los hilos azules y ámbar apenas perceptibles en las esquinas de la chimenea se hicieron visibles.

—¿De dónde lo has sacado? —dije, centrándome en el aquí y el ahora.

—El señorito Gallowglass se lo dio a dom Fernando hace mucho tiempo. A su llegada a Sept-Tours en mayo, dom Fernando me pidió que se lo devolviera a usted —explicó Alain.

—Es un milagro que todo esto haya sobrevivido. ¿Cómo habéis conseguido mantenerlo todo oculto a mi vista durante tantos años? —Matthew cogió la ratonera de plata. Se había burlado de mí cuando encargué a uno de los fabricantes de relojes más caros de Londres un mecanismo para capturar a los ratones que deambulaban por nuestros áticos en Blackfriars. Monsieur Vallin la había diseñado en forma de gato, con orejas engastadas en las barras horizontales y un ratoncito colgando del hocico del fiero felino. Matthew accionó el mecanismo deliberadamente y los dientes afilados del gato se clavaron en su dedo.

—Hicimos lo que debíamos, milord. Esperamos. Guardamos silencio. Nunca perdimos la fe en que el tiempo nos devolvería a madame De Clermont. —Una sonrisa melancólica se asomó a las comisuras de los labios de Alain—. Ojalá hubiera vivido sieur Philippe para ver este día.

Mi cuerpo se estremeció al pensar en Philippe. Él tuvo que intuir lo mal que reaccionarían sus hijos ante la idea de tenerme como hermana. ¿Por qué me puso en una situación tan imposible?

—¿Estás bien, Diana? —Matthew puso suavemente su mano sobre la mía.

—Sí, solo un poco desbordada. —Cogí los retratos de Matthew y de mí con elegantes atuendos isabelinos. Nicholas Hilliard los había pintado a petición de la condesa de Pembroke. Ella y el conde de Northumberland nos entregaron aquellos diminutos retratos como regalo de boda. Ambos eran amigos de Matthew de antes, junto con otros miembros de la Escuela de la Noche: Walter Raleigh, George Chapman, Thomas Harriot y Christopher Marlowe. Con el tiempo la mayoría acabaron convirtiéndose en mis amigos.

—Madame Ysabeau fue quien encontró las miniaturas —explicó Alain—. Buscaba cada día rastros de ustedes en los periódicos, anomalías que se salieran del resto de los sucesos diarios. Cuando madame Ysabeau los encontró en el anuncio de una subasta, envió al señorito Marcus a Londres. Así es como conoció a mademoiselle Phoebe.

—Esta manga es de tu vestido de novia. —Matthew tocó el frágil tejido, siguiendo los perfiles de una cornucopia, el símbolo tradicional de la abundancia—. Nunca olvidaré tu imagen cuando bajabas la colina hacia la aldea con las antorchas ardiendo y los niños abriéndote paso a través de la nieve. —Su sonrisa estaba colmada de amor y orgullo.

—Después de la boda muchos hombres se ofrecieron a cortejar a madame De Clermont en caso de que usted se hastiara de ella. —Alain se rio entre dientes.

—Gracias por conservar todos estos recuerdos para mí. —Miré el escritorio—. Es demasiado fácil pensar que lo imaginé todo, que en realidad nunca estuvimos allí, en 1590. Esto hace que aquel momento vuelva a parecer real.

—Sieur Philippe creía que le haría sentir eso. Por desgracia, hay dos piezas que requieren de su atención, madame De Clermont. —Alain le mostró el libro de cuentas. Un cordón anudado lo mantenía cerrado, con una gota de cera sellando el cordón a la cubierta.

—¿Qué es esto? —Fruncí el ceño mirando el libro. Era mucho más delgado que los que había en el despacho de Matthew con los registros financieros de los Caballeros de Lázaro.

—Sus cuentas, madame.

—Creía que Hamish llevaba mis cuentas. —Había dejado montones de documentos, todos ellos esperando mi firma.

—El señor Osborne se hizo cargo de su acuerdo prematrimonial con milord. Estos son los fondos que recibió usted de sieur Philippe. —La atención de Alain permaneció unos instantes en mi frente, allí donde Philippe había impuesto su sangre para declararme hija suya.

Rompí el sello de lacre y abrí la cubierta con curiosidad. El pequeño libro de cuentas había sido encuadernado periódicamente según se iban necesitando más páginas. Las primeras anotaciones se hicieron en papel del siglo XVI y se remontaban a 1591. Una documentaba el depósito de la dote que Philippe ofreció cuando me casé con Matthew: 20.000 zecchini venecianos y 30.000 reichstaler de plata. Todas y cada una de las posteriores inversiones —como la reinversión de cualquier interés pagado sobre los fondos, y las casas y las tierras compradas con las ganancias— habían sido minuciosamente incluidas con la letra clara de Alain. Hojeé las últimas páginas del libro. La última anotación, hecha sobre papel grueso y lustroso, tenía fecha del 4 de julio de 2010, el día en que llegamos de regreso a Sept-Tours. Mis ojos se abrieron desorbitados al ver la cantidad indicada en la columna de activos.

—Lamento que no sea más —se disculpó rápidamente Alain, malinterpretando mi reacción—. Invertí su dinero como lo hice con el mío, pero las oportunidades más lucrativas y, por tanto, más arriesgadas requerían la aprobación de sieur Baldwin y, evidentemente, él no podía saber de la existencia de madame.

—Alain, es más de lo que jamás imaginé tener. —Matthew me había asignado una cantidad sustancial de propiedades cuando redactó el acuerdo prenupcial, pero aquella era una cantidad inmensa. Philippe quería que tuviera independencia económica, como el resto de las mujeres De Clermont. Y como averigüé aquella mañana, mi suegro había conseguido su propósito, ya fuera vivo o muerto. Dejé a un lado el libro de cuentas—. Gracias.

—Un placer —dijo Alain con una reverencia. Sacó algo del bolsillo—. Por último, sieur Philippe me dio instrucciones de que le diera esto.

Alain me entregó un sobre hecho de cartulina fina corriente. Mi nombre figuraba en la parte delantera. Aunque el adhesivo se había secado hacía tiempo, el sobre había sido sellado con un amasijo de cera negra y roja, y tenía una moneda antigua sobre ella: el sello especial de Philippe.

—Sieur Philippe estuvo escribiendo en esta carta durante más de una hora. Cuando terminó me hizo leérsela en alto para asegurarse de que recogía lo que quería decir.

—¿Cuándo? —preguntó Matthew con voz ronca.

—El día de su muerte —contestó Alain con gesto angustiado.

La letra temblorosa delataba a alguien demasiado anciano o débil como para sostener una pluma. Era un vivo recuerdo de lo mucho que había sufrido Philippe. Seguí mi nombre con los dedos. Cuando llegaron a la última letra, los pasé por la superficie del sobre, tirando de las letras para que se desenmarañaran. Tras hacerse un borrón negro en el sobre, la tinta se fue transformando en la imagen del rostro de un hombre. Seguía siendo hermoso, aunque estaba desfigurado por el dolor y tenía un profundo hueco donde antes hubo un ojo leonado que irradiaba inteligencia y humor.

—No me dijiste que los nazis le dejaron ciego. —Sabía que mi suegro había sido torturado, pero nunca imaginé que sus captores le hubieran hecho tanto daño. Estudié las otras heridas sobre su rostro. Afortunadamente, no había suficientes letras en mi nombre como para hacer un retrato detallado. Acaricié la mejilla de mi suegro y la imagen se disolvió, dejando una mancha de tinta en el sobre. Con un movimiento rápido de mis dedos, la mancha se alzó en un pequeño tornado negro y cuando dejó de dar vueltas las letras volvieron a su lugar original.

—Sieur Philippe hablaba con usted de sus problemas a menudo, madame De Clermont —prosiguió suavemente Alain—, cuando el dolor era terrible.

—¿Que hablaba con ella? —repitió Matthew, aturdido.

—Prácticamente cada día —contestó Alain asintiendo—. Me pedía que hiciera marcharse a todo el mundo de esa parte del castillo, por miedo a que alguien le oyera. Madame De Clermont daba consuelo a sieur Philippe cuando nadie más podía.

Giré el sobre, recorriendo las marcas que resaltaban en relieve la vieja moneda de plata.

—Philippe quería que las monedas le fueran devueltas. En persona. ¿Cómo puedo hacerlo, si él está muerto?

—Tal vez la respuesta esté ahí dentro —sugirió Matthew.

Pasé el dedo por debajo del sello del sobre, despegando la moneda de la cera. Con cuidado, saqué la frágil hoja de papel, que crujió ominosamente al desdoblarla.

El suave aroma a laurel, higos y romero de Philippe me hizo cosquillas en la nariz.

Al observar la hoja, agradecí mi pericia descifrando letras difíciles de leer. Después de mirarla con detenimiento, empecé a leer la carta en voz alta.

Diana:
No permitas que los fantasmas del pasado roben las alegrías del futuro.
Gracias por coger mi mano.
Ya puedes soltarme.
Tu padre, de sangre y juramento,

Philippe

P. D. Esta moneda es para el barquero. Dile a Matthew que os veré a salvo en la otra orilla.

Me atraganté con las últimas palabras, que dejaron su eco en el silencio de la habitación.

—Entonces, Philippe espera que le devuelva la moneda. —Estaría sentado a orillas de la laguna Estigia esperando a que me acercara la barca de Caronte. Tal vez Emily esperara junto a él y mis padres también. Cerré los ojos, tratando de apartar de la mente las dolorosas imágenes.

—¿Qué quería decir con «Gracias por coger mi mano»? —preguntó Matthew.

—Le prometí que no estaría solo en los momentos oscuros. Que estaría allí, con él. —Mis ojos se llenaron de lágrimas—. ¿Cómo es posible que no recuerde haberlo hecho?

—No lo sé, mi amor. Pero de algún modo lograste cumplir tu promesa. —Matthew se inclinó y me besó. Miré por encima del hombro—. Y Philippe se aseguró de tener la última palabra. Como siempre.

—¿Qué quieres decir? —pregunté, enjugándome las lágrimas.

—Dejó testimonio escrito de que decidía hacerte hija suya de forma libre y voluntaria. —Matthew señaló la página con su dedo blanco y largo.

—Por eso sieur Philippe quería que madame De Clermont tuviera todo esto lo antes posible —admitió Alain.

—No lo entiendo —dije mirando a Matthew.

—Entre las joyas, tu dote y esta carta, será imposible que ninguno de los hijos de Philippe (ni la Congregación) sugiera que fue obligado de cualquier modo a conferirte un juramento de sangre —explicó Matthew.

—Sieur Philippe conocía bien a sus hijos. A menudo preveía su futuro con la facilidad de un brujo —dijo Alain asintiendo—. Les dejo con sus recuerdos.

—Gracias, Alain. —Matthew esperó a que el eco de los pasos de Alain desapareciera, antes de hablar. Mirándome con preocupación, dijo—: ¿Estás bien, *mon coeur*?

—Claro que sí —murmuré, observando el escritorio. El pasado estaba esparcido sobre él, pero no había ni rastro de un futuro cierto.

—Voy arriba a cambiarme de ropa. No tardaré —dijo Matthew y me besó—. Luego podemos bajar a desayunar.

—Tómate tu tiempo —contesté, tratando de esbozar una sonrisa sincera.

Una vez Matthew se hubo marchado, cogí la punta de flecha dorada que me había dado Philippe para lucirla el día de mi boda. Su peso me tranquilizaba y al contacto con mi piel el metal se calentó rápidamente. Me pasé la cadena por encima de la cabeza. El extremo de la punta anidó entre mis pechos, pero sus bordes estaban demasiado romos y desgastados como para arañarme.

Noté que algo se retorcía en el bolsillo de mis vaqueros y saqué un puñado de lazos de seda. Mis cordones de tejedora habían venido conmigo desde el pasado y, a diferencia de la manga de mi vestido de novia o la seda descolorida que ataba mis cartas, estas hebras estaban frescas y lustrosas. Se empezaron a ensortijar unas con otras bailando alrededor de mis muñecas como un amasijo de serpientes de colores vivos, mezclándose y pintando nuevos colores durante un instante antes de volver a sus hebras y sus tonos originales. Entonces los cordones me subieron por los brazos y se abrieron paso cual gusanos hasta mi pelo, como si estuvieran buscando algo. Me los quité y los volví a guardar.

Se suponía que yo era la tejedora, pero ¿llegaría a entender algún día la enmarañada tela que había urdido Philippe de Clermont al hacerme su hija por juramento de sangre?

4

¿Pensabas contarme alguna vez que eras el asesino de la familia De Clermont? —pregunté, mientras cogía el zumo de pomelo.

Matthew me miró en silencio desde el otro lado de la mesa de la cocina, donde Marthe había dispuesto mi desayuno. Había dejado entrar a Hector y Fallon, que ahora seguían nuestra conversación, y mi desayuno, con sumo interés.

—¿Y la relación de Fernando con tu hermano Hugh? —pregunté—. A mí me criaron dos mujeres. No es posible que hayas estado ocultándome algo así porque pensaras que podía verla con malos ojos.

Hector y Fallon miraron a Matthew esperando una respuesta. Cuando vieron que no llegaba, volvieron a mirarme.

—Verin parece simpática —dije a propósito para provocarle.

—¿Simpática? —Matthew me miró arqueando las cejas.

—Bueno, aparte del hecho de que llevara un cuchillo —admití amablemente, contenta de que mi estrategia surtiera efecto.

—Cuchillos —dijo Matthew corrigiéndome—. Tenía uno en la bota, otro en la cintura del pantalón y otro en el sostén.

—¿Acaso ha sido *girl scout*? —Ahora me tocaba a mí levantar las cejas.

Antes de que Matthew pudiera contestar, Gallowglass atravesó la cocina como un rayo azul y negro seguido de Fernando.

Matthew se levantó al instante. Cuando los perros hicieron lo propio, señaló el suelo y volvieron a sentarse de inmediato.

—Termina de desayunar y dúchate —ordenó Matthew antes de desaparecer—. Llévate a los perros contigo. Y no bajes hasta que yo suba a buscarte.

—¿Qué está pasando? —pregunté a Marthe, pestañeando al verme sola en la cocina.

—Baldwin está en casa —contestó, como si eso fuera suficiente respuesta.

—Marcus —dije, recordando que Baldwin había vuelto para ver al hijo de Matthew. Los perros y yo nos levantamos de un salto—. ¿Dónde está?

—En el despacho de Philippe —contestó Marthe frunciendo el ceño—. No creo que Matthew la quiera allí. Puede que haya derramamiento de sangre.

—Es la historia de mi vida —contesté mirándola por encima del hombro, y tal vez por eso me choqué de bruces con Verin. Estaba con un caballero mayor de complexión alta y adusta, y con ojos amables. Traté de sortearles.

—¿Dónde crees que vas? —preguntó Verin, obstaculizándome el paso.

—Al despacho de Philippe.

—Matthew te ha dicho que vayas a su torre. —Verin entornó los ojos—. Es tu pareja, se supone que debes obedecerle como una buena esposa vampira. —Su acento era levemente germánico; ni alemán ni austriaco, ni tampoco suizo, pero con algo de los tres.

—Lástima que sea una bruja. —Ofrecí mi mano al caballero, que observaba nuestra conversación ocultando a duras penas las ganas de reír—. Diana Bishop.

—Ernst Neumann. Soy el marido de Verin. —El acento de Ernst delataba su origen de la zona de Berlín—. ¿Por qué no dejas que Diana vaya tras él, *Schatz*? Así podrás seguirla. Sé que odias perderte una buena discusión. Yo esperaré a los demás en el salón.

—Buena idea, mi amor. No me pueden echar la culpa si la bruja se escapa de la cocina. —Verin le miró con abierta admiración y le dio un largo beso. Podía parecer su nieta, pero era evidente que estaban muy enamorados.

—De vez en cuando se me ocurren buenas ideas —replicó con mirada pícara—. Pero antes de que Diana se escape y tú vayas detrás de ella, dime: ¿cojo un cuchillo o una pistola por si uno de tus hermanos se desmanda?

Verin se quedó ponderando el asunto.

—Creo que bastará con el cuchillo de carnicero de Marthe. Fue suficiente para detener a Gerbert, y tiene un trasero bastante más grueso que Baldwin y que Matthew.

—¿Le clavaste un cuchillo a Gerbert? —Ernst cada vez me caía mejor.

—Eso sería mucho decir —contestó Ernst, ruborizándose.

—Me temo que Phoebe lo está intentando por la vía diplomática —interrumpió Verin, haciéndome dar la vuelta y dirigiéndome hacia la pelea—. Eso nunca funciona con Baldwin. Tenemos que irnos.

—Si Ernst va a coger un cuchillo, yo me llevo a los perros. —Chasqueé los dedos para llamar a Hector y Fallon y eché a correr suavemente, con los perros pegados a mis talones y moviendo la cola como si se tratara de un magnífico juego.

Al llegar al rellano del segundo piso, donde estaban los aposentos de la familia, topamos con un grupito de gente con gesto preocupado: Nathaniel, Sophie con Margaret en brazos y los ojos desorbitados, Hamish luciendo una espléndida bata de seda con arabescos y solo la mitad de la cara afeitada, y Sarah, a la que aparentemente había despertado el tumulto. Ysabeau rezumaba fastidio, como si ese tipo de situaciones se repitiera continuamente.

—Todo el mundo al salón —dije, llevando a Sarah hacia las escaleras—. Ernst se reunirá allí con vosotros.

—No sé qué habrá hecho estallar a Marcus —dijo Hamish, quitándose la espuma de afeitar del mentón con una toalla—. Baldwin le hizo llamar y al principio todo parecía ir bien. Pero de pronto empezaron a gritar.

La pequeña sala que Philippe utilizaba para llevar sus negocios estaba llena de vampiros y testosterona mientras Matthew, Fernando y

Gallowglass se empujaban para ocupar el mejor sitio. Baldwin estaba sentado en un sillón Windsor que reclinaba para poder cruzar las piernas sobre la mesa. Marcus estaba apoyado sobre el otro extremo de la mesa, rojo de cólera. La pareja de Marcus —pues la mujer menuda que estaba a su lado era la misma que recordaba vagamente del día que volvimos, Phoebe Taylor— estaba intentando arbitrar la disputa entre el cabeza de la familia De Clermont y el gran maestre de los Caballeros de Lázaro.

—Esta extraña casa de brujas y daimones que has reunido debe disolverse de inmediato —dijo Baldwin, tratando de contener su carácter sin éxito. Su silla cayó contra el suelo con un estruendo.

—¡Sept-Tours pertenece a los Caballeros de Lázaro! Yo soy el gran maestre, no tú. ¡Yo digo lo que se hace aquí! —gritó Marcus en respuesta.

—Déjalo, Marcus —dijo Matthew cogiendo a su hijo por el codo.

—Si no haces exactamente lo que digo, ¡no habrá Caballeros de Lázaro! —Baldwin se levantó y los dos vampiros quedaron nariz con nariz.

—Deja de amenazarme, Baldwin —dijo Marcus—. No eres mi padre ni tampoco mi señor.

—No, pero soy el cabeza de esta familia. —El puño de Baldwin chocó contra el escritorio de madera con un gran estrépito—. O me escuchas, Marcus, o tendrás que asumir las consecuencias de tu desobediencia.

—¿Por qué no os sentáis y lo habláis de manera razonable? —propuso Phoebe, haciendo un esfuerzo bastante valiente por separar a los dos vampiros.

Baldwin le lanzó un gruñido de advertencia y Marcus se abalanzó sobre la garganta de su tío.

Matthew agarró a Phoebe y la apartó. Estaba temblando, aunque más por la ira que por el miedo. Fernando giró a Marcus y le agarró pegándole los brazos contra el cuerpo. Gallowglass sujetó a Baldwin firmemente por el hombro con una mano.

—No te enfrentes con él —espetó Fernando bruscamente al ver que Marcus intentaba zafarse—. No, a menos que estés dispuesto a salir de esta casa para no volver.

Tras unos largos instantes, Marcus asintió. Fernando le soltó, pero se quedó cerca de él.

—Estas amenazas son absurdas —dijo Marcus en un tono ligeramente más comedido—. Los Caballeros de Lázaro y la Congregación actúan codo con codo desde hace años. Nosotros supervisamos sus asuntos económicos, por no hablar de nuestra ayuda para imponer el orden entre vampiros. Estoy seguro...

—¿Seguro de que la Congregación no se arriesgaría a las represalias de la familia De Clermont? ¿Que no violarían el estatus de santuario que siempre han ofrecido a Sept-Tours? —Baldwin sacudió la cabeza incrédulo—. Ya lo han hecho, Marcus. Esta vez la Congregación no se anda con juegos. Llevan años buscando una escusa para disolver la orden de los Caballeros de Lázaro.

—¿Y lo hacen ahora porque he presentado cargos contra Knox por la muerte de Emily? —preguntó Marcus.

—Solo en parte. Lo que la Congregación no podía aguantar era tu insistencia en que se deje a un lado el acuerdo. —Baldwin extendió bruscamente un rollo de pergamino hacia Marcus. Tenía tres sellos de lacre en la parte inferior que colgaban ligeramente por el uso—. Hemos considerado tu solicitud..., de nuevo. Ha sido denegada. De nuevo.

Ese plural —«hemos»— resolvía un antiguo misterio para mí. Desde que en el siglo XII se firmara el acuerdo y se formara la Congregación, siempre había habido un De Clermont entre los tres vampiros sentados a la mesa de reuniones. Hasta ese momento no sabía la identidad de esa criatura en la actualidad: era Baldwin.

—Ya era bastante grave que un vampiro interfiera en una disputa entre dos brujos —continuó—. Pero exigir represalias por la muerte de Emily Mather fue una estupidez. Y seguir cuestionando el acuerdo ya fue imperdonablemente ingenuo.

—Pero ¿qué ha pasado? —preguntó Matthew. Dejó a Phoebe en mis manos, con una mirada que decía que no estaba demasiado contento de verme allí.

—Marcus y el resto de integrantes de esta pequeña rebelión solicitaron que se pusiera fin al acuerdo en abril. Marcus declaró que la familia Bishop estaba bajo la protección directa de los Caballeros de Lázaro, implicando con ello a la hermandad.

Matthew miró a Marcus con dureza. No supe si besar al hijo de Matthew por sus esfuerzos por proteger a mi familia o reprenderle por su optimismo.

—En mayo…, bueno, ya sabes lo que pasó en mayo —dijo Baldwin—. Marcus describió la muerte de Emily como un acto hostil por parte de miembros de la Congregación decididos a provocar un conflicto abierto entre criaturas. Pensaba que la Congregación tal vez reconsiderara su solicitud previa de abandonar el acuerdo a cambio de una tregua con los Caballeros de Lázaro.

—Era una solicitud completamente razonable —alegó Marcus desenrollando el documento para estudiar su contenido.

—Razonable o no, la medida fue rechazada: dos a favor y siete en contra —afirmó Baldwin—. Nunca permitas una votación cuyo resultado no puedas predecir, Marcus. A estas alturas deberías haber descubierto esa incómoda verdad sobre la democracia.

—No es posible. Eso significa que solo tú y la madre de Nathaniel votasteis a favor de mi propuesta —dijo Marcus. Agatha Wilson, la madre del amigo de Marcus, Nathaniel, era una de los tres daimones que formaban parte de la Congregación.

—Quien estuvo en el mismo bando que Agatha fue otro daimón —replicó Baldwin fríamente.

—¿Votaste en contra? —Era evidente que Marcus contaba con el apoyo de su familia, pero, por lo poco que conocía a Baldwin, le habría dicho que era excesivamente optimista.

—Déjame ver eso —dijo Matthew, quitando el pergamino de las manos a Marcus. Con la mirada exigió a Baldwin que explicara sus actos.

—No me quedó otra opción —dijo Baldwin a Matthew—. ¿Sabes cuánto daño ha hecho tu hijo? A partir de ahora correrán rumores de que un joven advenedizo de una rama inferior del árbol de la familia De Clermont ha intentado armar una insurrección contra mil años de tradición.

—¿Inferior? —Me quedé horrorizada por su insulto a Ysabeau, pero mi suegra no estaba en absoluto sorprendida. Si acaso, parecía aún más aburrida mirando sus largas uñas perfectamente cuidadas.

—Te estás pasando, Baldwin —gruñó Gallowglass—. Tú no estabas aquí. Los miembros corruptos de la Congregación que vinieron aquí en mayo y mataron a Emily…

—¡Gerbert y Knox no son corruptos! —negó Baldwin, levantando de nuevo la voz—. Forman parte de una mayoría de dos tercios.

—Me da igual. Decir que brujas, vampiros y demonios deben quedarse entre los de su clase ya no tiene sentido, si es que alguna vez lo tuvo —insistió Marcus, impávido—. Abandonar el acuerdo es lo correcto.

—¿Desde cuándo importa eso? —Baldwin sonaba hastiado.

—Aquí dice que Peter Knox ha sido reprendido de forma oficial —dijo Matthew, levantando la mirada del documento.

—Más aún, Knox ha tenido que dimitir. Gerbert y Satu dijeron que le habían obligado a actuar contra Emily, pero la Congregación no pudo negar que había jugado un papel importante en la muerte de la bruja. —Baldwin recuperó su asiento tras el escritorio de su padre. A pesar de ser un hombre grande, no parecía tener estatura suficiente para ocupar el lugar de Philippe.

—Entonces Knox sí mató a mi tía. —Mi ira, y mi poder, eran cada vez mayores.

—Afirma que lo único que hizo fue preguntarle acerca del paradero de Matthew y de un manuscrito de la Biblioteca Bodleiana —uno que sonaba muy parecido al texto sagrado que los vampiros llamamos *El libro de la vida* —dijo Baldwin—. Knox dice que Emily se alteró cuando él descubrió que la hija de los Wilson era bruja pero tenía padres daimones. Él achaca el ataque al corazón a la tensión.

—Emily estaba sana como un toro —repliqué yo.

—¿Y qué precio va a pagar Knox por asesinar a una integrante de la familia de mi pareja? —preguntó Matthew serenamente, con su mano sobre mi hombro.

—Se le ha retirado el cargo y tiene prohibido volver a servir en la Congregación —explicó Baldwin—. Al menos Marcus se salió con la suya en eso, pero no estoy tan seguro de que no acabe arrepintiéndose. —Él y Matthew intercambiaron otra mirada prolongada. Me estaba perdiendo algo de importancia vital.

—¿Quién ocupará su lugar?

—Es pronto para saberlo. Las brujas insisten en que el sustituto sea escocés, aduciendo que Knox no ha agotado la duración de su cargo. Janet Gowdie es demasiado vieja para volver a servir, así que yo apostaría por uno de los McNiven, tal vez Kate. O quizás Jenny Horne —contestó Baldwin.

—Los escoceses dan brujos poderosos —dijo Gallowglass en tono sombrío—, y los Gowdie, los Horne y los McNiven son las familias más respetadas en el norte.

—Puede que no sean tan fáciles de manejar como Knox. Y una cosa es segura: los brujos están decididos a hacerse con *El libro de la vida* —dijo Baldwin.

—Siempre lo han querido —aseguró Matthew.

—No de esta forma. Knox encontró una carta en Praga. Dice que contiene la prueba de que o lo tienes en tu poder o en algún momento has tenido el libro de los orígenes, el libro de conjuros original de las brujas, si prefieres su versión de la historia —explicó Baldwin—. Yo le dije a la Congregación que no eran más que fantasías de brujos sedientos de poder, pero no me creyeron. Han ordenado una investigación a fondo.

Había muchas leyendas acerca de los contenidos del antiguo libro ahora escondido en la Biblioteca Bodleiana de Oxford con la signatura «Manuscrito Ashmole 782». Las brujas creían que contenía los primeros hechizos jamás pronunciados y los vampiros que contaba la historia de cómo fueron creados en un principio. Los daimones pensaban que el libro también encerraba secretos acerca de su clase. Yo había tenido el libro en mi poder demasiado poco como para saber cuál de aquellas historias era la verdadera, si es que alguna lo era; pero Matthew, Gallowglass y yo sabíamos que cualquier otro contenido de *El libro de la vida* palidecía ante la información genética que escondía su encuadernación. Porque *El libro de la vida* había sido elaborado a partir de los restos de criaturas que un día vivieron: el pergamino fue fabricado con su piel, las tintas contenían su sangre y las páginas estaban unidas con pelo de criaturas y cola extraída de sus huesos.

—Knox dijo que *El libro de la vida* había sido dañado por un daimón llamado Edward Kellew, que arrancó tres de sus páginas en Praga en el siglo XVI. Afirma que tú sabes dónde se encuentran esas páginas, Matthew. —Baldwin le miró con evidente curiosidad—. ¿Es eso cierto?

—No —contestó Matthew sinceramente, devolviendo la mirada a Baldwin.

Como muchas de las respuestas de Matthew, aquella solo era una verdad a medias. No sabía dónde estaban dos de las páginas que faltaban de *El libro de la vida*. Pero una de ellas estaba guardada bajo llave en un cajón de su escritorio.

—Gracias a Dios —dijo Baldwin, satisfecho con la respuesta—. Juré por el alma de Philippe que tal acusación no podía ser cierta.

Gallowglass lanzó a Fernando una mirada de insulsa incredulidad. Matthew miró por la ventana. Ysabeau, que podía oler la mentira tan bien como cualquier bruja, me miró entornando los ojos.

—¿Y la Congregación se fio de tu palabra? —preguntó Matthew.

—No del todo —contestó Baldwin a regañadientes.

—¿Qué más les aseguraste, pequeña víbora? —preguntó Ysabeau con tono perezoso—. Da gusto cómo siseas, Baldwin, pero hay veneno en alguna parte.

—Prometí a la Congregación que Marcus y los Caballeros de Lázaro seguirían respetando el acuerdo. —Baldwin hizo una pausa—. Entonces la Congregación eligió una delegación imparcial —una bruja y un vampiro— y les encargó registrar Sept-Tours de arriba abajo. Vendrán a asegurarse de que no hay brujas ni daimones, ni un solo fragmento de papel que pertenezca a *El libro de la vida* entre sus muros. Gerbert y Satu Järvinen llegarán dentro de una semana.

El silencio fue ensordecedor.

—¿Cómo iba yo a saber que Matthew y Diana estarían aquí? —protestó Baldwin—. Pero ya no importa. La delegación de la Congregación no va a encontrar ni una sola irregularidad durante su visita. Eso significa que Diana debe marcharse.

—¿Y qué más? —preguntó Matthew con tono inquisitivo.

—¿No te parece suficiente abandonar a nuestra familia y amigos? —preguntó Marcus. Phoebe le pasó el brazo por la cintura para tranquilizarle.

—Marcus, tu tío siempre da las buenas noticias primero —explicó Fernando—. Y si la perspectiva de una visita de Gerbert es la buena, la mala debe de ser pésima.

—La Congregación quiere una garantía. —Matthew soltó una blasfemia—. Algo que les asegure el buen comportamiento de los De Clermont y los Caballeros de Lázaro.

—Algo no. A alguien —dijo llanamente Baldwin.

—¿A quién? —pregunté yo.

—A mí, por supuesto —dijo Ysabeau, con tono despreocupado.

—¡De ninguna manera! —Matthew miró a Baldwin horrorizado.

—Eso me temo. Al principio les propuse a Verin, pero se negaron —dijo Baldwin. Verin parecía ligeramente agraviada.

—Puede que la Congregación sea estrecha de miras, pero no son tontos —murmuró Ysabeau—. Nadie sería capaz de retener a Verin como rehén durante más de veinticuatro horas.

—Los brujos dijeron que tenía que ser alguien que pudiera obligar a Matthew a salir de su escondite. No consideraron a Verin suficiente incentivo —explicó Baldwin.

—La última vez que me retuvieron contra mi voluntad, el carcelero fuiste tú, Baldwin —dijo Ysabeau con voz melosa—. ¿Volverás a hacer los honores?

—Esta vez no —contestó Baldwin—. Knox y Järvinen querían retenerte en Venecia, porque allí la Congregación podría mantenerte vigilada, pero yo me negué.

—¿Por qué Venecia? —Yo sabía que Baldwin había venido de allí, pero no imaginaba por qué la Congregación podía preferirla a cualquier otro lugar.

—Venecia ha sido la sede de la Congregación desde el siglo xv, cuando nos obligaron a dejar Constantinopla —explicó Matthew rápidamente—. Nada ocurre en la ciudad sin que se entere la Congregación. Y en Venecia hay montones de criaturas que guardan relación con el consejo desde hace mucho tiempo, incluida la prole de Domenico.

—Un repugnante montón de ingratos y aduladores —murmuró Ysabeau con un delicado escalofrío—. Me alegro de no ir a ese lugar. Venecia es insoportable en esta época del año, aun sin el clan de Domenico. ¡Tantos turistas! Y los mosquitos son inaguantables.

Imaginar lo que la sangre de un vampiro podía provocar entre la población de mosquitos era profundamente desasosegante.

—Tu comodidad no era la principal preocupación de la Congregación, Ysabeau. —Baldwin le lanzó una mirada intimidatoria.

—Entonces, ¿adónde iré? —preguntó Ysabeau.

—Después de mostrar cierta reticencia al principio, dada su vieja amistad con esta familia, Gerbert accedió generosamente a tenerte en su casa. La Congregación no pudo rechazar su oferta —contestó Baldwin—. Eso no supondrá un problema, ¿verdad?

Ysabeau se encogió de hombros con un expresivo gesto francés.

—Para mí no.

—Gerbert no es de fiar. —Matthew se encaró con su hermano casi con tanta ira como la que había mostrado Marcus—. ¡Dios, Baldwin! ¡Si se quedó mirando mientras Knox ejercía su magia sobre Emily!

—Espero que Gerbert siga teniendo el mismo carnicero —rumió Ysabeau, como si su hijo no hubiera dicho nada—. Evidentemente, Marthe tendrá que venir conmigo. Baldwin, asegúrate de que así sea.

—No vas a ir —objetó Matthew—. Antes me entregaré.

Sin darme tiempo a protestar, Ysabeau habló.

—No, hijo mío. Como ya sabes, Gerbert y yo ya hemos hecho esto. Volveré en poco tiempo; como mucho, unos meses.

—Pero ¿por qué es necesario esto? —dijo Marcus—. Cuando la Congregación registre Sept-Tours y no encuentre nada objetable, nos debería dejar en paz.

—La Congregación necesita tener un rehén para demostrar que es más grande que los De Clermont —explicó Phoebe, mostrando una notable comprensión de la situación.

—Pero, *grand-mère* —empezó a decir Marcus, claramente abatido—, debería ser yo, no tú. Esto es culpa mía.

—Puede que sea tu abuela, pero no soy tan vieja ni tan frágil como crees —dijo Ysabeau con una pizca de frialdad—. Por muy inferior que pueda ser mi sangre, no se achanta ante su deber.

—Tiene que haber otro modo —protesté yo.

—No, Diana —contestó Ysabeau—. Todos tenemos nuestro papel en esta familia. Baldwin nos intimida. Marcus cuida de la hermandad. Matthew cuida de ti y tú cuidarás de mis nietos. En lo que a mí respecta, me estimula la idea de que me retengan como rehén otra vez.

La sonrisa salvaje de mi suegra me convenció de sus palabras.

Después de contribuir a que se alcanzara una frágil tregua entre Baldwin y Marcus, Matthew y yo volvimos a nuestros aposentos en el otro extremo del castillo. Matthew encendió el equipo de sonido en cuanto atravesamos la puerta, inundando la habitación con los complejos compases de Bach. La música hacía más difícil que otros vampiros de la casa escucharan nuestras conversaciones y por ello Matthew siempre ponía algo de fondo.

—Menos mal que sabemos más que Knox sobre el Ashmole 782 —dije en voz baja—. Una vez haya recuperado el libro de la Biblioteca Bodleiana, la Congregación tendrá que dejar de dar ultimátum desde Venecia y empezar a tratar con nosotros directamente. Entonces podremos hacer a Knox responsable de la muerte de Emily.

Matthew me observó en silencio durante un instante, se sirvió un poco de vino y se lo bebió de un trago. Me ofreció agua, pero le dije que no con la cabeza. Lo único que me apetecía a esas horas era té, pero Marcus me había recomendado evitar la cafeína durante el embarazo y las mezclas de hierbas eran un pobre sustituto.

—¿Qué sabes sobre los pedigríes de vampiros que guarda la Congregación? —pregunté sentándome en el sofá.

—No mucho —contestó Matthew mientras se servía otra copa de vino.

Fruncí el ceño. Un vampiro no podía emborracharse bebiendo vino de una botella —la única forma de que se viera afectado era si consumía sangre de una fuente ebria—, pero tampoco era habitual que Matthew bebiera así.

—¿Guarda la Congregación las genealogías de las brujas y los daimones también? —pregunté, con la esperanza de distraerle.

—No lo sé. Los asuntos de brujos y daimones nunca me han preocupado. —Matthew atravesó la habitación y se quedó de pie ante la chimenea.

—Bueno, no importa —dije, volviendo a lo mío—. Nuestra principal prioridad debe ser el Ashmole 782. Tendré que ir a Oxford lo antes posible.

—¿Y qué harás después, *ma lionne?*

—Encontrar la manera de reclamarlo. —Me puse a pensar en las condiciones que mi padre había tejido a través del hechizo que unía el libro a la biblioteca—. Mi padre se aseguró de que *El libro de la vida* viniera a mí si lo necesitaba. Y nuestras actuales circunstancias cumplen sobradamente los requisitos.

—Así que tu mayor preocupación es la seguridad del Ashmole 782 —susurró Matthew con peligrosa dulzura.

—Por supuesto; eso y recuperar las páginas que faltan —dije—. Sin ellas *El libro de la vida* nunca revelará sus secretos.

Cuando el daimón alquimista Edward Kelley arrancó tres de sus páginas en Praga en el siglo XVI, había dañado la magia que se utilizó en la elaboración del libro. Para protegerse, el texto se había colado en el pergamino, creando un palimpsesto mágico, y las palabras empezaron a perseguirse unas a otras a través de las páginas como si estuvieran buscando las letras que faltaban. Por ello era imposible leer lo que quedaba del manuscrito.

—Una vez lo haya recuperado, tal vez seas capaz de descubrir qué criaturas están ligadas a él, o incluso de fecharlo, analizando su información genética en tu laboratorio —proseguí. La obra científica de Matthew giraba en torno a los orígenes y la extinción de las especies—. Cuando encuentre las dos páginas que faltan...

Matthew se volvió hacia mí, con una máscara de serenidad como rostro.

—Querrás decir cuando *recuperemos* el Ashmole 782 y *encontremos* las otras páginas.

—Matthew, sé razonable. Nada alteraría más a la Congregación que la noticia de que se nos ha visto juntos en la Bodleiana.

Suavizó aún más el tono de voz y la expresión:

—Diana, estás embarazada de más de tres meses. Varios miembros de la Congregación ya han invadido mi hogar y han asesinado a tu tía. Peter Knox está desesperado por hacerse con el Ashmole 782 y sabe que tú puedes conseguirlo. Por algún motivo también sabe lo de las páginas que faltan de *El libro de la vida*. No vas a ir ni a la Biblioteca Bodleiana ni a ninguna parte sin mí.

—Tengo que reunir otra vez *El libro de la vida* —dije subiendo el tono.

—Entonces *lo haremos juntos*, Diana. Ahora mismo el Ashmole 782 está a salvo en la biblioteca. Déjalo allí hasta que este asunto con la Congregación se haya calmado. —Matthew confiaba, tal vez demasiado, en que yo era la única bruja capaz de liberar el hechizo que mi padre había puesto sobre el libro.

—¿Y cuánto tiempo será eso?

—Tal vez hasta que nazcan los bebés —contestó Matthew.

—Eso puede ser seis meses —dije, tratando de contener la ira—. Así que se supone que debo esperar y gestar. ¿Y tu plan es quedarte de brazos cruzados mirando el calendario conmigo?

—Haré lo que Baldwin ordene —dijo Matthew, acabándose el vino.

—¡Estás de broma! —exclamé—. ¿Por qué aguantas sus sandeces despóticas?

—Porque un cabeza de familia firme evita el caos, el derramamiento de sangre innecesario y cosas peores —explicó Matthew—. Olvidas que yo volví a nacer en otra época, Diana, cuando se esperaba que la mayoría de las criaturas obedeciesen a otra sin rechistar, ya fuera su señor, su sacerdote, su padre o su marido. Seguir las órdenes de Baldwin no me será tan difícil como a ti.

—¿Cómo a mí? Yo no soy vampira —repliqué—. Yo no tengo que hacerle caso.

—Si eres una De Clermont, sí —dijo Matthew agarrándome del codo—. La Congregación y la tradición vampírica nos han dejado muy pocas opciones válidas. A mediados de diciembre, serás un miembro de pleno derecho de la familia de Baldwin. Conozco a Verin y sé que ella nunca renegaría de una promesa hecha a Philippe.

—No necesito la ayuda de Baldwin —repliqué—. Soy tejedora y tengo mi propio poder.

—Baldwin no debe saberlo —dijo Matthew agarrándome más fuerte—. Aún no. Y nadie puede daros a ti y a nuestros hijos la seguridad que nos pueden ofrecer Baldwin y el resto de los De Clermont.

—Tú eres un De Clermont —dije, clavando mi dedo en su pecho—. Philippe lo dejó perfectamente claro.

—No a los ojos de otros vampiros. —Matthew cogió mi mano entre las suyas—. Puede que sea familia de Philippe de Clermont, pero no soy de su sangre. Tú sí lo eres. Por esa sola razón, haré todo lo que me diga Baldwin.

—¿Incluso matar a Knox?

Matthew parecía sorprendido.

—Eres el asesino de Baldwin. Knox entró ilegalmente en la propiedad de los De Clermont, lo cual es una violación directa del honor de la familia. Doy por hecho que eso lo convierte en tu problema. —Aunque no era fácil, traté de mantener un tono despreocupado. Sabía que Matthew había matado antes, pero de algún modo la palabra «asesino» hacía que todas esas muertes fueran más inquietantes.

—Como te he dicho, seguiré las órdenes de Baldwin. —Los ojos grises de Matthew habían adoptado un tono verduzco y ahora parecían fríos y sin vida.

—Me da igual lo que diga Baldwin. No puedes ir contra un brujo, Matthew. Desde luego no contra uno que forma parte de la Congregación —dije—. Eso solo empeoraría las cosas.

—Después de lo que le hizo a Emily, Knox ya es hombre muerto —dijo Matthew. Me soltó y se acercó a la ventana.

A su alrededor brillaban hilos rojos y negros. El tejido del que está hecho el mundo no era visible para todos los brujos, pero al ser tejedora —y creadora de hechizos, como mi padre— yo podía verlo claramente.

Me acerqué a Matthew junto a la ventana. El sol ya había salido y bañaba las verdes colinas con su luz dorada. Todo parecía bucólico y sereno, pero yo sabía que bajo aquella superficie había rocas tan duras e intimidatorias como el hombre al que amaba. Rodeé la cintura de Matthew con mis brazos y apoyé mi cabeza sobre él. Así es como él me abrazaba cuando necesitaba sentirme segura.

—No tienes que ir a por Knox por mí —le dije—, ni por Baldwin.

—No —contestó suavemente—. Tengo que hacerlo por Emily.

Habían enterrado a Emily en las ruinas del antiguo templo dedicado a la diosa que había cerca del castillo. Yo ya había estado allí con Philippe, y Matthew insistió en que fuera a visitar la tumba al poco de llegar para que afrontase el hecho de que mi tía se había ido para siempre. Desde entonces había ido varias veces, cuando necesitaba tranquilidad y tiempo para pensar. Matthew me había pedido que no fuera sola. Hoy me acompañaba Ysabeau, pues necesitaba alejarme de mi marido, así como de Baldwin y de los problemas que habían agriado el ambiente de Sept-Tours.

El lugar estaba tan hermoso como lo recordaba, con los cipreses haciendo de centinelas alrededor de las columnas derruidas que apenas se veían ya. Hoy el suelo no estaba cubierto de nieve, como aquel diciembre de 1590, sino verde y exuberante, salvo el terroso tramo rectangular que marcaba el lugar donde descansaba Em. Había huellas de pezuñas en la tierra blanda y una ligera hendidura en lo alto del montículo.

—Un ciervo ha empezado a dormir sobre la tumba —explicó Ysabeau, que seguía mi mirada—. Hay muy pocos.

—Cuando Philippe y yo vinimos para hacer ofrendas a la diosa antes de mi boda apareció un venado. —En aquel momento había sentido el poder de la diosa moviéndose como la marea bajo mis pies. Y ahora volvía a sentirlo, pero no dije nada. Matthew había insistido en que nadie debía saber lo de mi magia.

—Philippe me dijo que te había conocido —explicó Ysabeau—. Me dejó una nota en la encuadernación de uno de los libros de alquimia de Godfrey. —A través de aquellas notas, Philippe e Ysabeau habían compartido pequeños detalles de la vida diaria que de otra forma se habrían perdido fácilmente.

—Debes de echarle mucho de menos. —Tragué un nudo que amenazaba con ahogarme—. Era extraordinario, Ysabeau.

—Sí —confesó ella en voz baja—. Nunca conoceremos a nadie como él.

Las dos nos quedamos de pie junto a la tumba, mudas y pensativas.

—Lo que ha ocurrido esta mañana lo cambiará todo —dijo Ysabeau—. La investigación de la Congregación dificultará que mantengamos nuestros secretos. Y Matthew tiene más que esconder que la mayoría de nosotros.

—¿Cómo el hecho de que es el asesino de la familia? —pregunté.

—Sí —contestó Ysabeau—. Muchas familias de vampiros estarían encantadas de saber cuál de los integrantes del clan De Clermont es responsable de la muerte de sus seres queridos.

—Pensé que había descubierto gran parte de los secretos de Matthew cuando estuvimos aquí con Philippe. Sé que intentó suicidarse. Y lo que hizo por su padre. —Ese era el secreto que más le había costado revelar a mi marido: que había ayudado a morir a Philippe.

—Tratándose de vampiros, los secretos no tienen fin —dijo Ysabeau—. Pero son aliados poco fiables. Nos hacen creer que estamos a salvo y mientras tanto nos van destruyendo.

Me preguntaba si yo sería uno de los secretos destructivos que había en el corazón de la familia De Clermont. Saqué un sobre del bolsillo y se lo entregué a Ysabeau. Al ver la letra indescifrable, se le congeló el rostro.

—Alain me dio esta nota. La escribió Philippe el día de su muerte —le expliqué—. Me gustaría que la leyeras. Creo que va dirigida a todos nosotros.

La mano le temblaba al desdoblar la hoja. Ysabeau la abrió con sumo cuidado y leyó varias frases en voz alta. Esta vez, una de ellas me llamó especialmente la atención. «No permitas que los fantasmas del pasado roben las alegrías del futuro».

—¡Oh, Philippe! —exclamó con tristeza. Ysabeau me devolvió la nota y extendió la mano como para tocar mi frente. Por un instante, pude ver a la mujer que había sido: temible, pero capaz de sentir alegría. Se detuvo y encogió la mano.

Se la cogí. Estaba aún más fría que su hijo. Con suavidad, posé sus dedos helados sobre la piel entre mis cejas, dándole permiso silenciosamente para examinar el lugar donde Philippe de Clermont me había marcado. La presión de los dedos de Ysabeau cambió mínimamente mientras exploraba mi frente. Cuando la apartó, noté que tenía un nudo en la garganta.

—Sí, siento… algo. Una presencia, un atisbo de Philippe. —Los ojos le brillaban.

—Ojalá estuviera aquí —confesé—. Él sabría qué hacer con todo este asunto: Baldwin, el juramento de sangre, la Congregación, Knox, hasta con el Ashmole 782.

—Mi marido *nunca hacía nada* a menos que fuera absolutamente necesario —contestó Ysabeau.

—Pero él siempre estaba haciendo algo. —Recordé cómo había organizado nuestro viaje a Sept-Tours en 1590, a pesar del tiempo y de la reticencia de Matthew.

—No. Él observaba. Esperaba. Philippe dejaba que otros se arriesgaran mientras él iba haciéndose con sus secretos y guardándolos para utilizarlos más tarde. Por eso sobrevivió tanto tiempo —dijo Ysabeau.

Sus palabras me hicieron pensar en lo que Philippe me había dicho en 1590, después de hacerme su hija por juramento de sangre: «Piensa y mantente con vida».

—Recuérdalo, antes de precipitarte y volver a buscar tu libro a Oxford —prosiguió Ysabeau, reduciendo su voz a un susurro—. Recuérdalo en los tiempos difíciles que nos esperan, cuando los secretos de la familia De Clermont salgan a la luz. Recuérdalo y les demostrarás que eres hija de Philippe de Clermont por algo más que el apellido.

5

Después de dos días con Baldwin en Sept-Tours, no solo entendía por qué Matthew había construido una torre en la casa, sino que deseaba que lo hubiera hecho en otra provincia u otro país.

Baldwin dejó claro que, fuera quien fuera el propietario legal del castillo, Sept-Tours era su casa. Presidía todas y cada una de las comidas. Cada mañana, lo primero que hacía Alain era ir a verle para recibir órdenes y a lo largo del día le iba informando de su progreso. El alcalde de Saint-Lucien venía a visitarle y se sentaba con él en el salón para hablar de asuntos locales. Baldwin examinaba las provisiones de Marthe para la casa y a regañadientes admitía que lo hacía muy bien. También entraba en las habitaciones sin llamar, reprendía a Marcus y a Matthew por hacerle desaires, ya fueran reales o fruto de su imaginación, y criticaba a Ysabeau por todo, desde la decoración de la sala de estar al polvo del gran salón.

Nathaniel, Sophie y Margaret fueron las primeras afortunadas criaturas en abandonar el castillo. Se despidieron entre lágrimas de Marcus y Phoebe y prometieron seguir en contacto una vez se hubieran instalado. Baldwin les había urgido a marchar a Australia fingiendo solidaridad hacia la madre de Nathaniel, que no solo era una daimón, sino también integrante de la Congregación. Al principio Nathaniel protestó diciendo que estarían perfectamente si volvían a Carolina del Norte, pero las mentes más frías —en concreto la de Phoebe— acabaron prevaleciendo.

Cuando le preguntaron más tarde por qué se había puesto del lado de Baldwin en ese asunto, Phoebe aclaró que Marcus estaba preocupado por la seguridad de Margaret y que no estaba dispuesta a permitir que acabara haciéndose responsable del bienestar del bebé. Por eso, Nathaniel debía hacer lo que Baldwin considerara más conveniente. Por la expresión de Phoebe, entendí que, si tenía alguna objeción al respecto, más me valía guardármela.

Sin embargo, aun después de que ellos se marcharan, Sept-Tours seguía pareciéndome demasiado atestada con Baldwin, Matthew y Marcus dentro —por no hablar de Verin, Ysabeau y Gallowglass—. Fernando era menos molesto y pasaba gran parte de su tiempo con Sarah o Hamish. Todos encontrábamos escondites donde hallar algo de paz y tranquilidad. Por eso me sorprendió que Ysabeau irrumpiera en el despacho de Matthew anunciando el paradero de Marcus.

—Marcus está en la Torre Redonda con Sarah —dijo Ysabeau, con las mejillas encendidas en medio de su palida tez—. Phoebe y Hamish están con ellos. Han encontrado los viejos pedigríes de la familia.

Tampoco esperaba que la noticia hiciera a Matthew soltar la pluma y saltar de la silla. Cuando Ysabeau vio mi expresión de sorpresa, me dedicó una triste sonrisa.

—Marcus está a punto de descubrir uno de los secretos de su padre —explicó Ysabeau.

Aquello hizo que yo también me pusiera en marcha.

Nunca había entrado en la Torre Redonda, que estaba enfrente de la de Matthew y separada de ella por la parte principal del castillo. En cuanto llegamos, comprendí por qué nadie la había incluido en mi visita al castillo.

En el centro del suelo de la torre había un hueco cubierto por una rejilla de metal. Un olor familiar y húmedo a tiempo, muerte y desesperanza emanaba de sus profundidades.

—Una mazmorra —dije, temporalmente helada ante la imagen.

Matthew me oyó y bajó estrepitosamente por la escalera.

—Philippe la construyó como cárcel. Raramente la utilizaba.

—La frente de Matthew se arrugó de preocupación.

—Ve —dije haciendo un gesto para que pasara, tanto él como los malos recuerdos—. Iremos detrás de ti.

Si la mazmorra en el suelo de la Torre Redonda era un lugar de olvido, el segundo piso era un espacio para el recuerdo. Estaba atestado de cajas, papeles, documentos y objetos. Aquello tenía que ser el archivo de la familia De Clermont.

—No me extraña que Emily pasara tanto tiempo aquí arriba —dijo Sarah. Estaba inclinada sobre un largo pergamino parcialmente desenrollado en una mesa de trabajo maltrecha, con Phoebe a su lado. Había media docena de pergaminos más sobre la mesa esperando a ser estudiados—. Era una forofa de la genealogía.

—¡Hola! —Marcus nos saludó alegremente desde la pasarela que rodeaba la sala, donde se albergaban más cajas y montones de objetos. Los terribles descubrimientos que Ysabeau temía aún no se habían producido—. Hamish estaba a punto de ir a buscaros.

Marcus saltó por encima de la barandilla de la pasarela y cayó suavemente junto a Phoebe. Sin escalera de ningún tipo a la vista, no había otra forma de subir a aquella altura del almacén si no era trepando con las piedras irregulares como apoyo, ni ninguna otra manera de bajar que saltando. Seguridad vampírica en su máxima expresión.

—¿Qué estáis buscando? —preguntó Matthew con el toque justo de curiosidad. Marcus nunca sospecharía que le habían delatado.

—Una manera de librarnos de Baldwin, por supuesto —contestó Marcus. Entregó un cuaderno desgastado a Hamish—. Aquí tienes. Los apuntes de Godfrey sobre derecho vampírico.

Hamish hojeó las páginas buscando alguna información legal de utilidad. Godfrey fue el más joven de los tres hijos varones de Philippe, conocido por su intelecto formidable y artero. Una premonición empezó a arraigarse dentro de mí.

—¿Y la habéis encontrado? —preguntó Matthew mirando el pergamino.

—Venid a ver esto. —Marcus hizo un gesto para que nos acercáramos a la mesa.

—Te va a encantar, Diana —dijo Sarah ajustándose las gafas de leer—. Marcus dice que es el árbol genealógico de la familia De Clermont. Parece muy antiguo.

—Lo es —dije yo. La genealogía parecía de la Edad Media y mostraba retratos en colores vivos de Philippe e Ysabeau en viñetas distintas en la parte superior de la página. Sus manos estaban unidas sobre el espacio que los separaba y unos lazos de colores los conectaban con círculos en la parte inferior. Cada uno de estos contenía un nombre. Algunos me resultaban familiares: Hugh, Baldwin, Godfrey, Matthew, Verin, Freyja, Stasia. Otros muchos no.

—Siglo XII. Francés. Es el estilo del escritorio de Saint-Sever —indicó Phoebe, confirmando mi intuición sobre la antigüedad de la obra.

—Todo empezó cuando me quejé a Gallowglass de la intromisión de Baldwin. Me contó que Philippe era casi igual y que, cuando Hugh se hartó, se separó con Fernando —explicó Marcus—. Gallowglass dice que su familia es un vástago, así lo llamó, y que a veces es la única forma de mantener la paz.

La mirada de furia reprimida en el rostro de Matthew sugería que paz era lo último que Gallowglass disfrutaría cuando su tío le encontrara.

—Recuerdo haber leído algo sobre vástagos hace tiempo, cuando el abuelo decía que esperaba que me decantara por el derecho y me hiciera cargo de las antiguas funciones de Godfrey —dijo Marcus.

—Lo encontré —dijo Hamish golpeando la página con el dedo—. «Cualquier varón que tenga hijos de pura sangre podrá crear un vástago, siempre y cuando tenga permiso de su señor o del cabeza de su clan. El nuevo vástago será considerado como rama de la familia original, pero en cualquier otro asunto el nuevo vástago ejercerá libremente su propia voluntad y poder». Parece bastante sencillo, pero si Godfrey tuvo algo que ver en esto, tiene que ser más complejo.

—¡Formar un vástago, una rama distinta de la familia De Clermont bajo tu autoridad, resolvería todos nuestros problemas! —declaró Marcus.

—No todos los líderes de un clan aceptan los vástagos, Marcus —le advirtió Matthew.

—El que es rebelde lo es para siempre —dijo Marcus encogiéndose de hombros—. Lo sabías cuando me hiciste vampiro.

—¿Y Phoebe? —preguntó Matthew extrañado—. ¿Comparte tu prometida estos sentimientos revolucionarios? Puede que no le seduzca la idea de ser expulsada de Sept-Tours sin un céntimo cuando tu tío os confisque todos vuestros bienes.

—¿Qué quieres decir? —preguntó Marcus, intranquilo.

—Que me corrija Hamish si me equivoco, pero creo que el siguiente apartado del libro de Godfrey expone las penalizaciones asociadas a la creación de un vástago sin el permiso del señor —contestó Matthew.

—Tú eres mi señor —dijo Marcus, sacando la barbilla en un gesto obstinado.

—Solo en un sentido biológico: te di mi sangre para que pudieras renacer como vampiro. —Matthew se pasó las manos por el pelo, lo cual indicaba que su frustración era cada vez mayor—. Y sabes lo mucho que detesto la palabra «señor» en ese contexto. Yo me considero tu padre, no el donante de tu sangre.

—Yo te estoy pidiendo que seas más que eso —dijo Marcus—. Baldwin se equivoca con respecto al acuerdo y la Congregación. Si estableces un vástago, podríamos recorrer nuestro propio camino y tomar nuestras propias decisiones.

—Matt, ¿qué problema hay con crear tu propio vástago? —preguntó Hamish—. Ahora que Diana está embarazada, pensaba que querrías librarte de la presión de Baldwin.

—No es tan fácil como creéis —repuso Matthew—. Y puede que Baldwin tenga sus reservas.

—Phoebe, ¿qué es esto? —preguntó Sarah señalando con el dedo un trozo del pergamino rugoso bajo el nombre de Matthew. Estaba más interesada en la genealogía que en las complejidades legales.

Phoebe lo observó detenidamente.

—Es una especie de corrección. Aquí había otro círculo. Casi se puede leer el nombre. Beia... ¡Ah!, debe de ser Benjamin. Han utilizado las abreviaturas medievales y han sustituido una *i* por una *j*.

—Han raspado el círculo, pero se olvidaron de borrar la línea roja que lo conecta con Matthew.

—Basándonos en esto, el tal Benjamin es hijo de Matthew —dedujo Sarah.

La sola mención del nombre de Benjamin me heló la sangre. Matthew tenía un hijo con ese nombre. Era una criatura terrorífica.

Phoebe desenrolló otro pergamino. Aquella genealogía también parecía muy antigua, aunque no tanto como la que habíamos estado mirando. Frunció el ceño.

—Parece de un siglo posterior. —Phoebe colocó el pergamino sobre la mesa—. Aquí no hay ninguna corrección ni se menciona a ningún Benjamin. Simplemente desaparece sin dejar rastro.

—¿Quién es Benjamin? —preguntó Marcus, lo cual me extrañó. Él debería conocer la identidad del resto de hijos de Matthew.

—Benjamin no existe —intervino Ysabeau con gesto reservado, eligiendo las palabras cuidadosamente.

Mi cerebro intentó procesar las implicaciones de la pregunta de Marcus y la extraña respuesta de Ysabeau. Si el hijo de Matthew no sabía quién era Benjamin...

—¿Es esa la razón de que su nombre fuera tachado? —preguntó Phoebe—. ¿Cometió alguien un error?

—Sí: él fue un error —contestó Matthew con la voz hueca.

—Pero Benjamin existe —dije mirando sus ojos de color gris verdoso. Estaban entornados y distantes—. Le conocí en Praga, en el siglo XVI.

—¿Está vivo ahora? —preguntó Hamish.

—No lo sé. Creía que había muerto poco después de haberle creado en el siglo XII —contestó Matthew—. Cientos de años más tarde, Philippe oyó hablar de alguien cuya descripción coincidía con Benjamin, pero desapareció antes de que pudiéramos confirmarlo.

También corrieron rumores acerca de Benjamin en el siglo XIX, pero nunca encontré prueba alguna.

—No lo entiendo —dijo Marcus—. Aunque esté muerto, Benjamin debería figurar en la genealogía.

—Le repudié. Y Philippe también. —Matthew cerró los ojos en lugar de devolver nuestras miradas de curiosidad—. Del mismo modo que una criatura puede pasar a formar parte de nuestra familia a través de un juramento de sangre, puede ser expulsada oficialmente para valerse por sí misma sin familia y sin el amparo de la ley vampírica. Marcus, sabes lo importante que es el pedigrí entre vampiros. El no tener un linaje reconocido es una mancha tan grave para los vampiros como para las brujas lo es estar hechizado.

Cada vez veía más claramente por qué Baldwin no me quería incluir como una de los hijas de Philippe en el árbol familiar de los De Clermont.

—Entonces Benjamin sí está muerto —concluyó Hamish—. Al menos legalmente.

—Pero a veces los muertos se levantan para rondarnos —murmuró Ysabeau, despertando una oscura mirada en su hijo.

—No entiendo qué pudo hacer Benjamin para que dieras la espalda a tu propia sangre, Matthew. —Marcus aún parecía confundido—. Yo fui una verdadera pesadilla en mis primeros años y no me abandonaste.

—Benjamin fue uno de los cruzados alemanes que marchó con el ejército del conde Emicho hacia Tierra Santa. Cuando cayeron derrotados en Hungría, se unió a las fuerzas de mi hermano Godfrey —empezó a explicar Matthew—. La madre de Benjamin era hija de un distinguido mercader del Levante, y él aprendió algo de hebreo e incluso árabe por las operaciones comerciales de la familia. Fue un valioso aliado, al principio.

—Entonces, ¿Benjamin era hijo de Godfrey?

—No —contestó Matthew—. Era hijo mío. Benjamin empezó a negociar con los secretos de la familia De Clermont. Juró que revelaría a los humanos la existencia de criaturas (no solo vampiros, sino también brujos y demonios) en Jerusalén. Cuando me enteré de su traición, perdí el control. Philippe soñaba con crear un refugio para todos nosotros en Tierra Santa, un lugar donde pudiéramos vivir sin miedo. Benjamin podía acabar con sus esperanzas, y yo le había dado esa capacidad.

Conocía a mi marido lo suficiente como para imaginar su profundo sentimiento de culpa y remordimiento.

—¿Por qué no le mataste? —preguntó Marcus con tono exigente.

—La muerte era demasiado rápida. Quería castigar a Benjamin por su falsedad. Quería que sufriera como sufrimos las criaturas. Le convertí en vampiro, porque de ese modo se delataría a sí mismo si delataba a los De Clermont. —Matthew hizo una pausa—. Y luego le abandoné para que se las arreglara solo.

—¿Quién le enseñó a sobrevivir? —preguntó Marcus, susurrando.

—Benjamin aprendió solo. Era parte de su castigo. —Matthew sostuvo la mirada a su hijo—. Y también se convirtió en parte del mío: la forma en la que Dios me ha hecho expiar mi pecado. Cuando abandoné a Benjamin, no sabía que le había transmitido la rabia de sangre que corría por mis propias venas. Tardé años en descubrir en qué clase de monstruo se había convertido.

—¿Rabia de sangre? —Marcus miró a su padre con incredulidad—. Es imposible. Pero eso te convierte en un asesino a sangre fría, sin razón ni compasión. No se ha dado un solo caso en dos milenios. Tú mismo me lo dijiste.

—Mentí. —La voz de Matthew se quebró al admitirlo.

—Tú no puedes tener rabia de sangre, Matt —refutó Hamish—. Aparece mencionada en los documentos de la familia. Los síntomas incluían una furia cegadora, incapacidad de razonar y un apabullante instinto de matar. Tú nunca has tenido ningún indicio de la enfermedad.

—Porque he aprendido a controlarlo —explicó Matthew—. Gran parte del tiempo.

—Si lo supiera la Congregación, pondría precio a tu cabeza. Por lo que he leído aquí, otras criaturas tendrían carta blanca para destruirte —dijo Hamish preocupado.

—No solo a mí. —La mirada de Matthew revoloteó sobre mi abdomen hinchado—. También a mis hijos.

Sarah estaba consternada.

—Los bebés…

—¿Y Marcus? —Aunque su voz sonaba calmada, los nudillos de Phoebe se veían blancos de la fuerza que estaba haciendo sobre el borde de la mesa.

—Marcus es solo portador —dijo Matthew intentando tranquilizarla—. Los síntomas se manifiestan inmediatamente.

Phoebe parecía aliviada.

Matthew miró a los ojos a su hijo.

—Cuando te creé, de verdad que creía que estaba curado. Hacía casi un siglo que no había tenido ningún episodio. Era la Edad de la Razón. Llevados por el orgullo, creímos que muchos males del pasado habían sido erradicados, desde la viruela hasta la superstición. Pero entonces fuiste a Nueva Orleans.

—Mis hijos… —Marcus parecía furioso y entonces lo comprendió—. Tú y Juliette Durand vinisteis a la ciudad y mis hijos empezaron a aparecer muertos. Yo creía que los había matado Juliette. Pero fuiste tú. Los mataste porque tenían rabia de sangre.

—Tu padre no tuvo elección —dijo Ysabeau—. La Congregación sabía que algo pasaba en Nueva Orleans. Philippe ordenó a Matthew que se ocupara de ello antes de que los vampiros averiguaran la causa. Si Matthew se hubiera negado, todos habríais muerto.

—Los otros vampiros de la Congregación estaban convencidos de que la vieja plaga de rabia de sangre había vuelto —dijo Matthew—. Querían arrasar la ciudad y reducirla a cenizas, pero les dije que la locura era consecuencia de su juventud e inexperiencia, no de la rabia de sangre. Se suponía que debía matarlos a todos. Debía matarte a ti también, Marcus.

Marcus parecía sorprendido. Ysabeau no.

—Philippe se enfureció conmigo, pero solo destruí a quienes tenían síntomas. Les maté rápidamente, sin que sintieran dolor ni miedo —confesó Matthew con voz mortecina. Odiaba los secretos que ocultaba y las mentiras que contaba para disfrazarlos, pero mi corazón no podía evitar sufrir por él—. Justifiqué los excesos del resto de mis nietos como pude: pobreza, embriaguez, codicia. Luego me hice responsable de lo ocurrido en Nueva Orleans, dimití de mi puesto en la Congregación y juré que no volverías a crear más hijos hasta que fueras mayor y más sabio.

—Me dijiste que era un fracasado…, una vergüenza para la familia. —Marcus estaba ronco de tanta emoción reprimida.

—Tenía que detenerte. No se me ocurrió ninguna otra solución. —Matthew estaba admitiendo sus pecados sin pedir que le perdonara.

—¿Quién más sabe tu secreto, Matthew? —preguntó Sarah.

—Verin, Baldwin, Stasia y Freyja. Fernando y Gallowglass. Miriam. Marthe. Alain. —Matthew extendió sus dedos, uno por uno, conforme los nombres iban derramándose de su boca—. Y también lo sabían Hugh, Godfrey, Hancock, Louisa y Louis.

Marcus miró a su padre con amargura.

—Quiero saberlo todo. Desde el principio.

—Matthew no puede contarte el principio de esta historia —dijo suavemente Ysabeau—. Solo yo puedo hacerlo.

—No, *maman* —intervino Matthew negando con la cabeza—. No es necesario.

—Claro que lo es —dijo Ysabeau—. Yo traje esta enfermedad a la familia. Yo soy portadora, igual que Marcus.

—¿Tú? —Sarah estaba atónita.

—La enfermedad estaba en mi señor. Estaba convencido de que sería una bendición tener una lamia con su sangre, pues eso me convertiría en un ser aterrador y prácticamente indestructible.

El desprecio y el odio con que Ysabeau dijo «señor» me hizo comprender por qué a Matthew no le gustaba esa palabra.

—En aquella época había una continua guerra entre vampiros y se intentaba aprovechar cualquier posibilidad de sacar ventaja. Pero yo resulté una decepción —continuó Ysabeau—. La sangre de mi creador no funcionó en mí como él esperaba, mientras que en el resto de sus hijos la rabia de sangre se manifestó de forma poderosa. Como castigo…

Ysabeau se detuvo y soltó una respiración temblorosa.

—Como castigo —repitió lentamente—, me encerró en una jaula para que mis hermanos y hermanas se entretuvieran conmigo, y para que se entrenaran para matar. Mi señor no esperaba que sobreviviera.

Ysabeau se llevó los dedos a los labios, incapaz de continuar por unos instantes.

—Estuve mucho tiempo en aquella diminuta cárcel de barrotes, mugrienta, hambrienta y herida por fuera y por dentro, incapaz de morir a pesar de lo mucho que lo anhelaba. Pero cuanto más luchaba y más tiempo sobrevivía, más interesante me encontraba él. Mi señor (mi padre) me tomó en contra de mi voluntad, y mis hermanos también. Todo lo que me hacían venía de una mórbida curiosidad por descubrir la manera de amansarme del todo. Pero yo era rápida y lista. Mi señor empezó a pensar que podía serle útil, al fin y al cabo.

—Esa no es la historia que contaba Philippe —dijo Marcus aturdido—. El abuelo decía que te rescató de una fortaleza, que tu creador te había secuestrado y te había hecho vampira contra tu voluntad porque eras tan hermosa que no podía soportar que nadie más te tuviera. Philippe contaba que tu señor te había hecho servirle como su mujer.

—Todo eso era verdad, pero no toda la verdad. —Ysabeau miró directamente a los ojos a Matthew—. Es cierto que Philippe me encontró en una fortaleza y que me rescató de aquel espantoso lugar. Pero yo ya no era ninguna belleza, por muy románticas que fueran las historias que contaba tu abuelo más tarde. Me había rapado la cabeza con un trozo de cascarón que dejó un pájaro en el alféizar de la ventana para que no pudieran sujetarme por el pelo. Todavía tengo las cicatrices, aunque ahora están ocultas. Tenía una pierna rota y creo que un brazo también —dijo Ysabeau con voz débil—. Marthe se acordará.

Comprendí entonces por qué Ysabeau y Marthe me habían tratado con tanta ternura después de La Pierre. Una de ellas había sido torturada y la otra la había recompuesto después del suplicio. Pero la historia de Ysabeau aún no había concluido.

—La llegada de Philippe y sus soldados fue la respuesta a mis oraciones —dijo Ysabeau—. Mataron a mi señor inmediatamente. Los hombres de Philippe exigieron que todos sus otros hijos fueran ejecutados para que el nefasto veneno que había en nuestra sangre no se extendiera. Una mañana vinieron a llevarse a mis hermanos y mis hermanas. Philippe me dejó a un lado. No permitió que me tocaran. Tu abuelo mintió y dijo que yo no estaba infectada de la enfermedad de mi hacedor; que a mí me había hecho otra persona y que yo había matado solamente para sobrevivir. Nadie se lo discutió. —Ysabeau miró a su nieto—. Marcus, esa es la razón de que Philippe perdonara a Matthew que no te matara a pesar de haberle ordenado que lo hiciera. Philippe sabía lo que es querer demasiado a alguien como para verle morir injustamente.

Sin embargo, las palabras de Ysabeau no lograron disipar las sombras que cubrían la mirada de Marcus.

—Philippe, Marthe y yo guardamos mi secreto durante siglos. Hice muchos hijos antes de venir a Francia y estaba convencida de que habíamos dejado atrás el horror de la rabia de sangre. Todos mis hijos tuvieron largas vidas sin mostrar ningún síntoma de la enfermedad. Hasta que llegó Matthew…

Las palabras de Ysabeau se quedaron suspendidas en el aire. Una gota roja se formó sobre su párpado inferior. Parpadeó para enjugarse la lágrima de sangre antes de que cayera.

—Para cuando tuve a Matthew, mi señor solo era una oscura leyenda entre los vampiros. Se le consideraba un ejemplo de lo que podía ocurrir si nos dejábamos llevar por nuestros deseos de sangre y poder. Cualquier vampiro mínimamente sospechoso de tener rabia de sangre era ejecutado, y con él su señor y todos sus descendientes —continuó Ysabeau desapasionadamente—. Pero yo no podía matar a mi hijo y tampoco permitiría que nadie lo hiciera. No era culpa de Matthew el estar enfermo.

—No era culpa de nadie, *maman* —dijo Matthew—. Es una enfermedad genética que todavía no somos capaces de comprender. Gracias a la temeridad de Philippe, en un principio, y a todo lo que ha hecho la familia para ocultar la verdad, la Congregación no sabe que la enfermedad corre por mis venas.

—Puede que no estén seguros de ello —puntualizó Ysabeau—, pero algunos en la Congregación lo sospechan. Algunos vampiros sospechaban que la enfermedad de tu hermana no era locura, como aseguramos nosotros, sino rabia de sangre.

—Gerbert —susurré.

Ysabeau asintió.

—Y Domenico también.

—No te preocupes más de la cuenta —dijo Matthew tratando de consolarla—. Yo he estado presente en la mesa del consejo mientras se hablaba de la enfermedad y nadie tenía la más mínima sospecha de que yo la padeciese. Mientras crean que la rabia de sangre está extinguida, nuestro secreto está a salvo.

—En tal caso, tengo malas noticias. La Congregación teme que la rabia de sangre haya reaparecido —dijo Marcus.

—¿Qué quieres decir? —preguntó Matthew.

—Los asesinatos de vampiros —explicó Marcus.

Yo había visto los recortes de prensa que Matthew había guardado en su laboratorio de Oxford el año anterior. Los misteriosos asesinatos se produjeron a lo largo de varios meses. Las investigaciones se habían visto obstaculizadas y la noticia acabó acaparando la atención de los humanos.

—Este invierno parecía que los asesinatos habían cesado, pero la Congregación sigue preocupada por los titulares sensacionalistas —continuó Marcus—. Nunca atraparon al asesino, y la Congregación teme que vuelva a actuar en cualquier momento. Gerbert me lo comentó en abril, la primera vez que solicité que revocaran el acuerdo.

—No me sorprende que Baldwin se resista a reconocerme como hermana —dije yo—. Con toda la atención que atraería el juramento de sangre de Philippe, alguien podría empezar a hacer preguntas sobre la familia De Clermont. Todos podríais convertiros en sospechosos de asesinato.

—En el pedigrí oficial de la Congregación no figura Benjamin. Lo que Phoebe y Marcus han descubierto son copias solo de la familia —aclaró Ysabeau—. Philippe dijo que no era necesario compartir el... desliz de Matthew. Cuando Benjamin fue creado, los pedigríes de la Congregación se encontraban en Constantinopla. Nosotros estábamos en el lejano Outremer, luchando por mantener nuestro territorio en Tierra Santa. ¿Quién podía saber si le dejábamos fuera?

—Pero seguro que otros vampiros en las colonias de cruzados sabían que Benjamin existía —dijo Hamish.

—Muy pocos de aquellos vampiros sobrevivieron. Y aún menos se atreverían a cuestionar la versión oficial de Philippe —contestó Matthew.

Hamish parecía escéptico.

—Es normal que Hamish se preocupe. Cuando el matrimonio entre Matthew y Diana se haga público, por no hablar de cuando se sepa lo del juramento de sangre de Philippe y la existencia de los gemelos, puede que alguno de los que se han callado sobre mi pasado no esté dispuesto a seguir guardando silencio —dijo Ysabeau.

Esta vez fue Sarah quien repitió el nombre que todos estaban pensando:

—Gerbert.

Ysabeau asintió.

—Alguien mencionará las correrías de Louisa. Y entonces puede que algún otro vampiro recuerde lo que ocurrió con los hijos de Marcus en Nueva Orleans. Tal vez Gerbert recuerde a la Congregación que una vez, hace mucho tiempo, Matthew tuvo síntomas de locura, aunque luego pareciera superarlos. Los De Clermont serán más vulnerables que nunca.

—Y es posible que uno de los gemelos o ambos tengan la enfermedad —dijo Hamish—. Un asesino de seis meses es una perspectiva aterradora. Ninguna criatura culparía a la Congregación si decidiera tomar medidas.

—Puede que la sangre de bruja evite que la enfermedad arraigue —dijo Ysabeau.

—Esperad. —El rostro de Marcus estaba paralizado por la concentración—. ¿Cuándo hiciste a Benjamin exactamente?

—A principios del siglo XII —contestó Matthew, frunciendo el ceño—. Después de la Primera Cruzada.

—¿Y cuándo dio a luz al bebé vampiro aquella bruja en Jerusalén?

—¿Qué bebé vampiro? —La voz de Matthew resonó como un disparo por toda la habitación.

—El bebé del que Ysabeau nos habló en enero —recordó Sarah—. Aparentemente tú y Diana no sois las únicas criaturas especiales en el mundo. Todo esto ya ha ocurrido antes.

—Siempre pensé que no era más que un rumor que se había extendido para enfrentar a unas criaturas con otras —dijo Ysabeau con voz temblorosa—. Pero Philippe creía que era cierto. Y ahora Diana ha venido a casa embarazada…

—Cuéntamelo, *maman* —dijo Matthew—. Todo.

—Un vampiro violó a una bruja en Jerusalén. Ella concibió a su hijo —dijo Ysabeau, chorreando las palabras—. Nunca supimos quién era el vampiro. La bruja se negó a revelar su identidad.

Solo las tejedoras pueden concebir el hijo de un vampiro, no las brujas comunes. Goody Aslop me lo había dicho en Londres.

—¿Cuándo? —preguntó Matthew con voz queda.

Ysabeau parecía pensativa.

—Justo antes de que se formara la Congregación y se firmara el acuerdo.

—Justo después de que yo creara a Benjamin —dijo Matthew.

—Puede que Benjamin heredara algo más que la rabia de sangre de ti —dijo Hamish.

—¿Y qué fue del bebé? —preguntó Matthew.

—Murió de hambre —susurró Ysabeau—. Se negaba a mamar del pecho de su madre.

Matthew se levantó de un salto.

—Muchos recién nacidos se niegan a mamar del pecho de su madre —protestó Ysabeau.

—¿Bebía sangre el bebé?

—La madre decía que sí. —Ysabeau hizo un gesto de dolor cuando vio a Matthew golpeando la mesa con el puño—. Pero Philippe no estaba seguro. Cuando por fin tuvo al bebé en brazos, ya estaba a punto de morir y no aceptaba ningún alimento.

—Philippe debería haberme hablado de esto cuando conoció a Diana. —Matthew señaló con un dedo acusador a Ysabeau—. Y si no él, tú deberías habérmelo dicho la primera vez que la traje a casa.

—Si todos hiciéramos lo que debiéramos, despertaríamos en el paraíso —contestó Ysabeau, cada vez más irascible.

—Parad. Los dos. No puedes odiar a tu padre ni a Ysabeau por algo que has hecho tú mismo, Matthew —dijo Sarah con serenidad—. Además, bastantes problemas tenemos en el presente como para preocuparnos por lo que ocurrió en el pasado.

Las palabras de Sarah calmaron al instante la tensión de la habitación.

—¿Qué vamos a hacer? —preguntó Marcus a su padre.

Matthew parecía sorprendido por la pregunta.

—Somos una familia —dijo Marcus—, con o sin el reconocimiento de la Congregación; igual que tú y Diana sois marido y mujer, digan lo que digan esos idiotas en Venecia.

—Dejaremos que Baldwin se salga con la suya… por ahora —contestó Matthew después de pensarlo un instante—. Me llevaré a Sarah y a Diana a Oxford. Si lo que dices es cierto y otro vampiro (probablemente Benjamin) le hizo un hijo a una bruja, tenemos que averiguar cómo y por qué algunas brujas y algunos vampiros pueden reproducirse.

—Se lo comunicaré a Miriam —dijo Marcus—. Se alegrará de tenerte de vuelta en el laboratorio. Mientras estés allí, puedes tratar de descubrir cómo funciona la rabia de sangre.

—¿Qué crees que he estado haciendo todos estos años? —preguntó Matthew en voz baja.

—Tu investigación —dije yo, pensando en su estudio sobre la evolución y la genética de las criaturas—. No solo has estado buscando los orígenes de las criaturas. Intentabas descubrir cómo se transmite y cómo se cura la rabia de sangre…

—Independientemente de lo que Miriam y yo hagamos en el laboratorio, siempre tenemos la esperanza de descubrir algo que nos lleve a encontrar la curación —admitió Matthew.

—¿Qué puedo hacer yo? —preguntó Hamish, llamando la atención de Matthew.

—Tú también tendrás que abandonar Sept-Tours. Necesito que estudies el acuerdo: todo lo que puedas averiguar sobre los primeros debates de la Congregación, cualquier cosa que pueda arrojar luz sobre lo que ocurrió en Jerusalén entre el final de la Primera Cruzada y la fecha en la que el acuerdo se convirtió en ley. —Matthew miró las paredes de la torre—. Es una lástima que no puedas trabajar aquí.

—Si quieres, puedo ayudarte a investigar —se ofreció Phoebe.

—Pero tú volverás a Londres... —dijo Hamish.

—Yo me quedo aquí con Marcus —contestó Phoebe, levantando la barbilla—. No soy ni bruja ni daimón. No hay ninguna norma de la Congregación que me prohíba quedarme en Sept-Tours.

—Estas restricciones son solo temporales —indicó Matthew—. En cuanto los miembros de la Congregación queden satisfechos después de ver que todo está como debería en Sept-Tours, Gerbert se llevará a Ysabeau a su casa en el Cantal. Pasado el drama, Baldwin no tardará en aburrirse y regresará a Nueva York. En ese momento podremos volver a encontrarnos aquí. Esperemos que para entonces sepamos algo más y podamos urdir un plan mejor.

Marcus asintió, aunque no parecía contento.

—Claro, que si crearas un vástago...

—Imposible —replicó Matthew.

—*Impossible n'est pas français* —dijo Ysabeau, con un tono agrio como el vinagre—. Y desde luego no formaba parte del vocabulario de tu padre.

—Lo único que me parece imposible es continuar dentro del clan de Baldwin bajo su control —dijo Marcus, asintiendo hacia su abuela.

—Después de todos los secretos que han salido a la luz hoy, ¿aún crees que llevar mi nombre y mi sangre es algo de lo que enorgullecerte? —preguntó Matthew a Marcus.

—Mejor tú que Baldwin —dijo Marcus, devolviendo la mirada a su padre.

—No sé cómo puedes soportar tenerme delante —dijo Matthew con voz tenue apartando la vista—, por no hablar de perdonarme.

—Yo no te he perdonado —admitió Marcus llanamente—. Encuentra una cura para la rabia de sangre. Lucha para que se revoque el acuerdo y niégate a apoyar a una Congregación que mantiene leyes tan injustas. Crea un vástago para que podamos vivir sin la vigilancia de Baldwin.

—¿Y luego qué? —preguntó Matthew levantando la ceja de forma sarcástica.

—Entonces no solo te perdonaré, sino que seré el primero en ofrecerte mi lealtad —dijo Marcus—; no solo como padre, sino como señor.

6

La mayoría de las noches, la cena en Sept-Tours era un asunto informal. Todos comíamos lo que nos apetecía y cuando nos apetecía. Pero aquella era la última noche que pasábamos en el castillo y Baldwin había ordenado que acudiera toda la familia para agradecer que el resto de las criaturas se hubiera marchado y para despedirnos a Sarah, a Matthew y a mí.

Se me había concedido el dudoso honor de organizar los preparativos. Si lo que Baldwin quería era intimidarme, se iba a llevar una desilusión. Después de haber dispuesto las comidas de los residentes de Sept-Tours en 1590, no tendría ningún problema ahora, en los tiempos modernos. Envié una invitación a todo vampiro, brujo y criatura de sangre caliente que seguía en la propiedad y confié en que todo saliera bien.

De momento ya me estaba arrepintiendo de haber pedido a todo el mundo que se arreglara para la cena. Para acompañar la punta de flecha dorada que ya me había acostumbrado a lucir, intenté ponerme el collar de perlas de Philippe dándole varias vueltas, pero me llegaba a los muslos y quedaba demasiado largo como para ir con pantalones. Volví a meter las perlas en el estuche forrado de terciopelo que Ysabeau había mandado junto a unos deslumbrantes pendientes que me llegaban a la altura de la mandíbula y capturaban la luz. Me los metí en los agujeros de las orejas.

—No sabía que dieras tanta importancia a tus joyas. —Matthew salió del cuarto de baño y se quedó mirándome a través del espejo mientras ponía unos gemelos de oro en los ojales de sus puños. Llevaban el blasón del New College, un gesto de lealtad hacia mí y una de sus muchas alma máter.

—Matthew, ¡te has afeitado! —Hacía tiempo que no le veía sin su barba y bigote isabelinos. Aunque estaba imponente en cualquier época y con cualquier moda, ese era el hombre pulcro y elegante del que me había enamorado el año anterior.

—Ya que volvemos a Oxford, he pensado que podría tener el aspecto de un caballero de universidad —dijo pasándose los dedos por la piel suave—. La verdad, es un alivio. La barba pica como un demonio.

—Me encanta volver a tener a mi apuesto profesor en lugar de mi príncipe peligroso —dije tiernamente.

Matthew se puso una chaqueta de lana fina color carbón y se sacó los puños gris perla, en un gesto de timidez adorable.

—Estás preciosa —dijo, añadiendo un silbido de admiración—. Con y sin las perlas.

—Victoire hace milagros —contesté. Victoire, mi sastra vampira y esposa de Alain, me había hecho unos pantalones azul noche a juego con una blusa de seda con cuello abierto que me rozaba los bordes de los hombros y caía suavemente plisada alrededor de las caderas. La camisa ocultaba mi vientre abombado sin que pareciera que llevaba una bata de embarazada.

—El azul te hace especialmente irresistible —dijo Matthew.

—¡Qué labia tienes! —Le alisé las solapas y le puse bien el cuello. Era totalmente innecesario: la chaqueta le quedaba perfecta y no tenía ni un punto torcido, pero aquellos gestos colmaban mis sentimientos de propiedad. Me puse de puntillas para besarle.

Matthew me devolvió el gesto con entusiasmo, enredando sus dedos entre los mechones cobrizos que me caían por la espalda. Respondí con un suspiro suave y satisfecho.

—Ah, me gusta ese sonido. —Matthew profundizó en su beso y, cuando solté un grave murmullo desde la garganta, sonrió—. Ese me gusta aún más.

—Después de un beso como este, una mujer debería ser perdonada por llegar tarde a cenar —dije deslizando las manos entre la cintura de su pantalón y su camisa bien metidita.

—Tentadora. —Matthew me dio un mordisquito en el labio y se apartó.

Me eché un último vistazo en el espejo. Menos mal que Victoire no me había hecho un peinado más elaborado con rizos y ondas, porque después de las atenciones de Matthew nunca habría sido capaz de arreglármelo. Afortunadamente, logré enderezar la coleta baja y volver a colocarme varios mechones sueltos.

Finalmente tejí un hechizo de camuflaje alrededor de mí. El efecto era como correr unas cortinas transparentes ante una ventana soleada. El hechizo atenuaba mi color y suavizaba mis rasgos. Había empezado a utilizarlo en Londres y seguí haciéndolo cuando regresamos al presente. Ya nadie me miraría dos veces, nadie excepto Matthew, que ahora refunfuñaba al ver la transformación.

—En cuanto lleguemos a Oxford, quiero que dejes de vestir ese hechizo de camuflaje —dijo cruzándose de brazos—. Lo odio.

—No puedo ir lanzando destellos por la universidad.

—Y yo tampoco puedo ir por ahí matando gente, aunque tenga rabia de sangre —dijo Matthew—. Cada uno tiene su cruz.

—Creía que no querías que nadie supiese lo intenso que se ha hecho mi poder. —En este momento mi temor era llamar la atención, aunque solo fuera accidentalmente, de cualquier observador, pero en otra época, cuando había más tejedores, no era tan visible.

—No quiero que lo sepan Baldwin ni el resto de los De Clermont. Pero, por favor, cuéntaselo a Sarah lo antes posible —dijo—. No deberías tener que esconder tu magia en casa.

—Es un fastidio tener que tejer un hechizo de camuflaje por la mañana y quitártelo por la noche sabiendo que tendrás que tejerlo de nuevo al día siguiente. Es más fácil dejártelo puesto. De esa forma, ninguna visita inesperada ni brotes de poder descontrolado me cogerán desprevenida.

—Nuestros hijos sabrán quién es verdaderamente su madre. No van a crecer en la oscuridad como tú. —El tono de Matthew no dejaba margen a ninguna discusión.

—Doy por hecho que te aplicarás el mismo rasero —respondí—. ¿Sabrán los gemelos que su padre tiene rabia de sangre o les vas a dejar en la ignorancia como a Marcus?

—No es lo mismo. Tu magia es un don. La rabia de sangre es una maldición.

—Es exactamente lo mismo y lo sabes. —Cogí sus manos entre las mías—. Tú y yo nos hemos acostumbrado a esconder aquello de lo que nos avergonzamos. Tenemos que dejar de hacerlo antes de que nazcan los niños. Y una vez se resuelva esta crisis con la Congregación, vamos a sentarnos como una familia a discutir el asunto del vástago.

Marcus tenía razón: si crear un vástago significaba dejar de obedecer a Baldwin, merecía la pena considerarlo.

—Formar un vástago conlleva responsabilidades y obligaciones. Se esperaría que te comportaras como una vampira y actuaras como mi consorte, ayudándome a controlar al resto de la familia —dijo Matthew negando con la cabeza—. Esa vida no es para ti y no te voy a pedir que lo hagas.

—No me lo estás pidiendo —contesté—. Yo me estoy ofreciendo. E Ysabeau me enseñará lo que tenga que saber.

—Ysabeau será la primera que intentará disuadirte. La presión que ella tuvo que soportar como pareja de Philippe fue inconcebible —dijo Matthew—. Cuando mi padre la llamaba «su general», solo a los humanos les hacía gracia. Todos los vampiros sabían que era una verdad como un templo. Ysabeau nos coaccionaba, nos lisonjeaba y nos engatusaba hasta que hacíamos lo que Philippe ordenaba. Él podía gobernar el mundo entero porque Ysabeau dirigía a su familia con mano de hierro. Sus decisiones eran definitivas y sus castigos rápidos. Nadie le llevaba la contraria.

—Parece todo un desafío, pero no imposible —contesté prudentemente.

—Es un trabajo a tiempo completo, Diana. —La irritación de Matthew iba creciendo por momentos—. ¿Estás dispuesta a dejar de ser la profesora Bishop para ser la señora Clairmont?

—Puede que no te hayas dado cuenta, pero ya lo he hecho.

Matthew pestañeó.

—No he tutorizado a un solo alumno ni me he puesto delante de una clase, ni he leído una sola publicación académica, ni he publicado un artículo desde hace más de un año —continué.

—Es algo temporal —dijo Matthew con tono incisivo.

—¿De veras? —Mis cejas se arquearon—. ¿Estás dispuesto a sacrificar tu beca de investigación en All Souls para convertirte en el *señor mamá*? ¿O vamos a contratar a una niñera para que cuide del incuestionable desafío que van a ser nuestros hijos cuando yo vuelva a trabajar?

El silencio de Matthew fue elocuente. Estaba claro que aquel asunto no se le había pasado por la cabeza. Simplemente había asumido que de algún modo yo simultanearía la docencia con el cuidado de los niños sin problema alguno. «Típico», pensé, y volví a arremeter:

—Salvo un breve momento el año pasado, en que volviste corriendo a Oxford pensando que podías hacer de caballero de la brillante armadura, y este momento de nerviosismo, por el cual te perdono, siempre hemos afrontado nuestros problemas juntos. ¿Qué te hace pensar que eso vaya a cambiar?

—Estos no son tus problemas —contestó Matthew.

—Cuando te acepté, se convirtieron en mis problemas. Si ya compartimos la responsabilidad de nuestros hijos, ¿por qué no también las tuyas?

Matthew se quedó mirándome en silencio tanto tiempo que empecé a pensar que se había quedado atontado.

—Nunca más —murmuró finalmente moviendo la cabeza—. Después de hoy, nunca volveré a cometer el mismo error.

—La palabra «nunca» no está en el vocabulario familiar, Matthew. —Mi ira hacia él rebosó y le clavé los dedos en los hombros—. ¿No dice Ysabeau que «imposible» no es francés? Bueno, pues «nunca» no es Bishop-Clairmont. No vuelvas a utilizarla. Y cuando dices «error», ¿cómo te atreves...?

Matthew me robó las siguientes palabras con un beso. Le golpeé en los hombros hasta que mis fuerzas —y mis ganas de destrozarle— desaparecieron. Se apartó con una sonrisa irónica.

—Tienes que intentar dejarme terminar las frases. Nunca —me paró el puño antes de que le volviera a golpear el hombro—, nunca más cometeré el error de infravalorarte.

Matthew aprovechó mi asombro para besarme de nuevo, esta vez con más intensidad.

—No me extraña que Philippe pareciera siempre tan cansado —dijo con cierto remordimiento cuando terminó—. Es extenuante fingir que eres tú quien está al mando cuando es tu mujer la que maneja el cotarro.

—Hum —exclamé, porque notaba algo sospechoso en su análisis de la dinámica de nuestra relación.

—Ahora que he captado tu atención, déjame que te hable claro: quiero que le cuentes a Sarah que eres tejedora y lo que ocurrió en Londres —dijo Matthew con tono serio—. Después de eso, se acabaron los hechizos de camuflaje en casa. ¿De acuerdo?

—De acuerdo —contesté, confiando en que no viera que tenía los dedos cruzados.

Alain esperaba al pie de las escaleras, con su habitual mirada circunspecta y con un traje oscuro.

—¿Está todo listo? —le pregunté.

—Por supuesto —murmuró él, entregándome el menú definitivo.

Mis ojos lo revisaron rápidamente.

—Perfecto. ¿Están colocadas las tarjetas con los nombres? ¿Han subido y decantado ya el vino? ¿Han encontrado las copas de plata?

Alain frunció ligeramente la boca.

—Todas sus instrucciones se han seguido al milímetro, madame De Clermont.

—¡Aquí estáis! Empezaba a pensar que me ibais a dejar solo con los leones. —Los esfuerzos de Gallowglass por arreglarse para la cena apenas habían dado como fruto que se peinara y se pusiera algo de cuero en lugar de sus vaqueros desgastados, aunque aparentemente para él unas botas camperas podían pasar como zapato formal. Por desgracia seguía llevando camiseta, concretamente una que decía «Keep calm and Harley on», y dejaba al descubierto una asombrosa cantidad de tatuajes.

—Siento lo de la camiseta, tía. Es negra —dijo Gallowglass disculpándose mientras seguía mi mirada—. Matthew me envió una de sus camisas, pero en cuanto me la abroché se rasgó toda la espalda.

—Estás muy apuesto —dije buscando indicios del resto de nuestros invitados por el vestíbulo. A quien sí vi fue a Corra, colgada de la estatua de una ninfa como si fuera un extraño sombrero. Le había dejado pasarse el día revoloteando por Sept-Tours y Saint-Lucien a cambio de su promesa de comportarse durante el viaje del día siguiente.

—¿Qué habéis estado haciendo todo este tiempo ahí arriba? —preguntó Sarah saliendo del salón y mirando a Matthew con suspicacia. Como Gallowglass, Sarah había adoptado una versión a la baja de la ropa formal. Llevaba una camisa larga color lavanda que le llegaba por debajo de las caderas y unos pantalones pirata beige—. Creíamos que íbamos a tener que mandaros una patrulla de rescate.

—Diana no encontraba sus zapatos —dijo Matthew ágilmente mientras dedicaba una mirada de disculpa a Victoire, que estaba de pie junto a una bandeja de bebidas. Por supuesto, ella había dejado mis zapatos junto a la cama.

—No me pega en Victoire —dijo Sarah entornando los ojos.

Corra graznó y castañeó los dientes en señal de asentimiento, soplando a través de la nariz de forma que una lluvia de chispas cayó sobre el suelo de piedra. Afortunadamente, no había ninguna alfombra.

—Sinceramente, Diana, ¿no podías haberte traído de la Inglaterra isabelina algo que diera menos problemas? —Sarah miró preocupada a Corra.

—¿Cómo qué? ¿Un globo de nieve? —pregunté.

—Primero fue el agua de brujo que caía de la torre. Ahora hay un dragón escupefuego en mi vestíbulo. Eso es lo que pasa por tener brujas en la familia. —Ysabeau apareció con un vestido de seda de color pálido que pegaba perfectamente con el champán de la copa que cogió a Victoire—. Hay días que pienso que la Congregación hace bien en tenernos apartados.

—¿Una copa, madame De Clermont? —Victoire se volvió hacia mí, salvándome de la necesidad de contestar.

—Gracias —respondí. En la bandeja no solo llevaba vino, sino también vasos con cubitos de hielo, flores de borraja azules y hojas de menta cubiertos de agua con gas.

—Hola, hermana —dijo Verin apareciendo desde el salón por detrás de Ysabeau; lucía botas negras hasta la rodilla y un vestido negro sin mangas excesivamente corto que dejaba al descubierto un buen trozo de sus piernas nacaradas, así como el extremo de una vaina que llevaba atada al muslo.

Mientras me preguntaba por qué Verin sentiría la necesidad de cenar armada, levanté la mano nerviosa y saqué el colgante con la punta de la flecha dorada del lugar donde había quedado oculta bajo el cuello de mi blusa. Lo sentía como un talismán y además me recordaba a Philippe. Los fríos ojos de Ysabeau se prendieron de él.

—Creía que esa punta de flecha se había perdido para siempre —murmuró.

—Philippe me la dio el día de mi boda. —Empecé a quitarme la cadena del cuello, porque pensé que debía de haber sido suya.

—No, Philippe quería que la tuvieras tú y así lo dispuso. —Ysabeau cerró mis dedos suavemente alrededor del metal desgastado—. Guárdala en un lugar seguro, mi niña. Es muy antigua y difícil de reemplazar.

—¿Está lista la cena? —preguntó con voz atronadora Baldwin llegando a mi lado con la brusquedad de un terremoto y su habitual falta de consideración con el sistema nervioso de los seres de sangre caliente.

—Lo está —me susurró al oído Alain.

—Lo está —dije alegremente, esculpiendo una sonrisa en mi rostro.

Baldwin me ofreció su brazo.

—Entremos, Matthieu —murmuró Ysabeau cogiendo a su hijo de la mano.

—¿Diana? —insistió Baldwin con el brazo aún extendido.

Le miré con desprecio, ignoré su brazo y caminé con decisión hacia la puerta detrás de Matthew e Ysabeau.

—Es una orden, no una invitación. Si me desafías, os entregaré a Matthew y a ti a la Congregación sin pensarlo dos veces.

Por unos instantes, consideré la posibilidad de negarme y al diablo con las consecuencias. Pero, si lo hacía, Baldwin ganaría. «Piensa», me obligué a recordar. «Y mantente con vida». Entonces posé mi mano sobre la suya en lugar de coger su codo como lo haría una mujer moderna. Los ojos de Baldwin se entreabrieron.

—¿Por qué tan sorprendido, *hermano?* —pregunté—. Tú has sido completamente feudal desde el momento en que llegaste. Si estás decidido a interpretar el papel de rey, hagámoslo bien.

—Muy bien, *hermana* —dijo y apretó mis dedos con más firmeza. Era un recordatorio de su autoridad, así como de su poder.

Baldwin y yo entramos en el comedor como si estuviéramos en la sala de audiencias de Greenwich y fuéramos el rey y la reina de Inglaterra. Al vernos, Fernando torció la boca y Baldwin le respondió con una mirada amenazadora.

—¿Hay sangre en esa copita? —preguntó Sarah, evidentemente ajena a la tensión, mientras se inclinaba a olisquear el plato de Gallowglass.

—No sabía que aún las tuviéramos —dijo Ysabeau levantando una de las copas de plata grabada. Me miró sonriendo mientras Marcus la ayudaba a sentarse a su izquierda y Matthew rodeaba la mesa para hacer lo propio con Phoebe, que estaba sentada justo enfrente.

—Le dije a Alain y a Marthe que las buscaran. Philippe las utilizó en nuestro banquete de boda —dije tocando la punta de la flecha con el dedo. Ernst separó mi silla elegantemente—. Por favor. Siéntense.

—Una mesa preciosa, Diana —dijo Phoebe con admiración. Pero no estaba mirando la cristalería, la hermosa vajilla de porcelana ni la plata fina. Observaba con suma atención la disposición de criaturas alrededor de la resplandeciente mesa de madera de palo santo.

En cierta ocasión, Mary Sidney me había dicho que el orden en el que había que sentarse a la mesa en un banquete era tan complejo como la disposición de las tropas antes de una batalla. Yo había seguido las reglas que aprendí en la Inglaterra isabelina con todo el rigor que pude, tratando de minimizar el riesgo de una guerra abierta.

—Gracias, Phoebe, pero ha sido todo cosa de Marthe y Victoire. Ellas han elegido la vajilla —dije, malinterpretando sus palabras a propósito.

Verin y Fernando observaron los platos que tenían delante y se miraron. Marthe adoraba el llamativo diseño Bleu Celeste que Ysabeau había hecho fabricar en el siglo XVIII y el preferido por Victoire había sido un ostentoso servicio dorado con cisnes. Yo no podía imaginarme comiendo en ninguno de los dos y por ello había elegido unos dignos servicios de mesa neoclásicos en blanco y negro con el uróboros de los De Clermont alrededor de una letra C coronada.

—Creo que corremos peligro de acabar civilizándonos —murmuró Verin—. Y además, por seres de sangre caliente.

—Ya iba siendo hora —contestó Fernando desdoblando su servilleta y extendiéndola sobre su regazo.

—Un brindis —dijo Matthew alzando su copa—. Por los seres queridos que ya no están. Que su espíritu nos acompañe esta noche y siempre.

Hubo murmullos de asentimiento y ecos que repetían las primeras palabras mientras se alzaban las copas. Sarah se enjugó una lágrima y Gallowglass le cogió la mano y se la besó delicadamente. Yo me tragué la tristeza mirando a Gallowglass con una sonrisa agradecida.

—Otro brindis a la salud de mi hermana Diana y de la prometida de Marcus, las últimas incorporaciones a mi familia. —Baldwin volvió a alzar la copa.

—Por Diana y Phoebe —dijo Marcus, uniéndose al brindis.

Todos los comensales levantamos nuestras copas, aunque por un instante creí que Matthew iba a arrojar el contenido de la suya sobre Baldwin. Sarah dio un sorbo dubitativo a su vino espumoso e hizo una mueca.

—Comamos —dijo, volviendo a posar la copa rápidamente—. Emily odiaba que se enfriara la comida y no creo que Marthe sea más tolerante.

La cena fue como la seda. Primero había sopa fría para los seres de sangre caliente y copitas de plata con sangre para los vampiros. La trucha que se sirvió como pescado había estado nadando despreocupadamente por el río cercano hasta tan solo unas horas antes. Luego salió el pollo asado en deferencia a Sarah, que no podía soportar el sabor de las aves de caza. Algunos siguieron con venado, pero yo me abstuve. Al terminar la cena, Marthe y Alain sacaron a la mesa fruteros decorados, cuencos de nueces y bandejas de queso.

—¡Una cena estupenda! —exclamó Ernst, reclinándose en la silla y dándose palmaditas en su estómago plano.

Una grata ola de asentimiento se extendió por todo el comedor. A pesar de un comienzo pedregoso, habíamos disfrutado de una velada perfectamente agradable. Me relajé en mi asiento.

—Ya que estamos todos aquí, tenemos una noticia que daros —dijo Marcus, sonriendo a Phoebe desde el otro lado de la mesa—. Como sabéis, Phoebe ha accedido a casarse conmigo.

—¿Habéis fijado fecha? —preguntó Ysabeau.

—Aún no. Veréis, hemos decidido hacer las cosas a la antigua usanza —contestó Marcus.

Todos los De Clermont presentes se quedaron paralizados y miraron a Marcus.

—No estoy segura de que sea posible hacerlo a la antigua usanza —comentó Sarah con sequedad—, considerando que ya compartís habitación.

—Los vampiros tienen distintas tradiciones, Sarah —explicó Phoebe—. Marcus me preguntó si quería pasar el resto de su vida con él. Y yo dije que sí.

—Ah —dijo Sarah con expresión confusa.

—No querrás decir… —Mi frase se quedó en el aire, mientras miraba a Matthew.

—He decidido convertirme en vampira. —Los ojos de Phoebe relucían de felicidad al mirar a su esposo de por vida—. Marcus insiste en que debería acostumbrarme antes de que nos casemos, así que, sí, puede que nuestro noviazgo sea algo más largo de lo que nos gustaría.

Phoebe parecía como si estuviera pensando en hacerse una operación menor de cirugía estética o un cambio de peinado, en vez de una transformación biológica completa.

—No quiero que se arrepienta de nada —dijo suavemente Marcus, con una sonrisa de oreja a oreja.

—Phoebe no se convertirá en vampira. Lo prohíbo. —Matthew hablaba en tono bajo, pero su voz resonó por toda la habitación a pesar de la gente.

—No tienes voz en esto. Es decisión nuestra, de Phoebe y mía —dijo Marcus. Y entonces lanzó el guante—: Y de Baldwin, por supuesto. Él es el cabeza de familia.

Baldwin juntó las puntas de los dedos delante del rostro como si considerara el asunto, mientras Matthew miraba a su hijo incrédulo. Marcus respondió a su padre con otra mirada desafiante.

—Lo único que siempre he querido ha sido un matrimonio tradicional, como el que disfrutaron el abuelo e Ysabeau —dijo Marcus—. Tratándose de amor, tú eres el revolucionario de la familia, Matthew, no yo.

—Aunque Phoebe se convirtiera en vampira, nunca podría ser tradicional. Nunca debería beber de la vena de tu corazón por la rabia de sangre —dijo Matthew.

—Estoy seguro de que el abuelo bebía la sangre de Ysabeau. —Marcus miró a su abuela—. ¿Me equivoco?

—¿Quieres correr ese riesgo, sabiendo lo que ahora sabemos sobre las enfermedades sanguíneas? —preguntó Matthew—. Si de veras la amas, no la cambies, Marcus.

Sonó el teléfono de Matthew, que miró la pantalla a regañadientes.

—Es Miriam —dijo frunciendo el ceño.

—No llamaría a esta hora si no ocurriera algo importante en el laboratorio —dijo Marcus.

Matthew activó el altavoz para que los seres de sangre caliente pudieran oír igual que los vampiros y contestó la llamada.

—¿Miriam?

—No, padre. Soy tu hijo. Benjamin.

La voz al otro lado del teléfono sonaba extraña y familiar a la vez, como suelen ser las voces en las pesadillas.

Ysabeau se puso en pie, con el rostro del color de la nieve.

—¿Dónde está Miriam? —exigió Matthew.

—No sé —contestó Benjamin con tono perezoso—. Tal vez con un tal Jason. Ha llamado varias veces. O quizás con una tal Amira. Ella ha llamado dos. Miriam es tu perra, padre. Si chasqueas los dedos, puede que venga corriendo.

Marcus abrió la boca, pero Baldwin siseó un aviso que hizo callar al instante a su sobrino.

—He oído que algo ha pasado en Sept-Tours. Algo relacionado con una bruja —dijo Benjamin.

Matthew se negó a morder el anzuelo.

—Tengo entendido que la bruja descubrió un secreto de los De Clermont, pero que murió antes de poder revelarlo. Qué lástima. —Benjamin lanzó un sonido de burlona empatía—. ¿No se parecerá a la bruja que tenías de esclava en Praga? Fascinante criatura.

Matthew giró la cabeza hacia mí automáticamente para cerciorarse de que estaba bien.

—Siempre decías que yo era la oveja negra de la familia, pero somos más parecidos de lo que te gustaría admitir —continuó Benjamin—. Incluso he llegado a sentir tu mismo gusto por la compañía de las brujas.

Noté un cambio en el aire al dispararse la rabia en las venas de Matthew. La piel empezó a picarme y sentí leves pulsaciones en el pulgar izquierdo

—Nada de lo que tú hagas me interesa —espetó Matthew fríamente.

—¿Ni siquiera si tiene que ver con *El libro de la vida*? —Benjamin esperó unos instantes—. Sé que lo estás buscando. ¿Tiene alguna relevancia para tu investigación? Un tema complicado, la genética.

—¿Qué es lo que quieres? —preguntó Matthew.

—Tu atención. —Benjamin soltó una carcajada.

Matthew volvió a quedarse en silencio.

—No sueles quedarte sin palabras, Matthew —continuó Benjamin—. Por suerte, esta vez te toca escuchar. Por fin he encontrado la forma de destruiros a ti y al resto de los De Clermont. Ni *El libro de la vida* ni tu patética visión de la ciencia pueden ayudaros ya.

—Voy a disfrutar haciéndote quedar como un mentiroso —prometió Matthew.

—Oh, no lo creo. —La voz de Benjamin se volvió un murmullo, como si estuviera revelando un gran secreto—: Verás, sé lo que descubrieron las brujas hace tantos años. ¿Y tú?

Los ojos de Matthew se clavaron en los míos.

—Estaremos en contacto —dijo Benjamin. La comunicación se cortó.

—Llama al laboratorio —dije con urgencia, pensando en Miriam.

Los dedos de Matthew se apresuraron a marcar.

—Ya era hora de que llamases, Matthew. ¿Qué es lo que se supone que debo buscar exactamente en tu ADN? Marcus dijo que buscara marcadores reproductivos, pero ¿qué demonios significa eso? —La voz de Miriam sonaba ácida, enfadada, muy propio de ella—. Tu buzón está a rebosar y, por cierto, me debes vacaciones.

—¿Estás bien? —inquirió Matthew con voz ronca.

—Sí, ¿por qué?

—¿Sabes dónde está tu móvil? —preguntó Matthew.

—No. Me lo he dejado hoy en algún sitio. Estoy segura de que quienquiera que lo encuentre me llamará.

—Ya me ha llamado a mí —blasfemó Matthew—. Benjamin tiene tu teléfono, Miriam.

La línea se quedó muda.

—¿Tu Benjamin? —preguntó Miriam, horrorizada—. Creía que estaba muerto.

—Por desgracia, no —dijo Fernando con verdadero pesar.

—¿Fernando? —Su nombre salió de la boca de Miriam con un silbido de alivio.

—*Sim, Miriam. Tudo bem contigo?* —preguntó Fernando con ternura.

—Gracias a Dios que estás ahí. Sí, sí, estoy bien. —A Miriam le temblaba la voz, pero hizo un esfuerzo enorme para controlarla—. ¿Cuándo fue la última vez que se supo algo de Benjamin?

—Hace siglos —contestó Baldwin—. Sin embargo, Matthew apenas lleva unas semanas aquí y Benjamin ya ha encontrado la manera de dar con él.

—Eso significa que Benjamin ha estado vigilando y esperándole —susurró Miriam—. ¡Oh, Dios!

—Miriam, ¿tenías algo relacionado con la investigación en tu teléfono? —preguntó Matthew—. ¿Correos guardados? ¿Datos?

—No. Sabes que borro los correos después de leerlos. —Hizo una pausa—. Mi agenda de contactos. Benjamin tiene tus números de teléfono.

—Los cambiaremos —dijo Matthew enérgicamente—. No vayas a casa. Quédate con Amira en Old Lodge. No quiero que ninguna os quedéis solas. Benjamin ha mencionado a Amira. —Matthew dudó—. Y a Jason también.

Miriam aspiró sobresaltada.

—¿El hijo de Bertrand?

—Está bien, Miriam —dijo Matthew, tratando de tranquilizarla. Menos mal que ella no veía la expresión de sus ojos—. Benjamin ha visto que te había llamado varias veces, nada más.

—Entre mis fotos hay una de Jason. ¡Ahora Benjamin podrá reconocerle! —dijo Miriam claramente nerviosa—. Jason es todo lo que me queda de mi pareja, Matthew. Si algo le ocurriera...

—Me aseguraré de que Jason esté al tanto del peligro. —Matthew miró a Gallowglass, que cogió su móvil de inmediato.

—¿Jace? —murmuró Gallowglass mientras salía de la habitación cerrando la puerta tras de sí.

—¿Por qué reaparece Benjamin ahora? —preguntó Miriam aturdida.

—No lo sé. —Matthew miró hacia mí—. Sabía lo de la muerte de Emily, y ha mencionado nuestra investigación sobre genética y *El libro de la vida*.

Sentí como si una pieza crucial por fin encajara en un rompecabezas mayor.

—Benjamin estaba en Praga en 1591 —dije lentamente—. Allí debió de oír hablar de *El libro de la vida*. Lo tenía el emperador Rodolfo.

Matthew me lanzó una mirada desafiante. Al hablar, su tono de voz se había vuelto brusco.

—No te preocupes, Miriam. Averiguaremos qué es lo que quiere Benjamin, te lo prometo. —Matthew urgió a Miriam para que tuviera cuidado y dijo que la llamaría en cuanto llegáramos a Oxford. Al colgar, se hizo un silencio atronador.

Gallowglass volvió a entrar sigilosamente en el comedor.

—Jace no ha visto nada fuera de lo normal, pero me ha prometido que estará en guardia. Bueno, ¿qué hacemos ahora?

—¿Qué hacemos? —repitió Baldwin arqueando las cejas.

—Benjamin es mi responsabilidad —dijo Matthew con tono sombrío.

—Sí, lo es —coincidió Baldwin—. Ya es hora de que lo reconozcas y te enfrentes al desastre que has creado, en lugar de esconderte bajo las faldas de Ysabeau y dejarte llevar por esas fantasías intelectuales sobre curar la rabia de sangre y descubrir el secreto de la vida.

—Tal vez hayas esperado demasiado, Matthew —añadió Verin—. Habría sido fácil destruir a Benjamin en Jerusalén después de renacer por primera vez, pero ahora ya no lo será. Benjamin no podría haber permanecido oculto tanto tiempo sin tener hijos o aliados a su alrededor.

—Matthew se las arreglará de algún modo. ¿Acaso no es el asesino de la familia? —comentó Baldwin con sorna.

—Te ayudaré —le dijo Marcus a Matthew.

—Tú no vas a ninguna parte, Marcus. Tú te quedarás aquí, a mi lado, para recibir a la delegación de la Congregación. Y también

Gallowglass y Verin. Tenemos que hacer un despliegue de solidaridad familiar.

Baldwin observó a Phoebe atentamente. Ella le devolvió la mirada, indignada.

—He reconsiderado tu deseo de convertirte en vampira, Phoebe —dijo Baldwin, una vez terminó de inspeccionarla—, y estoy dispuesto a apoyarlo, diga lo que diga Matthew. El deseo de Marcus de tener una pareja tradicional demostrará que los De Clermont aún honran las viejas maneras. Tú también te quedarás aquí.

—Si Marcus lo quiere así, estaré encantada de quedarme en casa de Ysabeau. ¿A ti te parece bien, Ysabeau? —Phoebe usaba la cortesía de arma y muleta a la vez, como solo los británicos saben hacer.

—Por supuesto —contestó Ysabeau, sentándose de nuevo. Recuperó la compostura y sonrió levemente a la prometida de su nieto—. Tú siempre eres bienvenida, Phoebe.

—Gracias, Ysabeau —contestó Phoebe lanzando a Baldwin una mirada punzante.

Baldwin volcó su atención sobre mí.

—Queda por decidir qué hacemos con Diana.

—Mi esposa, al igual que mi hijo, es asunto mío —replicó Matthew.

—Ahora ya no podéis volver a Oxford. —Baldwin ignoró la interrupción de su hermano—. Puede que Benjamin siga allí.

—Iremos a Ámsterdam —dijo Matthew rápidamente.

—También está descartado —rechazó Baldwin—. Esa casa no se puede defender. Matthew, si no puedes garantizar su seguridad, Diana se quedará con mi hija Miyako.

—A Diana no le gustará Hachiōji —dijo Gallowglass convencido.

—Por no hablar de Miyako —murmuró Verin.

—Entonces más vale que Matthew cumpla con su cometido. —Baldwin se levantó—. Deprisa. —El hermano de Matthew abandonó la habitación tan rápido que pareció que se desvanecía.

Verin y Ernst dieron las buenas noches y le siguieron al momento. Una vez se hubieron marchado, Ysabeau sugirió que nos trasladáramos al salón. Allí había un viejo equipo de sonido y suficiente Brahms como para amortiguar hasta la conversación más larga.

—¿Qué vas a hacer, Matthew? —Ysabeau aún parecía destrozada—. No puedes dejar que Diana vaya a Japón. Miyako se la comerá viva.

—Nos vamos a la casa de las Bishop, en Madison —anuncié. Es difícil decir quién se sorprendió más al oír que nos iríamos a Nueva York: Ysabeau, Matthew o Sarah.

—No estoy seguro de que sea una buena idea —dijo Matthew con cautela.

—Em descubrió algo importante aquí, en Sept-Tours, algo por lo que hubiera preferido morir antes que revelarlo. —Me sorprendió mi propia serenidad al decirlo.

—¿Qué te hace pensar eso? —preguntó Matthew.

—Sarah dijo que Em había estado removiendo cosas en la Torre Redonda, donde se guardan todos los documentos de la familia De Clermont. Si se enteró de lo del bebé de la bruja en Jerusalén, querría averiguar más —contesté.

—Ysabeau nos contó lo del bebé a las dos —dijo Sarah mirando a Ysabeau para que confirmara su afirmación—. Y luego se lo contamos a Marcus. Pero no veo por qué eso significa que debamos ir a Madison.

—Porque, sea lo que sea lo que descubriera Emily, la llevó a invocar espíritus —dije—. Sarah cree que Emily estaba intentando contactar con mi madre. Tal vez mi madre también supiera algo. Si es así, puede que en Madison averigüemos más sobre el tema.

—Esos son muchos «cree», «puede» y «tal vez», tía —señaló Gallowglass frunciendo el ceño.

Miré a mi esposo, que aún no había contestado a mi sugerencia y tenía la mirada ausente clavada en su copa de vino.

—¿Qué opinas tú, Matthew?

—Podemos ir a Madison —dijo—. Por ahora.

—Iré con vosotros —murmuró Fernando—. Para hacer compañía a Sarah.

Ella le sonrió agradecida.

—Aquí están pasando más cosas de lo que parece y tienen que ver con Knox y Gerbert. Knox vino a Sept-Tours por una carta que había encontrado en Praga que hacía referencia al Ashmole 782 —recordó Matthew con tono sombrío—. No puede ser pura casualidad que el descubrimiento de esa carta por parte de Knox coincida con la muerte de Emily y con la reaparición de Benjamin.

—Vosotros estabais en Praga. *El libro de la vida* estaba en Praga. Benjamin estaba en Praga. Knox encontró algo en Praga —dijo lentamente Fernando—. Tienes razón, Matthew. Es más que pura coincidencia. Es un patrón.

—Pero hay algo más…, algo que no os hemos contado sobre *El libro de la vida* —dijo Matthew—. Está escrito en un pergamino fabricado con pieles de daimones, vampiros y brujos.

Los ojos de Marcus se abrieron sorprendidos.

—Eso significa que contiene información genética.

—Exactamente —dijo Matthew—. No podemos permitir que caiga en manos de Knox y, desde luego, tampoco en las de Benjamin.

—Nuestra máxima prioridad tiene que seguir siendo encontrar *El libro de la vida* y las páginas que faltan —dije yo asintiendo.

—Además de darnos información sobre los orígenes y la evolución de las criaturas, podría ayudarnos a comprender la rabia de sangre —dijo Marcus—. Aunque también es posible que no encontremos ninguna información genética útil en él.

—La casa de las Bishop devolvió a Diana la página con el enlace químico poco después de volver nosotros —dijo Matthew. La casa era famosa entre los brujos locales por sus maldades mágicas y a menudo se quedaba con objetos preciados para devolvérselos más tarde a sus propietarios—. Si conseguimos entrar en un laboratorio, podríamos estudiarla.

—Por desgracia, no es tan fácil conseguir que te dejen entrar en un laboratorio de genética de última generación —dijo Marcus negando con la cabeza—. Y Baldwin tiene razón, no podéis ir a Oxford.

—Tal vez Chris pueda encontrarte algo en Yale. Él también es bioquímico. ¿Tendrá su laboratorio el instrumental adecuado? —Mi conocimiento de las prácticas de laboratorio se había quedado allá por 1715.

—No estoy dispuesto a analizar una página de *El libro de la vida* en un laboratorio de universidad —dijo Matthew—. Buscaré un laboratorio privado. Tiene que haber algo para alquilar.

—El ADN antiguo es frágil. Si queremos resultados fiables, necesitaremos más de una página con la que trabajar —le advirtió Marcus.

—Y ese es otro motivo para sacar el Ashmole 782 de la Bodleiana —dije yo.

—Está seguro donde está, Diana —me tranquilizó Matthew.

—Por el momento —contesté.

—¿No hay otras dos páginas sueltas por ahí? —preguntó Marcus—. Podríamos buscarlas primero.

—Tal vez yo pueda ayudaros —se ofreció Phoebe.

—Gracias, Phoebe. —Había visto a la pareja de Marcus actuar como investigadora en la Torre Redonda. No me importaría tener sus habilidades a mi servicio.

—¿Y Benjamin? —preguntó Ysabeau—. ¿Sabes qué quería decir cuando ha declarado que había acabado entendiendo tu gusto por las brujas, Matthew?

Matthew negó con la cabeza.

Mi sexto sentido de bruja me decía que responder a la pregunta de Ysabeau podía ser la clave de todo.

Sol en Leo

La que nace estando el sol en Leo será naturalmente
hábil e ingeniosa, y deseosa de aprender. Cualquier cosa
que escuche o vea, y que aparente alguna dificultad,
querrá ella inmediatamente conocer. Las ciencias
mágicas le serán muy útiles. Será conocida
y bien querida por príncipes. Su primer
hijo será hembra y el segundo, varón.
Sufrirá en su vida abundantes
penas y peligros.

Libro de dichos anónimos ingleses, ca. 1590.
Gonçalves MS 1590, f. 6

7

Estaba en la botica de Sarah y miré a través del polvo que cubría la superficie del cristal esmerilada de la ventana. La casa entera necesitaba ser ventilada a fondo. El cerrojo de latón se me resistió un par de veces, hasta que el marco hinchado cedió y la ventana se abrió bruscamente hacia arriba, temblando de indignación por el maltrato.

—Aguántate —solté enfadada, y me volví a observar la habitación ante mí.

Era un lugar extrañamente familiar aquella sala donde mis tías habían pasado gran parte de su tiempo y yo tan poco. Sarah dejaba sus desordenadas costumbres en el umbral de la puerta, porque aquí todo era orden y limpieza, superficies despejadas, tarros dispuestos en filas sobre estantes y cajones de madera con etiquetas que indicaban su contenido.

EQUINÁCEA, MATRICARIA, CARDO MARIANO, ESCUTELARIA, ARREGLA HUESOS, MILENRAMA, HIERBA DE LUNA.

Aunque los ingredientes para el oficio de Sarah no seguían un orden alfabético, estaba segura de que su disposición se regía por algún principio de brujería, pues ella siempre podía encontrar al instante la hierba o semilla que necesitaba.

Sarah se había llevado consigo el grimorio de los Bishop a Sept-Tours, pero ahora estaba de vuelta en su sitio: descansando sobre lo que quedaba de un viejo púlpito que Em había comprado en una de las tiendas de antigüedades de Bouckville. Ella y Sarah habían serrado la base y ahora el atril estaba colocado sobre la vieja mesa de cocina que perteneció a los primeros Bishop a finales del siglo XIX. Una de las patas de la mesa era claramente más corta que la otra —nadie sabía por qué—, pero la irregularidad de la madera del suelo hacía que su superficie quedara sorprendentemente equilibrada y sólida. De pequeña creía que se trataba de magia. De mayor entendí que era simple y llanamente suerte. Había varios utensilios viejos y una regleta maltrecha tirados sobre la superficie de trabajo de Sarah. Tenía una olla de color verde aguacate, una venerable cafetera, dos molinillos de café y una batidora. Aquel era el instrumental de una bruja moderna, aunque Sarah también guardaba un enorme caldero negro junto a la chimenea en recuerdo de los viejos tiempos. Mis tías utilizaban la olla para elaborar aceites y pociones, los molinillos y la batidora para preparar incienso y para pulverizar hierbas, y la cafetera para hacer infusiones. En la esquina había un reluciente frigorífico de muestras blanco con una cruz roja sobre la puerta, desenchufado y sin estrenar.

—Tal vez Matthew pueda encontrar algo más de última tecnología para Sarah —dije, pensando en voz alta. Un mechero Bunsen. Quizás unos cuantos alambiques. De repente deseaba estar en el laboratorio que tan bien equipado tenía Mary Sidney en el siglo XVI. Levanté la mirada, con la leve esperanza de encontrar los espléndidos murales de procedimientos alquímicos que decoraban sus paredes en el castillo de Baynard.

En su lugar solo vi hierbas y flores colgadas de bramantes entre las vigas vistas. Podía reconocer algunas de ellas: las vainas hinchadas de ajenuz rebosantes de diminutas semillas; las cabezas espinosas del cardo mariano; los largos tallos de gordolobo coronados por flores de un amarillo brillante que les daban su otro nombre de velas de bruja; y también tallos de hinojo. Sarah reconocía todos y cada uno por su aspecto, su tacto, su sabor y su olor. Con ellos hacía hechizos y fabricaba encantos. Las hierbas secas estaban grises por el polvo, pero sabía que más valía no molestarlas. Sarah nunca me lo perdonaría si entrara en su botica y no encontrara más que tallos.

En su día, la botica había servido como cocina de la granja. Una de las paredes estaba cubierta por una inmensa chimenea completa, con un amplio hogar y un par de hornos. Sobre la chimenea había un altillo de almacenaje al que se podía acceder por una vieja escalerilla destartalada. ¡Cuántas tardes de lluvia había pasado allá arriba, hecha un ovillo con un libro, escuchando las gotas de agua tamborilear contra el techo! Corra estaba allí ahora, con un ojo abierto mostrando perezoso interés.

Suspiré y puse a bailar las motas de polvo. Iba a hacer falta agua —y bastante trabajo— para que aquel espacio volviera a ser acogedor. Y si mi madre sabía algo que pudiera ayudarnos a localizar *El libro de la vida,* aquel sería el lugar donde lo encontraría.

Oí un leve sonido de campanilla. Y luego otro.

Goody Aslop me había enseñado a distinguir los hilos que unían el mundo y a tirar de ellos para tejer hechizos que no figuraban en ningún grimorio. Los hilos me rodeaban en todo momento, y cada vez que se rozaban emitían una especie de música. Estiré la mano y cogí varios hilos con los dedos. Azul y ámbar, los colores que conectaban el pasado con el presente y el futuro. Ya los había visto antes, pero solo en rincones donde ninguna criatura desprevenida podía verse atrapada entre la trama y la urdimbre del tiempo.

Evidentemente, el tiempo no se estaba comportando como debería en la residencia de los Bishop. Retorcí los hilos azul y ámbar hasta anudarlos y traté de empujarlos hacia atrás, donde debían estar, pero volvieron a soltarse, cargando el aire de recuerdos y pesar. El nudo de una tejedora no enderezaría lo que allí ocurría.

Mi cuerpo estaba empapado de sudor, pero lo único que había hecho había sido desplazar el polvo y la suciedad de un lugar a otro. Se me había olvidado el calor que podía hacer en Madison en esa época del año. Levanté un balde lleno de agua sucia y empujé la puerta de la botica. No se movió.

—Tabitha, levántate —ordené mientras empujaba otro poco la puerta esperando que la gata se moviera.

Tabitha aulló. Se negaba a venir conmigo a la botica. Aquel era territorio de Sarah y Em, y a mí me veía como a una invasora.

—¡Mira que te suelto a Corra!... —dije amenazándola.

Tabitha se movió al instante. Estiró una pata hacia delante para cruzar el umbral, después otra y luego se escabulló. La gata de Sarah no tenía ninguna intención de enfrentarse con mi dragón escupefuego, pero su dignidad tampoco permitía una retirada demasiado acelerada.

Abrí la puerta de atrás. Fuera, el zumbido de los insectos y un constante martilleo llenaban el aire. Vertí el agua sucia fuera del porche y Tabitha salió corriendo para acercarse a Fernando. Tenía un pie apoyado sobre un tocón que solíamos utilizar para cortar leña y observaba cómo Matthew clavaba en la tierra postes para la valla.

—¿Aún sigue con ello? —pregunté, balanceando el balde vacío. Llevábamos días con golpes: primero para cambiar las tejas sueltas del tejado, luego para afianzar los tresillos del jardín y ahora para arreglar la valla.

—La mente de Matthew está más tranquila cuando trabaja con las manos —comentó Fernando—. Tallando piedra, luchando con la espada, navegando, escribiendo poemas, haciendo un experimento, da igual lo que sea.

—Está pensando en Benjamin. —Si era así, no me extrañaba que Matthew buscase distracciones.

Fernando volcó su serena atención sobre mí.

—Cuanto más piensa en su hijo, más se ve transportado a un tiempo en el que no se gustaba a sí mismo, ni las elecciones que hizo.

—Matthew no suele hablar de Jerusalén. Me enseñó su insignia de peregrino y me habló de Eleanor. —No era mucho, dada la cantidad de tiempo que Matthew había pasado allí. Y mi beso de bruja no solía revelar recuerdos tan antiguos.

—Ah, la bella Eleanor. Su muerte fue otro error que podía haberse evitado —dijo Fernando con amargura—. Matthew no debería haberse ido a Tierra Santa la primera vez y menos aún la segunda. La política y el derramamiento de sangre son demasiado para cualquier vampiro joven, y especialmente para uno con rabia de sangre. Pero Philippe necesitaba todas las armas a su disposición si quería tener alguna esperanza de éxito en Outremer.

La historia medieval no era mi fuerte, pero sabía que los cruzados volvieron con borrosos recuerdos de conflictos sangrientos y del fatal asedio de Jerusalén.

—Philippe soñaba con crear un reino *manjasang* allí, pero resultó imposible. Por una vez en su vida, subestimó la avaricia de los seres de sangre caliente, por no hablar de su fanatismo religioso. Philippe debería haber dejado a Matthew en Córdoba con Hugh y conmigo, porque no le era de utilidad en Jerusalén ni en Acre, ni en ninguno de los lugares adonde le mandó. —Dio una fuerte patada al tocón, haciendo caer un trozo de musgo que se aferraba a la vieja madera—. Aparentemente la rabia de sangre puede ser una ventaja si lo que quieres es crear un asesino.

—Me da la impresión de que no te gustaba Philippe —dije suavemente.

—Con el tiempo llegué a respetarle, pero tanto como gustarme… —Fernando negó con la cabeza—. No.

Últimamente había sentido punzadas de antipatía en lo referente a Philippe. Al fin y al cabo, él le había asignado el papel de asesino de la familia a Matthew. A veces observaba a mi marido solo en las sombras cada vez más alargadas del verano, o recortado a la luz de una ventana, y veía el peso de la responsabilidad que caía sobre sus hombros.

Matthew clavó otro poste en el suelo y levantó la mirada.

—¿Necesitas algo?

—No. Estoy cogiendo un poco de agua —contesté alzando la voz.

—Que te ayude Fernando. —Matthew señaló el balde vacío. No le parecía bien que las embarazadas cargaran peso.

—Claro —respondí evasivamente mientras Matthew volvía al trabajo.

—No tienes ninguna intención de dejar que te lleve el balde. —Fernando se echó la mano al pecho fingiendo consternación—. Me hieres. ¿Y cómo voy a mantener la cabeza alta en la familia De Clermont si no me dejas ponerte en un pedestal como debería hacer un caballero?

—Si consigues que Matthew no alquile ese rodillo de acero del que ha estado hablando para volver a pavimentar la entrada de coches, dejaré que luzcas tu brillante armadura el resto del verano. —Le di un beso en la mejilla y me fui.

Inquieta e incómoda por el calor, abandoné el balde vacío en el fregadero de la cocina y fui en busca de mi tía. No fue difícil encontrarla. A Sarah le había dado por sentarse en la mecedora de mi abuela en la salita de estar y quedarse mirando el árbol del color del ébano que salía de la chimenea. Al volver a Madison, Sarah se había visto obligada a afrontar la pérdida de Emily de una forma completamente nueva, que la había dejado hundida y distante.

—Hace demasiado calor para limpiar. Voy a hacer unos recados a la ciudad. ¿Quieres venir? —pregunté.

—No. Estoy bien aquí —contestó Sarah meciéndose de atrás hacia delante.

—Hannah O'Neil ha llamado otra vez. Nos ha invitado a su comida de Lugnasad.

Desde nuestro regreso, habíamos recibido un montón de llamadas telefónicas de miembros del aquelarre de Madison. Sarah le dijo a la alta sacerdotisa, Vivian Harrison, que se encontraba perfectamente bien y que la familia estaba cuidando de ella. Después de eso, se negaba a hablar con nadie.

Ignoró mi referencia a la invitación de Hannah y siguió mirando el árbol.

—Los fantasmas están destinados a volver, ¿no crees?

Había habido sorprendentemente pocas visitas espectrales desde nuestra vuelta. Matthew le echaba la culpa a Corra, pero Sarah y yo sabíamos que no era por ella. Con la reciente desaparición de Em, el resto de los fantasmas se mantenían alejados para que no les bombardeáramos con preguntas sobre cómo estaba.

—Claro —dije yo—, pero probablemente tarden un poco.

—La casa está tan silenciosa sin ellos… Nunca los he visto como tú los ves, pero se notaba que estaban aquí. —Sarah se mecía con más fuerza, como si de esa forma pudiera acercar a los fantasmas.

—¿Has decidido qué vamos a hacer con el árbol quemado?

Cuando Matthew y yo volvimos de 1591 ya nos estaba esperando, con su negro tronco nudoso ocupando gran parte de la chimenea y sus raíces y ramas extendidas por toda la salita. Aunque parecía sin vida, de vez en cuando producía extraños frutos, como unas llaves de coche o la imagen del enlace químico que había sido arrancada del Ashmole 782. Más recientemente, había dado una receta de compota de ruibarbo fechada alrededor de 1875 y un par de pestañas postizas de alrededor de 1973. Fernando y yo pensábamos que se debería quitar el árbol de allí, reparar la chimenea y restaurar y pintar los paneles de madera de la pared, pero Matthew y Sarah no estaban convencidos.

—No sé —dijo Sarah con un suspiro—. Me estoy acostumbrando. Siempre podemos decorarlo en Navidad.

—En cuanto llegue el invierno la nieve entrará directamente por esas grietas —dije mientras cogía mi bolso.

—¿A ti qué te enseñaron sobre los objetos mágicos? —preguntó Sarah, con una pizca de su habitual mordacidad.

—No los toques hasta que los entiendas —recité con voz de niña de seis años.

—Cortar un árbol que se ha creado por magia se podría calificar como «tocar», ¿no te parece? —Sarah hizo un gesto a Tabitha para que se alejara de la chimenea, donde estaba sentada mirando la corteza del árbol—. Hace falta leche. Y huevos. Y Fernando quiere una especie de arroz raro. Prometió que nos haría paella.

—Leche. Huevos. Arroz. Lo tengo. —Lancé a Sarah una última mirada de preocupación—. Dile a Matthew que no tardaré.

Las tablas del suelo de la entrada soltaron un breve quejido cuando salía por la puerta. Me detuve, sin despegar el pie del suelo. La casa de los Bishop no era un hogar cualquiera y tenía fama de expresar sus sentimientos acerca de asuntos diversos, desde quién tenía derecho a ocuparla hasta si aprobaba o no el nuevo color de la pintura de las contraventanas.

Pero la casa no dijo nada más. Al igual que los fantasmas, estaba esperando.

El nuevo coche de Sarah estaba aparcado delante de la entrada. Su viejo Honda Civic había sufrido un percance durante su regreso de Montreal, donde lo habíamos dejado Matthew y yo. Un empleado de los De Clermont había recibido el encargo de conducirlo de vuelta a Madison, pero el motor se cayó en algún lugar entre Bouckville y Waterton. Para consolar a Sarah, Matthew le había regalado un Mini Cooper de color violeta metálico, con sus rayas de coche de carreras con bordes negros y plateados y una matrícula personalizada que decía: «Nueva Escoba». Matthew esperaba que con aquel lema de bruja Sarah ya no sintiera la necesidad de cubrir el coche de pegatinas, pero yo temía que solo fuera cuestión de tiempo que el Mini tuviera el mismo aspecto que el viejo.

Por si alguien pensaba que el nuevo coche de Sarah y la falta de eslóganes indicaban que su paganismo se había debilitado, Matthew le había comprado una bola en forma de bruja para la antena. Era pelirroja y llevaba sombrero de punta y gafas de sol. Aparcara donde aparcara el coche, siempre se la robaban. Así que Matthew guardaba una caja de repuestos en el armario del vestíbulo.

Esperé hasta que Matthew estuviera clavando otro poste de la valla para meterme en el Mini. Di marcha atrás y me alejé rápidamente de la casa. Matthew no había llegado a prohibirme que saliera sola de la granja y Sarah sabía adónde iba. Feliz de salir de allí, abrí la capota del coche para empaparme de la brisa de julio de camino a la ciudad.

Mi primera parada fue en la oficina de correos. La señora Hutchinson se quedó mirando con interés la hinchazón tirante que asomaba bajo el borde de mi camiseta, pero no dijo nada. Las únicas personas que había en la oficina eran dos vendedores de antigüedades y Smitty, el ferretero y nuevo mejor amigo de Matthew.

—¿Qué tal le está yendo el mazo para postes al señor Clairmont? —preguntó Smitty, golpeando un fajo de correo basura contra la visera de la gorra de John Deere—. No había vendido uno desde hacía años. La mayoría de la gente ahora quiere un martillo hidráulico para clavar postes.

—Matthew parece bastante contento con él. —«La mayoría de la gente no es un vampiro de más de uno noventa», pensé mientras tiraba a la basura de reciclaje el cupón de ofertas del ultramarinos local y la publicidad de neumáticos nuevos.

—Ha enganchado a uno bueno —dijo Smitty mirando mi alianza—. Y parece que se lleva bien con la señorita Bishop. —Esto último lo dijo con cierto tono de asombro.

Arrugué levemente la boca. Cogí el montón de catálogos y facturas que quedaba y los metí en mi bolso.

—Cuídate, Smitty.

—Adiós, señora Clairmont. Dígale al señor Clairmont que cuando se decida sobre el rodillo para la entrada de coches me lo haga saber.

—No es señora Clairmont, sigo utilizando mi... ¡Bah, da igual! —repuse al ver la expresión confusa de Smitty.

Abrí la puerta y me eché a un lado para dejar entrar a dos niños. Buscaban desesperadamente las piruletas que la señora Hutchinson guardaba tras el mostrador. Ya casi estaba en la calle cuando oí que Smitty susurraba a la jefa de la oficina:

—¿Conoces al señor Clairmont, Annie? Un buen tipo. Empezaba a pensar que Diana acabaría siendo una solterona como la señorita Bishop, no sé si me entiendes —dijo Smitty haciendo un guiño elocuente a la señora Hutchinson.

Cogí la Ruta 20 hacia el oeste, atravesando campos verdes y pasando junto a viejas alquerías que en otro tiempo abastecieron de alimentos a los residentes de la zona. Muchas de las propiedades habían sido divididas y sus tierras habilitadas para distintos propósitos. Ahora eran escuelas y oficinas, una explanada de granito y una tienda de hilos en un granero reconvertido.

Cuando entré en el aparcamiento del supermercado en la cercana Hamilton, estaba prácticamente desierto. Ni cuando había plena actividad en la universidad llegaba a llenarse hasta la mitad.

Maniobré con el coche de Sarah para aparcarlo en uno de los muchos espacios libres cerca de la entrada, junto a una de las furgonetas que la gente compraba cuando tenía hijos. Tenía puertas deslizantes para facilitar la instalación de asientos especiales, muchos reposavasos y alfombras beige para ocultar los cereales que se caían por el suelo. De repente vi el futuro pasando ante mis ojos.

El pequeño y veloz coche de Sarah era un agradable recordatorio de que había otras opciones, a pesar de que Matthew, cuando nacieran los gemelos, probablemente insistiría en tener un tanque Panzer. Me quedé mirando la absurda brujita verde sobre la antena. Murmuré unas palabras y los cables de la antena se recondujeron a través de la bola de goma espuma blanda y el gorro de la bruja. Nadie iba a robar el amuleto de Sarah mientras estuviera bajo mi cuidado.

—Buen hechizo para agarrar —dijo una voz seca detrás de mí—. Creo que no lo conozco.

Me giré como un remolino. La mujer que vi tendría unos cincuenta años, llevaba el pelo por los hombros y prematuramente cano, y sus ojos eran verde esmeralda. Un suave zumbido de poder la rodeaba; nada espectacular, pero sí sólido. Era la alta sacerdotisa del aquelarre de Madison.

—Hola, señora Harrison.

Los Harrison eran una antigua familia de Hamilton. Provenían de Connecticut y, al igual que los Bishop, las mujeres mantenían su apellido de solteras después de casadas. El esposo de Vivian, Roger, había hecho el gesto radical de cambiar su apellido de Barker a Harrison cuando contrajeron matrimonio, lo cual le valió un lugar venerado en los anales del aquelarre por su disposición a honrar la tradición y bastantes burlas por parte del resto de los maridos.

—Pienso que ya eres lo suficientemente mayor como para llamarme Vivian, ¿no crees? —Bajó la mirada hacia mi abdomen—. ¿De compras?

—Ajá. —Ninguna bruja podía mentir a otra bruja. Dadas las circunstancias, lo mejor era dar respuestas lo más escuetas posibles.

—Qué coincidencia. Yo también.

Detrás de Vivian vi cómo dos carritos de supermercado se soltaban de la fila y salían solos de los raíles.

—¿Así que sales de cuentas en enero? —me preguntó una vez dentro.

Titubeé y casi se me cae la bolsa de papel llena de manzanas de una granja cercana.

—Solo si el embarazo llega a su término. Estoy esperando gemelos.

—Los gemelos dan mucho trabajo —dijo Vivian con tristeza—. Solo tienes que preguntárselo a Abby. —Saludó a una mujer que llevaba dos cartones de huevos.

—Hola, Diana. Creo que no nos conocemos. —Abby puso uno de los cartones en el portabebés del carrito. Sujetó los huevos con el endeble cinturón de seguridad—. Cuando nazcan los niños, tendrás que encontrar otra manera de evitar que se te rompan. Tengo calabacines para ti en el coche, así que ni se te ocurra comprar.

—¿Es que todo el condado sabe que estoy embarazada? —pregunté. Por no hablar de lo que iba a comprar hoy...

—Solo las brujas —dijo Abby—. Y cualquiera que hable con Smitty. —Un chavalín de cuatro años con una camiseta de rayas y una máscara de Spiderman pasó corriendo a nuestro lado—. ¡John Pratt! ¡Deja de perseguir a tu hermana!

—No te preocupes. He encontrado a Grace en el pasillo de las galletas —dijo un apuesto hombre con pantalones cortos y una camiseta gris y burdeos de Colgate University. Llevaba en brazos a una niña pequeña que se retorcía con la cara manchada de chocolate y migas de galleta—. Hola, Diana. Soy el marido de Abby, Caleb Pratt. Doy clase aquí. —Aunque su voz sonaba relajada, la energía crepitaba a su alrededor. ¿Tendría tal vez algo de magia elemental?

Mi pregunta encendió los finos hilos que le rodeaban, pero Vivian me distrajo antes de que pudiera estar segura.

—Caleb es profesor en el Departamento de Antropología —dijo Vivian con orgullo—. Él y Abby han sido una gran incorporación a la comunidad.

—Encantada —murmuré. Aparentemente, todo el aquelarre hacía la compra en Cost Cutter los jueves.

—Solo cuando hay asuntos que discutir —dijo Abby, leyéndome la mente con facilidad. Por lo que había visto, tenía bastante menos talento que Vivian o Caleb, pero era evidente que había poder en su sangre—. Esperábamos ver a Sarah hoy, pero nos está evitando. ¿Se encuentra bien?

—La verdad es que no —dije vacilando.

En cierto momento, el aquelarre de Madison había representado todo lo que yo quería negar de mí misma y de ser una Bishop. Pero las brujas de Londres me habían enseñado que hay que pagar un elevado precio por vivir aislada de otras brujas. Y la verdad era que Matthew y yo ya no podíamos arreglárnoslas solos. No después de lo que había ocurrido en Sept-Tours.

—¿Hay algo que quieras decirnos, Diana? —Vivian me miró sagazmente.

—Creo que necesitamos vuestra ayuda. —Las palabras se me escaparon, causándome un asombro que debió de ser evidente, porque los tres brujos se echaron a reír.

—Bien. Para eso estamos aquí —dijo, regalándome una sonrisa de aprobación—. ¿Cuál es el problema?

—Sarah está estancada —dije sin rodeos—. Y Matthew y yo tenemos problemas.

—Lo sé. Los pulgares llevan días molestándome —dijo Caleb, haciendo rebotar a Grace sobre su cadera—. Al principio creí que era solo por los vampiros.

—Es más que eso. —Mi voz sonaba sombría—. También atañe a los brujos. Y a la Congregación. Puede que mi madre tuviera una premonición al respecto, pero ni siquiera sé por dónde empezar a buscar más información.

—¿Qué dice Sarah? —preguntó Vivian.

—No mucho. Está otra vez llorando por Emily. Se sienta a observar cómo el árbol de la chimenea crece y a esperar a que vuelvan los fantasmas.

—¿Y tu marido? —preguntó Caleb arqueando las cejas.

—Matthew está cambiando los postes de la valla. —Me pasé los dedos por el pelo, quitándome los hilos mojados del cuello. Un par de grados más y se podría freír un huevo sobre el coche de Sarah.

—Un claro ejemplo de agresión desplazada —dictaminó Caleb con tono pensativo— y de la necesidad de poner límites claros.

—¿Qué clase de magia es esa? —Estaba pasmada de que pudiera saber tanto acerca de Matthew con lo poco que había dicho.

—Es antropología —contestó Caleb sonriendo.

—Tal vez deberíamos hablar de estas cosas en otro sitio. —Vivian sonrió con amabilidad a la multitud de espectadores que empezaba a reunirse en la sección de productos agrícolas.

Los pocos seres humanos que había en la tienda no pudieron evitar verse atraídos por la imagen de cuatro criaturas sobrenaturales reunidas y varios de ellos estaban escuchando abiertamente nuestra conversación mientras fingían comprobar si estaban maduros los melones cantalupo las sandías.

—Nos vemos en casa de Sarah en veinte minutos —dije, ansiosa por salir de allí.

—El arroz arborio está en el pasillo 5 —indicó Caleb amablemente, entregando a Grace de nuevo a Abby—. Es lo más parecido al arroz para paella que encontrarás en Hamilton. Si no es suficientemente bueno, puedes parar en la tienda de alimentación biológica de Maureen. Ella puede encargarte arroz español. De lo contrario, tendrás que irte hasta Syracuse.

—Gracias —dije tímidamente. No iba a parar en la tienda de alimentación biológica, lugar de encuentro de brujos cuando no estaban en el Cost Cutter. Empujé mi carrito hacia el pasillo 5—. Buena idea.

—¡Y no olvides la leche! —me dijo Abby en voz alta.

Cuando llegué a casa, Matthew y Fernando estaban en el prado, enfrascados en una conversación. Guardé la compra y encontré el balde en el fregadero, tal y como lo había dejado. Mis dedos alcanzaron el grifo automáticamente para abrirlo y dejar que corriera el agua.

—¿Qué demonios me pasa? —murmuré sacando el balde vacío del fregadero. Lo volví a llevar a la botica y cerré la puerta.

Aquella habitación había presenciado algunas de mis peores humillaciones como bruja. Aunque sabía que mis dificultades pasadas con la magia se habían producido porque era tejedora además hechizada, todavía me costaba dejar atrás el recuerdo del fracaso.

Pero había llegado el momento de intentarlo.

Coloqué el balde sobre la chimenea, tanteando la marea que siempre fluía dentro de mí. Gracias a mi padre, no solo era tejedora, sino que mi sangre estaba llena de agua. Me agaché junto al cubo, moldeé mi mano hasta darle forma de un pitorro y canalicé mis deseos en él.

«Limpia. Fresca. Nueva».

En pocos instantes mis manos parecían de metal en lugar de carne y mis dedos empezaron a manar agua que hacía un ruido sordo al golpear contra el plástico. Una vez lleno el balde, mi mano volvió a ser solo una mano. Sonreí y me senté sobre los talones, satisfecha de haber logrado hacer magia en la casa de las Bishop. A mi alrededor, el aire chisporroteaba con hilos de colores. Ya no lo notaba espeso y pesado, sino luminoso y lleno de potencial. Una brisa fresca entró por la ventana. Tal vez no fuera capaz de resolver todos nuestros problemas con un solo nudo, pero si quería averiguar lo que sabían Emily y mi madre tenía que empezar por alguna parte.

—Con el nudo de uno empiezo el conjuro —susurré, agarrando un hilo plateado y anudándolo bien.

Con el rabillo del ojo, vi la falda larga y el corpiño bordado de color claro que pertenecían a mi antepasada Bridget Bishop.

Bienvenida a casa, nieta, dijo su voz fantasmal.

8

Matthew levantó el mazo y lo dejó caer sobre la parte superior del poste con un gratificante porrazo que reverberó por sus brazos, pasó por los hombros y le recorrió toda la espalda. Volvió a alzar el mazo.

—No creo que haga falta golpearlo otra vez —dijo Fernando apareciendo a su espalda—. Seguirá en pie y bien recto cuando llegue la próxima glaciación.

Matthew apoyó el mazo en el suelo y posó las manos sobre el mango. No estaba sudado ni cansado, pero sí molesto por la interrupción.

—¿Qué pasa, Fernando?

—Anoche te oí hablando con Baldwin —contestó.

Matthew cogió el azadón sin responder.

—Si no me equivoco, te dijo que te quedaras aquí y no causaras problemas… por ahora —continuó Fernando.

Matthew clavó la hoja afilada en el suelo. Se hundió bastante más que si un ser humano utilizara la herramienta. Giró el azadón, lo sacó del suelo y cogió un poste de madera.

—Venga, *Mateus*. Arreglarle la valla a Sarah no es la mejor manera de pasar el tiempo.

—La manera más útil de pasar mi tiempo sería encontrar a Benjamin y librar a mi familia de ese monstruo de una vez por todas. —Matthew cogió el poste de más de dos metros con una mano como si pesara menos que un lápiz e hincó la punta en la tierra blanda—. Pero en vez de eso estoy esperando a que Baldwin me dé permiso para hacer lo que debería haber hecho hace mucho tiempo.

—Hum—Fernando observó el poste—. Entonces ¿por qué no te vas? Al demonio con Baldwin y sus formas dictatoriales. Ocúpate de Benjamin. Yo puedo cuidar de Diana y de Sarah sin problema.

Matthew le lanzó una mirada feroz.

—No voy a dejar a mi mujer embarazada en medio de la nada, ni siquiera contigo.

—Entonces tu plan consiste en quedarte aquí arreglando todo lo que encuentres roto hasta que llegue el feliz momento en que Baldwin te autorice a matar a tu propio hijo. ¿Y luego? ¿Arrastrarás a Diana contigo a algún agujero dejado de la mano de Dios y lo aniquilarás delante de tu mujer? —Fernando levantó los brazos indignado—. ¡No seas absurdo!

—Baldwin no piensa tolerar la más mínima desobediencia, Fernando. Lo dejó muy claro en Sept-Tours.

Baldwin había hecho salir a los varones De Clermont y a Fernando en plena noche para explicarles en términos brutales y detallados lo que les ocurriría a todos y cada uno de ellos si detectaba cualquier susurro de protesta o el mínimo atisbo de insurrección. Al terminar, hasta Gallowglass parecía impactado.

—Hubo un tiempo en que te gustaba burlarte de Baldwin. Pero desde que murió tu padre has dejado que tu hermano te trate de manera abominable. —Fernando agarró el mazo antes de que Matthew tuviera tiempo de alcanzarlo.

—No podía perder Sept-Tours. *Maman* no lo habría soportado, no después de la muerte de Philippe. —A partir de aquel momento, la madre de Matthew dejó de ser invencible, de hecho se había vuelto tan frágil como el cristal soplado—. Puede que el castillo pertenezca técnicamente a los Caballeros de Lázaro, pero todo el mundo sabe que la hermandad pertenece a los De Clermont. Si Baldwin hubiera querido cuestionar el testamento de Philippe y reclamar Sept-Tours, lo habría conseguido e Ysabeau se habría quedado en la calle.

—Ysabeau parece bastante recuperada de la muerte de Philippe. ¿Cuál es tu excusa ahora?

—Ahora mi esposa es una De Clermont. —Matthew miró a Fernando con serenidad.

—Ya veo. —Fernando soltó una risa socarrona—. El matrimonio te ha hecho fosfatina la mente y te ha doblado la espina dorsal como una rama de sauce, amigo mío.

—No voy a hacer nada que ponga en peligro su posición. Puede que ella aún no comprenda lo que significa, pero tú y yo sabemos lo importante que es que te consideren hijo de Philippe —dijo Matthew—. El apellido De Clermont la protegerá de cualquier amenaza.

—¿Y por un apoyo endeble en la familia vas a vender tu alma a ese diablo? —Fernando parecía realmente sorprendido.

—¿Por Diana? —Matthew apartó la mirada—. Haría lo que fuera. Pagaría cualquier precio.

—Tu amor por ella raya la obsesión. —Fernando se mantuvo firme al ver que Matthew se revolvía hacia él con los ojos negros—. No es sano, *Mateus*. Ni para ti ni para ella.

—¿Así que Sarah te ha estado llenando la cabeza con mis defectos? Nunca les he gustado del todo a las tías de Diana. —Matthew miró hacia la casa, que parecía estar temblando de risa desde sus cimientos, aunque fuera un efecto de la luz.

—Ahora que te veo con su sobrina lo entiendo —dijo Fernando amablemente—. La rabia de sangre siempre te ha hecho proclive a un comportamiento excesivo. El apareamiento lo ha empeorado.

—Fernando, yo tendré treinta años con ella. Con suerte, cuarenta o cincuenta. ¿Cuántos siglos compartiste tú con Hugh?

—Seis —dijo Fernando, algo distraído.

—¿Y fue suficiente? —explotó Matthew—. Antes de juzgarme por estar consumido por el bienestar de mi pareja, ponte en mi lugar e imagina cómo te habrías comportado si hubieras sabido que tenías tan poco tiempo con Hugh.

—La pérdida es la pérdida, Matthew, y el alma de un vampiro es tan frágil como la de cualquier ser de sangre caliente. Seiscientos o sesenta y seis... da igual. Cuando muere tu pareja, una parte de tu alma muere con él. O con ella —dijo Fernando con ternura—. Y tendrás a tus hijos para consolarte..., a Marcus además de los gemelos.

—¿Cómo va a importar nada de eso si no está aquí Diana para compartirlo? —Matthew parecía desesperado.

—Ahora entiendo que fueras tan duro con Marcus y Phoebe —dijo Fernando como si de repente cayera en la cuenta—. Convertir a Diana en vampira es tu mayor deseo...

—Nunca —lo interrumpió Matthew con voz salvaje.

—Y tu mayor pavor —concluyó Fernando.

—Si se convirtiera en vampira, ya no sería mi Diana —dijo Matthew—. Sería algo..., alguien distinto...

—Puede que la ames exactamente igual —dijo Fernando.

—¿Cómo, si amo a Diana por todo lo que es? —contestó Matthew.

Fernando no fue capaz de contestar a esa pregunta. Él no podía imaginar a Hugh siendo nada que no fuera vampiro. Eso le había definido, le había conferido aquella combinación única de un valor salvaje y el idealismo soñador que hizo que Fernando se enamorara de él.

—Vuestros hijos cambiarán a Diana. ¿Qué ocurrirá con tu amor una vez nazcan?

—Nada —aseguró Matthew bruscamente, abalanzándose a por el mazo. Fernando se pasó fácilmente la pesada herramienta de una mano a otra para mantenerla fuera de su alcance.

—Es la rabia de sangre la que te hace decir eso. Puedo oírla en tu voz. —El mazo salió volando por los aires a noventa millas por hora y cayó en el jardín de los O'Neil. Fernando agarró a Matthew por el cuello—. Temo por tus hijos. Me duele decirlo, me duele incluso pensarlo, pero yo te he visto matar a alguien a quien amabas.

—Diana-no-es-Eleanor. —Matthew desgranó las palabras una por una.

—No. Lo que sentías por Eleanor no tiene comparación con lo que sientes por Diana. Pero solo hizo falta un toque fortuito de Baldwin, una simple sugerencia de que Eleanor podía estar de acuerdo con él y no contigo, y ya estabas dispuesto a despedazarlos a ambos. —Fernando observó atentamente el rostro de Matthew—. ¿Qué harás si Diana atiende a las necesidades de los niños antes que a las tuyas?

—Ahora la tengo bajo control, Fernando.

—La rabia de sangre agudiza todos los instintos de un vampiro hasta hacerlos tan cortantes como el acero afilado. Tu sentido de la posesión ya es peligroso de por sí. ¿Cómo puedes estar seguro de que seguirás controlándolo?

—¡Por Dios, Fernando! No lo puedo saber. ¿Es eso lo que quieres que diga? —Matthew se pasó los dedos por el pelo.

—Quiero que escuches a Marcus en lugar de construir vallas y arreglar los canalones —contestó Fernando.

—¡Ahora tú también! Es una locura siquiera plantearse crear un vástago de mi propia familia cuando Benjamin anda suelto y con la Congregación indignada —contestó Matthew enojado.

—No estaba hablando de formar un vástago. —Fernando pensaba que la idea de Marcus era brillante, pero también sabía cuándo convenía ser cauto.

—Entonces, ¿qué? —preguntó Matthew frunciendo el ceño.

—Tu trabajo. Si te centraras en tu rabia de sangre, tal vez lograrías detener los planes que Benjamin está poniendo en marcha sin dar un solo golpe. —Fernando hizo una pausa para que sus palabras calaran en Matthew—. Hasta Gallowglass cree que deberías estar en el laboratorio analizando esa página que tenéis de *El libro de la vida*, y eso que no tiene ni idea de ciencia.

—Ninguna de las facultades locales tiene suficientes laboratorios para cubrir mis necesidades —dijo Matthew—. No me he dedicado solamente a comprar canalones, ¿sabes? También he hecho averiguaciones. Y tienes razón. Gallowglass no tiene ni idea de lo que implica mi investigación.

Tampoco Fernando. En realidad no. Pero sabía quién la tenía.

—Seguro que Miriam habrá estado haciendo algo durante tu ausencia. No es la clase de persona que se queda ociosa. ¿No puedes revisar sus últimos descubrimientos? —preguntó Fernando.

—Le dije que podían esperar —dijo Matthew bruscamente.

—Incluso los datos recogidos previamente podrían resultaros útiles, ahora que has de tener en cuenta a Diana y a los gemelos. —Fernando estaba dispuesto a utilizar cualquier cosa, hasta a Diana, como cebo para aquel anzuelo si eso hacía que Matthew empezara a actuar en vez de reaccionar solamente—. Puede que no sea solo la rabia de sangre lo que explique su embarazo. Tal vez ella y la bruja de Jerusalén heredaran su habilidad para concebir hijos de un vampiro.

—Es posible —dijo Matthew lentamente. En ese momento, su atención se desvió hacia el Mini Cooper de Sarah, que entraba deslizándose y patinando sobre la gravilla suelta. Matthew aflojó los hombros y parte de la oscuridad desapareció de sus ojos—. Tengo que volver a pavimentar la entrada de coches —constató con voz ausente, observando cómo avanzaba el coche.

Diana se bajó del coche y les saludó. Matthew sonrió y le devolvió el saludo.

—Tienes que ponerte a pensar otra vez —insistió Fernando.

Sonó el teléfono de Matthew.

—¿Qué pasa, Miriam?

—He estado pensando. —Miriam nunca perdía tiempo con los cumplidos de rigor. Y el reciente susto con Benjamin no había cambiado las cosas.

—¡Qué casualidad! —exclamó Matthew con sequedad—. Fernando estaba animándome a que hiciera lo mismo.

—¿Recuerdas cuando alguien entró en la residencia de Diana el pasado octubre? En aquel momento temíamos que, fuera quien fuera, lo habría hecho buscando información genética suya: pelo, uñas cortadas, fragmentos de piel.

—Claro que lo recuerdo —dijo Matthew pasándose la mano por la cara.

—Tú estabas seguro de que habían sido Knox y esa bruja americana, Gillian Chamberlain. ¿Y si Benjamin tuvo algo que ver? —Miriam hizo una pausa—. Todo esto me huele mal, Matthew, como si me hubiera despertado de un sueño agradable y descubriera que una araña me ha atrapado en su tela.

—No estuvo en su residencia. Habría notado su olor. —Matthew parecía seguro, pero había un toque de preocupación en su voz.

—Benjamin es demasiado inteligente como para ir personalmente. Enviaría a un lacayo o a uno de sus hijos. Como señor suyo, tú puedes olerle, pero sabes que es prácticamente imposible detectar el olor de los nietos. —Miriam suspiró exasperada—. Benjamin habló de brujas y de tu investigación genética. Matthew, tú no crees en las coincidencias, ¿recuerdas?

En efecto, Matthew recordaba haber dicho algo así en cierto momento, pero mucho antes de conocer a Diana. Miró involuntariamente hacia la casa, con una necesidad de proteger a su mujer que ahora ya era una mezcla de instinto y reflejo. Atrás quedó la advertencia de Fernando sobre no obsesionarse.

—¿Has podido averiguar algo más sobre el ADN de Diana? —Matthew había tomado muestras bucales y de sangre el año anterior.

—¿Qué crees que he estado haciendo todo este tiempo? ¿Tejer mantitas de ganchillo por si venías a casa con los bebés mientras lloraba tu ausencia? Y sí, sé tanto acerca de los gemelos como cualquiera, lo cual no quiere decir en absoluto que sepa suficiente.

Matthew sacudió la cabeza arrepentido.

—Te he echado de menos, Miriam.

—Pues no lo hagas. Porque la próxima vez que te vea voy a morderte con tal fuerza que te quedará cicatriz durante años —dijo Miriam con voz temblorosa—. Deberías haber matado a Benjamin hace tiempo. Sabías que era un monstruo.

—Hasta los monstruos pueden cambiar —dijo Matthew suavemente—. Mírame a mí.

—Tú nunca has sido un monstruo —negó ella—. Eso era solo una mentira que contabas para mantenernos alejados.

Matthew no estaba de acuerdo, pero prefirió dejar el tema.

—¿Qué has averiguado sobre Diana?

—He averiguado que lo que creemos saber acerca de tu mujer es minúsculo comparado con lo que no sabemos. Su ADN nuclear es como un laberinto: si te metes, es probable que acabes perdido —dijo

Miriam, refiriéndose a su singular huella digital genética—. Y su ADN mitocondrial es igual de desconcertante.

—Por ahora dejemos a un lado el ADN mitocondrial. Lo único que nos dirá eso es lo que Diana tiene en común con sus ancestros femeninos. —Matthew pensaba volver sobre el ADN mitocondrial más adelante—. Quiero saber qué es lo que la hace única.

—¿Qué es lo que te preocupa? —Miriam conocía a Matthew lo suficientemente bien como para oír lo que no estaba diciendo.

—Para empezar, su capacidad de concebir hijos conmigo. —Matthew respiró hondo—. Y Diana adoptó una especie de dragón cuando estábamos en el siglo XVI. Corra es un dragón escupefuego. Además de su espíritu familiar.

—¿Su espíritu familiar? Creía que esa historia sobre brujas y espíritus familiares era solo un mito humano. No me extraña que su gen de transmogrificación sea tan raro —murmuró Miriam—. Un dragón escupefuego. Justo lo que necesitábamos. Espera un segundo. ¿Está atado o algo así? ¿Podríamos tomarle una muestra de sangre?

—Tal vez —dijo Matthew con voz dubitativa—. Pero no estoy seguro de que Corra coopere para darnos una muestra bucal.

—Me pregunto si ella y Diana estarán genéticamente relacionadas... —Miriam dejó la frase colgando, intrigada por las posibilidades.

—¿Has averiguado algo en el cromosoma de bruja de Diana que te lleve a pensar que controla su fertilidad?

—Eso es una petición completamente distinta y sabes que los científicos no suelen encontrar nada a menos que lo estén buscando —dijo Miriam con aspereza—. Dame unos días y veré lo que puedo averiguar. Hay tantos genes sin identificar en el cromosoma de Diana que a veces me pregunto si realmente es una bruja —concluyó riendo.

Matthew se quedó en silencio. No podía decirle que Diana era tejedora cuando ni siquiera Sarah lo sabía.

—Me ocultas algo —le recriminó Miriam.

—Mándame un informe con lo que consigas identificar, sea lo que sea —pidió Matthew—. Hablaremos de nuevo en unos días. Échale un vistazo a mi perfil de ADN también. Céntrate en los genes que aún no hayamos identificado, especialmente si están cerca del gen de la rabia de sangre. A ver si encuentras algo que te llame la atención.

—¡Vaaale! —se burló Miriam—. Tu conexión de Internet es segura ¿verdad?

—Todo lo segura que puede permitirse el dinero de Baldwin.

—Entonces bastante segurita, sí —dijo entre dientes—. Hablamos. Ah, Matthew…

—¿Sí? —replicó él frunciendo el ceño.

—Aún te debo un mordisco por no haber matado a Benjamin cuando tuviste la oportunidad.

—Primero tendrás que cogerme.

—Es fácil. Solo tengo que coger a Diana. Y entonces caerás directo en mis brazos —dijo justo antes de colgar.

—Miriam vuelve a estar en plena forma —dijo Fernando.

—Siempre ha sido capaz de recuperarse de las crisis a una velocidad asombrosa —añadió Matthew con cariño—. ¿Recuerdas cuando Bernard…?

Un vehículo desconocido giró en la entrada de coches.

Matthew corrió a toda velocidad hacia él, con Fernando pisándole los talones.

La mujer de pelo cano que conducía el Volvo azul marino abollado no pareció demasiado sorprendida al verse abordada por dos vampiros, y uno de ellos tremendamente alto. Lo único que hizo fue bajar la ventanilla.

—Tú debes de ser Matthew —dijo la mujer—. Me llamo Vivian Harrison. Diana me ha pedido que pasara a ver a Sarah. Está preocupada por el árbol de la salita.

—¿Qué es ese olor? —preguntó Fernando a Matthew.

—Bergamota —contestó Matthew entornando los ojos.

—¡Es un olor común! Además, soy contable —dijo Vivian indignada—, no solo la alta sacerdotisa del aquelarre. ¿A qué pretendes que huela?, ¿a fuego y azufre?

—¿Vivian? —Sarah estaba en la puerta de entrada con los ojos medio cerrados por el sol—. ¿Está alguien enfermo?

Vivian bajó del coche.

—Nadie está enfermo. Me encontré con Diana en el supermercado.

—Veo que ya conoces a Matthew y a Fernando —observó Sarah.

—Así es. —Vivian miró de arriba abajo a los dos—. Diosa, protégenos de los vampiros apuestos. —Empezó a caminar hacia la casa—. Diana dice que tenéis algún problemilla.

—Nada de lo que no podamos ocuparnos nosotros mismos —dijo Matthew frunciendo el ceño.

—Siempre dice lo mismo. A veces hasta tiene razón. —Sarah hizo un gesto a Vivian para que se acercara—. Entra. Diana ha preparado té helado.

—Todo va bien, señorita Harrison —insistió Matthew, caminando con paso airado junto a la bruja.

Diana apareció por detrás de Sarah. Con los brazos en jarras, lanzó una mirada furiosa a Matthew.

—¿Bien? —repitió en tono inquisitivo—. Peter Knox asesinó a Em. Tenemos un árbol creciendo en la chimenea. Estoy embarazada de tus hijos. Nos han expulsado de Sept-Tours. Y la Congregación podría presentarse en cualquier momento y obligarnos a separarnos. Vivian, ¿a ti te parece que eso es ir bien?

—¿El mismo Peter Knox que estaba prendado de la madre de Diana? ¿No es miembro de la Congregación? —preguntó Vivian.

—Ya no —contestó Matthew.

Vivian señaló a Sarah con un dedo acusador.

—Me dijiste que Em había sufrido un ataque al corazón.

—¡Y así fue! —exclamó Sarah a la defensiva. Vivian frunció los labios indignada—. ¡Es verdad! El hijo de Matthew dijo que esa había sido la causa de su muerte.

—Se te da de maravilla decir la verdad y mentir al mismo tiempo, Sarah. —El tono de Vivian se suavizó—: Emily era una parte importante de nuestra comunidad. Y tú también lo eres. Tenemos que saber qué ocurrió realmente en Francia.

—Saber si fue o no culpa de Knox no va a cambiar nada. Emily seguirá estando muerta. —Los ojos de Sarah se llenaron de lágrimas.

Se las enjugó rápidamente—. Y no quiero que el aquelarre se meta. Es demasiado peligroso.

—Somos tus amigos. Ya estamos metidos. —Vivian se frotó las manos—. El domingo es Lugnasad.

—¿Lugnasad? —preguntó Sarah suspicaz—. El aquelarre de Madison lleva décadas sin celebrar el Lugnasad.

—No solemos celebrarlo mucho, cierto, pero este año Hannah O'Neil está tirando la casa por la ventana para darte la bienvenida. Y para brindarnos la oportunidad de despedirnos de Em.

—Pero Matthew y Fernando... —La voz de Sarah se tornó grave—: El acuerdo.

Vivian soltó una carcajada.

—Diana está embarazada. Es un poco tarde para preocuparse por romper las reglas. Además, el aquelarre sabe lo de Matthew. Y también lo de Fernando.

—¿Lo saben? —preguntó Sarah, sorprendida.

—Lo saben —contestó Diana con firmeza—. Smitty se relaciona con Matthew por todo el asunto de las herramientas y ya sabes lo cotilla que puede ser. —La sonrisa indulgente que le dedicó a Matthew atenuó ligeramente la acidez de sus palabras.

—Se nos conoce por ser un aquelarre progresista. Y con un poco de suerte, puede que Diana nos confíe lo que aún esconde en su hechizo de camuflaje. Os veo el domingo. —Con una sonrisa dirigida a Matthew y Fernando, Vivian volvió a meterse en su coche y se marchó.

—Vivian Harrison es una apisonadora —refunfuñó Sarah.

—Y también muy observadora —añadió Matthew en tono pensativo.

—Lo es —dijo Sarah estudiando a Diana—. Vivian tiene razón. Llevas un hechizo de camuflaje, y uno bueno. ¿Quién te lo hizo?

—Nadie. Yo... —Incapaz de mentir, pero aún no dispuesta a contar la verdad a su tía, Diana apretó los labios. Matthew frunció el ceño.

—De acuerdo, no me lo digas. —Sarah volvió a la salita pisando con fuerza—. Y no pienso ir a esa fiesta. Todo el aquelarre está metido en el rollo vegetariano. Lo único que habrá para picotear será calabacín y el famoso pastel incomible de lima que hace Hannah.

—La viuda está volviendo en sí —susurró Fernando, mostrando sus pulgares en alto a Diana mientras seguía a Sarah hacia la casa—. Volver a Madison ha sido buena idea.

—Prometiste que le dirías a Sarah que eres tejedora una vez estuviéramos instalados en la casa de las Bishop —espetó Matthew en cuanto se quedó a solas con Diana—. ¿Por qué no lo has hecho?

—No soy la única que se está guardando secretos. Y no me refiero solamente al asunto del juramento de sangre ni al hecho de que los vampiros maten a otros vampiros con rabia de sangre. Me deberías haber dicho que Hugh y Fernando eran pareja. Y sobre todo me deberías haber contado que Philippe había estado utilizando tu enfermedad como arma todos esos años.

—¿Sabe Sarah que Corra es tu espíritu familiar y no un *souvenir*? ¿Y que viste a tu padre en Londres? —Matthew se cruzó de brazos.

—No era el momento adecuado —contestó Diana levantando la nariz.

—Ah, claro, el escurridizo momento adecuado —dijo Matthew con una risa burlona—. Nunca llega, Diana. A veces tenemos que deshacernos de la cautela y confiar en la gente a quien queremos.

—Yo confío en Sarah… —Diana se mordió el labio. No le hizo falta terminar la frase. Matthew sabía que en realidad el problema era que no confiaba en sí misma ni en su magia. No del todo.

—Vamos a dar un paseo —propuso, extendiendo la mano—. Podemos hablar de esto más tarde.

—Hace demasiado calor —protestó Diana, mientras ponía su mano en la de él.

—Te calmará —prometió Matthew con una sonrisa.

Diana le miró con interés. La sonrisa de Matthew se ensanchó.

Su mujer —su corazón, su pareja, su vida— bajó las escaleras del porche y se lanzó a sus brazos. Diana tenía los ojos azules y dorados como un cielo de verano y Matthew no quería hacer otra cosa que zambullirse de cabeza en sus luminosas profundidades, no para perderse, sino para ser hallado.

9

No me extraña que no celebremos el Lugnasad —murmuró Sarah, empujando la puerta de entrada con el pie—. Todas esas canciones sobre el final del verano y la llegada del invierno, ¡por no hablar del espantoso acompañamiento de Mary Bassett con la pandereta!

—La música no ha estado tan mal —protesté yo.

La mueca de Matthew indicaba que Sarah tenía razón al quejarse.

—¿Te queda algo de ese vino temperamental, Fernando? —preguntó Sarah encendiendo las luces de la entrada—. Necesito una copa. La cabeza me está zumbando.

—Tempranillo. —Fernando soltó las mantas de picnic sobre el banco de la entrada—. Tempranillo. Recuerda: es español.

—Francés, español, igual da… Necesito un poco —declaró con voz desesperada.

Me eché a un lado para que Abby y Caleb pudieran pasar por la puerta. John se había quedado frito en los brazos de Caleb, pero Grace estaba bien despierta. Se revolvió para que la dejaran en el suelo.

—Déjala, Abby. No puede hacer nada —dijo Sarah y se dirigió hacia la cocina.

Abby dejó a Grace en el suelo y la niña gateó directa hacia las escaleras. Matthew soltó una carcajada.

—Tiene un instinto increíble para buscar problemas. A la escalera no, Grace. —Abby la recogió al vuelo y la volvió a depositar en el suelo apuntándola en dirección a la sala de estar.

—¿Por qué no ponéis a John en la salita? —sugerí. El niño había cambiado su máscara de Spiderman por una camiseta del superhéroe.

—Gracias, Diana —dijo Caleb con un silbido—. Ya veo lo que decías del árbol, Matthew. Entonces ¿salió de la chimenea así, sin más?

—Creemos que pudo tener que ver con fuego y algo de sangre —explicó Matthew, sacudiendo las mantas y siguiendo a Caleb.

Se habían pasado la tarde entera charlando de todo, desde política académica hasta el trabajo hospitalario de Matthew en el John Radcliffe o el futuro de los osos polares. Matthew colocó una manta en el suelo para John, mientras Caleb pasaba los dedos sobre la corteza del árbol quemado.

«Esto es lo que Matthew necesita», comprendí. «Hogar. Familia. Unidad». Sin tener a quién cuidar, acababa retrayéndose a aquel lugar oscuro donde le perseguían sus actos pasados. Y ahora que Benjamin había vuelto a aparecer, estaría especialmente propenso a darle vueltas a la cabeza.

Yo también necesitaba aquella sensación. En el siglo XVI, en una gran casa con servicio en lugar de un hogar sencillo, me había acostumbrado a estar rodeada de gente. Ahora cada vez tenía menos miedo a ser descubierta y deseaba más pertenecer a un lugar.

Precisamente por ese motivo me había divertido bastante en la fiesta del aquelarre. Las brujas de Madison siempre habían desempeñado un papel intimidante en mi imaginación, pero las presentes aquella noche habían sido agradables y cordiales, salvo mis archienemigas del instituto, Cassie y Lydia. También me sorprendió su escaso poder en comparación con las brujas que había conocido en Londres. Una o dos tenían algo de magia elemental a su disposición, pero ninguna era tan formidable como las brujas de fuego o las brujas de agua del pasado. Y las brujas de Madison que podían hacer magia no estaban ni mucho menos a la altura de Sarah.

—¿Vino, Abby? —Fernando le ofreció una copa.

—Claro. —Abby soltó una risilla—. Me sorprende que hayas salido con vida de la reunión, Fernando. Estaba convencida de que alguna te acabaría haciendo algo de magia amorosa.

—Fernando no debería haberles dado esperanzas —dije con severidad burlona—. No era necesario que te inclinaras y también le besaras la mano a Betty Eastey.

—Su pobre marido va a estar escuchando «Fernando esto» y «Fernando lo otro» durante días —comentó Abby con otra risilla.

—Las damas se verán muy decepcionadas cuando descubran que están intentando ensillar el caballo equivocado —contestó Fernando—. Diana, tus amigas me han contado cosas realmente adorables. ¿Sabíais que los vampiros podemos ser realmente cariñosos cuando encontramos a nuestro amor verdadero?

—Pues Matthew no se ha transformado precisamente en un osito de peluche —dije con sequedad.

—Ah, pero es que no le conocías antes —contestó Fernando con una sonrisa envenenada.

—¡Fernando! —exclamó Sarah desde la cocina—. Ven a ayudarme con este estúpido fuego. No logro encenderlo.

Nunca entendí por qué Sarah creía necesario encender el fuego con este calor, pero ella y Em siempre lo hacían en Lugnasad, y no había discusión posible.

—El deber me llama —murmuró Fernando, de nuevo inclinándose ligeramente delante de Abby, que se sonrojó igual que Betty Eastey.

—Vamos contigo. —Caleb cogió a Grace de la mano—. Vamos, repollito.

Matthew observó cómo los Pratt se iban en tropel hacia la cocina, con una sonrisa asomando en la comisura de sus labios.

—Esos seremos nosotros en breve —dije, rodeándole con los brazos.

—Es justo lo que estaba pensando. —Matthew me besó—. ¿Estás lista para contarle a tu tía que eres tejedora?

—En cuanto se marchen los Pratt. —Cada mañana me prometía contarle a Sarah todo lo que había aprendido en el aquelarre de Londres, pero cada día se me hacía más difícil decírselo.

—No se lo tienes que contar todo de una sola vez —dijo Matthew, acariciándome los hombros—. Simplemente dile que eres tejedora para que puedas quitarte esta mortaja.

Nos unimos al resto en la cocina. El fuego de Sarah crepitaba alegremente en la salita de estar, contribuyendo al calor de la noche de verano. Nos sentamos alrededor de la mesa intercambiando opiniones acerca de la fiesta y cotilleamos sobre los últimos acontecimientos en el aquelarre. Luego la conversación derivó hacia el béisbol. Caleb era fan de los Red Sox, igual que mi padre.

—¿Qué les pasa a los hombres de Harvard con los Red Sox? —pregunté mientras me levantaba a preparar té.

Un destello blanco me llamó la atención. Sonreí y puse la tetera al fuego pensando que era uno de los fantasmas que había abandonado la casa. A Sarah le haría mucha ilusión saber que uno de ellos estaba dispuesto a aparecerse de nuevo.

Pero no era ningún fantasma.

Vi a Grace caminando sobre sus piernecitas inestables de dos años delante de la chimenea de la salita de estar.

—Bonito —balbuceó.

—¡Grace!

Asustada por el grito, la niña volvió la cabeza hacia mí y eso fue suficiente para que perdiera el equilibrio y cayera hacia el fuego.

No podría alcanzarla a tiempo, no con la isleta de la cocina y los casi ocho metros que nos separaban. Metí la mano en el bolsillo de mis pantalones cortos y saqué mis cordones de tejedora. Empezaron a serpentear por mis dedos y a envolver mi muñeca cuando un grito de la pequeña rasgó el aire.

Tampoco había tiempo para hechizos. Actué siguiendo mi más puro instinto y clavé los pies en el suelo. Había agua por todas partes, chorreando por las profundas arterias que atravesaban las tierras de los Bishop. También fluía dentro de mí y, tratando de canalizar su poder elemental, aislé las hebras de azul, verde y plata que lo cubrían todo en la cocina y la salita quedó atada al agua.

En un destello de mercurio, dirigí un rayo de agua a la chimenea. Brotó un chorro de vapor, de carbón siseando, y Grace cayó con un golpe seco sobre el lodo de ceniza y agua de la chimenea.

—¡Grace! —exclamó Abby pasando a toda prisa a mi lado seguida de Caleb.

Matthew me cogió en sus brazos. Estaba calada hasta los huesos y temblando. Me frotó la espalda para hacerme entrar en calor.

—¡Gracias a Dios que tienes tanto poder sobre el agua, Diana! —dijo Abby, abrazando a Grace, que ahora lloraba.

—¿Está bien? —pregunté—. Estaba intentando guardar el equilibrio, pero la he visto muy cerca de las llamas.

—Tiene la mano un poco roja —dijo Caleb, examinando sus deditos—. ¿Qué opinas tú, Matthew?

Matthew miró la mano de Grace.

—Bonito —dijo la niña, con el labio inferior temblando.

—Lo sé —murmuró Matthew—. El fuego es muy bonito. Pero también quema. —Le sopló los dedos y Grace se rio. Fernando le pasó un trapo húmedo y un cubito de hielo.

—¡Más! —ordenó la niña, extendiendo bruscamente la mano hacia la cara de Matthew.

—No parece que esté herida y tampoco tiene ampollas —dijo Matthew después de obedecer a la pequeña tirana y soplarle los dedos otra vez. Le envolvió la mano cuidadosamente con el trapo y le puso el cubito de hielo encima—. Está bien.

—No sabía que supieras blandir rayos de agua —dijo Sarah lanzándome una mirada punzante—. ¿Te encuentras bien? Estás distinta…, lanzas destellos.

—Estoy perfectamente. —Me alejé de Matthew, tratando de envolverme en los restos harapientos del hechizo de camuflaje y rastreé con la mirada el suelo alrededor de la isleta de la cocina buscando los cordones de tejedora que se me habían caído, por si hacía falta zurcirlo a escondidas.

—¿Con qué te has envuelto? —Sarah me agarró de la mano y la giró hacia arriba. Lo que vi me hizo lanzar un grito ahogado.

Tenía una raya de color en el centro de cada dedo. La del meñique era marrón y la del anular amarilla. El dedo corazón estaba marcado con un azul vivo y un rojo ardiente bajaba por mi dedo índice en una raya imperiosa. Las líneas de color se unían en la palma de mi mano y seguían por encima del montículo carnoso hasta su base en una trenza multicolor. Allí la trenza se encontraba con una hebra verde que bajaba desde el pulgar; algo irónico, teniendo en cuenta cómo acababan la mayoría de las plantas en mi casa. El revoltijo de cinco colores recorría la corta distancia hasta mi muñeca y allí formaba un nudo de cinco cruces: el pentáculo.

—Mis cordones de tejedora. Están… dentro de mí. —Miré a Matthew con incredulidad.

Pero la mayoría de tejedores utilizaba nueve cordones, no cinco. Giré la mano izquierda y en la palma vi las hebras que faltaban: negro en el pulgar, blanco en el meñique, dorado en el anular y plata en el corazón. El índice no tenía color alguno. Y los colores se trenzaban y bajaban hasta la muñeca formando un uróboros, un círculo sin principio ni fin que parecía una serpiente enroscada con la cola metida en la boca. Era el emblema de la familia De Clermont.

—Diana…, ¿estás lanzando destellos? —preguntó Abby.

Con la mirada clavada en mis manos, doblé los dedos. Una explosión de hilos de colores iluminó el aire.

—¡¿Qué ha sido eso?! —exclamó Sarah con los ojos como platos.

—Hilos. Unen los mundos y gobiernan la magia —expliqué.

Corra eligió aquel preciso instante para volver de la caza. Bajó en picado por la chimenea de la salita y se posó sobre el montón de leña húmeda. Entre toses y resuellos, se puso en pie a trompicones.

—¿Es eso… un dragón? —preguntó Caleb.

—No, es un *souvenir*. Es mi espíritu familiar —susurré.

Sarah soltó una risa socarrona.

—Los brujos no tienen espíritus familiares.

—Los tejedores sí —dije yo. Matthew puso su mano sobre la parte baja de mi espalda, dándome un apoyo sutil—. Más vale que llames a Vivian. Tengo algo que contaros.

—Entonces, el dragón... —empezó a decir Vivian con las manos envolviendo una taza de té humeante.

—Escupefuego, dragón escupefuego... —la interrumpí yo.

—Bien, él...

—Ella. Corra es hembra.

—¿... Es tu espíritu familiar? —concluyó Vivian.

—Sí. Corra apareció cuando tejí mi primer hechizo en Londres.

—¿Y todos los espíritus familiares son dragones..., eh, escupefuego? —Abby cambió la postura de sus piernas sobre el sofá del salón.

Estábamos sentados alrededor de la televisión, todos excepto John, que seguía durmiendo apaciblemente a pesar de las emociones.

—No. Mi profesora, Goody Aslop, tenía un espectro, una sombra de sí misma. Veréis, Goody tenía inclinación por el aire y el espíritu familiar de un tejedor toma una forma u otra dependiendo de la predisposición elemental del brujo.

Tal vez aquella fuera la frase más larga que había ligado sobre el tema de la magia. También resultó casi incomprensible para cualquiera de los brujos presentes, que no sabían nada acerca de los tejedores.

—Yo tengo afinidad por el agua además del fuego —expliqué, para seguir avanzando—. A diferencia de otros dragones, los dragones escupefuego están tan cómodos en el mar como entre las llamas.

—También pueden volar —dijo Vivian—. De hecho, los dragones escupefuego representan una triplicidad de poder elemental.

Sarah la miró asombrada.

Vivian se encogió de hombros.

—Tengo un máster en literatura medieval. En su día, los guivernos (o si lo prefieres, los dragones escupefuego) fueron muy habituales en la mitología y las leyendas europeas.

—Pero tú... tú eres mi contable —balbuceó Sarah.

—¿Tienes idea de cuántos licenciados en Filología trabajan de contables? —preguntó Vivian levantando las cejas. Volvió a centrar su atención en mí—. ¿Puedes volar?

—Sí —admití a regañadientes. Volar no era una habilidad común entre los brujos. Era bastante llamativo y, por tanto, no muy deseable si querías pasar desapercibida entre los humanos.

—¿Todos los tejedores brillan como tú? —preguntó Abby ladeando la cabeza.

—No sé si hay otros tejedores. No quedaban muchos, ni siquiera en el siglo XVI. Goody Aslop era la única en las islas británicas después de la ejecución de la tejedora escocesa. Había un tejedor en Praga. Y mi padre lo era también. Es hereditario.

—Stephen Proctor no era tejedor —dijo Sarah con aspereza—. Él nunca brilló ni tuvo ningún espíritu familiar. Tu padre era un brujo perfectamente normal.

—Los Proctor no han producido ningún brujo verdaderamente de primera categoría en varias generaciones —dijo Vivian como disculpándose.

—La mayoría de brujos no son de primera categoría en nada, no según los estándares tradicionales. —De hecho, era verdad incluso desde un punto de vista genético, pues los estudios de Matthew habían descubierto todo tipo de marcadores contradictorios en mi sangre—. Por eso nunca se me dio bien la brujería. Sarah puede enseñar a hacer un hechizo a cualquiera, salvo a mí. Yo era un desastre. —Mi risa sonó temblorosa—. Mi padre me dijo que debería haber dejado que los hechizos me entraran por un oído y me salieran por el otro, y luego inventar los míos propios.

—¿Cuándo te dijo eso Stephen? —La voz quebrada de Sarah resonó por toda la habitación.

—En Londres. Él también estaba allí en 1591. Después de todo, heredé su habilidad de viajar en el tiempo. —A pesar de que Matthew había insistido en que no era necesario contarle todo a Sarah de una vez, así estaba saliendo la historia.

—¿Viste a Rebecca? —Los ojos de Sarah parecían salirse de sus órbitas.

—No. Solo a mi padre. —Al igual que conocer a Philippe de Clermont, ver a mi padre de nuevo había supuesto un inesperado regalo en nuestro viaje.

—¡Maldita sea! —murmuró Sarah.

—No estuvo allí mucho tiempo, pero durante varios días hubo tres tejedores en Londres. Éramos la comidilla de todos. —Y no solo porque mi padre estuviera dándole argumentos y diálogos a William Shakespeare constantemente.

Sarah abrió la boca para lanzar otra pregunta, pero Vivian levantó la mano pidiendo silencio.

—Si lo de tejer viene de familia, ¿por qué sois tan pocos? —preguntó Vivian.

—Porque hace mucho tiempo otros brujos se propusieron destruirnos. —Mis dedos apretaron la toalla con la que Matthew me había envuelto los hombros—. Goody Aslop nos contó que asesinaron familias enteras para asegurarse de que ningún descendiente transmitiera el legado. —Matthew apretó sus dedos sobre los tensos músculos de mi espalda—. Quienes sobrevivieron se ocultaron. La guerra, la enfermedad y la mortalidad infantil debieron de pesar bastante sobre los pocos linajes que quedaron.

—¿Por qué eliminar a los tejedores? Cualquier aquelarre desearía tener nuevos hechizos —comentó Caleb.

—Mataría por un hechizo que me desbloqueara el ordenador cada vez que John atasca el teclado —añadió Abby—. Lo he intentado con todo: el hechizo para desbloquear ruedas, el de cerraduras rotas, hasta la bendición para nuevos empeños. Parece que ninguno funciona con la electrónica moderna.

—Puede que los tejedores fueran demasiado poderosos y otros brujos sintieran envidia. O puede que solo fuera miedo. A fin de cuentas, no creo que las criaturas sean más tolerantes que los humanos con las diferencias… —Mis palabras se perdieron en el silencio.

—Nuevos hechizos —dijo Caleb con un silbido—. ¿Por dónde empezáis?

—Eso depende del tejedor. Para mí es con una pregunta o un deseo. Me centro en eso y mis cordones hacen el resto. —Le vanté las manos—. Supongo que ahora lo tendrán que hacer mis dedos.

—Déjame ver tus manos, Diana —dijo Sarah.

Me levanté y me quedé de pie delante de ella con las palmas de las manos extendidas.

Sarah observó los colores con curiosidad. Sus dedos recorrieron el nudo de cinco puntas en forma de pentáculo de mi muñeca derecha.

—Ese es el quinto nudo —expliqué mientras Sarah seguía mirándolo—. Los tejedores lo usamos para hacer hechizos con los que superar desafíos o intensificar experiencias.

—El pentáculo representa los elementos —indicó Sarah dándome unos golpecitos sobre el lugar donde las líneas marrón, amarilla, azul y roja se entrelazaban en la palma de mi mano—. Aquí están los cuatro colores que tradicionalmente representan tierra, aire, agua y fuego. Y el verde que recorre tu pulgar está asociado a la diosa, en concreto, a la diosa como madre.

—Diana, tu mano es un manual de magia —añadió Vivian—; con los cuatro elementos, el pentáculo y la diosa inscritos en ella, es todo lo que necesita un brujo para practicar su arte.

—Y este debe de ser el décimo nudo. —Sarah soltó suavemente mi mano derecha para coger la izquierda. Estudió el nudo alrededor del pulso en mi muñeca—. Se parece al símbolo de la bandera que ondea sobre Sept-Tours.

—Lo es. Aunque parezca tan sencillo, no todos los tejedores son capaces de hacer el décimo nudo. —Respiré hondo—. Es el nudo de la creación. Y de la destrucción.

Sarah dobló mis dedos cerrándome el puño y lo cogió en su mano. Ella y Vivian intercambiaron una mirada de preocupación.

—¿Por qué uno de mis dedos no tiene color? —pregunté, de repente inquieta.

—Ya hablaremos de eso mañana —dijo Sarah—. Es tarde. Y ha sido una noche larga.

—Deberíamos llevar a estos niños a la cama. —Abby se puso en pie lentamente con cuidado de no despertar a su hija—. Ya verás cuando el resto del aquelarre se entere de que Diana puede hacer hechizos nuevos. A Cassie y a Lydia les va a dar un ataque.

—No se lo podemos decir al aquelarre —dijo Sarah con firmeza—. No hasta que sepamos qué significa todo.

—La verdad es que Diana brilla mucho —señaló Abby—. Antes no me había dado cuenta, pero hasta los humanos lo van a notar.

—Llevaba un hechizo de camuflaje. Puedo hacerme otro. —Con solo vislumbrar la expresión amenazadora de Matthew, maticé rápidamente—: Aunque no lo llevaría en casa, claro.

—Lleves o no un hechizo de camuflaje, seguro que los O'Neil saben que algo está pasando —dijo Vivian.

Caleb estaba serio.

—No tenemos por qué decírselo a todo el aquelarre, Diana, pero tampoco podemos dejar a todo el mundo en la inopia. Deberíamos decidir a quién decírselo y qué contarles.

—Será mucho más difícil explicar el embarazo de Diana que inventarnos una buena explicación para el hecho de que brille —dijo Sarah, resaltando una obviedad—. Ahora apenas empieza a notársele, pero, al ser gemelos, pronto se hará imposible ocultarlo.

—Y por eso precisamente tenemos que ser totalmente sinceros —insistió Abby—. Los brujos pueden oler una verdad a medias tan fácilmente como una mentira.

—Esto pondrá a prueba la lealtad y la apertura de mente del aquelarre —dijo Caleb con aire pensativo.

—¿Y si no pasamos la prueba? —preguntó Sarah.

—Eso nos dividiría para siempre —contestó él.

—Tal vez deberíamos marcharnos. —Yo ya había vivido de primera mano lo que una división así podía ocasionar y aún tenía pesadillas por lo que había ocurrido en Escocia cuando un brujo se volvió contra otro y empezaron los juicios de Berwick. No quería ser responsable de la destrucción del aquelarre de Madison ni hacer que la gente tuviera que dejar casas y granjas que habían pertenecido a su familia durante varias generaciones.

—¿Vivian? —Caleb se volvió hacia la cabeza del aquelarre.

—La decisión debería ser de Sarah —dijo Vivian.

—En otro tiempo habría pensado que todo este asunto de los tejedores se debería compartir. Pero he visto a brujos hacerse cosas terribles entre sí, y no estoy hablando solamente de Emily. —Sarah miró hacia mí sin entrar en detalles.

—Puedo hacer que Corra se quede en casa casi todo el tiempo. Hasta puedo evitar ir a la ciudad. Pero no voy a poder ocultar mis diferencias siempre, por muy bueno que sea mi hechizo de camuflaje —expliqué a los brujos presentes.

—Me doy cuenta de ello —dijo Vivian con serenidad—. Pero esto no es solo una prueba, es una oportunidad. Cuando los brujos se propusieron acabar con los tejedores hace tantos años perdimos mucho más que vidas. Perdimos linajes, experiencia, sabiduría…, y todo porque teníamos miedo de un poder que no comprendíamos. Esta es nuestra oportunidad de empezar de nuevo.

—*Pues rabiarán las tormentas y rugirán los océanos* —musité—. *Cuando Gabriel pare en mar y tierra. / Y soplando su maravilloso cuerno, / viejos mundos morirán y otros nuevos nacerán.* —¿Estábamos nosotros ante un cambio así?

—¿Dónde aprendiste eso? —dijo Sarah con voz penetrante.

—Goody Aslop me lo enseñó. Era la profecía de su maestra, la madre Úrsula.

—Sé de quién es la profecía, Diana —replicó Sarah—. La madre Úrsula era una famosa artera y una poderosa vidente.

—¿Lo era? —Me preguntaba por qué no me lo habría dicho Goody Aslop.

—Sí, lo era. Para ser historiadora me pareces bastante ignorante en lo que atañe al saber popular de brujos —contestó Sarah—. ¡Maldita sea! Aprendiste a tejer hechizos de una de las aprendices de Úrsula Shipton… —La voz de Sarah evidenciaba un verdadero respeto.

—Entonces no todo está perdido —dijo Vivian suavemente—, mientras no te perdamos a ti.

Abby y Caleb llenaron la furgoneta de sillas, restos de comida y niños. Yo estaba en la entrada de coches saludándoles, cuando Vivian se me acercó con un recipiente de ensalada de patata en la mano.

—Si quieres que Sarah se quite ese miedo y deje de mirar al árbol, cuéntale más cosas acerca del tejer. Muéstrale cómo lo haces, en la medida que puedas.

—Todavía no se me da muy bien, Vivian.

—Razón de más para que le pidas ayuda a Sarah. Puede que no sea tejedora, pero sabe más que ninguna bruja que haya conocido sobre construir hechizos, ahora que Emily ya no está. —Vivian me apretó la mano con un gesto alentador.

—¿Y el aquelarre?

—Caleb dice que es una prueba —contestó—. Veamos si somos capaces de pasarla.

Vivian se alejó por la entrada de coches, iluminando con sus faros la vieja valla. Volví hacia la casa, apagué las luces y subí las escaleras para reunirme con mi marido.

—¿Has cerrado la puerta con llave? —preguntó Matthew, dejando su libro. Estaba tumbado sobre la cama, que no era lo suficientemente larga para él.

—No he podido. El cerrojo está bloqueado y Sarah ha perdido la llave. Mis ojos se dirigieron hacia la llave de nuestro dormitorio, que afortunadamente la propia casa nos había dado en otra ocasión anterior. El recuerdo de aquella noche me provocó una sonrisa.

—Doctora Bishop, ¿está usted algo lasciva? —El tono de Matthew era seductor como una caricia.

—Estamos casados. —Me quité los zapatos y empecé a desabrocharme el botón superior de mi camisa de algodón a raya—. Es mi deber como esposa tener deseos carnales en lo que a usted respecta.

—Y es mi deber como esposo satisfacerlos. —Matthew vino de la cama al secreter a la velocidad de la luz. Con mucho cuidado, reemplazó mis dedos por los suyos y pasó el botón por el ojal. Luego pasó al siguiente, y después al siguiente. Cada centímetro de piel al descubierto iba acompañado de un beso, una suave presión de sus dientes. Cinco botones más tarde, ya estaba temblando suavemente en el húmedo aire estival.

—Qué raro que tiembles —murmuró, deslizando sus manos por mi espalda para desabrocharme el sostén. Matthew pasó los labios por la cicatriz de luna creciente junto a mi corazón—. No estás fría.

—Todo es relativo, vampiro. —Agarré su pelo con mis dedos y él soltó una risilla—. En fin, ¿vas a hacerme el amor o solo quieres tomarme la temperatura?

Más tarde, levanté la mano delante de mi cara y la giré varias veces bajo la luz plateada. El dedo corazón y el anular de la mano izquierda tenían una línea de color, una del tono de un rayo de luna y la otra dorada como el sol. Los vestigios de los otros cordones se habían difuminado un poco, aunque todavía se podía intuir un nudo nacarado sobre la pálida piel de mis muñecas.

—¿Qué crees que significa todo esto? —preguntó Matthew moviendo los labios sobre mi pelo mientras sus dedos dibujaban ochos y círculos en mis hombros.

—Que te has casado con una mujer tatuada, o poseída por alienígenas. —Entre las nuevas vidas que crecían dentro de mí, Corra y ahora mis cordones de tejedora, empezaba a sentirme algo llena dentro de mi propia piel.

—Esta noche me he sentido orgulloso de ti. Pensaste muy rápido cómo salvar a Grace.

—No pensé en absoluto. Cuando Grace gritó, encendió algo en mi interior. A partir de entonces solo fue instinto. —Me giré en sus brazos—. ¿Sigo teniendo ese dragón en la espalda?

—Sí y está más oscuro que antes. —Las manos de Matthew se deslizaron por mi cintura y me giró para quedarnos cara a cara—. ¿Se te ocurre alguna explicación?

—Aún no. —Tenía la respuesta en la punta de mis sentidos. La podía notar, esperándome.

—Puede que tenga que ver con tu poder. Ahora es más fuerte que nunca. —Matthew se llevó mi muñeca hacia la boca. Bebió mi olor y presionó sus labios contra mis venas—. Aún emanas un olor a relámpagos de verano, pero ahora también hay un matiz parecido a la dinamita, cuando la mecha encendida toca la pólvora.

—Ya tengo suficiente poder. No quiero más —dije, acurrucándome contra él.

Sin embargo, desde que habíamos regresado a Madison, un oscuro deseo se revolvía en mi sangre.

Mentirosa, susurró una voz familiar.

Sentí un hormigueo en la piel, como si un millar de brujos me estuviera observando. Pero solo me observaba una criatura: *la diosa*.

Miré a mi alrededor, pero no vi rastro de ella. Si Matthew notara la presencia de la diosa, empezaría a hacer preguntas que yo no quería contestar. Y tal vez descubriera el secreto que seguía escondiendo.

—Menos mal —murmuré entre dientes.

—¿Has dicho algo? —preguntó Matthew.

—No —volví a mentir, acercándome más a él—. Estarás oyendo cosas.

10

A la mañana siguiente, bajé la escalera a trompicones, exhausta por mi encuentro con el agua de brujos y los vívidos sueños que la siguieron.

—Anoche la casa estaba espantosamente silenciosa. —Sarah estaba de pie tras el viejo púlpito con las gafas de leer colgadas sobre la punta de la nariz, su salvaje melena roja rodeando su rostro y el grimorio de los Bishop abierto ante sí. Aquella imagen le habría provocado un ataque a la antepasada puritana de Emily, Cotton Mather.

—¿Sí? No lo noté. —Bostecé, pasando los dedos por la artesa de madera para amasar, que ahora estaba llena de lavanda recién cogida. En breve, las hierbas estarían colgadas del bramante entrelazado entre las vigas. Una araña contribuía a la útil red tejiendo su propia versión de seda—. Veo que has estado ocupada esta mañana —dije, cambiando de tema.

Las cabezas de cardo mariano estaban en el colador, listas para ser sacudidas y así soltar las semillas de su aterciopelado envoltorio habitual. Ramilletes de ruda amarilla y matricarias con el botoncillo en el centro estaban atados con cordel listos para ser colgados. Sarah había sacado su pesada prensa de flores y había una bandeja de largas hojas aromáticas esperando a ser prensadas. Sobre la encimera, había flores y hierbas recién cogidas cuyo propósito aún no conocía.

—Hay mucho trabajo que hacer —dijo Sarah—. Alguien ha estado cuidando del jardín mientras estábamos fuera, pero tiene su propia parcela que cuidar y hay que plantar las semillas de invierno y primavera.

Debían de haber sido varios «alguien» anónimos, dado el tamaño del jardín de brujas de la casa de las Bishop. Pensando en ayudar a Sarah, cogí un ramillete de ruda. Su olor siempre me recordaría a Satu y el horror que viví después de que me llevara del jardín de Sept-Tours a La Pierre. Sarah estiró rápidamente la mano para interceptar la mía.

—Las embarazadas no tocan la ruda, Diana. Si quieres ayudarme, ve al jardín y corta un poco de hierba de luna. Utiliza eso. —Señaló su cuchillo de mango blanco. La última vez que lo había tenido en la mano fue para abrirme una vena y salvar a Matthew. Ninguna de las dos lo habíamos olvidado. Pero tampoco lo mencionamos.

—La hierba de luna es la planta que tiene vainas, ¿no?

—Flores violetas. Tallo largo. Discos planos como de papel —me explicó Sarah con más paciencia de la habitual—. Corta los tallos por la base. Separaremos las flores del resto antes de colgarlas a secar.

El jardín de Sarah estaba ubicado en una esquina del huerto donde había menos manzanos y los cipreses y los robles del bosque no ensombrecían el suelo. Estaba rodeado de cercas hechas a base de postes de metal, tela metálica, estacas y palés reutilizados que Sarah usaba para mantener alejados a conejos, ratones de campo y mofetas. De hecho, para reforzar aún más la seguridad, embadurnaba todo el perímetro dos veces al año con hechizos de protección.

Dentro del recinto Sarah había creado un pedazo de paraíso. Algunos de los senderos más anchos del jardín conducían a sombreadas hondonadas donde los helechos y otras plantas delicadas encontraban cobijo bajo la sombra de los árboles más altos. Otros senderos dividían los bancales elevados de hortalizas que estaban más cerca de la casa, con sus espalderas y sus rodrigones. Normalmente, estos se encontraban cubiertos de vegetación —guisantes, tirabeques y judías de todas clases—, pero aquel año estaban raquíticos.

Rodeé el pequeño jardín donde Sarah enseñaba a los niños del aquelarre —y a veces a sus padres— las combinaciones básicas de algunas flores, plantas y hierbas. Sus pequeños discípulos habían levantado su propia valla con mezcladores de pintura, ramitas de sauce y palitos de polo para separar su espacio sagrado de aquel del jardín. Las plantas fáciles de cultivar, como el helinio o la milenrama, ayudaban a que los niños entendieran el ciclo estacional de nacimiento, crecimiento, descomposición y barbecho que guiaba el trabajo de cualquier brujo en este oficio. Un tocón hueco servía de recipiente para la menta y otras plantas invasivas.

El centro del jardín estaba marcado por dos manzanos, que sostenían los extremos de una hamaca. Era lo suficientemente ancha como para sostener a Sarah y Em juntas, y había sido su lugar favorito para soñar y charlar hasta tarde en las cálidas noches de verano.

Al otro lado de los manzanos, atravesé otra verja y entré en el jardín de bruja profesional de Sarah. Cumplía la misma función que las bibliotecas para mí: le ofrecía una fuente de inspiración y un refugio, así como información y herramientas para hacer su trabajo.

Encontré los tallos de casi un metro coronados por flores violetas que Sarah me había pedido. Con cuidado de dejar suficientes para que se reprodujeran el año siguiente, llené la cesta de mimbre y volví hacia la casa.

Allí estuvimos trabajando mi tía y yo en amigable silencio. Ella cortó las flores de hierba de luna, que utilizaría para hacer un aceite aromático, y me devolvió los tallos para que atara un poco de cordel alrededor de cada uno —en este caso no se hacían ramilletes, para no dañar las vainas— y los colgara a secar.

—¿Cómo vas a utilizar las vainas? —pregunté mientras ataba el cordel.

—Encantamientos de protección. Cuando empiece la escuela dentro de unas semanas, habrá bastante demanda. Las vainas de hierba de luna son especialmente buenas para los niños, porque mantienen alejados a monstruos y pesadillas.

Corra, que estaba durmiendo una siesta en el altillo de la botica, levantó una ceja mirando a Sarah y soltó una nube de humo por la nariz y la boca con un «ejem» indignado de dragón.

—Para ti tengo otra cosa —dijo Sarah señalando con el cuchillo a mi dragón.

Corra, tan campante, le dio la espalda. Su cola colgaba sobre el borde del altillo como un péndulo, con la punta en forma de pica columpiándose suavemente. Pasé por debajo agachándome y até otro tallo de hierba de luna a las vigas, con cuidado de que no se soltara ninguno de los delicados óvalos adheridos a él.

—¿Cuánto tienen que estar colgados para secarse? —pregunté, volviendo a la mesa.

—Una semana —dijo Sarah, que levantó la mirada un instante—. Para entonces podremos quitar la piel de las vainas frotándolas. Debajo tienen un disco plateado.

—Como la luna. Como un espejo —dije asintiendo para mostrarle que había comprendido—. Reflejan la pesadilla sobre sí misma para que no atormente al niño.

Sarah también asintió, satisfecha por mi comentario.

—Algunos brujos predicen con vainas de hierba de luna —continuó Sarah tras unos instantes—. La bruja de Hamilton que enseñaba química en el instituto me contó que los alquimistas recogían rocío de mayo sobre ellas y lo utilizaban como base para el elixir de la vida.

—Para eso haría falta mucha hierba de luna —comenté soltando una risa, porque recordaba toda el agua que Mary Sidney y yo habíamos utilizado en nuestros experimentos—. Creo que deberíamos ceñirnos a los encantamientos de protección.

—De acuerdo entonces —dijo Sarah sonriendo—. Para los niños pongo los encantamientos en almohadas de sueño. No asustan tanto como un muñeco o un pentáculo hecho con cañas de zarzamora. Si tuvieras que hacer una, ¿qué ingredientes pondrías en el relleno?

Respiré hondo y me concentré en la pregunta. Al fin y al cabo, las almohadas de sueño no tenían que ser grandes, bastaría con el tamaño de la palma de mi mano.

La palma de mi mano. Normalmente habría enredado los dedos en mis cordones de tejedora, buscando inspiración —y orientación— para acertar. Pero ahora los cordones estaban dentro de mí. Giré las manos separando bien los dedos y aparecieron nudos brillantes sobre la tracería de venas de mi muñeca, y el pulgar y el meñique de la mano derecha empezaron a relucir en verde y marrón, los colores de la brujería.

Los tarros de Sarah centelleaban bajo la luz que entraba por la ventana. Me acerqué a ellos y pasé mi dedo meñique por las etiquetas hasta que noté cierta resistencia.

—Agrimonia. —Seguí recorriendo el estante—. Artemisa.

Como si fuera el puntero de una güija, moví el meñique hacia atrás.

—Anís. —El dedo se movió hacia abajo—. Lúpulo. —Volvió a subir en diagonal hacia el lado opuesto—. Valeriana.

¿Cómo iba a oler aquello? ¿Demasiado acre?

Noté un hormigueo en el pulgar.

—Una hoja de laurel, un pellizco de romero y algo de tomillo —dije.

«Pero ¿qué pasa si el niño se despierta de todas formas y coge la almohada?».

—Y cuatro judías secas. —Era un añadido algo extraño, pero mi instinto de tejedora me decía que era muy importante.

—¡Maldita sea! —Sarah se puso las gafas sobre la frente. Me miró pasmada y sonrió—. Es como un viejo encantamiento que hacía tu bisabuela, aunque el suyo también llevaba gordolobo y verbena, y ella no ponía judías.

—Yo metería las judías en la almohada antes —dije—. Al agitarla, chocarán entre sí y puedes decirles a los niños que el ruido les ayudará a ahuyentar a los monstruos.

—Buen toque —admitió Sarah—. Y las vainas de hierba de luna ¿las pondrías en polvo o las dejarías enteras?

—Enteras —contesté— y cosidas en la parte delantera de la almohada.

Sin embargo, las hierbas eran solo la mitad del encantamiento de protección. Ahora hacían falta las palabras de acompañamiento. Y para que otra bruja pudiera usarlo, las palabras tenían que tener mucho potencial. Las brujas de Londres me habían enseñado mucho, pero los hechizos que escribía se quedaban muertos sobre la página si no los pronunciaba yo. La mayoría rimaban, con lo cual eran más fáciles de recordar y más alegres. Pero yo no era poeta, como Matthew y sus amigos. Dudé.

—¿Pasa algo? —preguntó Sarah.

—Se me da fatal la gramaria —confesé, bajando la voz.

—Si tuviera la menor idea de lo que es eso, lo sentiría por ti —dijo Sarah con sequedad.

—La gramaria es la forma en la que un brujo pone la magia en palabras. Puedo construir hechizos y ejecutarlos yo misma, pero sin la gramaria no funcionarán para otros brujos. —Señalé el grimorio de los Bishop—. Cientos y cientos de tejedores inventaron las palabras de esos hechizos y otros brujos los fueron transmitiendo a lo largo del tiempo. Y hasta el día de hoy los hechizos siguen teniendo su poder. Suerte tendría yo si el poder de mis hechizos durara una hora.

—¿Qué problema hay? —preguntó Sarah.

—No veo los hechizos en palabras, sino en colores y formas. —Las yemas de mi pulgar y mi meñique seguían algo descoloridas—. La tinta roja me ayudó a hacer mi hechizo de fuego. Y también a disponer las palabras sobre la página de manera que formaran una especie de imagen.

—Muéstramelo —dijo Sarah, empujando una hoja de papel usado y un palo carbonizado hacia mí—. Avellano de bruja —explicó al verme mirarlo de cerca tratando de entender—. Lo utilizo como lapicero cuando trato de copiar un hechizo por primera vez. Si algo sale mal, las secuelas son menos…, eh, permanentes que con tinta. —Se sonrojó un poco. Uno de sus hechizos rebeldes había causado un ciclón en el cuarto de baño. Encontramos manchas de crema solar y champú en los lugares más extraños durante una semana.

Escribí el hechizo que había creado para prender fuego a cosas, con cuidado de no decirme las palabras por lo bajo para no activar la magia. Cuando terminé, el dedo índice de mi mano derecha relucía de color rojo.

—Este fue mi primer intento con la gramaria —dije, mirándolo con ojos críticos antes de entregárselo a Sarah—. Un chavalín de tercero probablemente lo habría hecho mejor.

Fuego
una llama
enciende que
grite deslumbrante
ocultando la noche circundante.

—No está tan mal —dijo Sarah. Al verme alicaída, añadió—: Los he visto peores. Escribir la palabra «fuego» con la primera letra de cada línea ha estado bien, pero ¿por qué un triángulo?

—Es la estructura del hechizo. En realidad es bastante sencilla: un nudo cruzado tres veces. —Esta vez fui yo quien se quedó mirando el papel—. Curiosamente, el triángulo era un símbolo que muchos alquimistas utilizaban para el fuego.

—¿Un nudo cruzado tres veces? —repitió Sarah mirando por encima de las gafas—. Estás teniendo uno de tus momentos Yoda. —Era su manera de pedirme que lo explicara mejor.

—Estoy poniéndolo tan claro como puedo, Sarah. Sería más fácil mostrarte lo que quiero decir si mis cordones no estuvieran dentro de mis manos. —Levanté los dedos y los moví ante ella.

Sarah murmuró algo y el ovillo de bramante rodó por la mesa.

—¿Te vale con cuerda normal, Yoda?

Paré el ovillo con un hechizo para detener su movimiento. Se hizo pesado por la fuerza de la tierra y se cubrió con una maraña de nudos cruzados tres veces. Sarah pestañeó sorprendida.

—Por supuesto —dije, satisfecha ante la reacción de mi tía. Después corté el cordel con su cuchillo, cogí un trozo de algo más de dos palmos de largo—. Cada nudo tiene una cantidad distinta de cruces. Tú utilizas dos en tu arte: el nudo corredizo y el nudo corredizo doble. Son dos nudos de tejedor que todo brujo conoce. Pero cuando llegamos al tercero, la cosa se empieza a complicar.

No estaba segura de que el cordel de cocina sirviera para demostrarle lo que quería decir. Los nudos que hacía con mis cordones de tejedora eran tridimensionales, pero como estaba utilizando una cuerda normal, decidí hacerlo plano. Sosteniendo un extremo en la mano izquierda, di una vuelta hacia la derecha, pasé el cordel por debajo de un lado de la lazada y por encima del otro y uní ambos extremos. El resultado fue un nudo con forma de trébol que parecía un triángulo.

—¿Ves? Tres cruces —dije—. Inténtalo tú.

Cuando quité las manos del cordel, tomó la forma familiar de una pirámide con los extremos unidos en un nudo irrompible. Sarah soltó un grito de sorpresa.

—¡Guay! —dije—. El cordel de toda la vida funciona perfectamente.

—Hablas igual que tu padre. —Sarah tocó el nudo con el dedo—. ¿Y hay uno de estos escondido en cada hechizo?

—Al menos uno. Los hechizos realmente complicados pueden tener dos o tres nudos, cada uno atado a los hilos que viste anoche en la salita, los que unen el mundo. —Sonreí—. Supongo que la gramaria es una especie de hechizo de camuflaje, un hechizo que oculta el funcionamiento interno de la magia.

—Y cuando pronuncias las palabras, los revelas —dijo Sarah pensativa—. Vamos a intentarlo con el tuyo.

Antes de que pudiera avisarla, Sarah leyó en alto las palabras de mi hechizo. El papel se prendió en llamas entre sus manos. Lo soltó sobre la mesa y le eché una lluvia de agua conjurada.

—Creía que era un hechizo para encender una vela, ¡no para prender fuego a una casa! —exclamó mirando el papel chamuscado.

—Lo siento. El hechizo es bastante nuevo. Con el tiempo se calmará. La gramaria no puede sostener un hechizo para siempre, así que su magia se va debilitando con el tiempo. Por eso dejan de funcionar los hechizos —le expliqué.

—¿De verdad? Entonces debería ser posible calcular la vida estimada de los hechizos. —Los ojos le brillaban. Sarah creía fervientemente en la tradición y cuanto más antiguo fuera un hechizo, más le gustaba.

—Tal vez —repuse dubitativa—, pero hay otras cosas que hacen fallar a un hechizo. Para empezar, cada tejedor tiene habilidades distintas. Y si alguna palabra se queda fuera o se cambia al ser copiada por otro brujo más tarde, eso también puede poner en peligro la magia.

Pero Sarah ya estaba delante de su libro de hechizos pasando las hojas.

—Toma, mira este. —Me hizo un gesto para que me acercara—. Siempre he sospechado que este era el hechizo más antiguo del grimorio Bishop.

—«Un encantamiento excelente para llevar aire fresco a cualquier espacio —leí en voz alta—, heredado de la vieja Maude Bishop y probado por mí, Charity Bishop, en el año 1705». En los márgenes había anotaciones de otros brujos, entre ellos mi abuela, que acabó dominando el hechizo. Una anotación cáustica de Sarah lo calificaba como «completamente inútil».

—¿Y bien? —preguntó Sarah con tono impaciente.

—Está fechado en 1705 —señalé.

—Sí, pero la genealogía se remonta a un periodo anterior. Em nunca fue capaz de averiguar quién era Maude Bishop... ¿Tal vez una pariente inglesa de Bridget? —Aquel proyecto de investigación genealógica inacabado le dio a Sarah la oportunidad de mencionar el nombre de Em sin ponerse triste por primera vez. Vivian tenía razón. Sarah me necesitaba en su botica igual que yo necesitaba estar allí.

—Tal vez —repetí, aunque tratando de no avivar sus esperanzas.

—Haz eso que has hecho antes con los tarros: lee con los dedos —dijo Sarah empujando el grimorio hacia mí.

Pasé los dedos suavemente sobre las palabras del hechizo. Sentí un hormigueo según iba reconociendo los ingredientes entretejidos en él: el aire soplando alrededor de mi dedo anular, la sensación de un líquido fluyendo debajo de mi dedo corazón y una explosión de olores agarrada a mi meñique.

—Hisopo, mejorana y mucha sal —dije en tono pensativo. Eran ingredientes comunes en cualquier casa y jardín de una bruja.

—¿Por qué no funciona? —Sarah observaba mi mano derecha alzada como si fuera un oráculo.

—No estoy segura —admití—. Y podría repetirlo mil veces y no me funcionaría.

Sarah y sus amigas del aquelarre iban a tener que averiguar por sí solas qué le pasaba al hechizo de Maude Bishop. O eso o comprarse un ambientador.

—Tal vez puedas volver a coserlo o ponerle un parche, o lo que sea que hagáis los brujos como tú.

«Los brujos como tú». No era su intención, pero las palabras de Sarah me hicieron sentirme incómoda y aislada. Volví a mirar la página del grimorio preguntándome si la incapacidad de hacer magia por encargo sería una de las razones de que los tejedores fueran perseguidos por sus comunidades.

—No funciona así. —Crucé las manos sobre el libro abierto y apreté los labios, escondiéndome con una tortuga en su caparazón.

—Dijiste que empezabas a tejer con una pregunta. Pregúntale al hechizo qué es lo que funciona mal —sugirió Sarah.

Deseaba no haber visto nunca el hechizo para purificar el aire de Maude Bishop. Es más, deseaba que Sarah tampoco lo hubiera visto jamás.

—¿Qué estás haciendo? —Sarah señaló el grimorio de los Bishop horrorizada.

Bajo mis manos, el texto estaba deshaciéndose de sus limpias florituras y dejaba borrones de tinta en la página blanca. En pocos instantes no quedó más rastro del hechizo de Maude Bishop que un apretado nudito azul y amarillo. Me quedé mirándolo fascinada y de repente tuve la necesidad de…

—¡No lo toques! —exclamó Sarah, despertando a Corra de su siesta.

Me aparté de un salto del libro y Sarah se lanzó sobre él, atrapando el nudo bajo un tarro.

Las dos nos quedamos mirando el OMNI (objeto mágico no identificado).

—Y ahora ¿qué hacemos? —Siempre pensé que los hechizos eran creaciones que vivían y respiraban. Parecía cruel dejarlo encerrado.

—No estoy segura de que podamos hacer nada. —Sarah me cogió de la mano izquierda y le dio la vuelta. Tenía el pulgar manchado de negro.

—Se ha manchado de tinta —dije.

Sarah negó con la cabeza.

—Eso no es tinta. Es el color de la muerte. Has matado al hechizo.

—¿Qué quieres decir con que lo he matado? —Aparté la mano bruscamente y la escondí detrás de la espalda, como una niña a la que han pillado robando del tarro de galletas.

—Que no cunda el pánico —dijo Sarah—. Rebecca aprendió a controlarlo. Tú también puedes hacerlo.

—¿Mi madre? —Entonces pensé en la larga mirada que Sarah y Vivian habían intercambiado la noche anterior—. Sabías que algo así podía pasar.

—Solo después de ver tu mano izquierda. Contiene todos los colores de la alta magia, como el exorcismo y los augurios, igual que tu mano derecha muestra los colores de la brujería. —Sarah hizo una pausa—. También contiene los colores de las magias más oscuras.

—Menos mal que soy diestra. —Quería que sonara como una broma, pero el temblor en mi voz me delató.

—No eres diestra. Eres ambidiestra. Solo prefieres usar la mano derecha por esa espantosa profesora que te dijo en primero de básica que los niños zurdos eran demoniacos. —Sarah se había asegurado de que la maestra fuera reprendida de manera oficial. Después de su primer Halloween en Madison, la señorita Somerton renunció a su puesto.

Quería decir que tampoco me interesaba la alta magia, pero no me salían las palabras.

Sarah me miró con tristeza.

—No puedes mentir a otro brujo, Diana. Especialmente un pedazo de mentira como esa.

—Nada de magia oscura. —Emily había muerto intentando invocar y conectar con un espíritu, probablemente mi madre. A Peter Knox también le interesaban los aspectos más oscuros de la brujería. Había magia oscura ligada al Ashmole 782 y encima ahora tenía el pulgar impregnado de muerte.

—Oscuro no significa necesariamente malo —me tranquilizó Sarah—. ¿Acaso es mala la luna nueva?

Negué con la cabeza.

—La oscuridad de la luna es un momento para nuevos comienzos.

»¿Búhos? ¿Arañas? ¿Murciélagos? ¿Dragones? —Sarah estaba poniendo su voz de maestra.

—No —admití.

—No. No lo son. Los humanos se inventaron esas historias sobre la luna y las criaturas nocturnas porque representan lo desconocido. No es una coincidencia que también simbolicen la sabiduría. No hay nada más poderoso que el saber. Por eso tenemos tanto cuidado cuando enseñamos magia oscura a alguien. —Sarah cogió mi mano—. El negro es el color de la diosa como vieja arpía y también el color de la ocultación, de los malos augurios y de la muerte.

—¿Y estos? —pregunté moviendo los otros tres dedos.

—Aquí tenemos el color de la diosa como doncella y cazadora —explicó, doblando mi dedo corazón plateado. Ahora ya sabía por qué sonaba de esa manera la voz de la diosa—. Y este es el color del poder terrenal. —Me dobló el dedo anular dorado—. Y en cuanto a tu meñique, el blanco es el color de la adivinación y la profecía. También se utiliza para romper maldiciones y ahuyentar espíritus no deseados.

—Aparte de lo de la muerte, no suena tan mal.

—Como te he dicho, la oscuridad no tiene por qué significar maldad —dijo Sarah—. Piensa en el poder terrenal. En buenas manos, es una fuerza para el bien. Pero si alguien abusa de él para sacar beneficio personal o hacer daño a otro, puede ser tremendamente destructivo. La oscuridad depende del brujo.

—Has dicho que a Emily no se le daba muy bien la alta magia. ¿Y a mi madre?

—Rebecca era brillante con ella. Pasaba directamente de la campana, el libro y la vela a bajar la luna —dijo con melancolía.

Algunas de las cosas que vi hacer a mi madre siendo niña empezaban a cobrar sentido, como la noche en que hizo salir fantasmas de un cuenco de agua. También tenía sentido la obsesión de Peter Knox por ella.

—Rebecca pareció perder el interés por la alta magia al conocer a tu padre. A partir de entonces lo único que la atraía eran la antropología y Stephen. Y tú, por supuesto —dijo Sarah—. No creo que volviera a hacer alta magia después de que tú nacieras.

«No donde Papá o yo la pudiéramos ver», pensé.

—¿Por qué no me lo habías contado? —pregunté en voz alta.

—No querías tener nada que ver con la magia, ¿recuerdas? —La mirada de color avellana de Sarah abrazó la mía—. Guardé algunas de las cosas de Rebecca por si algún día demostrabas tener habilidades. Y la casa se quedó con el resto.

Sarah musitó un hechizo, un hechizo de apertura, a juzgar por los cordones que de repente iluminaron la habitación con tonos de rojo, amarillo y verde. Un armario y varios cajones aparecieron a la izquierda de la vieja chimenea, empotrados en el antiguo muro de piedra. El espacio se inundó de un olor a lirios del valle y algo intenso y exótico que desataba sentimientos punzantes e incómodos dentro de mí: vacío y anhelo, familiaridad y temor. Sarah abrió un cajón y sacó un trozo de algo rojo y resinoso.

—Sangre de dragón. No puedo olerlo sin pensar en Rebecca. —Sarah inhaló su olor—. Lo que se encuentra hoy en día no es tan bueno como esto y cuesta una verdadera fortuna. Pensé en venderla y utilizar el dinero para arreglar el tejado cuando se vino abajo con la tormenta de nieve del 93, pero Em no me dejó hacerlo.

—¿Para qué la utilizaba mi madre? —pregunté con un nudo en la garganta.

—Rebecca hacía tinta con ella. Cuando usaba esa tinta para copiar un encantamiento, su fuerza podía absorber la energía de media ciudad. Hubo bastantes apagones en Madison durante la adolescencia de tu madre. —Sarah soltó una risita—. Su libro de hechizos tendría que estar por alguna parte, a menos que la casa se lo haya comido en mi ausencia. En él encontrarás más cosas.

—¿Su libro de hechizos? —pregunté frunciendo el ceño—. ¿Y qué había de malo en el grimorio de los Bishop?

—La mayoría de brujos que practican alta magia, magia más oscura, tienen su propio grimorio. Es la tradición —aclaró Sarah, rebuscando en el armario—. No, parece que no está aquí.

Más allá de la punzada de decepción que me produjo el anuncio de Sarah, me sentí aliviada. Ya había un libro misterioso en mi vida. No estaba segura de querer otro, aunque pudiera arrojar luz sobre por qué Emily intentaba invocar el espíritu de mi madre en Sept-Tours.

—¡Oh, no! —Sarah se apartó del armario con expresión aterrada.

—¿Una rata? —Mis experiencias en Londres me hacían creer que acechaban en todos los rincones polvorientos. Me asomé a las profundidades del armario, pero solo vi una colección de tarros mugrientos con hierbas y raíces, y una vieja radio despertador cuyo cable marrón colgaba del estante como la cola de Corra, balanceándose suavemente con la brisa. Estornudé.

Como si esa hubiera sido la señal, se oyó un extraño sonido metálico seguido del ruido de algo girando por las paredes, como si estuvieran echando monedas en una máquina de discos. Entonces hubo un chirrido musical, parecido a un viejo tocadiscos funcionando a 33 revoluciones en lugar de 45, y entonces empezó una canción que me resultaba familiar.

Ladeé la cabeza.

—¿No es… Fleetwood Mac?

—No. ¡Otra vez no! —Sarah parecía haber visto un fantasma. Miré alrededor, pero las únicas presencias invisibles en la habitación eran Stevie Nicks y una bruja galesa llamada Rhiannon. En la década de 1970, aquella canción había sido todo un himno de salida del armario para brujos y brujas.

—Supongo que la casa está despertando. —Tal vez fuera eso lo que preocupaba a Sarah.

Sarah corrió hacia la puerta y levantó el cerrojo, pero no se movía. Golpeó los paneles de madera. La música subió de volumen.

—Tampoco es mi tema preferido de Stevie Nicks —comenté, tratando de tranquilizarla—, pero no dura tanto. A lo mejor te gusta la siguiente canción.

—La próxima es *Over my Head*. Me sé el maldito álbum de memoria. Tu madre se pasó el embarazo entero escuchándolo. Meses y meses. Y justo cuando parecía que Rebecca había superado su obsesión, Fleetwood Mac sacó otro álbum. Fue un infierno. —Sarah se tiró de los pelos.

—¿De verdad? —Estaba hambrienta de detalles sobre mis padres—. Fleetwood Mac me parecía un grupo más del rollo de mi padre.

—Tenemos que parar la música. —Sarah se acercó a la ventana de guillotina, pero tampoco se abría. Frustrada, golpeó el marco.

—Deja que lo intente yo. —Cuanto más empujaba, más alta estaba la música. Se hizo una pausa después de que Stevie Nicks dejara de cantar sobre la tal Rhiannon. Unos segundos después, Christine McVie empezó a contarnos lo bonito que era estar dentro de tu mente. La ventana seguía cerrada.

—¡Esto es una pesadilla! —explotó Sarah. Se tapó las orejas con fuerza para bloquear el sonido, corrió hacia el grimorio y empezó a pasar páginas—. Cura para mordeduras de perro de Prudence Willard. Método de Patience Severance para endulzar la leche agria. —Siguió pasando hojas—. El hechizo de Clara Bishop para bloquear una chimenea con corrientes. ¡Puede que este sirva!

—Pero es música, no humo —dije asomándome sobre su hombro para ver las líneas de texto.

—A los dos los lleva el aire. —Sarah se remangó—. Si no funciona, probaremos otra cosa. Tal vez trueno. Se me da bien el trueno. Puede que eso corte la energía y ahuyente la música.

Empecé a canturrear siguiendo la música. Era pegadiza, como las canciones de la década de 1970.

—No empieces tú también. —Sarah me lanzó una mirada feroz. Luego se volvió hacia el grimorio—. Tráeme un poco de eufrasia. Y enchufa la cafetera.

Fui obedientemente a la vieja regleta y enchufé el cable de la cafetera. La electricidad empezó a saltar del enchufe dibujando arcos naranjas y azules. Me eché atrás de un brinco.

—Necesitas un protector de sobretensión, preferiblemente comprado en la última década, o vas a quemar la casa entera —le dije a Sarah.

Ella siguió hablando entre dientes mientras metía otro papel en el filtro giratorio de la cafetera, seguido de una amplia selección de hierbas.

Dado que estábamos encerradas en la botica y Sarah no parecía querer mi ayuda, decidí ponerme con las palabras de acompañamiento de mi hechizo antipesadillas para niños. Fui al armario de mi madre y encontré un poco de tinta negra, una pluma de ave para escribir y una hoja de papel.

Matthew golpeó el cristal de la ventana.

—¿Estáis bien? Algo me ha olido a quemado.

—¡Un pequeño problema eléctrico! —exclamé yo, ondeando la pluma en el aire. Entonces recordé que Matthew era un vampiro y me podía oír perfectamente a través de la piedra, el ladrillo y, sí, también a través del cristal de una ventana.

Over my Head llegó a su fin con un chirrido y a continuación empezó *You Make Loving Fun**. «Buena elección», pensé sonriendo a Matthew. ¿Quién necesita un pincha cuando se tiene una radio mágica?

—Ay, Dios. La casa ha pasado al segundo álbum —dijo Sarah con un gemido—. Odio *Rumours*.

—¿De dónde viene la música? —preguntó Matthew frunciendo el ceño.

—La vieja radio despertador de mi madre. —La señalé con la pluma—. Le gustaba Fleetwood Mac. —Miré a mi tía, que estaba recitando las palabras del hechizo de Clara Bishop mientras se tapaba las orejas con las manos—. A Sarah no tanto.

—Ah. —La expresión de Matthew volvió a relajarse—. Pues os dejo con ello. —Apoyó la mano en el cristal en un silencioso gesto de despedida.

Se me hinchó el corazón. Amar a Matthew no era *lo único* que quería hacer, pero estaba claro que él era *el único* para mí. Deseé que no hubiera una ventana entre nosotros para decírselo.

---

* «Haces que amar sea divertido» *(N. de la T.)*.

El cristal es solo arena y fuego. Una ráfaga de humo más tarde, había un montón de arena en el alféizar. Extendí el brazo a través del hueco vacío de la ventana y cogí su mano.

—Gracias por venir a ver si estábamos bien. Ha sido una tarde interesante. Tengo mucho que contarte.

Matthew pestañeó mirando nuestras manos entrelazadas.

—Me haces feliz, ¿sabes?

—Lo intento —dijo él sonriendo.

—Pues lo consigues. ¿Crees que Fernando podría rescatar a Sarah? —dije bajando la voz—. La casa ha cerrado las puertas y las ventanas de la botica y está a punto de estallar. Cuando salga va a necesitar un cigarrillo y algo fuerte de beber.

—Hace bastante que Fernando no rescata a una mujer en apuros, pero estoy seguro de que se acuerda —me aseguró Matthew—. ¿Se lo permitirá la casa?

—Espera cinco minutos o hasta que se pare la música, lo que ocurra primero. —Me solté y le soplé un beso. Salió más fuego y agua de lo habitual, y suficiente aire empujándolo como para posarse con un decidido «muac» en su mejilla.

Volví a la mesa de trabajo y mojé la pluma de mi madre en la tinta. Olía a zarzamora y nueces. Gracias a mi experiencia con los utensilios de escribir isabelinos, logré anotar el encantamiento para las almohadas de sueño de Sarah sin un solo borrón.

> *Espejo,*
> *brilla,*
> *haz al monstruo temblar,*
> *ahuyenta la pesadilla*
> *hasta nuestro*
> *despertar.*

Soplé suavemente para secar la tinta. «Bastante respetable», me dije. Estaba mucho mejor que mi hechizo para prender fuego y era suficientemente fácil para que lo recordara un crío. Una vez secas las vainas cuando les quitara el papel que las cubría, escribiría el encantamiento en letra diminuta directamente sobre su superficie plateada.

Ansiosa por enseñar mi trabajo a Sarah, me bajé del taburete, pero en cuanto la vi comprendí que era mejor posponerlo hasta que mi tía se hubiera acabado su whisky y su cigarrillo. Llevaba décadas deseando que yo mostrara algún interés por la magia. Podía esperar veinte minutos más para saber mi nota por *Encantamiento para dormir 101*.

Un leve cosquilleo a mi espalda me avisó de que había una presencia fantasmal y al instante sentí un abrazo suave posándose como una pluma alrededor de mis hombros.

—*Buen trabajo, cielito* —susurró una voz familiar—. *Y muy buen gusto musical.*

Cuando volví la cabeza, no había más que una ligera mancha de color verde, pero no tenía que verle para saber que mi padre estaba allí.

—Gracias, papá —musité suavemente.

11

Matthew se tomó la noticia de que mi madre dominaba la alta magia mejor de lo esperado. Llevaba mucho tiempo sospechando que había alguna conexión entre el trabajo casero de la brujería y los llamativos espectáculos de magia elemental. Tampoco le sorprendía que yo pudiera practicar también esa magia, pues para él era otro indicio de que yo estaba entre dos mundos. Lo que sí le chocó fue que el talento me viniera de mi madre.

—Después de todo, voy a tener que estudiar a fondo las pruebas de tu ADN mitocondrial —dijo mirando una de las tintas de mi madre y olisqueándola.

—Suena bien. —Era la primera vez que Matthew mostraba interés en volver a su investigación genética. Llevaba días y días sin mencionar Oxford, a Baldwin, por *El libro de la vida* o la rabia de sangre. Y aunque él hubiera olvidado que había información genética encuadernada en el Ashmole 782, yo no. Una vez recuperáramos el manuscrito, necesitaríamos de sus habilidades científicas para descifrarlo.

—Tienes razón. Está claro que contiene sangre, además de resina y acacia. —Matthew revolvió la tinta. Aquella mañana había aprendido que la acacia era la materia prima de la goma arábiga, que hacía que la tinta fuera menos líquida.

—Eso pensé. Las tintas empleadas en el Ashmole 782 también tenían sangre. Debe de ser una práctica mucho más habitual de lo que creía —dije yo.

—Y también tiene olíbano —añadió Matthew, ignorando mi mención a *El libro de la vida*.

—Ah, eso es lo que le da ese olor exótico. —Rebusqué entre las otras botellas, esperando encontrar algo más que despertara su curiosidad bioquímica.

—Eso y la sangre, por supuesto —dijo Matthew con sequedad.

—Si es la sangre de mi madre, podría arrojar aún más luz sobre mi ADN —comenté—. Y sobre mi talento para la alta magia.

—Hum —murmuró Matthew sin querer mojarse.

—¿Qué hay de esta? —Le quité el tapón a una botella de líquido azul verdoso y el perfume de un jardín en verano inundó la habitación.

—Esto está hecho con iris —dijo Matthew—. ¿Recuerdas cuando buscabas tinta verde en Londres?

—¡Así que la tinta carísima del maestro Platt tiene este aspecto! —exclamé riendo.

—Estaba hecha con raíces importadas de Florencia. O al menos eso decía él. —Matthew estudió la mesa y los botes de líquido azul, rojo, negro, verde, púrpura y magenta—. Parece que tienes tinta para rato.

Tenía razón: había bastante como para unas cuantas semanas. Y no quería planear más allá de eso, aunque mi dedo meñique *palpitara* de expectación ante el futuro.

—Hay más que suficiente, incluso contando con todos los encargos que Sarah tiene para mí —comenté asintiendo. Cada tarro abierto sobre la mesa tenía un trocito de papel debajo con una nota con su letra desgarbada. Una decía: «Picaduras de mosquito». Otra: «Mejor cobertura en el teléfono móvil». Sus mensajes me hacían sentirme como una camarera en un restaurante de comida rápida—. Gracias por tu ayuda.

—Cuando quieras —dijo Matthew, dándome un beso de despedida.

En los días que siguieron, las rutinas de la vida diaria empezaron a anclarnos en la casa de las Bishop y en nuestra relación con los demás, a pesar de que faltaba la presencia estabilizadora de Em, que siempre había sido el centro de gravedad de la casa.

Fernando era un tirano doméstico —mucho peor de lo que jamás fue Em— y sus cambios en la dieta y el plan de ejercicio de Sarah fueron radicales e inflexibles. Apuntó a mi tía a un programa de agricultura sostenida por la comunidad, que le traía semanalmente una caja de verduras exóticas como col rizada o acelgas, y cada vez que ella intentaba fumarse un cigarrillo se la llevaba a recorrer la valla que delimitaba la casa. Fernando cocinaba, limpiaba y hasta ahuecaba los cojines, y no pude evitar preguntarme cómo habría sido su vida con Hugh.

—Cuando no teníamos sirvientes (y eso ocurría a menudo), yo llevaba la casa —explicó mientras tendía la ropa en la cuerda—. Si hubiera esperado a que lo hiciera Hugh, habríamos vivido en la mugre. No prestaba atención a cosas tan mundanas como una sábana limpia o si nos habíamos quedado sin vino. Hugh siempre estaba o escribiendo poesía o planeando un asedio de tres meses. En su jornada no había tiempo para las labores domésticas.

—¿Y Gallowglass? —pregunté al tiempo que le daba una pinza.

—Gallowglass es aún peor. Ni siquiera le importan los muebles, o que no los haya. Una noche llegamos a casa y nos encontramos con que habían entrado a robar y a Gallowglass dormido sobre la mesa como un guerrero vikingo listo para zarpar a la mar —dijo sacudiendo la cabeza—. Además, yo disfruto con el trabajo. Llevar una casa es como preparar las armas para una batalla. Es repetitivo y muy relajante.

Su confesión alivió mi sentimiento de culpa por dejarle ocuparse por completo de la cocina.

Más allá de la cocina, el otro territorio de Fernando era el cobertizo. Tiraba las herramientas que estaban rotas, limpiaba y afilaba las que quedaban y compraba lo que creía que hacía falta, como por ejemplo una guadaña. Las hojas de las podaderas de rosas estaban tan afiladas que se podía cortar un tomate con ellas. Me hacía pensar en todas las guerras que se habían librado utilizando herramientas domésticas comunes y me llegué a preguntar si Fernando no estaría armándonos para el combate.

Sarah refunfuñaba por el nuevo régimen, pero lo cumplía. Cuando se ponía de mal humor —lo cual era frecuente—, lo pagaba con la casa. Y aunque esta todavía no estaba del todo despierta, los periódicos indicios de actividad nos hacían pensar que aquella hibernación autoimpuesta estaba llegando a su fin. Gran parte de su energía iba dirigida a Sarah. Una mañana, al levantarnos, encontramos que todo el alcohol de la casa había sido vertido por el fregadero y había una escultura móvil improvisada con botellas vacías y objetos de plata sujeta a la lámpara de la cocina. Matthew y yo nos echamos a reír, pero para Sarah aquello significaba la guerra. A partir de aquel momento, mi tía y la casa se enzarzaron en un combate total por la supremacía.

Por ahora la casa iba ganando, gracias a su arma principal: Fleetwood Mac. Sarah había hecho añicos la vieja radio de mi madre dos días después de encontrarla, durante un concierto interminable de *The Chain*. La casa tomó represalias cambiando todos los rollos de papel higiénico de los armarios por un surtido de aparatos electrónicos que podían reproducir música. Eran un buen despertador por las mañanas.

Era imposible impedir que la casa hiciera sonar selecciones de los dos primeros álbumes de Fleetwood Mac. Sarah ni siquiera lo consiguió defenestrando tres tocadiscos, un reproductor de casetes de ocho pistas y un viejo dictáfono. La casa simplemente desviaba la música a través de la caldera, haciendo que los bajos reverberaran por las tuberías y los agudos salieran silbando por los respiraderos de la calefacción.

Con toda su ira volcada en la casa, Sarah se mostraba sorprendentemente paciente y amable conmigo. Pusimos la botica patas arriba buscando el libro de hechizos de mi madre, incluso desmontamos todos los cajones y las estanterías del armario. Encontramos varias cartas de amor inesperadamente gráficas fechadas hacia 1820 bajo el falso fondo de un cajón, así como una macabra colección de cráneos de roedor ordenados en filas detrás de un panel deslizante al fondo de las estanterías. Pero ni rastro del libro de hechizos. La casa nos lo daría cuando estuviera lista.

Cuando la música y los recuerdos de Emily y mis padres se nos hacían demasiado apabullantes, Sarah y yo escapábamos al jardín o al bosque. Hoy, mi tía se había ofrecido a enseñarme dónde encontrar plantas nocivas. Habría luna nueva, lo cual señalaba el comienzo de un nuevo ciclo de crecimiento, y era el momento propicio para reunir materiales para alta magia. Matthew nos seguía como una sombra mientras nos abríamos paso a través del huerto de hortalizas y el rincón donde Sarah daba clase. Al llegar a su jardín de bruja, Sarah siguió caminando. Una inmensa enredadera de campanillas trazaba el límite entre el jardín y el bosque, y se extendía en todas direcciones, ocultando la valla y la puerta de entrada.

—Permíteme, Sarah. —Matthew se adelantó a abrir el cerrojo.

Hasta ese momento había venido a paso tranquilo detrás de nosotras, fingiendo que se interesaba por las flores. Pero yo sabía que iba el último para tener una posición de defensa idónea. Atravesó la puerta, asegurándose de que no hubiera nada peligroso acechándonos, y apartó la vid para que Sarah y yo nos adentráramos en otro mundo.

Había muchos lugares mágicos en la finca Bishop, robledales dedicados a la diosa, largas avenidas flanqueadas por tejos que un día fueron caminos y todavía mostraban profundas huellas de carros cargados de madera y productos para los mercados, hasta el viejo cementerio de los Bishop. Pero aquella pequeña arboleda entre el jardín y el bosque era mi sitio preferido.

La luz moteada del sol entraba por el centro, moviéndose a través de los cipreses que rodeaban el lugar. En otros tiempos podía haberse considerado un anillo de hadas, pues el suelo estaba cubierto de hongos venenosos y setas. De niña tenía prohibido coger cualquier cosa que creciese allí. Ahora entendía por qué: en aquel lugar todas las plantas o bien eran nocivas o estaban asociadas con los aspectos más oscuros de la brujería. Dos senderos se cruzaban en el centro de la arboleda.

—Una intersección. —Me quedé helada.

—Las intersecciones llevan aquí más tiempo que la casa. Algunos dicen que los indios oneida hicieron estos senderos antes de que los ingleses se asentaran aquí. —Sarah me hizo un gesto para que siguiera caminando—. Ven, mira esta planta. ¿Es belladona o hierba mora?

En vez de escuchar, estaba completamente fascinada por el cruce en el corazón de la arboleda.

Allí había poder. Y también sabiduría. Sentí el tira y afloja familiar de deseo y miedo al observar el claro a través de los ojos de quienes habían recorrido con anterioridad aquellos senderos.

—¿Qué ocurre? —preguntó Matthew, cuyos instintos le decían que algo malo pasaba.

Pero otras voces, por débiles que fueran, habían capturado mi atención: mi madre y Emily, mi padre y mi abuela, y otras desconocidas. *Acónito*, susurraron las voces. *Escutelaria. Bocado del diablo. Lengua de serpiente. Escoba de bruja.* Su canto estaba salpicado de advertencias y sugerencias, y su letanía de hechizos incluía plantas que aparecían en los cuentos de hadas.

Reúne potentilla cuando la luna esté llena para ampliar el alcance de tu poder.

El eléboro hace más eficaz cualquier hechizo repugnante.

El muérdago te traerá amor y muchos hijos.

Para ver el futuro más claro, utiliza beleño negro.

—¿Diana? —Sarah se enderezó, con los brazos en jarras.

—Voy —murmuré, apartando mi atención de las débiles voces y acudiendo obediente a la vera de mi tía.

Sarah me dio toda clase de instrucciones sobre las plantas de la arboleda. Sus palabras me entraban por un oído y me salían por el otro, fluían a través de mí de una forma que le hubiera enorgullecido a mi padre. Mi tía era capaz de recitar todos los nombres comunes y botánicos de cada flor silvestre, mala hierba, raíz o hierba medicinal, así como sus usos, tanto benignos como nocivos. Pero su maestría venía de la lectura y el estudio. Yo ya había aprendido dónde estaban los límites de la sabiduría basada en los libros en el laboratorio alquímico de Mary Sidney, cuando me enfrenté por primera vez al desafío de hacer algo sobre lo que había estado leyendo y escribiendo durante años. Allí descubrí que ser capaz de citar textos de alquimia no era nada comparado con la experiencia. Pero mi madre y Emily ya no estaban ahí para ayudarme. Si iba a recorrer los senderos oscuros de la alta magia, tendría que hacerlo sola.

La perspectiva me aterrorizaba.

Justo antes de que saliera la luna, Sarah me invitó a que volviéramos a salir para recoger las plantas que necesitaría para trabajar el mes siguiente.

Le dije que no, aduciendo que estaba demasiado cansada, aunque en realidad era por la insistente llamada de las voces en la intersección.

—¿Tu negativa tiene algo que ver con el paseo que hemos dado por allí esta tarde? —preguntó Matthew.

—Puede —dije mirando por la ventana—. Sarah y Fernando han vuelto.

Mi tía llevaba una cesta llena de hierbas. La puerta mosquitera de la cocina se cerró bruscamente detrás de ella y, acto seguido, la de la botica se abrió con un chirrido. Unos minutos más tarde, Fernando y ella subieron las escaleras. Sarah respiraba con menos dificultad que la semana anterior; el régimen de vida sana de Fernando estaba funcionando.

—Ven a la cama —dijo Matthew, destapando la colcha.

Era una noche oscura, solo iluminada por las estrellas. Pronto sería medianoche, el momento en que la noche y el día se cruzaban. Las voces de la intersección empezaron a sonar más fuertes.

—Tengo que salir. —Pasé por delante de Matthew y fui hacia la escalera.

—Vamos los dos —dijo siguiéndome—. No te detendré ni me entrometeré. Pero no vas a ir al bosque sola.

—Matthew, allí hay poder. Poder oscuro. Lo podía sentir. ¡Y me ha estado llamando desde el atardecer!

Me cogió del codo y me impulsó a través de la puerta de entrada. No quería que nadie escuchara el resto de nuestra conversación.

—Entonces responde a su llamada —dijo bruscamente—. Di sí o no, pero no pretendas que me quede aquí esperando tranquilamente a que vuelvas.

—¿Y si digo que sí? —pregunté con ansiedad.

—Lo afrontaremos. Juntos.

—No te creo. Ya me has dicho que no quieres que juegue con la vida y la muerte. Esa es la clase de poder que me espera donde los senderos se cruzan en la arboleda. ¡Y yo lo quiero! —Solté mi codo de su mano y clavé un dedo en su pecho—. Me odio por ello, pero lo quiero.

Aparté la mirada para no ver la repulsión que sabía que encontraría en sus ojos. Matthew me hizo volver el rostro hacia él.

—He sabido que tenías esta oscuridad dentro de ti desde que te encontré en la Bodleiana huyendo de las otras brujas en Mabon.

Me quedé sin respiración. Sus ojos atraparon mi mirada.

—Sentí su atracción y la oscuridad dentro de mí respondió a ella. ¿Debería odiarme por ello? —La voz de Matthew se redujo a un susurro apenas audible—: ¿Deberías odiarme tú?

—Pero tú dijiste...

—Dije que no quería que jugaras con la vida y la muerte, no que no pudieras hacerlo. —Cogió mis manos entre las suyas—. Ya he estado cubierto de sangre, he tenido el futuro de un hombre en mis manos, he decidido si el corazón de una mujer volvería a latir. Algo muere en tu alma cada vez que decides por otro. Vi lo que te hizo la muerte de Juliette y también la de Champier.

—En esos casos no tuve elección. En realidad no.

Champier se habría quedado con todos mis recuerdos y habría hecho daño a la gente que intentaba ayudarme. Juliette había intentado matar a Matthew y lo habría conseguido si yo no hubiera acudido a la diosa.

—Sí la tenías. —Matthew me besó los nudillos—. Elegiste la muerte para ellos, como elegiste la vida para mí, la vida para Louisa y Kit aunque intentaran hacerte daño, la vida para Jack cuando le trajiste a nuestra casa de Blackfriars en lugar de dejar que se muriera de hambre en la calle, elegiste la vida para la pequeña Grace cuando la salvaste del fuego. Te des cuenta o no, has pagado un precio cada vez que lo has hecho.

Yo sabía el precio que había tenido que pagar para que Matthew siguiera vivo, él no: mi vida pertenecería a la diosa durante el tiempo que ella creyera adecuado.

—Philippe es la única criatura que he conocido que tomara decisiones de vida o muerte de forma tan rápida e instintiva como tú.

El precio que él pagó por ello fue una tremenda soledad que no hizo más que acrecentarse con el paso del tiempo. Ni siquiera Ysabeau fue capaz de ahuyentarla. —Matthew apoyó su frente contra la mía—. No quiero que tú acabes así.

—La noche que te salvé. ¿La recuerdas? —pregunté.

Matthew asintió. No le gustaba hablar de la noche en la que ambos casi perdemos la vida.

—La doncella y la vieja arpía estaban allí, dos de las caras de la diosa. —Mi corazón latía a golpes—. Llamamos a Ysabeau después de recuperarme y le conté que las había visto. —Busqué alguna señal de comprensión en su rostro, pero aún parecía desconcertado—. Yo no te salvé, Matthew. Lo hizo la diosa. Le pedí que lo hiciera.

Sus dedos se clavaron en mi brazo.

—Dime que no hiciste a cambio un trato con ella.

—Te morías y no tenía suficiente poder para curarte. —Le agarré de la camisa—. Mi sangre no habría sido suficiente. Pero la diosa sacó la vida de un viejo roble para que yo te la pudiera dar a través de mis venas.

—¿Y a cambio de eso? —Matthew me agarró con más fuerza, levantándome hasta que mis pies apenas tocaban el suelo—. Tus dioses y diosas no conceden grandes ayudas sin pedir nada a cambio. Philippe me lo enseñó.

—Le dije que tomara a quien quisiera, lo que quisiera, siempre y cuando te salvara.

Matthew me soltó de golpe.

—¿Emily?

—No. —Negué con la cabeza—. La diosa quería una vida por otra, no una muerte por una vida. Eligió la mía. —Los ojos se me llenaron de lágrimas al ver en su rostro que se sentía traicionado—. No supe su decisión hasta que tejí mi primer hechizo. Entonces la vi. La diosa dijo que aún tenía trabajo para mí.

—Vamos a arreglar esto. —Matthew me arrastró prácticamente hacia la entrada del jardín. Bajo el oscuro cielo, las campanillas que cubrían la puerta eran lo único que iluminaba nuestro camino. Llegamos rápidamente a la intersección. Matthew me empujó al centro.

—No podemos —protesté.

—Si puedes tejer el décimo nudo, puedes deshacer la promesa que le hiciste a la diosa —dijo bruscamente.

—¡No! —Mi estómago se hizo un puño y el corazón empezó a arderme—. No puedo mover la mano así sin más y hacer que nuestro acuerdo desaparezca.

Las ramas muertas del viejo roble, el que la diosa había sacrificado para que Matthew viviera, apenas se veían. La tierra parecía moverse bajo mis pies. Miré hacia abajo y vi que estaba con una pierna en cada lado de la intersección. La sensación de que el corazón me ardía se extendió por mis brazos y me llegó hasta los dedos.

—No vas a atar tu destino a una deidad caprichosa. Por mí, no —dijo Matthew, con la voz temblando de furia.

—No hables mal de la diosa en este lugar —le advertí—. Yo no fui a tu iglesia a burlarme de tu dios.

—Si no estás dispuesta a romper tu promesa a la diosa, utiliza tu magia para invocarla. —Matthew se unió a mí donde convergían los senderos.

—Sal de la intersección, Matthew. —El viento se arremolinaba alrededor de mis pies en una tormenta mágica. Corra lanzó un aullido que atravesó el cielo nocturno, dejando una estela de fuego como un cometa. Volaba en círculos sobre nosotros profiriendo gritos de aviso.

—No hasta que la llames. —Matthew no movía los pies—. No vas a pagar mi vida con la tuya.

—Fue mi elección. —El pelo me crepitaba alrededor del rostro y sentía mis tirabuzones de fuego retorciéndose contra el cuello—. Te elegí a ti.

—No te lo permitiré.

—Ya está hecho. —Mi corazón latía a golpes y el de Matthew le respondía en eco—. Si la diosa quiere que cumpla su propósito, lo haré… encantada. Porque tú eres mío y todavía no he terminado contigo.

Mis últimas palabras fueron casi idénticas a las que la diosa me dijo en su momento. En ellas resonó un poder que detuvo el viento y acalló los aullidos de Corra. El fuego en mis venas se sosegó y la sensación ardiente se fue tornando en un calor suave según se iba fortaleciendo la conexión entre Matthew y yo, y los vínculos que nos unían cobraban brillo y vigor.

—No puedes hacer que me arrepienta de lo que le pedí a la diosa ni de ningún precio que haya pagado por ello —dije—. Ni tampoco romperé la promesa que le hice. ¿Has pensado en lo que sucedería si lo hiciera?

Matthew se quedó en silencio, escuchando.

—Sin ti jamás habría conocido a Philippe ni habría recibido su juramento de sangre. No llevaría a tus hijos dentro de mí. No habría visto a mi padre ni habría descubierto que soy tejedora. ¿No te das cuenta? —Alcé las manos para acunar su rostro—. Al salvar tu vida, también salvé la mía.

—¿Qué es lo que quiere que hagas? —La voz de Matthew sonaba áspera por la emoción.

—No lo sé. Pero hay algo de lo que sí estoy segura: la diosa me necesita viva para hacerlo.

La mano de Matthew se posó en el espacio entre mis caderas donde dormían nuestros hijos.

Sentí un leve temblor. Luego otro. Le miré alarmada.

Pasó la mano sobre mi piel, presionando ligeramente, mientras notaba cómo el movimiento en mi tripa se iba incrementando.

—¿Ocurre algo? —pregunté.

—En absoluto. Los bebés. Se mueven más deprisa. —La expresión de Matthew transmitía asombro y alivio a la vez.

Esperamos a que hubiera otra ráfaga de actividad dentro de mí. Cuando se produjo, los dos nos echamos a reír, inmersos en aquella alegría inesperada. Eché la cabeza hacia atrás. Las estrellas parecían brillar más y mantenían la oscuridad de la luna nueva en equilibrio con la luz.

La intersección estaba en silencio y sentí que la punzante necesidad de estar bajo la luna nueva había pasado. No era la muerte lo que me había traído hasta allí, sino la vida. Cogidos de la mano, Matthew y yo volvimos hacia la casa. Al encender la luz de la cocina, encontré algo que no esperaba.

—Es un poco pronto para que me dejen un regalo de cumpleaños —dije mirando un paquete con un extraño envoltorio. Cuando

Matthew se acercó para verlo de cerca, estiré la mano y le detuve—. No lo toques.

Me miró desconcertado.

—Tiene suficientes defensas mágicas como para repeler a un ejército —expliqué.

El paquete era delgado y rectangular. Estaba cubierto con una extraña variedad de papeles de envolver unidos: un papel rosa con cigüeñas, otro papel con varias orugas de colores primarios formando un cuatro, otro papel chillón con árboles de Navidad y papel de plata con campanas de boda grabadas en relieve. En la parte delantera llevaba un ramo hecho de lazos.

—¿De dónde ha salido? —preguntó Matthew.

—Creo que de la casa. —Lo toqué con un dedo—. Algunos de los papeles de envolver me suenan de cumpleaños pasados.

—¿Seguro que es para ti? —Matthew parecía dubitativo.

Asentí. Estaba segura de que el paquete era para mí. Con mucho cuidado, lo levanté. Los lazos, muchos de ellos usados y sin adhesivo, se desprendieron y cayeron sobre la isleta de la cocina.

—¿Voy a buscar a Sarah? —preguntó Matthew.

—No, ya me encargo yo. —Sentía un cosquilleo en las manos y los colores del arco iris fueron apareciendo en ellas conforme abría el papel de envolver.

Dentro había un libro de composición, de esos que tienen la cubierta blanca y negra y las páginas cosidas con cordel grueso. Alguien había pegado una margarita de color magenta sobre la casilla en blanco para el nombre y habían cambiado la marca Wide Rule por Witches Rule*.

«Libro de las Sombras de Rebecca Bishop» —dije leyendo en voz alta las palabras escritas en gruesa tinta negra sobre la margarita—. Es el libro de hechizos de mi madre, el que utilizaba para la alta magia.

Abrí la cubierta. Después de tantos problemas con el Ashmole 782, me esperaba cualquier cosa, desde ilustraciones misteriosas

* «Las brujas al poder». *(N. de la T.)*.

a escritura codificada. Sin embargo, lo que vi fue la infantil letra redondeada de mi madre.

El primer hechizo del libro era «Para invocar un espíritu recientemente fallecido e interrogarle».

—Está claro que a mi madre le gustaba empezar fuerte —comenté, mostrándole a Matthew el texto.

Las notas bajo el hechizo documentaban las fechas en las que Emily y ella habían intentado ponerlo en práctica y sus resultados. Los primeros tres intentos habían fracasado. A la cuarta lo consiguieron.

Las dos tenían trece años entonces.

—¡Por Dios! —exclamó Matthew—. Eran unas crías. ¿Qué podían querer con los muertos?

—Al parecer querían saber si a Bobby Woodruff le gustaba Mary Basset —dije, después de escrutar la letra apelmazada.

—¿Y por qué no se lo preguntaron directamente a Bobby Woodruff? —se preguntó Matthew en voz alta.

Hojeé las páginas. Hechizos para atar, hechizos para ahuyentar, hechizos de protección, hechizos para invocar a los poderes elementales; estaban todos allí, junto con magia de amor y otros encantamientos coactivos. Mis dedos se detuvieron. Matthew aspiró por la nariz.

Había algo fino y casi transparente pegado a una página insertada en la parte posterior del libro. Y justo encima, a modo de encabezamiento, leí las siguientes palabras, escritas con la misma letra, aunque algo más madura:

Diana:
¡Feliz cumpleaños!
Guardaba esto para ti. Fue nuestro primer indicio de que serías
una gran bruja.
Tal vez la necesites algún día.
Con mucho amor,

Mamá

—Es mi placenta —dije mirando a Matthew—. ¿Crees que significa algo que me la devuelva el mismo día que los bebés se aceleran?

—No —negó Matthew—. Es mucho más probable que la casa te lo haya devuelto hoy porque por fin has dejado de huir de lo que tu madre y tu padre sabían desde el principio.

—¿Qué? —pregunté frunciendo el ceño.

—Que ibas a tener una extraordinaria mezcla de las muy distintas habilidades mágicas de tus padres —contestó.

El décimo nudo me quemaba en la muñeca. Giré la mano y observé cómo se retorcía.

—Por eso no puedo hacer el décimo nudo —dije, comprendiendo por primera vez de dónde venía el poder—. Puedo crear porque mi padre era tejedor y puedo destruir porque mi madre tenía un don para la alta magia, la magia oscura.

—Una unión de opuestos —razonó Matthew—. Tus padres también fueron un enlace alquímico. Una unión que produjo una hija maravillosa.

Cerré el libro de hechizos con cuidado. Tardaría meses, tal vez años, en aprender de los errores de mi madre y crear hechizos míos para conseguir los mismos propósitos. Con una mano apoyando el libro de hechizos contra mi esternón y la otra sobre mi abdomen, me recliné y escuché el lento latir del corazón de Matthew.

—«No me rechaces por estar oscura y en sombras» —susurré, recordando un fragmento de un texto alquímico que había estudiado en la biblioteca de Matthew—. Esa frase de *Aurora consurgens* solía recordarme a ti, pero ahora me hace pensar en mis padres, en mi propia magia y lo mucho que me he resistido a ella.

Matthew me acarició la muñeca con el pulgar, dando viveza y color al décimo nudo.

—Esto me recuerda otro fragmento de *Aurora consurgens* —murmuró—. «Que como yo soy el fin, así mi amante es el principio. Abarco toda la obra de creación y toda sabiduría se esconde en mí».

—¿Qué crees que significa? —Volví el rostro para ver su expresión.

Sonrió, rodeó mi cintura con sus brazos y posó una mano sobre los bebés, que se movieron como si reconocieran el tacto de su padre.

—Que soy un hombre muy afortunado —contestó Matthew.

12

Me despertaron las manos frías de Matthew deslizándose por debajo de la parte de arriba de mi pijama y sentí el tacto tranquilizador de sus labios sobre mi cuello húmedo.

—Feliz cumpleaños —murmuró.

—Mi propio aire acondicionado —dije, arrimándome a él. Un marido vampiro era un verdadero alivio en condiciones tropicales—. Qué regalo más considerado.

—Hay más —dijo dándome un beso lento y envenenado.

—¿Y Fernando y Sarah? —Ya casi no me importaba quién pudiera oírnos hacer el amor, pero solo casi.

—Fuera. En la hamaca del jardín. Leyendo el periódico.

—Entonces tendremos que ser rápidos.

El diario local era escueto en noticias y generoso en anuncios. Se tardaba diez minutos en leerlo, quince si te interesaba comprar en las rebajas de la vuelta al cole o querías saber cuál de las tres cadenas de supermercados tenía mejor oferta en lejías.

—Esta mañana he comprado *The New York Times* —confesó.

—Tú siempre previsor, ¿eh? —Deslicé la mano hacia abajo para acariciarle. Matthew soltó un taco. En francés—. Eres como Verin. Todo un *boy scout*.

—No siempre —dijo cerrando los ojos—. Desde luego, ahora no.

—Y también muy seguro de ti mismo. —Mi boca rozó la suya en un beso juguetón—. *The New York Times*. ¿Y si yo estuviera cansada? ¿O me encontrará de mal humor? ¿O tuviera un trastorno hormonal? El periódico de Albany habría sido más que suficiente para mantenerles distraídos.

—Contaba con que mis regalos te ablandarían.

—Pues no sé... —Un sinuoso giro de muñeca provocó otro taco en francés—. ¿Por qué no termino de desenvolver este y luego me enseñas qué más tienes...?

Eran las once de la mañana del día de mi cumpleaños y el mercurio ya marcaba más de 32 grados. El calor de agosto no daba indicios de que fuera a ceder.

Preocupada por el jardín de Sarah, empalmé cuatro mangueras con un nuevo hechizo para atar y un poco de cinta de embalar para que el agua llegara a todos los bancales de flores. Tenía las orejas tapadas por los auriculares y escuchaba a Fleetwood Mac. La casa se había sumergido en un inquietante silencio, como si estuviera esperando que ocurriera algo, y yo echaba de menos el ritmo del grupo preferido de mis padres.

Mientras arrastraba la manguera por el césped, de repente me llamó la atención la gran veleta de hierro que sobresalía en lo alto del granero de lúpulo. El día anterior no estaba allí. Me pregunté por qué la casa estaría jugando con los edificios anexos. Mientras lo pensaba, dos veletas más aparecieron de golpe en el caballete del tejado. Se quedaron temblando un instante, como plantas recién salidas a la superficie, y luego empezaron a girar como locas. Cuando cesó su movimiento, todas apuntaban hacia el norte. Por suerte, su posición era un indicio de que la lluvia estaba en camino. Hasta que llegara tendría que bastar con la manguera.

Estaba empapando bien las plantas cuando alguien me envolvió en un abrazo.

—¡Menos mal! He estado muy preocupado por ti. —Aunque su voz grave estaba completamente silenciada por el sonido de las guitarras y la batería, la reconocí al momento. Me quité los auriculares y me volví hacia mi mejor amigo. Sus profundos ojos marrones estaban llenos de preocupación.

—¡Chris! —Rodeé sus anchos hombros con mis brazos—. ¿Qué haces aquí? —Me quedé observando su rostro en busca de algún cambio, pero no vi ninguno. El mismo pelo rizado y cortito, la misma piel de color nogal, los mismos pómulos prominentes dibujando un ángulo bajo sus rectas cejas, la misma boca ancha.

—¡Estaba buscándote! —contestó—. ¿Qué demonios está pasando? Desapareciste por completo en noviembre. No contestas al teléfono ni a tu correo electrónico. ¡Y luego veo los horarios de las clases de otoño y no estás! Tuve que emborrachar al director del Departamento de Historia para que me dijera que estabas de baja médica. Creía que te estabas muriendo… no que estabas embarazada.

En fin…, una cosa menos que tenía que contarle.

—Lo siento, Chris. No había cobertura donde he estado. Ni Internet.

—Podías haberme llamado desde aquí —replicó, aún no dispuesto a perdonarme—. He dejado mensajes a tus tías, he mandado cartas. Nadie contestó.

Podía sentir la mirada de Matthew, fría e inquisitiva. También notaba la atención de Fernando.

—¿Quién es, Diana? —preguntó Matthew, acercándose a mi lado.

—Chris Roberts ¿y quién demonios es usted? —preguntó inquisitivamente Chris.

—Es Matthew Clairmont, profesor asociado del All Souls College, de la Universidad de Oxford… —Dudé un instante—. Mi marido.

Chris se quedó boquiabierto.

—¡Chris! —exclamó Sarah saludando desde el porche trasero—. ¡Ven aquí y dame un abrazo!

—¡Hola, Sarah! —Chris levantó la mano devolviendo el saludo. Se volvió y me lanzó una mirada acusadora—. ¿Te has casado?

—Te quedas a pasar el fin de semana, ¿verdad? —dijo Sarah desde la distancia.

—Eso depende, Sarah. —La mirada punzante de Chris pasó de mí a Matthew y de vuelta a mí.

—¿De qué? —Matthew levantó la ceja con desdén aristocrático.

—De lo que tarde en averiguar por qué Diana se ha casado con alguien como usted, Clairmont, y si la merece. Y no malgaste su numerito de hacendado conmigo. Vengo de una larga línea de trabajadores del campo. Usted no me impresiona —dijo Chris, caminando con paso airado hacia la casa—. ¿Dónde está Em?

Sarah se quedó paralizada, pálida. Fernando se subió de un salto al porche con ella.

—¿Por qué no vamos dentro? —murmuró, tratando de apartarla de Chris.

—¿Podemos hablar un momento? —preguntó Matthew, poniendo su mano sobre el brazo de Chris.

—Está bien, Matthew. Tuve que decírselo a Diana. Se lo puedo decir a Chris también —consiguió articular Sarah—. Emily tuvo un ataque al corazón. Falleció en mayo.

—¡Dios, Sarah!… Lo siento mucho.

Chris la envolvió en un abrazo menos quebrantahuesos que el que me había dado a mí. Se balanceó ligeramente sobre sus pies, con los ojos bien cerrados. Sarah acompañó su movimiento, pero su cuerpo ya no estaba tenso y atenazado por el dolor, sino relajado y abierto. Aunque mi tía aún no había superado la muerte de Emily —al igual que Fernando, tal vez nunca llegara a recuperarse de una pérdida tan importante—, había pequeños indicios de que estaba empezando el lento proceso de aprender a vivir de nuevo.

Los ojos oscuros de Chris volvieron a abrirse y me buscaron por encima del hombro de Sarah. En ellos había ira y agravio, dolor y preguntas sin contestar. *¿Por qué no me lo dijiste? ¿Dónde has estado? ¿Por qué no me has dejado que te ayudara?*

—Me gustaría hablar con Chris —dije suavemente—. A solas.

—Estaréis más cómodos en la salita. —Sarah se separó de Chris enjugándose las lágrimas y me miró asintiendo, como animándome a contarle el secreto de nuestra familia. Sin embargo, la tensión en la mandíbula de Matthew me decía que él no se sentía tan generoso.

—Llámame si me necesitas. —Matthew levantó mi mano hacia sus labios. La apretó ligeramente a modo de advertencia y me dio un mordisquito en el nudillo del dedo anular como para recordarme, y recordarse, que éramos marido y mujer. A regañadientes, me soltó.

Chris y yo entramos en la casa y fuimos a la salita. Una vez dentro, cerré las puertas correderas.

—¿Estás casada con Matthew Clairmont? —explotó Chris—. ¿Desde cuándo?

—Desde hace unos diez meses. Todo pasó muy deprisa —dije, como justificándome.

—¡Y tanto! —Chris bajó la voz—: Te avisé de su reputación con las mujeres. Puede que Clairmont sea un gran científico, pero ¡también es un gilipollas de mala fama! Además, es demasiado viejo para ti.

—Solo tiene treinta y siete años, Chris. —Quinientos más, quinientos menos…— Y más vale que te lo advierta: Matthew y Fernando están oyendo cada palabra que decimos. —Con vampiros cerca, una puerta cerrada no era garantía de intimidad.

—¿Cómo? ¿Es que tu novio ha puesto micrófonos por toda la casa? —preguntó Chris con tono incisivo.

—No; es un vampiro. Tienen un oído excepcional. —A veces la sinceridad era realmente la mejor política con ellos.

Se oyó una cacerola pesada golpeando contra el suelo de la cocina.

—Un vampiro. —La expresión de Chris sugería que yo había perdido el juicio—. ¿Como los de la tele?

—No exactamente —dije, continuando con cautela.

Los seres humanos solían agitarse cuando se les explicaba cómo funcionaba el mundo en realidad. Yo solo lo había hecho una vez y resultó ser un craso error. Melanie, mi compañera de habitación en el primer año de universidad, se desmayó.

—Un vampiro —repitió lentamente Chris, como si estuviera recapacitando.

—Es mejor que te sientes. —Le hice un gesto señalando el sofá. Si se caía, no quería que se golpeara la cabeza.

Ajeno a mi sugerencia, Chris se dejó caer sobre el sillón de orejas. Era más cómodo, eso seguro, pero tenía fama de haber expelido a visitantes no deseados. Lo observé cuidadosamente.

—¿Tú también eres vampira? —preguntó Chris.

—No. —Me apoyé con precaución sobre el respaldo de la mecedora de mi abuela.

—¿Estás completamente segura de que Clairmont lo es? Estás esperando un hijo suyo, ¿verdad? —Chris se echó hacia delante, como si de mi respuesta dependieran muchas cosas.

—Hijos —dije levantando dos dedos—. Gemelos.

Chris lanzó las manos al aire.

—Pues ningún vampiro dejaba embarazada a una chica en *Buffy*. Ni siquiera Spike. Y Dios sabe que nunca tomaba precauciones con el sexo.

Embrujada había sido la serie que ofreció un manual básico sobre el mundo sobrenatural para la generación de mi madre. En mi caso fue *Buffy, cazavampiros*. Pero las criaturas que Joss Whedin había metido en nuestro mundo dejaban muchas preguntas sin contestar. Suspiré.

—Estoy completamente segura de que Matthew es el padre.

La mirada de Chris se desvió hacia mi cuello.

—No me muerde ahí.

Sus ojos se abrieron.

—¿Dónde...? —Entonces sacudió la cabeza—. No, no me lo digas.

Me pareció un punto extraño para trazar el límite. Chris no solía ser delicado ni pudoroso. En fin, no se había desmayado. Eso ya era prometedor.

—Te lo estás tomando muy bien —dije, agradeciendo su ecuanimidad.

—Soy científico. Estoy entrenado para creer lo inverosímil y mostrarme abierto de mente hasta que alguien me demuestre lo contrario. —Chris se quedó mirando el árbol quemado—. ¿Por qué hay un árbol en la chimenea?

—Buena pregunta. La verdad es que no lo sé. Pero tal vez tengas otras preguntas que pueda contestar. —Era una extraña invitación, pero seguía temiendo que se desmayara.

—Unas cuantas. —Chris volvió a clavar sus ojos en los míos. No era brujo, pero en todos aquellos años siempre me había costado mentirle—. Dices que Clairmont es vampiro, pero tú no. ¿Qué eres tú, Diana? Hace tiempo que sé que no eres como los demás.

No sabía qué decir. ¿Cómo le explicas a alguien a quien quieres que no le has contado una característica fundamental de ti mismo?

—Soy tu mejor amigo… o lo era hasta que llegó Clairmont. Deberías confiar en mí lo suficiente como para contármelo… —dijo Chris—. Sea lo que sea, no va a cambiar nada entre nosotros.

Detrás del hombro de Chris, una mancha verde dejó su estela hacia el árbol quemado. La mancha adoptó la forma inconfundible de Bridget Bishop, con su corpiño bordado y su falda larga.

Sé prudente, hija. El viento sopla del norte, señal de que una batalla está por llegar. ¿Quién estará a tu lado y quién en contra?

Tenía muchos enemigos. No podía perder ni un solo amigo.

—A lo mejor no confías lo suficiente en mí —insistió Chris con un hilo de voz al ver que yo no contestaba inmediatamente.

—Soy bruja. —Mis palabras apenas fueron audibles.

—Vale. —Chris esperó—. ¿Y?

—¿Y qué?

—¿Ya está? ¿Eso es lo que te daba miedo decirme?

—No me refiero a una bruja neopagana, aunque soy pagana, claro. Quiero decir que soy una bruja de abracadabra, de las que hacen hechizos y pociones. —En este caso, la afición de Chris por las series de televisión de éxito podía sernos útil.

—¿Tienes varita?

—No, pero tengo un dragón escupefuego. Es una especie de dragón.

—Guay. —Chris sonrió—. Muy, muy guay. ¿Fue esa la razón de que te fueras de New Haven? ¿Era para llevarlo a una clase de adiestramiento de dragones o algo así?

—Matthew y yo tuvimos que dejar la ciudad a toda prisa, eso es todo. Siento no habértelo dicho.

—¿Adónde fuisteis?

—A 1590.

—¿Hiciste algo de investigación allí? —Chris se quedó pensativo—. Aunque supongo que eso causaría todo tipo de problemas con las citas. ¿Qué pondrías en las notas al pie? ¿«Conversación personal con William Shakespeare»? —Se echó a reír.

—No conocí a Shakespeare. Los amigos de Matthew no le veían con buenos ojos. —Hice una pausa—. A la que sí conocí fue a la reina.

—Mejor aún —dijo Chris y asintió—. Pero también es complicado incluirla en las notas al pie de página.

—¡Se supone que deberías estar conmocionado! —Aquella no era exactamente la respuesta que esperaba—. ¿No quieres que te lo demuestre?

—Desde que me llamó la Fundación MacArthur, nada me deja conmocionado. Si eso pudo pasar, cualquier cosa es posible. —Chris movió la cabeza—. Vampiros y brujas. ¡Guau!

—También hay daimones. Pero a ellos no les brillan los ojos ni son malos. Bueno, no más que cualquier otra especie.

—¿Otras especies? —El interés que mostraba Chris hizo que su tono de voz sonara más agudo—. ¿Existen los hombres lobo?

—¡Claro que no! —exclamó Matthew desde lejos.

—Tema delicado. —Miré a Chris con una sonrisa vacilante—. Entonces, ¿te parece bien todo esto?

—¿Por qué no iba a parecérmelo? El gobierno se gasta millones buscando extraterrestres en el espacio y resulta que estáis aquí mismo. Piensa en todo el dinero para becas que esto podría dejar disponible. —Chris siempre buscaba la manera de restarle importancia al Departamento de Física.

—No se lo puedes contar a nadie —dije apresuradamente—. Pocos humanos saben que existimos y necesitamos que siga siendo así.

—Al final lo acabaremos descubriendo —declaró—. Además, la mayoría estaría entusiasmada.

—¿Tú crees? ¿Crees que el decano de Yale College estaría entusiasmado de saber que han dado un puesto permanente a una bruja? —Levanté las cejas—. ¿Que los padres de mis alumnos se alegrarían si se enteraran de que sus adorados hijos aprenden sobre la revolución científica con una bruja?

—Bueno, quizás el decano no. —La voz de Chris se hizo más grave—. Matthew no me irá a morder para que no diga nada, ¿verdad?

—No —contesté con tono tranquilizador.

Fernando metió el pie entre las puertas correderas de la salita para abrirlas.

—Yo estaría encantado de morderle, pero solo si me lo pide con mucha amabilidad. —Fernando dejó una bandeja sobre la mesa—. Sarah pensaba que podía apeteceros un poco de café. O algo más fuerte. Llamadme si necesitáis algo más. No hace falta gritar. —Le lanzó a Chris una sonrisa deslumbrante como la que había dedicado a las integrantes del aquelarre en la fiesta de Lugnasad.

—Estás ensillando el caballo equivocado, Fernando —le avisé cuando se retiraba.

—¿Él también es un vampiro? —susurró Chris.

—Sí, es el cuñado de Matthew. —Levanté la botella de whisky y la cafetera—. ¿Café? ¿Whisky?

—Ambos —respondió Chris, alcanzando una taza. Me miró alarmado—. ¿Le has ocultado este asunto de que eres bruja a tu tía?

—Sarah también es bruja. Y Em lo era también. —Eché un chorro generoso de whisky en su taza y lo cubrí con un poco de café—. Esta es la tercera o cuarta cafetera del día, así que es prácticamente descafeinado. Si no tendríamos que despegar a Sarah del techo.

—¿Le hace volar el café? —Chris dio un sorbito, lo probó un instante y añadió más whisky.

—Es una manera de decirlo —contesté, destapando el agua y dando un trago. Los bebés se movieron y me di una palmadita en el abdomen.

—No puedo creer que estés embarazada. —Por primera vez, Chris parecía asombrado.

—Acabas de enterarte de que he pasado gran parte del año en el siglo XVI, de que tengo un dragón de mascota y de que estás rodeado de daimones, vampiros y brujas, ¿y es mi embarazo lo que te resulta inverosímil?

—Créeme, cariño —dijo Chris alargando las palabras con su mejor acento de Alabama—, es mucho más inverosímil.

13

Cuando sonó el teléfono, fuera todo estaba oscuro. Sacudí la cabeza para salir del sueño, mientras me estiraba hacia el otro lado de la cama para despertar a Matthew. No estaba.

Me giré y cogí su móvil de la mesilla. En la pantalla decía «Miriam» y la hora. Tres de la madrugada de un lunes. Mi corazón empezó a latir a golpes, sobresaltado. Solo llamaría a esas horas por una emergencia.

—¿Miriam? —dije tras apretar el botón de contestar.

—¿Dónde está? —Su voz sonaba temblorosa—. Necesito hablar con Matthew.

—Voy a buscarle. Debe de estar abajo o fuera cazando. —Me destapé—. ¿Ocurre algo?

—Sí —contestó Miriam bruscamente. Entonces cambió a otro idioma, uno que yo no entendía, pero cuya cadencia era inconfundible. Miriam Shephard estaba rezando.

Matthew irrumpió por la puerta, seguido de Fernando.

—Aquí está Matthew. —Apreté el botón del altavoz y le pasé el teléfono. No iba a tener esta conversación en privado.

—¿Qué pasa, Miriam? —dijo Matthew.

—Había una nota. En el buzón. Con la dirección de una página web escrita a máquina. —Se oyó una blasfemia, luego un sollozo ahogado y Miriam siguió rezando.

—Mándame la dirección en un mensaje, Miriam —pidió Matthew con serenidad.

—Es él, Matthew. Es Benjamin —susurró Miriam—. Y el sobre no llevaba sello. Tiene que estar aún aquí. En Oxford.

Salté de la cama, temblando en la oscuridad de la madrugada.

—Mándame la dirección —insistió Matthew.

Una luz se encendió en el pasillo.

—¿Qué está pasando? —Chris se unió a Fernando en el umbral de la puerta, frotándose los ojos de sueño.

—Es una de las compañeras de Matthew en Oxford, Miriam Shephard. Algo ha ocurrido en el laboratorio —expliqué.

—Ah —dijo Chris con un bostezo. Agitó la cabeza para desperezarse y frunció el ceño—. ¿La misma Miriam Shephard que escribió el artículo clásico sobre cómo la endogamia entre los animales del zoo lleva a una pérdida de heterocigosidad? —A pesar de todo el tiempo que había pasado entre científicos, casi nunca lograba entender de qué hablaban.

—La misma —murmuró Matthew.

—Creía que estaba muerta —dijo Chris.

—Pues no del todo —respondió Miriam con su penetrante voz de soprano—. ¿Con quién hablo?

—Chris…, Christopher Roberts. Universidad de Yale —respondió Chris tartamudeando. Sonaba como un estudiante recién graduado presentándose en su primera conferencia.

—Ah. Me gustó su último artículo en *Science*. Su modelo de investigación es brillante, aunque todas las conclusiones son equivocadas. —Miriam volvió a parecer ella misma al criticar a otro investigador. Matthew también notó el cambio positivo.

—Que siga hablando —susurró Matthew animando a Chris antes de darle una orden en voz baja a Fernando.

—¿Es Miriam? —preguntó Sarah, metiendo los brazos en las mangas de la bata—. ¿Es que no tienen reloj los vampiros? ¡Son las tres de la mañana!

—¿Qué hay de malo con mis conclusiones? —preguntó Chris con voz atronadora.

Fernando ya estaba de vuelta y le dio a Matthew su ordenador portátil. Estaba encendido y el brillo de la pantalla iluminó la habitación. Sarah estiró la mano alrededor del marco de la puerta para encender la luz y ahuyentó el resto de la oscuridad. Pero yo aún podía sentir las sombras oprimiendo la casa.

Matthew se sentó al borde de la cama, con su ordenador sobre las rodillas. Fernando le pasó otro móvil y Matthew lo conectó al ordenador.

—¿Has visto el mensaje de Benjamin? —Miriam parecía más calmada que antes, pero el miedo aún le daba un tono afilado a su voz.

—Estoy a punto de abrirlo —dijo Matthew.

—¡No utilices la dirección de Internet de Sarah! —El nerviosismo de Miriam se podía palpar—. Está monitorizando el tráfico que llega a la página web. Es posible que pueda localizaros por vuestra dirección IP.

—Está bien, Miriam —dijo Matthew con voz tranquilizadora—. Estoy utilizando el móvil de Fernando. Y los informáticos de Baldwin se aseguraron de que nadie pudiera rastrear mi ubicación a través de él.

Ahora entendía por qué al marcharnos de Sept-Tours Baldwin nos había dado móviles nuevos con nuevos contratos y había cancelado el servicio de Internet de Sarah.

La imagen de una habitación vacía apareció en la pantalla. Estaba cubierta de azulejos blancos y completamente desnuda, a excepción de un viejo fregadero con las cañerías al descubierto y una camilla de exploración. En el suelo había un desagüe. La fecha y la hora figuraban en el esquina inferior izquierda, con los números del reloj zumbando hacia delante con el paso de cada segundo.

—¿Qué es ese bulto? —Chris señaló un montón de trapos sobre el suelo. Se movió.

—Una mujer —dijo Miriam—. Lleva tumbada allí desde que me metí en la página hace diez minutos.

En cuanto Miriam lo dijo, pude distinguir sus brazos y piernas delgados, la curva de su pecho y su estómago. La tela que la cubría no era lo suficientemente grande como para protegerla del frío. Estaba temblando y gemía.

—¿Y Benjamin? —dijo Matthew, con los ojos pegados a la pantalla.

—Entró en la habitación y le dijo algo a la mujer. Luego miró directamente a la cámara… y sonrió.

—¿Dijo algo más? —preguntó Matthew.

—Sí. «Hola, Miriam».

Chris se asomó sobre el hombro de Matthew y tocó el *trackpad* del ordenador. La imagen se amplió.

—Hay sangre en el suelo. Y está encadenada a la pared. —Chris me miró—. ¿Quién es Benjamin?

—Mi hijo. —La mirada de Matthew vaciló hasta posarse en Chris y luego volvió a la pantalla.

Chris se cruzó de brazos y se quedó observando la imagen sin pestañear.

Suaves compases de música empezaron a sonar por los altavoces del ordenador. La mujer se encogió contra la pared, con los ojos abiertos de par en par.

—¡No! —exclamó con un gemido—. Otra vez no. Por favor. ¡No! —Miró directamente a la cámara y dijo—: ¡Socorro!

Mis manos empezaron a lanzar destellos de colores y los nudos me ardían en las muñecas. Sentí un cosquilleo, leve pero inconfundible.

—Es una bruja. Esa mujer es una bruja. —Toqué la pantalla. Cuando aparté la mano, había un fino hilo verde pegado a la punta de mi dedo.

El hilo crepitó.

—¿Puede oírnos? —pregunté a Matthew.

—No —contestó Matthew con tono grave—. No lo creo. Benjamin quiere que yo le escuche a él.

—Nada de hablar con los invitados. —No había ni rastro del hijo de Matthew, pero reconocí aquella voz fría. La mujer se encogió al instante abrazándose las piernas.

Benjamin se acercó a la cámara hasta que su rostro llenó gran parte de la pantalla. La mujer aún estaba visible por encima de su hombro. Había planeado el número minuciosamente.

—Se nos ha unido otra visita: Matthew, sin duda. Muy inteligente por tu parte enmascarar tu ubicación. Y veo que la querida Miriam también sigue con nosotros. —Benjamin volvió a sonreír.

No era de extrañar que Miriam estuviera alterada. Era una imagen espantosa: aquellos labios curvados y los mismos ojos sin vida que recordaba de Praga. Incluso después de más de cuatro siglos, se podía reconocer a Benjamin como el hombre a quien el rabino Loew llamó Herr Fuchs.

—¿Qué te parece mi laboratorio? —preguntó Benjamin presentando el espacio con su brazo—. No está tan bien equipado como el tuyo, Matthew, pero tampoco necesito gran cosa. En realidad, la experiencia es la mejor maestra. Todo cuanto necesito es un tema de investigación cooperativo. Y los seres de sangre caliente son mucho más reveladores que los animales.

—Dios —murmuró Matthew.

—Tenía la esperanza de que la próxima vez que habláramos fuera para discutir mi último experimento exitoso. Pero las cosas no han salido como esperaba. —Benjamin volvió la cabeza y su voz se volvió amenazadora—: ¿Verdad?

El volumen de la música subió y la mujer empezó a gemir en el suelo tratando de taparse los oídos.

—Solía encantarle Bach —comentó Benjamin con un tono de tristeza burlón—. Especialmente la *Pasión según san Mateo*. Procuro ponérsela siempre que la tomo. Y ahora la bruja se angustia inexplicablemente en cuanto oye las primeras notas. —Tarareó los siguientes compases de la música.

—¿Quiere decir lo que creo que está diciendo? —dijo Sarah inquieta.

—Benjamin está violando reiteradamente a esa mujer —confirmó Fernando, que apenas podía contener la rabia. Era la primera vez que veía al vampiro bajo su fachada despreocupada.

—¿Por qué? —preguntó Chris.

Antes de que nadie pudiera contestar, Benjamin continuó:

—En cuanto muestra indicios de estar embarazada, la música se detiene. Es la recompensa para la bruja por hacer su trabajo y complacerme. Aunque a veces la naturaleza tiene otros planes.

Comprendí las implicaciones de las palabras de Benjamin. Al igual que en Jerusalén hacía ya tanto tiempo, aquella bruja tenía que ser tejedora. Me eché la mano a la boca al sentir cómo me subía la bilis.

El brillo en los ojos de Benjamin se hizo más intenso. Ajustó el ángulo de la cámara e hizo un *zoom* hacia la sangre que cubría las piernas de la mujer y el suelo.

—Por desgracia, la bruja abortó. —Benjamin hablaba con el mismo desapego de un científico informando sobre los hallazgos de su investigación—. Estaba de cuatro meses: es lo máximo que ha logrado que avance un embarazo. Por ahora. Mi hijo la preñó el pasado diciembre, pero entonces abortó en la octava semana.

Matthew y yo también habíamos concebido a nuestro primer hijo en diciembre. Yo tuve un aborto también, más o menos como la bruja de Benjamin. Empecé a temblar al ver una nueva conexión entre la mujer en el suelo y yo. Matthew me rodeó la cadera con su brazo, tranquilizándome.

—Estaba casi seguro de que mi capacidad para engendrar un hijo estaba relacionada con la rabia de sangre que tú me diste, un don que por cierto he compartido con muchos de mis hijos. Después de que la bruja abortara por primera vez, mis hijos y yo intentamos preñar humanas y hembras de daimón sin éxito. Llegué a la conclusión de que debía de haber alguna afinidad reproductiva especial entre los vampiros con rabia de sangre y las brujas. Pero estos fracasos significan que tendré que revisar mi hipótesis.

Benjamin cogió un taburete y se sentó delante de la cámara, ajeno a la creciente agitación de la mujer detrás de él. Bach seguía sonando de fondo.

—Y hay otro dato que también tendré que tener en cuenta en mis reflexiones: tu matrimonio. ¿Ha sustituido tu nueva esposa a Eleanor en tus afectos? ¿O a la loca de Juliette? ¿O a la pobre Celia? ¿A esa fascinante bruja que conocí en Praga…? —Benjamin chasqueó los dedos como si intentara recordar algo—. ¿Cómo se llamaba? ¿Diana?

Fernando bufó airado, y a Chris le empezaron a salir bultos en la piel. Miró a Fernando y se apartó.

—He oído que tu nueva esposa también es bruja. ¿Por qué nunca compartes tus ideas conmigo? Deberías saber que yo lo entendería.

—Benjamin se inclinó hacia la cámara como si fuera a compartir un secreto—. Al fin y al cabo, a los dos nos atraen las mismas cosas: un ansia de poder, una insaciable sed de sangre y el deseo de venganza.

La música alcanzó un *crescendo*, y la mujer empezó a balancearse de atrás hacia delante intentando calmarse.

—No puedo evitar preguntarme desde cuándo sabes que llevas este poder en la sangre. Seguro que las brujas lo sabían. ¿Qué otro secreto puede contener *El libro de la vida*? —Benjamin hizo una pausa, como si esperara respuesta—. No me lo vas a decir, ¿eh? Pues nada, no me queda otra opción que volver con mi experimento. No te preocupes. Encontraré la manera de engendrar crías de esta bruja o la mataré en el intento. Y luego me buscaré otra bruja. Tal vez cuadre la tuya.

Benjamin sonrió. Me aparté de Matthew, para que no sintiera mi pavor. Pero su expresión me dijo que ya lo había notado.

—Me despido por ahora. —Benjamin hizo un saludo garboso—. A veces dejo que la gente me vea trabajar, pero hoy no estoy de humor para público. Si ocurriera cualquier cosa interesante, te lo haré saber. Mientras tanto tal vez quieras plantearte compartir lo que sabes. Puede que me ahorre tener que pedírselo a tu mujer.

Con eso, Benjamin apagó la lente y el sonido. Dejó la pantalla en negro, con el reloj aún marcando los segundos en la esquina.

—¿Qué vamos a hacer? —preguntó Miriam.

—Rescatar a esa mujer —dijo Matthew con evidente furia—, para empezar.

—Benjamin quiere que salgas de tu escondite precipitadamente y te expongas —dijo Fernando avisándole—. Tu ataque tendrá que estar bien planeado y ejecutado a la perfección.

—Fernando tiene razón —coincidió Miriam—. No puedes ir a por Benjamin hasta que no estés seguro de que puedes destruirle. De lo contrario pondrías en peligro a Diana.

—¡Esa bruja no va a sobrevivir mucho más! —exclamó Matthew.

—Si te precipitas y no haces entrar en vereda a Benjamin, simplemente cogerá a otra mujer y la pesadilla empezará de nuevo para otra criatura desprevenida —añadió Fernando, sujetando el brazo de Matthew.

—Tienes razón. —Matthew apartó los ojos de la pantalla—. Miriam, ¿puedes avisar a Amira? Debe saber que Benjamin ya tiene una bruja y que es probable que vuelva a raptar.

—Amira no es tejedora. No podría concebir un hijo de Benjamin —comenté.

—No creo que Benjamin sepa lo que es un tejedor. Todavía no. —Matthew se frotó la mandíbula.

—¿Qué es un tejedor? —preguntaron al mismo tiempo Miriam y Chris. Abrí la boca para contestar, pero un leve gesto de negación de Matthew con la cabeza me hizo cerrarla de nuevo.

—Ya te lo explicaré, Miriam. ¿Harás lo que te he pedido?

—Claro, Matthew —dijo Miriam.

—Llámame más tarde y mantente en contacto. —La mirada preocupada de Matthew se posó sobre mí.

—Si has de sofocar a alguien con tus atenciones excesivas que sea a Diana, yo no necesito canguro. Tengo trabajo que hacer. —Miriam colgó.

Un instante después, Chris soltó un fuerte puñetazo de abajo arriba en la mandíbula a Matthew. Siguió con un gancho con la izquierda, pero Matthew interceptó el golpe con la palma de la mano.

—Acepto uno por Diana. —Matthew apretó la mano en torno al puño de Chris—. Después de todo, Diana despierta el instinto protector en la gente. Pero tampoco tientes a la suerte.

Chris se quedó quieto. Fernando suspiró.

—Déjelo, Roberts. No ganará a un vampiro en un combate físico. —Fernando puso su mano sobre el hombro de Chris, por si hacía falta separarlos.

—Si dejas que ese cabrón se acerque a más de cincuenta millas de Diana, no volverás a ver salir el sol, seas o no seas vampiro. ¿Está claro? —amenazó Chris, con la mirada clavada en Matthew.

—Como el agua —repuso Matthew.

Chris retiró el brazo, y Matthew le soltó el puño.

—Nadie va a dormir esta noche. No después de esto —dijo Sarah—. Necesitamos hablar. Y mucho café… y ni se te ocurra hacerlo descafeinado, Diana. Pero antes voy a salir a fumarme un cigarrillo, diga lo que diga Fernando. —Sarah salió de la habitación con paso decidido—. Os veo en la cocina —dijo por encima del hombro.

—No salgas de esa página. Puede que Benjamin haga o diga algo que nos revele su ubicación cuando encienda la cámara. —Matthew entregó su ordenador con el móvil conectado a Fernando. Aún no se veía más que una pantalla en negro y aquel horrible reloj marcando el paso del tiempo. Matthew inclinó la cabeza hacia la puerta y Fernando siguió a Sarah.

—A ver, que me quede claro. La Mala Semilla de Matthew se ha enfrascado en una investigación genética cerril que afecta a una condición hereditaria, una bruja que ha raptado y varias ideas sin madurar sobre la eugenesia. —Chris se cruzó de brazos. Faltaban un par de detalles, pero había calado la situación rápidamente—. Diana, se te olvidaron un par de giros argumentales en el cuento de hadas que me contaste ayer.

—Ella no conocía los intereses científicos de Benjamin. Ninguno de nosotros los conocía. —Matthew se puso de pie.

—Tú tenías que saber que tu Mala Semilla estaba como un cencerro. Es tu hijo. —Los ojos de Chris se entornaron—. Por lo que ha dicho, los dos tenéis esa rabia de sangre. Eso significa que los dos sois un peligro para Diana.

—Sabía que era inestable, sí. Y se llama Benjamin. —Matthew prefirió no responder a la última parte del comentario de Chris.

—¿Inestable? Ese tipo es un psicópata. Está intentado crear una raza superior de brujo-vampiro. ¿Cómo es que no está encerrada esa Mala…, Benjamin? Así al menos no raptaría ni violaría para ganarse un puesto entre los lunáticos de la ciencia como Sims, Verschuer, Mengele o Stanley.

—Vamos a la cocina. —Les urgí a los dos en dirección a la escalera.

—Después de ti —murmuró Matthew, poniendo su mano en la caída de mi espalda. Aliviada por su fácil conformidad, empecé a bajar.

De repente se oyó un golpe seco y una blasfemia ahogada.

Chris estaba pegado contra la puerta con la mano de Matthew agarrada a su tráquea.

—A juzgar por las blasfemias que has proferido en las últimas veinticuatro horas, solo puedo llegar a la conclusión de que consideras a Diana como uno más de tus colegas. —Matthew me lanzó una mirada de advertencia antes de que volviera para intervenir—. No lo es. Es mi mujer. Te agradecería que limitaras las vulgaridades en su presencia. ¿Queda claro?

—Como el agua. —Chris le miró con odio.

—Me alegro. —Matthew volvió a mi lado en un instante, posando su mano en la parte baja de mi espalda donde había aparecido la sombra de dragón—. Cuidado con las escaleras, *mon coeur* —murmuró.

Al llegar a la planta baja, me volví rápidamente a mirar a Chris. Estaba observando a Matthew como si fuera una forma de vida nueva y extraña, y supongo que lo era. Se me cayó el alma a los pies. Puede que Matthew hubiera ganado las primeras batallas, pero la guerra entre mi mejor amigo y mi marido no había acabado ni mucho menos.

Cuando Sarah nos tuvo a todos reunidos en la cocina, su pelo rezumaba olor a tabaco y a la planta de lúpulo que recorría la barandilla del porche. Me aparté el humo con la mano —el humo de cigarrillo era una de las pocas cosas que aún me producían náuseas en esa fase tardía del embarazo— y preparé el café. Una vez listo, vertí el contenido humeante en tazas para Sarah, Chris y Fernando. Matthew y yo tomamos agua normal. Chris fue el primero en romper el silencio.

—Matthew, entonces la doctora Shephard y tú lleváis décadas estudiando la genética de los vampiros tratando de entender la rabia de sangre.

—Matthew conoció a Darwin. Lleva estudiando los orígenes y la evolución de las especies algo más que unas décadas. —No le iba a decir cuánto más, pero tampoco quería que la edad de mi esposo le cogiera por sorpresa, como me había ocurrido a mí.

—Así es. Y mi hijo ha estado trabajando con nosotros. —Me lanzó una mirada para apaciguarme.

—Sí, ya he visto —dijo Chris, con un músculo palpitándole en la mejilla—. Aunque yo no alardearía de ello.

—Benjamin no. Mi otro hijo, Marcus Whitmore.

—Marcus Whitmore. —Chris emitió un sonido de curiosidad—. Veo que cubrís todos los campos. Tú te encargas de biología evolutiva y neurociencia. Miriam Shephard es experta en genética demográfica y Marcus Whitmore es conocido por su estudio de la morfología funcional y sus esfuerzos por desacreditar la plasticidad fenotípica. Habéis reunido un equipo de investigación imponente, Clairmont.

—Soy muy afortunado —reconoció Matthew amablemente.

—Espera un minuto. —Chris miró a Matthew con asombro—. Biología evolutiva. Psicología evolutiva. Genética demográfica. Averiguar cómo se transmite la rabia de sangre no es el único objetivo de la investigación. Estás intentando calcar la descendencia evolutiva. Estáis trabajando sobre el árbol de la vida, y no solo en las ramas humanas.

—¿Es así como se llama el árbol de la chimenea? —preguntó Sarah.

—No lo creo —contestó Matthew dándole una palmadita en la mano.

—Evolución. Maldita sea. —Chris se apartó de la isleta—. ¿Y habéis encontrado un ancestro común entre los humanos y vosotros? —Hizo un gesto con la mano señalándonos.

—Si por «vosotros» quieres decir criaturas (daimones, vampiros y brujos), entonces no. —Matthew levantó las cejas.

—De acuerdo. ¿Cuáles son las diferencias genéticas fundamentales que nos separan?

—Los vampiros y los brujos tienen un par de cromosomas adicionales —explicó Matthew—. Los daimones tienen un solo cromosoma adicional.

—¿Tienes un mapa genético de los cromosomas de estas criaturas?

—Sí —contestó Matthew.

—Entonces debes de llevar trabajando en este proyectito desde antes de 1990, solo para seguir el ritmo de los humanos.

—Así es —dijo Matthew—. Y si tanto te interesa, llevo estudiando cómo se hereda la rabia de sangre desde 1968.

—Por supuesto. Adaptaste el uso que Donahue hacía de los pedigríes familiares para determinar la trasmisión de genes entre generaciones —recordó Chris asintiendo—. Bien observado. ¿Vas muy avanzado con la secuenciación? ¿Has encontrado el gen de la rabia de sangre?

Matthew le miró sin contestar.

—¿Y bien? —preguntó Chris con impaciencia.

—Una vez tuve un profesor como tú —dijo Matthew fríamente—. Me volvía loco.

—Y yo tengo alumnos como tú. No duran mucho en mi laboratorio. —Chris se inclinó sobre la mesa—. Deduzco que no todos los vampiros del planeta tienen tu condición. ¿Has averiguado exactamente cómo se hereda la rabia de sangre y por qué algunos la contraen y otros no?

—No del todo —admitió Matthew—. Es un poco más complicado tratándose de vampiros, porque tenemos tres padres.

—Tienes que acelerar el ritmo, amigo. Diana está embarazada. Y de gemelos. —Chris me miró fijamente—. Imagino que habrás trazado los perfiles genéticos completos de los dos y que habrás hecho predicciones de patrones hereditarios entre tus descendientes, incluyendo la rabia de sangre, pero no exclusivamente...

—Me he pasado gran parte del año en el siglo XVI. —A Matthew le molestaba mucho que le interrogaran—. No he tenido ocasión.

—Pues ya es hora de que empecemos —comentó Chris sin poner mucho énfasis.

—Matthew estuvo trabajando sobre algo. —Miré a Matthew buscando su confirmación—. ¿Recuerdas? Encontré ese papel cubierto de equis y oes.

—¿X y O? ¡Por Dios santo! —Mis palabras parecían confirmar los peores temores de Chris—. Me dices que tienes tres padres, pero sigues casado con un modelo hereditario mendeliano. Supongo que eso es lo que pasa cuando eres más viejo que el hambre y conociste a Darwin.

—También vi a Mendel, una vez —dijo Matthew de manera sucinta, sonando también como un profesor irritado—. Además, puede que la rabia de sangre sea un rasgo mendeliano. No podemos descartarlo.

—Muy poco probable —rechazó Chris—. Y no solo por este problema de los tres padres, que por cierto tendré que considerar más detalladamente. Debe de sembrar el caos en los datos.

—Explícate —pidió Matthew juntando las puntas de los dedos delante de su rostro.

—¿Es que tengo que hacer un resumen de la herencia no mendeliana a un asociado de All Souls? —Chris levantó las cejas—. Alguien tendría que revisar las políticas de nombramientos en la Universidad de Oxford.

—¿Entiendes una sola palabra de lo que están diciendo? —susurró Sarah.

—Una de cada tres —dije a modo de disculpa.

—Me refiero a la conversión genética. Herencia infecciosa. Impronta genómica, mosaicismo. —Chris los fue contando con los dedos—. ¿Le suenan de algo, profesor Clairmont, o le gustaría que siguiera con la lección que doy a mis universitarios?

—¿No es el mosaicismo una especie de quimerismo? —Era la única palabra que había entendido.

Chris asintió en un gesto de aprobación.

—Si eso ayuda, yo soy una quimera.

—Diana —dijo Matthew con un gruñido.

—Matthew, Chris es mi mejor amigo —repliqué—. Y si va a ayudarte a averiguar cómo pueden reproducirse los vampiros y las brujas (por no hablar de encontrar una cura para la enfermedad) tiene que saberlo todo. Y por cierto, eso incluye los resultados de mi examen genético.

—Esa información puede ser letal si cae en manos equivocadas —alegó Matthew.

—Matthew tiene razón —añadió Chris.

—Me alegra tanto que estés de acuerdo… —Las palabras de Matthew rezumaban acidez.

—No me trates con condescendencia, Clairmont. Conozco los riesgos de investigar con sujetos humanos. Soy un hombre negro de Alabama y crecí a la sombra del Tuskegee. —Chris se volvió hacia mí—. No des tu información genética a nadie fuera de esta habitación, aunque lleve una bata blanca. Ahora que lo pienso, especialmente si lleva una bata blanca.

—Gracias por tu aportación, Christopher —dijo Matthew fríamente—. Me aseguraré de transmitir tus ideas al resto de mi equipo.

—¿Y qué vamos a hacer respecto a todo esto? —preguntó Fernando—. Puede que antes no hubiera ninguna urgencia, pero ahora… —Miró a Matthew buscando orientación.

—El programa de cría de la Mala Semilla lo cambia todo —proclamó Chris antes de que Matthew pudiera decir nada—. Primero tenemos que averiguar si la rabia de sangre es realmente lo que hace posible la concepción o si es una combinación de factores. Y tenemos que saber hasta qué punto es posible que los hijos de Diana contraigan la enfermedad. Para eso necesitaremos los mapas genéticos de brujos y vampiros.

—También hará falta mi ADN —dije en voz baja—. No todas las brujas pueden reproducirse.

—¿Hay que ser una bruja buena? ¿O una bruja mala? —Las bromas de Chris solían hacerme sonreír, pero no aquella noche.

—Tienes que ser tejedora —contesté secamente—. Vais a tener que secuenciar mi genoma en concreto y compararlo con el de otras brujas. Y tendréis que hacer lo mismo con Matthew y otros vampiros que no tengan rabia de sangre. Hay que comprender la rabia de sangre lo suficientemente bien para poder curarla; de lo contrario, Benjamin y sus hijos seguirán siendo una amenaza.

—De acuerdo entonces. —Chris se dio una palmada en la pantorrilla—. Necesitamos un laboratorio. Y ayuda. Muchos datos y acceso a ordenadores. Puedo poner a mi gente a ello.

—De ninguna manera. —Matthew se puso en pie—. Yo también tengo un laboratorio. Miriam ha estado trabajando bastante tiempo en los problemas de la rabia de sangre y los genomas de las criaturas.

—Entonces debería venir de inmediato y traer todo su trabajo consigo. Mis alumnos son buenos, Matthew. Los mejores. Verán cosas que tú y yo ignoramos por nuestra formación.

—Sí. Como vampiros. Y brujos. —Matthew se pasó los dedos por el pelo. Chris parecía inquieto al ver cómo se transformaba su pulcro aspecto—. No me gusta la idea de que más humanos sepan que existimos.

Las palabras de Matthew me hicieron pensar en alguien que sí debía saber lo del último mensaje de Benjamin.

—Marcus. Tenemos que decírselo a Marcus.

Matthew marcó su número.

—¿Matthew? ¿Está todo bien? —preguntó Marcus al contestar.

—La verdad es que no. Tenemos un problema. —Matthew le contó rápidamente lo de Benjamin y la bruja que tenía retenida. Entonces le explicó el porqué—. Si te mando la dirección de la página web, ¿podrías pedirle a Nathaniel Wilson que averigüe cómo monitorizar los avances de Benjamin las veinticuatro horas? Y si pudiera averiguar de dónde proviene la señal, nos ahorraría mucho tiempo —indicó Matthew.

—Dalo por hecho —contestó Marcus.

En cuanto Matthew colgó, mi móvil empezó a sonar.

—¿Y ahora quién? —dije, mirando la hora. El sol apenas había salido—. ¿Diga?

—Menos mal que estás despierta —dijo Vivian Harrison, aliviada.

—¿Qué ocurre? —Sentí un cosquilleo en el pulgar negro.

—Tenemos problemas —anunció con seriedad.

—¿Qué clase de problemas? —pregunté. Sarah acercó su oído al teléfono. Hice un gesto con la mano para que se apartara.

—He recibido un mensaje de Sidonie von Borcke —dijo Vivian.

—¿Quién es Sidonie von Borcke? —Nunca había oído ese nombre.

—Una de las brujas de la Congregación —dijeron Vivian y Sarah al unísono.

14

El aquelarre no ha superado la prueba.

Vivian lanzó su bolso grande sobre la isleta de la cocina y se sirvió una taza de café.

—¿Esta también es bruja? —me preguntó Chris susurrando.

—Lo soy —contestó Vivian, que acababa de darse cuenta de la presencia de Chris.

—Ah. —La miró con aprecio—. ¿Puedo tomarle una muestra bucal? No duele nada.

—Tal vez más tarde —contestó Vivian y luego volvió a mirarle—. Disculpe, pero ¿quién es usted?

—Es Chris Roberts, Vivian, un compañero de Yale. Es biólogo molecular —dije pasándole el azúcar mientras pellizcaba a Chris para que se estuviera callado—. ¿Podemos hablar en el salón? La cabeza me está matando y los pies se me están hinchando como globos.

—Alguien se ha quejado a la Congregación de que se está transgrediendo el acuerdo en el condado de Madison —dijo Vivian en cuanto estuvimos cómodamente sentados en los sofás y los sillones delante de la televisión.

—¿Sabes quién? —preguntó Sarah.

—Cassie y Lydia. —Vivian observó su café malhumorada.

—¿Las animadoras han dado el soplo? —dijo Sarah pasmada.

—No me sorprende —dije yo.

Habían sido inseparables desde la infancia, insufribles desde la adolescencia e indistinguibles desde el instituto, con su pelo rubio ondulado y sus ojos azules. Ni Cassie ni Lydia habían dejado que sus antepasados brujos les hicieran sombra. Juntas habían cocapitaneado el equipo de animadoras y las brujas les atribuían la temporada de fútbol más exitosa de la historia de Madison al haber introducido hechizos para la victoria en todos sus cánticos y números.

—¿Y cuáles son los cargos exactamente? —Matthew había cambiado a modo abogado.

—Acusan a Diana y a Sarah de juntarse con vampiros —farfulló Sarah.

—¿Juntarnos? —La indignación de Sarah era evidente.

Vivian lanzó sus manos al aire.

—Lo sé, lo sé. Suena completamente libidinoso, pero te aseguro que esas fueron las palabras exactas de Sidonie. Afortunadamente, Sidonie está en Las Vegas y no puede venir a investigarlo en persona. Los aquelarres del condado de Clark están demasiado interesados en la inmobiliaria y están utilizando sus hechizos para impulsar el mercado de la vivienda.

—¿Y qué hacemos ahora? —pregunté a Vivian.

—Tengo que dar una respuesta. Por escrito.

—Menos mal. Eso significa que puedes mentir —dije aliviada.

—De ninguna manera, Diana. Es demasiado lista. Vi a Sidonie interrogar al aquelarre de Soho hace dos años cuando abrieron una casa encantada en Spring Street, donde empieza el desfile de Halloween. ¡Menuda lección! —Vivian se estremeció—. Acabaron confesando hasta cómo habían mantenido suspendido un caldero hirviendo sobre su carroza del desfile durante seis horas. Después de aquella visita de Sidonie, el aquelarre estuvo castigado durante un año entero: prohibido volar, prohibido aparecerse y por supuesto nada de exorcismos. Todavía no se han recuperado.

—¿Qué clase de bruja es? —pregunté.

—Una muy poderosa —dijo Vivian resoplando por la nariz. Pero no era a eso a lo que me refería.

—Su poder ¿es elemental o se basa en el arte de la brujería?

—Por lo que he oído, domina bastante bien los hechizos —dijo Sarah.

—Sidonie puede volar y también es bastante respetada como vidente —añadió Vivian.

Chris levantó la mano.

—¿Sí, Chris? —Sarah parecía una institutriz.

—Lista, poderosa, vuela..., da igual. No podéis dejar que se entere de lo de los hijos de Diana, especialmente considerando el nuevo proyecto de investigación de la Mala Semilla y este acuerdo que os tiene a todos tan preocupados.

—¿La Mala Semilla? —Vivian miró a Chris confundida.

—El hijo de Matthew dejó embarazada a una bruja. Parece ser que los Clairmont llevan las habilidades reproductivas en los genes. —Chris fulminó a Matthew con la mirada—. Y respecto a este acuerdo al que todos habíais accedido, deduzco que las brujas no deben mezclarse con vampiros.

—Ni con daimones. Incomoda a los humanos —dijo Matthew.

—¿Incomoda? —Chris parecía escéptico—. También les incomodaba que los negros se sentaran con los blancos en los autobuses. La respuesta no es la segregación.

—Los humanos notan que somos criaturas cuando vamos en grupos mezclados —dije, tratando de serenar a Chris.

—Diana, lo notamos aunque vayas andando sola por Temple Street a las diez de la mañana —dijo Chris, haciendo añicos mi última frágil esperanza de que yo pareciera igual que cualquier otra persona.

—La Congregación se creó para hacer cumplir el acuerdo, para protegernos de la atención y la interferencia de los seres humanos —dije, aún en mis trece—. A cambio de ello, nos mantenemos alejados de la política y la religión humanas.

—Piensa lo que quieras, pero la segregación forzada (o el acuerdo, si quieres ponerlo bonito) suele ir unido con una preocupación por la pureza racial. —Chris plantó sus piernas sobre la mesita baja—. Lo más probable es que vuestro acuerdo surgiera porque había brujas que estaban teniendo hijos vampiros. Lo de no «incomodar» a los humanos sería solo una excusa.

Fernando y Matthew se miraron.

—Supuse que la capacidad de concebir de Diana era única, que se trataba de una intervención de la diosa, no parte de un patrón mayor. —Vivian estaba horrorizada—. La posibilidad de que haya decenas de criaturas longevas con poderes sobrenaturales sería espantosa.

—No, si la intención es crear una superraza. En ese caso, esa criatura sería todo un golpe genético —observó Chris—. ¿Conocemos a algún megalómano interesado en la genética de los vampiros? Un momento… Conocemos a dos.

—Prefiero dejar esas cosas en manos de Dios, Christopher. —Una vena oscura empezó a palpitar en la frente de Matthew—. No me interesa la eugenesia.

—Lo olvidaba. Tu obsesión es la evolución de las especies, en otras palabras: historia y química. Esos son los intereses de investigación de Diana. Qué coincidencia. —Chris entornó los ojos—. Basándome en lo que he oído, tengo dos preguntas, profesor Clairmont. ¿Están desapareciendo solo los vampiros o también se extinguen los brujos y los daimones? ¿Y a cuál de estas llamadas especies le importa más la pureza racial?

Verdaderamente, Chris era un genio. Con cada pregunta sagaz estaba ahondando más en los misterios reunidos en *El libro de la Vida*, los secretos de la familia De Clermont y los misterios de mi sangre y la de Matthew.

—Chris tiene razón —dijo Matthew sospechosamente rápido—. No podemos arriesgarnos a que la Congregación descubra que Diana está embarazada. *Mon coeur*, si no tienes inconveniente, creo que deberíamos marcharnos sin más demora a casa de Fernando en Sevilla. Por supuesto, Sarah puede venir con nosotros. Así la reputación del aquelarre no se verá afectada.

—Yo solo he dicho que no podéis permitir que la bruja mala se entere de lo de Diana, no que tengáis que huir —corrigió Chris, indignado—. ¿Es que te has olvidado de Benjamin?

—Libremos esta guerra frente por frente, Christopher. —La expresión de Matthew debía de ir pareja con su tono, porque Chris se tranquilizó.

—Está bien, iré a Sevilla. —No quería, pero tampoco quería que sufrieran las brujas de Madison.

—No, no está bien —dijo Sarah levantando la voz—. ¿Que la Congregación quiere respuestas? Muy bien, pues yo también quiero respuestas. Dile a Sidonie von Borcke que he estado «juntándome» con vampiros desde el pasado octubre, desde que Satu Järvinen raptó y torturó a mi sobrina mientras Peter Knox lo presenciaba de brazos cruzados. Si eso significa que he roto el acuerdo, pues mala suerte. Si no fuera por los De Clermont, Diana estaría muerta o algo peor.

—Eso son acusaciones serias —observó Vivian—. ¿Estás segura de que quieres hacerlas?

—Sí —dijo Sarah obstinadamente—. Knox ya ha sido expulsado de la Congregación. Quiero que echen a Satu también.

—Ahora están buscando un sustituto para Knox —dijo Vivian—. Se rumorea que Janet Gowdie va a salir del retiro para cubrir el puesto.

—Janet Gowdie tendrá noventa años, si es que aún está viva —declaró Sarah—. Es imposible que esté en condiciones de asumir ese trabajo.

—Knox insiste en que sea un brujo conocido por sus habilidades con los hechizos, igual que él. Nadie, ni siquiera Janet Gowdie, le ha superado ejecutando hechizos —dijo Vivian.

—… Todavía —dijo Sarah de manera sucinta.

—Hay algo más, Sarah, y puede que esto haga que te lo pienses dos veces antes de atacar a los brujos de la Congregación. —Vivian dudó un instante—. Sidonie ha solicitado un informe sobre Diana. Dice que forma parte del procedimiento habitual controlar a brujos que no han desarrollado su talento mágico para ver si hay alguna manifestación según avanza su vida.

—Si lo que le interesa a la Congregación es mi poder, la solicitud de Sidonie no tiene nada que ver con que Sarah y yo nos juntemos con vampiros —dije yo.

—Sidonie afirma que tiene una evaluación infantil de Diana que indica que no esperaban que manifestara ninguno de los poderes normales tradicionalmente asociados con los brujos —continuó Vivian, con expresión triste—. La llevó a cabo Peter Knox. Rebecca y Stephen accedieron a que se realizara y la firmaron.

—Dile a la Congregación que la evaluación de Rebecca y Stephen de las habilidades mágicas de su hija era absolutamente correcta, hasta el último detalle. —Los ojos de Sarah brillaban de cólera—. Mi sobrina no tiene poderes normales.

—Bien dicho, Sarah —dijo Matthew, claramente admirado por su esmerado comentario—. Una respuesta digna de mi hermano Godfrey.

—Gracias, Matthew —repuso Sarah asintiendo levemente.

—Knox sabe o sospeche algo sobre mí. Desde que era niña. —Esperaba que Matthew me lo discutiera, pero no lo hizo—. Creía que habíamos descubierto lo que mis padres ocultaban: que soy tejedora, como mi padre. Pero ahora que conozco el interés de mi madre por la alta magia, me pregunto si eso también tendrá relación con el interés de Knox.

—Knox es un practicante entregado a la alta magia —murmuró Vivian reflexionando—. ¿Y si fueras capaz de crear nuevos hechizos oscuros? Supongo que Knox estaría dispuesto a hacer casi cualquier cosa por conseguirlos.

La casa gimió y el sonido de una guitarra inundó la habitación con una melodía familiar. De todas las canciones del álbum preferido de mi madre, *Landslide* era la que más me llegaba al corazón. Cada vez que la escuchaba, recordaba cómo me abrazaba en su regazo tarareándola.

—A mi madre le encantaba esta canción —dije—. Sabía que se acercaba un cambio y le daba miedo, igual que a la mujer de la canción. Pero ya no podemos permitirnos tener miedo.

—¿Qué quieres decir, Diana? —preguntó Vivian.

—El cambio que esperaba mi madre… ya ha llegado —dije con sencillez.

—Y hay más cambios en camino —añadió Chris—. No vais a poder mantener la existencia de criaturas oculta a los humanos por mucho tiempo. Estáis a una autopsia, a una sesión de consulta génica o a una prueba genética casera de que os descubran.

—Eso es absurdo —declaró Matthew.

—Es verdad. Tenéis dos opciones, Matthew. ¿Queréis llevar las riendas de la situación cuando eso ocurra o que os den una buena colleja? —Chris esperó un instante—. Por lo poco que nos conocemos, imagino que preferirías la opción A.

Matthew se pasó los dedos por el cráneo fulminando a Chris con la mirada.

—Eso pensaba. —Chris inclinó su silla hacia atrás—. Entonces, teniendo en cuenta su apurada situación, ¿qué puede hacer la Universidad de Yale por usted, profesor Clairmont?

—No —dijo Matthew negando con la cabeza—. No vas a utilizar a alumnos de investigación y estudiantes de posgrado para analizar ADN de criaturas.

—Asusta bastante, lo sé. —Chris continuó en un tono más amable—. Todos preferiríamos escondernos en un lugar seguro y dejar que otro tome las decisiones difíciles. Pero alguien va a tener que dar la cara y luchar por lo que está bien. Fernando me ha dicho que eres un guerrero impresionante.

Matthew miró a Chris sin pestañear.

—Si sirve de algo, yo estaré a tu lado —añadió Chris—. Es decir, si me lo pones un poco más fácil.

Matthew no era solamente un guerrero impresionante, sino que también tenía mucha experiencia. Y sabía cuándo le habían vencido.

—Tú ganas, Chris —dijo suavemente.

—Bien. Pues pongámonos manos a la obra. Quiero ver los mapas genéticos de las criaturas. Luego quiero secuenciar y volver a unir los tres genomas de criaturas para poder compararlos con el genoma humano. —Chris iba contando cada uno con los dedos—. Quiero asegurarme de que habéis identificado correctamente el gen responsable de la rabia de sangre. Y quiero aislar el que hace posible que Diana conciba hijos contigo. No me puedo creer que ni siquiera hayas empezado a buscarlo.

—¿Alguna otra cosa? —preguntó Matthew arqueando las cejas.

—Ahora que lo dices, sí. —Chris dejó caer la silla de golpe—. Dile a Miriam Shephard que quiero ver su culito en la Torre de Biología Kline el lunes por la mañana. Está en Science Hill. No tiene pérdida. Mi laboratorio está en la quinta planta. Quiero que me explique por qué mis conclusiones en *Science* son equivocadas antes de que venga a nuestra primera reunión de equipo, a las once.

—Le haré llegar el mensaje. —Matthew y Fernando se miraron, y este último se encogió de hombros como diciendo: «Será su funeral». Solo una cosa, Chris. La investigación que has descrito hasta ahora tardará años en terminarse. Y Diana y yo no vamos a estar mucho tiempo en Yale. Tenemos que volver a Europa antes de octubre si queremos que los gemelos nazcan allí. Diana no debería hacer viajes demasiado largos después de esa fecha.

—Razón de más para tener cuanta más gente posible trabajando en el proyecto. —Chris se puso en pie y alargó la mano—. ¿Trato hecho?

Tras una larga pausa, Matthew estrechó su mano.

—Una decisión inteligente —dijo Chris, moviendo la mano de arriba abajo—. Espero que haya traído su talonario, Clairmont. Los precios del Centro de Análisis de Genoma y del Servicio de Análisis de ADN de Yale son bastante caros, pero también rápidos y precisos. —Miró su reloj—. Mi maleta está en el coche. ¿Cuánto tardaréis en salir?

—Iremos un par de horas después que tú —dijo Matthew.

Chris besó a Sarah en la mejilla y me abrazó. Luego levantó el dedo en un gesto de aviso.

—El lunes a las once, Matthew. No llegues tarde.

Y con eso, se marchó.

—¿Qué he hecho? —murmuró Matthew cuando oyó el portazo de la entrada. Parecía algo conmocionado.

—Todo irá bien, Matthew —aseguró Sarah con sorprendente optimismo—. Tengo un buen presentimiento con todo esto.

Unas horas más tarde, nos metimos en el coche. Me despedí de Sarah y Fernando desde el asiento del copiloto, pestañeando para evitar que se me derramaran las lágrimas. Sarah sonreía, pero se abrazaba el cuerpo con tanta fuerza que tenía los nudillos blancos. Fernando intercambió unas palabras con Matthew y le puso brevemente la mano sobre el codo, a la manera tradicional de la familia De Clermont.

Matthew se deslizó frente al volante.

—¿Lista?

Asentí. Apretó el botón de encendido y el motor arrancó.

El equipo de música inundó el coche con sonidos de órganos y batería, acompañados por penetrantes guitarras. Matthew jugó con los mandos, tratando de bajar el volumen. Al ver que no podía, lo apagó. Pero hiciera lo que hiciera, Fleetwood Mac insistía en avisarnos de «no dejar de pensar en el mañana»*. Matthew lanzó las manos al aire rindiéndose.

—Veo que esta casa nos quiere despedir con estilo —dijo sacudiendo la cabeza y metiendo la marcha.

—No te preocupes. En cuanto salgamos de la finca, no podrá hacer que la canción siga sonando.

Salimos hacia la carretera por la entrada para coches, sin notar los badenes del camino gracias a los amortiguadores del Range Rover.

Cuando Matthew puso el intermitente para salir de la granja de las Bishop, empecé a girarme en el asiento, pero las últimas palabras de la canción me hicieron volverme hacia delante.

—No mires atrás —susurré.

* «Don't stop thinking about tomorrow» es un verso del estribillo del tema *Don't Stop* de Fleetwood Mac. *(N. de la T.).*

Sol en Virgo

Cuando el sol está en Virgo, envía a los niños a la escuela.
Este signo indica un cambio de lugar.

Libro de dichos anónimos ingleses, ca. 1590.
Gonçalves MS 2090, f. 9

15

ás té, profesora Bishop?

—¿Hum? —Levanté la mirada hacia el niño bien que me observaba con gesto expectante—. Eh, sí. Claro. Gracias.

—Ahora mismo. —Cogió la tetera de porcelana blanca de la mesa.

Miré hacia la puerta, pero aún no había ni rastro de Matthew. Estaba en Recursos Humanos recogiendo su tarjeta de identificación mientras yo le esperaba al lado, en el ambiente enrarecido del Club Social de New Haven. Los silenciosos confines del edificio principal amortiguaban el inconfundible ruido hueco de las bolas de tenis y los gritos de los niños disfrutando de la última semana de las vacaciones de verano en la piscina. Durante mi estancia en el salón habían desfilado tres novias con sus respectivas madres acompañadas de un empleado que les iba explicando los servicios que se les ofrecería si decidían casarse en el club.

Puede que estuviera en New Haven, pero aquel no era mi New Haven.

—Aquí tiene, profesora. —Mi atento camarero estaba de vuelta, envuelto en un refrescante aroma a hojas de menta—. Té de hierbabuena.

La vida con Matthew en New Haven iba a requerir un periodo de adaptación. Mi pequeña casita adosada en el tramo arbolado y peatonal de Court Street era mucho más espartana que cualquiera de las residencias en las que habíamos vivido en el último año, ya fuera en el presente o en el pasado. Estaba amueblada de forma sencilla con hallazgos de mercadillos, muebles baratos de madera de pino que quedaban de mis tiempos de estudiante y estantería tras estantería de libros y revistas. Mi cama no tenía ni cabecero ni pie, por no hablar de dosel. Pero el colchón era amplio y cómodo, y al cabo del largo viaje desde Madison ambos nos desplomamos sobre él entre gemidos de alivio.

Habíamos pasado gran parte del fin de semana abasteciendo la casa con las provisiones esenciales, como cualquier pareja de New Haven: vino para Matthew de la tienda de Whitney Avenue, comida para mí y suficientes aparatos electrónicos como para montar un laboratorio informático. A Matthew le horrorizaba que yo solo tuviera un portátil. Salimos de la tienda de la calle Broadway con dos artículos de cada tipo, uno para cada uno. Después paseamos por los senderos de las residencias estudiantiles mientras sonaba el carillón de la Torre Harkness. La universidad y el pueblo empezaban a llenarse de alumnos que volvían de las vacaciones y se saludaban a gritos por el patio intercambiando quejas sobre listas de lectura y horarios de clase.

—Es bonito estar de vuelta —susurré en un momento dado, agarrada de su brazo. Tenía la sensación de que nos embarcábamos en una nueva aventura, los dos solos.

Pero aquel día había algo distinto. Me sentía fuera de lugar.

—Aquí estás. —Matthew apareció a mi lado y me dio un beso largo—. Te he echado de menos.

Me reí.

—Hemos estado separados una hora y media.

—Exacto. Demasiado tiempo. —Su atención se desvió hacia la mesa, se fijó en la tetera sin tocar, mi libreta de notas en blanco y una copia sin abrir del último *American Historical Review* que habíamos rescatado de mi buzón a rebosar en el departamento, de camino a Science Hill—. ¿Qué tal tu mañana?

—Me han atendido muy bien.

—Como debe ser. —Al llegar a aquel gran edificio de ladrillos, Matthew me había explicado que Marcus había sido uno de los socios fundadores del club privado y que las instalaciones estaban sobre un terreno que un día le perteneció.

—¿Quiere tomar algo, profesor Clairmont?

Fruncí los labios. Una pequeña arruga se dibujó sobre la piel suave entre los ojos sagaces de mi marido.

—Gracias, Chip, pero creo que es hora de irnos.

Era el momento perfecto. Me levanté para recoger mis cosas y las metí en la enorme bolsa de bandolera que tenía a mis pies.

—¿Puede ponerlo en la cuenta del señor Whitmore? —murmuró Matthew retirándome la silla.

—Por supuesto —dijo Chip—. No hay problema. Siempre es un placer tener entre nosotros a un familiar del señor Whitmore.

Por una vez, llegué afuera antes que Matthew.

—¿Dónde está el coche? —pregunté, buscando el aparcamiento.

—Está aparcado a la sombra. —Matthew me quitó la bolsa del hombro—. Vamos al laboratorio a pie, no en coche. Los socios pueden dejar el coche aquí y está muy cerca del laboratorio. —Me miró con una expresión compasiva—. Es extraño para los dos, pero esta sensación pasará.

Respiré hondo y asentí con la cabeza. Matthew llevaba mi bolsa cogida del asa corta de la parte superior.

—Estaré mejor cuando llegue a la biblioteca —dije, por mi bien tanto como por el suyo—. ¿Vamos a trabajar?

Matthew extendió la mano que tenía libre. Se la cogí y su expresión se suavizó.

—Tú me llevas —dijo.

Cruzamos Whitney Avenue junto al jardín lleno de estatuas de dinosaurios, pasamos por detrás del Peabody y nos acercamos a la alta torre donde estaban los laboratorios de Chris. Mis pasos se ralentizaron. Matthew miró hacia la parte alta y aún más arriba.

—No, ahí no, por favor. Es peor que la Beinecke. —Sus ojos estaban clavados en las líneas poco atractivas de la Torre de Biología Kline, o TBK, como solían llamarla en el campus. Matthew la estaba comparando con la Beinecke, con sus muros de mármol blanco tallados en huecos cuadrados, como una cubitera gigante—. Me recuerda a…

—Tu laboratorio en Oxford tampoco es que sea ninguna belleza, que yo recuerde —dije, cortándole antes de que me ofreciera otra vívida analogía que me acompañara para siempre—. Vamos.

Ahora le tocaba a Matthew ponerse reacio. Al entrar en el edificio soltó un gruñido, luego se negó a ponerse al cuello el cordel azul y blanco de Yale con la acreditación imantada cuando el guardia de seguridad se lo pidió, siguió quejándose mientras entrábamos en el ascensor y aún echaba chispas cuando buscábamos la puerta del laboratorio de Chris.

—Todo va a ir bien, Matthew. Los alumnos de Chris estarán encantados de conocerte —le aseguré. Matthew era un académico de fama internacional y miembro de la Universidad de Oxford. Pocas instituciones impresionaban en Yale, pero esa era una de ellas.

—La última vez que estuve con estudiantes fue cuando Hamish y yo éramos profesores en All Souls. —Matthew apartó la mirada tratando de ocultar su nerviosismo—. Se me da mejor el laboratorio de investigación.

Le tiré del brazo, obligándole a parar. Por fin me miró a los ojos.

—Enseñaste todo tipo de cosas a Jack. Y a Annie también —le recordé, evocando cómo era con los dos niños que vivían con nosotros en Londres durante la época isabelina.

—Eso era distinto. Eran… —Matthew dejó la frase sin acabar, mientras una sombra revoloteó por sus ojos.

—¿Familia?

Esperé a su respuesta. Asintió de mala gana.

—Los alumnos quieren las mismas cosas que Annie y Jack: tu atención, tu sinceridad y tu fe en ellos. Se te va a dar de maravilla. Te lo prometo.

—Me basta con ser aceptable —murmuró Matthew. Observó detenidamente el pasillo—. Ahí está el laboratorio de Chris. Deberíamos entrar. Ha amenazado con quitarme la acreditación si llego tarde.

Chris abrió la puerta de un empujón, claramente agotado. Matthew la sujetó y la mantuvo abierta ayudándose del pie.

—Un minuto más, Clairmont, y habría empezado sin ti. ¿Qué hay, Diana? —dijo Chris besándome en la mejilla—. No esperaba verte aquí. ¿No estabas en la Beinecke?

—Entrega especial. —Hice un gesto hacia la bolsa de bandolera, y Matthew se lo entregó—. La página del Ashmole 782, ¿recuerdas?

—Ah, sí. —Chris no parecía interesado en absoluto. Era evidente que Matthew y él estaban centrados en otros asuntos.

—Me lo prometisteis los dos —dije.

—Claro. El Ashmole 782. —Chris se cruzó de brazos—. ¿Dónde está Miriam?

—Le trasladé tu invitación a Miriam y te voy a ahorrar su respuesta. Vendrá cuando ella quiera, si es que quiere. —Matthew levantó su acreditación. Ni la oficina de empleo podía sacarle una foto mala. Parecía un modelo—. Soy oficial, al menos eso dicen.

—Bien, pues vamos. —Chris cogió una bata blanca de un perchero cercano y metió los brazos. Le dio otra a Matthew.

Matthew le miró con recelo.

—No me voy a poner una de esas.

—Como quieras. Sin bata, no hay contacto con el instrumental. Depende de ti. —Chris dio media vuelta y se alejó.

Una mujer se le acercó con un fajo de papeles. Llevaba una bata con el nombre «Connelly» bordado y «Beaker»* escrito con rotulador rojo encima.

—Gracias, Beaker. —Chris les echó un vistazo—. Bien. Nadie se ha negado.

—¿Qué es eso? —pregunté.

—Formularios de confidencialidad. Chris dice que no hace falta que ustedes los firmen. —Beaker miró a Matthew y asintió a modo de saludo—. Es un honor tenerle aquí, profesor Clairmont. Soy Joy Connelly, ayudante de Chris. Ahora mismo no tenemos di-

* «Vaso de precipitados» (N. de la T.).

rector de laboratorio, así que yo desempeño esa función hasta que Chris encuentre una madre Teresa o un Mussolini. Si no le importa, pase la tarjeta por el lector para que tengamos registrada su llegada. Y también tiene que pasarla al marcharse. Así se mantiene al día el registro.

—Gracias, doctora Connelly. —Matthew pasó su tarjeta obedientemente por el lector. Pero aún no se había puesto la bata.

—La profesora Bishop también tiene que pasar su acreditación. Protocolo del laboratorio. Y llámenme Beaker, por favor. Todo el mundo me llama así.

—¿Por qué? —preguntó Matthew mientras yo sacaba mi identificación de la bolsa. Para variar, estaba al fondo del todo.

—A Chris le resulta más fácil acordarse de los apodos —dijo Beaker.

—Tuvo diecisiete Amys y doce Jareds en su primera clase en la universidad —añadí yo—. No creo que se recupere nunca.

—Por suerte, mi memoria es excelente, doctora Connelly. Y también lo es su artículo sobre el ARN catalítico, por cierto. —Matthew sonrió. La doctora Connelly parecía contenta.

—¡Beaker! —gritó Chris.

—¡Voy! —exclamó Beaker—. Espero que encuentre pronto a la madre Teresa —me dijo murmurando—. No necesitamos otro Mussolini.

—La madre Teresa está muerta —susurré, pasando mi tarjeta por el lector.

—Lo sé. Cuando Chris redactó el anuncio para el puesto de director de laboratorio, incluyó «madre Teresa o Mussolini» entre los requisitos. Volvimos a escribirlo, claro está. De lo contrario Recursos Humanos nunca habría aprobado su publicación.

—¿Y cómo llamaba Chris a su último director de laboratorio? —pregunté, temiendo la respuesta.

—Calígula —contestó Beaker con un suspiro—. La echamos mucho de menos.

Matthew esperó a que pasáramos y soltó la puerta. Beaker parecía apabullada con tanta cortesía. La puerta se cerró deslizándose con un silbido detrás de nosotras.

Dentro nos esperaba una manada de investigadores con bata blanca de todas las edades y características, desde investigadores sénior como Beaker, pasando por varios investigadores postdoctorales con aspecto agotado hasta una bandada de estudiantes de postgrado. La mayoría estaban sentados en taburetes junto a las mesas del laboratorio y otros apoyados en los fregaderos o armarios. Uno de los fregaderos tenía un inquietante cartel escrito a mano que rezaba: «Fregadero reservado a *hazmat**». Tina, la ayudante administrativa eternamente agobiada de Chris, estaba intentando sacar los formularios de confidencialidad rellenados de debajo de una lata de refresco sin mover el portátil que Chris estaba encendiendo. Los murmullos cesaron al entrar nosotros.

—¡Ay, Dios! Es… —exclamó una mujer mirando a Matthew y llevándose una mano a la boca. Le habían reconocido.

—¡Hola, profesora Bishop! —Un estudiante de posgrado se levantó alisándose la bata. Parecía más nervioso que Matthew—. Jonathan García. ¿Se acuerda de mí? Historia de la Química. Hace dos años.

—¡Claro que sí! ¿Cómo está, Jonathan? —Noté varias miradas penetrantes al enfocarse en mí la atención de toda la sala. En el laboratorio de Chris había daimones. Miré a mi alrededor, tratando de averiguar quiénes eran. Entonces noté la mirada fría de un vampiro. Estaba de pie al lado de un armario cerrado, junto a Beaker y otra mujer. Matthew ya le había visto.

—Richard —dijo Matthew asintiendo fríamente con la cabeza—. No sabía que hubieras dejado Berkeley.

—El año pasado —contestó Richard sin que su expresión se alterara un ápice.

No se me había pasado por la cabeza que pudiera haber otras criaturas en el laboratorio de Chris. Solamente le había visitado una o dos veces, cuando trabajaba solo. De repente sentí que mi bolsa estaba llena de secretos y un desastre en potencia.

* «Materiales peligrosos». (*N. de la T.*).

—Ya habrá tiempo para tu reencuentro con Clairmont más tarde, Shotgun* —dijo Chris mientras conectaba el portátil a un proyector. Despertó una oleada de risas de admiración—. Beaker: luces, por favor.

La risa se acalló en cuanto se apagaron las luces. El equipo de investigación de Chris se acercó para ver lo que había proyectado sobre la pizarra. En la parte superior de la página se veían barras negras y blancas, y el desbordamiento estaba debajo. Cada barra —o ideograma, tal y como me había explicado Matthew la noche anterior— representaba un cromosoma.

—Este semestre tenemos un proyecto de investigación completamente nuevo. —Chris se apoyó sobre la pizarra blanca y entre su piel oscura y la bata parecía un ideograma más—. Aquí está nuestro objeto de estudio. ¿Alguien puede decirme qué es?

—¿Está vivo o muerto? —preguntó una voz femenina con serenidad.

—Buena pregunta, Scully —contestó Chris sonriendo.

—¿Por qué lo pregunta? —Matthew miró con dureza a la alumna.

—Porque —explicó ella— si está muerto (ah, el sujeto es varón, por cierto), la causa de la muerte podría ser un componente genético.

Los estudiantes de posgrado, deseosos de probar su valía, empezaron a enunciar desórdenes genéticos raros y mortales más rápido de lo que podrían escribirlos en su ordenador.

—Está bien, está bien. —Chris levantó la mano—. Ya no hay más sitio para cebras en este zoo. Volvamos a lo elemental, por favor.

Matthew parecía fascinado. Cuando le miré desconcertada, me explicó:

—Los alumnos suelen buscar explicaciones exóticas en lugar de las más obvias, como pensar que un paciente tiene gripe aviar en vez de un resfriado común. Lo llamamos «cebras» porque oyen pasos de pezuñas y piensan que son cebras en lugar de caballos.

* «Escopeta». (N. de la T.)

—Gracias. —Entre tanto apodo y vida animal, era normal que estuviera desorientada.

—Dejad de intentar impresionaros los unos a los otros y mirad la pantalla. ¿Qué veis? —dijo Chris, poniendo fin a la escalada competitiva.

—Es macho —dijo un joven larguirucho con pajarita que tomaba apuntes en una libreta de laboratorio tradicional en lugar de en un ordenador. Shotgun y Beaker pusieron los ojos en blanco y movieron la cabeza con gesto incrédulo.

—Scully ya había deducido eso. —Chris les miró con impaciencia. Chasqueó los dedos—. No me pongáis en evidencia delante de la Universidad de Oxford, de lo contrario estaréis levantando pesas conmigo durante todo el mes de septiembre.

Hubo un gruñido generalizado. La forma física de Chris era legendaria, como también lo era su costumbre de lucir su vieja camiseta de fútbol americano de Harvard cada vez que Yale jugaba un partido. Era el único profesor que acababa abucheado en clase abiertamente con regularidad.

—Sea lo que sea, no es humano —dijo Jonathan—. Tiene veinticuatro pares de cromosomas.

Chris miró su reloj.

—Cuatro minutos y medio. Dos minutos más de lo que pensaba que tardaríais, pero mucho más rápido de lo que esperaba el profesor Clairmont.

—*Touché*, profesor Roberts —dijo Matthew suavemente. El equipo de Chris desvió la mirada hacia Matthew, aún trataban de comprender qué hacía un profesor de Oxford en un laboratorio de Yale.

—Espere un minuto. El arroz tiene veinticuatro cromosomas. ¿Estamos estudiando arroz? —preguntó una joven a la que había visto comiendo en Branford College.

—Claro que no estamos estudiando arroz —dijo Chris exasperado—. ¿Desde cuándo tiene relaciones sexuales el arroz, Hazmat? —Ella debía de ser la propietaria del fregadero con el cartel.

—¿Chimpancés? —El joven que lanzó la sugerencia era apuesto, con aire estudioso, llevaba una camisa estilo Oxford y tenía el pelo castaño oscuro y ondulado.

Chris trazó un círculo rojo con un rotulador sobre uno de los ideogramas en lo alto de la pizarra.

—¿Le parece este el cromosoma 2A de un chimpancé?

—No —contestó el joven, cabizbajo—. El brazo superior es demasiado largo. Eso parece un cromosoma 2 humano.

—Es un cromosoma 2 humano. —Chris borró el círculo rojo y empezó a numerar los ideogramas. Cuando llegó al vigésimo cuarto, trazó un círculo alrededor—. Esto es en lo que nos vamos a centrar este semestre. El cromosoma 24, que a partir de este momento llamaremos CC para que no se ponga nervioso el equipo de investigación que está estudiando arroz genéticamente modificado en Osborn. Tenemos mucho trabajo. El ADN está secuenciado, pero hay muy pocas funciones genéticas identificadas.

—¿Cuántos pares de bases? —preguntó Shotgun.

—Cerca de cuarenta millones —contestó Chris.

—Menos mal —murmuró Shotgun, mirando a Matthew. A mí me habían parecido muchísimos, pero me alegré de ver que él estaba contento.

—¿Qué significa CC? —preguntó una mujer asiática menuda.

—Antes de responder a esa pregunta, quiero recordaros que todos los presentes habéis entregado un acuerdo de confidencialidad a Tina —dijo Chris.

—¿Vamos a trabajar con algo que repercuta en un paciente? —dijo un estudiante de posgrado frotándose las manos—. Genial.

—Vamos a trabajar en un proyecto de investigación sumamente delicado y confidencial con implicaciones trascendentales. Lo que ocurre en el laboratorio no sale del laboratorio. Nada de hablarlo con los amigos. Nada de contárselo a vuestros padres. Nada de alardear en la biblioteca. El que hable está fuera. ¿Entendido?

Todos asintieron.

—Nada de ordenadores portátiles, móviles ni fotos. Solo habrá un ordenador de laboratorio con acceso a Internet y Beaker, Shotgun y Sherlock serán los únicos que conocerán la contraseña de acceso —continuó Chris, señalando a los investigadores sénior—. Tomaremos los apuntes de laboratorio a la antigua usanza, en papel y a mano, y se los entregaréis a Beaker cada día antes de salir. Para aquellos que habéis olvidado cómo se usa un bolígrafo, Bones os enseñará.

Bones*, el joven larguirucho del bloc de notas, parecía satisfecho. A regañadientes, los estudiantes se desprendieron de sus móviles y los depositaron en un cubo de plástico que Beaker pasó por la sala. Mientras tanto, Shotgun recogió los ordenadores portátiles y los guardó en un armario bajo llave. Cuando ya no quedaba ningún aparato electrónico camuflado en el laboratorio, Chris prosiguió:

—Cuando dentro de un tiempo decidamos hacer públicos nuestros hallazgos…, sí, profesor Clairmont, algún día serán publicados, porque eso es lo que hacen los científicos… —comentó Chris mirando severamente a Matthew—, ninguno de vosotros tendréis que volver a preocuparos por vuestra carrera.

Hubo sonrisas generalizadas.

—CC significa «cromosoma de criatura».

Las sonrisas se esfumaron.

—¿C-c-criatura? —preguntó Bones.

—Te dije que los extraterrestres existían —dijo un tipo sentado al lado de Hazmat.

—No es un extraterrestre, Mulder —dijo Chris.

—Buen nombre —le susurré a Matthew, que me miró desconcertado. Al fin y al cabo, no tenía televisión—. Luego te lo explico.

—¿Un hombre lobo? —se aventuró Mulder por probar suerte.

Matthew refunfuñó.

—Basta de adivinanzas —cortó Chris rápidamente—. De acuerdo, equipo. Manos arriba los que sean daimones.

Matthew se quedó boquiabierto.

—¿Qué estás haciendo? —susurré a Chris.

—Investigar —contestó mirando a su alrededor. Tras varios instantes de silencio y desconcierto, Chris chasqueó los dedos—. ¡Venga, no seáis tímidos!

---

* «Huesos», en inglés. (N. de la T.).

La chica asiática levantó la mano. También un tipo que parecía una jirafa entre su pelo rojizo y su largo cuello.

—Debería haber imaginado que serían Game Boy y Xbox —murmuró Chris—. ¿Alguien más?

—Daisy —dijo la mujer señalando a una criatura de ojos distraídos vestida de blanco y amarillo claro que estaba canturreando mientras miraba por la ventana.

—¿Estás segura, Game Boy? —Chris parecía incrédulo—. Es tan..., eh, ordenada. Y precisa. Nada que ver contigo ni con Xbox.

—Daisy aún no lo sabe —susurró Game Boy con la frente arrugada de preocupación—, así que sea amable con ella. Descubrir lo que uno es en realidad puede asustar bastante.

—Lo entiendo perfectamente —contestó Chris.

—¿Qué es un daimón? —preguntó Scully.

—Un miembro muy valorado de este equipo de investigación que se sale de los patrones. —La respuesta de Chris surgió como un relámpago. Shotgun apretó los labios como si estuviera disfrutándolo.

—Ah. —Scully apenas reaccionó.

—Entonces yo también debo de ser un daimón —declaró Bones.

—Ya te gustaría —murmuró Game Boy.

Matthew frunció los labios.

—¡Caray! Daimones... Ya sabía yo que Yale era mejor opción que Johns Hopkins —dijo Mulder—. ¿Es este el ADN de Xbox?

Xbox lanzó una silenciosa mirada de súplica a Matthew. Daisy había dejado de canturrear y ahora estaba completamente atenta a la conversación.

Matthew, Shotgun y yo éramos los adultos en aquella situación. Hablar a seres humanos de las criaturas no debería quedar en manos de alumnos. Abrí la boca para contestar, pero Matthew me puso una mano sobre el hombro.

—No es el ADN de su colega —dijo Matthew—. Es el mío.

—¿Usted también es un daimón? —Mulder le miró con interés.

—No, soy un vampiro. —Matthew dio un paso al frente para juntarse con Chris bajo la luz del proyector—. Y antes de que lo pregunten, puedo salir en pleno día y mi pelo no se prende fuego con la luz del sol. Soy católico y tengo un crucifijo. Cuando duermo, lo cual no ocurre muy a menudo, prefiero una cama a un ataúd. Si tratan de clavarme una estaca, es probable que la madera se rompa antes de atravesarme la piel. —Enseñó los dientes—. Tampoco tengo colmillos. Y otra cosa: no brillo ni lo he hecho nunca.

Su rostro se oscureció para hacer hincapié en ello.

Me había sentido orgullosa de Matthew en muchas ocasiones. Le había visto plantar cara a una reina, a un emperador consentido, incluso a su imponente padre. Tenía un profundo valor, ya fuera para combatir con la espada o luchar con sus propios demonios. Pero nada podía compararse con lo que sentí al verle delante de aquel grupo de alumnos y compañeros científicos admitiendo lo que era.

—¿Cuántos años tiene? —preguntó Mulder conteniendo la respiración. Mulder creía profundamente en todo lo maravilloso y extraño.

—Treinta y siete.

Se escucharon expresiones de desilusión. Matthew sintió pena de ellos.

—Mil quinientos años arriba o abajo.

—¡Hostias! —exclamó Scully sin pensar. Parecía como si su mundo racional se hubiera vuelto del revés—. Eso sí que es viejo. No me puedo creer que haya un vampiro en Yale.

—Es evidente que nunca has ido al Departamento de Astronomía —dijo Game Boy—. Tienen cuatro vampiros profesores. Y esa nueva profesora de Ciencias Económicas, la que se han traído de MIT, es vampira seguro. Corren rumores de que hay varios en el Departamento de Química, pero se lo tienen muy calladito.

—En Yale también hay brujos. —Mi voz sonó suave y traté de evitar la mirada de Shotgun—. Llevamos milenios viviendo con los seres humanos. Imagino que querrá estudiar los tres cromosomas de criaturas, ¿no, profesor Roberts?

—Lo haré, profesora Bishop —respondió Chris con una sonrisa lenta y sentida—. ¿Está ofreciendo su ADN, profesora Bishop?

—Vayamos cromosoma por cromosoma. —Matthew lanzó una mirada de advertencia a Chris. Estaba dispuesto a que los alumnos estudiaran su información genética, pero no estaba tan convencido de permitir que se metieran en el mío.

Jonathan me miró admirado.

—Entonces, ¿los que brillan son los brujos?

—Yo más bien lanzo destellos —respondí—. Aunque no todos los brujos tienen ese poder. Supongo que soy afortunada. —Decirlo ya era liberador y, al ver que nadie salía corriendo de la sala, me inundó una ola de alivio y esperanza. También me entraron unas ganas tremendas de echarme a reír.

—Luces, por favor —dijo Chris.

Las luces se encendieron poco a poco.

—Dijo que íbamos a trabajar en distintos proyectos... —recordó Beaker.

—También van a analizar esto. —Rebusqué en mi bolsa y saqué un sobre grande de color carne. Estaba protegido por unas láminas de cartón para que no se doblara ni dañara el contenido. Desaté los cordones y saqué la página de *El libro de la vida*. La ilustración de colores vivos de la unión mística entre el Sol y la Luna brillaba bajo las luces fluorescentes del laboratorio. Alguien silbó. Shotgun se irguió con los ojos clavados en la página.

—Eh, ese es el enlace químico del mercurio y el sulfuro —dijo Jonathan—. Recuerdo que vimos algo como esto en su clase, profesora Bishop.

Asentí con un gesto de aprobación hacia mi antiguo alumno.

—¿Esto no debería estar en la Beinecke? —preguntó Shotgun a Matthew—. ¿O en algún otro lugar seguro? —El énfasis con el que pronunció la palabra «seguro» fue tan sutil que pensé que eran imaginaciones mías, pero la expresión de Matthew confirmó que había oído bien.

—¿No es seguro este lugar, Richard? —El príncipe asesino volvió a asomar en la sonrisa de Matthew. Me intranquilizaba ver su faceta letal entre matraces y tubos de ensayo.

—¿Qué se supone que debemos hacer con eso? —preguntó Mulder con evidente curiosidad.

—Analizar su ADN —contesté—. La ilustración está hecha sobre piel. Me gustaría saber qué edad tiene la piel y de qué criatura es.

—Acabo de leer algo sobre este tipo de investigación —dijo Jonathan—. Están analizando el ADN mitocondrial de libros medievales. Esperan que les ayude a fecharlos y a ubicar dónde fueron fabricados. —El genoma mitocondrial mostraba lo que un organismo había heredado de sus ascendentes maternos.

—Tal vez podrías conseguir esos artículos para pasárselos a tus compañeros, por si no están tan bien informados como tú. —Matthew parecía contento de que Jonathan estuviese al día en literatura científica—. Pero además de ADN mitocondrial vamos a extraer ADN nuclear.

—Eso es imposible —protestó Shotgun—. El pergamino ha sido sometido a un proceso químico para convertir la piel en una superficie apta para escribir. Su ADN tiene que estar dañado por el tiempo transcurrido y los cambios que experimentó durante su fabricación... Eso si lográis sacar suficiente con lo que trabajar.

—Es difícil, pero no imposible —le corrigió Matthew—. He trabajado mucho con ADN viejo, frágil y dañado. Mis métodos también deberían funcionar con este ejemplar.

Las implicaciones de ambos planes de investigación despertaron miradas expectantes por toda la habitación. Los dos proyectos representaban el tipo de trabajo que todo científico soñaba realizar, independientemente del momento en que se encontrara su carrera.

—¿No cree que esta página se fabricara con piel de vaca o de cabra, doctora Bishop? —El tono intranquilo de Beaker enmudeció la habitación.

—No, creo que es de daimón, de ser humano, de vampiro o de brujo. —Estaba casi segura de que no era piel humana, pero tampoco podía descartarlo del todo.

—¿De ser humano? —Los ojos de Scully se abrieron como platos ante tal posibilidad. La idea de que hubieran sacrificado a una criatura para hacer el libro no parecía inquietarle tanto.

—Bibliopegia antropodérmica —murmuró Mulder—. Creía que era un mito.

—Estrictamente no es bibliopegia antropodérmica —refuté—. El libro del que proviene no está solamente encuadernado con restos de criaturas, está íntegramente hecho con ese material.

—¿Por qué? —preguntó Bones.

—¿Y por qué no? —contestó enigmáticamente Daisy—. Circunstacias desespereadas requieren medidas desesperadas.

—No nos precipitemos —dijo Matthew quitándome la página de las manos—. Somos científicos. Los porqués vienen después de los qués.

—Creo que ya es suficiente por hoy —dijo Chris—. Me da la impresión de que a todos os vendría bien un descanso.

—Yo necesito una cerveza —murmuró Jonathan.

—Es un poco pronto, pero lo entiendo perfectamente. Ahora bien, recordad: el que hable está fuera —advirtió Chris con tono serio—. Eso significa que nada de comentar entre vosotros más allá de estas paredes. No quiero que nadie os oiga.

—Si alguien nos oyera hablar de brujos y vampiros, creería que estamos jugando a Dungeons & Dragons —dijo Xbox. Game Boy asintió.

—Nada. De. Hablar —repitió Chris.

La puerta se abrió con un silbido. Entró una mujer menuda con una minifalda violeta, botas rojas y una camiseta negra que decía «Atrás, voy a probar con la ciencia».

Miriam Shephard había llegado.

—¿Quién es usted? —preguntó Chris con tono inquisitivo.

—Su peor pesadilla: la nueva directora del laboratorio. Hola, Diana. —Miriam señaló la lata de refresco—. ¿De quién es eso?

—Mío —dijo Chris.

—Nada de comida ni bebida en el laboratorio. Y eso se aplica especialmente a usted, Roberts —dijo Miriam apuntando a Chris con el dedo.

—Recursos Humanos no me ha comentado que fueran a mandar a ninguna candidata —comentó Beaker, desconcertada.

—No soy «candidata». Ya he hecho todo el papeleo esta mañana, me han contratado y me han dado mis chapitas de perro. —Miriam enseñó su acreditación, debidamente unida al cordel.

—Pero se supone que debo entrevistar… —empezó a decir a Chris—. ¿Cómo ha dicho que se llama?

—Miriam Shephard. Y Recursos Humanos se ha saltado la entrevista después de mostrarles esto. —Miriam sacó el móvil de su riñonera—. Cito: «Quiero ver su culito en mi laboratorio a las 9 de la mañana y prepárese a explicar mis equivocaciones en dos horas. Sin excusas». —Miriam sacó dos hojas de papel de su bolsa de bandolera, que estaba llena de ordenadores portátiles y carpetas—. ¿Quién es Tina?

—Yo. —Tina dio un paso adelante sonriendo—. Hola, doctora Shephard.

—Hola. Tengo mi impreso de contratación o exención de seguro médico, o algo así, para usted. Y esta es la reprimenda formal a Roberts por su mensaje de texto poco adecuado. Archívelo. —Miriam le entregó los documentos. Se quitó la bolsa del hombro y se la dio a Matthew—. He traído todo lo que me pediste, Matthew.

Todo el laboratorio observó boquiabierto cómo volaba por los aires la bolsa llena de ordenadores. Matthew la cogió sin que se dañara un solo portátil y Chris se quedó mirando el brazo con el que Miriam había lanzado la bolsa claramente admirado.

—Gracias, Miriam —murmuró Matthew—. Espero que el viaje haya sido tranquilo. —Aunque su tono y las palabras que eligió eran formales, era evidente su alegría al verla.

—Pues estoy aquí, ¿no? —dijo ella sarcásticamente. Miriam sacó otra hoja de papel del bolsillo trasero de su minifalda. Tras examinarlo levantó la mirada—. ¿Quién de ustedes es Beaker?

—Aquí. —Beaker se acercó a Miriam con la mano extendida—. Joy Connelly.

—Ah. Disculpe. Lo único que tengo es una ridícula lista de apodos sacada de las heces de la cultura popular, eso y varios acrónimos. —Miriam le estrechó la mano, se sacó un bolígrafo de la bota, tachó una palabra y escribió algo al lado—. Encantada de conocerla.

Me gusta su trabajo sobre el ARN. Sólido. Muy útil. Vamos a tomar un café y a pensar qué hay que hacer para poner este sitio al día.

—El café decente más cercano está a un buen paseo de aquí —se disculpó Beaker.

—Inaceptable. —Miriam volvió a anotar algo en el papel—. Necesitamos una cafetería en el sótano lo antes posible. De camino aquí he recorrido el edificio y ahora mismo el espacio está mal aprovechado.

—¿Voy con ustedes? —dijo Chris, poniéndose en pie.

—Ahora no —contestó Miriam—. Estoy segura de que tiene cosas más importantes que hacer. Estaré de vuelta a la una. Entonces querré ver... —hizo una pausa para mirar la lista— a Sherlock, Game Boy y Scully.

—¿Y yo, Miriam? —preguntó Shotgun.

—Richard, tú y yo ya nos pondremos al día más tarde. Es agradable ver una cara conocida. —Volvió a mirar su lista—. ¿Cómo te llama Roberts?

—Shotgun. —Richard frunció los labios.

—Supongo que es por tu rapidez secuenciando, no porque te haya dado por cazar como los humanos. —Miriam entornó los ojos—. ¿Va a suponerte un problema lo que hagamos aquí, Richard?

—No veo por qué —respondió Richard encogiéndose ligeramente de hombros—. La Congregación y sus preocupaciones están muy por encima de mi nivel salarial.

—Bien. —Miriam observó a los nuevos ayudantes a su cargo, que seguían mirándola con abierta curiosidad—. Bueno, ¿a qué están esperando? Si quieren hacer algo, siempre pueden extender geles o desempaquetar cajas de suministros. Hay un montón de ellas apiladas en el pasillo.

Todos se dispersaron.

—Eso me parecía. —Sonrió a Chris, que parecía nervioso—. Y en cuanto a usted, Roberts, le veré a las dos. Tenemos que hablar de su artículo. Y hay que revisar sus protocolos. Después de eso, puede llevarme a cenar. A algún lugar agradable que sirva carne y tenga una buena carta de vinos.

Chris parecía pasmado, pero logró asentir.

—¿Os importaría dejarnos un minuto? —pregunté a Chris y a Beaker. Se echaron a un lado, Beaker con una sonrisa de oreja a oreja y Chris pellizcándose el puente de la nariz. Matthew se acercó a nosotras.

—Tienes un aspecto sorprendentemente bueno para alguien que ha ido y vuelto del siglo XVI, Matthew. Y Diana está claramente *enceinte* —observó Miriam, empleando la palabra francesa para decir «embarazada».

—Gracias. ¿Estás en casa de Marcus? —preguntó Matthew.

—¿Esa monstruosidad en Orange Street? Ni de broma. Está bien comunicada, pero me da mucha cosa. —Miriam se estremeció—. Demasiada caoba.

—Si quieres, puedes quedarte con nosotros en Court Street —sugerí—. Hay una habitación libre en el tercer piso. Tendrías intimidad.

—Gracias, pero estoy al lado. En el apartamento de Gallowglass —contestó Miriam.

—¿Qué apartamento? —preguntó Matthew frunciendo el ceño.

—El que compró en Wooster Square. Una iglesia reformada o algo así. Es muy bonito; la decoración demasiado danesa, pero mejor que la época oscura y melancólica de Marcus. —Miriam miró a Matthew con dureza—. Porque sin duda Gallowglass te dijo que venía conmigo…

—No, no lo hizo. —Matthew se pasó la mano por el pelo.

Sabía exactamente lo que sentía mi marido: los De Clermont se habían puesto en modo sobreprotector. Ahora ya no me estaban protegiendo solamente a mí. También estaban protegiendo a Matthew.

16

Me temo que traigo malas noticias.
Lucy Meriweather frunció los labios en una mueca compasiva. Era una de las bibliotecarias de la Beinecke y llevaba años ayudándome, tanto en mi propia investigación como todas las veces en las que llevé a mis alumnos a la biblioteca a manipular ejemplares raros.

—Si quieres ver el Manuscrito 408, tendrás que entrar en una sala privada con un conservador. Y media hora como máximo. No está permitido sentarse con él en la sala de lectura.

—¿Media hora? ¿Con un conservador? —Después de haber pasado los últimos diez meses con Matthew, que jamás prestaba atención a normas ni a reglamentos, tantas restricciones me dejaron estupefacta—. Soy profesora de Yale. ¿Me tiene que hacer de canguro un conservador?

—Son las reglas para todo el mundo, incluido nuestro personal docente. De todas formas, el manuscrito entero está en la red —insistió Lucy.

Pero una imagen de ordenador, por muy alta que fuera la resolución, no iba a darme la información que yo necesitaba. La última vez que había visto el manuscrito Voynich —ahora Manuscrito 408 de la Biblioteca Beinecke— fue en 1591, cuando Matthew llevó el libro de la biblioteca del doctor Dee a la corte del emperador Rodolfo en Praga, con la esperanza de intercambiarlo por *El libro de la vida*. Ahora yo esperaba que arrojara algo de luz sobre lo que Edward Kelley hizo con las páginas que faltaban de *El libro de la vida*.

Había estado buscando pistas sobre su paradero desde que fuimos a Madison. Una de las páginas que faltaban tenía una imagen de dos criaturas con escamas y largas colas sangrando sobre un recipiente redondo. La otra imagen era una espléndida representación de un árbol, cuyas ramas contenían una imposible combinación de flores, frutas y hojas, y el tronco estaba compuesto por figuras humanas en escorzo. Creía que no sería complicado localizar las dos páginas en la era de las búsquedas por Internet y las imágenes digitalizadas, pero por ahora no había tenido suerte.

—Tal vez si puedes explicar por qué quieres ver el libro físicamente… —Lucy dejó la frase inacabada.

Pero ¿cómo decirle a Lucy que necesitaba el libro para hacer magia sobre él?

Por Dios, estaba en la Biblioteca Beinecke.

Si alguien se enterara, arruinaría mi carrera.

—Ya le echaré un vistazo al Voynich mañana. —Con un poco de suerte, para entonces ya tendría otro plan, porque no era demasiado correcto sacar el libro de sombras de mi madre e inventar nuevos hechizos delante de un conservador. No me estaba siendo tan fácil compaginar mi yo brujo con mi yo académico—. ¿Han llegado los otros libros que pedí?

—Así es. —Lucy arqueó las cejas mientras deslizaba la colección de textos mágicos medievales sobre la mesa junto a varios libros antiguos—. ¿Estás cambiando de tema de investigación?

Quería estar preparada para cualquier eventualidad mágica cuando llegara el momento de recuperar el Ashmole 782 y unirlo con las páginas que le faltaban y por ello había solicitado libros que podían inspirarme para tejer nuevos hechizos de alta magia. El libro de hechizos de mi madre era un recurso valioso, pero sabía por experiencia lo mucho que habían decaído los brujos modernos en comparación con los del pasado.

—La alquimia y la magia no son completamente distintas —le contesté en tono defensivo. Sarah y Em habían estado años intentando que yo lo viera así. Y por fin las creía.

Una vez instalada en la sala de lectura, los manuscritos de magia me parecieron tan interesantes como había imaginado: contenían sigilos que me recordaban a nudos de tejedores, y gramaria precisa y poderosa. Ahora bien, los primeros libros modernos sobre brujería, muchos de los cuales solo conocía por el título y su reputación, eran espantosos. Todos y cada uno de ellos rezumaban odio hacia las brujas y hacia cualquiera que fuera diferente, rebelde o que se negara a cumplir con las expectativas de la sociedad.

Unas horas más tarde, aún furiosa por la insistencia corrosiva de Jean Bodin en el hecho de que todas las opiniones negativas sobre los brujos y sus malvados actos estaban justificadas, devolví los libros y manuscritos a Lucy y pedí cita a las nueve de la mañana del día siguiente para ver el manuscrito Voynich con el jefe de conservadores.

Subí con paso enfadado la escalera al primer piso de la biblioteca. Allí estaba la columna vertebral de la Beinecke, compuesta por libros guardados en urnas de cristal; el corazón de sabiduría e ideas sobre el cual se construía la colección. Hileras e hileras de libros raros alineados sobre los estantes y bañados de luz. Era una imagen sobrecogedora que me recordó mi propósito como historiadora: redescubrir las verdades olvidadas que guardaban aquellos viejos volúmenes polvorientos.

Matthew me esperaba afuera. Estaba apoyado en el muro bajo que daba al austero jardín de esculturas de la Beinecke; con las piernas cruzadas a la altura de los tobillos, pasaba con el pulgar los mensajes de su móvil. Al notar mi presencia, levantó la mirada y sonrió.

Ninguna criatura viva se podría resistir a aquella sonrisa ni a la mirada de concentración en aquellos ojos verdes grisáceos.

—¿Qué tal tu día? —preguntó después de darme un beso. Le había pedido que no me mandara mensajes todo el rato y sorprendentemente me había obedecido. Por eso, preguntaba realmente sin saber la respuesta.

—Un poco frustrante. Supongo que después de tantos meses es normal que mis habilidades de investigadora estén algo oxidadas.

Además —dije bajando la voz—, todos los libros me parecen raros. ¡Están tan viejos y desgastados comparados con cómo estaban en el siglo XVI...!

Matthew echó la cabeza hacia atrás riendo.

—No se me había ocurrido. Tu entorno también ha cambiado desde la última vez que trabajaste sobre alquimia en el castillo de Banyard. —Miró por encima del hombro hacia la Beinecke—. Sé que la biblioteca es un tesoro arquitectónico, pero aun así creo que parece una cubitera de hielo.

—Sí que lo parece —admití sonriendo—. Supongo que, si la hubieras construido tú, la Beinecke parecería un torreón normando o un claustro románico.

—Yo estaba pensando en algo gótico, mucho más moderno —dijo Matthew con tono burlesco—. ¿Lista para ir a casa?

—¡Y tanto! —dije, ansiosa por dejar atrás a Jean Bodin.

Señaló mi bolsa de libros.

—¿Puedo?

Normalmente, Matthew no preguntaba. Estaba intentando no agobiarme, del mismo modo que trataba de controlar su instinto sobreprotector. Le recompensé con una sonrisa y le di la bolsa sin mediar palabra.

—¿Dónde está Roger? —pregunté a Lucy, mirando mi reloj. Me habían concedido exactamente treinta minutos con el manuscrito Voynich y no había ni rastro del conservador.

—Ha llamado para decir que está enfermo, como hace siempre el primer día de clases. Odia la histeria y a todos los alumnos de primero preguntando dónde está todo. Te acompañaré yo. —Lucy cogió la caja que contenía el manuscrito 408 de la Beinecke.

—No me disgusta. —Traté de ocultar la emoción de mi voz. Tal vez fuera el golpe de suerte que necesitaba.

Lucy me llevó a una pequeña sala privada con ventanas que daban sobre la sala de lectura, mala iluminación y un atril de goma-espuma estropeado. Varias cámaras de seguridad montadas cerca del techo disuadían a cualquier lector que pensara extraer o dañar cualquiera de los valiosos libros de la Beinecke.

—No pondré el reloj en marcha hasta que lo hayas abierto. —Lucy me pasó la caja con el manuscrito. Era lo único que llevaba. No había papeles, materiales de lectura, ni siquiera un móvil que pudiera distraerla de la tarea de vigilarme.

Aunque normalmente abría los manuscritos inmediatamente para ver las imágenes, con el Voynich quería tomarme mi tiempo. Pasé los dedos por la blanda encuadernación de vitela del manuscrito —el equivalente de una edición rústica de principios de la era moderna—. Mi mente se inundó de imágenes y mi tacto de bruja descubrió que la cubierta había sido añadida al libro varios siglos después de ser escrito, y al menos cincuenta años después de que yo lo tuviera en mis manos en la biblioteca de Dee. Al tocar el lomo hasta pude ver la cara del encuadernador y su típico peinado del siglo XVII.

Con mucho cuidado coloqué el Voynich sobre el atril y abrí el libro. Acerqué la nariz hasta casi tocar la primera página manchada.

—Diana, ¿qué estás haciendo? ¿Olerlo? —Lucy soltó una suave risilla.

—Ahora que lo dices, sí. —Si Lucy iba a cooperar con mis extrañas peticiones aquella mañana, tenía que ser lo más sincera posible con ella.

Con evidente curiosidad, Lucy rodeó la mesa para acercarse y ella también olisqueó el Voynich.

—A mí me huele a manuscrito antiguo. Muy dañado por polillas de libros. —Se bajó las gafas y se acercó más para mirarlo.

—Robert Hooke estudió las polillas de libros con su microscopio en el siglo XVII. Las llamaba «los dientes del tiempo». —Al ver la primera página del Voynich, uno entendía por qué. Estaba cubierta de agujeros en la esquina superior derecha y el margen inferior, que también estaban manchados—. Creo que las polillas de libros debieron verse atraídas por la grasa que los lectores dejaban con sus dedos sobre el pergamino.

—¿Por qué dices eso? —preguntó Lucy.

Era exactamente la pregunta que quería que me hiciera.

—El daño es mayor en las zonas donde el lector debió de tocarlo para pasar al siguiente folio. —Apoyé mi dedo sobre la esquina de la página, como si estuviera señalando algo.

Aquel breve contacto desató una nueva explosión de rostros, que iban transformándose sucesivamente de uno en otro: la expresión avariciosa del emperador Rodolfo; una serie de hombres desconocidos vestidos con atuendos de distintas épocas, dos de ellos clérigos; una mujer tomando apuntes minuciosamente; otra mujer llenando una caja de libros. Y el daimón Edward Kelley, metiendo algo a escondidas bajo la cubierta del Voynich.

—También está muy dañado el borde inferior, donde el manuscrito se apoyaría sobre el cuerpo al transportarlo. —Ajena a las imágenes que estaban pasando ante mi tercer ojo de bruja, Lucy miró el manuscrito—. La ropa de la época probablemente fuese bastante grasienta. ¿No llevaba lana casi todo el mundo?

—Lana y seda. —Vacilé un instante y luego decidí arriesgarlo todo: mi carnet de la biblioteca, mi reputación, hasta mi trabajo—. Lucy, ¿puedo pedirte un favor?

Me miró con recelo.

—Depende.

—Quiero poner la palma de la mano sobre la página. Solo será un momento. —Me quedé mirándola atentamente tratando de adivinar si planeaba llamar a los guardias de seguridad.

—No está permitido tocar las páginas, Diana. Lo sabes. Si te dejo, me echarán.

Asentí.

—Lo sé. Siento ponerte en esta tesitura.

—¿Por qué necesitas tocarlo? —preguntó Lucy tras un instante de silencio, encendida por la curiosidad.

—Tengo un sexto sentido con los libros. A veces soy capaz de detectar información sobre ellos que no se percibe a simple vista. —Mis palabras sonaron más raras de lo que pensaba.

—¿Eres una especie de bruja de los libros o qué? —preguntó entornando los ojos.

—Eso es exactamente lo que soy —contesté con una carcajada.

—Diana, me gustaría ayudarte, pero nos vigila una cámara, aunque gracias a Dios no recoge el sonido. Todo lo que pasa en esta sala queda grabado y siempre que la sala está ocupada se supone que alguien supervisa el monitor. —Sacudió lentamente la cabeza—. Es demasiado arriesgado.

—¿Y si nadie pudiera ver lo que hago?

—Si desconectas la cámara o pones un chicle sobre la lente (... sí, hubo alguien que lo intentó), los de seguridad estarán aquí en cinco segundos —contestó Lucy.

—No iba a utilizar chicle, sino algo como esto.

Me envolví en mi hechizo de camuflaje casero. Cualquier magia que hiciese sería prácticamente invisible. Entonces volví la palma de la mano hacia arriba y junté la yema de mi dedo anular con el pulgar, recogiendo en un diminuto manojo los hilos verdes y amarillos que recorrían la habitación. Los dos colores mezclados formaban el amarillo verdoso sobrenatural que se utilizaba en los hechizos para desorientar y engañar. Tenía intención de atarlos al quinto nudo, dado que las cámaras de seguridad podían considerarse un verdadero desafío. La imagen del quinto nudo me empezó a quemar en la muñeca presintiéndolo.

—Bonitos tatuajes —dijo Lucy mirando mis manos—. ¿Por qué elegiste tinta gris?

¿Gris? Cuando había magia en el aire, mis manos eran de todos los colores del arco iris, así que mi hechizo de camuflaje debía de estar funcionando.

—Porque el gris pega con todo. —Fue lo primero que se me pasó por la cabeza.

—Ah... Bien pensado. —Lucy aún parecía desconcertada.

Volví con mi hechizo. Necesitaba algo de negro, además del amarillo y el verde. Enganché los finos hilos negros que me rodeaban con el pulgar izquierdo y los pasé por el aro que formaban mi pulgar y mi anular derechos. El resultado parecía algo así como un mudra, una de las posiciones de la mano en yoga.

—Con nudo de cinco, el hechizo crecerá con ahínco —murmuré, visualizando el tejido completo con mi tercer ojo. El torzal amarillo verdoso y negro se ató en un nudo irrompible de cinco cruces.

—¿Acabas de embrujar el Voynich? —susurró Lucy alarmada.

—Claro que no. —Después de mis experiencias con manuscritos embrujados, no haría tal cosa a la ligera—. He embrujado el aire que lo rodea.

Para mostrar a Lucy lo que quería decir, moví la mano sobre la primera página, a unos cinco centímetros de la superficie. Sin embargo, el hechizo hacía que pareciera como si mis dedos se hubieran parado al pie del libro.

—Eh, Diana, sea lo que sea lo que intentas hacer, no ha funcionado. Solo estás tocando el borde de la página, que es lo que se supone que debes hacer —dijo Lucy.

—Es que en realidad mi mano está aquí. —Moví los dedos para que sobresalieran por el borde superior de la página. Era algo así como el viejo truco del mago de meter a una mujer en una caja y serrarla por la mitad—. Inténtalo. No toques la página todavía: solo mueve tu mano sobre el texto.

Aparté la mano para dejarle espacio. Lucy siguió mis indicaciones y deslizó la suya entre el Voynich y el hechizo para engañar. Parecía que su mano se detenía al llegar al borde inferior del libro, pero, si te fijabas bien, se veía cómo su antebrazo se iba haciendo cada vez más corto. La apartó rápidamente, como si hubiera tocado una sartén ardiendo. Se volvió hacia mí y se quedó mirándome.

—Eres una bruja. —Tragó saliva y luego sonrió—. Qué alivio. Siempre he sospechado que ocultabas algo, pero tenía miedo de que fuera algo desagradable o incluso ilegal. —Al igual que Chris, no parecía en absoluto sorprendida al descubrir que los brujos existían de verdad.

—¿Me dejarás que rompa las reglas? —Desvié la mirada al Voynich.

—Solo si me cuentas lo que averigües. Este maldito manuscrito es la cruz de nuestra existencia. Cada día nos llegan diez solicitudes para verlo y rechazamos prácticamente todas. —Lucy volvió a su asiento y adoptó una postura vigilante—. Ten cuidado. Si alguien te ve, perderás todos tus privilegios en la biblioteca. Y no creo que sobrevivas si te prohíben entrar en la Beinecke.

Respiré hondo y bajé la mirada hacia el libro. La clave para activar mi magia era la curiosidad. Pero, si quería algo más que un despliegue vertiginoso de rostros, tendría que formular una pregunta muy precisa antes de poner la mano sobre el pergamino. Estaba más segura que nunca de que el Voynich contenía pistas importantes sobre *El libro de la vida* y las páginas que faltaban. Pero solo tendría una oportunidad de averiguarlo.

—¿Qué metió Edward Kelley en el Voynich y qué ocurrió después? —susurré y luego bajé la mirada y con mucho cuidado coloqué la mano sobre el primer folio del manuscrito.

Una de las páginas que faltaban de *El libro de la vida* apareció ante mis ojos: la ilustración del árbol con el tronco compuesto de figuras humanas retorcidas. Era gris y fantasmagórica, lo suficientemente transparente como para que pudiera ver mi mano y la escritura sobre el primer folio del Voynich al otro lado.

La imagen borrosa de otra de las páginas apareció sobre la primera: eran dos dragones derramando su sangre sobre un recipiente más abajo.

Una tercera página insustancial se colocó sobre las dos anteriores: la ilustración del enlace alquímico.

Por un momento las capas de texto e imagen permanecieron amontonadas en un palimpsesto de magia sobre el pergamino manchado del Voynich. Entonces, el enlace alquímico se disolvió, seguido de la imagen de los dos dragones. Pero la página del árbol seguía ahí.

Con la esperanza de que la imagen se hubiera hecho real, levanté la mano de la página y la retiré. Recogí el nudo en el centro del hechizo y lo coloqué con fuerza sobre mi goma de borrar, haciéndola temporalmente invisible y dejando el manuscrito Beinecke 408 otra vez a la vista. El alma se me cayó a los pies al ver que la página que faltaba de *El libro de la vida* ya no estaba.

—¿No es lo que esperabas ver? —Lucy me miró con lástima.

—No. En algún momento hubo algo aquí, unas páginas de otro manuscrito, pero hace mucho que ya no están. —Me pellizqué el puente de la nariz.

—Tal vez aparezcan mencionadas en los registros de venta. Tenemos cajas de documentos sobre la adquisición del Voynich. ¿Te gustaría verlos? —preguntó.

Las fechas en las que un libro se había comprado y vendido y los nombres de las personas que habían intervenido constituían una genealogía que describiría su historia y su descendencia hasta el presente. En este caso, tal vez nos ofreciera alguna pista sobre quién pudo ser el propietario de las imágenes del árbol y los dragones que Kelley arrancó de *El libro de la vida*.

—¡Por supuesto! —contesté.

Lucy volvió a meter el Voynich en su caja y se lo llevó para guardarlo bajo llave. Al poco tiempo regresó con un carrito lleno de carpetas, cajas, cuadernos y un tubo.

—Esto es todo lo que hay sobre el Voynich, en la cima de su confusa gloria. Ha habido miles de investigadores que los han revisado, pero nadie buscaba tres páginas que faltaran de un manuscrito. —Se fue hacia la sala privada—. Venga. Te ayudaré a revisarlos.

Tardamos media hora solamente en ordenar los materiales sobre la larga mesa. Algunos no servirían para nada, como el tubo y la carpeta llena de recortes de periódico, las viejas fotocopias o conferencias y artículos escritos sobre el manuscrito después de que el coleccionista Wilfrid Voynich lo comprara en 1912. Pero aún quedaban carpetas llenas a rebosar de correspondencia, notas manuscritas y un montón de cuadernos que guardó la esposa de Wilfrid, Ethel.

—Aquí tienes una copia del análisis químico del manuscrito, un impreso de la información para el catálogo y una lista de todas las personas que han tenido acceso al manuscrito en los últimos tres años. —Lucy me entregó un fajo de papeles—. Puedes quedártelos. Pero no le digas a nadie que te he dado esa lista de usuarios.

Matthew tendría que revisar la parte química conmigo; todo estaría en las tintas utilizadas en el manuscrito, un tema que nos interesaba a los dos. La relación de personas que habían visto el manuscrito era sorprendentemente corta. Aquellos que habían tenido acceso eran esencialmente académicos: un historiador de ciencias de la Universidad del Sur de California y otro de Cal State Fullerton, un matemático-criptógrafo de Princeton y otro de Australia. Había tomado café con otro de los visitantes antes de marcharme de Oxford: un autor de narrativa popular interesado en la alquimia. Pero un nombre me llamó especialmente la atención.

Peter Knox había visto el Voynich el mes de mayo pasado, antes de morir Emily.

—Ese cabrón... —Sentí un hormigueo en los dedos y los nudos en mis muñecas empezaron a arder avisándome.

—¿Ocurre algo? —preguntó Lucy.

—Hay un nombre que no esperaba encontrar en la lista.

—Ah, un rival académico —dijo asintiendo con gesto sabio.

—Podría decirse así, sí. —Pero mis dificultades con Knox iban más allá de un debate sobre interpretaciones históricas enfrentadas. Lo nuestro era una guerra. Y si quería ganarla, tendría que tomarle la delantera para variar.

El problema era que yo tenía poca experiencia buscando manuscritos y determinando su procedencia. Los documentos que conocía mejor eran los del químico Robert Boyle. Los setenta y cuatro volúmenes habían sido donados a la Royal Society en 1769 y, como todo en los archivos de la Sociedad, estaban meticulosamente catalogados, con índices y referencias cruzadas.

—Si quiero revisar los distintos propietarios que ha tenido el Voynich, ¿por dónde empiezo? —murmuré en alto, mirando todos los materiales.

—Lo más rápido será que una de nosotras empiece con los orígenes del manuscrito y vaya de ahí hacia delante, y que la otra se ponga con la compra del manuscrito por la Beinecke y de allí hacia atrás. Con un poco de suerte nos encontramos por la mitad. —Lucy me entregó una carpeta—. Tú eres la historiadora. Ponte tú con lo viejo.

Abrí la carpeta, esperando ver algo relacionado con Rodolfo II. Sin embargo, encontré una carta de un matemático de Praga, Johannes Marcus Marci. Estaba escrita en latín, fechada en 1665 y enviada a alguien en Roma referido como *reverende et eximie domine in Christo pater*. Así pues, el remitente era un clérigo, tal vez uno de los hombres cuya imagen había visto al tocar el borde de la primera página del Voynich.

Estudié rápidamente el resto del texto y descubrí que el clérigo era un tal padre Atanasio y que la carta de Marci iba acompañada de un misterioso libro que había que descifrar. ¿Tal vez *El libro de la vida*?

Marci decía que habían intentado contactar con el padre Atanasio varias veces, pero que las cartas no habían obtenido respuesta alguna. Entusiasmada, seguí leyendo. Cuando el tercer párrafo me reveló la identidad del tal padre Atanasio, mi entusiasmo se convirtió en consternación.

—¿El manuscrito Voynich perteneció a Athanasius Kircher?
—Si las páginas que faltaban habían llegado a manos de Kircher, entonces podían estar en cualquier parte.

—Me temo que sí —contestó Lucy—. Tengo entendido que sus intereses eran…, eh, bastante variados.

—Eso es quedarse corto —dije.

El modesto objetivo de Athanasius Kircher era abarcar la sabiduría universal. Publicó cuarenta libros y fue un autor de gran éxito comercial internacional además de inventor. Su museo de objetos raros y antiguos era una famosa parada en los primeros grandes *tours* por Europa, tenía una amplia variedad de corresponsales y una inmensa biblioteca. Yo no tenía la destreza lingüística necesaria para estudiar la obra de Kircher. Y lo que era más importante, tampoco tenía tiempo.

El teléfono vibró en mi bolsillo, sobresaltándome.

—Disculpa, Lucy. —Saqué el teléfono y miré la pantalla. Mostraba un mensaje de texto de Matthew.

«¿Dónde estás? Gallowglass te está esperando. Tenemos cita con la doctora en hora y media».

Solté un improperio silencioso.

«Saliendo de la Beinecke», contesté.

—Mi marido y yo tenemos una cita, Lucy. Voy a tener que seguir con esto mañana —dije, cerrando la carpeta con la carta de Marci a Kircher.

—Una fuente fidedigna me dijo que estabas en el campus con un tipo alto, moreno y guapo. —Lucy sonrió.

—Ese es mi marido —dije—. ¿Puedo revisar esto mañana?

—Déjamelo a mí. Últimamente las cosas van bastante lentas por aquí. Veré qué puedo averiguar.

—Gracias por tu ayuda, Lucy. Tengo un plazo bastante ajustado e innegociable. —Recogí el lápiz, el portátil y la libreta de notas y fui corriendo a reunirme con Gallowglass. Matthew había destinado a su sobrino a servir como mi agente de seguridad. También se encargaba de monitorizar la información que Benjamin subía a la red, pero por ahora la pantalla seguía en blanco.

—Hola, tía. Te veo muy bien. —Me dio un beso en la mejilla.

—Lo siento. Llego tarde.

—Claro que llegas tarde. Estabas con esos libros. No esperaba que salieras hasta dentro de una hora, al menos —dijo Gallowglass, rechazando mis disculpas.

Cuando llegamos al laboratorio, Matthew tenía delante la imagen del enlace alquímico del Ashmole 782 y estaba tan absorto en ella que ni siquiera levantó la vista al oír el chirrido de la puerta. Chris y Sherlock estaban detrás de él observando atentamente. Scully estaba sentada cerca sobre un taburete con ruedas y Game Boy llevaba un diminuto instrumento en la mano y lo sostenía peligrosamente cerca de la página del manuscrito.

—Gallowglass, cada vez estás más desastrado. ¿Cuándo fue la última vez que te peinaste? —Miriam pasó una tarjeta por el lector de la puerta. Ponía: «Visita». Chris se estaba tomando en serio el tema de la seguridad.

—Ayer —dijo Gallowglass dándose palmaditas sobre las sienes y la parte trasera de la cabeza—. ¿Por qué? ¿Tengo un pájaro anidado ahí arriba?

—Podrías. —Miriam asintió mirándome—. Hola, Diana. Matthew estará contigo en breve.

—¿Qué está haciendo? —pregunté.

—Intenta enseñar cómo extraer muestras de ADN de pergamino a un alumno de posgrado sin ningún conocimiento de biología ni de los procedimientos adecuados de laboratorio. —Miriam miró con desagrado al grupo que rodeaba a Matthew—. No entiendo por qué Roberts da fondos a criaturas que ni siquiera saben verter gel de agarosa, pero yo solo soy la directora de laboratorio.

Al otro lado de la habitación, Game Boy soltó un improperio de frustración.

—Coge un taburete. Puede que tarde un poco —dijo Miriam poniendo los ojos en blanco.

—No te preocupes. Es una cuestión de práctica —dijo Matthew a Game Boy, con voz tranquilizadora—. Yo tengo diez pulgares para esos juegos de ordenador tuyos. Inténtalo otra vez.

«¿Otra vez?». Se me secó la boca. Apuñalar repetidamente la página del Ashmole 782 podía dañar el palimpsesto. Iba a decirle algo a mi marido, cuando Chris me vio.

—Hola, Diana —saludó, deteniéndome con un abrazo. Luego miró a Gallowglass—. Soy Chris Roberts. Amigo de Diana.

—Gallowglass. Sobrino de Matthew. —Gallowglass estudió la habitación, arrugando la nariz—. Algo apesta.

—Los alumnos de posgrado le han hecho una bromita a Matthew. —Chris señaló el ordenador, que estaba festoneado con ristras de ajos. El ratón tenía un crucifijo de los de salpicadero de coche atado con una propipeta. Chris miró el cuello de Gallowglass con una intensidad casi vampírica—. ¿Practicas la lucha?

—Bueeeno, he tenido fama de hacerlo como deporte. —Gallowglass bajó la cabeza, con los hoyuelos marcándose en sus mejillas.

—¿No será lucha grecorromana? —preguntó Chris—. Mi compañero se ha hecho daño en la rodilla y va a estar varios meses en rehabilitación. Estoy buscando alguien que le sustituya.

—Griega seguro que es, pero no estoy seguro de lo de romana.

—¿Dónde aprendiste? —preguntó Chris.

—Me enseñó mi abuelo. —Gallowglass frunció el rostro conforme se concentraba—. Creo que una vez luchó con un gigante. Era un luchador feroz.

—¿Era vampiro tu abuelo? —preguntó Chris.

Gallowglass asintió.

—Debe de ser divertido ver una lucha de vampiros —dijo Chris sonriendo—. Como una lucha de cocodrilos, pero sin cola.

—Nada de lucha. Lo digo en serio, Chris. —Yo no quería ser responsable, aunque fuera de forma indirecta, de causarle ningún daño físico a un genio MacArthur.

—Aguafiestas. —Chris soltó un silbido punzante—. ¡Hombre lobo! Ha llegado tu mujer.

«¿Hombre Lobo?».

—Ya me había dado cuenta, Christopher. —El tono de Matthew sonó gélido, pero me miró con una sonrisa tan cálida que me puso los pelos de punta—. Hola, Diana. Estoy contigo en cuanto termine con Janette.

—¿Game Boy se llama Janette? —murmuró Chris—. ¿Quién lo sabía?

—Yo. Y Matthew también. Tal vez tú puedas decirme por qué está en mi laboratorio… —dijo Miriam—. Va a hacer el doctorado sobre bioinformática computacional. Debería estar en una sala llena de ordenadores, no de probetas.

—Me gusta cómo funciona su cerebro —dijo Chris encogiéndose de hombros—. Le van los juegos y detecta patrones que otros pasamos por alto en los resultados de laboratorio. ¿Qué más da que no tenga estudios avanzados en biología? Estoy hasta la coronilla de biólogos.

Chris miró a Matthew y a Game Boy trabajando juntos y sacudió la cabeza.

—¿Qué pasa? —pregunté.

—Matthew se está echando a perder en un laboratorio de investigación. Tu marido debería estar en una clase. Es un profesor nato. —Chris dio un golpecito en el hombro a Gallowglass—. Llámame si te apetece quedar en el gimnasio. Diana tiene mi número.

Chris volvió a su trabajo y yo centré mi atención en Matthew. Había visto pocas veces aquella faceta de mi marido, cuando interactuaba con Annie o con Jack en Londres, pero Chris tenía razón. Matthew estaba empleando todas las herramientas de su maletín de trucos de maestro: explicaciones con ejemplos, refuerzo positivo, paciencia, una dosis justa de alabanzas y un toque de humor.

—¿Por qué no tomamos otra muestra de la página? Ya sé que dio ADN de ratón, pero si la cogemos de otro lugar, puede que sea distinto.

—Tal vez —dijo Matthew—, aunque en las bibliotecas medievales había muchos ratones. Pero no pasa nada si tienes que tomar otra muestra después de esta.

Game Boy suspiró y puso la mano firme.

—Respira hondo, Janette —dijo Matthew asintiendo para tranquilizarla—. Tómate tu tiempo.

Con sumo cuidado, Game Boy insertó una aguja tan fina que casi era invisible en el borde del pergamino.

—Ahí está —dijo Matthew con suavidad—. Despacio y firme.

—¡Lo he hecho! —gritó Game Boy. Cualquiera diría que hubiera desintegrado el átomo. Se oyeron varias exclamaciones de apoyo, chocaron palmas y un murmullo de «ya era hora» de Miriam. Pero la respuesta que importaba era la de Matthew. Game Boy se volvió hacia él con mirada expectante.

—¡Eureka! —dijo Matthew abriendo las manos. Game Boy respondió con una amplia sonrisa—. Muy bien, Janette. Incluso acabaremos convirtiéndote en genetista.

—Ni de broma. Preferiría montar un ordenador con piezas sueltas que volver a hacer eso. —Game Boy se quitó los guantes rápidamente.

—Hola, cariño. ¿Qué tal tu día? —Matthew se puso en pie y me besó en la mejilla. Levantó una ceja al mirar a Gallowglass, que en silencio le expresó que todo estaba en orden.

—Pues… he hecho un poco de magia en la Beinecke.

—¿Debería preocuparme? —preguntó Matthew, claramente inquieto por el lío que podían causar el viento de brujos y el fuego de brujos.

—No —contesté—. Y tengo una pista sobre las páginas que faltan del Ashmole 782.

—¡Qué rapidez! Me lo puedes contar de camino a la consulta de la doctora —dijo, pasando su tarjeta por el lector.

—Oye, tómate todo el tiempo que sea necesario con Diana. Aquí no hay nada urgente. Llevamos ciento veinticinco genes de vampiro identificados y solo quedan cuatrocientos más —dijo Miriam mientras salíamos—. Chris estará contando los minutos.

—¡Quedan quinientos genes! —exclamó Chris.

—Tu predicción genética está muy equivocada —contestó Miriam.

—Cien pavos a que no —dijo Chris levantando la mirada de un informe.

—¿Esa es tu mejor oferta? —Miriam frunció los labios.

—Cuando llegue a casa vaciaré mi hucha y te lo haré saber, Miriam —contestó Chris. Miriam retorció los labios.

—Vámonos —dijo Matthew—, antes de que empiecen a discutir sobre otra cosa.

—No están discutiendo —dijo Gallowglass, sosteniéndonos la puerta—. Están ligando.

Me quedé boquiabierta.

—¿Qué te hace pensar eso?

—A Chris le gusta poner apodos a la gente. —Gallowglass se volvió hacia Matthew—. A ti te llama Hombre Lobo. ¿Y cómo llama a Miriam?

Matthew se quedó pensando un instante.

—Miriam.

—Exacto. —Gallowglass sonrió de oreja a oreja.

Matthew soltó un improperio.

—No te preocupes, tío. A Miriam no le ha hecho tilín ningún hombre desde que murió Bertrand.

—¿Miriam… con un humano? —Matthew parecía conmocionado.

—No llegará a ninguna parte —dijo Gallowglass con tono tranquilizador al abrirse las puertas del ascensor—. Miriam le romperá el corazón, claro está, pero no podemos hacer nada al respecto.

Sentí un inmenso agradecimiento hacia Miriam. Ahora Matthew y Gallowglass tendrían alguien más por quien preocuparse aparte de mí.

—Pobre tipo. —Gallowglass suspiró, presionando el botón para cerrar las puertas del ascensor. Al bajar, hizo crujir sus nudillos—. Quizás luche con él. Una buena paliza siempre aclara la mente.

Hacía unos días, me preocupaba si los vampiros sobrevivirían en Yale cuando llegaran los estudiantes y profesores.

Ahora me preguntaba si Yale sobreviviría a los vampiros.

17

Estaba delante de la nevera y observaba las imágenes de nuestros hijos, mientras me abrazaba la tripa con ambas manos. ¿Dónde se había ido el mes de septiembre?

Las ecografías tridimensionales de Bebé A y Bebé B (Matthew y yo habíamos decidido no saber el sexo) eran asombrosas. En lugar de la típica silueta fantasmagórica que había visto en las ecografías de amigas embarazadas, estas mostraban imágenes detalladas de rostros con la frente fruncida, el dedo pulgar metido en la boca y labios perfectamente curvados. Estiré el dedo para tocar la naricilla del Bebé B.

De repente me rodearon unas manos frías por detrás y un cuerpo alto y musculoso se arrimó ofreciéndome un sólido pilar para apoyarme. Matthew presionó con suavidad un punto unos centímetros por encima de mi hueso del pubis.

—En esta foto la nariz de B está justo aquí —susurró. Su otra mano estaba posada sobre mi tripa, un poco más arriba—. Y el Bebé A estaba aquí.

Nos quedamos en silencio mientras la cadena que siempre me había unido a Matthew se estiraba para hacer sitio a aquellos dos eslabones frágiles y luminosos. Durante meses *había sabido* que los hijos de Matthew —nuestros hijos— estaban creciendo dentro de mí. Pero no lo *había sentido*. Ahora ya todo era distinto, una vez había visto sus caras arrugaditas y concentradas en el duro trabajo de llegar a ser.

—¿Qué estás pensando? —preguntó Matthew, movido por la curiosidad de mi prolongado silencio.

—No estoy pensando. Estoy sintiendo. —Y lo que sentía era imposible de describir.

Él rio suavemente, como si no quisiera perturbar el sueño de los bebés.

—Están bien los dos —me dije a mí misma—. Normales. Perfectos.

—Están perfectamente sanos. Pero ninguno de nuestros hijos será normal nunca. Y gracias a Dios por ello. —Me besó—. ¿Qué tienes en tu agenda hoy?

—Más trabajo en la biblioteca.

La pista mágica que al principio prometía revelarnos dónde fue a parar al menos una de las páginas que faltaban de *El libro de la vida* se había convertido en semanas de arduo esfuerzo académico. Lucy y yo habíamos trabajado de forma ininterrumpida tratando de descubrir cómo había llegado el manuscrito Voynich a las manos de Athanasius Kircher y luego a Yale, con la esperanza de dar con algún rastro de la misteriosa imagen del árbol que había aparecido superpuesta sobre el Voynich durante unos preciosos instantes. Nos habíamos instalado en la misma salita privada donde hice mi hechizo para poder hablar sin molestar al creciente número de alumnos y profesores que utilizaban la sala de lectura adyacente de la Beinecke. Allí habíamos repasado las listas de la biblioteca y los índices de correspondencia de Kircher y habíamos escrito decenas de cartas a distintos expertos de Estados Unidos y el extranjero, pero sin obtener ningún resultado concreto.

—¿Te estás acordando de lo que la doctora dijo de tomarte descansos? —preguntó Matthew. A excepción de la ecografía, nuestros viajes a la consulta de la ginecóloga habían sido aleccionadores. Me había insistido sobre los peligros del parto prematuro y la preeclampsia, la necesidad de hidratarme bien y la importancia de dejar que mi cuerpo descansara.

—Tengo la presión arterial bien. —Tenía entendido que ese era uno de los mayores riesgos: que por una combinación de deshidratación, cansancio y estrés mi presión arterial se disparara de repente.

—Lo sé. —Controlar mi presión arterial era responsabilidad de mi marido vampiro, y Matthew se la tomaba muy en serio—. Pero dejará de estarlo si te fuerzas.

—Estoy en la semana veinticinco del embarazo, Matthew. Es casi octubre.

—También lo sé.

Después del 1 de octubre, la doctora me iba a obligar a permanecer en tierra. Si nos quedábamos en New Haven, donde podíamos seguir trabajando, la única manera de llegar a la Biblioteca Bodleiana sería con una combinación de barco, avión y coche. Incluso ahora ya tenía vetados vuelos de más de tres horas.

—Aún podemos llevarte a Oxford en avión. —Matthew sabía lo que me preocupaba—. Eso sí, tendrá que parar en Montreal, y luego en Terranova, Islandia e Irlanda, pero si tienes que ir a Londres, podemos hacerlo. —Su expresión sugería que tal vez teníamos ideas distintas sobre las circunstancias que justificarían hacerme cruzar el Atlántico como si jugáramos a la rayuela—. Claro que si lo prefieres podríamos irnos a Europa ahora.

—No nos preocupemos por lo que no ha pasado. —Me aparté de él—. Háblame de tu día.

—Chris y Miriam creen tener un nuevo enfoque para comprender el gen de la rabia de sangre —dijo—. Están pensando en rastrear mi genoma utilizando una de las teorías de Marcus sobre el ADN no-codificante. Ahora su hipótesis es que podría contener elementos desencadenantes que controlan cómo y hasta qué punto se manifiesta la rabia de sangre en un individuo concreto.

—Te refieres al ADN basura de Marcus, ¿no? ¿El noventa y ocho por ciento del genoma que no codifica proteínas? —Cogí una botella de agua de la nevera y le quité la tapa para demostrar mi compromiso con la hidratación.

—Exacto. Todavía tengo mis dudas, pero las pruebas que están reuniendo son convincentes—. Matthew hizo un gesto irónico—. Resulta que soy todo un fósil mendeliano, como decía Chris.

—Sí, pero eres *mi* fósil mendeliano —le corregí yo. Matthew se rio—. Si la hipótesis de Marcus es correcta, ¿qué significaría eso en lo relativo a encontrar una cura?

Su sonrisa se desvaneció.

—Podría significar que no tiene cura: que la rabia de sangre es una condición genética hereditaria que se desarrolla como respuesta a multitud de factores. Puede ser mucho más fácil curar una enfermedad con una causa única e inequívoca, como un germen o una mutación de un solo gen.

—¿Puede ayudar el contenido de mi genoma? —Desde la ecografía se había hablado mucho sobre los bebés y había habido muchas especulaciones sobre el efecto que la sangre de una bruja —concretamente de una tejedora— podía tener sobre el gen de la rabia de sangre. No quería que mis hijos acabaran siendo experimentos científicos, especialmente después de ver el espeluznante laboratorio de Benjamin, pero tampoco tenía objeción a aportar mi granito de arena para el progreso científico.

—No quiero que tu ADN vuelva a ser objeto de investigaciones científicas. —Matthew se acercó a la ventana con paso airado—. Nunca debí tomarte esa muestra bucal en Oxford.

Ahogué un suspiro. Por cada libertad ganada a pulso que Matthew me concedía y cada esfuerzo que él hacía para no agobiarme con su sobreprotección, tenía que encontrar otra salida para sus trazas autoritarias. Era como ver a alguien intentando parar la corriente de un río furioso. Y el no poder encontrar a Benjamin y liberar a su cautiva solo empeoraba la situación. Cada pista que Matthew recibía sobre el paradero actual de Benjamin se convertía en un callejón sin salida, igual que mis intentos de encontrar las páginas que faltaban del Ashmole 782. Cuando iba a intentar razonar con él, mi teléfono sonó. Era un tono de llamada inconfundible: los primeros compases de *Sympathy for the Devil*. No había sido capaz de cambiarlo, porque cuando programaron el teléfono lo habían unido irrevocablemente a uno de mis contactos.

—Es tu hermano —dijo Matthew con un tono capaz de helar un géiser.

—¿Qué quieres, Baldwin? —Para qué preámbulos corteses.

—Tu falta de fe me hiere, hermana. —Baldwin se rio—. Estoy en Nueva York. He pensado que podría acercarme a New Haven para asegurarme de que vuestro alojamiento es adecuado.

—Matthew está conmigo. Gallowglass y Miriam están a una manzana. Ocúpate de tus asuntos. —Aparté el teléfono de la oreja, ansiosa por colgar.

—Diana. —La voz de Baldwin logró estirarse hasta alcanzar mi limitado sentido humano del oído.

Volví a acercarme el teléfono a la oreja.

—Hay otro vampiro trabajando en el laboratorio de Matthew, ahora se hace llamar Richard Bellingham.

—Sí. —Mis ojos se desviaron hacia Matthew, que estaba de pie ante la ventana en una postura engañosamente relajada, con las piernas ligeramente separadas y las manos entrelazadas a la espalda. Era la posición de estar preparado.

—Ten cuidado con él. —La voz de Baldwin se tornó inexpresiva—. No quiero tener que ordenar a Matthew que elimine a Bellingham. Pero lo haré sin dudarlo si creo que tiene información que pueda resultar comprometida… para la familia.

—Sabe que soy una bruja. Y que estoy embarazada. —Era evidente que Baldwin ya sabía bastante sobre nuestra vida en New Haven. No tenía sentido ocultarle la verdad.

—Todos los vampiros de esa ciudad provinciana lo saben. Y vienen a Nueva York. A menudo. —Baldwin hizo una pausa—. En mi familia, cuando creas un desaguisado, lo arreglas… o si no, lo hace Matthew. Esas son tus opciones.

—Siempre es un placer saber de ti, *hermano*.

Baldwin se limitó a reír.

—¿Es todo, milord?

—Es «sieur», ¿o hace falta que te refresque la memoria con respecto a la ley y la etiqueta de los vampiros?

—No —dije, escupiendo la palabra.

—Bien. Dile a Matthew que deje de bloquear mis llamadas y no tendremos que repetir esta conversación. —La línea se quedó muerta.

—Ese c... —empecé a decir.

Matthew me quitó el teléfono de la mano y lo arrojó al otro lado de la habitación. Hizo un ruido agradable de cristal rompiéndose al golpear contra el marco de la obsoleta chimenea. Entonces cogió mi rostro entre sus manos, como si el violento momento que acababa de suceder solo hubiera sido un espejismo.

—Voy a tener que conseguir un móvil nuevo. —Miré a los ojos tormentosos de Matthew. Eran un indicativo fiable de su estado de ánimo: cuando estaba relajado eran gris claro, pero el verde iba apareciendo conforme una emoción le dilataba las pupilas hasta teñirlo todo, salvo el borde claro alrededor de su iris. En aquel momento, el gris y el verde luchaban por la supremacía.

—No te quepa duda de que Baldwin hará que te llegue uno antes de que termine el día. —La atención de Matthew se centró sobre el pulso en mi garganta.

—Esperemos que tu hermano no crea necesario entregarlo en persona.

Los ojos de Matthew pasaron a mis labios.

—No es mi hermano. Es *tu hermano*.

—¡Ah de la casa! —La voz alegre y potente de Gallowglass retumbó en el vestíbulo del piso de abajo.

Matthew me dio un beso duro y exigente. Le di lo que pedía, relajando deliberadamente la espalda y la boca para que sintiera que él llevaba las riendas, al menos en ese instante.

—Huy, perdón. ¿Vuelvo en otro momento? —dijo Gallowglass desde la escalera. Entonces se le inflaron las fosas nasales al detectar el fuerte olor a clavo de mi marido—. ¿Ocurre algo, Matthew?

—Nada que no pudiera remediar la muerte repentina y aparentemente accidental de Baldwin —contestó Matthew con voz sombría.

—Entonces nada nuevo. Pensé que querrías que acompañara a la tía a la biblioteca.

—¿Por qué? —preguntó Matthew.

—Ha llamado Miriam. Está de mal humor y me ha dicho que «te salgas de las bragas de Diana y vengas a mi laboratorio». —Gallowglass se quedó mirando la palma de la mano. Estaba toda escrita—. Ea. Eso es exactamente lo que ha dicho.

—Voy a por mi bolsa —murmuré, apartándome de Matthew.

—Hola, Manzana y Alubia. —Gallowglass se quedó mirando atontado las imágenes sobre la nevera. Él creía que llamarles Bebé A y Bebé B no era suficientemente digno y por eso les había puesto apodo—. Alubia tiene los dedos de la abuela. ¿Te has dado cuenta, Matthew?

Gallowglass mantuvo el ambiente distendido y la conversación animada durante el paseo hacia el campus. Matthew nos acompañó hasta la Beinecke, como si esperara que Baldwin apareciera de repente en la acera delante de nosotros con un nuevo móvil y otra nefasta advertencia.

Dejé a los De Clermont en la entrada y sentí alivio al abrir la puerta de nuestra sala de investigación.

—¡Nunca había visto una procedencia tan enmarañada! —exclamó Lucy en el instante en que entraba—. Entonces, ¿John Dee fue propietario del manuscrito?

—Así es. —Saqué mi cuaderno de notas y mi lápiz. Aparte de la magia, eran los únicos artículos que llevaba conmigo. Afortunadamente, los poderes no hacían saltar los detectores de metales—. Dee entregó el Voynich al emperador Rodolfo a cambio del Ashmole 782—. En realidad, era algo más complicado que todo eso, como cada vez que Gallowglass y Matthew se involucraban en la transferencia de una propiedad.

—¿El manuscrito de la Biblioteca Bodleiana al que le faltan tres páginas? —Lucy apoyó la cabeza entre ambas manos mientras observaba las notas, los recortes y la correspondencia amontonadas sobre la mesa.

—Edward Kelley arrancó esas páginas antes de que devolvieran el Ashmole 782 a Inglaterra y las metió temporalmente dentro del Voynich por seguridad. En algún momento se desprendió de dos de las páginas. Pero se quedó con una: la página con la ilustración del árbol. —La verdad es que sí, estaba tremendamente enmarañada.

—Entonces Kelley tuvo que ser quien entregó el manuscrito Voynich (junto con la ilustración del árbol) al botanista del emperador Rodolfo, el tal Jacobus de Tepenecz cuya firma figura en el verso del primer folio. —El tiempo había disipado la tinta, pero Lucy me había enseñado fotografías tomadas con luz ultravioleta.

—Probablemente —dije yo.

—Y después de ese botanista, ¿lo tuvo un alquimista? —Hizo varias anotaciones en su cronología del Voynich. Estaba algo sucia de añadir y borrar texto continuamente.

—Georg Baresch. No he podido encontrar mucho acerca de él. —Revisé mis notas. Baresch era amigo de Tepenecz, y Marci le compró el Voynich a él.

—No cabe duda de que las ilustraciones de flora rara en el manuscrito Voynich atraerían a un botanista, por no hablar de la ilustración del árbol del Ashmole 782. Pero ¿por qué le podía interesar a un alquimista? —preguntó Lucy.

—Porque algunas de las ilustraciones del Voynich parecen instrumentos de alquimia. Los ingredientes y los procedimientos necesarios para fabricar la piedra filosofal eran secretos celosamente guardados y los alquimistas solían ocultarlos en símbolos: plantas, animales, incluso personas. —*El libro de la vida* contenía esa misma mezcla poderosa de elementos reales y simbólicos.

—Y a Athanasius Kircher también le interesaban las palabras y los símbolos. ¿Por eso crees que le interesaría la ilustración del árbol, además del Voynich en sí? —razonó Lucy lentamente.

—Sí. Por eso es tan importante la carta que falta y que Georg Baresch afirmaba haber enviado a Kircher en 1637. —Empujé una carpeta hacia ella—. La experta en Kircher que conozco de Stanford está en Roma. Se ofreció voluntariamente a ir a buscar en los archivos de la Universidad Pontificia Gregoriana, donde se guarda gran parte de la correspondencia de Kircher. Me mandó una transcripción de una carta posterior de Baresch a Kircher escrita en 1639. Hace referencia a su correspondencia anterior, pero los jesuitas le han dicho que no es posible encontrar la carta original.

—Cuando un bibliotecario dice que «está perdido», siempre me pregunto si de verdad es cierto —refunfuñó Lucy.

—Yo también —dije recordando con ironía mis experiencias con el Ashmole 782.

Lucy abrió la carpeta y gimió.

—Esto está en latín, Diana. Vas a tener que contarme lo que dice.

—Baresch pensaba que Kircher podría descifrar los secretos del Voynich. Kircher había estado trabajando con jeroglíficos egipcios. Se había convertido en una figura de fama internacional por ello y la gente le enviaba textos y escritos misteriosos de todas partes —le expliqué—. Para asegurarse de que atraería la atención de Kircher, Baresch le envió transcripciones parciales del Voynich a Roma en 1637 y de nuevo en 1639.

—Pero no hay ninguna mención específica de la imagen de un árbol —dijo Lucy.

—No. Pero es posible que Baresch se la enviara a Kircher como cebo adicional. Es de mucha más calidad que las imágenes del Voynich. —Me recliné en la silla—. Me temo que eso es todo lo que he podido averiguar. ¿Qué has averiguado tú sobre la venta de libros en la que Wilfrid Voynich adquirió el manuscrito?

Cuando Lucy estaba a punto de contestar, un bibliotecario llamó a la puerta y entró.

—Profesora Bishop, su marido está al teléfono. —Me miró disgustado—. Por favor, dígale que no somos la centralita de un hotel y no solemos recibir llamadas para nuestros usuarios.

—Lo siento —dije, levantándome de la silla—. Esta mañana he tenido un accidente con el teléfono. Mi marido es un poco… eh, sobreprotector. —Hice un gesto señalando mi tripa redondeada a modo de justificación.

El bibliotecario pareció ablandarse un poco y señaló un teléfono sobre la pared donde parpadeaba una luz.

—Utilice ese.

—Pero ¿cómo puede haber llegado tan rápido Baldwin? —pregunté a Matthew cuando conectaron la llamada. Era lo único que podía imaginar que le hubiera obligado a llamarme al teléfono de la biblioteca—. ¿Ha venido en helicóptero?

—No se trata de Baldwin. Hemos descubierto algo extraño acerca de la imagen del enlace alquímico en el Ashmole 782.

—¿En qué sentido extraño?

—Ven a verlo. Preferiría no hablar de ello por teléfono.

—Voy para allá. —Colgué y me volví hacia Lucy—. Lo siento mucho, Lucy, pero tengo que irme. Mi marido quiere que le ayude con un problema en el laboratorio. ¿Podemos seguir más tarde?

—Claro —contestó ella.

Vacilé un instante.

—¿Te gustaría venir conmigo? Así podrás conocer a Matthew y ver una página del Ashmole 782.

—¿Una de las páginas fugitivas? —Lucy saltó de la silla al momento—. Dame un minuto y te veo arriba.

Salimos tan deprisa que nos dimos de bruces con mi guardaespaldas.

—Despacio, tía. ¡No querrás dar sacudidas a los bebés! —Gallowglass me cogió por el codo hasta que estuve completamente parada y entonces miró a mi menuda compañera—. ¿Está usted bien, señorita?

—¿Y-yo? —dijo Lucy tartamudeando y estirando el cuello para mirar a los ojos al gigante gaélico—. Estoy perfectamente.

—Solo quería asegurarme —dijo Gallowglass bondadosamente—. Soy grande como un galeón a toda vela. Hombres bastante más corpulentos que usted se han lastimado al chocar conmigo.

—Este es el sobrino de mi marido, Gallowglass. Gallowglass, Lucy Meriweather. Viene con nosotros. —Después de tan apurada presentación, salí rápidamente en dirección a la Torre de Biología Kline, con la bolsa golpeando contra mi cadera. Tras varias zancadas torpes, Gallowglass me la cogió y se la echó al hombro.

—¿Te lleva los libros? —susurró Lucy.

—Y la compra —contesté en el mismo tono—. Y si se lo permitiera, también me llevaría a mí.

Gallowglass soltó una risilla socarrona.

—Deprisa —dije mientras mis zapatillas desgastadas rechinaban sobre los suelos pulidos del edificio donde trabajaban Marcus y Chris.

Al llegar a la entrada del laboratorio de Chris, pasé mi tarjeta de identificación por el lector y las puertas se abrieron. Miriam nos esperaba dentro mirando su reloj.

—¡Tiempo! —exclamó—. He ganado. Otra vez. Son diez dólares, Roberts.

Chris gimió.

—Estaba seguro de que Gallowglass la obligaría a ir más despacio. —El laboratorio estaba tranquilo y solo había un puñado de personas trabajando. Saludé a Beaker con la mano. También estaba Scully, de pie junto a Mulder y una báscula digital.

—Siento interrumpir tu trabajo, pero queríamos que supieras de inmediato lo que hemos descubierto. —Matthew miró a Lucy.

—Matthew, esta es Lucy Meriweather. He pensado que Lucy debería ver la página del Ashmole 782, dado que está dedicando tanto tiempo a buscar a sus hermanos perdidos —dije a modo de explicación.

—Encantado, Lucy. Ven a ver lo que estás ayudando a buscar a Diana. —La expresión de Matthew pasó del recelo a la bienvenida e hizo un gesto a Mulder y Scully—. Miriam, ¿puedes registrar a Lucy como invitada?

—Ya lo he hecho. —Miriam dio un golpecito en el hombro a Chris—. No vas a conseguir nada mirando ese mapa genético, Roberts. Tómate un descanso.

Chris soltó el bolígrafo.

—Necesitamos más datos.

—Somos científicos. Claro que necesitamos más datos. —La atmósfera entre Chris y Miriam vibraba por la tensión—. De todas formas, ven a ver la bonita imagen.

—Ah, está bien —dijo Chris refunfuñando y sonriendo tímidamente a Miriam.

La ilustración del enlace químico estaba sobre un soporte de madera. Por muchas veces que la viera, la imagen no dejaba de asombrarme, y no solo porque las personificaciones del sulfuro y el mercurio se parecieran a Matthew y a mí. Había muchos detalles alrededor de la pareja química: el paisaje rocoso, los invitados al enlace, las bestias míticas y simbólicas que presenciaban la ceremonia, el fénix que abarcaba la escena entre sus alas llameantes. Al lado de la página había un objeto que parecía una balanza postal de metal plana con una hoja de pergamino en blanco sobre la bandeja.

—Scully nos va a explicar lo que ha descubierto —dijo Matthew para dar pie a la alumna.

—La página ilustrada es demasiado pesada —dijo Scully, pestañeando tras sus gruesas lentes—. Quiero decir que es más pesada de lo que debería ser una sola página.

—Tanto Sarah como yo pensábamos que pesaba mucho. —Miré a Matthew—. ¿Recuerdas cuando la casa nos dio la página en Madison? —le susurré.

Asintió.

—Puede que sea algo que los vampiros no seamos capaces de percibir. Incluso después de haber visto la prueba de Scully, me sigue pareciendo completamente normal.

—Pedí papel vitela por Internet a un fabricante de pergamino tradicional —dijo Scully—. Ha llegado esta mañana. He cortado el papel para que tenga el mismo tamaño (veintitrés centímetros por veintinueve y medio) y lo he pesado. Puede quedarse con lo que sobra, profesor Clairmont. A todos nos vendría bien practicar con esa sonda en la que ha estado trabajando.

—Gracias, Scully. Es una buena idea. Y sacaremos muestras nucleares del papel vitela moderno para comparar —dijo Matthew sonriendo.

—Como ven —continuó Scully—, el papel vitela nuevo pesaba algo menos de cuarenta y dos gramos. La primera vez que pesé la página de la profesora Bishop, pesaba casi trescientos setenta gramos, es decir, casi nueve veces el peso de papel vitela común. —Scully retiró la hoja en blanco de piel de becerro y colocó la página del Ashmole 782 en su lugar.

—El peso de la tinta no puede justificar la diferencia. —Lucy se puso las gafas para observar atentamente la lectura de la pantalla digital—. Además, el pergamino empleado en el Ashmole 782 parece más fino.

—Es alrededor de la mitad de grueso que el papel vitela. Lo he medido. —Scully se recolocó las gafas.

—Pero *El libro de la vida* tenía más de cien páginas, probablemente casi doscientas. —Hice varios cálculos rápidos—. Si una sola página pesa casi trescientos setenta gramos, el libro entero pesaría cerca de setenta kilos.

—Eso no es todo. La página no pesa siempre lo mismo —dijo Mulder. Señaló la lectura en la pantalla de la balanza—. Mire, profesor Clairmont. El peso ha vuelto a bajar. Ahora está en doscientos gramos. —Cogió un portapapeles y anotó la hora y el peso.

—Lleva toda la mañana fluctuando al azar —constató Matthew—. Afortunadamente, Scully tuvo el buen juicio de dejar la página sobre la báscula. Si la hubiera retirado inmediatamente, no nos habríamos dado cuenta.

—No lo hice a propósito. —Scully se ruborizó y bajó la voz—: Tenía que ir al servicio. Cuando volví, el peso había subido hasta medio kilo.

—¿Qué conclusión sacas, Scully? —preguntó Chris con su voz de profesor.

—No tengo ninguna —contestó ella, claramente frustrada—. El papel vitela no puede perder y ganar peso. Está muerto. ¡Ninguna de mis observaciones es posible!

—Bienvenida al mundo de la ciencia, amiga mía —dijo Chris soltando una carcajada. Se volvió hacia el compañero de Scully—. ¿Y tú, Mulder?

—Es evidente que la página es una especie de recipiente mágico. Hay otras páginas dentro de ella. Su peso cambia porque de alguna forma sigue conectada al resto del manuscrito.

Matthew me lanzó una mirada discreta.

—Creo que tienes razón, Mulder —dije sonriendo.

—Deberíamos dejarlo donde está y anotar su peso cada quince minutos. Tal vez se repita un patrón —sugirió Mulder.

—Me parece un buen plan. —Chris miró a Mulder con gesto de aprobación.

—Entonces, profesora Bishop —continuó Mulder cautelosamente—, ¿cree que hay otras páginas dentro de esta?

—Si así fuera, el Ashmole 782 sería un palimpsesto —dijo Lucy, con la imaginación echando chispas—. Un palimpsesto mágico.

Mi conclusión de lo ocurrido aquel día en el laboratorio era que los humanos son mucho más inteligentes de lo que pensamos las criaturas.

—Es un palimpsesto —confirmé yo—. Pero nunca había pensado que el Ashmole 782 fuera un…, ¿cómo lo has llamado, Mulder?

—Un recipiente mágico —repitió con aire satisfecho.

Ya sabíamos que el Ashmole 782 era valioso por su texto y su información genética. Pero si Mulder estaba en lo cierto, era imposible saber qué más podía contener.

—¿Han llegado los resultados de la muestra de ADN que tomaste hace unas semanas, Matthew? —Si supiéramos de qué criatura estaba hecho el papel vitela, tal vez podríamos arrojar algo de luz sobre la situación.

—Espera. ¿Cogisteis un trozo de manuscrito y le hicisteis pruebas químicas? —Lucy parecía horrorizada.

—Solo un trocito muy pequeño del núcleo de la página. Insertamos una sonda microscópica en el borde. No se puede ver el agujero, ni siquiera con lupa —dijo Matthew para tranquilizarla.

—Nunca he oído hablar de nada igual —contestó Lucy.

—Porque el profesor Clairmont es quien ha desarrollado esa tecnología y no lo ha compartido con el resto de la clase. —Chris lanzó una mirada de desaprobación a Matthew—. Pero eso va a cambiar, ¿no es así, Matthew?

—Eso parece —dijo Matthew.

Miriam se encogió de hombros.

—Déjalo, Matthew. Llevamos años utilizándola para sacar ADN de todo tipo de muestras de tejidos blandos. Ya es hora de que alguien se divierta con ella —dijo.

—Te dejamos con la página, Scully. —Chris ladeó la cabeza hacia el otro lado de la habitación indicando claramente que quería hablar.

—¿Puedo tocarla? —preguntó Lucy con los ojos clavados en la página.

—Por supuesto. Al fin y al cabo, ha sobrevivido todos estos años —contestó Matthew—. Mulder, Scully, ¿podéis ayudar a la señorita Meriweather? Lucy, dinos cuando estés lista para irte y volveremos al trabajo.

Dada la ávida expresión de Lucy, teníamos bastante tiempo para hablar.

—¿Qué pasa? —pregunté a Chris. Una vez alejados de sus alumnos, parecía como si tuviera malas noticias.

—Si queremos saber más sobre la rabia de sangre, necesitamos más datos —dijo Chris—. Y antes de que digas nada, Miriam, no estoy criticando lo que tú y Matthew habéis conseguido averiguar. Es lo máximo que podíais descubrir, considerando que la mayoría de vuestras muestras de ADN venían de seres muertos hace mucho o de seres renacidos. Pero el ADN se deteriora con el paso del tiempo. Y necesitamos desarrollar mapas genéticos de daimones y brujos, y una secuencia de sus genomas, si queremos sacar conclusiones precisas sobre qué os hace distintos.

—Pues conseguiremos más datos —dije aliviada—. Creía que era algo serio.

—Lo es —dijo Matthew con gesto serio—. Una de las razones por las que los mapas genéticos de brujos y daimones son más incompletos es que no había un buen modo de adquirir muestras de ADN de donantes vivos. Amira y Hamish ofrecieron el suyo voluntariamente, por supuesto, y también algunos alumnos habituales de la clase de yoga de Amira en Old Lodge.

—Pero si hay que pedir muestras de una gama más amplia de criaturas, tendrías que contestar a sus preguntas sobre cómo se iba a utilizar el material. —Ahora lo comprendía.

—Y hay otro problema —añadió Chris—. No tenemos suficiente ADN del linaje de Matthew como para determinar un pedigrí que nos pueda decir cómo se hereda la rabia de sangre. Hay muestras de Matthew, de su madre y de Marcus Whitmore, pero nada más.

—¿Por qué no mandamos a Marcus a Nueva Orleans? —preguntó Miriam a Matthew.

—¿Qué hay en Nueva Orleans? —preguntó Chris con aspereza.

—Los hijos de Marcus —contestó Gallowglass.

—¿Whitmore tiene hijos? —Chris miró a Matthew con incredulidad—. ¿Cuántos?

—Unos cuantos —dijo Gallowglass, ladeando la cabeza—. Y nietos. Y la Loca Myra heredó una buena dosis de rabia de sangre, ¿verdad? Seguro que querrías su ADN.

Chris soltó un puñetazo sobre una mesa de laboratorio, haciendo que una bandeja de probetas vacías repiqueteara como huesos.

—¡Maldita sea, Matthew! Me dijiste que no tenías ningún otro descendiente vivo. ¿He estado perdiendo el tiempo con resultados basados en tres muestras familiares mientras tus nietos y bisnietos están correteando por Bourbon Street?

—No quería molestar a Marcus —dijo Matthew secamente—. Tiene otras preocupaciones.

—¿Como qué? ¿Otro hermano psicótico? Hace semanas que no aparece nada en la página de tu Mala Semilla, pero eso no va a seguir así siempre. Cuando Benjamin vuelva a aparecer, ¡vamos a necesitar algo más que modelos predictivos y presentimientos para burlarle! —exclamó Chris.

—Tranquilízate, Chris —dijo Miriam, poniéndole la mano sobre el brazo—. El genoma de los vampiros ya contiene mejores datos que el genoma de brujos o daimones.

—Aún así, hay partes precarias —contestó Chris—, especialmente ahora que estamos analizando ADN basura. Necesito más ADN de brujos, daimones y vampiros… inmediatamente.

—Game Boy, Xbox y Daisy se han ofrecido voluntarios para que les toméis muestras bucales —dijo Miriam—. Va en contra de los protocolos de investigación modernos, pero no creo que sea un problema insalvable siempre que más adelante seáis claros al respecto, Chris.

—Xbox mencionó una discoteca en Crown Street adonde suelen ir daimones. —Chris se frotó los ojos cansados—. Iré a reclutar voluntarios.

—No puedes ir allí. Llamarás la atención como humano y como profesor —dijo Miriam con firmeza—. Yo lo haré. Doy bastante más miedo.

—Solo después de anochecer. —Chris le lanzó una lenta sonrisa.

—Buena idea, Miriam —dije rápidamente. No quería más información sobre cómo era Miriam después de ponerse el sol.

—Podéis tomarme muestras a mí —dijo Gallowglass—. No soy del linaje de Matthew, pero podría seros de ayuda. Y hay muchos otros vampiros en New Haven. Dadle un toque a Eva Jäeger.

—¿La de Baldwin? —preguntó Matthew asombrado—. No he visto a Eva desde que se enteró de que Baldwin había estado metido en el desplome de la bolsa alemana de 1911 y le dejó.

—No creo que a ninguno de los dos les haga mucha gracia que seas tan indiscreto —dijo Gallowglass reprendiéndole.

—Deja que adivine: Eva es la que acaban de contratar en el Departamento de Económicas —dije yo—. Genial. La ex de Baldwin. Justo lo que necesitábamos.

—¿Y te has encontrado con más de estos vampiros de New Haven? —preguntó Matthew con tono inquisitivo.

—Unos cuantos —contestó vagamente Gallowglass.

Matthew abrió la boca para seguir interrogándole, cuando Lucy nos interrumpió:

—La página del Ashmole 782 ha variado su peso tres veces mientras estaba ahí. —Sacudió la cabeza, asombrada—. No lo creería si no lo hubiera visto con mis propios ojos. Siento la interrupción, pero tengo que volver a la Beinecke.

—Iré contigo, Lucy —dije yo—. Todavía no me has contado lo que has descubierto del Voynich.

—Después de toda esta ciencia, no es demasiado emocionante —dijo como justificándose.

—Para mí lo es. —Besé a Matthew—. Te veré en casa.

—Supongo que llegaré a media tarde. —Me agarró bajo su brazo y presionó sus labios contra mi oreja. Sus siguientes palabras sonaron tan bajitas que incluso a los otros vampiros les costaría escucharlas—: No te quedes demasiado en la biblioteca. Recuerda lo que dijo la doctora.

—Lo recuerdo, Matthew —dije a modo de promesa—. Hasta luego, Chris.

—Hasta pronto. —Chris me dio un abrazo y me soltó rápidamente. Bajó la mirada hacia mi tripa protuberante con gesto de reproche—. Uno de tus hijos me acaba de dar un codazo.

—O un rodillazo —dije riendo y pasando la mano suavemente sobre la protuberancia—. Últimamente están bastante activos los dos.

La mirada de Matthew se posó sobre mí: con orgullo, ternura y una sombra de preocupación. Sentí como si me desplomara sobre un montón de nieve recién caída, crujiente y blandita a la vez. Si hubiéramos estado en casa, me habría cogido entre sus brazos para sentir las patadas o se habría arrodillado delante de mí para ver las protuberancias de pies, manos y codos.

Le sonreí tímidamente. Miriam se aclaró la garganta.

—Ten cuidado, Gallowglass… —murmuró Matthew. No era una despedida, sino una orden precisa.

Su sobrino sonrió.

—Como si tu esposa fuera la mía.

Volvimos a la Beinecke con paso majestuoso, charlando sobre el Voynich y el Ashmole 782. Lucy parecía aún más atrapada por el misterio. Gallowglass insistió en que compráramos algo de comer, de modo que paramos en la pizzería de Wall Street. Saludé a una colega historiadora que estaba sentada en una de las mesas viejas con montones de fichas y un enorme vaso de refresco, pero estaba tan absorta en su trabajo que apenas me devolvió el saludo.

Dejamos a Gallowglass en su puesto fuera de la Beinecke y entramos a comer en la sala de personal. El resto ya había terminado, así que teníamos todo el sitio para nosotras. Entre mordisco y mordisco, Lucy me explicó por encima sus hallazgos.

—Wilfrid Voynich compró el misterioso manuscrito de Yale a los jesuitas en 1912 —dijo mordiendo un crujiente pepino de su saludable ensalada—. Estaban liquidando sin hacer mucho ruido sus colecciones en la Villa Mondragone, a las afueras de Roma.

—¿Mondragone? —dije sacudiendo la cabeza y pensando en Corra.

—Exacto. El nombre viene del aparato heráldico del papa Gregorio XIII, el que reformó el calendario. Pero probablemente sepas de eso más que yo.

Asentí. Había tenido que familiarizarme con las reformas gregorianas para saber en qué día estaba mientras cruzaba Europa a finales del siglo XVI.

—Más de trescientos volúmenes del Colegio Jesuita de Roma fueron trasladados a Villa Mondragone en algún momento a finales del siglo XIX. Aún estoy algo verde con los detalles, pero hubo una especie de expropiación de las posesiones de la Iglesia durante la unificación italiana. —Lucy atravesó un tomate cherry anémico con su tenedor—. Al parecer, los libros enviados a Villa Mondragone eran los volúmenes más preciados de la biblioteca jesuita.

—Hum. Me pregunto si podría hacerme con una lista. —Estaría aún más en deuda con mi colega de Stanford, pero tal vez nos condujera hasta una de las páginas que faltaban.

—Merece la pena intentarlo. Voynich no era el único coleccionista interesado, claro. La venta en Villa Mondragone fue una de las subastas privadas de libros más importantes del siglo XX. Voynich casi pierde el manuscrito ante otros dos compradores.

—¿Sabes quiénes eran? —pregunté.

—Aún no, pero estoy en ello. Uno era de Praga. Es todo cuanto he podido averiguar.

—¿Praga? —Sentí un mareo.

—No tienes buen aspecto —dijo Lucy—. Deberías irte a casa a descansar. Seguiré con ello y te veré mañana —añadió mientras cerraba el contenedor de plástico vacío.

—Tía, sales pronto —dijo Gallowglass al verme dejar el edificio.

—He topado con un obstáculo en la investigación —suspiré—. El día entero ha supuesto pequeños avances emparedados entre dos gruesas lonchas de frustración. Esperemos que Matthew y Chris averigüen más cosas en el laboratorio, porque se nos acaba el tiempo. O tal vez debería decir que se me acaba el tiempo.

—Al final todo irá bien —dijo Gallowglass asintiendo sabiamente—. Siempre ocurre.

Atravesamos el césped y recorrimos el espacio que había entre el juzgado y el ayuntamiento. Al llegar a Court Street, cruzamos las vías del tren y nos dirigimos hacia mi casa.

—Gallowglass, ¿cuándo compraste tu apartamento en Wooster Square? —pregunté, decidiéndome por fin a hacer una de las muchas preguntas que tenía acerca de los De Clermont y su relación con New Haven.

—Cuando viniste a trabajar como profesora —contestó Gallowglass—. Quería asegurarme de que estabas bien en tu nuevo puesto y Marcus siempre contaba historias acerca de un robo en su casa o de cuando le destrozaron el coche.

—Deduzco que Marcus no vivía en su casa en ese momento —dije, levantando una ceja.

—No, por Dios. Lleva décadas sin venir a New Haven.

—Pues aquí estamos completamente a salvo. —Extendí la mirada a lo largo de la parte peatonal de Court Street, un espacio residencial flanqueado por árboles en el corazón de la ciudad. Como era habitual, estaba desierta, salvo un gato negro y varias plantas en tiestos.

—Puede —dijo Gallowglass con desconfianza.

Cuando acabábamos de alcanzar las escaleras que llevaban a la puerta de entrada, un coche oscuro se detuvo en la intersección de las calles Court y Olive por donde habíamos pasado momentos antes. El coche se quedó parado y un joven larguirucho con el pelo rubio arenoso se apeó del asiento del copiloto. Era todo brazos y piernas, y tenía unos hombros sorprendentemente anchos para una complexión tan delgada. Creí que sería un alumno de la universidad, porque llevaba uno de los uniformes típicos en los estudiantes de Yale: vaqueros oscuros y una camiseta negra. Las gafas de sol ocultaban sus ojos. Se agachó para hablar con el conductor.

—¡Dios santo! —Gallowglass parecía haber visto un fantasma—. No puede ser.

Observé al alumno, pero no lograba reconocerle.

—¿Le conoces?

Los ojos del joven se encontraron con los míos. Ni las lentes de espejo podían bloquear los efectos de la mirada fría de un vampiro. Se quitó las gafas y me lanzó una sonrisa torcida.

—Es usted una mujer difícil de encontrar, señora Roydon.

18

«Aquella voz». La última vez que la había oído, era más aguda y no tenía ese timbre sordo y grave en el fondo de la garganta.

«Aquellos ojos». De color miel con vetas doradas y verde bosque. Seguían pareciendo mayores que su verdadera edad.

«Su sonrisa». El extremo izquierdo siempre se levantaba más que el derecho.

—¿Jack? —El nombre se me atragantó al sentir cómo se me estrangulaba el corazón.

Cuarenta y cinco kilos de perro blanco treparon desde el asiento trasero, pasaron por encima de la palanca de cambios y a través de la puerta, con el pelo largo ondeando y la lengua rosada colgando fuera de la boca, salieron del coche. Jack le cogió del collar.

—Quieto, Lobero. —Jack acarició la coronilla greñuda del perro, revelando atisbos de sus pequeños ojos de botón negros. El perro le miró con adoración, moviendo la cola con brío, y se sentó resollando a esperar una nueva orden.

—Hola, Gallowglass. —Jack caminó lentamente hacia nosotros.

—Jackie. —La voz de Gallowglass estaba colmada de emoción—. Creí que estabas muerto.

—Lo estaba. Pero luego ya no. —Jack bajó la mirada hacia mí sin estar seguro de ser bienvenido. Cualquier posibilidad de duda se esfumó en cuanto lancé mis brazos alrededor de él.

—¡Oh, Jack! —Jack olía a fuegos de carbón y mañanas brumosas, en lugar de a pan calentito, como cuando era un niño. Él vaciló un instante y luego me envolvió con sus brazos largos y delgados. Estaba mayor y más alto, pero aún le sentía frágil, como si su aspecto maduro no fuera más que un cascarón.

—Te he echado de menos —susurró Jack.

—¡Diana! —Matthew aún estaba a más de dos manzanas, pero había visto el coche bloqueando la entrada a Court Street y a una figura desconocida abrazándome. Desde donde él estaba, debía de parecer acorralada a pesar de tener a Gallowglass cerca. Llevado por el instinto, Matthew echó a correr, con el cuerpo desdibujado por la velocidad.

Lobero lanzó una advertencia con un ladrido profundo. Los komondor se parecían mucho a los vampiros: eran educados para proteger a sus seres queridos, leales a la familia, suficientemente grandes como para derrotar a lobos y osos, y estaban dispuestos a morir antes que rendirse ante otra criatura.

Jack sintió la amenaza sin ver de dónde venía. Se transformó ante mis ojos en una criatura de pesadilla, los dientes asomaron y los ojos se volvieron vidriosos y negros. Me agarró y me pegó a su cuerpo, protegiéndome de lo que nos acechaba por detrás, fuera lo que fuera. Pero al hacerlo también obstruyó el flujo de aire a mis pulmones.

—¡No! ¡Tú también no! —exclamé con un grito ahogado, desperdiciando mi último aliento. Ahora ya no había forma de avisar a Matthew de que alguien le había pasado la rabia de sangre a nuestro vulnerable e inteligente pequeñín.

Antes de que Matthew lograra saltar sobre la capota del coche, un hombre salió del asiento del conductor y le agarró. También debía de ser vampiro, pensé mareada, si había tenido fuerza para detener a Matthew.

—Matthew, ¡para! Es Jack —La voz profunda y sonora del hombre y su inconfundible acento de Londres despertaron recuerdos desagradables de una gota de sangre cayendo en la boca expectante de un vampiro.

«Andrew Hubbard». El rey vampiro de Londres estaba en New Haven. Empecé a ver estrellas titilando en los bordes de mi visión.

Matthew rugió y se retorció. La espalda de Hubbard golpeó contra la estructura metálica del coche con un ruido sordo y demoledor.

—¡Es Jack! —repitió Andrew, agarrando a Matthew del cuello y obligándole a escuchar.

Esta vez el mensaje caló por fin, los ojos de Matthew se abrieron y miró hacia nosotros.

—¿Jack? —repitió Matthew con voz ronca.

—¿Señor Roydon? —Sin volverse, Jack ladeó la cabeza al sentir la voz de Matthew penetrando la oscura turbación de la rabia de sangre. Aflojó la opresión sobre mi cuerpo.

Tomé una bocanada de aire, tratando de hacer retroceder a la oscuridad estrellada. Me eché la mano a la tripa de manera instintiva y sentí un golpe tranquilizador, y luego otro. Lobero me olisqueó los pies y se sentó delante de mí gruñendo a Matthew.

—¿Es esto otro sueño? —En su voz grave había algo del niño perdido que Jack fue una vez y le vi apretando los ojos, con miedo a despertar.

—No es ningún sueño, Jack —dijo Gallowglass con suavidad—. Ahora sepárate de la señora Roydon. Matthew no representa ningún peligro para su pareja.

—Oh, Dios. La he tocado. —Jack sonaba horrorizado.

Se volvió lentamente levantando las manos en gesto de rendición, dispuesto a aceptar el castigo que Matthew creyera adecuado imponerle. Los ojos de Jack, que empezaban a volver a su estado normal, de repente se oscurecieron de nuevo. Pero ¿por qué le volvía a surgir la rabia de sangre?

—Tranquilo —dije, bajando su brazo con suavidad—. Me has tocado mil veces. A Matthew no le importa.

—Antes… no era… esto. —La voz de Jack sonaba tensa de desprecio por sí mismo.

Matthew se acercó lentamente para no asustarle. Andrew Hubbard cerró el coche con un portazo y le siguió. El paso de los siglos apenas había cambiado al vampiro londinense conocido por sus costumbres sacerdotales y su prole de criaturas adoptadas de todas las especies y edades. Tenía el mismo aspecto: bien afeitado, rostro pálido y pelo rubio. Lo único que ofrecía una nota de contraste con el aspecto blanquecino de Hubbard eran sus ojos color pizarra y su atuendo oscuro. Y su cuerpo seguía siendo alto y delgado, de hombros anchos y ligeramente encorvados.

Según se iban acercando los dos vampiros, el gruñido del perro se hizo más amenazador y sus labios dejaron al descubierto los dientes.

—Aquí, Lobero —ordenó Matthew. Se agachó y esperó pacientemente mientras el perro consideraba sus opciones.

—Es un perro de un solo dueño —dijo Hubbard avisándole—. La única criatura a la que escucha es a Jack.

Lobero empujó su hocico húmedo contra la palma de mi mano, luego olisqueó a su amo, levantó el hocico para absorber más olores y entonces avanzó hacia Matthew y Hubbard. Reconoció de inmediato al padre Hubbard, pero a Matthew lo estudió de manera más exhaustiva. Una vez terminado el examen, la cola de Lobero se movió de izquierda a derecha. No es que la meneara exactamente, pero era evidente que había reconocido por instinto al macho alfa de su manada.

—Buen chico. —Matthew se irguió y señaló su talón. Lobero se dio la vuelta obedientemente y le siguió mientras Matthew caminaba hacia donde estábamos Jack, Gallowglass y yo.

—¿Estás bien, *mon coeur*? —murmuró Matthew.

—Por supuesto —dije, sin haber recobrado todavía del todo la respiración.

—¿Y tú, Jack? —Matthew puso su mano sobre el hombro de Jack. No era el típico abrazo De Clermont. Era el saludo de un padre a su hijo después de una larga separación, y el de un padre que temía que su hijo hubiese vivido un infierno.

—Ahora estoy mejor. —Siempre se podía confiar en que Jack contestaría la verdad cuando se le hacía una pregunta directa—. Reacciono de forma exagerada cuando me sorprenden.

—Yo también. —Matthew le apretó mínimamente—. Lo siento. Estabas de espaldas y no esperaba volver a verte.

—Ha sido… difícil. Mantenerme alejado. —La tenue vibración de su voz sugería que había sido bastante más que difícil.

—Me lo puedo imaginar. ¿Por qué no entramos y nos hablas de ello? —No era una invitación intrascendente: Matthew le estaba pidiendo que desnudara su alma.

Jack parecía preocupado ante tal perspectiva.

—Tú decides lo que cuentas, Jack —añadió Matthew para tranquilizarle—. No nos cuentes nada o cuéntanos todo, pero hagámoslo dentro. Tu último Lobero no es más silencioso que el primero y los vecinos acabarán llamando a la policía si sigue ladrando.

Jack asintió.

Matthew ladeó la cabeza, con un gesto que le hizo parecerse un poco a Jack, y sonrió.

—¿Qué ha sido del niño que eras? Ya no tengo que agacharme para mirarte a los ojos.

La tensión que aún quedaba en el cuerpo de Jack desapareció con la ternura de la broma de Matthew. Sonrió tímidamente y rascó las orejas de Lobero.

—El padre Hubbard vendrá con nosotros. Gallowglass, ¿puedes llevarte el coche y aparcarlo en algún lugar donde no bloquee la calle? —preguntó Matthew.

Gallowglass extendió la mano y Hubbard puso las llaves en ella.

—Hay un maletín en el maletero —dijo Hubbard—. Tráetelo.

Gallowglass asintió dibujando una línea fina y tensa con los labios, lanzó una mirada abrasadora a Hubbard y se fue con paso airado hacia el coche.

—Nunca le he caído bien. —Hubbard se colocó las solapas de la austera chaqueta negra que lucía sobre una camisa negra. Seiscientos años después, el vampiro seguía siendo un verdadero clérigo. Inclinó la cabeza para mirarme, reconociendo mi presencia por primera vez—. Señora Roydon.

—Me llamo Bishop. —Quería recordarle la última vez que nos habíamos visto y la promesa que había hecho, que, por lo que acababa de ver, no había guardado.

—Doctora Bishop, entonces. —Los extraños ojos multicolor de Hubbard se entornaron.

—No guardó su promesa —susurré. La mirada agitada de Jack se posó sobre mi cuello.

—¿Qué promesa? —preguntó Jack a mi espalda.

Maldita sea. Jack siempre había tenido un oído muy fino, pero olvidaba que ahora también tenía sentidos sobrenaturales.

—Prometí que cuidaría de ti y de Annie por la señora Roydon —dijo Hubbard.

—El padre Hubbard mantuvo su promesa, mi señora —dijo Jack con voz callada—. De lo contrario, yo no estaría aquí.

—Y se lo agradecemos. —Matthew parecía todo menos agradecido. Me lanzó las llaves de la casa. Gallowglass seguía teniendo mi bolsa y sin lo que había dentro no tenía forma de abrir la puerta. Hubbard las interceptó y metió la llave en la cerradura.

—Jack, lleva a Lobero arriba y dale un poco de agua. La cocina está en el primer piso. —Matthew le quitó las llaves de las manos a Hubbard al pasar y las puso en un cuenco sobre la mesa de la entrada.

Jack llamó a Lobero, que le siguió obedientemente por el tramo de desgastadas escaleras, recién pintadas.

—Eres hombre muerto, Hubbard... Tú y quienquiera que convirtiera a Jack en un vampiro. —La voz de Matthew apenas sonó en un murmullo hueco. Pero Jack lo oyó.

—No puede matarle, señor Roydon. —Jack estaba en lo alto de la escalera y tenía los dedos firmemente asidos al collar de Lobero—. El padre Hubbard es su nieto. Y también mi hacedor.

Jack dio media vuelta y luego oímos abrirse las puertas del armario y el agua corriendo de un grifo, ruidos extrañamente familiares considerando que acababa de soltar una bomba en la conversación.

—¿Mi nieto? —Matthew miró a Hubbard conmocionado—. Pero eso significa...

—Benjamin Fox es mi señor.

Los orígenes de Hubbard siempre habían estado envueltos por la penumbra. En Londres corría la leyenda de que era sacerdote cuando la peste negra asoló Inglaterra por primera vez, en 1349. Después de que ver cómo todos los miembros de su parroquia sucumbían a la enfermedad, cavó su propia tumba y se metió en ella. Un misterioso vampiro le devolvió a la vida cuando estaba a punto de morir, pero nadie parecía saber quién.

—Yo fui un mero juguete para tu hijo, alguien con quien impulsar sus propósitos en Inglaterra. Benjamin quería que yo heredara la rabia de sangre —continuó Hubbard—. También quería que le ayudara a reunir un ejército para levantarse contra los De Clermont y sus aliados. Pero le defraudé en ambas cosas, y he conseguido mantenerle alejado de mí y de mi rebaño. Hasta ahora.

—¿Qué ha ocurrido? —preguntó Matthew bruscamente.

—Benjamin quiere a Jack. No puedo dejar que vuelva a tener al chico. —La respuesta de Hubbard fue igual de abrupta.

—¿Que *vuelva a tenerlo*?

Aquel loco había estado con Jack. Me volví ciegamente hacia las escaleras, pero Matthew me agarró de las muñecas y me atrapó contra su pecho.

—Espera —me ordenó.

Gallowglass entró por la puerta con un maletín negro grande y mi bolsa de libros. Observó la escena y soltó lo que llevaba.

—¿Qué ha pasado ahora? —preguntó, mirando de Matthew a Hubbard.

—El padre Hubbard hizo vampiro a Jack —dije en un tono tan neutro como fui capaz. Al fin y al cabo, Jack estaba escuchando.

Gallowglass empotró a Hubbard contra la pared.

—¡Maldito bastardo! Podía notar tu olor en él. Creí…

Entonces fue Gallowglass el que salió lanzado, esta vez contra el suelo. Hubbard puso uno de sus zapatos negros abrillantados sobre el esternón del gigante gaélico. Me asombraba que alguien de aspecto tan esquelético pudiera ser tan fuerte.

—¿Qué creíste, Gallowglass? —preguntó Hubbard con tono amenazador—. ¿Que había violado a un niño?

Mientras, la agitación de Jack agriaba el aire en el piso de arriba. Había aprendido muy pronto lo deprisa que una pelea corriente podía volverse violenta. De niño, el más leve atisbo de desacuerdo entre Matthew y yo le angustiaba.

—¡Corra! —exclamé, deseando instintivamente su ayuda.

Cuando mi dragón escupefuego bajó volando en picado desde nuestro dormitorio y aterrizó sobre el pilar de la barandilla, Matthew ya había evitado cualquier posible derramamiento de sangre levantando a Hubbard y Gallowglass por el pescuezo, separándolos y zarandeándolos hasta que les castañearon los dientes.

Corra soltó un balido irritado y clavó una mirada malévola en el padre Hubbard, sospechando acertadamente que él era el culpable de la interrupción de su siesta.

—¡Maldita sea! —La rubia cabellera de Jack asomó por encima de la barandilla—. Padre H, ¿no le dije que Corra sobreviviría al viaje en el tiempo? —Soltó una carcajada y dejó caer el puño sobre la madera pintada. Su comportamiento me recordaba tanto al alegre niño que fue una vez que tuve que contener las lágrimas.

Corra respondió con un grito de bienvenida, seguido de un chorro de fuego y un canto que inundó la entrada de felicidad. Alzó el vuelo y subió a envolver a Jack con sus alas. Luego posó su cabeza sobre la de él y empezó a canturrear; rodeaba sus costillas con la cola en forma de pica, de manera que le daba palmaditas con ella sobre la espalda. Lobero se acercó trotando hacia su amo y olisqueó a Corra con recelo. Debió de oler algo familiar y, por tanto, a una criatura para ser incluida entre sus muchas responsabilidades. El perro se sentó al lado de Jack y apoyó la cabeza en sus pezuñas, aunque mantenía los ojos bien abiertos.

—Tu lengua es aún más larga que la de Lobero —dijo Jack, tratando de no reírse con las cosquillas que Corra le hacía en el cuello—. No puedo creer que se acuerde de mí.

—¡Claro que se acuerda de ti! ¿Cómo iba a olvidar a alguien que la mimaba dándole bollitos de pasas? —dije sonriendo.

Para cuando nos sentamos en la sala de estar que daba a Court Street, la rabia de sangre había retrocedido en las venas de Jack. Consciente de su baja posición en el orden jerárquico de la casa, esperó a que todos hubiéramos cogido una silla para elegir su asiento. Estaba dispuesto a sentarse en el suelo con el perro, pero Matthew dio una palmadita sobre el cojín del sofá.

—Siéntate conmigo, Jack. —La invitación de Matthew tenía un matiz de mandato. Jack tomó asiento y comenzó a pellizcarse los vaqueros a la altura de la rodilla.

—Pareces tener unos veinte años —observó Matthew, tratando de entablar conversación con él.

—Veinte, quizás veintiuno —dijo Jack—. Lo calculamos por mis recuerdos de la Armada Invencible. Nada concreto, en realidad, simplemente el miedo a la invasión española por las calles, cuando encendieron los faros y todas las celebraciones. Tendría que tener al menos cinco años en 1588 para recordarlo.

Hice un rápido cálculo mental. Eso significaba que le habían hecho vampiro en 1603.

—La peste.

Aquel año la enfermedad asoló Londres con brutalidad. Observé que tenía una mancha en el cuello, justo debajo de la oreja. Parecía un moratón, pero debía de ser la marca de una llaga de la enfermedad. El hecho de que aún fuera visible a pesar de haberse convertido en vampiro hacía pensar que Jack estaría a un paso de la muerte cuando Hubbard le transformó.

—Sí —dijo Jack mirándose las manos. Las volvió hacia arriba y hacia abajo—. Annie murió por la peste diez años antes, poco después de que el señor Marlowe fuera asesinado en Deptford.

Me había preguntado muchas veces qué habría sido de nuestra Annie. La había imaginado como una costurera de éxito con su propio negocio. Esperaba que se hubiera casado con un buen hombre y hubiera tenido hijos. Pero había muerto siendo una adolescente, su vida se había apagado incluso antes de encenderse de verdad.

—El año 1593 fue terrible, señora Roydon. Había muertos por todas partes. Cuando el padre Hubbard y yo supimos que estaba enferma, ya era demasiado tarde —dijo Jack, con expresión desolada.

—Eres lo suficientemente mayor como para llamarme Diana —contesté con ternura.

Jack se pellizcó los pantalones sin decir nada.

—El padre Hubbard me acogió cuando ustedes… se marcharon —continuó—. Sir Walter tenía problemas y lord Northumberland estaba demasiado ocupado en la corte como para cuidar de mí. —Jack sonrió a Hubbard con evidente cariño—. Fueron buenos tiempos, correteaba por Londres con la pandilla.

—En esos *buenos tiempos* tuyos yo guardaba estrecha relación con el jefe de policía —dijo Hubbard secamente—. Leonard y tú hicisteis más maldades de las que ninguna pareja de niños había hecho nunca.

—Nooo… —replicó Jack sonriendo—. El único lío de verdad fue cuando nos colamos en la Torre para entregar a sir Walter sus libros y nos quedamos para llevar una carta suya a lady Raleigh.

—¿Qué hiciste…? —Matthew se estremeció y sacudió la cabeza incrédulo—. Dios, Jack. Nunca fuiste capaz de distinguir un delito menor de una ofensa castigada con la horca.

—Ahora ya sí —dijo Jack alegremente. Su expresión se volvió a teñir de inquietud. Lobero levantó la cabeza y apoyó el hocico sobre su rodilla.

—No se enfade con el padre Hubbard. Solo hizo lo que yo le pedí, señor Roydon. Leonard me habló de las criaturas mucho antes de convertirme en una, así que ya sabía lo que usted, Gallowglass y Davy eran. A partir de ese momento todo cobró más sentido. —Jack hizo una pausa—. Debería haber tenido valor para enfrentarme a la muerte y aceptarla, pero no podía irme a la tumba sin volver a verles. Sentía que mi vida estaba… incompleta.

—¿Y ahora? —preguntó Matthew.

—Larga. Solitaria. Y dura, más dura de lo que nunca imaginé. —Jack ensortijó sus dedos en el pelo de Lobero, enredándolo hasta formar una cuerda tensa. Se aclaró la garganta—. Pero todo ha merecido la pena por hoy —continuó en voz baja—. Todo.

Matthew estiró su largo brazo hacia el hombro de Jack. Lo apretó y lo soltó de nuevo rápidamente. Por un instante vi desolación y dolor en el rostro de mi marido y luego recompuso su máscara de serenidad. Era la versión vampírica de un hechizo de camuflaje.

—El padre Hubbard me advirtió que su sangre podía enfermarme, señor Roydon. —Jack se encogió de hombros—. Pero yo ya estaba enfermo. ¿Qué más daba cambiar una enfermedad por otra?

Pensé que nada, salvo que una te mataba y la otra te convertía en un asesino.

—Andrew hizo bien diciéndotelo —dijo Matthew. El padre Hubbard parecía sorprendido por la concesión—. No creo que tu señor abuelo tuviera la misma consideración con él. —Matthew estaba utilizando los mismos términos que Hubbard y Jack para describir su relación con Benjamin.

—No. No la tendría. Mi señor abuelo no cree que deba ninguna explicación a nadie por ninguno de sus actos. —Jack se puso de pie bruscamente y empezó a deambular por la habitación, con Lobero siguiendo sus pasos. Examinó las molduras que enmarcaban la puerta pasando los dedos por la madera—. Usted también tiene esa enfermedad en la sangre, señor Roydon. La recuerdo de Greenwich. Pero la enfermedad no le controla, como ocurre con mi señor abuelo. Y conmigo.

—Me controlaba en su momento. —Matthew miró a Gallowglass y asintió sutilmente.

—Recuerdo un tiempo en que Matthew era salvaje como el demonio y casi invencible cuando blandía una espada. Hasta el hombre más valiente corría aterrorizado. —Gallowglass se inclinó hacia delante con las manos entrelazadas y las rodillas bien abiertas.

—Mi señor abuelo me habló del pasado del señor R... de Matthew —continuó Jack estremecido—. Dijo que el talento de Matthew para matar también estaba dentro de mí y que tenía que serle fiel a él o usted nunca me reconocería como parte de su sangre.

Había visto la indescriptible crueldad de Benjamin en la pantalla, cómo jugaba con la esperanza y el miedo convirtiéndolas en un arma para destruir el sentido de identidad de una criatura. El hecho de que lo hubiera hecho con los sentimientos de Jack para con Matthew me cegaba de furia. Apreté las manos en un puño, tensando los cordones de mis dedos hasta que la magia estuvo a punto de rasgarme la piel.

—Benjamin no me conoce tanto como cree. —La ira también iba aumentando dentro de Matthew y con ella su olor se volvía más intenso—. Te reconocería como mío delante del mundo entero, y con orgullo, aunque no fueras de mi sangre.

Hubbard parecía intranquilo. Su atención pasó de Matthew a Jack.

—¿Me haría su propio hijo por juramento de sangre? —preguntó Jack mirando a Matthew—. ¿Cómo Philippe hizo con la señora Roydon... quiero decir, con Diana?

Matthew asintió abriendo los ojos, mientras trataba de absorber el hecho de que Philippe supiera de la existencia de sus nietos cuando él mismo lo ignoraba. La sombra de la traición cubrió su rostro.

—Philippe venía a visitarme cada vez que estaba en Londres —explicó Jack, ajeno a los cambios en Matthew—. Me dijo que tratara de escuchar su juramento de sangre, que sonaba bien alto, y que probablemente oiría a la señora Roydon antes de verla. Y usted tenía razón, señora… Diana. El padre de Matthew era grande como el oso del emperador.

—Si conociste a mi padre, estoy seguro de que habrás oído muchas historias sobre mi mal comportamiento. —El músculo de la mandíbula de Matthew empezó a palpitar a medida que pasaba de sentirse traicionado a sentir la amargura y sus pupilas se iban dilatando a cada segundo conforme la rabia ganaba terreno dentro de él.

—No —dijo Jack con el ceño fruncido por la confusión—. Philippe solo me hablaba de su admiración y decía que me enseñaríais a ignorar lo que mi sangre me decía que hiciera.

Matthew se sacudió como si le hubieran golpeado.

—Philippe siempre hacía que me sintiera más cerca de usted y la señora Roydon. Y también más tranquilo. —Jack volvió a parecer inquieto—. Pero hace mucho tiempo que no veo a Philippe.

—Fue capturado en la guerra —explicó Matthew— y murió como consecuencia de lo que sufrió.

Era una cuidadosa verdad a medias.

—El padre Hubbard me lo contó. Me alegro de que Philippe no viviera para ver… —Esta vez fue Jack quien se estremeció desde el tuétano hasta la superficie de su piel. De súbito, sus ojos se volvieron completamente negros, llenos de terror y aversión.

En aquel momento el sufrimiento de Jack era mucho peor de lo que Matthew tenía que soportar. Para Matthew, solo un arranque de furia implacable podía hacer emerger la rabia de sangre. Pero a Jack se lo provocaba una gama más amplia de emociones.

—Está bien. —Matthew se acercó a él al instante, le cogió la nuca con una mano y posó la otra sobre su mejilla. Lobero le tocó el pie a Matthew con una pata, como diciendo: «Haz algo».

—No me toque cuando estoy así —gruñó Jack, empujando a Matthew en el pecho. Pero le habría sido más fácil mover una montaña—. Hará que empeore.

—¿Crees que me puedes dar órdenes, cachorro? —replicó Matthew arqueando una ceja—. Creas lo que creas que es tan horrible, suéltalo. Te sentirás mejor después.

Animado por Matthew, la confesión de Jack salió a trompicones desde algún oscuro rincón de su interior donde guardaba todo lo que era malo y aterrador.

—Benjamin me encontró hace unos años. Dijo que me había estado esperando. Mi abuelo me prometió llevarme junto a usted, pero solo cuando le demostrara que era verdaderamente de la sangre de Matthew de Clermont.

Gallowglass soltó una blasfemia. Los ojos de Jack se clavaron en él y rugió.

—Mantén los ojos sobre mí, Jack.

El tono de Matthew dejaba claro que cualquier resistencia encontraría una represalia rápida y contundente. Mi marido estaba haciendo un número de equilibrismo imposible, en el que hacía falta amor incondicional combinado con una afirmación constante de su dominio. La dinámica de una manada era siempre tensa. Pero cuando había rabia de sangre de por medio, podía convertirse al instante en algo letal.

Jack desvió su atención de Gallowglass y sus hombros se relajaron levemente.

—¿Qué ocurrió entonces? —preguntó Matthew dándole pie de nuevo.

—Que maté. Una y otra vez. Cuanto más mataba, más quería matar. La sangre hacía algo más que alimentarme, también alimentaba la rabia de sangre.

—Demuestra mucha inteligencia por tu parte que lo entendieras tan rápido —reconoció Matthew con un gesto de aprobación.

—A veces recuperaba la cordura el tiempo suficiente como para darme cuenta de que lo que hacía estaba mal. En esos momentos intentaba salvar a los seres de sangre caliente, pero no podía dejar de beber —confesó Jack—. Logré convertir a dos de mis presas en vampiros. Entonces Benjamin parecía estar satisfecho conmigo.

—¿Solo dos? —Una sombra recorrió el rostro de Matthew.

—Benjamin quería que salvara a más, pero hacía falta demasiado control. Hiciera lo que hiciera, casi todos se me murieron. —Los ojos tintados de Jack se llenaron de lágrimas de sangre y sus pupilas se cubrieron de un brillo rojizo.

—¿Dónde ocurrieron estas muertes? —Matthew apenas aparentaba curiosidad, pero mi sexto sentido me decía que aquella pregunta era crucial para comprender lo que le había pasado a Jack.

—Por todas partes. Tenía que seguir moviéndome. ¡Había tanta sangre! Tenía que alejarme de la policía y de los periódicos… —Jack volvió a estremecerse.

«Vampiro suelto en Londres». Recordé el elocuente titular y todos los recortes de periódico sobre los «asesinatos de vampiros» que Matthew había recortado de diarios de todo el mundo. Agaché la cabeza tratando de que Jack no se diera cuenta de que yo sabía que era el asesino al que buscaban las autoridades europeas.

—Pero las que más sufrían eran las que sobrevivían —prosiguió Jack, con la voz más ahogada a cada palabra—. Mi señor abuelo me quitó a mis hijos y dijo que se aseguraría de que fueran educados adecuadamente.

—Benjamin te utilizó. —Matthew le miró profundamente a los ojos, intentando conectar con él.

Jack sacudió la cabeza.

—Al hacer a esos niños, rompí mi promesa al padre Hubbard. Dijo que el mundo no necesitaba más vampiros, que ya había suficientes, y que si me sentía solo podía hacerme cargo de las criaturas cuyas familias ya no les querían. Lo único que me pidió el padre Hubbard fue que no hiciera hijos, pero le fallé una y otra vez. Después de aquello, no podía regresar a Londres; no con tanta sangre en las manos. Y tampoco podía quedarme con mi señor abuelo. Cuando le dije que quería marcharme, se puso como una furia y mató a uno de mis hijos como represalia. Sus hijos me sujetaron y me obligaron a presenciarlo. —Jack reprimió un ruido estridente—. Y mi hija. Mi hija. Ellos la…

Se encogió en una arcada. Trató de taparse la boca con la mano, pero era demasiado tarde para evitar que la sangre escapara en un vómito. Salió a chorro sobre su barbilla, empapándole la camiseta oscura. Lobero se levantó y comenzó a ladrar intensamente y a darle golpes con la pata en la espalda.

Incapaz de estar lejos de él un solo segundo más, corrí al lado de Jack.

—¡Diana! —exclamó Gallowglass—. No debes...

—No me digas lo que tengo que hacer. ¡Tráeme una toalla! —dije bruscamente.

Jack se derrumbó sobre sus manos y sus rodillas, aunque los brazos fuertes de Matthew amortiguaron la caída. Me arrodillé junto a él mientras seguía purgando el estómago de su contenido. Gallowglass me pasó una toalla. La usé para limpiar la cara y las manos de Jack, que estaban cubiertas de sangre. La toalla se empapó y se quedó helada rápidamente en mis frenéticos intentos de detener el flujo. Sentía mis manos cada vez más torpes y adormecidas por el contacto con tanta sangre de vampiro.

—La fuerza del vómito le habrá roto varios vasos sanguíneos en el estómago y la garganta —señaló Matthew—. Andrew, ¿puedes traer una jarra de agua? Ponle mucho hielo.

Hubbard fue a la cocina y volvió en un abrir y cerrar de ojos.

—Aquí tienes —dijo entregando la jarra enérgicamente a Matthew.

—Diana, levántale la cabeza —me ordenó Matthew—. Sujétale, Andrew. Su cuerpo pide sangre a gritos y se resistirá a tomar agua.

—¿Qué puedo hacer? —dijo Gallowglass con voz ronca.

—Límpiale las patas a Lobero antes de que llene la casa de huellas de sangre. Jack no necesitará nada que le recuerde lo que ha pasado. —Matthew cogió a Jack por la barbilla—. ¡Jack!

Los ojos vidriosos de Jack rodaron hacia Matthew.

—Bebe esto —ordenó Matthew, levantando su barbilla unos centímetros.

Jack escupió y soltó una dentellada tratando de quitárselo de encima. Pero Hubbard le mantuvo inmóvil el tiempo suficiente para que Matthew vaciara el contenido de la jarra.

Jack hipó y Hubbard le soltó ligeramente.

—Muy bien, Jackie —dijo Gallowglass.

Yo le aparté el pelo de la frente mientras se agachaba de nuevo agarrándose el estómago visiblemente dolorido.

—La he manchado de sangre —susurró. Mi camisa estaba manchada.

—Qué más da —dije—. No es la primera vez que un vampiro me sangra encima, Jack.

—Trata de descansar —le dijo Matthew—. Estás exhausto.

—No quiero dormir. —Jack hizo un esfuerzo por tragar al sentir que las náuseas le volvían a la garganta.

—Chis —dije frotándole la espalda—. Te prometo que no habrá más pesadillas.

—¿Cómo puede estar tan segura? —preguntó Jack.

—Magia. —Dibujé la forma del quinto nudo sobre su frente y con un susurro recité—: «Espejo, brilla, haz al monstruo temblar, ahuyenta la pesadilla hasta nuestro despertar».

Los ojos de Jack se cerraron lentamente. Tras unos minutos, estaba hecho un ovillo, de lado, durmiendo plácidamente.

Tejí otro hechizo, uno especialmente para él. No hacía falta palabras, pues nadie más que yo lo utilizaría jamás. Los hilos que rodeaban a Jack eran una furiosa maraña de rojo, negro y amarillo. Tiré del verde sanador que me rodeaba, así como de los hilos blancos que ayudaban a romper maldiciones y crear nuevos comienzos. Los retorcí para unirlos y los até alrededor de la muñeca de Jack, fijando la trenza con un nudo seguro de seis cruces.

—Hay una habitación de invitados arriba —dije—. Acostaremos a Jack allí. Corra y Lobero nos avisarán si se despierta.

—¿Te parece bien? —preguntó Matthew a Hubbard.

—Por lo que se refiere a Jack, no necesitas mi permiso —contestó Hubbard.

—Sí que lo necesito. Eres su padre —dijo Matthew.

—Solo soy su señor —dijo Hubbard—. Tú eres el padre de Jack, Matthew. Siempre lo has sido.

19

atthew subió a Jack hasta el tercer piso acunando su cuerpo como si fuera un bebé. Lobero y Corra nos acompañaron, ambos conscientes de su deber. Mientras Matthew le quitaba la camiseta empapada de sangre, fui a nuestro dormitorio para buscar algo que ponerle. Jack medía casi metro ochenta y cinco, pero su complexión era mucho más delgada que la de Matthew. Cogí una camiseta grande de regatista masculino de Yale que a veces me ponía para dormir, con la esperanza de que le valiera. Matthew le metió primero los brazos, que parecían no tener huesos, y luego la cabeza, que colgaba mustiamente. Mi hechizo le había dejado completamente fuera de combate.

Entre los dos le metimos en la cama sin decir una sola palabra que no fuera totalmente necesaria. Le tapé con la sábana hasta los hombros ante la mirada atenta de Lobero, tumbado en el suelo. Corra se subió a la lámpara y observaba atenta también y sin pestañear, doblando la pantalla con su peso hasta un ángulo alarmante.

Acaricié el pelo rubio arenoso de Jack y la marca oscura sobre su cuello y presioné mi mano contra su corazón. Aunque estaba dormido, podía notar la lucha entre su mente, su cuerpo y su alma por hacerse con el control. Hubbard decía que Jack siempre tendría veintiún años, pero había un cansancio en él que le hacía parecer un hombre tres veces mayor.

Jack había sufrido mucho. Demasiado, gracias a Benjamin. Deseaba que aquel loco fuera eliminado de la faz de la tierra. Los dedos de mi mano izquierda se extendieron y la muñeca me empezó a escocer allí donde el nudo rodeaba mi pulso. La magia no es más que un deseo hecho realidad y el poder en mis venas respondía a mi silencioso deseo de venganza.

—Jack era nuestra responsabilidad y no estuvimos allí para ayudarle. —Mi voz sonaba grave y fiera—. Y Annie...

—Estamos aquí ahora. —Los ojos de Matthew contenían el mismo dolor y la misma rabia que sabía que había en los míos—. Ya no hay nada que podamos hacer por Annie, salvo rezar por que su alma haya encontrado descanso.

Asentí, esforzándome para controlar mis emociones.

—Date una ducha, *ma lionne*. Entre el contacto con Hubbard y la sangre de Jack... —Matthew no podía soportar que mi piel tuviera el olor de otra criatura—. Me quedaré con él mientras tanto. Y después bajaremos los dos a hablar con... mi nieto. —Pronunció las últimas palabras con lentitud y meticulosidad, como si estuviera acostumbrando su lengua a ellas.

Le apreté la mano, di un suave beso en la frente a Jack y a regañadientes fui al dormitorio esforzándome inútilmente por quitarme de encima los acontecimientos de aquella tarde.

Media hora más tarde encontramos a Gallowglass y a Hubbard sentados uno enfrente del otro junto a la sencilla mesa de pino del comedor. Se miraban fijamente. Con odio. Gruñían. Me alegré de que Jack no estuviera allí para presenciarlo.

Matthew me soltó la mano y recorrió unos pasos hasta la cocina. Cogió una botella de agua con gas para mí y tres botellas de vino. Después de repartirlas volvió a por un sacacorchos y cuatro copas.

—Puede que seas mi primo, pero no me gustas, Hubbard. —El gruñido de Gallowglass se convirtió en un sonido infrahumano mucho más inquietante.

—El sentimiento es mutuo. —Hubbard subió su maletín negro sobre la mesa y lo dejó al alcance de la mano.

Matthew metió el sacacorchos en su botella, mientras observaba cómo su sobrino y Hubbard luchaban por mantener la posición sin mediar palabra. Se sirvió una copa de vino y se la bebió de dos tragos.

—No estás preparado para ser padre —dijo Gallowglass entornando los ojos.

—¿Y quién lo está? —contestó rápidamente Hubbard.

—Ya basta. —Matthew ni siquiera alzó la voz, pero había en ella un timbre que me puso los pelos de punta y que silenció inmediatamente a Gallowglass y a Hubbard—. Andrew, ¿siempre ha afectado así la rabia de sangre a Jack? ¿O ha empeorado desde que estuvo con Benjamin?

Hubbard se reclinó en la silla con una sonrisa sardónica.

—Así que quieres empezar por ahí...

—¿Y por qué no empiezas tú explicándonos por qué hiciste vampiro a Jack cuando sabías que podías transmitirle la rabia de sangre? —La ira salió de mi interior arrasando cualquier atisbo de cortesía que pudiera haberle mostrado alguna vez.

—Diana, él tuvo elección —replicó Hubbard—, por no hablar de que le di una oportunidad.

—¡Jack estaba muriendo de la peste! —exclamé—. No era capaz de tomar ninguna decisión cabal. Tú eras el adulto. Jack era un crío.

—Jack ya tenía veinte años cumplidos; ya era un hombre, no el niño que dejasteis con lord Northumberland. ¡Y había vivido un infierno esperando en vano a que volvierais! —dijo Hubbard.

Bajé la voz por temor a despertar a Jack:

—Te dejé dinero más que suficiente para mantener a Jack y a Annie a salvo de cualquier peligro. No debería haberles faltado de nada a ninguno de los dos.

—¿Crees que una cama caliente y el estómago lleno podían consolar el corazón roto de Jack? —Los ojos sobrenaturales de Hubbard me miraron con frialdad—. Os estuvo buscando cada día durante *doce años*. Son doce años de ir a los muelles cuando llegaban los barcos de Europa con la esperanza de que estuvierais a bordo;

doce años de interrogar a todo extranjero que encontraba por Londres tratando de averiguar si os habían visto en Ámsterdam, en Lübeck o en Praga; doce años de acercarse a cualquiera del que sospechaba que podía ser un brujo para enseñarle un dibujo que había hecho de la famosa hechicera Diana Roydon. ¡Es un milagro que fuera la peste y no los guardias de la reina lo que le quitara la vida!

Me quedé pálida.

—Tú también tuviste elección —continuó Hubbard—. Así que, si quieres culpar a alguien de que Jack se haya convertido en vampiro, cúlpate a ti misma y a Matthew. Él era responsabilidad vuestra. Y la hicisteis mía.

—¡Ese no era el trato que hicimos y lo sabes! —Las palabras se me escaparon antes de poder detenerlas. Me quedé paralizada, con una expresión aterrada. Era otro secreto que había estado ocultando a Matthew, pero pensaba que lo tenía aparcado a salvo.

Gallowglass soltó un bufido de sorpresa y la mirada helada de Matthew se astilló sobre mi piel. La habitación enmudeció completamente.

—Gallowglass, tengo que hablar con mi mujer y mi nieto. A solas —dijo Matthew. El énfasis sobre «mi mujer» y «mi nieto» fue sutil, pero inconfundible.

Gallowglass se levantó contrariado, con la expresión arrugada.

—Estaré arriba, con Jack.

Matthew sacudió la cabeza.

—Vete a casa y espera a Miriam. Os llamaré cuando Andrew y Jack estén listos para irse con vosotros.

—Jack se quedará aquí —dije yo alzando de nuevo la voz—, con nosotros. Donde debe estar.

La mirada amenazadora que me lanzó Matthew me calló al instante. Aunque el siglo XXI no era lugar para un príncipe renacentista y hacía un año le habría discutido aquella prepotencia, en aquel momento sabía que el autocontrol de mi marido pendía de un hilo.

—No pienso dormir bajo el mismo techo que un De Clermont. Sobre todo si está él —dijo Hubbard señalando a Gallowglass.

—Olvidas, Andrew —dijo Matthew—, que tú eres un De Clermont. Y también lo es Jack.

—Yo nunca he sido un De Clermont —dijo Hubbard con saña.

—Desde que bebiste la sangre de Benjamin, ya no has sido otra cosa. —La voz de Matthew sonó entrecortada—: En esta familia se hace lo que yo diga.

—¿Familia? —dijo Hubbard en tono de burla—. Formabas parte de la manada de Philippe y ahora respondes ante Baldwin. Tú no tienes familia propia.

—Parece que sí la tengo. —La boca de Matthew se frunció de remordimiento—. Es hora de irte, Gallowglass.

—Está bien, Matthew. Dejaré que me eches… por esta vez. Pero no me voy lejos. Y en cuanto mi instinto me diga que algo ocurre, volveré y al infierno con las costumbres y las leyes vampíricas. —Gallowglass se levantó y me besó en la mejilla—. Tía, si me necesitas, grita.

Matthew esperó hasta que se cerró la puerta de entrada y se volvió hacia Hubbard.

—¿Qué trato hiciste con mi pareja exactamente? —preguntó con tono inquisitivo.

—Es culpa mía, Matthew. Yo acudí a Hubbard… —empecé a decir, porque quería confesar y quitármelo de encima.

La mesa retumbó con el violento golpe de Matthew.

—¡Contéstame, Andrew!

—Prometí proteger a cualquiera que perteneciera a Diana, incluido tú —dijo escuetamente Hubbard. En ese sentido, era un De Clermont hasta la médula: no regalaba nada, solo revelaba lo necesario.

—¿A cambio de qué? —preguntó Matthew bruscamente—. No harías un juramento así si no fueras a sacar algo igual de valioso a cambio.

—*Tu pareja* me dio una gota de sangre, una sola gota —contestó Hubbard con tono resentido. Yo le había engañado al cumplir su petición al pie de la letra, en lugar de lo que había tras ella. Al parecer, Andrew Hubbard me guardaba rencor por ello.

—¿Sabías entonces que yo era tu señor abuelo? —preguntó Matthew.

No entendía qué importancia tenía eso.

—Sí —contestó Andrew, con la tez ligeramente verdosa.

Matthew le agarró y le acercó por encima de la mesa hasta quedar nariz con nariz.

—¿Y qué averiguaste de esa gota de sangre?

—Su verdadero nombre, Diana Bishop. Nada más, lo juro. La bruja usó su magia para asegurarse de ello. —La palabra «bruja» sonó sucia y obscena en los labios de Hubbard.

—No vuelvas a aprovecharte de los instintos protectores de mi mujer, Andrew. Si lo haces, te mataré. —Matthew asió a Hubbard con más fuerza—. Considerando tu lascivia, ningún vampiro vivo me culparía por ello.

—A mí me da igual lo que hagáis en la intimidad, aunque a otros sí les interesará, dado que es evidente que tu pareja está embarazada y no hay ni rastro de olor de otro hombre sobre ella. —Hubbard apretó los labios en un gesto que mostraba su rechazo.

Por fin entendí el porqué de la pregunta anterior de Matthew. Al tomar mi sangre conscientemente y rebuscar entre mis pensamientos y mis recuerdos, Andrew Hubbard había cometido el equivalente vampírico a ver a los abuelos de uno manteniendo relaciones sexuales. Si no hubiera sido capaz de ralentizar el flujo de mi sangre para que solo obtuviera la gota que me había pedido y nada más, Hubbard habría podido ver nuestra vida privada y descubrir los secretos de Matthew y los míos. Mis ojos se cerraron con fuerza al darme cuenta del daño que eso podría haber provocado.

Un murmullo distrajo mi atención desde dentro del maletín de Andrew. Me recordaba al ruido que a veces se oía en una conferencia cuando de repente sonaba el teléfono de algún alumno.

—Has dejado tu teléfono en modo altavoz —dije, volcando mi atención sobre el ruido de voces que salía del maletín—. Alguien está dejando un mensaje.

Matthew y Andrew fruncieron el ceño.

—Yo no oigo nada —dijo Matthew.

—No tengo teléfono móvil —añadió Hubbard.

—Entonces, ¿de dónde viene? —pregunté mirando a mi alrededor—. ¿Alguien ha encendido la radio?

—Esto es lo único que llevo en el maletín. —Andrew soltó las dos hebillas de latón y sacó algo.

El ruido se hizo más fuerte y de repente sentí una sacudida de poder. Todos mis sentidos se agudizaron y los hilos que unían el mundo empezaron a resonar agitándose de súbito, haciendo espirales y enrollándose en el espacio que había entre mi cuerpo y la hoja de papel vitela que Hubbard tenía en la mano. Mi sangre respondió a los débiles vestigios de magia aferrados a aquella solitaria página de *El libro de la vida* y mis muñecas empezaron a arder mientras la habitación se inundaba de un tenue olor familiar a mosto y a tiempo.

Hubbard dio la vuelta a la página hacia mí, pero yo ya sabía lo que iba a ver: dos dragones alquímicos entrelazados, derramando la sangre de sus heridas sobre un cuenco del que salían figuras pálidas y desnudas. Representaba la fase del proceso alquímico que seguía al enlace químico de la reina luna y el rey sol, *conceptio*, el momento en que una sustancia nueva y poderosa surgía de la unión de los contrarios: varón y hembra, luz y oscuridad, sol y luna.

Tras varias semanas buscando las páginas que faltaban del Ashmole 782 en la Beinecke, una de ellas aparecía inesperadamente en mi propio comedor.

—Edward Kelley me la envió el otoño después de marcharos. Me dijo que no la perdiera de vista. —Hubbard me acercó la página por encima de la mesa.

Tan solo habíamos podido ver rápidamente aquella ilustración en el palacio de Rodolfo. Más tarde, Matthew y yo habíamos especulado que lo que creíamos que eran dos dragones podían ser un dragón escupefuego y un uróboros. No cabía duda de que uno de ellos era un dragón escupefuego, con sus dos piernas y sus dos alas, y el otro era una serpiente con la cola en la boca. El uróboros de mi muñeca se retorció al reconocerlo y sus colores empezaron a brillar con intensidad. La imagen era fascinante y ahora que tenía tiempo para observarla bien, varios detalles me llamaron la atención: la expresión embelesada de los dragones al mirarse a los ojos, la mirada de asombro en el rostro de su prole al salir del cuenco donde habían nacido, el sorprendente equilibrio entre dos criaturas tan poderosas.

—Jack se aseguró de que la imagen de Edward estuviera a salvo de todo. De la peste, del fuego, de la guerra..., el chico no dejaba que nada la tocara. Decía que le pertenecía a usted, señora Roydon —dijo Hubbard, interrumpiendo mi ensimismamiento.

—¿A mí? —Toqué la esquina del papel vitela y uno de los gemelos me dio una fuerte patada—. No. Nos pertenece a todos.

—Y sin embargo, parece que usted tiene una conexión especial con ella. Es la única que la ha oído hablar —dijo Andrew—. Hace mucho tiempo, un brujo bajo mi tutela dijo que creía que la página provenía del primer libro de hechizos de los brujos. Pero un viejo vampiro que pasaba por Londres afirmaba que era una página de *El libro de la vida*. Ruego a Dios que ambas versiones sean falsas.

—¿Qué sabes tú de *El libro de la vida*? —la voz de Matthew resonó como un trueno.

—Sé que Benjamin lo quiere —dijo Hubbard—. Se lo dijo a Jack. Pero esa no fue la primera vez que mi señor mencionó el libro. Benjamin lo estuvo buscando en Oxford hace mucho tiempo, antes de hacerme vampiro.

Eso significaba que Benjamin llevaba buscando *El libro de la Vida* desde antes de mediados el siglo XIV, mucho antes de que Matthew empezara a interesarse por él.

—Mi señor creyó que podría encontrarlo en la biblioteca de un viejo hechicero de Oxford. Benjamin le llevó un regalo a cambio del libro: una cabeza de latón que supuestamente profería oráculos. —La voz de Hubbard se llenó de tristeza—: Es una lástima ver a un hombre tan sabio llevado por la superstición. El Señor dice: «No os volváis a los ídolos ni hagáis dioses de metal fundido».

Se decía que Gerbert de Aurillac tenía un artefacto milagroso de ese tipo. Yo pensaba que el miembro de la Congregación más interesado en el Ashmole 782 era Peter Knox. ¿Sería posible que Gerbert hubiera estado compinchado con Benjamin todos estos años y que fuera él quien pidiera ayuda a Peter Knox?

—El brujo de Oxford aceptó la cabeza de latón, pero no quiso entregarle el libro —continuó Hubbard—. Varias décadas más tarde, mi señor seguía maldiciéndole por su falsedad. Nunca logré averiguar cómo se llamaba el brujo.

—Creo que era Roger Bacon, alquimista y filósofo además de brujo. —Matthew me miró. Bacon había tenido *El libro de la vida* en determinado momento y lo llamaba «el verdadero secreto de los secretos».

—La alquimia es una de las muchas vanidades de los brujos —dijo Hubbard con desdén. Su expresión se tornó angustiada—. Mis hijos dicen que Benjamin ha vuelto a Inglaterra.

—Así es. Benjamin ha estado vigilando mi laboratorio en Oxford. —Matthew no mencionó el hecho de que *El libro de la vida* estuviera a tan solo unas manzanas de ese mismo laboratorio. Hubbard podía ser su nieto, pero eso no significaba que confiara en él.

—Si Benjamin está en Inglaterra, ¿cómo vamos a mantenerle alejado de Jack? —pregunté inquieta a Matthew.

—Jack volverá a Londres. Mi señor no es más bienvenido allí que usted, Matthew. —Hubbard se puso en pie—. Mientras esté conmigo, Jack estará a salvo.

—Nadie está a salvo de Benjamin. Jack no va a volver a Londres. —El tono de mandato volvió a la voz de Matthew—. Ni tú tampoco, Andrew. Aún no.

—Nos ha ido muy bien sin que interfirieras —replicó Hubbard—. Es un poco tarde para decidir que quieres mandar despóticamente sobre tus hijos como si fueras un padre de la antigua Roma.

—El paterfamilias. Fascinante tradición. —Matthew se reclinó sobre la silla, con la copa de vino en la mano. Ya no parecía un príncipe, sino un rey—. Imagina conceder a un hombre el poder de la vida y la muerte sobre su esposa, sus hijos, sus sirvientes y sobre cualquiera que adopte como parte de su familia, incluso familiares cercanos que carecen de un padre propio. Me recuerda un poco a lo que intentaste hacer en Londres.

Matthew dio un trago a su copa. Hubbard parecía más incómodo a cada instante.

—Mis hijos obedecen por su propia voluntad —replicó Hubbard con frialdad—. Me honran, tal y como deben hacer los hijos piadosos.

—¡Qué idealista eres! —dijo Matthew, burlándose ligeramente—. Pero tú sabes quién inventó lo del paterfamilias, ¿verdad?

—Ya lo he dicho: los romanos —contestó bruscamente Hubbard—. Soy un hombre culto, Matthew, a pesar de tus dudas al respecto.

—No, fue Philippe. —Los ojos de Matthew brillaban risueños—. Philippe creyó que a la sociedad romana le vendría bien una buena dosis de disciplina familiar vampírica, y un recordatorio de la importancia de la figura paterna.

—Philippe de Clermont pecaba de orgullo. Dios es el único Padre verdadero. Eres cristiano, Matthew. Estarás de acuerdo. —La expresión de Hubbard estaba llena del fervor del verdadero creyente.

—Tal vez —dijo Matthew, como si de veras estuviera considerando el argumento de su nieto—. Pero hasta que Dios nos llame ante su presencia, tendrá que bastar con eso. Andrew, te guste o no, a los ojos de otros vampiros yo soy tu paterfamilias, el cabeza de tu clan, el macho alfa o como quieras llamarlo. Y todos tus hijos (incluido a Jack y todas las criaturas perdidas que has adoptado, sean daimones, vampiros o brujos) son míos bajo la ley vampírica.

—No —rechazó Hubbard sacudiendo la cabeza—. Nunca he querido tener nada que ver con la familia De Clermont.

—Lo que tú quieras no importa. Ya no. —Matthew dejó su copa de vino y me cogió la mano.

—Para exigir mi lealtad, tendrías que reconocer a mi señor (Benjamin) como hijo tuyo. Y eso nunca lo harás —dijo Hubbard con crueldad—. Como cabeza de los De Clermont, Baldwin se toma en serio el honor y la posición. No permitirá que te independices por la plaga que llevas en la sangre.

Antes de que Matthew pudiera responder al desafío de Andrew, Corra profirió un graznido de aviso. Pensando que Jack se habría despertado, me levanté de la silla para ir con él. De niño, las habitaciones desconocidas le aterraban.

—Quédate aquí —dijo Matthew, agarrando mi mano con más fuerza.

—¡Me necesita! —protesté.

—Jack necesita mano firme y límites consistentes —dijo Matthew con suavidad—. Él sabe que le quieres. Pero no puede manejar emociones tan fuertes en este momento.

—Confío en él. —Mi voz temblaba por la ira y el dolor.

—Yo no —dijo Matthew fríamente—. La ira no es lo único que desata la rabia de sangre dentro de él. También lo hacen el amor y la lealtad.

—No me pidas que le ignore. —Quería que Matthew dejara de interpretar el papel de paterfamilias lo suficiente como para comportarse como un verdadero padre.

—Lo siento, Diana. —Una sombra se posó en la mirada de Matthew, una sombra que yo creía que había desaparecido para siempre—. Tengo que dar prioridad a las necesidades de Jack.

—¿Qué necesidades? —preguntó Jack desde el umbral de la puerta, bostezando. Tenía mechones de pelo levantados como si estuvieran asustados. Lobero pasó junto a su amo y fue directo hacia Matthew, buscando reconocimiento por el trabajo bien hecho.

—Tienes que cazar. Por desgracia, brilla la luna, pero ni siquiera yo puedo controlar los cielos. —La mentira fluyó de la boca de Matthew como la miel. Acarició las orejas de Lobero—. Vamos todos: tú, yo, tu padre, hasta Gallowglass. Lobero también puede venir.

Jack arrugó la nariz.

—No tengo hambre.

—Pues no te alimentes. Pero irás a cazar de todas formas. Quiero verte listo a medianoche. Te pasaré a buscar.

—¿Que me pasarás a buscar? —Jack me miró y luego se volvió hacia Hubbard—. Creía que nos quedaríamos aquí.

—Te quedarás con Gallowglass y Miriam, a la vuelta de la esquina. Andrew estará allí contigo —dijo Matthew con voz tranquilizadora—. Esta casa no es lo suficientemente grande como para albergar a una bruja y tres vampiros. Somos criaturas nocturnas y Diana y los bebés necesitan dormir.

Jack lanzó una mirada melancólica a mi tripa.

—Siempre he querido un hermano pequeño.

—Pues puede que al final tengas dos hermanitas pequeñas —dijo Matthew con una risilla.

Mi mano se posó sobre mi tripa de forma automática al sentir una fuerte patada de uno de los gemelos. Habían estado inusualmente activos desde que Jack apareció.

—¿Se están moviendo? —preguntó Jack con gesto expectante—. ¿Puedo tocarlos?

Miré a Matthew. La mirada de Jack se desvió en la misma dirección.

—Déjame mostrarte cómo hacerlo. —El tono de Matthew sonaba relajado, pero en sus ojos había acritud. Tomó la mano de Jack y la puso sobre un lado de mi tripa.

—No siento nada —dijo Jack, arrugando la frente concentrado.

De repente noté una fuerte patada seguida de un codazo contra la pared de mi útero.

—¡Guau! —El rostro de Jack estaba a unos centímetros de mí y sus ojos eran puro asombro—. ¿Dan patadas así todo el día?

—Al menos así las siento. —Quería alisar el pelo enmarañado de Jack. Quería cogerle entre mis brazos y prometerle que nunca más volvería a hacerle daño. Pero no podía ofrecerle ninguno de esos consuelos.

Al notar el giro maternal que había dado mi estado de ánimo, Matthew apartó la mano de Jack. La expresión de Jack se apagó, interpretándolo como un rechazo. Yo estaba furiosa con Matthew e iba a volver a poner la mano de Jack sobre mi tripa, pero Matthew se me adelantó poniendo su mano en mi cintura y acercándome hacia sí. Era un gesto inconfundible de posesión.

Los ojos de Jack se volvieron negros.

Hubbard dio un paso adelante para intervenir, pero Matthew le dejó congelado con una mirada.

En el espacio de cinco latidos de corazón, los ojos de Jack volvieron a la normalidad. Una vez estuvieron de nuevo marrones y verdes, Matthew le lanzó una sonrisa de aprobación.

—Tu instinto de proteger a Diana es completamente correcto —le dijo Matthew—. Pero no lo es creer que tienes que protegerla de mí.

—Lo siento, Matthew —susurró Jack—. No volverá a ocurrir.

—Acepto tu disculpa. Por desgracia, sí volverá a ocurrir. Aprender a controlar tu enfermedad no va a ser fácil, ni rápido. —El tono de Matthew se tornó abrupto—: Jack, dale un beso de buenas noches a Diana y ve a instalarte en casa de Gallowglass. Es una antigua iglesia a la vuelta de la esquina. Te sentirás como en casa.

—¿Oye eso, padre H? —dijo Jack con una sonrisa—. Me pregunto si habrá murciélagos en el campanario, como en la suya.

—Ya no tengo problemas con los murciélagos —dijo Hubbard con amargura.

—El padre H sigue viviendo en una iglesia en la ciudad —explicó Jack, de repente ilusionado—. No es la misma que visitasteis. Esa vieja ruina se destruyó en un incendio. Y ahora que lo pienso, la mayoría de esta también se quemó.

Solté una carcajada. A Jack siempre le había gustado contar historias y se le daba bien.

—Ahora solo queda la torre. El padre H la arregló tan bien que nadie notaría que es solo un montón de basura. —Jack sonrió a Hubbard y me dio un beso superficial en la mejilla. Su ánimo había ido de la rabia de sangre a la felicidad con sorprendente rapidez. Bajó las escaleras a toda prisa—. Vamos, Lobero. Vamos a luchar con Gallowglass.

—¡A medianoche! —le gritó Matthew mientras se iba—. Estate preparado. Y sé amable con Miriam, Jack. Si no lo eres, hará que desees no haber vuelto a nacer.

—¡No te preocupes, ya estoy acostumbrado a vivir con hembras difíciles! —contestó Jack. Lobero ladraba emocionado y daba vueltas alrededor de Jack metiéndole prisa para salir.

—Quédese la ilustración, señora Roydon. Si Matthew y Benjamin la codician, prefiero estar lo más lejos posible de ella —dijo Andrew.

—Muy generoso por tu parte, Andrew. —Matthew lanzó su mano y la cerró en torno a la garganta de Hubbard—. Quédate en New Haven hasta que te yo te dé permiso para marchar.

Sus ojos volvieron a colisionar, pizarra contra verde grisáceo. Andrew fue el primero en retirar la mirada.

—Padre H, ¡vamos! —gritó Jack—. Quiero ver la iglesia de Gallowglass y Lobero necesita un paseo.

—A medianoche, Andrew. —Las palabras de Matthew sonaron perfectamente cordiales, pero contenían una advertencia.

La puerta se cerró y el ruido del ladrido de Lobero se fue atenuando. Una vez hubo desaparecido por completo, me volví hacia Matthew.

—¿Cómo has podido…?

Al ver a Matthew con la cabeza hundida entre las manos, me detuve de súbito. La ira que sentía ardiendo en mi interior empezó a crepitar lentamente. Levantó la mirada y vi su rostro asolado por la culpa y el dolor.

—Jack…, Benjamin… —dijo estremeciéndose—. Que Dios me asista, ¿qué es lo que he hecho?

20

Matthew estaba sentado en la butaca destartalada, enfrente de la cama donde dormía Diana, revisando otra serie de resultados de laboratorio inconclusos para volver a evaluar con Chris la estrategia de investigación en la reunión del día siguiente. Dado lo tarde que era, le sorprendió que se encendiera la pantalla de su móvil.

Con sumo cuidado de no despertar a su esposa, Matthew salió sigilosamente del dormitorio y de puntillas bajó a la cocina, donde podría hablar sin que le oyeran.

—Tienes que venir —dijo Gallowglass con voz ronca y grave—. Ahora.

Matthew sintió un hormigueo y alzó los ojos al techo como si pudiera ver a través de la escayola y el parqué del dormitorio. Su primer instinto era siempre protegerla, pero era evidente que el peligro estaba en otra parte.

—Deja a la tía en casa —dijo Gallowglass fríamente, como si pudiera ver los gestos de Matthew—. Miriam está de camino. —La línea se cortó.

Matthew miró un instante la pantalla y aquellos colores vivos que daban una nota de falsa alegría a la madrugada, antes de fundirse en negro otra vez.

La puerta de entrada se abrió con un crujido.

Matthew ya estaba en lo alto de la escalera cuando Miriam atravesó el umbral. La observó atentamente. Gracias a Dios, no había una sola gota de sangre en ella, aunque tenía los ojos abiertos de par en par con una expresión angustiada. Pocas cosas asustaban a su vieja amiga y colega, pero era evidente que estaba aterrorizada. Matthew maldijo.

—¿Qué pasa? —Diana bajó del tercer piso, con el pelo cobrizo captando toda la luz que había en la casa—. ¿Es Jack?

Matthew asintió. De lo contrario, Gallowglass no habría llamado.

—Tardo un minuto —dijo Diana, dando media vuelta para vestirse.

—No, Diana —dijo Miriam en voz baja.

Diana se quedó helada, con la mano sobre la barandilla. Giró su cuerpo de nuevo y miró a Miriam a los ojos.

—¿Está m-muerto? —susurró como adormecida.

Matthew se puso a su lado en menos de un latido.

—No, *mon coeur*. No está muerto.

Matthew sabía que aquella era la peor pesadilla de Diana: que un ser querido le fuera arrebatado antes de poder despedirse. Pero en cierto modo lo que estaba ocurriendo en la casa de Wooster Square, fuera lo que fuera, podía ser aún peor.

—Quédate con Miriam. —Matthew posó un beso en sus labios rígidos—. Volveré pronto.

—Con lo bien que estaba —comentó Diana.

En la semana que Jack llevaba en New Haven su rabia de sangre había disminuido en frecuencia e intensidad. Los estrictos límites y las sólidas pautas de Matthew ya habían marcado la diferencia.

—Sabíamos que habría reveses —indicó Matthew, recogiendo un mechón sedoso de pelo detrás de la oreja de Diana—. Sé que no vas a dormir, pero al menos intenta descansar. —Le preocupaba que se dedicara a andar de un lado para otro mirando por la ventana hasta que él regresara con noticias.

—Puedes leer esto mientras esperas. —Miriam sacó un grueso fajo de artículos de su bolsa. Intentaba parecer enérgica y pragmática, pero su olor agridulce a gálbano y granada se había hecho más intenso—. Esto es todo lo que me pediste y he añadido otros artículos que pueden interesarte: todos los estudios de Matthew sobre lobos, así como varios clásicos sobre la crianza de lobos y el comportamiento de las manadas. Básicamente es como un doctor Spock* para cualquier padre vampiro moderno.

Matthew se volvió hacia Diana asombrado. Una vez más, su esposa le sorprendía. Ella se sonrojó, y cogió los artículos de manos de Miriam.

—Tengo que entender cómo funcionan las cosas en esta familia de vampiros. Dile a Jack que le quiero. —La voz de Diana se quebró—. Si puedes.

Matthew le apretó la mano sin decir una palabra. No podía prometerle nada. Jack tenía que entender que el acceso a Diana dependía de su comportamiento y de la aprobación de Matthew.

—Prepárate —murmuró Miriam cuando pasó junto a ella—. Y no me importa que Benjamin sea tu hijo. Si no le matas tú después de ver esto, lo haré yo.

A pesar de lo tarde que era, la casa de Gallowglass no era la única del barrio con las luces encendidas. Al fin y al cabo, New Haven era una ciudad universitaria. La mayoría de las aves nocturnas de Wooster Square buscaban compañías extrañas, trabajando a plena vista con las cortinas y las persianas abiertas. De hecho, lo único que distinguía la casa del vampiro era que sus cortinas estaban bien cerradas y solo dejaban pasar unas grietas de la luz dorada por los bordes de las ventanas revelando que aún había alguien despierto.

Dentro de la casa, las lámparas bañaban con su cálido brillo unos pocos objetos personales. Más allá de eso, el espacio estaba mínimamente decorado con muebles modernos daneses hechos de madera clara y salpicados con alguna antigüedad y toques de colores vivos. Una de las pertenencias más atesoradas por Gallowglass —una

---

* El doctor Spock es un pediatra especializado en psicología y cuidado infantil bastante conocido en el mundo anglosajón. (N. de la T.).

raída enseña roja del siglo XVIII que Davy Hancock y él se llevaron del *Conde de Pembroke,* su querido carguero, antes de que fuera reaparejado y rebautizado como el *Endeavour*— yacía en el suelo destrozada.

Matthew olfateó y aspiró. La casa apestaba al olor amargo y punzante que Diana había comparado con un fuego de carbón y el aire estaba cargado con tenues cadencias de Bach. Era la *Pasión según san Mateo.* La misma música que Benjamin había puesto en su laboratorio para torturar a su bruja cautiva. A Matthew se le encogió el estómago en un pesado nudo.

Entró en la sala de estar. Lo que vio le hizo quedarse clavado al suelo. Las paredes de color lienzo estaban cubiertas hasta el último centímetro con crueles murales en negro y gris. Jack estaba de pie sobre un andamio improvisado hecho entre varios muebles y tenía un carboncillo en la mano. El suelo estaba lleno de restos de pinturas y trozos de papel que Jack había quitado para trabajar directamente con el carboncillo.

Los ojos de Matthew recorrieron las paredes del suelo al techo. Paisajes detallados, estudios de animales y plantas casi microscópicos en su precisión y retratos delicados estaban enlazados con impresionantes franjas de línea y forma que desafiaban la lógica pictórica. El efecto general era hermoso y perturbador, como si sir Anthony van Dyck hubiera pintado el *Guernica* de Picasso.

—Dios. —Su mano derecha dibujó la señal de la cruz de manera automática.

—A Jack se le acabó el papel hace dos horas —dijo Gallowglass con tono grave, señalando los caballetes junto a la ventana delantera. Sobre cada uno había una única hoja, pero los restos de papel amontonados alrededor de sus patas sugerían que solo eran una selección de una colección bastante mayor de dibujos.

—Matthew —dijo Chris apareciendo desde la cocina con una taza de café solo cuyo aroma a grano tostado se mezclaba con el olor amargo de Jack.

—Chris, este no es lugar para un ser de sangre caliente —señaló Matthew, observando a Jack con cautela.

—Le prometí a Miriam que me quedaría. —Chris se sentó en una silla estilo colonial y posó la taza sobre sus anchos brazos. Al moverse, el asiento entretejido crujió como un barco que navega a vela—. ¿Así que Jack también es tu nieto?

—Ahora no, Chris. ¿Dónde está Andrew? —dijo Matthew sin apartar la vista de Jack mientras trabajaba.

—Ha ido arriba a buscar más carboncillos. —Chris dio un sorbo al café mientras sus ojos oscuros absorbían los detalles de lo que Jack estaba esbozando: una mujer desnuda agonizando con la cabeza doblada hacia atrás—. Maldita sea, ya podría volver a dibujar narcisos.

Matthew se pasó la mano por la boca, tratando de quitarse el sabor amargo que le subía del estómago. Menos mal que Diana no le había acompañado. Jack no sería capaz de volver a mirarla a la cara si supiera que ella había visto todo aquello.

Unos instantes después, Hubbard volvió a entrar en la sala de estar. Puso una caja de provisiones en la escalera sobre la que Jack se sostenía. Estaba completamente absorto en su trabajo y no hizo ademán de notar su presencia, como tampoco lo había hecho al llegar Matthew.

—Deberíais haberme llamado antes. —Matthew intentó mantener un tono tranquilo, pero, a pesar de sus esfuerzos, Jack volvió sus ojos vidriosos y ciegos hacia él. Su rabia de sangre también respondía a la tensión en el aire.

—No es la primera vez que Jack hace esto —dijo Hubbard—. Ha pintado en las paredes de su dormitorio y en las de la sacristía de la iglesia. Pero nunca había hecho tantas imágenes tan rápido. Y nunca... de él. —Miró hacia arriba.

Los ojos, la nariz y la boca de Benjamin presidían una pared, mirando a Jack con una expresión que mezclaba avaricia y maldad a partes iguales. Sus rasgos eran inconfundibles por su crueldad y en cierto modo resultaban más inquietantes al no estar recogidos dentro del contorno de un rostro humano.

Jack se había desplazado varios metros del retrato de Benjamin y en ese momento trabajaba sobre el último hueco de pared que quedaba en blanco. Las imágenes que cubrían la habitación seguían una secuencia irregular de eventos sucedidos desde la época de Jack en Londres, antes de que Hubbard le convirtiera en vampiro, hasta el presente.

Los caballetes junto a la ventana eran el punto de partida del desasosegante ciclo de imágenes de Jack.

Matthew se acercó a examinarlos. Cada uno sostenía lo que los artistas llaman un estudio: un solo elemento de una escena mayor que les ayuda a comprender problemas concretos de composición o perspectiva. El primero era un dibujo de la mano de un hombre, con la piel agrietada y curtida por la pobreza y el trabajo manual. La imagen de una boca cruel sin varios dientes ocupaba otro caballete. La tercera mostraba cordones entrecruzados en la cintura de un pantalón bombacho de hombre y un dedo metido entre ellos, a punto de soltarlos. La última representaba un cuchillo presionando el hueso de la cadera de un niño con la punta hundida en la piel.

Matthew fue encajando las imágenes aisladas en su mente —mano, boca, pantalones, cuchillo—, mientras la *Pasión según san Mateo* tronaba de fondo y blasfemó ante la escena de abuso que le vino a la mente.

—Uno de los primeros recuerdos de Jack —dijo Hubbard.

Matthew recordó entonces su primer encuentro con Jack, cuando, de no haber sido por la intervención de Diana, le habría cortado una oreja al niño. Él también había ofrecido violencia a Jack, en lugar de compasión.

—De no haber sido por su arte y la música, Jack se habría destruido. Hemos dado gracias a Dios muchas veces por el regalo de Philippe. —Andrew señaló un violonchelo en el rincón.

Matthew reconoció la inconfundible voluta del instrumento en cuanto lo vio. El fabricante veneciano del chelo, el signor Montagnana, y él lo habían bautizado «Duquesa de Marlborough» por sus curvas generosas aunque elegantes. Matthew había aprendido a tocar con la Duquesa cuando los laúdes cayeron en desuso y fueron sustituidos por violines, violas y violonchelos. La Duquesa había desaparecido misteriosamente mientras Matthew estaba en Nueva

Orleans imponiendo disciplina a la prole de Marcus. Al regresar del viaje, preguntó a Philippe qué había sido del instrumento. Su padre se encogió de hombros y farfulló algo sin sentido sobre Napoleón y los ingleses.

—¿Siempre escucha a Bach cuando dibuja? —murmuró Matthew.

—Prefiere a Beethoven. Jack empezó a escuchar a Bach después de... ya sabes. —La voz de Hubbard se apagó.

—Tal vez sus dibujos nos ayuden a encontrar a Benjamin —dijo Gallowglass.

Los ojos de Matthew recorrieron vertiginosamente los numerosos rostros y lugares que podían esconder pistas cruciales.

—Chris ya ha sacado fotos —dijo Gallowglass.

—Y lo he grabado en vídeo —añadió Chris—, cuando llegó a..., eh, él. —Chris también evitó pronunciar el nombre de Benjamin y simplemente señaló hacia el lugar donde Jack seguía esbozando mientras canturreaba entre dientes.

Matthew levantó la mano pidiendo silencio. *Todos los caballos del rey, todos los hombres del rey, ya nunca pudieron a Jack recomponer**. Se estremeció y soltó el pedazo de carboncillo que le quedaba en la mano. Andrew le pasó uno nuevo y Jack empezó otro estudio detallado de una mano de hombre, esta vez abriéndose en un gesto de súplica.

—Gracias a Dios. Está llegando al final del brote. —Parte de la tensión en los hombros de Hubbard desapareció—. No tardará en volver a su sano juicio.

Matthew quiso aprovechar el momento y se acercó sigilosamente hacia el violonchelo. Lo asió del mástil y cogió el arco del suelo, donde Jack lo había dejado despreocupadamente.

Matthew se sentó al borde de una silla de madera y, pegando el oído al chelo mientras pellizcaba y acariciaba sus cuerdas con el

---

* Jack hace un juego de palabras con la canción infantil inglesa que cuenta que cuando Humpty Dumpty, el personaje en forma de huevo de *Alicia en el País de las Maravillas*, cayó del muro, ni todos los caballos ni todos los soldados del rey pudieron arreglarlo. *(N. de la T.)*.

arco, logró escuchar los sonidos redondeados del instrumento por encima de Bach, que seguía resonando furioso por los altavoces en una estantería cercana.

—Apaga ese ruido —le dijo a Gallowglass, mientras terminaba de ajustar las clavijas antes de empezar a tocar. Durante unos compases, la música del chelo desentonó con el coro y la orquesta, hasta que finalmente la gran obra coral de Bach enmudeció. Entonces, Matthew vertió sobre el vacío una música que era un eslabón entre los compases histriónicos de la *Pasión* y algo que esperaba que ayudaría a Jack a recuperar su equilibrio emocional.

Matthew había elegido la pieza cuidadosamente: la «Lacrimosa» del *Réquiem* de Johann Christian Bach. Sin embargo, al principio Jack se asustó por el cambio de acompañamiento musical y dejó la mano quieta contra la pared. Conforme le iba inundando la música, su respiración se hizo más lenta y regular. Y cuando empezó a dibujar de nuevo, trazó los perfiles de la Abadía de Westminster en lugar de otra criatura dolorida.

Mientras tocaba, Matthew agachaba la cabeza como en un gesto suplicante. Si hubiera habido un coro presente, como era la intención del compositor, habrían cantado la misa de los muertos en latín. Pero Matthew estaba solo, así que hizo que las notas pesarosas del chelo imitaran las voces humanas ausentes.

Lacrimosa dies illa, cantaba el violonchelo de Matthew. *Día triste aquel / en que del polvo resurja / el hombre culpable para ser juzgado.*

«Por eso, perdónale, Señor», susurró Matthew en una plegaria mientras tocaba la siguiente frase musical, volcando su fe y su angustia en cada golpe del arco.

Al llegar al fin de la «Lacrimosa», Matthew comenzó con los compases de la *Sonata n.º 1 para violonchelo en fa mayor* de Beethoven. Beethoven la había escrito para piano además de chelo, pero Matthew esperaba que Jack la conociera lo suficiente como para completar las notas que faltaban.

Los trazos de Jack con el carboncillo se ralentizaron aún más, suavizándose con cada compás. Matthew reconoció la antorcha de la Estatua de la Libertad y el campanario de Centre Church en New Haven.

Quizás la locura temporal de Jack estuviera tocando a su fin según se acercaba al presente, pero Matthew sabía que aún no se había liberado de ella.

Faltaba una imagen.

Para darle un pequeño empujón a Jack, Matthew pasó a una de sus piezas de música preferidas: el inspirador y esperanzado *Réquiem* de Fauré. Mucho antes de conocer a Diana, uno de sus mayores placeres había sido ir a escuchar al coro del New College interpretar esa pieza. Por fin, cuando llegó a los compases de la última parte, «In Paradisium», la imagen que Matthew había estado esperando cobró forma bajo la mano de Jack. Para entonces el muchacho ya dibujaba siguiendo el tempo de la majestuosa música y su cuerpo se balanceaba con la serena melodía del violonchelo.

Que te conduzcan hordas de ángeles y con Lázaro, / que un día fue un hombre pobre, gozarás del eterno descanso. Matthew se sabía aquellos versos de memoria, pues solían ser el acompañamiento en el traslado de un cuerpo de la iglesia a la tumba, aquel lugar de paz del que con frecuencia quedaban privadas las criaturas como él. Había entonado las mismas palabras ante el cuerpo de Philippe, las había pronunciado entre lágrimas cuando murió Hugh, se había castigado con ellas cuando perecieron Eleanor y Celia, y las había repetido durante quince siglos al llorar a Blanca y Lucas, su esposa e hijo de sangre caliente.

Sin embargo, aquella noche las mismas palabras condujeron a Jack —y con él a Matthew— a un lugar de segundas oportunidades. Matthew observó cautivado cómo Jack daba vida al precioso rostro de Diana sobre la superficie clara de la pared. Sus ojos estaban muy abiertos y llenos de alegría, sus labios entreabiertos de asombro y esbozando el comienzo de una sonrisa. Matthew se había perdido el instante en que Diana reconoció a Jack unos días antes. Pero ahora lo estaba presenciando.

Al ver el retrato, Matthew confirmó su sospecha: era Diana quien tenía el poder de devolver la vida de Jack a su punto de partida.

Tal vez Matthew hiciera sentirse a Jack seguro como debe hacerlo un padre, pero Diana era quien le hacía sentirse querido.

Matthew siguió moviendo el arco sobre las cuerdas, apretándolas y pellizcándolas con los dedos para exprimir la música que había en ellas, hasta que por fin Jack se detuvo y el carboncillo cayó de sus manos exhaustas y repicó contra el suelo.

—Eres un pedazo de artista, Jack —dijo Chris, inclinándose hacia delante en su asiento para ver mejor la imagen de Diana.

Los hombros de Jack se hundieron del cansancio y se volvió hacia Chris. Aunque nublados por el agotamiento, sus ojos no mostraban ni rastro de rabia de sangre. Eran otra vez marrones y verdes.

—Matthew. —Jack se bajó de un salto del andamio, planeó en el aire y se posó sigilosamente como un gato.

—Buenos días, Jack. —Matthew dejó el violonchelo a un lado.

—La música… ¿eras tú? —preguntó Jack frunciendo el ceño, confundido.

—Pensé que te vendría bien algo menos barroco —dijo Matthew poniéndose de pie—. El siglo XVII puede ser un poco florido para los vampiros. Mejor tomarlo en pequeñas dosis. —Su mirada revoloteó hacia la pared y cuando Jack se dio cuenta de lo que había hecho se llevó la mano temblorosa a la frente.

—Lo siento —dijo, afligido—. Lo cubriré con pintura hoy mismo, Gallowglass. Lo prometo.

—¡No! —exclamaron Matthew, Gallowglass y Hubbard al unísono.

—Pero las paredes… —replicó Jack—. Las he estropeado.

—No más que Da Vinci o Miguel Ángel —dijo suavemente Gallowglass—. O Matthew, ahora que lo pienso, con aquellos garabatos en el palacio del emperador en Praga.

Los ojos de Jack se encendieron alegres por un instante y luego se volvieron a apagar.

—Un ciervo a la carrera es una cosa. Pero nadie querría ver estas imágenes…. ni siquiera yo —dijo Jack mirando un dibujo especialmente espantoso de un cuerpo en estado de descomposición flotando boca arriba en un río.

—El arte y la música deben salir del corazón —dijo Matthew, cogiendo del hombro a su bisnieto—. Hay que sacar hasta los rincones más oscuros a la superficie, de lo contrario crecen hasta tragarte por entero.

Jack parecía desolado.

—¿Y qué ocurre si ya lo han hecho?

—Si te hubiera consumido la oscuridad no habrías intentado salvar a aquella mujer. —Matthew señaló una desoladora figura que miraba hacia arriba con la mano extendida. La mano era idéntica a la de Jack, hasta la cicatriz en la base del pulgar.

—Pero no la salvé. Estaba demasiado aterrada como para dejarme ayudarla. ¡La aterrorizaba yo! —Jack intentó soltarse hasta que su codo crujió del esfuerzo, pero Matthew no iba a dejarle ir.

—Fue la oscuridad *de ella* lo que la detuvo, el miedo *de ella*, no los tuyos —insistió Matthew.

—No te creo —dijo Jack, aferrándose obstinadamente a la idea de que su rabia de sangre le hacía culpable, pasara lo que pasara. Matthew por fin estaba comprendiendo lo que Philippe e Ysabeau habían tenido que soportar por sus tercas negativas a aceptar la absolución.

—Eso es porque hay dos lobos luchando dentro de ti. Todos los tenemos. —Chris se unió a Matthew.

—¿Qué quieres decir? —preguntó Jack, con expresión recelosa.

—Es una vieja leyenda cherokee, una leyenda que mi abuela, Nana Bets, aprendió de su abuela.

—No tienes aspecto de cherokee —dijo Jack, entornando los ojos.

—Te sorprendería lo que llevo en la sangre. Soy en gran parte francés y africano, un poco inglés, escocés, español e indio americano, todo mezclado. En realidad me parezco mucho a vosotros. El fenotipo puede llevar a engaño —dijo Chris sonriendo. Jack parecía confundido, mientras que Matthew pensó que tendría que regalarle un manual básico de biología.

—Ah —contestó Jack con escepticismo, y Chris se rio—. ¿Y los lobos?

—Según dice el pueblo de mi abuela, hay dos lobos dentro de toda criatura: uno malo y uno bueno. Y se pasan la vida tratando de destruir al otro.

Matthew pensó que nadie que no tuviera la rabia de sangre podía haberla descrito mejor.

—Mi lobo malo está ganando —declaró Jack, abatido.

—No tiene por qué —contestó Chris esperanzado—. Nana Bets decía que gana el lobo al que alimentas. El lobo malo se alimenta de ira, de culpabilidad, de tristeza, de mentiras y de remordimientos. El lobo bueno necesita una dieta a base de amor y sinceridad, especiada con buenas dosis de compasión y de fe. Así que, si quieres que gane tu lobo bueno, vas a tener que matar de hambre al malo.

—¿Y qué pasa si no puedo dejar de alimentar al lobo malo? —Jack parecía preocupado—. ¿Qué pasa si fracaso?

—No lo harás —respondió Matthew con firmeza.

—No lo permitiremos —añadió Chris, asintiendo con la cabeza—. Somos cinco en esta habitación. Tu lobo malo no tiene ni la más remota posibilidad.

—¿Cinco? —susurró Jack, mirando a Matthew y a Gallowglass, a Hubbard y a Chris—. ¿Me vais a ayudar todos?

—Todos y cada uno de nosotros —prometió Chris, cogiéndole de la mano. Entonces Chris le hizo un gesto con la cabeza y Matthew puso obedientemente su mano encima.

—Todos para uno y todas esas cosas. —Chris miró a Gallowglass—. ¿A qué esperas? Ven aquí y únete.

—¡Bah! Los mosqueteros eran unos capullos —espetó Gallowglass frunciendo el ceño y acercándose a ellos con paso airado. A pesar de sus palabras de rechazo, el sobrino de Matthew posó su mano sobre las demás—. Ni se te ocurra contarle nada de esto a Baldwin, pequeño Jack, o te daré doble ración de lobo malo para cenar.

—¿Y tú, Andrew? —dijo Chris llamando a Hubbard, que estaba al otro lado de la habitación.

—Tengo entendido que la frase es *Un pour tous et tous pour un,* no «Todos para uno y todas esas cosas».

Matthew hizo una mueca de dolor. Las palabras eran las correctas, pero sonaban casi incomprensibles con el acento londinense de Hubbard. Philippe debería haberle mandado un profesor de francés con el violonchelo.

La mano cadavérica de Hubbard fue la última en unirse al montón. Matthew vio cómo el sacerdote movía su dedo pulgar de arriba abajo y de derecha a izquierda, dando su bendición a aquel extraño pacto. Eran una pandilla insólita, pensó Matthew: tres criaturas relacionadas por la sangre, una cuarta por lealtad y la quinta sin otra razón aparente que el hecho de ser un buen hombre.

Esperaba que estar los cuatro juntos fuera suficiente para ayudar a Jack a curarse.

En las horas que siguieron a su furiosa actividad, a Jack le dio por hablar. Se sentó con Matthew y con Hubbard en la sala de estar, rodeado de su pasado, y pasó la carga de algunas de sus desgarradoras experiencias a los hombros de Matthew. Eso sí, no dijo ni una sola palabra sobre el tema Benjamin. Y a Matthew tampoco le extrañó. ¿Cómo podrían expresar las palabras el horror que Jack había soportado a manos de Benjamin?

—Venga, Jackie —interrumpió Gallowglass, asiendo a Lobero por la correa—. El Melenas necesita un paseo.

—A mí también me gustaría un poco de aire fresco. —Andrew se levantó de una extraña silla roja que, aunque parecía una escultura moderna, era muy cómoda, para sorpresa de Matthew.

La puerta de entrada se cerró y Chris entró en la sala de estar con una taza de café recién hecho. Matthew no podía entender cómo seguía vivo con tanta cafeína en las venas.

—He hablado con tu hijo esta noche...; con tu otro hijo, Marcus. —Chris volvió a ocupar su sitio en la silla estilo colonial—. Buen tío. Y listo. Debes de estar orgulloso de él.

—Lo estoy —dijo Matthew con recelo—. ¿Por qué ha llamado Marcus?

—Le hemos llamado nosotros. —Chris dio un sorbo a su café—. Miriam pensó que debería ver el vídeo. Ahora que lo ha visto, el también cree que deberíamos sacarle sangre a Jack. Le hemos cogido dos muestras.

—¡¿Que habéis hecho *qué?!* —exclamó Matthew horrorizado.

—Hubbard dio su consentimiento. Es el familiar más cercano de Jack —contestó serenamente Chris.

—¿Crees que me importa el consentimiento informado? —Matthew apenas podía contenerse—. Sacarle sangre a un vampiro en medio de un ataque de rabia de sangre... Podía haberte matado.

—Era una oportunidad perfecta para monitorizar los cambios que tienen lugar en la química corporal de un vampiro en un ataque de rabia de sangre —explicó Chris—. Vamos a necesitar toda esa información si queremos tener alguna posibilidad de crear un medicamento que disminuya los síntomas.

Matthew frunció el ceño.

—¿Disminuir los síntomas? Estamos buscando una cura.

Chris estiró el brazo hacia abajo y cogió una carpeta. Se la pasó a Matthew.

—Lo último que hemos descubierto.

Tanto Hubbard como Jack habían dado muestras bucales y de sangre. Las habían procesado a toda velocidad y el informe del genoma tenía que llegar en cualquier momento. Matthew cogió la carpeta con las manos atenazadas por los nervios, aterrado por lo que pudiera encontrar dentro.

—Lo siento, Matthew —dijo Chris con sincero pesar.

Los ojos de Matthew recorrieron los resultados apresuradamente, pasando de una página a otra.

—Marcus los identificó. Nadie más podría haberlo hecho. No estábamos buscando en el lugar adecuado —dijo Chris.

Matthew no podía asimilar lo que estaba viendo. Aquello cambiaba... todo.

—Jack tiene más desencadenantes en su ADN no-codificante que tú. —Chris hizo una pausa—. Tengo que preguntártelo otra vez, Matthew: ¿estás seguro de que podemos dejar que Jack se acerque a Diana?

Antes de que Matthew pudiera contestar, se abrió la puerta de entrada. No se oía el rumor habitual que acompañaba la llegada de Jack, ni el alegre silbar de Gallowglass, ni los sermones piadosos de Andrew. Lo único que se escuchaba era el gemido sordo de Lobero.

Las fosas nasales de Matthew se hincharon, se levantó de un salto dejando caer los resultados de los análisis a su alrededor y como un relámpago desapareció por la puerta.

—¿Qué demonios…? —dijo Chris yendo tras él.

—Nos hemos encontrado con alguien mientras paseábamos —dijo Gallowglass, obligando a Lobero a entrar en la casa.

21

uévete! —ordenó Baldwin, agarrando a Jack por el pescuezo. Matthew había visto cómo aquella mano arrancaba de cuajo la cabeza de otro vampiro.

Jack no había presenciado aquel episodio brutal, pero aun así sabía que estaba a merced de Baldwin. El chico estaba pálido y con los ojos abiertos como platos, las pupilas enormes y negras. No es sorprendente que obedeciera a Baldwin sin rechistar.

Lobero también lo sabía. Gallowglass le tenía cogido por la correa, pero el perro andaba en círculos alrededor de los pies del gigante gaélico con los ojos clavados en su amo.

—Tranquilo, Melenas —susurró Jack tratando de calmar a su perro, pero Lobero no le hacía ni caso.

—¿Pasa algo, Matthew? —Chris estaba tan cerca de Matthew que podía notar su aliento.

—Siempre pasa algo —dijo Matthew gravemente.

—Vete a casa —urgió Jack a Chris—. Llévate al Melenas y… —Jack se detuvo haciendo una mueca de dolor. La sangre empezó a bañar la piel de su cuello, donde los dedos de Baldwin le estaban dejando un oscuro moratón.

—Se quedan —dijo Baldwin con un bufido.

Jack había cometido un error táctico. A Baldwin le encantaba destruir lo que la gente más amaba. Alguna experiencia en su pasado debía de haber dado forma a aquel impulso, aunque Matthew nunca supo qué. Baldwin no iba a dejar marchar a Chris ni al Melenas. No, hasta tener aquello por lo que había venido.

—Y tú no das órdenes. Tú las recibes. —Baldwin se cuidó de poner al chico entre Matthew y él mientras le empujaba hacia la sala de estar. Era una táctica demoledoramente sencilla y eficaz, una maniobra que desenterraba recuerdos dolorosos.

«Jack no es Eleanor», se dijo Matthew. Jack también era un vampiro, pero era de la sangre de Matthew y Baldwin podía utilizarle para hacerle entrar en vereda.

—Ese numerito tuyo en la plaza... Será la última vez que me desafías, chucho. —La camisa de Baldwin tenía marcas de dientes en el hombro y había gotas de sangre alrededor de la tela rasgada.

«Dios». Jack había mordido a Baldwin.

—Pero no te pertenezco. —Jack parecía desesperado—. Matthew, ¡dile que te pertenezco a ti!

—¿Y a quién crees que pertenece Matthew? —Baldwin le susurró al oído, con tono amenazador.

—A Diana —contestó Jack con un gruñido volviéndose hacia su captor.

—¿A Diana? —Baldwin respondió con una risa burlona y asestó un golpe a Jack que habría aplastado a un ser de sangre caliente del doble de su tamaño y peso. Jack cayó de rodillas sobre el duro suelo de madera—. Ven aquí, Matthew. Y haz callar a ese perro.

—Si reniegas de Jack delante del señor De Clermont, te llevaré al infierno personalmente —dijo Hubbard con un bufido, agarrando a Matthew de la manga mientras pasaba por su lado.

Matthew le miró con frialdad y Hubbard le soltó.

—Suéltale. Es mi sangre —dijo Matthew entrando con paso airado en la sala de estar—. Y vuelve a Manhattan, que es donde deberías estar, Baldwin.

—Ah —dijo Chris con un tono que sugería que por fin le encajaban las piezas—. Claro. Vive en Central Park, ¿verdad?

Baldwin no contestó. De hecho, era dueño de la mayoría de aquel tramo de la Quinta Avenida y le gustaba vigilar de cerca sus inversiones. Últimamente se había volcado en desarrollar su terreno de caza en el Meatpacking District, llenándolo de clubes nocturnos para complementar las carnicerías, pero en general prefería no vivir en el mismo lugar en el que se alimentaba.

—No me extraña que seas un cabrón en toda regla —dijo Chris—. Pues, amigo, ahora estás en New Haven. Aquí jugamos con reglas distintas.

—¿Reglas? —repitió lentamente Baldwin—. ¿En New Haven?

—Sí. Todos para uno y todas esas cosas. —Era el grito de guerra de Chris.

Matthew estaba tan cerca de Chris que notó cómo sus músculos se hinchaban y por eso estaba preparado cuando el cuchillo le pasó junto a la oreja. Su filo era tan insignificante que apenas habría dañado la piel de un humano y mucho menos la dura piel de Baldwin. Matthew extendió la mano y lo cogió entre sus dedos antes de que alcanzara su objetivo. Chris le lanzó una mirada de reproche y Matthew sacudió la cabeza.

—No lo hagas. —Matthew podía haberle permitido soltar un buen puñetazo, pero Baldwin tenía miras bastante más estrechas cuando se trataba de conceder privilegios a los seres de sangre caliente. Se volvió hacia Baldwin—. Vete. Jack tiene mi sangre y es problema mío.

—¿Y perderme toda la diversión? —Baldwin dobló el cuello de Jack hacia un lado. Jack le miró con expresión sombría y mortífera—. Bastante parecido, Matthew.

—Me gusta pensar que así es —dijo Matthew fríamente, mirando a Jack con una sonrisa tensa. Cogió la correa de Lobero de manos de Gallowglass y el perro se calló de inmediato—. Puede que Baldwin tenga sed. Gallowglass, ofrécele algo de beber.

Tal vez aquello le endulzara el humor a Baldwin lo suficiente como para poner a Jack a salvo y mandarle a casa de Marcus con Hubbard. Era mejor opción que la casa de Diana en Court Street. Si su mujer se enteraba de que Baldwin estaba allí, se plantaría en Wooster Square como un relámpago con su dragón escupefuego.

—Tengo de todo —dijo Gallowglass—. Café, vino, agua. Sangre. Si lo prefieres, estoy seguro de que puedo conseguirte un poco de cicuta con miel, tío.

—Lo que necesito solo me lo puede dar el chico. —Sin más aviso ni preámbulo, Baldwin hincó los dientes en el cuello de Jack. El mordisco fue deliberadamente salvaje.

Así era la justicia de los vampiros: rápida, inflexible, despiadada. El castigo de un señor para infracciones menores consistía en una simple demostración pública de sumisión. A través de aquella sangre, el señor recibía un fino hilo de los pensamientos y recuerdos más profundos de su prole. Aquel ritual desnudaba por completo el alma de un vampiro, haciéndole vergonzosamente vulnerable. El hacerse con los secretos de otra criatura, fuera por el medio que fuera, nutría a un vampiro de manera muy similar a la caza, alimentando esa parte de su alma que siempre ansiaría más.

Si la ofensa era más grave, tras el ritual de sumisión venía la muerte. Matar a otro vampiro era físicamente agotador, emocionalmente extenuante y espiritualmente devastador. Por esa razón, la mayoría de los señores nombraban a alguien de entre su familia para hacerlo. Durante siglos, Philippe y Hugh habían limpiado la imagen de los De Clermont hasta dejarla resplandeciente, pero Matthew había sido el encargado de hacer todo el trabajo sucio de la casa.

Había cientos de formas de matar a un vampiro y Matthew las conocía todas. Se podía beber la sangre del vampiro hasta dejarlo seco, como hizo con Philippe. Se podía debilitar físicamente al vampiro desangrándolo lentamente y dejándolo en un estado amedrentado de suspensión conocido como esclavitud. Cuando era incapaz de defenderse, el vampiro podía ser torturado hasta que confesara o se le podía dejar morir de forma compasiva. También existía la decapitación y el destripamiento, aunque algunos preferían los métodos más anticuados de golpear la caja torácica y arrancarle el corazón. Otra forma era seccionar la carótida y la aorta, un método que la adorable asesina de Gerbert, Juliette, había intentado utilizar sin éxito con Matthew.

Matthew esperaba que a Baldwin le bastara con la sangre de Jack y sus recuerdos por el momento.

Pero comprendió, demasiado tarde, que los recuerdos de Jack contenían historias que no deberían contarse.

Olió, demasiado tarde, el aroma a madreselva y tormentas de verano.

Y vio, demasiado tarde, a Diana soltando a Corra.

El dragón de Diana se elevó desde los hombros de su ama y se lanzó en picado sobre Baldwin con un aullido, extendiendo las garras, con las alas en llamas. Baldwin cogió al dragón por la pata con la mano que tenía libre y lo apartó lanzándolo contra la pared. Un ala de Corra se aplastó con el impacto y Diana se dobló en dos, agarrándose el brazo dolorida. Pero aquello no doblegó su determinación.

—¡Quítale las manos de encima a mi hijo! —La piel de Diana lanzaba destellos y el halo sutil que se veía cuando no llevaba el hechizo de camuflaje era ahora una luz prismática e inconfundible. Bajo su piel corría un arco iris de color, no solo por sus manos, sino por sus brazos y los tendones del cuello, retorciéndose y dibujando espirales, como si los cordones de sus dedos se hubieran extendido por todo su cuerpo.

Lobero tiró de la correa tratando de alcanzar a Corra y Matthew lo soltó. El perro se agazapó sobre el dragón, lamiéndole la cara y dándole golpecitos con el hocico mientras ella intentaba levantarse para acudir junto a Diana.

Pero Diana no necesitaba ayuda, ni de Matthew ni de Lobero, ni siquiera de Corra. Se irguió, extendió la mano izquierda con la palma hacia abajo y dirigió sus dedos hacia el suelo. Los tablones de madera se astillaron y se convirtieron en gruesas varas que se levantaron dibujando un círculo alrededor de los pies de Baldwin e inmovilizándolo. Las varas se afilaron letalmente y empezaron a rasgarle la ropa hasta hincarse en su piel.

Diana clavó la mirada en Baldwin, extendió su mano derecha y tiró. La muñeca de Jack se proyectó de repente hacia un lado, como si estuviera atado a ella. La siguió el resto de su cuerpo y en pocos instantes estaba hecho un ovillo en el suelo, fuera del alcance de Baldwin.

Matthew se agazapó sobre el cuerpo de Jack para protegerle, en una postura parecida a la de Lobero.

—Basta, Baldwin —dijo Matthew levantando la mano.

—Lo siento, Matthew —susurró Jack desde el suelo—. Apareció de la nada y fue directo a por Gallowglass. Cuando me cogen por sorpresa… —Un escalofrío le paralizó y se apretó las rodillas contra el pecho—. No sabía quién era.

Miriam entró en la habitación. Después de estudiar la escena, tomó las riendas. Indicó por señas a Gallowglass y a Hubbard que se acercaron a Jack y miró preocupada a Diana, que seguía quieta y sin pestañear, como si hubiera echado raíces en la sala de estar.

—¿Está bien Jack? —preguntó Chris con la voz cansada.

—Lo estará. Todo vampiro vivo ha sido mordido al menos una vez por su señor —dijo Miriam, tratando de tranquilizarle.

Chris no parecía más tranquilo tras aquella revelación sobre la vida familiar de las criaturas.

Matthew ayudó a Jack a levantarse. La marca de la mordedura en su cuello era superficial y curaría rápido, pero ahora tenía un aspecto espantoso. Matthew la tocó un instante, tratando de asegurar a Jack que estaría bien, como decía Miriam.

—¿Puedes ocuparte de Corra? —preguntó Matthew a Miriam mientras dejaba a Jack en manos de Gallowglass y Hubbard.

Miriam asintió.

En un abrir y cerrar de ojos, Matthew atravesó la habitación y agarró a Baldwin por el cuello.

—Quiero tu palabra de que, si Diana te deja marchar, no la tocarás por lo que ha ocurrido aquí esta noche. —Matthew apretó los dedos—. Si no, te mato, Baldwin. No te quepa duda.

—Matthew, esto no termina aquí —contestó Baldwin con tono de advertencia.

—Lo sé. —Matthew clavó los ojos en los de su hermano hasta que este asintió.

Entonces se volvió hacia Diana. Los colores que latían bajo su piel le recordaban a la brillante bola de energía que ella le había regalado en Madison antes de que ninguno de los dos supiera que era tejedora. Los colores eran más vivos en las yemas de los dedos, como si su magia esperara allí, lista para ser liberada. Matthew sabía lo impredecible que podía ser su rabia de sangre cuando estaba tan cerca de la superficie y se acercó a su mujer con cautela.

—¿Diana? —dijo, retirándole suavemente el pelo de la cara y buscando indicios de comprensión en sus iris azules y dorados. Pero en ellos solo vio infinito y la mirada clavada en algo invisible. Así que cambió de estrategia para hacerla volver al aquí y ahora.

—Jack está con Gallowglass y Andrew, *ma lionne*. Baldwin no le hará daño esta noche. —Matthew eligió las palabras con cuidado—. Deberías llevártelo a casa.

Chris abrió la boca para protestar.

—Tal vez Chris podría ir con vosotros —continuó Matthew suavemente—. Y Corra y Lobero también.

—Corra —dijo Diana como si croara. Sus ojos parpadearon, pero ni la preocupación por su dragón logró interrumpir su mirada hipnotizada. Matthew se preguntó qué estaría viendo que el resto no podía ver y por qué tenía una atracción tan poderosa sobre ella. Sintió una punzada perturbadora de celos.

—Miriam está con Corra. —Matthew ni siquiera era capaz de desviar la mirada de las profundidades azul marino de sus ojos.

—Baldwin... la ha herido. —Diana parecía desconcertada, como si hubiera olvidado que los vampiros no eran criaturas como las demás. Se frotó el brazo con un gesto ausente.

Cuando Matthew creía que aquello que tenía atrapada a Diana, fuera lo que fuera, estaba a punto de ceder a la razón, la ira de su mujer volvió a encenderse. Matthew podía olerla, incluso notar su sabor.

—Ha hecho daño a Jack. —Los dedos de Diana se abrieron con un repentino espasmo. Ajeno a lo que había aprendido sobre el peligro de entrometerse entre un tejedor y su poder, Matthew la agarró antes de que hiciera magia.

—Baldwin dejará que te lleves a Jack a casa. A cambio tienes que soltarle. No podemos teneros enfrentados. La familia no sobreviviría. —A juzgar por lo que habían visto aquella noche, Diana se mostraba tan obcecada como Baldwin a la hora de destruir todo obstáculo en su camino.

Matthew le levantó las manos y rozó sus nudillos con los labios.

—¿Recuerdas cuando hablamos de nuestros hijos en Londres? Hablamos de lo que iban a necesitar.

Aquello captó la atención de Diana. «Por fin». Sus ojos se fijaron en Matthew.

—Amor —susurró ella—. Un adulto que se hiciera responsable de ellos. Un lugar de cariño en el que apoyarse.

—Exacto. —Matthew sonrió—. Jack te necesita. Libera a Baldwin del hechizo.

La magia de Diana cedió con un temblor que la recorrió de pies a cabeza. Movió los dedos en dirección a Baldwin. Las puntas afiladas se retiraron de su piel. Las varas se relajaron y retrocedieron hasta los tablones astillados del suelo alrededor del vampiro. Al poco tiempo quedó libre y la casa de Gallowglass volvió a su estado normal, sin encantamientos.

Según se deshacía lentamente el hechizo, Diana se acercó a Jack y cogió su cara entre las manos. La piel del cuello estaba empezando a cerrarse, pero tardaría días en curarse por completo. Diana frunció su amplia boca en una delgada línea.

—No te preocupes —le dijo Jack, cubriéndose la herida avergonzado.

—Vamos, Jackie. Diana y yo te llevaremos a Court Street. Debes de estar hambriento. —Gallowglass le dio una palmada en el hombro. Jack estaba exhausto, pero intentaba parecer menos débil por Diana.

—Corra —dijo Diana, llamando al dragón escupefuego.

Corra avanzó cojeando hacia ella, cobrando fuerza conforme se acercaba a su ama. Cuando tejedora y dragón estaban a punto de tocarse, Corra se hizo invisible, haciéndose una sola con Diana.

—Deja que Chris te acompañe a casa —sugirió Matthew, que, con la corpulenta mole de su cuerpo, procuraba ocultar a su mujer las perturbadoras imágenes de la pared. Afortunadamente, Diana estaba demasiado cansada como para mirarlas más que por encima.

Por suerte, Miriam ya había reunido a todos los presentes salvo a Baldwin. Estaban juntos en la entrada —Chris, Andrew, Lobero y Miriam— esperando a Diana, Gallowglass y Jack. Cuantas más criaturas hubiera para apoyar al chico, mejor.

Matthew tuvo que exprimir hasta la última gota de su autocontrol para soportar verles marchar. Se obligó a despedirse de Diana con gesto esperanzado cuando ella se volvió a mirarle por última vez. Una vez hubieron desaparecido entre las casas de Court Street, volvió con Baldwin.

Su hermano estaba contemplando la última parte de los murales, con la camisa salpicada de gotas oscuras allí donde los dientes de Jack y las estacas de Diana habían perforado su piel.

—Jack es el vampiro asesino. Lo vi en sus pensamientos y ahora lo veo aquí sobre las paredes. Hemos estado más de un año buscándolo. ¿Cómo ha conseguido zafarse de la Congregación todo este tiempo? —preguntó Baldwin.

—Estaba con Benjamin. Y luego huyó. —Matthew evitaba deliberadamente mirar las espantosas imágenes alrededor de los rasgos de Benjamin. Probablemente no fueran más horrorosas que otros actos de brutalidad perpetrados por vampiros a lo largo de los años. Pero el hecho de que los hubiera cometido Jack los hacía insoportables.

—Hay que detener a Jack —dijo Baldwin con tono impasible.

—Que Dios me perdone. —Matthew bajó la cabeza.

—Philippe tenía razón. Tu cristianismo te hace perfecto para este trabajo —dijo Baldwin con una risa sarcástica—. ¿Hay alguna otra fe que prometa quitarte los pecados con solo confesarlos?

Desgraciadamente, Baldwin nunca había llegado a entender el concepto de expiación. Tenía una idea puramente transaccional de la fe de Matthew: ibas a la iglesia, te confesabas y salías limpio de pecado. Pero la salvación era más complicada. Philippe había llegado a comprenderlo al final, aunque durante mucho tiempo vio la incesante búsqueda de perdón de Matthew como algo irritante e irracional.

—Sabes perfectamente que no hay lugar para él entre los De Clermont; no lo hay, si su enfermedad es tan grave como sugieren estas imágenes. —Baldwin veía en Jack lo mismo que había visto Benjamin: un arma peligrosa que podía ser esculpida y retorcida hasta hacerse lo más letal posible. A diferencia de Benjamin, Baldwin tenía conciencia. No utilizaría un arma que había llegado a sus manos de forma tan inesperada, pero tampoco permitiría que la utilizara otro.

Matthew seguía cabizbajo, apesadumbrado por los recuerdos y el remordimiento. Las siguientes palabras de Baldwin eran de esperar, pero a Matthew le cayeron como un golpe.

—Mátale. —Esa fue la orden del cabeza de la familia De Clermont.

Cuando Matthew volvió a casa y llegó ante la puerta pintada de color rojo vivo con el borde blanco y el frontón negro, esta se abrió de par en par.

Diana le había estado esperando. Se había puesto algo para ahuyentar el frío y estaba envuelta en una de sus viejas chaquetas de punto, paliando con ello el olor de las otras criaturas con las que había estado en contacto aquella noche. A pesar de ello, Matthew la besó de forma brusca y posesiva, y le costó apartarse de ella.

—¿Qué pasa? —Los dedos de Diana se posaron sobre la punta de flecha de Philippe, un indicio elocuente de que su ansiedad aumentaba. Las manchas de color en los ápices de sus dedos sugerían lo mismo y a cada instante se hacían más visibles.

Matthew miró hacia arriba, esperando recibir alguna orientación. Pero lo que encontró en su lugar fue un cielo sin una sola estrella. Su parte humana y razonable le decía que era por el brillo de las luces de la ciudad y porque ese día había luna llena. Pero el vampiro dentro de él estaba instintivamente asustado. Nada podía orientarle en un lugar así, ninguna indicación para guiar su camino.

—Ven.

Matthew cogió el abrigo de Diana de la silla del vestíbulo, tomó a su mujer de la mano y bajaron los escalones de la entrada.

—¿Adónde vamos? —preguntó ella, que casi no podía seguirle el paso.

—A un lugar donde pueda ver las estrellas —contestó Matthew.

22

Matthew se dirigió hacia el noroeste y salió de la ciudad con Diana a su lado. Conducía muy rápido, algo nada habitual en él, y en menos de quince minutos ya estaban en un solitario camino pegado al pie de las cumbres que los lugareños conocían como El Gigante Dormido. Se detuvo en una oscura entrada para coches y apagó el motor. Se encendió la luz de un porche y un anciano les escrutó en la oscuridad.

—¿Es usted, señor Clairmont? La voz del hombre era un frágil hilo, pero en su mirada aún había una inteligencia aguda.

—Sí, soy yo, señor Phelps —contestó Matthew asintiendo. Rodeó el coche y ayudó a Diana a bajar—. Mi esposa y yo vamos a subir a la cabaña.

—Encantado de conocerla, señora —saludó Phelps tocándose la frente con la mano—. El señorito Gallowglass me avisó de que tal vez vendría a ver cómo estaba todo. Me dijo que no me preocupara si oía algo ahí fuera.

—Siento que le hayamos despertado —dijo Diana.

—Yo ya estoy viejo, señora Clairmont. Ya pego poco ojo. Digo yo que ya dormiré cuando esté muerto… —añadió el señor Phelps soltando una risa cascada—. Encontrarán todo lo que necesiten en la montaña.

—Gracias por cuidar del lugar —dijo Matthew.

—Es una tradición familiar —contestó el señor Phelps—. Encontrará el Ranger del señor Whitmore junto al cobertizo, si no quiere utilizar mi viejo Gator. No creo que a su esposa le apetezca subir andando hasta allá arriba. Las verjas del parque están cerradas, pero ya sabe usted cómo entrar. Que pasen buena noche.

El señor Phelps volvió adentro y la hoja de la puerta se cerró sobre el marco con un ruido seco de aluminio y malla metálica.

Matthew cogió a Diana por el codo y la dirigió hacia lo que parecía una mezcla de un carrito de golf con ruedas más gruesas de lo habitual y un *buggy* para ir por las dunas. La soltó el tiempo justo para rodear el vehículo y subirse.

La verja del parque estaba tan escondida que era casi invisible y el camino de tierra estaba sin iluminar ni señalizar, pero Matthew encontró ambos fácilmente. Condujo por varias curvas cerradas, subiendo a ritmo constante por la ladera de la montaña, junto al borde de un frondoso bosque, hasta que llegaron a un claro con una pequeña casa de madera ubicada bajo los árboles. Las luces estaban encendidas, lo que proporcionaba el ambiente dorado y acogedor de una cabaña de cuento de hadas.

Matthew detuvo el Ranger de Marcus y echó el freno de mano. Respiró hondo para absorber los olores nocturnos de los pinos de montaña y el rocío sobre la hierba. Abajo, el valle parecía desolado. Se preguntó si sería su estado de ánimo o la luz plateada de la luna lo que le daba un aspecto tan inhóspito.

—El terreno es irregular. No quiero que te caigas. —Matthew alargó la mano para que Diana se agarrara.

Ella le miró preocupada y luego puso su mano en la de él. Matthew estudió el horizonte, incapaz de dejar de buscar nuevas amenazas, y luego volvió a centrar su atención en el cielo.

—Brilla mucho la luna esta noche —musitó—. Cuesta ver las estrellas incluso aquí arriba.

—Es porque estamos en Mabon —dijo suavemente Diana.

—¿Mabon? —Matthew pareció alarmado.

Ella asintió.

—Hace un año entraste en la Biblioteca Bodleiana y llegaste directo a mi corazón. En el momento en que esa perversa boca tuya me sonrió, en el momento que tus ojos se encendieron reconociéndome a pesar de que no nos habíamos visto antes, supe que mi vida ya nunca sería igual.

Las palabras de Diana aliviaron momentáneamente el incesante estado de agitación que la orden de Baldwin y las noticias de Chris habían despertado en él y por un breve instante el mundo encontró el equilibrio entre la ausencia y el deseo, entre la sangre y el miedo, entre el calor del verano y las profundidades heladas del invierno.

—¿Qué ocurre? —preguntó Diana estudiando su rostro—. ¿Es Jack? ¿La rabia de sangre? ¿Baldwin?

—Sí. No. En cierto modo. —Matthew se pasó la mano por el pelo y se volvió para evitar su mirada—. Baldwin sabe que Jack mató a esos seres de sangre caliente en Europa. Sabe que él es el vampiro asesino.

—No puede ser la primera vez que la sed de sangre de un vampiro haya acabado en muertes inesperadas —comentó Diana, tratando de quitarle hierro al asunto.

—Esta vez es distinto. —No había una forma fácil de decirlo—. Baldwin me ha ordenado que mate a Jack.

—No. Te lo prohíbo. —Las palabras de Diana dejaron un eco y de repente se levantó un viento desde el este. Ella giró en redondo y Matthew la agarró. Diana forcejeó en sus brazos lanzando un ululante tornado de aire gris y marrón alrededor de sus pies.

—No me des la espalda. —No estaba seguro de poder controlarse si se daba la vuelta—. Debes atender a razones.

—No. —Ella seguía intentando zafarse de él—. No puedes perder la fe en Jack. No va a tener rabia de sangre para siempre. Encontraréis una cura.

—La rabia de sangre no tiene cura. —Matthew habría dado su vida por que no fuera así.

—¿Cómo? —Diana estaba claramente conmocionada.

—Hemos estado tomando nuevas muestras de ADN. Por primera vez hemos podido registrar en gráficos un pedigrí de varias generaciones que va más allá de Marcus. Chris y Miriam han rastreado el gen de la rabia de sangre desde Ysabeau, pasando por mí y por

Andrew, hasta Jack. —En ese momento ya tenía toda la atención de Diana.

—La rabia de sangre es una anomalía evolutiva —prosiguió él—. Hay un componente genético, pero parece que el gen de la rabia de sangre se desencadena por algo en nuestro ADN no-codificante. Jack y yo tenemos ese algo. *Maman*, Marcus y Andrew, no.

—No comprendo —susurró Diana.

—Cuando volví a nacer, ese algo no-codificante que ya estaba en mi ADN humano reaccionó ante la nueva información genética inundando mi sistema —explicó Matthew con paciencia—. Sabemos que los genes de los vampiros son brutales, se imponen a lo humano para dominar las células recién modificadas. Aunque no lo reemplazan todo. De lo contrario, mi genoma sería idéntico al de Ysabeau. Pero en cambio soy su hijo: una combinación de ingredientes genéticos heredados de mis padres humanos y de lo que heredé de ella.

—Entonces ¿ya tenías rabia de sangre antes de que Ysabeau te convirtiera en vampiro? —Diana estaba comprensiblemente confusa.

—No, pero tenía los desencadenantes que el gen de la rabia de sangre necesitaba para manifestarse —dijo Matthew—. Marcus ha identificado un específico ADN no-codificante que cree que puede jugar un papel importante.

—¿En lo que él llama ADN basura? —preguntó Diana.

Matthew asintió.

—Entonces aún es posible dar con una cura —insistió—. En unos años…

—No, *mon coeur*. —No podía dejar que se hiciera ilusiones—. Cuanto más comprendamos el gen de la rabia de sangre y más sepamos de los genes no-codificantes, mejor podría ser el tratamiento, pero no es una enfermedad que podamos curar. Nuestra única esperanza es prevenirla y, si Dios quiere, aminorar los síntomas.

—Hasta que lo hagáis, puedes enseñar a Jack a controlarla. —Diana seguía frunciendo el rostro obstinadamente—. No es necesario matarle.

—Los síntomas de Jack son mucho peores que los míos. Aparentemente, los factores genéticos que desencadenan la enfermedad son mucho más elevados en su caso. —Matthew pestañeó tratando de contener las lágrimas de sangre que sabía que se le estaban formando—. No sufrirá. Te lo prometo.

—Pero tú sí. Dices que tengo que pagar un precio por entrometerme en asuntos de vida o muerte, ¿no? Pues tú también. Jack morirá, pero tú seguirás viviendo, y odiándote —dijo Diana—. Piensa en todo lo que te ha supuesto la muerte de Philippe.

Matthew apenas podía pensar en otra cosa. Desde la muerte de su padre, había matado a otras criaturas, pero solo para saldar sus propias cuentas. Hasta aquella noche, Philippe había sido el último señor De Clermont que le había dado la orden de matar. Y la muerte que le había ordenado era la suya propia.

—Jack está sufriendo, Diana. Así le pondría fin a eso. —Matthew estaba utilizando las mismas palabras que Philippe había empleado para convencer a su mujer de que asumiera lo inevitable.

—Tal vez para él. Pero no para nosotros. —Diana se llevó la mano a su vientre hinchado—. Puede que los gemelos tengan rabia de sangre. ¿Los matarás a ellos también?

Esperó a que él dijera que no, que si estaba loca para pensar tal cosa. Pero no lo hizo.

—Cuando la Congregación descubra lo que Jack ha hecho, y solo es cuestión de tiempo antes de que lo hagan, le matarán. Y no les importará lo asustado que esté ni el dolor que puedan causar. Baldwin intentará matarle antes de que eso ocurra para evitar que la Congregación se meta en los asuntos de la familia. Si Jack trata de huir, podría caer en manos de Benjamin. Y si eso ocurre, Benjamin se vengará de una forma espantosa por haberle traicionado. En ese caso la muerte sería una bendición. —Aunque el rostro y el tono de voz de Matthew permanecían impasibles, sabía que la agonía que estaba viendo en los ojos de Diana le perseguiría para siempre.

—Jack tiene que desaparecer. Irse muy lejos, donde nadie pueda encontrarle.

Matthew trató de ahogar su impaciencia. Sabía que Diana era obstinada cuando la conoció. Era una de las razones por las que la amaba, aunque a veces le distrajera.

—Un vampiro no puede sobrevivir en solitario. Igual que los lobos, tenemos que formar parte de una manada, de lo contrario nos volvemos locos. Piensa en Benjamin, Diana, y en lo que ocurrió cuando le abandoné.

—Entonces iremos con él —replicó ella, tratando de agarrarse a un clavo ardiendo para salvar a Jack.

—Eso solo facilitaría las cosas a Benjamin o a la Congregación para darle caza.

—Entonces tienes que crear un vástago de inmediato, como sugirió Marcus —dijo Diana—. Jack tendrá toda una familia para protegerle.

—Si lo hago, tendré que reconocer a Benjamin. Eso revelaría no solo la rabia de sangre de Jack, sino también la mía. Pondría en grave peligro a Ysabeau y a Marcus… y también a los gemelos. Y ellos no serán los únicos que sufrirán si nos enfrentamos a la Congregación sin el apoyo de Baldwin. —Matthew tomó aire con la respiración entrecortada—. Si estás a mi lado, como consorte mía, la Congregación exigirá tu sumisión junto a la mía.

—¿Sumisión? —repitió Diana con voz débil.

—Esto es la guerra, Diana. Y es lo que les ocurre a las mujeres que luchan. Ya has oído la historia de mi madre. ¿Crees que tu destino sería distinto estando en manos de vampiros?

Diana negó con la cabeza.

—Tienes que creerme, nos conviene mucho más seguir dentro de la familia de Baldwin que separarnos y continuar por nuestra cuenta —insistió.

—Te equivocas. Los gemelos y yo nunca estaremos completamente a salvo bajo el gobierno de Baldwin. Ni tampoco Jack. Volar con nuestras propias alas es el único camino. Cualquier otra alternativa solo nos llevaría de vuelta al pasado —adujo Diana—. Y sabemos por experiencia que el pasado nunca es más que un alivio temporal.

—No comprendes las fuerzas que se unirían contra nosotros si lo hiciera. Bajo la ley vampírica, todo lo que han hecho o lo que hagan en cualquier momento mis hijos y mis nietos se me atribuirá. ¿Los asesinatos a manos de un vampiro? Los habría cometido yo. ¿Los maléficos actos de Benjamin? Yo sería culpable de ellos. —Matthew tenía que conseguir que Diana viera lo que aquella decisión podía implicar.

—No pueden culparte de lo que hicieron Benjamin y Jack —protestó Diana.

—Sí que pueden. —Matthew acunó las manos de ella entre las suyas—. Yo hice a Benjamin. De no haberlo creado, ninguno de esos crímenes habría tenido lugar. Mi responsabilidad como señor de Benjamin y señor abuelo de Jack era hacer todo lo posible por detenerlos o, si no podía detenerlos, matarlos.

—¡Eso es una barbaridad! —exclamó Diana retorciéndose las manos. Matthew podía notar cómo el poder ardía bajo su piel.

—No, es honor vampírico. Los vampiros pueden sobrevivir entre seres de sangre caliente gracias a tres valores en sus creencias: la ley, el honor y la justicia. Esta noche has presenciado cómo funciona la justicia vampírica —dijo Matthew—. Es rápida y brutal. Si me hago señor de mi propio vástago, yo también tendré que impartirla.

—Mejor tú que Baldwin —replicó Diana—. Mientras él esté al mando, siempre me preguntaré si ha llegado el día en que se canse de protegernos a los gemelos y a mí y ordene nuestra muerte.

Su mujer tenía algo de razón. Pero ponía a Matthew en una situación imposible. Para salvar a Jack, Matthew tendría que desobedecer a Baldwin. Si desobedecía a Baldwin, no tendría más opción que convertirse en señor de su propio vástago. Eso exigiría convencer a una manada de vampiros rebeldes de que aceptaran su liderazgo y se arriesgaran a ser exterminados al revelar la rabia de sangre entre sus filas. Sería un proceso sangriento, violento y complicado.

—Por favor, Matthew —susurró Diana—. Te lo ruego: no acates la orden de Baldwin.

Matthew observó el rostro de su mujer. Absorbió el dolor y la desesperación que había en sus ojos. Era imposible negarse.

—Está bien —contestó Matthew a regañadientes—. Iré a Nueva Orleans con una condición…

El alivio de Diana era evidente.

—Lo que sea. Dime.

—Que no vengas conmigo. —Matthew mantenía la voz serena, aunque la sola mención de separarse de su pareja podía desatar la rabia de sangre por sus venas.

—¡Ni se te ocurra ordenarme que me quede aquí! —protestó Diana, sintiendo encenderse su propia ira.

—No puedes estar cerca de mí mientras hago esto. —Los siglos de práctica le estaban permitiendo mantener sus sentimientos bajo control, a pesar de la agitación de su mujer—. No quiero ir a ninguna parte sin ti. Dios, si hasta me cuesta tenerte fuera de mi vista. Pero si estuvieras en Nueva Orleans mientras me enfrento a mis propios nietos, correrías un grave peligro. Y no serían Baldwin ni la Congregación quienes amenazarían tu bienestar. Sería yo mismo.

—Tú nunca me harías daño. —Diana se había aferrado a esa certeza desde el principio de su relación. Había llegado el momento de decirle la verdad.

—Eleanor también lo creyó en su día. Pero la maté en un momento de locura y celos. Jack no es el único vampiro en esta familia cuya rabia de sangre se desata por amor y lealtad. —Matthew miró a los ojos a Diana—. La mía también.

—Eleanor y tú erais solo amantes… Nosotros somos pareja. —La expresión de Diana daba señales de que empezaba a comprender—. Todo este tiempo me has dicho que no debería fiarme de ti. Juraste que me matarías tú mismo antes que dejar que me tocara cualquier otro.

—Te decía la verdad. —Matthew acarició con las yemas de los dedos la línea del pómulo de Diana, subiendo para recoger la lágrima que amenazaba con derramarse del borde de su ojo.

—Pero no toda la verdad. ¿Por qué no me dijiste que nuestro vínculo de apareamiento iba a empeorar tu rabia de sangre? —preguntó Diana.

—Creía que podía encontrar una cura. Hasta entonces, pensaba que era capaz de dominar mis pensamientos —contestó Matthew—. Pero te has convertido en algo tan vital para mí como el aliento o la sangre. Mi corazón ya no sabe dónde acabo yo y dónde empiezas tú.

Supe que eras una bruja poderosa desde el momento en que te vi, pero ¿cómo iba a imaginar que tendrías tanto poder sobre mí?

Diana no le contestó con palabras, sino con un beso de una intensidad sobrecogedora. Y la respuesta de Matthew lo igualó. Cuando se separaron, ambos estaban deshechos. Diana se tocó los labios con dedos temblorosos. Matthew apoyó su cabeza sobre la de Diana, mientras su corazón —y el de ella— latían fuertemente por la emoción.

—Fundar un nuevo vástago va a exigir toda mi atención, además de un control absoluto —advirtió Matthew cuando por fin fue capaz de hablar—. Si lo consigo…

—Tienes que hacerlo —dijo ella con firmeza—. Lo harás.

—Muy bien, *ma lionne*. Cuando lo consiga, aún habrá momentos en los que tenga que lidiar con asuntos por mi cuenta —explicó Matthew—. No es que no confíe en ti, es que no puedo confiar en mí mismo.

—Como has lidiado con Jack —dijo Diana. Matthew asintió.

—Estar separado de ti será como un infierno en vida, pero exponerme a una distracción podría resultar terriblemente peligroso. En cuanto a mi autocontrol…, en fin, creo que ambos sabemos el poco que tengo cuando estoy cerca de ti. —Matthew acarició los labios de ella con otro beso, esta vez seductor. Diana se sonrojó.

—¿Y qué haré yo mientras estés en Nueva Orleans? —preguntó Diana—. Tiene que haber alguna forma en la que pueda ayudarte.

—Encuentra esa página que falta del Ashmole 782 —contestó Matthew—. Vamos a necesitar *El libro de la vida* como arma de presión, ocurra lo que ocurra entre los hijos de Marcus y yo. —El hecho de que la búsqueda del manuscrito evitara que Diana se involucrara directamente en el desastre si Matthew fracasaba en su descabellado plan era un valor añadido—. Phoebe te ayudará a buscar la tercera ilustración. Ve a Sept-Tours. Espérame allí.

—¿Cómo sabré que estás bien? —preguntó Diana. Estaba empezando a asimilar la realidad de su inminente separación.

—Encontraré la manera. Pero nada de teléfonos móviles. Ni correos electrónicos. No podemos dejar un rastro que la Congregación pueda seguir si me delata Baldwin o alguien de mi propia sangre —dijo Matthew—. Tú tienes que seguir congraciada con él, al menos hasta que seas reconocida como una De Clermont.

—Pero ¡aún faltan meses para eso! —El gesto de Diana se tornó desesperado—. ¿Qué ocurrirá si los gemelos se adelantan?

—Marthe y Sarah te atenderán en el parto —indicó él con suavidad—. No podemos saber cuánto tiempo va a tardar todo esto, Diana. —«Podrían ser años», pensó Matthew para sí.

—¿Cómo voy a conseguir que los niños entiendan por qué su padre no está con ellos? —preguntó Diana, que de algún modo había leído los pensamientos de Matthew.

—Tendrás que decirles que tuve que marcharme porque les quería, a ellos y a su madre, con todo mi corazón. —A Matthew se le quebró la voz. La estrechó entre sus brazos, rodeándola como si así pudiera posponer su inevitable marcha.

—¿Matthew? —Se oyó una voz familiar en la oscuridad.

—¿Marcus? —Diana no le había oído acercarse, pero Matthew sí había percibido su olor y luego el suave sonido de los pasos de su hijo subiendo por la montaña.

—Hola, Diana. —Marcus apareció de entre las sombras y quedó iluminado por la luz de la luna.

Diana frunció el ceño, preocupada.

—¿Ocurre algo en Sept-Tours?

—Todo está bien en Francia. Pensé que Matthew me necesitaría aquí —dijo Marcus.

—¿Y Phoebe? —preguntó Diana.

—Con Alain y Marthe. —Marcus parecía cansado—. No he podido evitar oír vuestros planes. No habrá vuelta atrás una vez los pongamos en marcha. ¿Estás seguro de que quieres formar un vástago, Matthew?

—No —contestó Matthew, incapaz de mentir—. Pero Diana sí. —Miró a su esposa—. Chris y Gallowglass están esperándote en el camino. Ve, *mon coeur*.

—¿Ahora mismo? —Por un instante Diana pareció aterrada ante la enormidad de lo que iban a hacer.

—No va a hacerse más fácil. Tienes que alejarte de mí. No mires atrás. Y por el amor de Dios, no corras. —Matthew no sería capaz de controlarse si lo hiciera.

—Pero… —Diana frunció los labios. Asintió y se pasó el dorso de la mano por la mejilla, enjugándose las lágrimas repentinas.

Matthew puso más de mil años de anhelo en aquel último beso.

—Yo nunca… —empezó a decir Diana.

—Chis. —Matthew la calló con otro toque de sus labios—. Nada de *nuncas* para nosotros, ¿recuerdas?

Matthew la apartó de sí. Apenas fueron unos centímetros, pero podían haber sido miles de leguas. En cuanto lo hizo, su sangre rompió a aullar. La hizo girarse para que viera los dos círculos de luz tenue de las linternas de sus amigos.

—No se lo hagas más difícil —le dijo Marcus a Diana—. Vete. Despacio.

Por unos segundos, Matthew no estaba seguro de poder hacerlo. Veía los cordones dorados y plateados que colgaban de la punta de los dedos de Diana lanzando destellos y brillando como si trataran de volver a soldar algo que había sido roto de forma repentina y espantosa. Ella dio un paso vacilante. Luego otro. Matthew vio cómo temblaban los músculos de su espalda mientras intentaba mantener la compostura. Dejó caer la cabeza. Luego enderezó los hombros y lentamente empezó a caminar en dirección contraria.

—¡Desde el primer maldito instante supe que acabarías rompiéndole el corazón! —gritó Chris a Matthew cuando ella les alcanzó. Estrechó a Diana entre sus brazos.

Pero era el corazón de Matthew el que se estaba rompiendo, llevándose consigo su compostura, su cordura y sus últimas trazas de humanidad.

Marcus le observó sin pestañear mientras Gallowglass y Chris se llevaban a Diana. En el instante en que desaparecieron de la vista, Matthew dio un paso hacia delante. Marcus le detuvo.

—¿Vas a poder estar sin ella? —preguntó Marcus a su padre. Él llevaba menos de doce horas separado de Phoebe y ya estaba intranquilo.

—Tengo que hacerlo —dijo Matthew, aunque en ese momento no podía imaginar cómo.

—¿Sabe Diana lo que te va a hacer estar separados?

Marcus aún tenía pesadillas sobre Ysabeau y lo mucho que había sufrido durante la captura y la muerte de Philippe. Aquello fue como ver a alguien pasar la peor abstinencia: los temblores, el comportamiento irracional, el dolor físico. Y sus abuelos eran de los pocos vampiros afortunados que, a pesar de ser pareja, podían estar separados durante periodos de tiempo. La rabia de sangre de Matthew lo haría imposible. Incluso antes de que él y Diana se hubieran apareado completamente, Ysabeau ya había avisado a Marcus que si algo le ocurría a Diana su padre no sería de fiar.

—¿Lo sabe? —insistió Marcus.

—No del todo. Pero sí sabe lo que me pasará si me quedo aquí y obedezco a mi hermano. —Matthew se soltó del brazo de su hijo—. No tienes que seguir en esto conmigo. Aún puedes elegir. Baldwin te aceptará, siempre y cuando le pidas perdón.

—Yo ya elegí en 1781, ¿recuerdas? —Los ojos de Marcus eran de plata a la luz de la luna—. Esta noche has demostrado que elegí bien.

—No hay garantías de que esto vaya a funcionar —dijo Matthew avisándole—. Puede que Baldwin se niegue a autorizar el vástago. La Congregación podría enterarse de lo que estamos haciendo antes de que hayamos terminado. Y Dios sabe que tus propios hijos tienen razones para oponerse.

—No te lo van a poner fácil, pero mis hijos harán lo que yo les diga. Al final. Además —añadió Marcus—, ahora estás bajo mi protección.

Matthew le miró sorprendido.

—Tu seguridad, la de tu pareja y la de los gemelos que esperas es la máxima prioridad de los Caballeros de Lázaro ahora —explicó Marcus—. Baldwin puede amenazar todo lo que quiera, pero tengo más de un millar de vampiros, daimones y, sí, también brujos y brujas a mis órdenes.

—Nunca te obedecerán —dijo Matthew—, no cuando descubran por qué les pides que luchen.

—¿Cómo crees que les he ido reclutando desde un principio? —Marcus sacudió la cabeza con incredulidad—. ¿De verdad crees que sois las dos únicas criaturas en el planeta que tienen motivos para despreciar las restricciones del acuerdo?

Sin embargo, Matthew estaba demasiado distraído como para contestar. Ya había sentido un primer impulso de ir detrás de Diana. Pronto sería incapaz de estarse quieto durante más de unos instantes sin que sus instintos le exigieran ir a por ella. Y a partir de ahí, la cosa solo empeoraría.

—Vamos. —Marcus rodeó a su padre por los hombros—. Jack y Andrew nos están esperando. Supongo que el maldito perro también tendrá que venir a Nueva Orleans.

Pero Matthew seguía sin responder. Estaba intentando oír la voz de Diana, su paso inconfundible, el ritmo de su corazón.

Solo había silencio, y estrellas demasiado tenues como para mostrarle el camino de vuelta a casa.

Sol en Libra

Cuando el sol atraviesa Libra,
es buen momento para viajar. Guardaos de
enemigos, guerras y contrarias declaradas.

Libro de dichos anónimos ingleses, ca. 1590.
Gonçalves MS 4090, f. 8ʳ

23

Miriam, déjame entrar o tiraré la puerta abajo. —Gallowglass no estaba de humor para juegos.

Miriam abrió la puerta.

—Puede que Matthew se haya ido, pero no intentes hacer nada raro. Sigo vigilándote.

Tampoco era ninguna sorpresa para Gallowglass. En cierta ocasión, Jason le había dicho que aprender a ser vampiro bajo la tutela de Miriam le había convencido de que en efecto había un dios vengativo que todo lo sabía y todo lo veía. Sin embargo, a diferencia de lo que decían las enseñanzas bíblicas, ese dios era una Ella y era muy sarcástica.

—¿Se han marchado sin problemas Matthew y los demás? —preguntó Diana con un hilo de voz desde lo alto de las escaleras. Estaba pálida como un fantasma y tenía una pequeña maleta a sus pies. Gallowglass soltó un taco y subió la escalera de un salto.

—Sí —contestó, cogiendo la maleta antes de que Diana hiciera la tontería de intentar llevarla. Cada hora que pasaba a Gallowglass le parecía más fascinante que no perdiera el equilibrio considerando el peso de los gemelos.

—¿Por qué has hecho la maleta? —preguntó Chris—. ¿Qué está pasando?

—La tía se va de viaje. —Gallowglass seguía pensando que dejar New Haven era una mala idea, pero Diana le había dicho que se iría, con o sin él.

—¿Adónde? —preguntó Chris con tono inquisitivo. Gallowglass se encogió de hombros.

—Chris, prométeme que seguirás trabajando con las muestras de ADN del Ashmole 782 y sobre el problema de la rabia de sangre —pidió Diana mientras bajaba la escalera.

—Ya sabes que yo no dejo problemas de investigación sin resolver. —Chris se volvió hacia Miriam—. ¿Tú sabías que Diana se iba?

—¿Cómo no iba a saberlo? Bastante ruido ha hecho sacando la maleta del armario y llamando al piloto. —Miriam le quitó el café a Chris, bebió un sorbo e hizo una mueca—. Demasiado dulce.

—Coge tu abrigo, tía. —Gallowglass no sabía lo que Diana tenía planeado. Ella le había dicho que se lo contaría una vez estuvieran en el aire, pero dudaba que se dirigieran a una isla del Caribe con palmeras y cálidas brisas.

Por una vez, Diana no protestó al verle revolotear a su alrededor.

—Chris, cierra la puerta con llave cuando te vayas. Y asegúrate de que la cafetera esté desenchufada. —Se puso de puntillas y besó a su amigo en la mejilla—. Cuida de Miriam. No le dejes cruzar el parque de New Haven de noche, aunque sea vampira.

—Toma —dijo Miriam, entregándole un sobre de papel manila grande—. Como pediste.

Diana miró en su interior.

—¿Estás segura de que no las necesitas?

—Tenemos muchas muestras —contestó Miriam.

Chris miró a Diana a los ojos.

—Si me necesitas, llama. Da igual la razón, el momento o el lugar: saldré en el primer avión.

—Gracias —susurró Diana—. Estaré bien. Gallowglass viene conmigo.

Para sorpresa de Chris, aquellas palabras no alegraron demasiado a Gallowglass.

¿Cómo iban a hacerlo, cuando las había dicho con tal resignación?

El avión privado de los De Clermont despegó del aeropuerto de New Haven. Gallowglass miraba por la ventanilla mientras se daba golpecitos sobre la pierna con el móvil. Al virar el avión, Gallowglass olió el aire. Norte-nordeste.

Diana iba sentada a su lado con los ojos cerrados y los labios blancos. Tenía una de sus manos ligeramente apoyada sobre Manzana y Alubia como si estuviera reconfortándolos. Había un rastro de humedad sobre sus mejillas.

—No llores. No puedo soportarlo —dijo bruscamente Gallowglass.

—Lo siento. No puedo evitarlo. —Diana se giró en el asiento y se quedó mirando al otro lado de la cabina. Sus hombros empezaron a temblar.

—Demonios, tía. Tampoco me sienta bien que mires para otro lado. —Gallowglass se desabrochó el cinturón de seguridad y se acuclilló junto a su sillón abatible de cuero. Le dio unas palmaditas sobre la rodilla. Ella le cogió de la mano. Su poder le latía bajo la piel. Había disminuido un poco desde aquel extraordinario momento en que Diana había rodeado al señor de la familia De Clermont con un gran zarzal, pero todavía era muy visible. Gallowglass podía verlo incluso a través del hechizo de camuflaje que Diana llevó hasta embarcar en el avión.

—¿Cómo estuvo Marcus con Jack? —preguntó con los ojos aún cerrados.

—Marcus le saludó como suele hacerlo un tío y le mantuvo distraído con historias de sus hijos y sus payasadas. Dios sabe que son una panda divertida —dijo Gallowglass entre dientes.

Pero eso no era lo que Diana quería saber.

—Matthew mantuvo el tipo todo lo bien que se puede esperar —continuó más suavemente. Hubo un momento en el que parecía que Matthew fuera a estrangular a Hubbard, pero Gallowglass tampoco quería preocuparse por algo que a priori le parecía una idea excelente.

—Me alegro de que Chris y tú llamarais a Marcus —susurró Diana.

—Fue idea de Miriam —admitió Gallowglass. Miriam llevaba siglos protegiendo a Matthew, del mismo modo que él había cuidado de Diana. En cuanto vio los resultados de las pruebas, Miriam supo que Matthew necesitaría a su hijo a su lado.

—Pobre Phoebe —dijo Diana, con una pizca de preocupación en la voz—. Marcus no debió de tener tiempo para darle demasiadas explicaciones.

—No sufras por Phoebe. —Gallowglass había pasado dos meses con la chica y la había calado—. Tiene el espinazo fuerte y un corazón robusto, igual que tú.

Gallowglass insistió a Diana para que intentara dormir. La cabina del avión estaba equipada con asientos que se convertían en cama. Una vez se aseguró de que Diana estaba dormida, fue a la cabina del piloto y exigió que le dijeran el destino.

—Europa —dijo el piloto.

—¿Qué quiere decir con «Europa»? Eso podría ser cualquier lugar desde Ámsterdam hasta Auvernia u Oxford.

—Madame De Clermont aún no ha decidido el destino final. Me dijo que pusiera rumbo a Europa. Así que voy rumbo a Europa.

—Debe de dirigirse a Sept-Tours. Entonces vaya hacia Gander —ordenó Gallowglass.

—Ese era mi plan, señor —dijo secamente el piloto—. ¿Quiere pilotarla usted?

—Sí. No. —Lo que Gallowglass quería era golpear algo—. ¡Demonio de hombre! Usted haga su trabajo y yo haré el mío.

Había momentos en los que Gallowglass deseaba de todo corazón haber muerto en combate con cualquiera que no fuera Hugh de Clermont.

Después de aterrizar sin problemas en el aeropuerto de Gander, Gallowglass ayudó a Diana a bajar las escaleras para que pudiera estirar las piernas, siguiendo el consejo de su doctora.

—No vas lo suficientemente abrigada para Terranova —comentó él, poniéndole una chaqueta de cuero desgastada sobre los hombros—. El viento hará jirones esa lamentable prenda que llevas por abrigo.

—Gracias, Gallowglass —dijo Diana, tiritando.

—¿Cuál es el destino final, tía? —preguntó después de dar dos vueltas a la diminuta pista.

—¿Acaso importa? —La voz de Diana había pasado de la resignación a la inquietud y de ahí a algo distinto.

«La desesperanza».

—No, tía. Es Nar-sar-s'wák, no Nár-sar-squak —explicó Gallowglass, arropando el hombro de Diana con una de las mantas acolchadas. Narsarsuaq estaba situada en la punta más al sur de Groenlandia y era todavía más fría que Gander. Pero, aun así, Diana había insistido en dar un paseo vigoroso.

—¿Y tú cómo lo sabes? —preguntó malhumorada, con los labios ligeramente morados.

—Simplemente lo sé. —Gallowglass hizo un gesto al auxiliar de vuelo, que le trajo una taza humeante de té. Le echó un chorrito de whisky.

—Nada de cafeína. Ni alcohol —dijo Diana, apartando el té con la mano.

—Mi propia madre bebía whisky cada día durante su embarazo y mira lo fuerte y sano que he salido —dijo Gallowglass, volviendo a ofrecerle la taza. Su voz se tornó mimosa—: Venga, va. Un sorbito no te va a hacer ningún daño. Además, a Manzana y Alubia les sentaría peor la congelación.

—Están bien —dijo Diana con aspereza.

—Huy, sí. En la gloria. —Gallowglass estiró la mano un poco más con la esperanza de que el aroma del té la disuadiera—. Es té de desayuno escocés. Uno de tus preferidos.

—Apártalo de mí, Satanás —contestó Diana refunfuñando mientras cogía la taza—. Y tu madre no pudo beber whisky mientras te esperaba. No hay testimonios de que se destilara whisky en Escocia ni en Irlanda antes del siglo xv. Y tú eres más viejo.

Gallowglass se tragó un suspiro de alivio al oír aquel arranque de historiadora quisquillosa.

Diana sacó un teléfono.

—¿A quién llamas, tía? —preguntó Gallowglass con recelo.

—A Hamish.

Cuando el mejor amigo de Matthew contestó, sus palabras fueron exactamente las que Gallowglass esperaba escuchar:

—¿Diana? ¿Qué ocurre? ¿Dónde estás?

—No sé dónde está mi casa —contestó ella en lugar de darle una explicación.

—¿Tu casa? —Hamish parecía confundido.

—Mi casa —repitió Diana con paciencia—. La que Matthew me regaló en Londres. Me hiciste firmar las facturas de los gastos de mantenimiento cuando estábamos en Sept-Tours.

«¿Londres?» Gallowglass comprendió que el hecho de ser un vampiro no suponía ninguna ayuda en su actual situación. Hubiera sido mucho mejor haber nacido brujo. Así tal vez podría adivinar cómo funcionaba la mente de aquella mujer.

—Está en Mayfair, en una callejuela cerca del Connaught. ¿Por qué?

—Necesito la llave. Y la dirección. —Diana hizo una pausa por un instante, dándole vueltas a algo antes de hablar—. También voy a necesitar un chófer para moverme por la ciudad. A los daimones les gusta el metro y los vampiros son propietarios de todas las grandes compañías de taxis.

Claro que eran dueños de las compañías de taxis. ¿Quién si no disponía del tiempo para memorizar las trescientas veinte rutas, veinticinco mil calles y veinte mil puntos de referencia que había en el entorno de diez kilómetros de Charing Cross que hacía falta saber para conseguir una licencia?

—¿Un chófer? —balbuceó Hamish.

—Sí. Y esa sofisticada cuenta que tengo en Coutts ¿viene con una tarjeta de crédito, una con un límite de gasto elevado?

Gallowglass maldijo. Ella le lanzó una mirada heladora.

—Sí. —Hamish estaba cada vez más receloso.

—Bien. Tengo que comprar algunos libros. Todo lo que escribió Athanasius Kircher. Primeras o segundas ediciones. ¿Crees que podrías buscar la información antes del fin de semana? —Diana evitó cuidadosamente la mirada penetrante de Gallowglass.

—¿Athanasius qué? —preguntó Hamish. Gallowglass podía oír el ruido del lápiz arañando el papel.

—Kircher. —Se lo deletreó letra por letra—. Tendrás que ir a las tiendas de libros raros. Debe de haber copias circulando por Londres. No me importa cuánto cuesten.

—Hablas como la abuela —murmuró Gallowglass. Ese hecho en sí ya era una razón para preocuparse.

—Si no puedes encontrar copias para finales de la semana que viene, supongo que tendré que ir a la British Library. Pero el trimestre de otoño ya ha empezado y es probable que la sala de libros raros esté llena de brujos. Sería mejor si me quedara en casa.

—¿Puedo hablar con Matthew? —dijo Hamish con la respiración algo entrecortada.

—No está aquí.

—¿Estás sola? —Hamish parecía espantado.

—Claro que no. Gallowglass está conmigo —contestó Diana.

—¿Y sabe Gallowglass que pretendes sentarte en las salas públicas de lectura de la Biblioteca Británica a leer esos libros de…? ¿Cómo se llama? ¿Athanasius Kircher? ¿Te has vuelto completamente loca? ¡Toda la Congregación te está buscando! —La voz de Hamish fue subiendo de tono con cada frase.

—Soy consciente del interés de la Congregación, Hamish. Por eso te he pedido que compres los libros —dijo Diana amablemente.

—¿Dónde está Matthew? —preguntó Hamish con tono inquisitivo.

—No lo sé. —Diana cruzó los dedos al mentirle.

Hubo un largo silencio.

—Te iré a buscar al aeropuerto. Avísame cuando os falte una hora para llegar —dijo Hamish.

—No es necesario —cortó ella.

—Llámame una hora antes de aterrizar. —Hamish hizo una pausa—. Diana, no sé qué demonios está pasando, pero de una cosa estoy seguro: Matthew te quiere. Más que a su propia vida.

—Lo sé —susurró Diana antes de colgar.

El tono de desesperanza se tornó mortecino.

El avión viró rumbo sureste. El vampiro que iba a los mandos había escuchado la conversación y actuó en consecuencia.

—¿Qué está haciendo ese patán? —gruñó Gallowglass levantándose de un salto y golpeando la bandeja del té de manera que todas las galletas de mantequilla se desparramaron por el suelo—. ¡No puedes ir directo a Londres! —gritó hacia la cabina del piloto—. Es un vuelo de cuatro horas y ella no debe estar más de tres en el aire.

—Entonces, ¿adónde? —La respuesta del piloto sonó ahogada mientras el avión enderezaba el rumbo.

—Pon rumbo a Stornoway. Es todo recto y tardaremos menos de tres horas. Desde allí solo será un saltito hasta Londres —contestó Gallowglass.

Y así se zanjó el asunto. Por muy infernal que fuera el viaje de Matthew, Jack, Hubbard y Lobero, seguro que no podría compararse con este.

—Qué bonito. —Diana se apartó el pelo de la cara. Estaba amaneciendo y el sol empezaba a asomar sobre el Minch. Gallowglass se llenó los pulmones del aire de casa y comenzó a recordar una imagen con la que soñaba a menudo: Diana Bishop allí, en la tierra de sus antepasados.

—Sí. —Se volvió y caminó hacia el avión. Les esperaba en la pista con las luces encendidas y listo para despegar.

—Voy en un minuto. —Diana se quedó contemplando el horizonte. El otoño había pintado las verdes colinas de trazos marrón oscuro y dorados. El viento levantaba la melena pelirroja de la bruja haciéndola brillar a ráfagas como ascuas.

Gallowglass se preguntaba qué le llamaría tanto la atención. Allí no había nada más que una garza gris desorientada, cuyas largas patas de color amarillo vivo parecían demasiado frágiles para sostener el peso de su cuerpo.

—Vamos, tía. Te vas a morir de frío ahí fuera. —Después de quitarse la cazadora de cuero, Gallowglass se había quedado con su uniforme habitual de camiseta y vaqueros rotos. Y aunque no sentía el frío, se acordaba de cómo podía calar en los huesos el aire de la mañana en aquel rincón del mundo.

La garza miró a Diana por un instante. Levantó la cabeza y la dejó caer, estirando las alas y lanzando un graznido. Luego alzó el vuelo y se alejó rumbo al mar.

—¿Diana?

Ella volvió sus ojos azules y dorados hacia Gallowglass, haciendo que se le pusieran los pelos de punta. Algo sobrenatural en aquella mirada le devolvió a su infancia, a una oscura habitación donde su abuelo lanzaba palabras mágicas y profecías.

Incluso después de que el avión despegara, la mirada de Diana seguía clavada en una imagen lejana e invisible. Gallowglass se asomó a la ventanilla y rezó para que les acompañara un poderoso viento de cola.

—¿Crees que algún día dejaremos de huir? —La voz de Diana le sobresaltó.

Gallowglass no sabía qué responder y no podía soportar mentirle. Se quedó en silencio.

Diana hundió el rostro en las manos.

—Ya está. Ya está. —Él la acunó contra su pecho—. No debes ponerte en lo peor, tía. No es propio de ti.

—Es que estoy tan cansada, Gallowglass…

—No me extraña. Entre pasado y presente, menudo añito has tenido. —Gallowglass hundió la cabeza de ella bajo su barbilla. Tal vez fuera la leona de Matthew, pero hasta los leones necesitaban cerrar los ojos y descansar de vez en cuando.

—¿Es Corra? —Los dedos de Diana recorrieron los perfiles del dragón escupefuego que tenía tatuado sobre su antebrazo. Gallowglass se estremeció—. ¿Dónde acaba su cola?

Le levantó la manga de la camiseta antes de que él pudiera detenerla. Sus ojos se abrieron sorprendidos.

—Se supone que no deberías verlo —dijo Gallowglass. La soltó y volvió a bajarse la manga.

—Déjame.

—Tía, creo que será mejor…

—Déjame verlo —insistió Diana—, por favor.

Gallowglass cogió el borde su camiseta y se la pasó por encima de la cabeza. Sus tatuajes relataban una historia complicada, pero solo varios capítulos serían interesantes para la esposa de Matthew. Diana se llevó la mano a la boca.

—Oh, Gallowglass.

Había una sirena sentada sobre su corazón, con el brazo extendido de modo que su mano quedaba sobre el bíceps izquierdo. Sostenía unos cordones que bajaban serpenteando por su brazo, caían y se entrecruzaban hasta convertirse en la sinuosa cola de Corra, que se envolvía alrededor del codo y desembocaba en el cuerpo del dragón.

La sirena tenía el rostro de Diana.

—Eres una mujer difícil de encontrar, pero aún más difícil de olvidar. —Gallowglass volvió a bajarse la camiseta.

—¿Cuánto tiempo? —Los ojos de Diana estaban llenos de pena y empatía.

—Cuatro meses. —Lo que no le dijo fue que aquella era la última de una serie de imágenes parecidas que se había tatuado sobre el corazón.

—No me refería a eso —dijo Diana con ternura.

—Ah. —Gallowglass clavó la mirada entre sus rodillas y el suelo enmoquetado—. Cuatrocientos años, más o menos.

—Lo siento tanto…

—No quiero que sientas algo que no podías evitar —dijo Gallowglass, interrumpiéndola con un gesto de la mano—. Sabía que nunca podrías ser mía. Da igual.

—Antes de ser de Matthew, fui tuya —dijo Diana con sencillez.

—Solo porque estaba observando cómo te convertías en la esposa de Matthew —repuso él bruscamente—. El abuelo siempre tuvo la maldita habilidad de darnos tareas que no podíamos rechazar ni llevar a cabo sin dejarnos el alma en el intento. —Gallowglass respiró hondo.

»Hasta que vi la noticia sobre el libro del laboratorio de lady Pembroke —prosiguió—, una parte de mi ser tenía la esperanza de que el destino guardara en la manga otra oportunidad para mí. Me preguntaba si volverías distinta, o sin Matthew, o sin amarle como él te ama.

Diana le escuchaba sin decir una sola palabra.

—Así que fui a Sept-Tours a esperarte, tal y como le había prometido al abuelo. Emily y Sarah no dejaban de hablar de los cambios que podía provocar tu viaje en el tiempo. Las miniaturas y los telescopios son una cosa, pero para ti solo ha habido un hombre, Diana. Y Dios sabe que para Matthew solo ha habido una mujer.

—Es extraño oírte decir mi nombre —dijo Diana con suavidad.

—Mientras pueda llamarte tía, no olvidaré quién es el dueño de tu corazón —dijo Gallowglass fingiendo dureza.

—Philippe no debería haberte pedido que cuidaras de mí. Fue una crueldad —dijo.

—No más cruel de lo que Philippe esperaba que hicieras tú —contestó Gallowglass—. Y mucho menos de lo que el abuelo esperaba de sí mismo.

Viendo la confusión de Diana, Gallowglass continuó:

—Philippe siempre ponía sus necesidades en último lugar —explicó Gallowglass—. Los vampiros son criaturas gobernadas por su deseo, con instintos de supervivencia mucho más fuertes que cualquier ser de sangre caliente. Pero Philippe nunca fue como el resto de nosotros. Se le rompía el corazón cada vez que la abuela se intranquilizaba y se marchaba. En aquel momento yo no entendía por qué Ysabeau sentía que tenía que irse. Pero ahora que conozco su versión creo que el amor de Philippe le daba miedo. Era tan profundo y generoso que la abuela sencillamente no podía confiar en él, no después de lo que su señor le había hecho vivir. Parte de ella siempre estuvo preparada para que Philippe se volviera en su contra, para, que le exigiera algo para sí que ella no podría darle.

Diana parecía pensativa.

—Cada vez que veo lo mucho que le cuesta a Matthew darte la libertad que necesitas, dejarte hacer algo sin él que tú crees que es menor pero que a él le supone una agonía de preocupación y espera, me recuerda a Philippe —dijo Gallowglass, poniendo fin a su historia.

—¿Y qué vamos a hacer ahora? —Diana no se refería a cuando llegaran a Londres, pero él hizo como si así fuera.

—Ahora esperaremos a Matthew —contestó Gallowglass sin mostrar emoción alguna—. Querías que creara una familia. Pues ha ido a hacerlo.

La magia de Diana volvía a latir en una agitación iridiscente bajo la superficie de su piel. A Gallowglass le recordaba las largas noches observando la aurora boreal desde el tramo arenoso de costa bajo los acantilados donde un día vivieron su padre y su abuelo.

—No te preocupes. Matthew no será capaz de estar lejos mucho tiempo. Una cosa es deambular en la oscuridad porque no conoces nada más, pero algo muy distinto es disfrutar de la luz y que te la quiten —dijo Gallowglass.

—Pareces seguro de lo que dices —susurró ella.

—Lo estoy. Los hijos de Marcus son complicados, pero Matthew les hará entrar en vereda. —Gallowglass bajó la voz—: Supongo que tendrás una buena razón para elegir Londres...

Diana asintió.

—Eso pensaba. No estás buscando simplemente la última página que falta. Vas detrás del Ashmole 782. Y no estoy diciendo ninguna tontería —afirmó Gallowglass levantando la mano cuando Diana entreabrió los labios para replicar—. En tal caso, debes tener gente a tu alrededor. Gente en la que puedas confiar hasta la muerte, como la abuela, Sarah y Fernando. —Sacó su teléfono.

—Sarah ya sabe que voy de camino a Europa. Le dije que le haría saber dónde estaba una vez me instalara —dijo Diana mirando el teléfono con el ceño fruncido—. E Ysabeau sigue prisionera de Gerbert. No tiene ningún contacto con el mundo exterior.

—Eh, la abuela tiene sus trucos —aseguró Gallowglass tranquilamente, moviendo los dedos a toda prisa sobre el teclado—. Solo tengo que mandarle un mensaje para decirle adónde nos dirigimos. Luego se lo diré a Fernando. No puedes hacer esto sola, tía. No lo que planeas hacer.

—Te lo estás tomando muy bien, Gallowglass —observó Diana agradecida—. Matthew estaría intentando disuadirme.

—Eso es lo que ocurre cuando te enamoras del hombre equivocado —dijo entre dientes y volvió a meterse el móvil en el bolsillo.

Ysabeau de Clermont cogió su elegante teléfono rojo y miró la pantalla iluminada. Se fijó en la hora: 7.37. Y luego leyó el nuevo mensaje. Empezaba con la misma palabra repetida tres veces:

> *Mayday.*
> *Mayday.*
> *Mayday.*

Llevaba esperando a que Gallowglass se pusiera en contacto con ella desde que Phoebe la informó de que Marcus se había marchado en plena noche, de forma misteriosa y repentina, para unirse a Matthew.

Ysabeau y Gallowglass habían decidido hacía mucho que necesitaban un medio para comunicarse entre sí cuando las cosas «salieran rana», por ponerlo en palabras de su nieto. Con los años, el sistema había cambiado, desde los faros y los mensajes secretos escritos con zumo de cebolla, pasando por códigos y claves, hasta objetos enviados por correo sin ninguna explicación. Ahora se valían del teléfono.

Aunque al principio Ysabeau mostró sus recelos a tener un aparato móvil, dados los recientes acontecimientos se alegraba de haberlo recuperado. Gerbert se lo había confiscado al poco de llegar a Aurillac, con la vana esperanza de que el no tenerlo la hiciera más maleable.

Sin embargo, Gerbert le había devuelto el móvil hacía ya varias semanas. Ysabeau había sido apresada para satisfacer a los brujos y hacer una demostración pública del poder y la influencia de la Congregación. Gerbert no se hacía ilusiones de que su rehén fuera a darle la más mínima información útil para encontrar a Matthew. Sin embargo, sentía cierto agradecimiento por su predisposición a seguirle el juego. Desde que llegó a su casa, Ysabeau había sido una prisionera modélica. Le dijo que le devolvía el teléfono como recompensa por su buen comportamiento, pero ella sabía que se debía esencialmente a que Gerbert no era capaz de silenciar las muchas alarmas que sonaban a lo largo del día.

Porque a Ysabeau le encantaban esos recordatorios de sucesos que habían cambiado su mundo: justo antes del mediodía, cuando Philippe y sus hombres irrumpieron en su celda y tuvo los primeros atisbos de esperanza; dos horas antes del amanecer, cuando Philippe admitió por primera vez que la amaba; las tres de la tarde, la hora en la que encontró el cuerpo destrozado de Matthew en la iglesia a medio construir de Saint-Lucien; las 13.23, cuando Matthew bebió las últimas gotas de sangre del cuerpo de Philippe, desfigurado por el dolor. Otras alarmas marcaban la hora de la muerte de Hugh y de Godfrey, la hora en la que Louisa mostró los primeros síntomas de rabia de sangre y la hora en la que Marcus demostró definitivamente que la enfermedad no le había afectado. El resto de sus alarmas diarias estaban reservadas a acontecimientos históricos importantes, como fechas de nacimiento de reyes y reinas a quienes Ysabeau había llamado amigos, guerras en las que había luchado y vencido, y batallas en las que había perdido inexplicablemente a pesar de sus minuciosas estrategias.

Las alarmas sonaban de día y de noche, cada una con una canción distinta cuidadosamente elegida. La que más odiaba Gerbert era la que hacía sonar *Chant de Guerre pour l'Armée du Rhin* a las 5.30 horas, el momento exacto en el que el ejército revolucionario atravesó las puertas de la Bastilla en 1789. Pero aquellas melodías servían de memorándum, evocando rostros y lugares que de otra forma podían haber desaparecido con el tiempo.

Ysabeau leyó el resto del mensaje de Gallowglass. A cualquier otra persona le habría parecido una simple combinación confusa del pronóstico marítimo, una señal aeronáutica de socorro y un horóscopo, con sus referencias a las sombras, la luna, géminis, libra y una serie de coordenadas de longitud y latitud. Ysabeau releyó el mensaje dos veces: una para asegurarse de que había entendido correctamente el significado y otra para memorizar las instrucciones de Gallowglass. Entonces escribió la respuesta.

Je viens.

—Me temo que ha llegado el momento de marcharme, Gerbert —anunció Ysabeau sin una pizca de pena.

Miró hacia el otro lado de la horrible habitación estilo falso gótico, donde estaba sentado su carcelero ante el ordenador al borde de una florida mesa tallada. En el otro extremo había una pesada Biblia apoyada sobre un atril elevado y flanqueada por cirios blancos, como si el espacio de trabajo de Gerbert fuera un altar. Ysabeau frunció los labios observando aquella pretenciosidad que hacía juego con la abigarrada carpintería del siglo XIX, los bancos de iglesia convertidos en sofás y el estridente papel de seda con motivos caballerescos que recubría las paredes. Lo único auténtico que había en toda la habitación era la enorme chimenea de piedra y un tablero de ajedrez monumental delante de esta.

Gerbert miró la pantalla de su ordenador, apretó una tecla y gruñó.

—Si sigues teniendo problemas con el ordenador, Jean-Luc puede venir de Saint-Lucien —dijo Ysabeau.

Gerbert había contratado a un jovencito simpático para que le montara un sistema informático en casa después de que Ysabeau le contara dos cotilleos de Sept-Tours entresacados de conversaciones de sobremesa: el convencimiento de Nathaniel Wilson de que en el futuro las guerras se librarían por Internet y el plan de Marcus de gestionar la mayoría de las operaciones bancarias de los Caballeros de Lázaro a través de los canales *online*. Baldwin y Hamish habían desautorizado la extraordinaria idea de su nieto, pero Gerbert no tenía por qué saberlo.

Mientras instalaba los componentes del sistema que tan apresuradamente compró Gerbert, Jean-Luc tuvo que llamar varias veces a la oficina para solicitar apoyo técnico. Nathaniel, el querido amigo de Marcus, había abierto un pequeño negocio en Saint-Lucien para acercar a los aldeanos a la era moderna y, aunque ahora se encontraba en Australia, le encantaba ayudar a su antiguo empleado siempre que necesitaba de su amplia experiencia. En aquella ocasión, Nathaniel dirigió paso por paso a Jean-Luc mientras ajustaba las distintas configuraciones de seguridad que Gerbert requería.

Y después Nathaniel hizo unas cuantas modificaciones por su cuenta.

El resultado fue que Ysabeau y Nathaniel acabaron averiguando más cosas de Gerbert de Aurillac de lo que jamás hubieran esperado —o querido— saber. Era increíble lo mucho que los hábitos de compra *online* de una persona podían revelar acerca de su personalidad y de sus actividades.

Ysabeau se había asegurado de que Jean-Luc suscribiera a Gerbert a varias redes sociales para mantener al vampiro ocupado fuera de sus asuntos. No podía entender por qué todas aquellas compañías elegían el azul para sus logos. El azul siempre le había parecido un color sereno y relajante, y lo único que ofrecían las redes sociales era constante agitación y fingimiento. Era peor que la corte de Versalles. Ahora que lo pensaba, a Luis XIV también le gustaba bastante el azul.

La única queja de Gerbert sobre su nueva existencia virtual era que no había sido capaz de ponerse «Pontifex Maximus» como nombre de usuario. Ysabeau le dijo que probablemente fuera mejor, dado que podía constituir una violación del acuerdo a los ojos de algunas criaturas.

Por desgracia para Gerbert —y por suerte para Ysabeau—, la adicción a Internet y el buen uso no siempre iban de la mano. El ordenador de Gerbert estaba lleno de virus por causa de las páginas que frecuentaba. También solía elegir contraseñas demasiado complicadas y perdía la cuenta de las páginas que había visitado y cómo las había encontrado. De ahí que llamara tantas veces a Jean-Luc, que siempre se mostraba dispuesto a sacarle de sus apuros y con ello se mantenía al día de cómo acceder a la información de Gerbert en la red.

Con Gerbert ocupado en esos menesteres, Ysabeau podía pasearse por el castillo con total libertad, hurgar entre sus cosas y copiar las sorprendentes direcciones que había en las muchas agendas del vampiro.

La vida como rehén de Gerbert había resultado sumamente reveladora.

—Ha llegado el momento de marcharme —repitió Ysabeau cuando Gerbert por fin apartó los ojos de la pantalla—. Ya no hay razón para que me retengas aquí. La Congregación ha ganado. Acabo de recibir noticias de mi familia de que Matthew y Diana ya no están juntos. Supongo que la presión ha sido demasiado para ella. Estaréis muy contentos.

—No sabía nada. ¿Y tú? —preguntó Gerbert suspicaz—. ¿Estás contenta?

—Claro que sí. Siempre he despreciado a los brujos.

Gerbert no tenía ni idea de hasta qué punto habían cambiado los sentimientos de Ysabeau.

—Hum. —Gerbert aún la miraba con recelo—. ¿Ha vuelto a Madison la bruja de Matthew? Si Diana Bishop ha dejado a tu hijo, seguro que querrá estar con su tía.

—Estoy segura de que querrá estar en su casa —contestó vagamente Ysabeau—. Después de un desengaño, es normal buscar lo que uno conoce.

Por esa misma razón, Ysabeau creía que era una señal prometedora que Diana hubiera decidido volver al lugar donde Matthew y ella disfrutaron de una vida juntos. En cuanto a desengaño, había muchas formas de aliviar el dolor y la soledad que conllevaba ser la pareja del señor de un gran clan de vampiros —aquello en lo que Matthew estaba a punto de convertirse—. Ysabeau tenía ganas de compartirlas con su nuera, que aparentemente era más dura de lo que hubiera esperado la mayoría de vampiros.

—¿Necesitas discutir mi marcha con alguien? ¿Con Domenico? ¿Tal vez con Satu? —preguntó solícitamente Ysabeau.

—Ellos hacen lo que yo les digo, Ysabeau —contestó con el ceño fruncido.

Era patético lo fácil que resultaba manipular a Gerbert cuando se trataba de su ego. Lo cual ocurría siempre. Ysabeau disimuló una sonrisa de satisfacción.

—Si te dejo ir, ¿volverás a Sept-Tours y te quedarás allí? —preguntó Gerbert.

—Por supuesto —dijo ella rápidamente.

—Ysabeau —gruñó Gerbert.

—No he salido de territorio De Clermont desde poco después de la guerra —alegó ella con una pizca de impaciencia—. A menos que la Congregación decida hacerme prisionera de nuevo, permaneceré en territorio De Clermont. Solo Philippe podría convencerme de lo contrario.

—Afortunadamente, ni siquiera Philippe de Clermont es capaz de darnos órdenes desde la tumba —dijo Gerbert—, aunque estoy seguro de que le encantaría hacerlo.

«Te sorprenderías, sapo asqueroso», pensó Ysabeau.

—Muy bien. En tal caso, puedes irte. —Gerbert suspiró—. Pero trata de recordar que estamos en guerra, Ysabeau. Mantén las apariencias.

—Oh, yo nunca olvidaría que estamos en guerra, Gerbert. —Viéndose incapaz de contener la compostura un momento más, y temiendo encontrarle un uso creativo al atizador de hierro que había apoyado junto a la chimenea, Ysabeau salió en busca de Marthe.

Su leal compañera estaba abajo, en la ordenada cocina, sentada junto a la chimenea con una copia raída de *El topo* y una taza humeante de vino tinto especiado. El carnicero de Gerbert estaba al lado con una tabla de cortar, desmembrando un conejo para el desayuno de su amo. Los azulejos de Delft sobre las paredes daban un toque extrañamente alegre al espacio.

—Marthe, nos vamos a casa —anunció Ysabeau.

—Por fin. —Marthe se puso en pie con un gemido—. Detesto Aurillac. El aire aquí no es bueno. *Adiu siatz*, Theo.

—*Adiu siatz*, Marthe —contestó Theo gruñendo mientras maltrataba al pobre conejo.

Gerbert se reunió con ellas en la entrada para despedirse. Besó a Ysabeau en ambas mejillas, bajo la atenta mirada de un jabalí que Philippe había cazado, cuya cabeza tenía disecada y montada sobre una placa encima de la chimenea—. ¿Le digo a Enzo que os lleve en coche?

—Creo que iremos dando un paseo. —Así tendrían la oportunidad de hacer planes. Después de tantas semanas espiando bajo el techo de Gerbert, le iba a costar librarse de su extremada cautela.

—Son ciento treinta kilómetros —señaló Gerbert.

—Pararemos a comer en Allanche. En otro tiempo hubo una manada de ciervos rondando el bosque de aquella zona. —No irían tan lejos, pues Ysabeau había enviado un mensaje a Alain para que las fuera a buscar a las afueras de Murat. De allí las llevaría a Clermont-Ferrand, donde se subirían a uno de los infernales aparatos voladores de Baldwin para ir a Londres. Marthe aborrecía volar, le parecía antinatural, pero no podían permitir que la casa estuviera fría cuando Diana llegara. Ysabeau le dio la tarjeta de Jean-Luc a Gerbert—. Hasta la próxima.

Ysabeau y Marthe salieron al fresco amanecer cogidas del brazo. Las torres del Château des Anges Déchus se fueron haciendo cada vez más pequeñas a su espalda hasta acabar desapareciendo de su vista.

—Marthe, tengo que ponerme una alarma nueva. Siete treinta y siete de la mañana. No dejes que lo olvide. Creo que la *Marcha de Enrique IV* sería la más adecuada —susurró Ysabeau, mientras caminaban a paso ligero hacia el norte, en dirección a las cumbres dormidas de viejos volcanes y rumbo a su futuro.

24

Esta no puede ser mi casa, Leonard.

La inmensa fachada de cuatro plantas y cinco ventanas por piso de la mansión palaciega en uno de los barrios más elegantes de Londres lo hacía impensable. Aunque sentí una punzada de remordimiento. Los bordes de los altos ventanales estaban pintados de blanco para crear un contraste con el cálido ladrillo y sus viejos vidrios parpadeaban con el sol de mediodía. Pensé que dentro, la luz inundaría el espacio. Estaría calentita, pues no había dos chimeneas como era habitual, sino tres. Y en la puerta de entrada había suficiente latón reluciente como para crear una banda de música. Sería algo increíble poder decir que aquello era mi casa.

—Aquí es donde me dijeron que viniera, señorita…, eh, señora…, eh, Diana. —Leonard Shoreditch, un antiguo amigo de Jack y también integrante de la pandilla de chicos de mala fama de Hubbard, estaba esperándome junto a Hamish en la sala privada de llegadas del Aeropuerto de la Ciudad de Londres en los Docklands. Leonard aparcó el Mercedes y volvió la cabeza sobre el asiento esperando instrucciones.

—Te prometo que es tu casa, tía. Si no te gusta, la cambiaremos por una nueva. Pero, por favor, discutamos futuras transacciones inmobiliarias dentro, no aquí sentados en la calle, donde puede vernos cualquier criatura. Chico, coge el equipaje. —Gallowglass se bajó del asiento del copiloto y cerró la puerta de un portazo. Aún estaba enfadado por no haber conducido el coche hasta Mayfair. Pero yo ya había ido en coche por Londres con Gallowglass al volante y preferí arriesgarme con Leonard.

Volví a mirar la mansión con escepticismo.

—No te preocupes, Diana. Clairmont House no es tan magnífica por dentro como por fuera. Bueno, tiene una escalinata. Y algunos estucos decorados —dijo Hamish mientras abría la puerta—. Ahora que lo pienso, la casa entera es bastante majestuosa.

Leonard rebuscó en el maletero del coche y sacó mi pequeña maleta y el enorme cartel escrito a mano con el que nos había recibido. Había asegurado que quería hacerlo como era debido y el cartel decía «Clairmont» en grandes mayúsculas. Cuando Hamish le dijo que teníamos que ser discretos, Leonard tachó el apellido y escribió «Roydon» debajo, en letra aún más oscura, con rotulador.

—¿Por qué se te ocurrió llamar a Leonard? —pregunté a Hamish mientras me ayudaba a bajar del coche. La última vez que le habían visto, en 1591, Leonard estaba con un chico conocido como Amen Corner, un nombre extrañamente adecuado para él. Por lo que recordaba, Matthew les había lanzado una daga por el mero hecho de entregarle un mensaje del padre Hubbard. No podía imaginar por qué razón mi marido seguía en contacto con aquel joven.

—Gallowglass me mandó su número en un mensaje. Dijo que debíamos mantener nuestros asuntos dentro de la familia en la medida de lo posible. —Hamish me miró con ojos curiosos—. No sabía que Matthew tuviera su propio negocio de alquiler de coches.

—La compañía pertenece al nieto de Matthew. —Había pasado gran parte del trayecto desde el aeropuerto mirando los folletos de propaganda del bolsillo trasero del asiento del conductor que anunciaban los servicios de Hubbards de Houndsditch, S. L., «orgullosos de satisfacer las necesidades de transporte más refinadas de Londres desde 1917».

Antes de que pudiera seguir explicándoselo, una anciana menuda de anchas caderas y mirada enfurruñada y familiar abrió la puerta semicircular azul. Me quedé mirándola consternada.

—Se te ve sanota, Marthe. —Gallowglass se encorvó para besarla. Luego se volvió y me miró con gesto contrariado desde lo alto de las escaleras que separaban la puerta de la acera—. ¿Sigues ahí abajo, tía?

—¿Por qué está Marthe aquí? —Tenía la garganta seca y la pregunta me salió como un graznido.

—¿Es Diana? —La voz resonante de Ysabeau atravesó el sigiloso murmullo de los sonidos de la ciudad—. Marthe y yo hemos venido a ayudar, por supuesto.

Gallowglass soltó un silbido.

—Estar presa te ha sentado bien, abuela. No te había visto tan llena de vitalidad desde que coronaron a Victoria.

—Adulador… —Ysabeau dio unas palmaditas a su nieto en la mejilla. Luego me miró y soltó un grito ahogado—. Diana está blanca como la nieve, Marthe. Gallowglass, llévatela adentro ahora mismo.

—Ya la has oído, tía —dijo Gallowglass cogiéndome en brazos y subiéndome hasta la puerta.

Ysabeau y Marthe me guiaron a través de la espaciosa entrada, con su suelo reluciente de mármol blanco y negro, y una escalera en curva tan espléndida que me dejó boquiabierta. Los cuatro tramos de escaleras estaban presididos por un lucernario circular que dejaba pasar la luz resaltando los detalles de las molduras.

De allí me condujeron a una silenciosa sala de visitas. Las ventanas estaban adornadas con largas cortinas de seda estampada gris, que creaban un agradable contraste con las paredes color crema. La tapicería era de tonos pizarra, terracota, crema y negro para acentuar el gris, y una suave fragancia de canela y clavo seguía aferrada a todo ello. El gusto de Matthew estaba por todas partes: en un pequeño planetario de mesa con sus brillantes brazos de latón, un jarrón de porcelana japonesa, la alfombra de tonos cálidos.

—Hola, Diana. Pensé que te vendría bien un poco de té. —Phoebe Taylor apareció acompañada de un aroma a lilas y un suave tintineo de plata y porcelana.

—¿Por qué no estás en Sept-Tours? —pregunté, de nuevo sorprendida de encontrarla allí.

—Ysabeau me dijo que hacía falta aquí. —Los tacones negros y rectos de Phoebe resonaron sobre la madera encerada. Miró a Leonard al dejar la bandeja sobre una elegante mesa que había sido abrillantada hasta tal punto que podía ver su reflejo en ella—. Disculpe, pero creo que no nos conocemos. ¿Le gustaría un poco de té?

—Leonard Shoreditch, se…, señora, para servirla —dijo Leonard con un ligero tartamudeo. Se inclinó en una reverencia algo rígida—. Y gracias. Me encantaría un poco de té. Con leche. Cuatro terrones.

Phoebe vertió el líquido humeante en una taza y puso solo tres terrones de azúcar antes de dársela a Leonard. Marthe soltó una risa sarcástica y se sentó en una silla de respaldo recto junto a la mesa del té, claramente dispuesta a supervisar a Phoebe —y a Leonard— como si fuera un halcón.

—Leonard, con tanto azúcar se te pudrirán los dientes —dije, incapaz de contener el instinto maternal

—Los vampiros no nos preocupamos demasiado por las caries, señorita…, eh, señora…, eh, Diana. —A Leonard le temblaba tanto la mano que la tacita y el platito de motivos japoneses empezaron a repiquetear. Phoebe palideció.

—Eso es porcelana de Chelsea, y bastante antigua, por cierto. Todo lo que hay en esta casa debería estar expuesto en el Museo Victoria and Albert. —Phoebe me pasó una taza idéntica con su platito y una preciosa cucharita de plata haciendo equilibrios en el borde—. No me perdonaría que se rompiera cualquier cosa. Sería irremplazable.

Si Phoebe iba a casarse con Marcus tal y como planeaban, tendría que empezar a acostumbrarse a estar rodeada de objetos dignos de museo.

Di un sorbito al té con leche, que estaba dulce y ardiendo, y suspiré de placer. Se hizo el silencio. Di otro sorbo y miré a mi alrededor. Gallowglass estaba empotrado en una silla de esquina estilo reina Ana, con sus musculosas piernas bien abiertas. Ysabeau estaba entronizada en la silla más decorada de la habitación, con un respaldo alto, un marco recubierto de hoja de plata y tapizada con damasco. Hamish compartía un canapé de caoba con Phoebe. Y Leonard estaba sentado en el borde de una de las sillas que flanqueaban la mesita del té.

Todos estaban esperando. La ausencia de Matthew hacía que todos nuestros amigos y familiares me miraran buscando orientación. Sentí cómo se posaba la carga de la responsabilidad sobre mis hombros. Era incómoda, tal y como me había avanzado Matthew.

—¿Cuándo te dejó libre la Congregación, Ysabeau? —pregunté, con la boca aún seca a pesar del té.

—Gerbert y yo llegamos a un acuerdo poco después de que aterrizarais en Escocia —contestó con una ligera exhalación, aunque su sonrisa me decía que la historia no acababa ahí.

—Phoebe, ¿sabe Marcus que estás aquí? —Algo me decía que no tenía ni idea.

—Mi dimisión en Sotheby's se hará efectiva a partir del lunes. Marcus sabía que tenía que venir a vaciar mi despacho. —Phoebe había elegido las palabras con cuidado, pero era evidente que la respuesta a mi pregunta era que no. Marcus seguía creyendo que su prometida estaba en un castillo fortificado en Francia, no en una espaciosa mansión en Londres.

—¿Dimisión? —pregunté yo, sorprendida.

—Si quiero volver a trabajar en Sotheby's, ya tendré siglos para hacerlo. —Phoebe miró a su alrededor. Aunque podría tardar varias vidas en catalogar adecuadamente las pertenencias de la familia De Clermont.

—¿Y sigues convencida de convertirte en vampiro? —pregunté.

Phoebe asintió. Debería sentarme a hablar con ella y tratar de disuadirla. Si algo salía mal, su sangre salpicaría a Matthew. Y en aquella familia siempre iba mal algo.

—¿Quién va a hacerla vampiro? —preguntó Leonard a Gallowglass en voz baja. ¿El padre H?

—Me parece que el padre Hubbard ya tiene suficientes hijos, ¿no crees, Leonard? —Ahora que lo pensaba, tenía que saber cuántos eran exactamente lo antes posible; eso y cuántos de ellos eran daimones y brujos.

—Supongo, señorita…, eh, señora…, eh…

—La forma adecuada de dirigirte a la pareja de sieur Matthew es «madame». A partir de ahora, utilizarás ese tratamiento cada vez que te dirijas a Diana —le corrigió enérgicamente Ysabeau—. Facilita las cosas.

Marthe y Gallowglass se volvieron hacia Ysabeau con gesto de sorpresa.

—Sieur Matthew —repetí en un murmullo.

Hasta ese momento, Matthew había sido «milord» para su familia. Sin embargo, a Philippe le llamaban sieur en 1590. «Aquí todo el mundo me llama señor o padre», me contestó entonces cuando le pregunté cómo debía dirigirme a él. En aquel momento pensé que el título no era más que una anticuada forma honorífica francesa. Pero ahora comprendía que no era así. El hecho de llamarle «sieur» —señor vampiro— convertía a Matthew en cabeza del clan de vampiros.

Para Ysabeau, la nueva rama de Matthew era cosa hecha.

—¿Madame qué? —preguntó Leonard, desconcertado.

—Simplemente madame —contestó Ysabeau con serenidad—. A mí puedes llamarme madame Ysabeau. Cuando Phoebe se case con milord Marcus, ella será madame De Clermont. Hasta entonces puedes llamarla señorita Phoebe.

—Ah. —Por su mirada de intensa concentración, era evidente que Leonard estaba tratando de absorber todos aquellos datos de protocolo vampírico.

Volvió a hacerse el silencio. Ysabeau se levantó.

—Diana, Marthe te ha puesto en la Habitación del Bosque. Está al lado del dormitorio de Matthew —dijo—. Si has terminado el té, te acompañaré arriba. Deberías descansar unas horas antes de explicarnos lo que vas a necesitar.

—Gracias, Ysabeau. —Dejé la taza y el platito sobre la pequeña mesa redonda que había a mi lado. Aún no me había terminado el té, pero su calor se había disipado rápidamente a través de la frágil porcelana. Y en cuanto a lo que iba a necesitar, ¿por dónde empezar?

Ysabeau y yo cruzamos juntas el vestíbulo, subimos la elegante escalera hasta el primer piso y seguimos subiendo.

—En el segundo piso tendrás intimidad —explicó Ysabeau—. Solo hay dos dormitorios en esa planta, además del despacho de

Matthew y una pequeña salita de estar. Ahora que la casa es tuya, puedes disponer las cosas como quieras, claro está.

—¿Y dónde dormís todos vosotros? —pregunté a Ysabeau mientras giraba en el rellano del segundo piso.

—Phoebe y yo tenemos habitación en el piso encima del vuestro. Marthe prefiere dormir en el piso de abajo, en los aposentos del ama de llaves. Si te sientes agobiada, Phoebe y yo podemos irnos a casa de Marcus. Está cerca del Palacio de St. James, y en su día perteneció a Matthew.

—No creo que sea necesario —dije, pensando en el tamaño de la casa.

—Ya veremos. Tu dormitorio. —Ysabeau abrió una amplia puerta de cuarterones con un pomo de latón reluciente. Solté un grito ahogado.

Toda la habitación estaba decorada en tonos verdes, plateados, gris claro y blanco. Las paredes estaban cubiertas de un papel pintado a mano con motivos de ramas y hojas sobre un fondo gris claro. Los acentos plateados creaban un efecto similar a la luz lunar, que parecía salir de un espejo en forma de luna en el centro de las yeserías del techo. Un fantasmagórico rostro de mujer observaba desde el espejo con una sonrisa serena. Era uno de los cuatro retratos anclados en los distintos cuadrantes del techo de la habitación que representaban a Nyx, personificación de la noche, con su velo ondeando en pliegues de color negro vaporoso pintados de forma tan realista que parecía tela de verdad. En el velo había estrellas plateadas enredadas que capturaban la luz de la ventana y el reflejo del espejo.

—Estoy de acuerdo: es extraordinario —dijo Ysabeau, contenta al ver mi reacción—. Matthew quería crear el efecto de estar en un bosque bajo un cielo iluminado por la luz de la luna. Una vez terminó de decorar la habitación, dijo que era demasiado bonita para usarla y se trasladó al dormitorio de al lado.

Ysabeau fue hacia las ventanas y abrió las cortinas. La claridad de la luz reveló una antigua cama con dosel de cuatro postes empotrada en un hueco de la pared, lo cual minimizaba ligeramente su considerable tamaño. Las colgaduras de la cama eran de seda y tenían el mismo diseño que la pared. Sobre la chimenea había otro espejo que capturaba las imágenes de los árboles del papel pintado y las reflejaba sobre el resto de la habitación. Su superficie luminosa también reflejaba los muebles del dormitorio: el pequeño tocador entre los ventanales, la silla junto a la chimenea y las relucientes flores y hojas de marquetería de castaño de la cómoda baja. La decoración y el mobiliario del dormitorio tenían que haberle costado una fortuna a Matthew.

Mis ojos se posaron sobre un enorme lienzo que representaba a una hechicera sentada en el suelo dibujando símbolos mágicos. Estaba colgado en la pared enfrente de la cama, entre los ventanales. Una mujer con velo había interrumpido el trabajo de la hechicera y su mano extendida sugería que requería la ayuda de la bruja. Era una extraña elección para la casa de un vampiro.

—¿De quién era esta habitación, Ysabeau?

—Creo que Matthew la hizo para ti, solo que entonces no lo sabía. —Ysabeau abrió otras cortinas.

—¿Ha dormido aquí alguna otra mujer? —No podría descansar en la misma habitación que hubiera ocupado Juliette Durand.

—Matthew llevaba a sus amantes a otros sitios —contestó Ysabeau con la misma franqueza. Al ver mi expresión, suavizó el tono—: Tiene muchas casas. La mayoría no significan nada para él, pero algunas sí. Y esta es una de ellas. No te la habría dado como regalo si no la valorase especialmente.

—Nunca creí que me fuera a costar tanto separarme de él. —Mi voz sonaba ahogada.

—Ser la consorte en una familia de vampiros nunca es fácil —dijo Ysabeau con una sonrisa triste—. Y a veces estar separados es la única manera de seguir juntos. Esta vez Matthew no tenía otra opción que dejarte.

—¿Philippe se apartó alguna vez de tu lado? —pregunté, observando el rostro de mi suegra con abierta curiosidad.

—Claro. Casi siempre me hacía marcharme cuando era una distracción inoportuna para él. Otras veces lo hacía para que no me viera involucrada si se producía una catástrofe, lo cual ha ocurrido bastante a menudo en esta familia. —Sonrió—. Mi marido siempre ordenaba que me marchara cuando sabía que no sería capaz de resistir la tentación de meterme por medio, y por esa causa le preocupaba mi seguridad.

—Entonces ¿Matthew aprendió a ser sobreprotector de Philippe? —pregunté, pensando en todas las veces en las que se había metido en problemas por evitar que me afectaran a mí.

—Matthew ya era un maestro en el arte de preocuparse demasiado por su amada mucho antes de convertirse en vampiro —contestó suavemente Ysabeau—. Ya lo sabes.

—¿Y siempre obedeciste las órdenes de Philippe?

—No más de lo que tú obedeces a Matthew. —El tono de su voz sonó más grave para expresar complicidad—: Y no tardarás en descubrir que nunca tendrás tanta libertad para tomar tus propias decisiones como cuando Matthew esté por ahí haciendo de patriarca con otros. Puede que hasta acabes anhelando estos momentos de separación, como yo.

—Lo dudo. —Apoyé el puño contra la caída de mi espalda como tratando de arreglar las cosas. Era lo que siempre hacía Matthew—. Debería contarte lo que pasó en New Haven.

—Nunca debes explicar a nadie las acciones de Matthew —dijo bruscamente Ysabeau—. Si los vampiros no cuentan chismes, es por algo. En nuestro mundo, el conocimiento es poder.

—Pero tú eres la madre de Matthew. No creo que tenga que guardar secretos contigo en este tema. —Revisé en mi mente lo ocurrido en los últimos días—. Matthew descubrió la identidad de uno de los hijos de Benjamin y conoció a un nieto que no sabía que tuviera. —De todos los extraños giros que habían dado nuestras vidas, encontrarnos con Jack y su padre tenía que ser el más importante, sobre todo porque ahora estábamos en la ciudad del padre Hubbard—. Se llama Jack Blackfriars y vivió en nuestra casa en 1591.

—Así que mi hijo ya se ha enterado de lo de Andrew Hubbard… —dijo Ysabeau con voz inexpresiva.

—¡¿Lo sabías?! —exclamé.

Aquella sonrisa me habría aterrado antes, pero ya no.

—¿Y aún crees que merezco tu absoluta sinceridad, hija mía?

Matthew ya me había avisado de que no estaba preparada para liderar una manada de vampiros.

—Eres consorte de un señor, Diana. Debes aprender a contar solamente lo que los demás necesitan saber, nada más —advirtió con tono aleccionador.

Acababa de aprender mi primera lección, pero estaba segura de que vendrían muchas más.

—¿Me enseñarás, Ysabeau?

—Sí. —Su respuesta monosílaba me pareció más fiable que cualquier juramento más explícito—. Lo primero que debes hacer es tener cuidado, Diana. Aunque seas la pareja de Matthew y su consorte, eres una De Clermont y debes seguir siéndolo hasta que se resuelva este asunto del vástago. Tu estatus en la familia de Philippe protegerá a Matthew.

—Matthew dijo que la Congregación intentaría matarle, y a Jack también, cuando averigüen lo de Benjamin y la rabia de sangre —dije.

—Lo intentarán. No se lo permitiremos. Pero ahora tienes que descansar. —Ysabeau retiró la colcha de seda y ahuecó las almohadas.

Rodeé la enorme cama, pasando la mano por uno de los postes que sostenía el dosel. Las tallas me resultaban familiares al tacto. «Yo ya he dormido en esta cama», pensé cayendo en la cuenta. No era la cama de otra mujer. Era mía. Estaba en nuestra casa de Blackfriars en 1590 y de algún modo había sobrevivido todos esos siglos para recalar en una habitación que Matthew había dedicado a la luz de la luna y al hechizo.

Susurré unas palabras de agradecimiento a Ysabeau, apoyé la cabeza en las suaves almohadas y me sumergí en un sueño turbulento.

Dormí casi veinticuatro horas y podría haber seguido de no haber sido porque la alarma de un coche me despertó dejándome inmersa en una oscuridad verdosa y desconocida. En aquel momento varios sonidos penetraron mi mente: el rumor del tráfico en la calle al otro lado de mi ventana, una puerta cerrándose en algún lugar de la casa y una conversación en el pasillo que pronto se convirtió en susurros.

Con la esperanza de que un chorro de agua caliente relajara los músculos agarrotados de mi cara y me despejara la mente, exploré el laberinto de pequeñas habitaciones que había tras una puerta blanca. Encontré una ducha y mi maleta colocada sobre un aparador alto diseñado para piezas de equipaje mucho más grandes que la mía. Saqué las dos páginas del Ashmole 782 y mi ordenador portátil. El resto de la maleta dejaba mucho que desear. Aparte de alguna ropa interior, varias camisetas de tirantes, mallas de yoga que ya no me cabían, unos zapatos desparejados y unos pantalones premamá negros, no había nada en la bolsa. Por suerte, en el armario de Matthew había muchas camisas planchadas. Me metí una de paño fino gris por las mangas y los hombros y pasé por delante de la puerta cerrada que seguro que conducía a su habitación.

Bajé un piso descalza, con el ordenador y el sobre grande que contenía las páginas de *El libro de la vida* en las manos. Las majestuosas habitaciones de la primera planta estaban desiertas: un salón de baile donde había eco, revestido con suficiente oro y vidrio como para rehacer el palacio de Versalles; una sala de música con un piano y otros instrumentos; un salón formal que parecía decorado por Ysabeau; un comedor de invitados con una mesa interminable de caoba y sillas para veinticuatro comensales; una biblioteca llena de volúmenes del siglo XVIII, y una sala de juegos con mesas de cartas con tapetes verdes que parecían sacadas de una novela de Jane Austen.

Buscando un ambiente más acogedor, bajé a la planta de abajo. No había nadie en la sala de estar, así que me asomé a varios despachos, salitas y gabinetes hasta que encontré un comedor más íntimo que el de arriba. Estaba en la parte trasera de la casa y su mirador daba sobre un pequeño jardín privado. Las paredes estaban pintadas para crear el efecto de que era de ladrillo visto, y daban al espacio un aire cálido y agradable. En el centro había una mesa de caoba, esta vez circular en vez de rectangular, rodeada de ocho sillas solamente. Sobre ella, un surtido de libros antiguos cuidadosamente dispuestos.

Phoebe entró en la habitación y dejó una bandeja con tostadas y té sobre una mesita supletoria.

—Marthe me ha dicho que te levantarías en cualquier momento. Ha dicho que esto es lo primero que necesitarías y que, si tienes más hambre, puedes ir a la cocina y pedir huevos y salchichas. No solemos comer aquí por norma. Para cuando subes la comida por la escalera, se ha quedado helada.

—¿Qué es todo esto? —dije señalando hacia la mesa.

—Los libros que le pediste a Hamish —explicó Phoebe, enderezando un volumen que estaba ligeramente descolocado—. Todavía estamos esperando varios. Como eres historiadora, los he puesto en orden cronológico. Espero que te vaya bien.

—Pero ¡si los pedí el jueves! —exclamé, desconcertada. Era domingo por la mañana. ¿Cómo podía haberlo conseguido Phoebe? Una de las hojas de papel llevaba título y fecha —«Arca Noë 1675»— escritos a mano con letra femenina y cuidada, junto a un precio y el nombre y dirección de un librero.

—Ysabeau conoce a todos los libreros de Londres. —Los labios de Phoebe se curvaron dibujando una sonrisa traviesa, lo cual hizo que su atractivo rostro se transformara en hermoso—. Y no me extraña. La frase «No importa el precio» espabilaría a cualquier casa de subastas, sea la hora que sea, hasta en fin de semana.

Cogí otro volumen —el *Oberliscus Pamphilius* de Kircher— y abrí la cubierta. Tenía la firma desgarbada de Matthew en la solapa.

—Primero estuve rebuscando entre las bibliotecas de esta casa y de Pickering Place. No tenía demasiado sentido comprar algo que ya tenías —explicó Phoebe—. Matthew tiene gustos muy variados para los libros. Hay una primera edición del *Paraíso perdido* en Pickering Place y una primera edición de *El almanaque del pobre Richard* firmado por Franklin arriba.

—¿Pickering Place? —Incapaz de contenerme, pasé la yema del dedo sobre la firma de Matthew.

—La casa de Marcus cerca del Palacio de St. James. Creo que fue un regalo de Matthew. Él vivió allí antes de construir Clairmont House —indicó Phoebe. Sus labios se fruncieron—. Puede que a Marcus le fascine la política, pero no creo que sea adecuado que la

Carta Magna y una de las copias originales de la Declaración de Independencia sigan en manos privadas. Estoy segura de que estarás de acuerdo.

Levanté el dedo de la página. La imagen de Matthew apareció un instante sobre el espacio en blanco donde antes estaba su firma. Los ojos de Phoebe se abrieron como platos.

—Perdona —dije, soltando la tinta de vuelta sobre el papel—. No debería hacer magia delante de seres de sangre caliente.

—Pero si no has dicho ninguna palabra ni has escrito ningún hechizo... —Phoebe parecía confundida.

—Algunos brujos no necesitamos recitar un hechizo para hacer magia. —Recordando las palabras de Ysabeau, reduje mi explicación al mínimo.

—Ah —dijo ella asintiendo—. Me queda mucho por aprender de las criaturas.

—A mí también. —Le sonreí cálidamente y Phoebe contestó con una sonrisa vacilante.

—Supongo que te interesa el simbolismo de Kircher, ¿no? —comentó Phoebe mientras abría cuidadosamente otro de los gruesos tomos. Era su libro sobre el magnetismo, *Magnes sive De Arte Magnetica*. La página grabada con el título mostraba un árbol alto, con amplias ramas que sostenían los frutos del conocimiento. Estos estaban encadenados los unos a los otros sugiriendo su vínculo común. En el centro figuraba el ojo divino de Dios mirando desde el mundo eterno de los arquetipos y la verdad. Una cinta se entrelazaba a través de las ramas y los frutos. Sobre ella había el siguiente lema escrito en latín: *Omnia nodies arcanis connexa quiescunt*. Traducir lemas era complicado, dado que su significado era deliberadamente enigmático, pero la mayoría de especialistas coincidían en que hacía referencia a las influencias magnéticas ocultas que según Kircher daban unidad al mundo: «Todas las cosas están en reposo, conectadas por nudos secretos».

—«Todas las cosas esperan en silencio, conectadas por nudos secretos» —murmuró Phoebe—. ¿A qué se refiere con «todas las cosas»? ¿Y a qué esperan?

Como no conocía en profundidad las ideas de Kircher sobre el magnetismo, Phoebe había hecho una lectura completamente distinta de la inscripción.

—¿Y por qué son más grandes estos cuatro discos? —prosiguió, señalando el centro de la página. Tres de los discos estaban dispuestos en triángulo en torno a uno que contenía un ojo abierto.

—No estoy segura —confesé mientras leía las descripciones en latín que acompañaban a las imágenes—. El ojo representa el mundo de los arquetipos.

—Ah. El origen de todas las cosas. —Phoebe miró la imagen con más detenimiento.

—¿Qué has dicho? —Mi tercer ojo se abrió, interesado repentinamente por lo que Phoebe Taylor tenía que decir.

—Los arquetipos son figuras originales. Mira, aquí están el mundo sublunar, los cielos y el hombre —indicó, señalando uno por uno los tres discos que rodeaban al ojo arquetípico—. Cada uno está conectado con el mundo de los arquetipos (su punto de origen) y con los demás. Pero el lema sugiere que deberíamos ver las cadenas como nudos. No sé si eso es importante.

—Oh, yo creo que sí —murmuré entre dientes, más segura que nunca de que Athanasius Kircher y la venta de libros en Villa Mondragone eran eslabones fundamentales en la serie de acontecimientos que llevaban desde Edward Kelley en Praga a la última página que faltaba. De algún modo, el padre Athanasius debió de conocer el mundo de las criaturas. O eso o él mismo lo era.

—*El libro de la vida* es en sí mismo un poderoso arquetipo, claro —musitó Phoebe—, un arquetipo que también describe las relaciones entre las partes del mundo creado. Por algo utilizan los genealogistas los árboles de familia para mostrar las líneas de descendencia.

Tener una historiadora del arte en la familia iba a acabar resultando una bendición inesperada, tanto para la investigación como para la conversación. Por fin tenía a alguien con quien hablar del simbolismo de los arcanos.

—Y ya sabes lo importantes que son los árboles de la sabiduría en la iconografía científica. Aunque no todos son tan figurativos como este —dijo Phoebe lamentándose—. La mayoría son simples diagramas con ramas, como el árbol de la vida en *El origen de las especies* de Darwin. Era la única imagen en todo el libro. Lástima que a Darwin no se le ocurriera contratar a un artista de verdad como hizo Kircher, alguien capaz de producir algo realmente espléndido.

Los hilos anudados que llevaban tiempo esperando en silencio a mi alrededor empezaron a resonar. Pero estaba pasando algo por alto. Una conexión poderosa que tenía casi a mi alcance, si tan solo…

—¿Dónde está todo el mundo? —preguntó Hamish asomando la cabeza.

—Buenos días, Hamish —saludó Phoebe con una cálida sonrisa—. Leonard ha ido a buscar a Sarah y a Fernando. Los demás están todos por aquí.

—Hola, Hamish. —Gallowglass saludó desde la ventana del jardín—. ¿Te encuentras mejor después de dormir, tía?

—Mucho mejor, gracias. —Pero mi atención estaba clavada en Hamish.

—No ha llamado —dijo Hamish con ternura en respuesta a la pregunta que no le había hecho.

No me extrañaba. Aun así, tuve que bajar la mirada hacia los libros para esconder mi desilusión.

—Buenos días, Diana. Hola, Hamish. —Ysabeau entró elegantemente en la habitación y ofreció su mejilla al daimón, que la besó obedientemente—. ¿Ha encontrado Phoebe los libros que necesitas, Diana, o debería seguir buscando?

—Phoebe ha hecho un trabajo increíble y rápido. Aunque me temo que necesito más ayuda.

—Bueno, para eso estamos aquí. —Ysabeau hizo un gesto a su nieto para que entrara y me lanzó una mirada tranquilizadora—. Se te ha enfriado el té. Marthe traerá más y luego nos contarás qué es lo que hay que hacer.

Después de que Marthe viniera diligentemente —esta vez con un té de menta sin teína en vez del té negro y fuerte que había servido Phoebe— y Gallowglass se uniera al grupo, saqué las dos páginas del Ashmole 782. Hamish silbó asombrado.

—Son dos ilustraciones que se sacaron de *El libro de la vida* en el siglo XVI, el manuscrito conocido hoy como Ashmole 782. Todavía queda una por encontrar: la imagen de un árbol. Se parece un poco a esta. —Les enseñé la portada del libro de Kircher sobre magnetismo—. Tenemos que encontrarla antes de que lo haga otro, y eso incluye a Knox, Benjamin y la Congregación.

—¿Por qué quieren todos *El libro de la vida* tan desesperadamente? —Los astutos ojos de color aceituna de Phoebe eran pura ingenuidad. Me pregunté cuánto tardarían en cambiar una vez se convirtiera en una De Clermont y en vampira.

—En realidad, no lo sabemos —admití—. ¿Será un grimorio? ¿Una historia de nuestros orígenes? ¿Un registro de algún tipo? Lo he tenido dos veces en las manos: una en la Biblioteca Bodleiana ya deteriorado y otra vez en el gabinete del emperador Rodolfo cuando aún estaba íntegro y completo. No estoy segura de por qué lo están buscando tantas criaturas. Lo único que puedo decir con certeza es que *El libro de la vida* está lleno de poder…, de poder y de secretos.

—No me sorprende que los brujos y los vampiros tengan tantas ganas de hacerse con él —comentó secamente Hamish.

—También los daimones, Hamish —precisé—. Pregúntaselo a la madre de Nathaniel, Agatha Wilson. Ella también lo quiere.

—Pero ¿dónde encontraste esta segunda página? —Hamish tocó la imagen de los dragones.

—Alguien la trajo a New Haven.

—¿Quién? —preguntó Hamish.

—Andrew Hubbard. —Después de la advertencia de Ysabeau, ya no estaba segura de hasta qué punto debía contar y qué debía callar. Pero Hamish era nuestro abogado. No podía ocultarle secretos—. Es un vampiro.

—No, si sé muy bien quién y qué es Andrew Hubbard. Al fin y al cabo, soy daimón y trabajo en la City —dijo Hamish riendo—. Pero me sorprende que Matthew le dejara acercarse. Le desprecia.

Podía haberle explicado lo mucho que habían cambiado las cosas y por qué, pero Matthew era quien debía contar la historia de Jack Blackfriars.

—¿Qué tiene que ver la imagen del árbol que falta con Athanasius Kircher? —preguntó Phoebe, devolviendo nuestra atención al asunto que teníamos entre manos.

—Cuando estaba en New Haven, mi colega Lucy Meriweather me ayudó a investigar qué pudo ocurrir con *El libro de la vida*. Uno de los misteriosos manuscritos de Rodolfo acabó en manos de Kircher. Pensamos que la ilustración del árbol podía estar dentro. —Señalé la portada del *Magnes sive De Arte Magnetica*—. A juzgar por esa ilustración, estoy más segura que nunca de que Kircher al menos había visto la imagen.

—¿Puedes ver a través de los libros y documentos de Kircher? —preguntó Hamish.

—Así es —contesté sonriendo—, siempre y cuando se puedan localizar esos libros o documentos. La colección privada de Kircher fue enviada a una antigua residencia papal por seguridad, la Villa Mondragone, en Italia. A principios del siglo xx, los jesuitas empezaron a vender discretamente algunos de los libros para aumentar sus ingresos. Lucy y yo creemos que vendieron la página en ese momento.

—En tal caso debería de haber documentos de la venta —dijo Phoebe en tono reflexivo—. ¿Has contactado con los jesuitas?

—Sí —contesté asintiendo—. No tienen ningún documento de esa venta… o si lo tienen, no lo quieren compartir. Lucy también escribió a las principales casas de subastas.

—Pues no obtendría mucho. La información sobre ventas es confidencial —dijo Phoebe.

—Eso nos dijeron. —Vacilé unos instantes, lo justo para que Phoebe se ofreciera a hacer lo que yo temía pedirle.

—Hoy mismo escribiré un correo a Sylvia y le diré que no podré recoger mis cosas mañana, como planeaba —dijo Phoebe—. No puedo tener a Sotheby's esperando eternamente, pero hay otras fuentes que podría comprobar y gente que tal vez esté dispuesta a hablar conmigo si contacto con ellos de la forma adecuada.

Antes de que pudiera contestar, sonó el timbre de la entrada. Tras una breve pausa, volvió a sonar. Y luego otra vez. A la cuarta, sonó y sonó como si la visita hubiera incrustado el dedo en el botón.

—¡Diana! —gritó una voz que me sonaba familiar. El sonido del timbre dio paso al ruido de alguien aporreando la puerta.

—¡Sarah! —exclamé, poniéndome de pie.

Una fresca brisa de octubre inundó la casa, trayendo consigo su fragancia de azufre y azafrán. Corrí al vestíbulo. Allí estaba Sarah, pálida y con el pelo flotando sobre sus hombros en una maraña rojiza y alocada. Tras ella iba Fernando cargando dos maletas como si ambas pesaran menos que una carta certificada.

Los ojos enrojecidos de Sarah se posaron sobre los míos y soltó el transportín para gatos de Tabitha sobre el suelo de mármol con un golpe seco. Sus brazos se abrieron de par en par y me abalancé sobre ella. Em siempre había sido quien me ofrecía consuelo cuando me sentía sola y tenía miedo de pequeña, pero en aquel momento Sarah era exactamente la persona que necesitaba.

—Todo va a ir bien, cariño —susurró, abrazándome fuerte.

—Acabo de hablar con el padre H y dice que debo seguir sus instrucciones al pie de la letra, señorita…, madame —dijo Leonard Shoreditch alegremente, abriéndose paso a empujones entre Sarah y yo y saludándome de manera desenfadada.

—¿Te ha dicho alguna otra cosa Andrew? —pregunté, separándome de mi tía. Tal vez Hubbard le hubiera dado alguna noticia de Jack o de Matthew.

—Veamos. —Leonard se pellizcó la punta de su larga nariz—. El padre H ha dicho que me asegurara de que usted supiera dónde empieza y dónde acaba Londres y que, si hay cualquier problema, vaya directamente a St. Paul, que allí encontrará ayuda de inmediato.

Se escucharon unas fuertes palmadas que sugerían que Fernando y Gallowglass se habían encontrado.

—¿Algún problema? —murmuró Gallowglass.

—Ninguno, salvo que he tenido que convencer a Sarah de que no desconectara el detector de humos del aseo de primera clase para fumarse un cigarrillo —dijo Fernando tiernamente—. La próxima vez que haga un vuelo internacional, mandad un avión De Clermont. Esperaremos.

—Gracias por venir tan rápido, Fernando —dije con una sonrisa—. Estarás deseando no habernos conocido a Sarah ni a mí. Parece que las Bishop no hacemos otra cosa que enredarte más con los De Clermont y sus problemas.

—Al contrario —contestó suavemente—, me estáis librando de ellos. —Para mi asombro, Fernando soltó las maletas y se arrodilló delante de mí.

—Levántate. Por favor. —Intenté levantarle.

—La última vez que me arrodillé delante de una mujer, había perdido uno de los barcos de Isabel de Castilla. Dos de sus guardias me obligaron a hacerlo a punta de lanza para rogar su perdón —dijo Fernando con una leve mueca sarcástica—. Dado que en esta ocasión lo hago de forma voluntaria, me levantaré cuando haya terminado.

De repente apareció Marthe y se quedó perpleja al ver a Fernando en posición tan sumisa.

—Carezco de parientes y amigos. Mi hacedor ya falleció. Mi pareja falleció. No tengo hijos. —Fernando se mordió la muñeca y cerró el puño. La sangre empezó a manar de la herida, derramándose sobre su brazo y salpicando el suelo ajedrezado—. Dedico mi sangre y mi cuerpo a servir y honrar a vuestra familia.

—¡Caramba! —dijo Leonard con una profunda exhalación—. El padre H no lo hace así. —Yo había visto cómo recibía a una criatura en su rebaño Andrew Hubbard y, aunque el ritual no era idéntico, sí se parecía en el tono y la intención.

Una vez más, todos en la casa se quedaron esperando mi respuesta. Probablemente hubiera normas y precedentes a seguir, pero en aquel momento ni los conocía ni me importaban. Cogí la mano ensangrentada de Fernando.

—Gracias por depositar tu confianza en Matthew —dije sencillamente.

—Yo siempre he confiado en él —dijo Fernando, levantando los ojos con una mirada penetrante—. Ahora ha llegado el momento de que Matthew confíe en sí mismo.

25

L o he encontrado. —Phoebe me puso delante un correo electrónico impreso, sobre la superficie de cuero del escritorio georgiano. El hecho de que no hubiera llamado antes de entrar en la sala de estar me hacía pensar que algo emocionante había ocurrido.

—¿Ya? —La miré asombrada.

—Le dije a mi antigua supervisora que estaba buscando un artículo para la familia De Clermont, la imagen de un árbol dibujada por Athanasius Kircher. —Phoebe miró a nuestro alrededor y sus ojos de especialista se fijaron en un cofre baúl de *chinoiserie* negro y dorado que había sobre un estante, las formas talladas sobre el falso bambú de una silla, y en los coloridos cojines de seda repartidos por la *chaise longue* junto a la ventana. Luego se quedó mirando las paredes y de sus labios salieron farfullados el nombre de Jean Pillement y palabras como «imposible», «no tiene precio» o «museo».

—Pero Kircher no dibujó las ilustraciones de *El libro de la vida*. —Cogí el correo con el ceño fruncido—. Y no es una imagen, es una página arrancada de un manuscrito.

—Atribución y procedencia son cruciales para una buena venta —explicó Phoebe—. La tentación de vincular a Kircher con la imagen habría sido irresistible. Y si hubieran limpiado los bordes del pergamino y el texto fuera invisible, habría pedido un precio mayor como dibujo o pintura suelta.

Leí detenidamente el correo. Empezaba con un comentario mordaz sobre la dimisión de Phoebe y su futuro estado civil. Pero fueron las siguientes líneas las que captaron mi atención:

He encontrado un documento de la venta y compra de una «alegoría de El libro de la vida que se cree que perteneció al museo de Athanasius Kircher, SJ, en Roma». ¿Podría ser la misma imagen que están buscando los De Clermont?

—¿Quién la compró? —susurré, casi incapaz de respirar.

—Silvia no me lo ha dicho —dijo Phoebe, señalando las últimas frases del correo electrónico—. La venta es reciente y los detalles, confidenciales. Sí me ha dicho el precio de compra: mil seiscientas cincuenta libras.

—¡¿Nada más?! —exclamé. Gran parte de los libros que Phoebe había comprado habían costado mucho más que eso.

—La posibilidad de que perteneciera a Kircher no era lo suficientemente clara como para que los compradores gastaran más —precisó.

—¿No hay ninguna forma de saber la identidad del comprador? —Empecé a imaginar cómo utilizar mi magia para averiguarlo.

—Sotheby's no se puede permitir revelar los secretos de sus clientes. —Phoebe negó con la cabeza—. Imagina cómo reaccionaría Ysabeau si supiera que han violado su intimidad.

—¿Me llamabas, Phoebe? —Mi suegra ya estaba en el umbral de la puerta antes de que la semilla de mi plan pudiera echar raíces.

—Phoebe ha descubierto una venta reciente en Sotheby's en la que se describe una imagen muy parecida a la que estoy buscando —le expliqué—. Pero no quieren decirnos quién la compró.

—Sé dónde se guardan los documentos de venta —dijo Phoebe—. Cuando vaya a Sotheby's a devolver mis llaves, echaré un vistazo.

—No, Phoebe, es demasiado arriesgado. Si me puedes decir dónde están exactamente, tal vez encuentre la manera de llegar a ellos.

—Podíamos lograrlo combinando mi magia con la pandilla de ladronzuelos y chicos perdidos de Hubbard. Pero mi suegra tenía sus propios planes.

—Soy Ysabeau de Clermont. Querría hablar con lord Sutton. —Su voz nítida resonó contra los techos altos de la sala.

Phoebe parecía consternada.

—No se puede llamar al director de Sotheby's así sin más y pedirle que haga lo que tú digas.

Aparentemente Ysabeau sí podía y lo estaba haciendo.

—Charles. ¡Cuánto tiempo! —Ysabeau se sentó elegantemente sobre una silla y dejó caer sus perlas entre los dedos—. Has estado tan ocupado que he tenido que recurrir a Matthew para que me mantuviera informada. En fin, aquella refinanciación que te ayudé a conseguir ¿ha servido para lo que querías?

Ysabeau prosiguió con una serie de alentadores sonidos que mostraban interés y su admiración por el ingenio de Charles. Si tuviera que describir su actitud, estaría tentada a decir que era como una gatita… Eso sí, siempre y cuando la gatita fuera una cría de tigre de Bengala.

—¡Ay, cuánto me alegro, Charles! Matthew estaba seguro de que funcionaría. —Ysabeau se pasó los dedos por los labios con suavidad—. Me preguntaba si podrías ayudarnos con una situación delicada. Verás, Marcus va a casarse… con una de tus empleadas. Se conocieron cuando Marcus fue a recoger aquellas miniaturas que fuiste tan amable de conseguirme en enero.

No pude oír la respuesta exacta de lord Sutton, pero el cálido murmullo de satisfacción en su voz era inconfundible.

—El arte del emparejamiento. —Ysabeau soltó una risa cristalina—. ¡Qué ingenioso eres, Charles! Pues Marcus está empeñado en comprarle un regalo especial a Phoebe, algo que recuerda haber visto hace mucho tiempo, una imagen de un árbol de familia.

Mis ojos se abrieron como platos.

—¡Eh! —exclamé, agitando los brazos—. No es un árbol de familia, es…

Ysabeau hizo un gesto despectivo con la mano mientras los murmullos al otro lado de la línea cobraban entusiasmo.

—Tengo entendido que Sylvia logró encontrar la imagen en una reciente venta. Pero, por supuesto, es demasiado discreta como para revelar quién fue el comprador. —Ysabeau asintió con la cabeza durante unos instantes mientras escuchaba la explicación justificativa. Entonces la gatita se abalanzó sobre la presa—. Quiero que contactes con el comprador, Charles. No soportaría que mi nieto sufriera tal desilusión en un momento tan feliz.

Lord Sutton quedó reducido al más completo silencio.

—Los De Clermont somos enormemente afortunados de tener una relación larga y feliz con Sotheby's. De no haber conocido a Samuel Baker, la torre de Matthew se habría derrumbado bajo el peso de sus libros.

—Dios santo... —Phoebe estaba boquiabierta.

—Y lograsteis vaciar gran parte de la casa de Matthew en Ámsterdam. Nunca me gustó aquel tipo ni sus obras. Ya sabes a quién me refiero. ¿Cómo se llamaba? El que pintaba obras que siempre parecían inacabadas...

—¿Frans Hals? —susurró Phoebe, con los ojos desorbitados.

—Frans Hals. —Ysabeau asintió en un gesto de aprobación hacia su futura nieta política—. Ahora tú y yo tenemos que convencerle de que se deshaga del retrato de ese triste ministro que tiene colgado sobre la chimenea en el salón de arriba.

Phoebe soltó un grito ahogado. Deduje que sus próximas aventuras de catalogación no tardarían en incluir un viaje a Ámsterdam.

Lord Sutton empezó a deshacerse en promesas, pero Ysabeau no estaba dispuesta a andarse con chiquitas.

—Confío plenamente en ti, Charles —dijo interrumpiéndole, aunque estaba claro, especialmente para lord Sutton, que no era así—. Podemos hablar de ello mientras tomamos café mañana.

Entonces fue lord Sutton quien soltó un grito ahogado, seguido de un torrente de explicaciones y justificaciones.

—No hace falta que vengas a Francia. Estoy en Londres. De hecho, bastante cerca de vuestras oficinas en Bond Street. —Ysabeau se dio unos golpecitos con el dedo sobre el pómulo—. ¿A las once? Perfecto. Y saluda a Henrietta de mi parte. Hasta mañana. —Colgó.

»¿Qué? —dijo, mirándonos a Phoebe y a mí.

—¡Acabas de machacar a lord Sutton! —exclamó Phoebe—. Creía que decías que había que usar la diplomacia.

—Diplomacia, sí. Estrategias complicadas, no. La sencillez suele ser lo mejor. —Ysabeau nos dedicó una sonrisa de tigresa—. Charles le debe mucho a Matthew. Con el tiempo tendrás muchas criaturas debiéndote favores, Phoebe. Entonces verás lo fácil que es conseguir lo que deseas. —Ysabeau me miró seriamente—. Estás pálida, Diana. ¿No te alegras de saber que pronto tendrás todas las páginas que faltaban de *El libro de la vida*?

—Sí —contesté.

—Entonces, ¿cuál es el problema? —preguntó Ysabeau levantando la ceja.

¿El problema? Una vez tuviera las tres páginas en mi poder, ya nada me impediría robar un manuscrito de la Biblioteca Bodleiana. Estaba a punto de convertirme en una ladrona.

—Nada —repuse con voz débil.

Una vez sentada de nuevo en la salita china, tan adecuadamente bautizada, volví a estudiar los grabados de Kircher, tratando de no pensar en lo que podría ocurrir si Phoebe e Ysabeau daban con la última de las páginas que faltaban. Pero me veía incapaz de concentrarme en encontrar todos los grabados de árboles en la enorme obra de Kircher, así que me levanté y fui hacia la ventana. La calle estaba tranquila y solo pasaba algún padre solitario con su hijo de la mano o algún turista con un mapa.

Matthew siempre conseguía hacerme olvidar mis preocupaciones con un trocito de canción o con una broma, o —mejor aún—con un beso. Sentí la necesidad de estar cerca de él, y avancé por el pasillo desierto del segundo piso hasta llegar a su estudio. Mi mano vaciló un instante sobre el pomo y, tras un momento de indecisión, lo giré y entré.

El aroma a canela y clavo me inundó. Matthew no podía haber estado en la habitación en los últimos doce meses, pero su ausencia y mi embarazo me hacían más sensible a su olor.

Quienquiera que hubiera decorado mi opulento dormitorio y la sala de estar donde había pasado la mañana no había entrado en aquel estudio. Era un espacio masculino y sin pretensiones, con las paredes cubiertas de estanterías y ventanas. Había dos espléndidos globos —uno terráqueo y otro celeste— sobre soportes de madera, listos para ser usados en cuanto surgiera cualquier pregunta de astronomía o geografía, además de varias curiosidades naturales salpicadas aquí y allá sobre mesitas. Recorrí la habitación siguiendo el sentido de las agujas del reloj como si estuviera tejiendo un hechizo para traer a Matthew de vuelta, deteniéndome brevemente para examinar algún libro o hacer girar el globo celeste. De repente vi una silla extraña como no había visto nunca y me detuve a observarla. Su respaldo alto y profundamente curvado tenía un soporte de libros recubierto de piel montado sobre él y el asiento tenía la forma de una silla de montar a caballo. La única manera de sentarse sería a horcajadas, como hacía Gallowglass cada vez que daba la vuelta a una silla en la mesa del comedor. Sentándose a horcajadas sobre aquel asiento, con el soporte directamente delante, tendría un artilugio con la altura perfecta para sostener un libro o un lugar donde escribir. Intenté ponerlo en práctica pasando la pierna por encima del asiento acolchado. Era increíblemente cómodo, y me imaginé a Matthew allí, leyendo durante horas bañado por la luz que entraba a raudales por las ventanas.

Desmonté de la silla y me volví. Lo que vi colgando de la chimenea me hizo soltar un grito ahogado: era un retrato de Philippe e Ysabeau a tamaño natural.

La madre y el padre de Matthew lucían espléndidas prendas de mediados del siglo XVIII, época feliz de la moda en la que los trajes femeninos aún no parecían jaulas de pájaros y los hombres ya habían abandonado los largos rizos y los tacones altos del siglo anterior. Me picaban los dedos de ganas de tocar la superficie del cuadro, convencida de que palparía sedas y encaje en lugar del lienzo.

Lo más sorprendente del retrato no era la viveza de sus rasgos —aunque sería imposible no reconocer a Ysabeau—, sino el modo en que el artista había captado la relación entre Philippe e Ysabeau.

Philippe de Clermont miraba al espectador vestido con un traje de seda de color crema y azul, con los hombros cuadrados con el lienzo y la mano derecha extendida hacia Ysabeau como si estuviera a punto de presentárnosla. Una sonrisa asomaba a sus labios, con un toque de suavidad que acentuaba las duras líneas de su rostro y la larga espada que colgaba de su cinturón. Sin embargo, los ojos de Philippe no me miraban directamente como sugerían sus hombros, sino que miraban de soslayo a Ysabeau, como si nada pudiera desviar su atención de la mujer a la que amaba. Ysabeau estaba retratada de tres cuartos, con una mano posada suavemente sobre los dedos de su marido y la otra sosteniendo los pliegues de su vestido de seda color crema y dorado, como si estuviese avanzando para acercarse a Philippe. Pero, en lugar de mirar a su marido, Ysabeau observaba descaradamente al espectador, con los labios entreabiertos, como sorprendida por la interrupción en un momento tan íntimo.

Oí pasos detrás de mí y sentí el hormigueo de la mirada de una bruja.

—¿Es el padre de Matthew? —preguntó Sarah, que estaba a mi lado mirando el lienzo.

—Sí. Es de un realismo increíble —contesté asintiendo con la cabeza.

—Me lo he imaginado en cuanto he visto la perfección con la que el artista ha retratado a Ysabeau. —Sarah desvió su atención hacia mí—. No tienes buen aspecto, Diana.

—Tampoco es de extrañar, ¿no crees? —dije—. Matthew está ahí fuera tratando de juntar una familia. Puede que acaben matándole y yo le pedí que lo hiciera.

—Ni siquiera tú podrías obligar a Matthew a hacer algo que no quisiera —replicó Sarah sin rodeos.

—Sarah, tú no sabes lo que pasó en New Haven. Matthew descubrió que tenía un nieto del que no sabía nada, el hijo de Benjamin. Y también un bisnieto.

—Fernando me ha hablado de Andrew Hubbard y de Jack, y de la rabia de sangre —contestó Sarah—. Dice que Baldwin ordenó a Matthew que matara al chico, pero que no le dejaste hacerlo.

Levanté la mirada hacia Philippe, deseando comprender por qué habría nombrado a Matthew verdugo oficial de la familia De Clermont.

—Sarah, para nosotros Jack era como un hijo. Si Matthew le mataba, ¿qué iba a impedirle matar a los gemelos si resulta que ellos también heredan su rabia de sangre?

—Baldwin nunca pediría a Matthew que matara a los de su propia sangre y carne —rechazó Sarah.

—Sí —dije con tristeza—. Sí que lo haría.

—Entonces parece que Matthew está haciendo lo que debe —concluyó Sarah con firmeza—. Y tú también tienes que hacer tu trabajo.

—Lo estoy haciendo —contesté con un tono que sonó algo a la defensiva—. Mi trabajo es dar con las páginas que faltan de *El libro de la vida* y luego volver a juntarlo para que podamos utilizarlo como instrumento de presión con Baldwin, con Benjamin y hasta con la Congregación.

—También tienes que cuidar de los gemelos —señaló Sarah—. Soñar despierta aquí arriba no te va a hacer ningún bien; ni a ti ni a ellos.

—Ni se te ocurra sacar a relucir la baza de los bebés —dije con una ira fría—. Ahora mismo estoy haciendo verdaderos esfuerzos para no odiar a mis propios hijos, por no hablar de Jack. —No era justo ni lógico, pero les culpaba de nuestra separación, a pesar de haber sido yo quien insistiera.

—Yo te odié durante un tiempo —dijo Sarah con tono inexpresivo—. De no haber sido por ti, Rebecca seguiría con vida. O al menos eso me decía a mí misma.

Sus palabras no me cogieron por sorpresa. Los niños siempre saben lo que piensan los mayores. Em nunca me había hecho sentir que la muerte de mis padres fuera culpa mía. Claro, ella sabía lo que planeaban y por qué. Pero Sarah era otra historia.

—Luego lo superé —continuó en voz baja—. Y tú también lo superarás. Un día verás a los gemelos y te darás cuenta de que Matthew está ahí mismo, mirándote a través de los ojos de un crío de ocho años.

—Mi vida no tiene sentido sin Matthew —declaré.

—Él no puede ser todo tu mundo, Diana.

—Ya lo es —susurré—. Y si logra romper con los De Clermont, va a necesitarme a su lado igual que Ysabeau estuvo con Philippe. Y yo nunca seré capaz de estar a su altura.

—¡Tonterías! —Sarah se llevó las manos a la boca—. Y si crees que Matthew quiere que seas como su madre, estás loca.

—Tienes mucho que aprender de los vampiros. —Por algún motivo la frase no sonaba tan convincente en boca de una bruja.

—Ah. Ya veo cuál es el problema. —Sarah entornó los ojos—. Em decía que volverías distinta, más entera. Pero todavía estás intentando ser algo que no eres. —Me señaló con un dedo acusador—. Te has puesto completamente vampira otra vez.

—Déjalo, Sarah.

—Si Matthew quisiera una mujer vampira, tendría donde elegir. Qué demonios, podría haberte convertido a ti en vampira el pasado octubre en Madison —dijo—. Y tú le habrías dado encantada casi toda tu sangre.

—Matthew no me transformaría —aseguré.

—Lo sé. Me lo prometió la mañana antes de marcharos. —Sus ojos se clavaron como dagas sobre mí—. A Matthew no le importa que seas bruja. ¿Por qué a ti sí? —Cuando vio que no contestaba, me cogió de la mano.

—¿Adónde vamos? —pregunté a mi tía mientras me llevaba escaleras abajo.

—Fuera. —Sarah se detuvo delante de la bandada de vampiros que había en el vestíbulo—. Diana tiene que recordar quién es. Tú también vienes, Gallowglass.

—Vaaaaale —dijo Gallowglass incómodo, arrastrando las dos sílabas—. ¿Vamos muy lejos?

—¿Cómo voy a saberlo? —replicó Sarah—. Es la primera vez que vengo a Londres. Vamos a la antigua casa de Diana, la que Matthew y ella compartieron en la época isabelina.

—Mi casa ha desaparecido: se quemó durante el gran incendio de 1666 —dije, tratando de escabullirme.

—Vamos a ir de todas formas.

—Oh, Dios. —Gallowglass le lanzó unas llaves a Leonard—. Lenny, trae el coche. Vamos a dar un paseo de domingo.

Leonard sonrió.

—Bien.

—¿Por qué siempre está por aquí ese muchacho? —preguntó Sarah mientras veía al vampiro larguirucho irse corriendo hacia la parte trasera de la casa.

—Es de Andrew —contesté a modo de explicación.

—O sea, que es tuyo —razonó ella asintiendo con la cabeza. Me quedé boquiabierta—. Oh, sí. Lo sé todo sobre los vampiros y sus raras costumbres. —Aparentemente, Fernando no se mostraba tan reacio como Ysabeau o Matthew a contar historias de vampiros.

Leonard paró el coche delante de la entrada haciendo rechinar los neumáticos. En un abrir y cerrar de ojos, estaba fuera del coche y había abierto la puerta trasera.

—¿Adónde vamos, madame?

Le observé atentamente. Era la primera vez que a Leonard no se le atragantaba mi nombre.

—A casa de Diana, Lenny —contestó Sarah—. A su casa de verdad, no este abigarrado santuario de pelusas.

—Lo siento, pero la casa ya no está, señorita —dijo Leonard, como si el gran incendio de Londres hubiera sido su culpa. Conociendo a Leonard, era posible.

—Pero ¿es que los vampiros no tienen nada de imaginación? —protestó Sarah con chulería—. Llévame adonde estaba la casa.

—Ah. —Leonard miró a Gallowglass con los ojos como platos. Gallowglass se encogió de hombros.

—Ya has oído a la dama —dijo mi sobrino.

Atravesamos Londres hacia el este como un cohete. Pasamos por Temple Bar, cogimos Fleet Street y Leonard giró hacia el sur en dirección al río.

—Este no es el camino —advertí.

—Calles de una sola dirección, madame —explicó él—. Las cosas han cambiado un poco desde la última vez que estuvo aquí. —Dio un brusco giro a la izquierda delante de la estación de Blackfriars. Puse la mano sobre la manija de la puerta para bajarme y sonó un clic al cerrarse el seguro de niños.

—Quédate en el coche, tía —dijo Gallowglass.

Leonard giró el volante otra vez hacia la izquierda, y avanzamos entre calzada y tramos de suelo desigual.

—Blackfriars Lane —dije leyendo el cartel al pasar. Sacudí la manija—. Déjame bajar.

El coche se paró bruscamente, bloqueando la entrada a un muelle de carga.

—Su casa, madame —anunció Leonard, con tono de guía de turismo y haciendo un gesto hacia el edificio de ladrillo rojo y amarillo que se cernía sobre nosotros. Abrió los seguros del coche—. Es seguro para pasear. Pero, por favor, tenga cuidado con los tramos desiguales. No quiero tener que explicarle al padre H que se rompió la pierna...

Salí a la acera de piedra. Era más firme que la superficie de barro y suciedad que normalmente cubría Water Lane, que era como solíamos llamar a aquella calle en el pasado. Empecé a caminar automáticamente hacia la catedral de Saint Paul. Sentí una mano sujetándome por el codo.

—Ya sabes lo que opina el tío de que pasees sola por la ciudad. —Gallowglass hizo una reverencia y por un instante le vi con calzas y jubón—. A su servicio, madame Roydon.

—¿Dónde estamos exactamente? —preguntó Sarah, observando los callejones cercanos—. Esto no parece una zona residencial.

—Blackfriars. Hubo un tiempo en el que cientos de personas vivieron aquí. —Solo tuve que dar unos pasos para alcanzar la estrecha calle adoquinada que antes llevaba a los recintos internos del monasterio de Blackfriars. Fruncí el ceño y señalé—. ¿No estaba allí El Sombrero del Cardenal? —Era una de las tabernas preferidas de Kit Marlowe.

—Buena memoria, tía. Ahora lo llaman Playhouse Yard.

La parte trasera de nuestra casa daba a aquella parte del antiguo monasterio. Gallowglass y Sarah me siguieron por el callejón. En otro tiempo solía estar a rebosar de mercaderes, artesanos, amas de casa, aprendices y niños, por no hablar de carros, perros y pollos. Ahora estaba desierto.

—Más despacio —pidió Sarah, malhumorada porque le costaba seguirnos.

Por mucho que hubiera cambiado el viejo barrio, mi corazón me daba las indicaciones necesarias y mis pies le seguían raudos y seguros. En 1591 habría estado rodeada por la casa de vecinos destartalada y el centro de entretenimiento que surgió dentro del antiguo monasterio. Ahora había edificios de oficinas, una pequeña residencia para ejecutivos ricachones, más edificios de oficinas y las oficinas centrales de los boticarios de Londres. Atravesé Playhouse Yard y me metí entre dos edificios.

—¿Adónde va ahora? —preguntó Sarah a Gallowglass, cada vez más irritada.

—A menos que me equivoque, la tía está buscando la entrada trasera al castillo de Banyard.

A la entrada de una estrecha callejuela llamada Church Entry, me detuve para ubicarme. Si pudiera orientarme bien, sabría llegar hasta casa de Mary. ¿Dónde estaba el taller de impresión de Fields? Cerré los ojos para evitar que me distrajera la incongruencia de los edificios modernos.

—Justo allí —dije señalando—. Allí es donde estaba el taller de Fields. La boticaria vivía a tan solo unas casas en esa misma calle. Por aquí se llegaba a los muelles. —Continué doblando esquinas, mientras mis brazos seguían la línea de edificios que veía en la mente—. La puerta de la platería de monsieur Vallin estaba aquí. Desde aquí se podía ver nuestro jardín trasero. Y aquí estaba la vieja verja por la que entraba al castillo de Banyard. —Me detuve un instante, empapándome de la sensación familiar de mi antigua casa y deseando que al abrir los ojos me encontrara en el solar de la condesa de Pembroke. Mary habría comprendido mi actual situación perfectamente y me habría aconsejado generosamente sobre asuntos dinásticos y políticos.

—¡Joder! —exclamó Sarah.

Mis ojos se abrieron de repente. A tan solo unos metros había una puerta transparente de madera, encastrada en una pared medio derruida también transparente. Fascinada, traté de dar un paso hacia ella, pero me detuvieron unos hilos azul y ámbar que me ataban los tobillos con fuerza.

—¡No te muevas! —Sarah parecía aterrada.

—¿Por qué? —Veía la figura de mi tía a través de una especie de telón de gasa con fachadas de tiendas de la época isabelina.

—Has lanzado un hechizo contrarreloj. Rebobina imágenes de tiempos pasados, como una película —indicó Sarah, mirándome a través de los escaparates de la pastelería del Maestro Prior.

—Magia —dijo Gallowglass lamentándose—. Justo lo que necesitábamos.

Una anciana con una chaqueta azul marino y un vestido camisero azul claro que pertenecía claramente al tiempo presente salió de un edificio de apartamentos.

—Encontraréis que esta parte de Londres puede ser un poco complicada, en lo que a magia se refiere —anunció en voz alta y con ese tono alegre y autoritario que solo pueden adoptar las mujeres británicas de cierta edad y estatus social—. Si planeáis hacer más hechizos, os convendría tomar algunas precauciones.

Mientras la mujer se acercaba hacia nosotros, de repente tuve un *déjà-vu*. Me recordó a una de las brujas que había conocido en 1591, una bruja de tierra llamada Marjorie Cooper que me ayudó a tejer mi primer hechizo.

—Soy Linda Crosby. —Sonrió y al hablar el parecido con Marjorie se acentuó—. Bienvenida a casa, Diana Bishop. Te estábamos esperando.

Me quedé mirándola, atónita.

—Soy la tía de Diana —dijo Sarah, rompiendo el silencio—. Sarah Bishop.

—Un placer —dijo Linda estrechando su mano afectuosamente. Ambas brujas se quedaron mirando mis pies. Durante las breves presentaciones, los lazos azules y ámbar del tiempo se habían soltado un poco, desvaneciéndose uno a uno según se reabsorbían en el tejido de Blackfriars. Pero la puerta de entrada de monsieur Vallin seguía siendo demasiado visible.

—Yo esperaría unos minutos más. Al fin y al cabo, eres viajera del tiempo —dijo Linda, sentándose en el borde de uno de los bancos curvados que rodeaban una maceta de ladrillo circular. Estaba en el mismo lugar donde un día estuvo la boca del pozo del patio de El Sombrero del Cardenal.

—¿Es usted de la familia Hubbard? —preguntó Sarah metiendo la mano en el bolsillo para sacar los cigarrillos que tenía prohibidos. Le ofreció uno a Linda.

—Soy bruja —dijo Linda aceptando el cigarrillo—. Y vivo en la City de Londres, de modo que sí: soy de la familia del padre Hubbard. Y me siento orgullosa de ello.

Gallowglass dio fuego a las brujas y luego se encendió un cigarrillo. Los tres se pusieron a echar humo cual chimeneas, eso sí, cuidándose de apartarlo para que no me viniera a mí.

—Todavía no conozco a Hubbard —confesó Sarah—. La mayoría de los vampiros que conozco no le aprecian demasiado.

—¿De veras? —preguntó Linda con interés—. Qué extraño. El padre Hubbard es una figura venerada por aquí. Protege los intereses de todos, ya sean daimones, vampiros o brujos. Ha habido tantas criaturas que han querido entrar en su territorio que se ha desencadenado una crisis en la vivienda. No puede comprar inmuebles lo bastante rápido como para satisfacer la demanda.

—Aun así, es un capullo —murmuró Gallowglass.

—¡Ese lenguaje! —exclamó Linda, escandalizada.

—¿Cuántos brujos hay en la ciudad? —preguntó Sarah.

—Tres docenas —contestó Linda—. Controlamos las cifras, claro, de lo contrario la Milla Cuadrada sería una locura.

—El aquelarre de Madison es del mismo tamaño —dijo Sarah mostrando su aprobación—. Así es más fácil hacer reuniones, está claro.

—Nos reunimos una vez al mes en la cripta del padre Hubbard. Vive en lo que queda del monasterio de Greyfriars, justó allí. —Linda apuntó con su cigarrillo al extremo norte de Playhouse Yard—. Hoy en día la mayoría de criaturas en la City son vampiros: financieros, gerentes de fondos de inversión y esas cosas. No les gusta alquilar sus salas de reuniones a brujos. No se ofenda, caballero.

—En absoluto —contestó Gallowglass amablemente.

—¿Greyfriars? ¿Se fue lady Agnes? —pregunté sorprendida. Las excentricidades de su fantasma eran la comidilla de la ciudad cuando yo vivía allí.

—No, no. Lady Agnes sigue allí. Con la ayuda del padre Hubbard, logramos negociar un acuerdo entre ella y la reina Isabel de Castilla. Parece que ahora se llevan bien, lo cual es más de lo que puedo decir del fantasma de Elizabeth Barton. Desde que publicaron esa novela sobre Cromwell, está insoportable. —Linda se quedó mirando mi tripa con suspicacia—. En nuestra fiesta de Mabon de este año, Elizabeth Barton dijo que esperabas gemelos.

—Así es. —Hasta los fantasmas de Londres estaban al corriente de mis asuntos.

—Cuesta saber si hay que tomar en serio las profecías de Elizabeth, que siempre van acompañadas de chillidos. Es tan... vulgar. —Linda frunció los labios en un gesto de desaprobación y Sarah asintió compasivamente.

—Eh, siento interrumpir la charla, pero creo que el hechizo ese de contrarreloj ya ha expirado. —No solo podía ver mi tobillo otra vez (eso si levantaba la pierna, de lo contrario me lo tapaba la tripa), sino que también la puerta de monsieur Vallin había desaparecido.

—¿Qué ha expirado? —dijo Linda soltando una carcajada—. Suena como si tu magia tuviera fecha de caducidad.

—Bueno, yo no he dicho nada para deshacerlo —dije refunfuñando. Aunque en realidad, tampoco había dicho nada para iniciarlo.

—Ha parado porque no le has dado suficiente cuerda —explicó Sarah—. Si no le das bien fuerte a un hechizo contrarreloj, se gasta.

—Y nosotras solemos recomendar no quedarte sobre el contrarreloj una vez lo lanzas —añadió Linda, con un tono que me recordó ligeramente a mi profesora de gimnasia de secundaria—. Es mejor lanzar el hechizo sin pestañear y apartarte en el último segundo.

—Error mío, entonces —murmuré—. ¿Me puedo mover ahora?

Linda observó Playhouse Yard con la frente arrugada.

—Sí, creo que ahora ya es completamente seguro —proclamó.

Solté un gemido y me froté la espalda. Me había empezado a doler de estar quieta tanto tiempo y tenía los pies a punto de explotar. Subí uno de ellos sobre el banco donde estaban sentadas Sarah y Linda y me agaché para aflojarme los cordones de las zapatillas.

—¿Qué es eso? —dije, mirando entre los listones del banco. Estiré la mano y cogí un papel enrollado y atado con un lazo rojo. Al tocarlo sentí un hormigueo en los dedos de la mano derecha y el pentáculo de mi muñeca empezó a girar con distintos colores.

—Es tradición que la gente deje peticiones de magia en este patio. Siempre se ha dicho que en este lugar se concentran poderes. —La voz de Linda se suavizó—: Verás, aquí vivió una gran bruja. Dice la leyenda que algún día volverá para recordarnos todo lo que fuimos y lo que podríamos volver a ser. No la hemos olvidado y confiamos en que ella no nos olvide.

Blackfriars estaba encantada por mi antiguo yo. Parte de mí había muerto cuando nos fuimos de Londres. Aquella parte fue esposa de Matthew, madre de Annie y Jack, ayudante alquímica de Mary Sidney y aprendiz de tejedora, todo a la vez. Y cuando me separé de Matthew en la montaña a las afueras de New Haven, otra parte de mí se había unido a ella en la tumba. Hundí el rostro entre las manos.

—Menudo desastre he causado —susurré.

—No, te tiraste de cabeza y has perdido pie —contestó Sarah—. Eso es lo que nos preocupaba a Em y a mí cuando Matthew y tú empezasteis. Los dos ibais muy deprisa y sabíamos que ninguno de los dos sabía lo que esta relación iba a exigir.

—Sabíamos que encontraríamos mucha oposición.

—Cariño, vosotros erais mucho más que amantes malditos, y entiendo lo romántico que puede ser sentir que estáis solos contra el resto del mundo —dijo Sarah con una risilla—. Al fin y al cabo, Em y yo éramos amantes malditas. En el estado de Nueva York en la década de 1970, nada más maldito que dos mujeres enamoradas. —Su tono se volvió más serio—: Pero el sol siempre vuelve a salir. Los cuentos de hadas no hablan demasiado sobre lo que les ocurre a los amantes malditos a plena luz del día: simplemente hay que encontrar la manera de ser feliz.

—Aquí fuimos felices —dije en voz baja—. ¿Verdad, Gallowglass?

—Sí, tía, lo fuisteis, a pesar de que el jefe de Matthew no le dejara respirar y el país entero estuviera persiguiendo brujas —contestó Gallowglass sacudiendo la cabeza—. Nunca he llegado a comprender cómo lo conseguíais.

—Lo conseguisteis porque ninguno de los dos tratasteis de ser lo que no erais. Matthew no intentaba ser civilizado y tú tampoco intentabas ser humana —dijo Sarah—. No intentabas ser la hija perfecta de Rebecca, ni la esposa perfecta de Matthew, ni tampoco profesora titular en Yale.

Cogió mis manos entre las suyas, con el rollo de papel y todo, y las giró de manera que las palmas miraran hacia arriba. Mis cordones de tejedora brillaban sobre la palidez de mi piel.

—Eres bruja, Diana. Tejedora. No niegues tu poder. Utilízalo. —Sarah miró detenidamente mi mano izquierda—. Todo tu poder.

Mi teléfono vibró en el bolsillo de la chaqueta. Me apresuré a cogerlo, con la lejana esperanza de que fuera un mensaje de Matthew. Me había prometido informarme de cómo estaba. La pantalla decía que había un mensaje no leído de él. Lo abrí con ansia.

El mensaje no contenía ninguna palabra que la Congregación pudiera utilizar en nuestra contra, solo una foto de Jack. Estaba sentado en un porche, con una enorme sonrisa en el rostro, escuchando a alguien (un hombre, aunque estaba de espaldas a la cámara y no se podía ver más que su pelo negro rizado alrededor del cuello) que contaba una historia como solo sabe hacerlo la gente del sur. Marcus estaba de pie detrás de Jack, con una mano apoyada casualmente sobre su hombro. Él también sonreía.

Parecían dos jóvenes normales echándose unas risas durante el fin de semana. Jack encajaba perfectamente con la familia de Marcus, como si estuviera en su lugar.

—¿Quién es ese que está con Marcus? —dijo Sarah, asomándose por encima de mi hombro.

—Jack. —Le acaricié la cara—. No estoy segura de quién es el otro.

—Es Ransome —dijo Gallowglass aspirando por la nariz—. El hijo mayor de Marcus; ese pondría en evidencia al propio Lucifer.

No es el mejor modelo a seguir para el joven Jack, pero supongo que Matthew sabrá lo que hace.

—Mirad al muchacho —observó Linda cariñosamente, poniéndose de pie para poder ver la foto—. Nunca he visto a Jack tan contento; solo cuando contaba historias de Diana, claro.

Las campanas de St. Paul dieron puntualmente la hora. Apreté el botón del móvil que oscurecía la pantalla. Ya miraría la foto más tarde, en privado.

—¿Ves, cariño? Matthew está perfectamente —dijo Sarah con voz tranquilizadora.

Pero hasta que no viera sus ojos, tocara sus hombros y escuchara su voz, no podría estar segura.

—Matthew está haciendo su trabajo —dije a modo de recordatorio mientras me ponía en pie—. Y yo tengo que volver con el mío.

—¿Significa eso que estás dispuesta a lo que haga falta para mantener a tu familia unida como hiciste en 1591, aunque eso incluya hacer magia? —La ceja de Sarah se arqueó subrayando su pregunta directa.

—Sí. —Sonaba más segura de lo que realmente me sentía.

—¿Alta magia? Deliciosamente oscuro… —dijo Linda con una sonrisa radiante—. ¿Puedo ayudar?

—No —me apresuré a contestar.

—Puede —contestó Sarah al mismo tiempo.

—Bueno, si nos necesitas, llámanos. Leonard sabe cómo ponerse en contacto conmigo —dijo Linda—. El aquelarre de Londres está a tu disposición. Y si te apetece venir a una de nuestras reuniones, nos darías una inyección de moral.

—Ya veremos —dije vagamente, sin querer prometer nada que no pudiera cumplir—. Es una situación complicada y no quiero meter a nadie en problemas.

—Los vampiros siempre traen problemas —dijo Linda con una mirada remilgada de desaprobación— con sus rencores y sus arrebatos para vengar esto o aquello. Es una lata, la verdad. Pero, en fin, todos somos parte de una gran familia, como dice siempre el padre Hubbard.

—Una gran familia. —Observé nuestro viejo barrio—. Tal vez el padre Hubbard tuviera razón desde el principio.

—Bueno, eso es lo que nosotros creemos. De verdad, piénsate lo de venir a nuestra próxima reunión. Doris hace una tarta de Battenberg divina.

Sarah y Linda se dieron los teléfonos por si acaso, y Gallowglass fue hasta Apothecaries Hall para silbar a Leonard y avisarle de que trajera el coche. Yo aproveché para hacer una foto de Playhouse Yard y se la mandé a Matthew sin subtítulo ni mensaje.

Después de todo, la magia no era sino el deseo hecho realidad.

Una brisa de octubre vino desde el Támesis llevándose mis deseos silenciosos al cielo, donde tejieron un hechizo para traerme a Matthew de vuelta sano y salvo.

26

Una porción de tarta de Battenberg con su húmedo bizcocho de damero rosa y amarillo y su cobertura de color canario me miraba desde la mesa que nos habían reservado en el Wolseley, junto a otra taza prohibida de té negro. Levanté la tapa de la tetera y aspiré su aroma malteado soltando un suspiro de felicidad. Desde nuestro encuentro inesperado con Linda Crosby en Blackfriars me moría por un té con tarta.

Hamish, que era un cliente habitual en el desayuno, había reservado una mesa grande para toda la mañana en el bullicioso restaurante de Piccadilly y se puso a manejar el local —y al personal— como si fuera su oficina. Hasta aquel momento había recibido doce llamadas, había organizado varias citas para comer (me llamó la atención que tres de ellas eran para el mismo día de la semana siguiente) y se había leído todos los diarios londinenses de principio a fin. También había tenido el precioso detalle de pedirle al maestro pastelero que sacara la tarta unas horas antes de lo normal, poniendo mi estado como excusa. La velocidad a la que satisficieron su petición era o bien otro indicio de la importancia de Hamish o una señal de que el chico que batía las claras a punto de nieve y blandía el rodillo conocía la relación entre las embarazadas y el azúcar.

—Está tardando una eternidad —dijo Sarah refunfuñando. Ella se había zampado un huevo pasado por agua con bastoncitos de pan tostado, acompañado por un océano de café solo, y desde entonces tenía la atención dividida entre su reloj de pulsera y la puerta.

—A la abuela no le gusta andarse con prisas cuando extorsiona. —Gallowglass sonrió afablemente a las damas de la mesa de al lado, que se volvían una y otra vez para admirar sus musculosos brazos tatuados.

—Si no llegan pronto, voy a volver a pie a Westminster en mi propia locomotora después de tanta cafeína. —Hamish hizo un gesto al gerente—. Otro capuchino, Adam. Mejor que sea descafeinado.

—Claro, señor. ¿Más tostadas con mermelada?

—Sí, por favor —dijo Hamish, entregando a Adam el cestito vacío—. De fresa. Ya sabes que no me puedo resistir a la fresa.

—¿Me puedes explicar otra vez por qué no podíamos esperar a la abuela y a Phoebe en casa? —preguntó Gallowglass moviéndose nervioso sobre su diminuto asiento. La silla no había sido diseñada para un hombre de su tamaño, sino más bien para parlamentarios, miembros de la alta sociedad, figuras de la televisión matutina y otros cuerpos con poca sustancia.

—Los vecinos de Diana son ricos y paranoicos. No ha habido actividad en la casa durante casi un año. De repente hay gente a todas horas y todos los días vienen repartidores de la carnicería Allens of Mayfair. —Hamish hizo sitio en la mesa para su capuchino—. No queremos que piensen que sois un cártel internacional de droga y que llamen a la policía. La comisaría central del West End está llena de brujos, especialmente la policía judicial. Y no olvidéis que fuera de los límites de la City ya no estáis bajo el amparo de Hubbard.

—Hum. A ti no te preocupan los polis. Simplemente no querías perderte nada —dijo Gallowglass incriminándole con el dedo—. Te tengo calado, Hamish.

—Aquí está Fernando —dijo Sarah, como si hubiera llegado la salvación.

Fernando intentó abrir la puerta a Ysabeau, pero Adam se le adelantó. Mi suegra parecía una joven estrella de cine y todas las cabezas masculinas en el restaurante se volvieron cuando entró con Phoebe a su estela. Fernando iba en último lugar, con su abrigo oscuro haciendo de fondo perfecto para contrastar con el conjunto de color blanco roto y gris topo de Ysabeau.

—No me extraña que Ysabeau prefiera quedarse en casa —observé. Llamaba la atención como un faro en un día de niebla.

—Philippe siempre decía que era más fácil resistir un asedio que cruzar un salón al lado de Ysabeau. Créeme, tenía que sacudirse a sus admiradores con algo más que un palo. Gallowglass se levantó al acercarse su abuela—. Hola, abuela. ¿Han cedido a tus exigencias?

Ysabeau ofreció la mejilla para que la besara.

—Por supuesto.

—En parte —la corrigió rápidamente Phoebe.

—¿Qué problema ha habido? —preguntó Gallowglass a Fernando.

—Nada digno de mención. —Fernando ofreció una silla a Ysabeau, que se sentó elegantemente, cruzando sus finos tobillos.

—Charles ha sido sumamente complaciente, teniendo en cuenta todas las políticas de la empresa que le he pedido que rompiera —comentó Ysabeau, mientras rechazaba el menú que le ofrecía Adam con un sutil mohín de repugnancia—. *Champagne*, por favor.

—El espantoso cuadro que le has comprado le compensará más que de sobra —dijo Fernando, acomodando a Phoebe en su lugar a la mesa—. ¿Por qué razón lo has comprado, Ysabeau?

—No es espantoso, aunque es cierto que el expresionismo abstracto es un gusto adquirido —admitió ella—. El cuadro es crudo, misterioso…, sensual. Lo donaré al Louvre y haré que los parisinos abran sus mentes. Escucha lo que te digo: dentro de un año, Clyfford Still estará en lo más alto de la lista de deseos de cualquier museo.

—Te llamarán de Coutts —murmuró Phoebe a Hamish—. No ha querido regatear el precio.

—No hay por qué preocuparse. Tanto Sotheby's como Coutts saben lo dispuesta que estoy. —Ysabeau sacó un trozo de papel de su elegante bolso de cuero y me lo dio—. *Voilà*.

—El señor Don T. J. Weston. —Levanté los ojos del papel—. ¿Este es quien compró la página del Ashmole 782?

—Es posible. —La respuesta de Phoebe fue seca—. El archivo solo contenía un recibo de venta (pagó en metálico) y seis cartas enviadas a una dirección equivocada. Ni una de las direcciones que tenemos de Weston es válida.

—No puede ser tan difícil localizarle. ¿Cuántos T. J. Weston puede haber? —me pregunté en voz alta.

—Más de trescientos —contestó Phoebe—. He mirado en la guía de teléfonos. Y no des por hecho que T. J. Weston sea un hombre. No sabemos ni el sexo ni la nacionalidad del comprador. Una de las direcciones está en Dinamarca.

—No seas tan negativa, Phoebe. Haremos llamadas. Utilizaremos los contactos de Hamish. Y Leonard está fuera. Nos llevará adonde tengamos que ir. —Ysabeau no parecía en absoluto preocupada.

—¿Mis contactos? —Hamish hundió el rostro entre las manos y gimió—. Eso podría tardar semanas. ¿Y por qué no me mudo directamente al Wolseley, teniendo en cuenta la cantidad de cafés que me voy a tener que tomar con la gente?

—No vamos a tardar semanas y no hará falta que te preocupes por tu consumo de cafeína. —Me metí el papel en el bolsillo, me eché la bolsa al hombro y me puse en pie, casi volcando la mesa al hacerlo.

—Madre mía, tía. Cada hora que pasa estás más grande.

—Gracias por fijarte, Gallowglass. —Me había quedado encajada entre un perchero, la pared y mi silla. Se levantó rápidamente para liberarme.

—¿Cómo puedes estar tan segura? —me preguntó Sarah, que parecía tan escéptica como Phoebe.

Sin decir palabra, levanté las manos. Brillaban con muchos colores.

—Ah. Llevemos a Diana a casa —dijo Ysabeau—. No creo que al dueño le agrade tener un dragón en su restaurante más de lo que me gustó a mí que hubiera uno en mi casa.

—Métete las manos en los bolsillos —sugirió Sarah con un silbido. La verdad es que brillaban bastante.

Aunque todavía no estaba en la fase del embarazo en la que caminas como un pato, abrirme paso entre las mesas fue todo un desafío, especialmente con las manos metidas en los bolsillos de la gabardina.

—Por favor, dejen paso a mi nuera —dijo Ysabeau imperiosamente, cogiéndome del codo y tirando de mí. Los hombres se levantaban y apartaban su silla de forma aduladora a su paso.

—Es la madrastra de mi marido —le susurré a una mujer indignada que sostenía su tenedor como si fuera un arma. Se quedó comprensiblemente trastornada ante la idea de que yo estaría casada con un chico de doce años y me había quedado embarazada, ya que Ysabeau era demasiado joven como para tener hijos mayores de esa edad—. Segundo matrimonio. Esposa más joven. Ya sabe cómo son las cosas.

—Ya está bien de intentar integrarnos —murmuró Hamish—. Después de esto, hasta la última criatura en el distrito sabrá que Ysabeau De Clermont está en la ciudad. Gallowglass, ¿es que no puedes controlarla?

—¿Controlar a la abuela? —rugió Gallowglass con una carcajada dando una palmada en la espalda a Hamish.

—Esto es una pesadilla —protestó Hamish mientras seguían volviéndose cabezas para mirarnos. Llegó a la puerta de entrada—. Hasta mañana, Adam.

—¿Mesa para uno como siempre, señor? —preguntó Adam, ofreciéndole su paraguas.

—Sí. Gracias a Dios.

Hamish subió al coche que le esperaba y se fue en dirección a su oficina en la City. Leonard me metió en el asiento trasero del Mercedes con Phoebe, e Ysabeau y Fernando se pusieron delante. Gallowglass se encendió un cigarrillo y se puso a pasear tranquilamente por la acera, echando más humo que un barco de vapor del Mississippi. Al llegar al pub Calesa y Caballos, Gallowglass nos hizo varios gestos silenciosos indicando que iba a entrar a beber algo y desapareció.

—Cobarde —dijo Fernando, sacudiendo la cabeza.

—¿Y ahora, qué? —preguntó Sarah una vez de vuelta en la acogedora salita de Clairmont House. Aunque la sala de estar de la parte delantera era cómoda y agradable, aquel rinconcito era mi habitación preferida de la casa. Tenía muebles dispares, incluida una banqueta que estaba segura de que provenía de nuestra casa de Blackfriars, lo cual hacía que el espacio pareciera más vivido que decorado.

—Ahora vamos a encontrar a T. J. Weston, quienquiera que sea él o ella. —Puse los pies sobre el taburete isabelino ennegrecido por el tiempo con un gemido mientras dejaba que el calor del fuego de la chimenea se extendiera por mis huesos doloridos.

—Va a ser como encontrar una aguja en un pajar —dijo Phoebe, permitiéndose la mínima descortesía de un suspiro.

—No, si Diana utiliza su magia —replicó Sarah confiada.

—¿Magia? —Ysabeau volvió su cabeza hacia mí con los ojos brillantes.

—Creía que los brujos no eran de tu agrado... —Mi suegra había dejado clara su opinión sobre el asunto desde el principio de mi relación con Matthew.

—Puede que a Ysabeau no le gusten los brujos, pero siente admiración por la magia —comentó Fernando.

—Trazas una línea muy fina, Ysabeau —dijo Sarah sacudiendo la cabeza.

—¿Qué clase de magia? —Gallowglass ya había vuelto, sin llamar la atención, y estaba en el vestíbulo, con el pelo y el abrigo empapados. Parecía Lobero después de correr por la zanja de ciervos del emperador.

—Un hechizo de velas puede funcionar cuando buscas un objeto perdido —propuso Sarah con tono pensativo. Era bastante experta en hechizos de velas, puesto que Em tenía fama de dejar sus cosas tiradas por toda la casa, y todo Madison.

—Recuerdo que había una bruja que utilizaba tierra y un trozo de tela anudado —dijo Ysabeau. Sarah y yo nos volvimos hacia ella, boquiabiertas de asombro. Recobró la compostura y nos miró con altivez—. No sé por qué os sorprende tanto. A lo largo de los años he conocido muchos brujos.

Ignorando a Ysabeau, Fernando se dirigió a Phoebe:

—Dijiste que una de las direcciones de T. J. Weston estaba en Dinamarca. ¿Qué hay de las demás?

—Todas en el Reino Unido: cuatro en Inglaterra y una en Irlanda del Norte —dijo Phoebe—. Las de Inglaterra son todas en el sur: Devon, Cornualles, Essex y Wiltshire.

—Tía, ¿de verdad es necesario que andes con magia? —Gallowglass parecía preocupado—. Seguro que hay alguna forma de que Nathaniel encuentre a esta persona con sus ordenadores. Phoebe, ¿anotaste las direcciones?

—Claro. —Sacó un recibo arrugado de Boots cubierto de garabatos. Gallowglass lo miró con recelo—. No podía meter una libreta en el archivo. Habría levantado sospechas.

—Bien pensado —la alabó Ysabeau—. Mandaré las direcciones a Nathaniel para que se ponga manos a la obra.

—Sigo creyendo que la magia sería más rápida, siempre y cuando averigüe qué hechizo utilizar —dije yo—. Me hará falta algo visual. Se me dan mejor los hechizos visuales que las velas.

—¿Qué te parece un mapa? —sugirió Gallowglass—. Matthew debe de tener uno o dos arriba, en su biblioteca. Si no, puedo acercarme a Hatchards y ver lo que tienen. —Acababa de volver y ya era evidente que quería salir de nuevo, bajo el gélido diluvio. Deduje que sería lo más parecido que podía encontrar al clima en medio del Atlántico.

—Puede que un mapa funcione, si es lo suficientemente grande —dije—. Porque tampoco avanzaremos mucho si el hechizo solo consigue mostrar que T. J. Weston está en Wiltshire. —Me pregunté si sería posible que Leonard me llevara por el condado con una caja de velas.

—Hay una tienda de mapas preciosa en Shoreditch —dijo Leonard con orgullo, como si fuera personalmente responsable de que estuviera allí—. Hacen mapas grandotes para colgar en las paredes. Les puedo llamar.

—¿Qué más te hace falta aparte de un mapa? —preguntó Sarah—. ¿Una brújula?

—Lástima que no tenga el instrumento matemático que me regaló el emperador Rodolfo —dije—. Daba vueltas constantemente, como si tratara de encontrar algo. —Al principio pensé que sus movimientos indicaban que alguien nos buscaba a Matthew o a mí, pero con el tiempo había empezado a preguntarme si tal vez el artefacto se ponía en movimiento cuando alguien estaba buscando *El libro de la vida*.

Phoebe e Ysabeau se miraron.

—Disculpadme. —Phoebe salió del gabinete.

—¿Ese chisme de latón que Annie y Jack llamaban el reloj de bruja? —dijo Gallowglass con una risilla—. Dudo que te sea de mucha ayuda, tía. Ni siquiera marcaba bien la hora y los gráficos de latitud del maestro Habermel eran un poco…, eh, fantásticos. —Habermel se había visto sobrepasado con mi petición de incluir una referencia al Nuevo Mundo y había cogido una coordenada que por lo que yo sé me habría puesto en Tierra de Fuego.

—La adivinación es la mejor forma —dijo Sarah—. Pondremos velas en los cuatro puntos cardinales, norte, este, sur y oeste, te sentaremos en el centro con un cuenco de agua y veremos lo que pasa.

—Si voy a adivinar con agua, necesitaré más espacio del que hay aquí. —La salita podía llenarse de agua de brujos a una velocidad alarmante.

—Podríamos utilizar el jardín —sugirió Ysabeau— o el salón de baile de arriba. Nunca me ha parecido que la Guerra de Troya fuera un tema adecuado para los frescos, así que no pasa nada si se echan a perder.

—Quizás deberíamos afinar un poco tu tercer ojo antes de empezar —dijo Sarah, mirando críticamente mi frente como si fuera una radio.

Phoebe volvió con una cajita. Se la entregó a Ysabeau,

—Tal vez deberíamos ver antes si esto puede ayudarnos. —Ysabeau sacó el compendio del Maestro Habermel de la caja de cartón—. Alain recogió algunas de tus cosas de Sept-Tours. Pensó que harían que te sintieras más en casa aquí.

El compendio era un precioso instrumento fabricado hábilmente con latón, y bañado en oro y plata para darle brillo. Tenía de todo, desde un compartimento para guardar papel y lápiz hasta una brújula, tablas de latitud y un pequeño reloj. En ese momento parecía como si el instrumento se estuviera volviendo loco, pues las esferas de la parte delantera no paraban de girar y se podía oír el zumbido constante de su engranaje.

Sarah se acercó a ver el instrumento.

—Es evidente que está encantado.

—Se va a dar de sí. —Gallowglass extendió un dedo con la clara intención de darle un toque a las manecillas del reloj para que se pararan.

—¡No lo toques! —gritó Sarah bruscamente—. Nunca se sabe cómo puede responder un objeto encantado a interferencias no deseadas.

—Tía, ¿alguna vez lo pusiste cerca de la imagen del enlace alquímico? —preguntó Gallowglass—. Si estás en lo cierto y el juguete del maestro Habermel se pone en marcha cuando alguien está buscando *El libro de la vida,* tal vez se tranquilice al ver la página.

—Buena idea. La imagen del enlace alquímico está en la salita china con la imagen de los dragones. —Me puse de pie con dificultad—. Las dejé sobre la mesa de cartas.

Antes de que terminara de levantarme, Ysabeau ya había desaparecido. Volvió en un instante, trayendo las dos páginas como si fueran de cristal y pudieran romperse en cualquier momento. En cuanto las puse sobre la mesa, la manecilla de la esfera del compendio empezó a moverse lentamente de izquierda a derecha en lugar de dar vueltas sobre su eje central. Cuando volví a coger las páginas, empezó a dar vueltas otra vez, aunque más despacio que antes.

—No creo que el compendio registre cuando alguien está buscando *El libro de la vida* —dijo Fernando—. El propio instrumento parece estar buscando el libro. Ahora que siente la cercanía de sus páginas, está estrechando su búsqueda.

—Qué extraño. —Puse otra vez las páginas sobre la mesa y observé fascinada cómo la manecilla se ralentizaba y reiniciaba su movimiento pendular.

—¿Puedes utilizarlo para encontrar la otra página que falta? —dijo Ysabeau, mirando el compendio con la misma fascinación.

—Solo si recorro toda Inglaterra, Gales y Escocia con él. —Me preguntaba cuánto tardaría en dañar el delicado y valioso instrumento llevándolo en mi regazo mientras Gallowglass o Leonard conducían a toda velocidad por la M40.

—O podrías inventar un hechizo localizador. Con un mapa y ese artilugio, tal vez seas capaz de triangular la ubicación de la página que falta —dijo Sarah con aire pensativo, dándose golpecitos sobre los labios con el dedo.

—¿Qué clase de hechizo localizador tienes en mente? —Aquello iba bastante más lejos que utilizar una campana, un libro y una vela o escribir un hechizo sobre una vaina de hierba de luna.

—Tendríamos que probar unos cuantos para ver cuál funciona mejor —musitó Sarah—. Y luego tendrías que lanzarlo en condiciones idóneas, con mucho apoyo mágico para que el hechizo no pierda su forma.

—¿Y dónde vas a encontrar apoyo mágico en Mayfair? —preguntó Fernando.

—Linda Crosby —contestamos mi tía y yo al unísono.

Sarah y yo pasamos más de una semana probando y volviendo a probar hechizos entre el sótano de la casa de Mayfair y la pequeña cocina del piso de Linda en Blackfriars. Después de casi ahogar a Tabitha y de conseguir que los bomberos vinieran dos veces a Playhouse Yard, había logrado improvisar varios nudos y unirlos con un puñado de objetos mágicos significativos en un hechizo localizador que tal vez —y solo tal vez— podría funcionar.

El aquelarre de Londres se reunía en una parte de la cripta medieval de Greyfriars que había sobrevivido a los desastres que lo habían azotado a lo largo de su extensa historia, desde la disolución de los monasterios al bombardeo de Londres en la Segunda Guerra Mundial. Encima de la cripta estaba la casa de Andrew Hubbard, en el antiguo campanario de la iglesia. Tenía doce pisos y una gran habitación en cada una de ellas. Fuera de la torre Hubbard había plantado un agradable jardín en una esquina del viejo camposanto que había resistido a la renovación urbanística.

—Qué casa tan extraña —murmuró Ysabeau.

—Andrew es un vampiro muy extraño —contesté mientras me recorría un escalofrío.

—Al padre H le gustan los espacios altos, eso es todo. Dice que le hacen sentirse más cerca de Dios. —Leonard volvió a llamar a la puerta.

—Acabo de notar que ha pasado un fantasma —informó Sarah, ciñéndose más el abrigo. Aquella sensación fría era inconfundible.

—Yo no siento nada —dijo Leonard con la indiferencia caballeresca de los vampiros ante algo tan corpóreo como el calor. Los golpes se convirtieron en un aporreo—. ¡Vamos, amor!

—Paciencia, Leonard. ¡No todos somos vampiros veinteañeros! —dijo Linda Crosby una vez consiguió abrir la puerta—. Hay que subir una cantidad prodigiosa de escalones.

Por suerte, solo tuvimos que bajar un piso desde la entrada para llegar a la habitación que Hubbard tenía reservada para el aquelarre de la City de Londres.

—¡Bienvenidas a nuestra reunión! —dijo Linda mientras nos guiaba escaleras abajo.

Mientras bajábamos, me detuve de repente y solté un grito ahogado.

—¿Eres... tú? —Sarah se quedó mirando asombrada las paredes.

Estaban cubiertas de imágenes mías —tejiendo mi primer hechizo, invocando un serbal, observando a Corra mientras volaba junto al Támesis, con las brujas que me acogieron bajo su ala cuando empecé a descubrir mi magia. También estaba Goody Aslop, la anciana del aquelarre, con sus finos rasgos y sus hombros caídos; la comadrona Susanna Norman; y las otras tres brujas, Catherine Streeter, Elizabeth Johnson y Marjorie Cooper.

Aunque no estuviera firmado, era evidente que Jack había pintado aquellas imágenes, cubriendo las paredes con escayola húmeda y añadiendo las líneas y el color para que se convirtieran en partes permanentes del edificio. A pesar de las manchas de humo y la humedad, y las grietas del tiempo, habían logrado conservar su belleza.

—Tenemos mucha suerte de poder trabajar en un espacio como este —dijo Linda con una sonrisa radiante—. Tu viaje ha sido una fuente de inspiración para las brujas de Londres durante mucho tiempo. Ven a conocer a tus hermanas.

Las tres brujas que esperaban al pie de las escaleras me observaban atentamente, y su mirada crujía y crepitaba al contacto con mi piel. Puede que no tuvieran tanto poder como el de la Congregación de Garlickhythe en 1591, pero aquellas brujas no carecían de talento.

—Aquí esta nuestra Diana Bishop otra vez con nosotras —anunció Linda—. Ha traído consigo a su tía, Sarah Bishop, y a su suegra, que supongo que no necesita presentación.

—Por supuesto que no —dijo la más anciana de las cuatro brujas—. Todas hemos oído historias aleccionadoras sobre Mélisande de Clermont.

Linda me había advertido que el aquelarre tenía sus dudas sobre el acto de aquella noche. Había elegido cuidadosamente a las brujas que debían ayudarnos: la bruja de fuego Sybil Bonewiths, la bruja de agua Tamsin Soothtell y la bruja de viento Cassandra Kyteler. Los poderes de Linda se basaban fundamentalmente en el elemento de la tierra. Igual que los de Sarah.

—Los tiempos cambian —dijo Ysabeau con frialdad—. Si prefieren que me vaya…

—Tonterías. —Linda lanzó una mirada de advertencia a la otra bruja—. Diana dijo que le gustaría que estuviera presente cuando lanzara su hechizo. Todas nos las arreglaremos. ¿No es así, Cassandra?

La bruja anciana asintió de manera cortante.

—¡Por favor, abran paso a los mapas, señoras! —dijo Leonard con los brazos llenos de cilindros. Los soltó sobre una mesa desvencijada cubierta de cera y se retiró rápidamente por las escaleras—. Llámenme si necesitan algo. —La puerta de la cripta se cerró con un portazo detrás de él.

Linda dirigió la distribución de los mapas, pues después de tantas pruebas habíamos llegado a la conclusión de que los mejores resultados se conseguían poniendo un mapa enorme de las islas británicas rodeado de mapas sueltos de condados. El mapa de Gran Bretaña por sí solo ocupaba casi metro ochenta y cinco por metro veinte del suelo.

—Esto parece un mal trabajo de geografía de primaria —murmuró Sarah mientras enderezaba el mapa de Dorset.

—Puede que no sea bonito, pero funciona —contesté yo, sacando el compendio del maestro Habermel de mi bolsa. Fernando había fabricado una funda protectora con un calcetín limpio de Gallowglass. Milagrosamente, estaba intacto. También saqué mi teléfono móvil e hice varias fotos de las pinturas sobre las paredes. Me hacían sentirme más cerca de Jack, y de Matthew.

—¿Dónde pongo las páginas de *El libro de la vida*? —A Ysabeau se le había confiado la custodia de las preciosas páginas de vitela.

—Dale la foto del enlace alquímico a Sarah. Tú quédate con la de los dos dragones —contesté.

—¿Yo? —Los ojos de Ysabeau se abrieron de asombro. Había sido una decisión polémica, pero al final acabé imponiéndome sobre Sarah y Linda.

—Espero que no te importe. La imagen del enlace alquímico me vino de mis padres y los dragones pertenecían a Andrew Hubbard. Pensé que podríamos equilibrar el hechizo poniéndolas en manos de brujas y vampiros. —Todos mis instintos me decían que era la decisión correcta.

—C-claro. —A Ysabeau se le trabó la lengua con las palabras más sencillas.

—Todo irá bien. Lo prometo. —Le apreté cariñosamente el brazo—. Sarah estará enfrente de ti, y Linda y Tamsin a ambos lados.

—Deberías preocuparte por el hechizo. Ysabeau puede cuidar de sí misma. —Sarah me entregó un bote de tinta roja y una pluma hecha con un plumón blanco con asombrosas marcas marrones y negras.

—Señoras, ha llegado el momento —dijo Linda con una brusca palmada. Distribuyó velas marrones entre las otras integrantes del aquelarre de Londres. El marrón era un color propicio para encontrar objetos perdidos y tenía el beneficio añadido de fijar el hechizo, lo cual me haría buena falta, dada mi inexperiencia. Cada bruja ocupó su lugar alrededor del anillo que formaban los mapas de los condados, y encendieron sus velas susurrando hechizos. Las llamas brillaban inusualmente grandes y fuertes, como auténticas velas de bruja.

Linda llevó a Ysabeau a su lugar, justo debajo de la costa meridional de Inglaterra. Sarah estaba enfrente de ella, como le había dicho, sobre la costa septentrional de Escocia. Linda caminó tres veces en el sentido de las agujas del reloj alrededor de las brujas, los mapas y la vampira cuidadosamente colocados, esparciendo sal para crear un círculo de protección.

Una vez todo estuvo en su lugar, quité el tapón al bote de tinta. El inconfundible olor a resina de sangre de dragón inundó el aire. La tinta contenía otros ingredientes, claro, entre ellos unas cuantas gotas de mi propia sangre. A Ysabeau se le hincharon las fosas nasales con el sabor cobrizo. Mojé la pluma en la tinta y presioné la punta de plata tallada sobre una tira estrecha de pergamino. Había tardado dos días en dar con alguien que estuviera dispuesto a fabricarme una pluma con el plumón de una lechuza común, bastante más tiempo de lo que habría tardado en Londres durante la época isabelina.

Letra por letra, yendo de la parte exterior al centro del pergamino, escribí el nombre de la persona que buscaba.

T, N, J, O, W, T, E, S.

TJ WESTON.

Con mucho cuidado, doblé el pergamino para que no se viera el nombre. Entonces debía salir del círculo sagrado y atarlo con fuerza. Me metí el compendio del maestro Habermel y el trozo de pergamino en el bolsillo del suéter, empecé un preámbulo circular desde el espacio entre la bruja de fuego y la bruja de agua. Pasé junto a Tamsin e Ysabeau, Linda y Cassandra, Sarah y Sybil.

Al llegar al lugar donde había empezado, una línea reluciente surgió de la sal iluminando los rostros asombrados de las brujas. Volví la palma de la mano izquierda hacia arriba. Un color parpadeó por un instante en mi dedo índice, pero se desvaneció antes de que pudiera saber qué era. Desaparecido aquel color, mi mano seguía brillando con las líneas de poder doradas, plateadas, negras y blancas que latían bajo mi piel, retorciéndose y entrelazándose para formar el décimo nudo en forma de un uróboros alrededor de las prominentes venas azules de mi muñeca.

Atravesé el estrecho hueco que dejaba la línea reluciente y cerré el círculo. El poder rugía a través de él, plañendo y aullando para ser liberado. Corra también quería salir. Estaba nerviosa, y se movía y estiraba dentro de mi cuerpo.

—Paciencia, Corra —dije, pasando con cuidado por encima de la sal y colocándome sobre el mapa de Inglaterra.

Cada paso me acercaba más al lugar que representaba a Londres. Cuando mis pies alcanzaron la City, Corra soltó sus alas con un chasquido de piel y huesos, y un grito de frustración.

—¡Corra, ¡vuela! —grité.

Por fin libre, Corra voló por toda la habitación, soltando destellos de las alas y escupiendo lenguas de fuego por la boca. Conforme ganaba altura y encontraba corrientes de aire que la ayudaban a llegar donde quería ir, sus alas empezaron a batir más despacio. Corra vio su retrato y profirió un arrullo de satisfacción, acercando su cola para tocar la pared.

Saqué el compendio de mi bolsillo y lo cogí en la mano derecha mientras con la izquierda sostenía el trozo de pergamino. Abrí bien los brazos y esperé mientras los hilos que unían el mundo y la cripta de Greyfriars reptaban y serpenteaban sobre mi cuerpo, buscando los cordones que se habían absorbido en mis manos. Cuando por fin se encontraron, los cordones empezaron a alargarse, extendiéndose hasta cubrir todo mi cuerpo de poder. Se anudaron alrededor de mis articulaciones, crearon una red protectora en torno a mi útero y mi corazón, y recorrieron mis venas y las vías que formaban mis nervios y mis tendones.

Recité mi hechizo:

Páginas perdidas,
perdidas y encontradas,
¿dónde está Weston
en esta trazada?

Entonces soplé sobre el trozo de pergamino y el nombre de Weston se prendió y la tinta roja se convirtió en una llama. Ahuequé la palma de mi mano para envolver las palabras encendidas, que seguían brillando resplandecientes. Corra volaba en círculo sobre el mapa vigilándolo atentamente con los ojos bien abiertos.

Los engranajes del compendio empezaron a girar, desatando el movimiento en las manecillas de la esfera principal. Un rugido me inundó los oídos mientras veía cómo un reluciente hilo dorado salía del compendio. Voló hasta tocar las dos páginas de *El libro de la vida*. Entonces salió otro hilo de la esfera dorada del compendio y fue directo hacia el mapa que estaba a los pies de Linda.

Corra se lanzó en picado y se posó sobre el mapa, aullando triunfal como si hubiera cazado una presa desprevenida. Se iluminó el nombre de una ciudad en una explosión de llamas relucientes que dejó chamuscado el contorno de las letras.

Completado el hechizo, el rugido disminuyó. El poder empezó a desvanecerse en mi cuerpo, destensando los cordones anudados. Pero no se me reabsorbieron en las manos, sino que se quedaron donde estaban, recorriéndome como si hubieran formado un nuevo organismo.

Una vez desaparecido el poder, empecé a balancearme levemente. Ysabeau hizo el ademán de acercarse.

—¡No! —exclamó Sarah—. No rompas el círculo, Ysabeau.

Era evidente que mi suegra pensaba que aquello era una locura y, sin Matthew presente, estaba dispuesta a asumir en su lugar el rol sobreprotector. Pero Sarah tenía razón: nadie que no fuera yo debía romper el círculo. Arrastrando los pies, volví al lugar donde había empezado a tejer el hechizo. Sybil y Tamsin me miraron con una sonrisa de ánimo mientras veían cómo los dedos de mi mano izquierda se movían y cerraban rápidamente, soltando la fuerza que ataba el círculo. Lo único que faltaba era caminar alrededor del círculo en el sentido contrario a las agujas del reloj para deshacer la magia.

Linda fue mucho más rápida y desanduvo enérgicamente sus pasos hacia atrás. En el mismo instante en que terminó, Ysabeau y Sarah se abalanzaron a mi lado. Las brujas de Londres se acercaron rápidamente a mirar el mapa que revelaba el paradero de Weston.

—*Dieu*, hacía siglos que no veía una magia como esta. Matthew decía la verdad cuando me aseguró que eras una bruja formidable —dijo Ysabeau admirada.

—Muy bien lanzado el hechizo, cariño. —Sarah estaba orgullosa de mí—. No has titubeado ni un instante, ni un momento de duda.

—¿Ha funcionado? —Desde luego, eso esperaba. Necesitaría varias semanas de descanso para hacer otro hechizo de esa magnitud. Me acerqué a las brujas que observaban el mapa—. ¿Oxfordshire?

—Sí —dijo Sarah sin convicción—. Pero me temo que no hemos hecho una pregunta lo suficientemente concreta.

Allí, sobre el mapa, se veía el contorno chamuscado de un pueblo de nombre típicamente inglés: Chipping Weston.

—Las iniciales estaban sobre el papel, pero se me había olvidado incluirlas en las palabras del hechizo. Se me cayó el alma a los pies.

—Es demasiado pronto para admitir la derrota. —Ysabeau ya tenía el móvil en la mano y estaba marcando—. ¿Phoebe? ¿Vive algún T. J. Weston en Chipping Weston?

La posibilidad de que hubiera un T. J. Weston en una localidad llamada Weston no se nos había ocurrido a ninguna. Nos quedamos esperando la respuesta de Phoebe.

De repente, el rostro de Ysabeau se relajó aliviado.

—Gracias. No tardaremos en volver a casa. Dile a Marthe que Diana necesitará una compresa para la cabeza y trapos fríos para los pies.

Ambos me dolían y tenía las piernas cada vez más hinchadas. Miré agradecida a Ysabeau.

—Phoebe dice que hay un T. J. Weston en Chipping Weston —dijo Ysabeau—. Vive en Manor House.

—¡Caray! Muy bien. Muy bien, Diana. —Linda me sonrió exultante. Las otras brujas de Londres aplaudieron, como si acabara de ejecutar un solo de piano dificilísimo sin equivocarme en una sola nota.

—No olvidaremos fácilmente esta noche —dijo Tamsin, con la voz temblorosa por la emoción—, pues esta noche una tejedora ha vuelto a Londres, uniendo el pasado y el futuro para que viejos mundos puedan morir y nazcan otros nuevos.

—¡Es la profecía de madre Shipton! —exclamé, reconociendo las palabras.

—El nombre de soltera de Úrsula Shipton era Úrsula Soothtell. Su tía, Alice Soothtell, era mi antepasada —dijo Tamsin—. Y era tejedora, como tú.

—¡¿Tú eres familia de Úrsula Shipton?! —exclamó Sarah.

—Lo soy —contestó Tamsin—. Las mujeres de mi familia han mantenido viva la sabiduría de los tejedores, a pesar de que en más de quinientos años solo hemos tenido una tejedora en la familia. Pero Úrsula vaticinó que el poder no se perdería para siempre. Ella predijo años de oscuridad, en los que los brujos se olvidarían de los tejedores y todo lo que representan: la esperanza, el renacimiento, el cambio. Y Úrsula también predijo esta noche.

—¿Cómo es posible? —Pensé en los pocos versos que recordaba de la profecía de madre Shipton. Ninguno me parecía relevante para lo ocurrido aquella noche.

Y los que vivan por siempre temerán / y la cola del dragón en la mente tendrán, / mas el tiempo borra la memoria. / Parece extraño, pero así será la historia, recitó Tamsin. Asintió y entonces el resto de las brujas se unieron, recitando con una sola voz:

> *Y antes de que la raza se vuelva a construir,*
> *una serpiente plateada saldrá a relucir*
> *escupiendo hombres de apariencia desconocida*
> *para mezclarse con aquellos de la tierra endurecida*
> *por su propio calor; y estos hombres vendrán*
> *y las mentes del hombre futuro iluminarán.*

—¿El dragón y la serpiente? —pregunté temblando.

—Vaticinan la venida de una nueva edad de oro para las criaturas —dijo Linda—. Ha tardado mucho en llegar, pero todas estamos felices de haber vivido para verlo.

Era demasiada responsabilidad. Primero los gemelos, luego el vástago de Matthew ¿y ahora el futuro de la especie? Mi mano cubrió *el bulto* donde crecían nuestros hijos. Sentía como si me estuvieran tirando desde demasiadas direcciones, y las partes de mí que eran bruja luchaban con las que eran académica, esposa y ahora madre.

Miré las paredes. En 1591 todas las partes que me componían encajaban bien. En 1591 era yo misma.

—No te preocupes —dijo Sybil con ternura—. Volverás a sentirte entera. Tu vampiro te ayudará.

—Todas te ayudaremos —dijo Cassandra.

27

P ara aquí —ordenó Gallowglass. Leonard pisó los frenos del
Mercedes, que se activaron silenciosamente y de inmediato
delante de la casa del guarda de Old Lodge. Nadie había querido
quedarse en Londres esperando noticias de la tercera página (salvo
Hamish, que estaba ocupado intentando que el euro no se derrum-
base), y todo mi séquito había venido conmigo, incluso Fernando,
que iba detrás en uno de los coches del suministro inagotable de
Range Rovers de Matthew.

—No, aquí no. Sigue hasta la casa —le dije a Leonard. La casa
del guarda me recordaba demasiado a Matthew. Al avanzar por la
entrada de coches, los perfiles familiares de Old Lodge empezaron
a dibujarse entre la niebla de Oxfordshire. Era extraño volver a verla sin que los campos de alrededor estuvieran llenos de ovejas y montones de paja, y con solo una chimenea escupiendo una fina nube de
humo sobre el cielo. Apoyé la cabeza en la fría ventana del coche y
dejé que los muros de entramado de madera blanca y negra y las ventanas en forma de rombo me llevaran a otros tiempos, tiempos más
felices.

Me recliné en el cómodo asiento de cuero y busqué mi teléfono.
No tenía ningún mensaje nuevo de Matthew. Me consolé mirando otra
vez las dos fotos que me había mandado: Jack con Marcus y Jack sentado solo con su cuaderno de dibujo sobre la rodilla, completamente
absorto en lo que hacía. Esta última me había llegado después de enviar

a Matthew la foto que hice de los frescos de Greyfriars. Gracias a la magia de la fotografía, también había captado el fantasma de la reina Isabel de Castilla con una expresión de arrogante desdén.

Los ojos de Sarah se posaron sobre mí. Ella y Gallowglass habían insistido en que descansáramos unas horas antes de seguir viaje a Chipping Weston. Yo me había opuesto. Tejer hechizos siempre me dejaba demacrada pero, aunque les aseguré que mi palidez y mi falta de apetito eran únicamente consecuencia de la magia, me ignoraron.

—¿Aquí, madame? —Leonard paró el coche delante del seto de tejo esculpido que separaba el camino de gravilla del foso. En 1590 habríamos entrado a caballo directamente hasta el patio central de la casa, pero ahora ningún automóvil podía pasar por el estrecho puente de piedra.

Esta vez dimos la vuelta hasta el pequeño patio en la parte trasera de la casa, que cuando viví allí en otra época se utilizaba para recibir a comerciantes y entregas. Había un Fiat pequeño aparcado, junto con un camión maltrecho que evidentemente usaban para hacer trabajos en la finca. Amira Chavan, amiga y arrendataria de Matthew, nos esperaba.

—Me alegro de volver a verte, Diana —dijo Amira, con una mirada que despertó un cosquilleo familiar—. ¿Dónde está Matthew?

—De viaje de negocios —dije brevemente mientras bajaba del coche. Amira soltó un grito ahogado y se me acercó rápidamente.

—¡Estás embarazada! —exclamó como si anunciara que se había encontrado vida en Marte.

—De siete meses —dije, arqueando la espalda—. Me vendría bien una de tus clases de yoga. —Amira daba unas clases extraordinarias en el Old Lodge, clases pensadas para una clientela mixta de daimones, brujos y vampiros.

—Nada de hacerte un nudo. —Gallowglass me cogió suavemente por el codo—. Vamos dentro, tía, y descansa un poco. Puedes poner los pies en alto sobre la mesa mientras Fernando nos prepara algo de comer.

—No pienso coger una sartén…, no estando aquí Amira. —Fernando besó a Amira en la mejilla—. ¿Algún incidente que deba saber, *shona*?

—No he visto ni he notado nada. —Amira sonrió a Fernando con cariño—. Hace demasiado tiempo que no nos vemos.

—Prepárale a Diana una tostada con akuri y te lo perdono —dijo Fernando contestándole con una sonrisa—. De solo olerlo me transportas al cielo.

Tras una ronda de presentaciones, me encontraba en la pequeña sala donde en 1591 solíamos comer en familia. Ya no había ningún mapa sobre la pared, pero sí un fuego que ardía alegremente, ahuyentando un poco la humedad.

Amira nos sacó bandejas con huevos revueltos y tostadas, además de cuencos de arroz y lentejas. Todo desprendía olor a chiles, semilla de mostaza, lima y cilantro. Fernando se inclinó sobre los platos inhalando el vapor aromático.

—Tu kanda poha me recuerda a aquel puestecito que visitamos de camino a Gharapuri para ver las cuevas, aquel en el que hacían el chai con leche de coco. —Inhaló profundamente.

—Debería —dijo Amira metiendo una cuchara en las lentejas—. Utilizaban la receta de mi abuela. Y he molido el arroz a la manera tradicional, con un mortero y un almirez de hierro, así que le irá muy bien al embarazo de Diana.

A pesar de insistir en que no tenía hambre, el comino y la lima tuvieron un efecto totalmente alquímico en mi apetito. Y en poco tiempo había dejado el plato vacío.

—Así me gusta —dijo Gallowglass satisfecho—. Ahora, ¿por qué no te echas en el banco y cierras los ojos? Si no estás cómoda ahí, puedes descansar en la cama del antiguo despacho de Pierre o, ahora que lo pienso, en tu propia cama.

El banco era de madera de roble tallada con altorrelieves, para no invitar a la holgazanería. Durante mi anterior vida en la casa estaba en el salón principal y lo habían cambiado de sitio para ofrecer un asiento bajo la ventana. Por el montón de periódicos que había en un extremo deduje que Amira se sentaba allí por la mañana a leer las noticias.

Empezaba a entender la forma en la que Matthew trataba sus casas. Vivía en ellas, las dejaba y volvía a ellas décadas o siglos después sin tocar los contenidos más allá de pequeños reajustes en la distribución de los muebles. Eso significaba que tenía un conjunto de museos, más que hogares propiamente dichos. Pensé en los recuerdos que me esperaban en el resto de la casa: el gran salón donde conocí a George Chapman y a la viuda Beaton, el salón principal donde Walter Raleigh discutió nuestro dilema ante la atenta mirada de Enrique VIII e Isabel I, y el dormitorio donde Matthew y yo pisamos el siglo XVI por primera vez.

—El banco estará bien —dije rápidamente. Si Gallowglass me dejaba su chaqueta de cuero y Fernando su abrigo de lana, las rosas talladas del respaldo no se me clavarían demasiado en el costado. Para hacer realidad mi deseo, el montón de abrigos que había junto a la chimenea se recolocó creando un colchón improvisado. Envuelta por el aroma a naranja amarga, espuma de mar, lilas, tabaco y narcisos, los ojos empezaron a pesarme hasta que me quedé dormida.

—Nadie ha visto ni rastro de él. —La suave voz de Amira me despertó de la siesta.

—Da igual, no deberías dar clases mientras Benjamin ponga en peligro tu seguridad. —Fernando hablaba con una firmeza inusual en él—. ¿Y si apareciera de repente por la puerta?

—Pues se encontraría con dos docenas de daimones, vampiros y brujos furiosos; eso es lo que pasaría —contestó Amira—. Matthew me dijo que parara, Fernando, pero el trabajo que estoy haciendo me parece más importante ahora que nunca.

—Lo es. —Bajé las piernas del banco, mientras me frotaba los ojos. Según el reloj, habían pasado tres cuartos de hora. Aún estábamos sumidos en la niebla, así que era imposible calcular el paso del tiempo por la luz.

Sarah llamó a Marthe, que nos trajo té. Era de menta y pétalos de rosa, sin nada de cafeína para espabilarme, pero al menos estaba deliciosamente calentito. Había olvidado lo frías que podían ser las casas del siglo XVI.

Gallowglass me hizo un hueco cerca del fuego. Me entristecía verle tan preocupado por mí. Merecía tanto ser amado...; no quería que estuviera solo. Algo en mi expresión debió revelar lo que pensaba.

—Nada de lástima, tía. Los vientos no siempre soplan como quiere la nave —murmuró arropándome en la silla.

—Los vientos hacen lo que yo les digo que hagan.

—Y yo trazo mi propio rumbo. Si no dejas de actuar como una gallina conmigo, le contaré a Matthew lo que estás haciendo y tendrás que lidiar con dos vampiros cabreados en lugar de uno.

Era un momento prudente para cambiar de tema.

—Matthew está creando su propia familia, Amira —anuncié volviéndome hacia nuestra anfitriona—. Una familia que tendrá todo tipo de criaturas. Quién sabe, tal vez hasta dejemos que haya humanos. Si lo consigue, vamos a necesitar todo el yoga posible. —Hice una pausa al sentir un hormigueo y palpitaciones en la mano derecha. Me quedé mirándola en silencio un momento y entonces tomé una decisión. Deseé que la cartera de cuero duro que Phoebe había traído para proteger las páginas de *El libro de la vida* estuviera sobre la mesa que había a mi lado en lugar de en el otro extremo de la habitación. Aún estaba exhausta, a pesar de la siesta.

La carpeta apareció en una mesa cercana.

—Abracadabra —murmuró Fernando.

—Dado que vives en casa de Matthew, me parece lo correcto explicarte por qué nos hemos presentado aquí de repente —le dije a Amira—. Probablemente hayas oído historias sobre el primer grimorio de los brujos…

Amira asintió. Le entregué las dos páginas que habíamos encontrado.

—Son de ese libro…, el libro que todos los vampiros llaman *El libro de la vida.* Creemos que hay otra página en manos de alguien llamado T. J. Weston, que vive en Chipping Weston. Ahora que todos hemos comido y bebido, Phoebe y yo vamos a ver si está dispuesto, o dispuesta, a vendérnosla.

Ysabeau y Phoebe aparecieron en el momento justo. Phoebe estaba blanca como una sábana, mientras que Ysabeau parecía ligeramente aburrida.

—¿Qué ocurre, Phoebe? —pregunté.

—Hay un Holbein. En el cuarto de baño. —Se llevó las manos a las mejillas—. Un pequeño óleo de la hija de Tomás Moro, Margaret. ¡No debería estar colgado sobre un inodoro!

Empezaba a comprender por qué Matthew encontraba cansinas mis continuas objeciones al modo en que su familia trataba los libros de sus bibliotecas.

—¡Deja de ser tan mojigata! —se quejó Ysabeau algo irritada—. Margaret no era la clase de mujer a quien le molestaba ver un poco de carne.

—Tú crees… Eso es… —balbuceó Phoebe—. ¡No es lo indecoroso de la ubicación lo que me preocupa, sino el hecho de que Margaret Moro pueda caer en el retrete en cualquier momento!

—Lo entiendo, Phoebe —dije tratando de mostrar empatía—. ¿Te tranquilizará saber que hay otros Holbein, muchos más grandes e importantes, en el salón?

—Y arriba. Toda la santa familia está en uno de los áticos —añadió Ysabeau señalando hacia arriba—. Tomás Moro era un joven arrogante y el tiempo tampoco le hizo más humilde. A Matthew no parecía importarle, pero Tomás y Philippe casi llegan a las manos varias veces. Si su hija se ahoga en el retrete, lo tendrá bien merecido.

Amira se empezó a reír. Fernando la miró sorprendido un instante y se unió a ella. Al poco tiempo estábamos todos riendo a carcajadas, incluida Phoebe.

—¿Qué es todo este ruido? ¿Qué ha pasado ahora? —dijo Marthe mirándonos recelosa desde la puerta.

—Phoebe se está acostumbrando a ser una De Clermont —dije enjugándome las lágrimas.

—*Bonne chance* —dije Marthe. Eso nos hizo reírnos aún más.

Aquel momento fue un agradable recordatorio de que, por distintos que fuéramos, formábamos una especie de familia, ni más extraña ni más idiosincrásica que otras miles antes que la nuestra.

—Y estas páginas que habéis traído ¿pertenecen también a las colecciones de Matthew? —preguntó Amira, retomando la conversación donde la habíamos abandonado.

—No, una de ellas se la dieron a mis padres y la otra estaba en manos del nieto de Matthew, Andrew Hubbard.

—Hum. Cuánto miedo… —Los ojos de Amira se desenfocaron. Era una bruja con mucha capacidad de percepción y poderes de empatía.

—¿Amira? —dije, observándola detenidamente.

—Sangre y miedo. —Se estremeció, aparentemente incapaz de oírme—. Está en el propio pergamino, no solo en las palabras.

—¿Debería pararla? —pregunté a Sarah. En la mayoría de las situaciones, convenía dejar que se desarrollara la segunda visión de un brujo, pero Amira había entrado muy deprisa en otro tiempo y otro lugar. Un brujo podía perderse en la espesura de imágenes y sentimientos hasta alejarse tanto que le fuera imposible encontrar la salida de ella.

—Ni de broma —dijo Sarah—. Si se pierde, somos dos para ayudarla.

—Una mujer joven…, una madre. La asesinaron delante de sus hijos —murmuró Amira. El estómago me dio un vuelco—. Su padre ya estaba muerto. Cuando los brujos llevaron el cadáver del marido a su mujer, lo dejaron a sus pies y la obligaron a ver lo que le habían hecho. Ella fue la primera que maldijo el libro. Cuánta sabiduría perdida para siempre. —Los ojos de Amira se quedaron en blanco y se cerraron. Cuando volvieron a abrirse, brillaban llenos de lágrimas contenidas—. Este pergamino está hecho de la piel que cubría las costillas de aquella mujer.

Yo sabía que *El libro de la vida* contenía criaturas muertas, pero nunca pensé que fuera a saber nada más que lo que nos revelara su ADN. Me abalancé hacia la puerta, llevada por las arcadas. Corra empezó a batir las alas nerviosa, volviéndose a un lado y al otro tratando de estabilizarse, pero apenas había sitio para que maniobrara por la presencia cada vez mayor de los gemelos.

—*Chis*, ese no será tu destino. Te lo prometo —dijo Ysabeau, cogiéndome entre sus brazos. La sentí serena y sólida, con una fuerza evidente a pesar de su grácil complexión.

—¿Estoy haciendo lo correcto intentando arreglar este libro roto? —pregunté cuando dejaron de moverse mis entrañas—. ¿Y sin Matthew?

—Correcto o no, hay que hacerlo —afirmó Ysabeau acariciándome el pelo y retirándomelo de la cara—. Llámale, Diana. Matthew no querría que sufrieras de este modo.

—No. —Sacudí la cabeza negándome—. Matthew tiene que hacer su trabajo. Y yo el mío.

—Entonces, acabémoslo —dijo Ysabeau.

Chipping Weston era el típico pueblo pintoresco inglés que los novelistas elegían como escenario para sus tramas de asesinatos. Aunque parecía una postal o un plató de rodaje, era el hogar de varios centenares de personas que vivían en casas con techo de paja esparcidas entre un puñado de callejuelas estrechas. El parque del pueblo aún tenía los cepos que antiguamente se utilizaban para castigar a los ciudadanos culpables de alguna fechoría, y había dos pubs, de modo que, aunque se produjeran trifulcas entre vecinos, siempre habría un lugar para tomar una pinta por la noche.

Manor House no fue difícil de encontrar.

—La verja está abierta. —Gallowglass se hizo crujir los nudillos.

—¿Cuál es tu plan, Gallowglass? ¿Correr hacia la entrada y tirar la puerta a golpes con las manos? —dije bajándome del coche de Leonard—. Venga, Phoebe. Vamos a llamar al timbre.

Gallowglass avanzó detrás de nosotras mientras atravesamos la puerta de la entrada y rodeamos un parterre con bordes de piedra que supuse que habría servido de fuente antes de que lo llenaran de tierra. En el centro había dos árboles de boj recortados en forma de teckel.

—¡Curioso! —murmuró Phoebe al ver las esculturas verdes.

La puerta de la casa solariega estaba en medio de un friso de ventanas bajas. No había timbre, solo una aldaba de hierro, también en forma de teckel, que había sido fijada de manera poco hábil a los robustos paneles de época isabelina. Antes de que Phoebe pudiera soltarme un discurso sobre la conservación de las casas antiguas, levanté el perro y di varios golpes secos.

Silencio.

Volví a llamar, esta vez con más contundencia.

—Estamos a la vista de toda la calle —dijo Gallowglass con un gruñido—. Es el muro más patético que he visto nunca. Hasta un chavalín podría pasar por encima.

—No todo el mundo puede tener un foso —dije yo—. No creo que Benjamin sepa dónde está Weston y menos que nos haya seguido hasta aquí.

Gallowglass aún parecía receloso y siguió mirando a nuestro alrededor como un búho inquieto.

Cuando estaba a punto de volver a llamar, la puerta se abrió de pronto. Un hombre con anteojos y un paracaídas colgado sobre los hombros como si fuera una capa se quedó mirándonos en el umbral de la puerta; varios perros se arremolinaban a sus pies, retorciéndose y ladrando.

—¿Dónde te habías metido? —El desconocido me engulló en un abrazo mientras yo intentaba comprender qué significaba aquella extraña pregunta. Los perros se pusieron a saltar y retozar, emocionados de verme ahora que su amo había mostrado su aprobación. Me soltó y se quitó los anteojos, y sentí su mirada estimulante como un beso de bienvenida.

—Eres un daimón —constaté, sin necesidad.

—Y tú una bruja. —Con un ojo verde y otro azul, estudió a Gallowglass—. Y él un vampiro. No es el mismo que iba contigo antes, pero es lo bastante alto como para cambiarme las bombillas.

—Yo no cambio bombillas —protestó Gallowglass.

—Espera. Yo te conozco —dije, revisando rostros en mi memoria. Aquel era uno de los daimones que había visto en la Bodleiana el año anterior cuando encontré el Ashmole 782 por primera vez. Le gustaba el café *latte* y desmontar lectores de microfilm. Siempre llevaba auriculares, aunque no estuvieran conectados a nada—. ¿Timothy?

—El mismo. —Timothy me miró y puso los pulgares y los índices como si sus manos fueran revólveres. Seguía llevando botas de vaquero disparejas, pero esta vez una era verde y la otra azul, supuse que tal vez para ir a juego con sus ojos. Chasqueó la lengua contra los dientes—. Te lo dije, nena. Eres tú.

—¿Eres T. J. Weston? —preguntó Phoebe, tratando de que su voz se escuchara a pesar de los aullidos y el constante movimiento de los perros.

Timothy se metió los dedos en las orejas.

—No puedo oírla.

—¡Eh! —gritó Gallowglass—. Cerrad el pico, pequeños charlatanes.

Los ladridos cesaron inmediatamente. Los perros se sentaron con la mandíbula abierta y la lengua colgando y miraron a Gallowglass con adoración. Timothy se sacó el dedo de una oreja.

—Bieeen —dijo el daimón con un silbido de agradecimiento.

Los perros empezaron a ladrar otra vez.

Gallowglass nos empujó a todos hacia dentro, murmurando algo incomprensible sobre líneas de visión, posiciones de defensa y daños al oído de Manzana y Alubia. No hubo paz hasta que se tiró al suelo delante de la chimenea y los perros se subieron sobre él, lamiéndole y escarbando como si hubiera vuelto el macho alfa de la manada tras una larga ausencia.

—¿Cómo se llaman? —preguntó Phoebe, tratando de contar las colas en aquel montón que no dejaba de retorcerse.

—Hansel y Gretel, evidentemente. —Timothy miró a Phoebe como si fuera estúpida.

—¿Y los otros cuatro? —preguntó Phoebe.

—Óscar, Molly, Rusty y Charquitos. —Timothy señaló a los perros uno por uno.

—¿Es que le gusta salir a jugar cuando llueve?

—No —contestó Timothy—. Lo que le gusta es hacerse pis en el suelo de casa. Se llamaba Penélope, pero todo el pueblo la llama Charquitos ahora.

No se me ocurría ninguna manera elegante de derivar el tema de conversación a *El libro de la vida,* así que me lancé directamente al ataque.

—¿Compraste una página de un manuscrito ilustrado que tiene un árbol?

—Sí —contestó Timothy pestañeando.

—¿Me la venderías? —No tenía sentido andarse con timideces.

—No.

—Estamos dispuestos a pagar una cantidad generosa. —Puede que a Phoebe no le gustase demasiado la despreocupada indiferencia de los De Clermont a la hora de colgar cuadros, pero ya empezaba a ver los beneficios de su poder adquisitivo.

—No está a la venta. —Timothy acarició las orejas de uno de los perros, que volvió inmediatamente hacia Gallowglass y empezó a morderle el extremo de una bota.

—¿Puedo verla? —«Tal vez quiera prestármela», pensé.

—Claro. —Timothy se quitó el paracaídas y salió de la habitación. Todos le seguimos de cerca para no quedarnos atrás.

Nos llevó a través de varias habitaciones claramente diseñadas para propósitos distintos a su uso actual. El comedor tenía una batería montada en medio con el nombre Derek and the Derangers («Derek y los Enloquecedores») pintado sobre el bombo y otra habitación parecía un cementerio electrónico de no ser por los sofás de cretona y el papel pintado lleno de lacitos.

—Está ahí dentro. En algún sitio —dijo Timothy señalando la siguiente habitación.

—¡Santa madre de Dios! —exclamó Gallowglass pasmado.

«Ahí dentro» era la antigua biblioteca. «En algún sitio» cubría una infinidad de posibles escondites, incluidos cajones postales y sobres sin abrir, cajas de cartón llenas de partituras que se remontaban hasta los años veinte, y montones y más montones de periódicos viejos. También había una inmensa colección de esferas de reloj de todos los tamaños, descripciones y épocas.

Y manuscritos. Había miles de manuscritos.

—Creo que está en una carpeta azul —dijo Timothy rascándose la barbilla. Era evidente que había empezado a afeitarse en algún momento aquel día, pero se había quedado a medias, a juzgar por los dos tramos de barba entrecana.

—¿Cuánto tiempo llevas comprando libros antiguos? —le pregunté cogiendo el primero que tenía a mano. Era un cuaderno de notas de un alumno de ciencias del siglo XVIII, alemán, sin ningún valor para nadie que no estuviera especializado en la educación durante la Ilustración.

—Desde los trece años. Ese año murió mi abuela y me dejó esta casa. Mi madre se fue cuando tenía cinco años y mi padre, Derek, murió de una sobredosis accidental cuanto cumplí nueve, así que a partir de entonces solo quedábamos la abuela y yo. —Timothy miró con cariño a su alrededor—. Desde entonces la he estado renovando. ¿Queréis ver mis muestras de pintura para la galería de arriba?

—Tal vez más tarde —contesté.

—Vale —contestó decepcionado.

—¿Por qué te interesan los manuscritos? —Cuando uno quiere obtener respuesta de un daimón o un estudiante de universidad, lo mejor es hacer preguntas abiertas.

—Son como esta casa…, me recuerdan algo que no debería olvidar —dijo Timothy, como si eso lo explicara todo.

—Con un poco de suerte alguno le recordará dónde ha puesto la página de tu libro —murmuró Gallowglass entre dientes—. Si no, tardaremos semanas en revisar toda esta basura.

No teníamos semanas. Quería sacar el Ashmole 782 de la Bodleiana y volver a unirlo para que Matthew regresara a casa. Sin *El libro de la vida*, éramos vulnerables ante la Congregación, ante Benjamin y ante cualquier ambición secreta de Knox o Gerbert. Una vez estuviera a salvo en nuestras manos, todos ellos tendrían que respetar nuestras condiciones, hubiera o no vástago. Me arremangué.

—Timothy, ¿te importa que haga magia en tu biblioteca? —Me pareció adecuado preguntarle.

—¿Hará mucho ruido? —preguntó Timothy—. A los perros no les gusta el ruido.

—No —contesté, barajando mis opciones—. Creo que será completamente silenciosa.

—Ah, entonces vale —asintió aliviado. Se volvió a poner los anteojos para mayor seguridad.

—Tía, ¿más magia? —dijo Gallowglass frunciendo las cejas—. Últimamente la estás usando mucho.

—Pues ya verás mañana —murmuré. En cuanto tuviera las tres páginas que faltaban, iba a ir a la Bodleiana. Y entonces iría a muerte.

Un remolino de papeles se levantó del suelo.

—¿Ya has empezado? —preguntó Gallowglass, alarmado.

—No —contesté yo.

—Entonces, ¿qué está causando este alboroto? —Gallowglass se acercó al montón de papeles agitándose.

Un rabo se meneó entre una carpeta de cuero y una caja de lápices.

—¡Charquitos! —llamó Timothy.

El perro salió, con el rabo por delante, tirando de una carpeta azul.

—¡Buena perra! —exclamó Gallowglass cariñosamente. Se agachó y estiró la mano—. Tráemelo.

Charquitos se quedó mirándole con la página del Ashmole 782 entre los dientes, orgullosísima de sí misma. Pero no se la llevó a Gallowglass.

—Quiere que la persigas —explicó Timothy.

Gallowglass le miró frunciendo el ceño.

—No voy a perseguir a esa perra.

Al final la perseguimos todos. Chaquitos era la teckel más rápida y lista que ha existido jamás y se movía por debajo los muebles, fintando a izquierda y a derecha antes de desaparecer de nuevo. Gallowglass era ágil, pero no pequeño. Charquitos se le escapaba entre los dedos una y otra vez, claramente extasiada.

Finalmente, la necesidad de resollar le hizo soltar la carpeta, que a esas alturas ya estaba bastante mojada, delante de sus patas. Gallowglass aprovechó la circunstancia para estirar la mano y cogerla.

—¡Qué buena chica! —Timothy cogió en brazos a la perrita, que no dejaba de retorcerse—. Este verano vas a los Campeonatos del Gran Teckel. No hay más que hablar. —Charquitos tenía un trozo de papel pegado a la pata—. ¡Mira! Aquí está la factura de los impuestos del ayuntamiento…

Gallowglass me entregó la carpeta.

—Phoebe debería hacer los honores —dije—. De no haber sido por ella, no estaríamos aquí. —Le pasé la carpeta.

Phoebe la abrió. La imagen que había en su interior era tan viva que parecía como si la hubieran pintado ayer mismo, y los sorprendentes colores y detalles del tronco y las hojas solo acentuaban la sensación de viveza que rezumaba la página. Tenía poder. Eso era indiscutible.

—Es preciosa —dijo Phoebe abriendo bien los ojos—. ¿Es esta la página que has estado buscando?

—Sí —contestó Gallowglass—. Y tanto que lo es.

Phoebe puso la página sobre mis manos expectantes. En cuanto rozaron el pergamino, se encendieron, lanzando pequeños destellos de color a mi alrededor. De las yemas de los dedos empezaron a salir filamentos de poder que se conectaban al pergamino con un chasquido casi audible de electricidad.

—En esa página hay mucha energía y no toda es buena —dijo Timothy echándose hacia atrás—. Tiene que volver a ese libro que encontraste en la Bodleiana.

—Sé que no quieres vender la página —dije—, pero ¿me la prestarías? Solo por un día. —De ese modo, podría ir directamente a la Bodleiana, reunir el Ashmole 782 y devolverle la página al día siguiente; eso si *El libro de la vida* me dejaba volver a quitarla una vez la volviera a insertar.

—No —dijo Timothy sacudiendo la cabeza.

—No me dejas comprártela. No me la prestas —dije cada vez más exasperada—. ¿Es que tienes algún vínculo emocional con ella?

—Claro que lo tengo. En fin, es mi antepasado, ¿no?

Todas las miradas se clavaron sobre la ilustración del árbol en mis manos. Hasta Charquitos la miró con interés renovado, olisqueando el aire con su largo y delicado hocico.

—¿Cómo lo sabes? —susurré.

—Veo cosas…, microchips, crucigramas, a ti y al tipo con cuya piel se hizo el pergamino. Supe quién eras desde el momento en que entraste en la Duke Humfrey. —Timothy parecía abatido—. Te lo dije. Pero no me escuchaste y te fuiste con el vampiro alto. Eres tú.

—¿Qué soy? —Se me hizo un nudo en la garganta. Las visiones de los daimones eran extrañas y surrealistas, pero también podían ser increíblemente precisas.

—Tú eres quien averiguará cómo empezó todo: la sangre, la muerte, el miedo. Y quien puede poner fin a todo ello, de una vez por todas. —Timothy suspiró—. No puedes comprar a mi abuelo ni tampoco puedes llevártelo prestado. Pero si te lo doy, para que lo guardes a salvo, ¿harás que su muerte signifique algo?

—No te lo puedo prometer, Timothy. —No podía comprometerme a algo tan inmenso e impreciso—. No sabemos lo que va a revelar el libro. Y desde luego no te puedo prometer que nada cambie.

—¿Puedes asegurarte de que su nombre no caiga en el olvido, una vez averigües cuál es? —preguntó Timothy—. Los nombres son importantes, ¿sabes?

De repente me invadió una sensación de algo desconocido y conocido a la vez. Ysabeau me había dicho exactamente lo mismo al poco de conocerla. Vi a Edward Kelley en el ojo de mi mente. Él había dicho: «También encontrarás tu nombre en él», cuando el emperador Rodolfo le hizo entregarle *El libro de la vida*. Se me puso la carne de gallina.

—No olvidaré su nombre —prometí.

—A veces basta con eso —declaró Timothy.

28

Ya entrada la madrugada, cualquier esperanza de poder dormir quedó descartada. La niebla se había levantado ligeramente y la luminosidad de la luna llena penetraba a través de las volutas grisáceas que todavía se aferraban a los troncos de los árboles y a las hondonadas del bosque donde dormían los ciervos. Uno o dos miembros de la manada seguían rebuscando restos de forraje entre la hierba. Se acercaba una helada fuerte, podía notarlo. Estaba en sintonía con los ritmos de la tierra y el cielo como no lo había estado antes de vivir en una época en la que el día se organizaba de acuerdo con la altura del sol en lugar de la esfera de un reloj, y en la que la estación del año determinaba desde lo que comías hasta la medicina que tomabas.

Estaba en el dormitorio donde Matthew y yo pasamos nuestra primera noche en el siglo XVI. Pocas cosas habían cambiado: la electricidad de las lámparas, la campanilla victoriana que colgaba junto al fuego para avisar a los sirvientes de que vinieran o trajeran el té —aunque tampoco entendía que fuera necesario en una casa de vampiros— y el armario que habían traído de una habitación contigua.

El regreso a Old Lodge tras nuestro encuentro con Timothy Weston había sido tenso. Gallowglass se negó en rotundo a llevarme a Oxford después de encontrar la última página que faltaba de *El libro de la vida*, a pesar de que aún no era la hora de cenar y que la Duke Humfrey estaba abierta hasta las siete de la tarde durante el trimestre lectivo. Cuando Leonard se ofreció a llevarme, Gallowglass amenazó con matarle en términos inquietantemente gráficos y detallados. Fernando y Gallowglass acabaron marchándose para tener una charla y Gallowglass volvió con el labio partido, un ojo ligeramente morado y un murmullo de disculpa para Leonard.

—No vas a ninguna parte —dijo Fernando cuando me vio ir hacia la puerta—. Te llevaré mañana, pero esta noche no. Gallowglass tiene razón: tienes un aspecto mortal.

—Dejad de mimarme —dije apretando los dientes mientras mis manos seguían lanzando destellos intermitentes.

—Te voy a mimar hasta que tu pareja (y mi señor) regrese —replicó Fernando—. La única criatura en la tierra que puede obligarme a llevarte a Oxford es Matthew. Llámale si quieres. —Sacó su teléfono.

Aquel fue el fin de la discusión. Acepté el ultimátum de Fernando de mala gana, aunque sentía la cabeza a punto de estallar sabiendo que había hecho más magia en aquella semana que en toda mi vida.

—Mientras tengas tú esas tres páginas, ninguna otra criatura puede tener el libro —razonó Amira tratando de tranquilizarme. Pero me parecía un consuelo bastante pobre sabiendo que el libro estaba tan cerca.

Ni siquiera el hecho de ver las tres páginas sobre la mesa larga del gran salón me ponía de mejor humor. Llevaba esperando y temiendo aquel momento desde que salimos de Madison y, ahora que había llegado, sentía un extraño anticlímax.

Phoebe había colocado las imágenes cuidadosamente de manera que no se tocaran. Habíamos descubierto por las malas que parecían tener una afinidad magnética: cuando llegué a casa y las apilé para ir a la Bodleiana, las páginas soltaron un suave lamento seguido de varias voces hablando que todos pudimos oír, hasta Phoebe.

—No puedes entrar en la Bodleiana sin más con estas tres páginas y volver a meterlas en un libro encantado —observó Sarah—. Es una locura. Lo más probable es que haya brujos en la sala. Se te tirarían encima.

—¿Y quién sabe cómo reaccionará *El libro de la vida?* —añadió Ysabeau tocando la imagen del árbol con el dedo—. ¿Y si chilla? Puede que libere fantasmas. O puede que Diana desencadene una lluvia de fuego. —Después de sus experiencias en Londres, Ysabeau había estado informándose y ya estaba preparada para hablar de una amplia gama de temas, entre ellos las apariciones de espectros y los fenómenos ocultos que se habían observado en las islas británicas en los dos últimos años.

—Vas a tener que robarlo —dijo Sarah.

—Sarah, ¡soy profesora titular de Yale! ¡No puedo hacer eso! Mi vida académica...

—Probablemente ya esté acabada —dijo Sarah, acabando mi frase.

—Bueno, Sarah —intervino Fernando reprendiéndola—. Eso es un poco exagerado, incluso para ti. Seguro que hay alguna manera de que Diana saque el Ashmole 782 y lo devuelva otro día.

Traté de explicarles que no se podían sacar libros de la Bodleiana, pero no me hicieron caso. Con Ysabeau y Sarah a cargo de la logística y Fernando y Gallowglass de la seguridad, yo quedaba relegada a una posición de puro asesoramiento, consejo y advertencia. Eran más autoritarios que Matthew.

Y aquí estaba, a las cuatro de la madrugada mirando por la ventana, esperando a que amaneciera.

—¿Qué hago? —murmuré apoyando la cabeza contra los vidrios en forma de rombo.

En el mismo instante en que hice la pregunta, mi piel se iluminó de conocimiento, como si hubiera metido el dedo en un enchufe. Una figura brillante vestida de blanco apareció desde el bosque acompañada por un ciervo blanco. El animal de otro mundo caminaba serenamente junto a ella, sin temer a la cazadora, que llevaba un arco y un carcaj de flechas en la mano. Era *la diosa.*

Se detuvo y miró hacia mi ventana.

—¿Por qué tan triste, hija? —susurró con voz de plata—. ¿Acaso has perdido lo que más deseas?

Había aprendido que no se debe contestar a sus preguntas. Sonrió al ver mi recelo.

—Únete a mí bajo esta luna llena. Tal vez lo encuentres de nuevo. —La diosa posó sus dedos sobre los cuernos del ciervo y esperó.

Salí afuera sin que nadie me viera. Mis pasos crujían sobre los senderos de gravilla de los jardines de diseño clásico e iban dejando huellas oscuras sobre la hierba cubierta de escarcha. Al poco tiempo, estaba ante la diosa.

—¿Por qué estáis aquí? —pregunté.

—Para ayudarte. —Los ojos de la diosa se veían plateados y negros a la luz de la luna—. Tendrás que renunciar a algo si quieres poseer *El libro de la vida,* algo muy valioso para ti.

—Ya he perdido suficiente. —Me temblaba la voz—. Mis padres, luego mi primer hijo y después mi tía. Ni siquiera mi vida me pertenece ya. Os pertenece a vos.

—Y no abandono a quienes me sirven. —La diosa sacó una flecha de su carcaj. Era larga y plateada, adornada con plumas de búho. Me la ofreció—. Cógela.

—No —dije sacudiendo la cabeza—. No sin saber a cambio de qué.

—Nadie me dice que no. —La diosa colocó el astil de la flecha sobre su arco y apuntó. En ese momento vi que la flecha carecía de punta. Tiró del brazo hacia atrás, tensando la cuerda plateada.

No tuve tiempo para reaccionar antes de que la diosa soltara el astil. Vino directo a mi pecho. Sentí un dolor agudo, un tirón de la cadena que llevaba al cuello y un cosquilleo de calor entre el hombro izquierdo y la espalda. Los eslabones de oro que sostenían la punta de flecha de Philippe se deslizaron por mi cuerpo y cayeron a mis pies. Sentí la tela sobre mi pecho por la humedad de la sangre que iba calándola, pero no tenía más que un pequeño agujero señalando el lugar por el que había pasado el astil.

—No puedes dejar atrás mi flecha. Ninguna criatura puede. Ahora ya forma parte de ti —declaró—. Hasta aquellos que nacen con fuerza deberían llevar armas.

Me agaché a buscar la joya de Philippe alrededor de mis pies. Cuando me enderecé, pude sentir su punta clavándose en mis costillas. Miré a la diosa, pasmada.

—Mi flecha siempre da en su diana —dijo la diosa—. Cuando la necesites, no dudes. Y apunta de verdad.

—¿Que se los han llevado adónde? —Aquello no podía estar pasando. No ahora que estaba tan cerca de encontrar respuestas.

—A la Biblioteca Científica de Radcliffe —informó Sean con tono de disculpa, aunque podía ver que se le estaba acabando la paciencia—. No es el fin del mundo, Diana.

—Pero... eso es... —Mi frase se quedó inacabada, mientras sostenía entre los dedos el formulario que había rellenado para sacar el Ashmole 782.

—¿Es que no lees tu correo electrónico? Hace meses que estamos avisando del traslado —dijo Sean—. Estaré encantado de meter tu solicitud en el sistema, dado que has estado fuera y aparentemente desconectada de Internet. Pero ninguno de los manuscritos Ashmole está aquí y no puedes hacer que los traigan a esta sala de lectura a no ser que tengas un motivo intelectual *bona fide* relacionado con los manuscritos y los mapas que siguen aquí.

De todas las dificultades que habíamos previsto que podían darse esta mañana, y eran muchas y muy diversas, la decisión de la Bodleiana de trasladar los libros y manuscritos raros de la Duke Humfrey a la Biblioteca Científica de Radcliffe no estaba entre ellas. Habíamos dejado a Sarah y a Amira en casa con Leonard por si necesitábamos ayuda mágica. Gallowglass y Fernando estaban fuera, holgazaneando junto a la estatua de William, el hijo de Mary Herbert, y dejándose fotografiar por visitantes femeninas. Ysabeau había conseguido entrar en la biblioteca después de seducir a la directora de desarrollo con un regalo comparable al presupuesto anual de Liechtenstein. Ahora le estaba haciendo una visita privada a las instalaciones. Phoebe, que había ido a Christ Church y por tanto era la única del grupo de rescate del libro con carnet de la biblioteca, había entrado conmigo en la Duke Humfrey y me esperaba pacientemente sentada en un banco que daba a los jardines del Exeter College.

—Esto es exasperante. —Por muchos libros raros y manuscritos valiosos que hubieran trasladado, estaba completamente segura de que el Ashmole 782 seguía allí. Al fin y al cabo, mi padre no había unido *El libro de la vida* a su número de clasificación, sino a la biblioteca. En 1850 no existía la Biblioteca Radcliffe.

Miré mi reloj. Solo eran las diez y media. Una marea de niños de excursión escolar fue liberada en el patio y sus voces agudas empezaron a resonar entre las paredes de piedra. ¿Cuánto tardaría en inventar una excusa que satisficiera a Sean? Phoebe y yo debíamos reorganizarnos. Intenté tocar el punto de mi zona lumbar donde estaba alojado el extremo de la flecha de la diosa. El astil me obligaba a mantenerme erguida como una estaca y, en cuanto me encorvaba lo más mínimo, me daba una punzada de aviso.

—Y no creas que va a ser fácil inventar una buena razón para estudiar tu manuscrito aquí —continuó Sean con tono de advertencia, como si leyera mi mente. Los humanos siempre activaban su sexto sentido dormido en el momento más inoportuno—. Tu amigo lleva semanas enviando solicitudes de todo tipo, pero por mucho que nos pida ver manuscritos, las solicitudes son reenviadas a Parks Road.

—¿Chaqueta de *tweed*? ¿Pantalones de pana? —Si Peter Knox estaba en la Duke Humfrey, le estrangularía

—No. El tipo que se sienta junto a los catálogos de fichas. —Sean apunto con el pulgar hacia el ala Selden.

Me aparté lentamente del viejo mostrador y, cuando estaba saliendo de la oficina de Sean, sentí la mirada adormecedora de un vampiro. «¿Gerbert?».

—Señora Roydon.

«No era Gerbert».

Benjamin tenía su brazo alrededor de los hombros de Phoebe, y había gotas rojas en el cuello de su blusa blanca. Por primera vez desde que la conocí, Phoebe estaba aterrada.

—Herr Fuchs —dije en voz más alta de lo normal. Con suerte, Ysabeau o Gallowglass oirían su nombre por encima del estruendo que estaban causando los niños. Me levanté con dificultades y caminé hacia él con paso tranquilo.

—Qué sorpresa encontrarla aquí… y con un aspecto tan… fértil. —Los ojos de Benjamin pasaron lentamente de mis pechos al lugar donde los gemelos estaban hechos un ovillo en mi tripa. Uno de ellos estaba dándome furiosas patadas, como queriendo liberarse. Corra también se retorcía y gruñía dentro de mí.

«Ni fuego ni llamas». La promesa que había hecho cuando me dieron mi primer carnet de la biblioteca flotó por mi mente.

—Esperaba ver a Matthew. Y en su lugar me encuentro a su pareja. Y a la de mi hermano. —Benjamin acercó la nariz al latido del pulso bajo la oreja de Phoebe. Rozó su piel con los dientes. Ella se mordió el labio para no gritar—. Qué buen chico es Marcus, siempre al lado de su padre. Me pregunto si seguirá a tu lado, cielo, cuando te haya hecho mía.

—Suéltala, Benjamin. —Cuando ya había pronunciado las palabras, la parte lógica de mi cerebro comprendió que no tenían sentido. Benjamin no soltaría a Phoebe de ningún modo.

—No te preocupes. No te voy a dejar de lado. —Sus dedos acariciaron la zona del cuello de Phoebe donde el pulso le latía a golpes—. También tengo grandes planes para usted, señora Roydon. Es buena paridera. No crea que no me he dado cuenta.

«¿Dónde estaba Ysabeau?».

La flecha me quemaba contra la espalda, invitándome a usar su poder. Pero ¿cómo atacar a Benjamin sin correr el riesgo de hacer daño a Phoebe? La tenía cuidadosamente delante de sí, como un escudo.

—Esta sueña con convertirse en vampira. —Benjamin acercó su boca, frotándola contra el cuello de Phoebe. Ella empezó a gimotear—. Yo podría hacer realidad tus sueños. Con algo de suerte te devolvería a Marcus con una sangre tan fuerte que podrías hacerle arrodillarse ante ti.

La voz de Philippe resonó en mi mente: «Piensa y mantente con vida». Era la tarea que me había encomendado. Pero mis pensamientos desfilaban en círculos caóticos. Fragmentos de hechizos y advertencias de Goody Aslop que recordaba a medias salían detrás de cada amenaza de Benjamin. Tenía que concentrarme.

Los ojos de Phoebe me rogaban que hiciera algo.

—Usa tu lamentable poder, bruja. Puede que no sepa lo que hay en *El libro de la vida* (todavía), pero he aprendido que las brujas no encajan con los vampiros.

Dudé por un instante. Benjamin sonrió. Me encontraba en el cruce entre la vida que siempre pensé que deseaba —académica, intelectual y libre del complicado caos de la magia— y la vida que tenía ahora. Si utilizaba la magia aquí, en la Biblioteca Bodleiana, ya no habría vuelta atrás.

—¿Pasa algo? —preguntó Benjamin arrastrando las palabras.

La espalda me seguía quemando y el dolor se había extendido a mi hombro. Levanté las manos y las separé como si sostuviera un arco, entonces apunté el dedo índice de la mano izquierda hacia Benjamin para crear una línea de visión.

Mi mano ya no era de color carne. Una llama morada, espesa y viva la cubría hasta la palma. Gruñí hacia mis adentros. Por supuesto, mi magia había decidido cambiar *justo ahora*. Piensa, Diana. «¿Cuál es el significado mágico del morado?».

Sentí como un cordel áspero rozando mi cuello. Apreté los labios y dirigí un soplo de aire hacia él. «Nada de distracciones. Piensa. Mantente con vida».

Cuando concentré de nuevo mi atención en las manos, tenía un arco en la mano: era un arco real y tangible, hecho de madera y decorado con plata y oro. Noté un extraño hormigueo al contacto con la madera, una sensación que ya conocía. «Serbal». Y entre mis dedos había una flecha con astil de plata y la punta dorada de Philippe. ¿Dará en su objetivo tal y como prometió la diosa? Benjamin retorció el cuerpo de Phoebe poniéndola directamente delante de él.

—Dispara lo mejor que puedas, bruja. Matarás a la mujer de sangre caliente de Marcus, pero yo seguiré teniendo todo lo que he venido a buscar.

La imagen de la muerte de Juliette abrasada me vino a la mente. Cerré los ojos.

Dudé y fui incapaz de disparar. El arco y la flecha desaparecieron entre mis dedos. Había hecho exactamente lo que la diosa me había dicho que no hiciera.

Escuché el ruido de las páginas de los libros abiertos sobre las mesas a nuestro alrededor moviéndose con una brisa repentina. Los pelos de la nuca se me pusieron de punta. «Viento de brujos».

Debía de haber otro brujo en la biblioteca. Abrí los ojos.

Era una vampira.

Ysabeau estaba delante de Benjamin, cogiéndole del cuello con una mano mientras con la otra empujaba a Phoebe hacia mí.

—Ysabeau. —Benjamin la miró con amargura.

—¿Esperabas a otro? ¿Tal vez a Matthew? —Benjamin empezó a sangrar por un pequeño agujero en el cuello donde Ysabeau tenía metido su dedo. Aquella presión bastaba para inmovilizar a Benjamin donde estaba. De repente me invadió una ola de náuseas—. Está ocupado con otros asuntos. Phoebe, querida, baja a Diana con Gallowglass y Fernando. Ahora. —Sin apartar la mirada de su presa, Ysabeau señaló hacia mí con su mano libre.

—Vamos —murmuró Phoebe, tirando de mi brazo.

Ysabeau quitó el dedo del cuello de Benjamin con un *¡pop!* Él se lo cubrió con la mano.

—Esto no ha terminado, Ysabeau. Dile a Matthew que estaremos en contacto. Pronto.

—Huy, lo haré. —Ysabeau le miró con una gran sonrisa aterradora. Dio dos pasos hacia atrás, me cogió por el otro codo y me giró para ir hacia la salida.

—¿Diana? —dijo Benjamin.

Me detuve, pero no me volví.

—Espero que sean dos niñas.

—Que nadie hable hasta que lleguemos al coche. —Gallowglass soltó un silbido punzante—. Tía, el hechizo de camuflaje.

Podía notar que se había deshecho un poco, pero no tenía fuerzas para hacer nada al respecto. Las náuseas que me habían entrado arriba eran cada vez peores.

Leonard se detuvo con un frenazo chirriante a la entrada de Hertford College.

—Dudé. Igual que con Juliette. —Entonces casi le costó la vida a Matthew. Y hoy había sido Phoebe quien pagaba mi miedo.

—Cuidado con la cabeza —advirtió Gallowglass, metiéndome en el asiento trasero.

—Menos mal que hemos utilizado el coche cojonudo de Matthew —murmuró Leonard a Fernando mientras se sentaba en el asiento del copiloto—. ¿A casa?

—Sí —contesté yo.

—No —dijo Ysabeau en el mismo momento, apareciendo desde el otro lado del coche—. Al aeropuerto. Nos vamos a Sept-Tours. Gallowglass, llama a Baldwin.

—Yo no voy a Sept-Tours —dije. ¿A vivir bajo el control de Baldwin? Jamás.

—¿Y qué hay de Sarah? —preguntó Fernando.

—Dile a Amira que lleve a Sarah a Londres y nos encontraremos allí. —Ysabeau dio un golpecito a Leonard en el hombro—. Como no pises el acelerador de inmediato, no me hago responsable de mis actos.

—Ya estamos todos. ¡Vamos! —Gallowglass cerró la puerta del maletero en el mismo instante en que Leonard echó marcha atrás haciendo chirriar las ruedas, y por poco no se lleva por delante a un distinguido caballero en bicicleta.

—Maldita sea. No tengo carácter para el crimen —dijo Gallowglass resoplando ligeramente—. A ver el libro, tía.

—Diana no tiene el libro. —Las palabras de Ysabeau hicieron que Fernando se parara a media conversación para mirarnos.

—Entonces, ¿a qué tanta prisa? —preguntó Gallowglass.

—Nos hemos encontrado con el hijo de Matthew. —Phoebe se echó hacia delante y alzó la voz dirigiéndose al teléfono de Fernando—. Benjamin sabe que Diana está embarazada, Sarah. No estás a salvo, ni Amira tampoco. Salid de ahí. Ahora mismo.

—¿Benjamin? —El terror era inconfundible en la voz de Sarah.

Una enorme mano tiró de Phoebe hacia atrás y le giró la cara hacia un lado.

—Te ha mordido. —Gallowglass se puso pálido. Me cogió y estudió hasta el último centímetro de mi rostro y mi cuello—. Dios. ¿Por qué no pedisteis ayuda?

Gracias a la absoluta indiferencia de Leonard por las señales y las restricciones de tráfico, ya casi estábamos en la M40.

—Tenía a Phoebe. —Me hundí en el asiento, tratando de estabilizar mi estómago apretando a los gemelos con ambas manos.

—¿Dónde estaba la abuela? —preguntó Gallowglass.

—La abuela estaba escuchando cómo una espantosa mujer con una blusa color magenta me contaba las obras de la biblioteca mientras sesenta niños chillaban en el patio. —Ysabeau lanzó una mirada asesina a Gallowglass—. ¿Dónde estabas tú?

—Parad. Los dos. Todos estábamos exactamente donde se suponía que debíamos estar. —Como siempre, la voz de Phoebe era la única razonable—. Y todos hemos salido vivos. No perdamos la perspectiva.

Leonard cogió la M40 a toda velocidad en dirección a Heathrow.

Me puse la mano helada sobre la frente.

—Lo siento, Phoebe. —Apreté los labios al sentir el vaivén del coche—. No podía pensar.

—Es totalmente comprensible —dijo Phoebe con voz enérgica—. ¿Puedo hablar con Miriam?

—¿Miriam? —preguntó Fernando.

—Sí. Sé que no estoy infectada de rabia de sangre, porque no he ingerido la sangre de Benjamin. Pero me ha mordido y puede que ella quiera tomar una muestra de mi sangre para ver si su saliva me ha afectado.

Todos la miramos boquiabiertos.

—Más adelante —dijo Gallowglass secamente—. Ya nos preocuparemos de la ciencia y de ese maldito manuscrito más adelante.

El campo pasaba borroso por la ventana. Apoyé la cabeza contra el cristal deseando con todo mi corazón que Matthew estuviera conmigo, que el día hubiera acabado de manera distinta y que Benjamin no supiera que esperaba gemelos.

Según nos acercábamos al aeropuerto, sus últimas palabras, y la perspectiva que pintaban del futuro, volvieron para burlarse de mí.

«Espero que sean dos niñas».

—¡Diana! —La voz de Ysabeau interrumpió mi accidentado sueño—. Matthew o Baldwin. Elige. —Su tono era feroz—. Hay que decírselo a uno de los dos.

—A Matthew no. —Hice una mueca de dolor y me incorporé. Aquella maldita flecha seguía clavándoseme en el hombro—. Vendrá corriendo y no hay motivo para ello. Phoebe tiene razón. Estamos todos vivos.

Ysabeau blasfemó como un marinero y sacó su teléfono rojo. Antes de que nadie pudiera detenerla, estaba hablando con Baldwin en un francés acelerado. Solo entendí la mitad, pero a juzgar por su asombro, Phoebe captó algo más.

—Oh, Dios —dijo Gallowglass sacudiendo su greñuda cabellera.

—Baldwin quiere hablar contigo. —Ysabeau extendió el teléfono hacia mí.

—Tengo entendido que has visto a Benjamin. —Baldwin parecía tan sereno y centrado como Phoebe.

—Así es.

—¿Ha amenazado a los gemelos?

—Así es.

—Soy tu hermano, Diana, no tu enemigo —dijo Baldwin—. Ysabeau ha hecho bien en llamarme.

—Si tú lo dices —dije—. Sieur.

—¿Sabes dónde está Matthew? —preguntó Baldwin con tono inquisitivo.

—No. —Y no lo sabía, no exactamente—. ¿Y tú?

—Supongo que estará en algún lugar enterrando a Jack Blackfriars.

Un largo silencio siguió a sus palabras.

—Eres un auténtico cabrón, Baldwin de Clermont —solté con voz temblorosa.

—Jack era una víctima necesaria en una guerra peligrosa y mortal; una guerra que tú empezaste, por cierto. —Baldwin suspiró—. Ven a casa, hermana. Es una orden. Lámete las heridas y espérale. Es lo que todos hemos aprendido a hacer cuando Matthew se va a aplacar su conciencia culpable.

Colgó antes de que pudiera contestarle.

—Le odio. —Escupí cada palabra.

—Y yo —dijo Ysabeau, recuperando su teléfono.

—Baldwin tiene celos de Matthew. Eso es todo —comentó Phoebe. Esta vez, su racionalidad me irritó y sentí un arranque de poder recorriendo mi cuerpo.

—No me encuentro bien. —Mi ansiedad alcanzó su tope—. ¿Ocurre algo? ¿Nos sigue alguien?

Gallowglass me volvió la cara.

—Parece que tienes fiebre. ¿Cuánto queda para Londres?

—¿Londres? —preguntó Leonard—. Habíais dicho Heathrow. —Dio un volantazo para coger otra salida de la rotonda.

Mi estómago siguió por la misma ruta. Me dio una arcada e intenté contener el vómito. Pero no fui capaz.

—¿Diana? —dijo Ysabeau sosteniendo mi pelo y limpiándome la boca con su pañuelo de seda—. ¿Qué ocurre?

—Debo de haber comido algo que no me ha sentado bien —dije, conteniendo otra arcada—. Llevo varios días sintiéndome rara.

—¿En qué sentido rara? —preguntó Gallowglass nervioso—. Diana, ¿te duele la cabeza? ¿Te cuesta respirar? ¿Te duele el hombro?

Asentí, notando cómo me subía la bilis.

—Phoebe, tú has dicho que la has notado ansiosa, ¿no?

—Pues claro que estaba ansiosa —replicó Ysabeau. Vació el contenido de su bolso en el asiento y me lo puso debajo de la barbilla. No podía imaginarme vomitando en un bolso de Chanel, pero a esas alturas era bastante factible—. ¡Estaba a punto de enfrentarse a Benjamin!

—La ansiedad es uno de los síntomas de una enfermedad que no puedo pronunciar. Diana tenía folletos que hablaban de ella en New Haven. ¡Aguanta, tía! —Gallowglass parecía desesperado.

Me pregunté vagamente por qué parecía tan asustado y entonces vomité otra vez, directamente sobre el bolso de Ysabeau.

—¿Hamish? Necesitamos un médico. Un médico vampiro. Algo le ocurre a Diana.

Sol en Escorpio

Cuando el sol está en el signo de Escorpio, espera
muerte, miedo y veneno. Durante este peligroso tiempo,
habrás de tener cuidado con las serpientes y otras criaturas venenosas.
Escorpio rige la concepción y el alumbramiento
y los niños nacidos bajo este signo vendrán
bendecidos con muchos dones.

Libro de dichos anónimos ingleses, ca. 1590.
Gonçalves MS 4890, f. 9º

29

ónde está Matthew? Debería estar aquí —murmuró Fernando, apartando los ojos de Diana, que estaba sentada en la pequeña habitación soleada donde pasaba gran parte de su tiempo desde que le habían impuesto un estricto régimen de descanso.

Diana seguía dándole vueltas a lo ocurrido en la Bodleiana. No se perdonaba el haber permitido que Benjamin amenazara a Phoebe y haber dejado escapar al hijo de Matthew. Pero Fernando temía que esa no fuera la última vez que los nervios la traicionaran ante su enemigo.

—Diana está bien. —Gallowglass estaba apoyado en la pared del pasillo, enfrente de la puerta, con los brazos cruzados—. El médico lo ha dicho esta mañana. Además, Matthew no puede volver hasta que organice su nueva familia.

Gallowglass había sido su único enlace con Matthew durante semanas. Fernando soltó un improperio. Se abalanzó sobre Gallowglass presionando la boca contra su oreja y cogiéndole por la tráquea.

—No se lo has contado a Matthew —dijo Fernando, bajando la voz para que nadie en la casa pudiera oírle—. Tiene derecho a saber lo que ha ocurrido aquí, Gallowglass: lo de la magia, que hemos encontrado la página que faltaba *El libro de la vida,* que Benjamin ha aparecido, el problema de Diana... Todo.

—Si Matthew quisiera saber lo que le ocurre a su mujer, estaría aquí y no intentando meter en cintura a una manada de hijos tercos —contestó Gallowglass con la respiración entrecortada y agarrando la muñeca de Fernando.

—¿Y eso es lo crees porque tú te habrías quedado? —Fernando le soltó—. Estás más perdido que la luna en invierno. No importa dónde esté Matthew. Diana le pertenece. Nunca será tuya.

—Eso ya lo sé. —Los ojos azules de Gallowglass permanecían imperturbables.

—Puede que Matthew te mate por esto. —No había ni rastro de dramatismo en el tono de Fernando.

—Hay cosas peores a que me maten —dijo Gallowglass serenamente—. El médico ha dicho que nada de estrés o de lo contrario podrían morir los bebés. Y Diana también. Mientras me quede un aliento en el cuerpo, nadie les va hacer daño; ni el propio Matthew. Ese es mi cometido y lo hago bien.

—La próxima vez que vea a Philippe de Clermont (y estoy seguro de que estará calentándose los pies junto a la hoguera del diablo) tendrá que responder ante mí por ordenarte tal cosa. —Fernando sabía que a Philippe le gustaba decidir por los demás. Pero en este caso, debería haberlo hecho de otro modo.

—Lo hubiera hecho de todas formas. —Gallowglass se apartó—. No parece que tenga elección.

—Siempre tienes elección. Y mereces una oportunidad de ser feliz. —Tenía que haber alguna mujer ahí fuera para Gallowglass, pensó Fernando, alguien que le hiciera olvidar a Diana Bishop.

—Ah, ¿sí? —La expresión de Gallowglass se tornó melancólica.

—Sí, y Diana también tiene derecho a ser feliz. —Las palabras de Fernando eran deliberadamente directas—. Ya llevan suficiente tiempo separados. Es hora de que Matthew vuelva a casa.

—No, a menos que tenga su rabia de sangre bajo control. El estar separado de Diana durante tanto tiempo le habrá desestabilizado bastante. Si Matthew se entera de que el embarazo está poniendo su vida en peligro, Dios sabe lo que hará. —Gallowglass respondió a Fernando con la misma franqueza—. Baldwin tiene razón. El mayor peligro al que nos enfrentamos no es Benjamin, ni tampoco la Congregación: es Matthew. Mejor tener cincuenta enemigos a la puerta que uno dentro de casa.

—¿Así que Matthew ahora es nuestro enemigo? —dijo Fernando en un susurro—. ¿Y dices que es él quien ha perdido el juicio?

Gallowglass no contestó.

—Gallowglass, si sabes lo que te conviene, te irás de esta casa en cuanto Matthew vuelva. Vayas donde vayas, y puede que el fin del mundo no sea suficiente para alejarte de su ira, te recomiendo que pases algo de tiempo arrodillado y rogándole a Dios que te proteja.

El Domino Club en Royal Street no había cambiado mucho desde que Matthew atravesara sus puertas por primera vez hacía casi dos siglos. La fachada de tres pisos, las paredes grises y las esbeltas molduras pintadas de blanco y negro seguían igual, y la altura de las ventanas arqueadas del piso inferior sugería una apertura al mundo exterior que se contradecía con las pesadas persianas que por el momento seguían cerradas. Cuando las abrían de par en par a las cinco en punto, el público general era bienvenido a un precioso y refinado bar donde se podía escuchar música en directo a cargo de distintos artistas locales.

Pero Matthew no había venido por la música. Sus ojos se clavaron en la barandilla decorada del balcón del segundo piso que creaba un voladizo protegiendo a los peatones. Aquella planta y la de encima eran de uso restringido para los socios. Una parte importante de los socios del Domino Club se habían inscrito cuando se fundó en 1839, dos años antes de que abriera sus puertas el Boston Club, oficialmente el club más antiguo de Nueva Orleans. El resto había sido cuidadosamente seleccionado en base a su apariencia, su educación y su capacidad para perder grandes cantidades de dinero en las mesas de juego.

Ransome Fayrweather, primogénito de Marcus y propietario del club, estaría en su despacho de la segunda planta, que daba a la esquina. Matthew empujó la puerta negra y entró en el bar oscuro y fresco. El lugar olía a *bourbon* y feromonas, el cóctel más habitual en la ciudad. Los tacones de sus zapatos rechinaron sobre el suelo ajedrezado de mármol.

Eran las cuatro de la tarde y en el local solo estarían Ransome y sus empleados.

—¿Señor Clairmont? —preguntó el vampiro como si hubiera visto un fantasma, dando un paso hacia la caja registradora. Una simple mirada de Matthew le dejó paralizado.

—Estoy aquí para ver a Ransome. —Matthew caminó con paso decidido hacia las escaleras. Nadie le detuvo.

La puerta de Ransome estaba cerrada y Matthew la abrió sin llamar.

Un hombre estaba sentado de espaldas a la puerta y con los pies apoyados sobre el alféizar de la ventana. Llevaba un traje negro y su pelo era del mismo marrón oscuro que la madera de caoba de la silla que le sostenía.

—Bueno, bueno. El abuelo está en casa —espetó Ransome arrastrando las palabras con un toque de sentimentalismo. Sin volverse a mirar a su visita, siguió jugueteando con una desgastada ficha de dominó de ébano y marfil que tenía entre sus pálidos dedos—. ¿Qué te trae por Royal Street?

—Tengo entendido que quieres arreglar cuentas. —Matthew tomó asiento, dejando el pesado escritorio entre su nieto y él.

Ransome se volvió lentamente. Sus ojos destacaban como frías esquirlas de cristal verde en un rostro por lo demás relajado y apuesto. Pero entonces cerraba sus pesados párpados y toda aquella sensación cortante desaparecía sugiriendo una somnolencia sensual que Matthew sabía que no era más que una fachada.

—Como sabes, he venido a meterte en cintura. Tus hermanos y tu hermana han accedido a apoyarme, a mí y a un nuevo vástago. —Matthew se reclinó en la silla—. Eres el último que se resiste, Ransome.

El resto de hijos de Marcus se habían dejado someter rápidamente. Cuando Matthew les dijo que llevaban el marcador genético de la rabia de sangre, al principio se mostraron aturdidos y luego furiosos. Después vino el miedo. Habían aprendido lo suficiente de derecho vampírico como para saber que su linaje les hacía vulnerables, que si cualquier otro vampiro se enteraba de su condición, podían enfrentarse a una muerte inmediata. Los hijos de Marcus necesitaban a Matthew tanto como él les necesitaba a ellos. Sin él, no sobrevivirían.

—Yo tengo mejor memoria que ellos —dijo Ransome. Abrió el cajón de su escritorio y sacó un viejo libro de contabilidad.

Cada día que pasaba lejos de Diana, el carácter de Matthew se agriaba más y aumentaba su propensión a la violencia. Era de vital importancia tener a alguien como Ransome de su lado. Y sin embargo, en aquel instante solo quería estrangular a su nieto. Aquel proceso de confesar y pedir perdón había tardado más de lo que esperaba y le estaba manteniendo alejado de donde debería estar.

—No tuve otra opción que matarlos, Ransome. —A Matthew le costaba mantener la voz serena—. Baldwin aún prefiere que mate a Jack a exponerse a la posibilidad de que se descubra nuestro secreto. Pero Marcus me convenció de que había otras opciones.

—Marcus ya te lo dijo la última vez. Pero aún así nos sacrificaste, uno por uno. ¿Qué es lo que ha cambiado? —preguntó Ransome.

—Yo.

—Nunca intentes timar al timador, Matthew —advirtió Ransome, arrastrando de nuevo las palabras—. Aún tienes esa mirada que advierte a las criaturas de que no deben enfadarte. Si la hubieras perdido, tu cuerpo yacería ahora mismo en mi vestíbulo. El camarero de la barra tenía orden de dispararte en cuanto te viera.

—Para darle algo de crédito, la verdad es que intentó coger la escopeta junto a la caja registradora. —Matthew no apartaba la mirada del rostro de Ransome—. La próxima vez dile que se saque el cuchillo del cinturón.

—Me aseguraré de trasladarle tu consejo. —Ransome dejó de juguetear con la ficha, que quedó entre sus dedos corazón y anular—. ¿Qué le ocurrió a Juliette Durand?

A Matthew le empezó a palpitar el músculo de la barbilla. La última vez que estuvo en la ciudad, Juliette Durand le acompañaba. Cuando abandonaron Nueva Orleans, la escandalosa familia de Marcus era significativamente más pequeña. Juliette era la criatura de Gerbert y quería demostrar su valía justo cuando Matthew empezaba a cansarse de ser quien solucionaba los problemas de la familia De Clermont. Al final, ella eliminó más vampiros en Nueva Orleans que el propio Matthew.

—La mató mi mujer. —Matthew no entró en detalles.

—Parece que has dado con una buena mujer —dijo Ransome, abriendo el libro de contabilidad con un golpe seco. Le quitó la tapa a un bolígrafo, cuya punta parecía haber sido mordisqueada por algún animal salvaje—. ¿Te apetece jugar a un juego de azar conmigo, Matthew?

Los ojos fríos de Matthew se encontraron con la mirada verde y más clara de Ransome. Matthew tenía las pupilas cada vez más dilatadas. Ransome ahuecó un labio dibujando una sonrisa despectiva.

—¿Tienes miedo? —preguntó Ransome—. ¿De mí? Me halagas.

—Que juegue o no depende de lo que apostemos.

—Mi juramento de lealtad a ti —contestó Ransome con una sonrisa astuta.

—¿Y si pierdo? —Matthew arrastró las palabras sin sentimentalismos, pero con el mismo efecto apabullante.

—Ahí es donde entra el azar. —Ransome lanzó al aire la ficha de dominó.

Matthew la cogió al vuelo.

—Acepto tu apuesta.

—Aún no sabes a qué jugamos —dijo Ransome.

Matthew le miró impasible.

El labio superior de Ransome volvió a arquearse hacia arriba.

—Si no fueras tan cabrón, podías acabar cayéndome bien —dijo.

—Lo mismo te digo —contestó Matthew con frialdad—. ¿El juego?

Ransome se acercó el libro de contabilidad.

—Si eres capaz de nombrar a todos los hermanos, sobrinos e hijos míos que mataste en Nueva Orleans hace tantos años (y al resto de vampiros que liquidaste en la ciudad de paso), me uniré a los demás.

Matthew se quedó observando a su nieto.

—¿Desearías haber preguntado cuáles eran las condiciones antes? —dijo Ransome.

—Malachi Smith. Crispin Jones. Suzette Boudrot. Claude le Breton. —Matthew hizo una pausa mientras Ransome buscaba los nombres en el libro.

—Deberías haberlos guardado en orden cronológico en lugar de alfabético. Así es como yo me acuerdo de ellos.

Ransome levantó la mirada sorprendido. La sonrisa de Matthew era sutil y lobuna, la clase de sonrisa que hace al zorro huir despavorido.

Matthew seguía recitando nombres mucho después de que las puertas del bar abrieran en el piso de abajo. Terminó justo a tiempo para ver cómo llegaban los primeros jugadores, a las nueve de la noche. Para entonces Ransome ya se había bebido casi un litro de *bourbon*. Matthew aún disfrutaba lentamente de su Château Lafite de 1775, el vino que le había regalado a Marcus en 1789, cuando la Constitución entró en vigor. Ransome lo había estado guardando para su padre desde que abrió el Domino Club.

—Creo que esto arregla las cosas, Ransome. —Matthew se puso en pie y colocó la ficha sobre la mesa.

Ransome parecía aturdido.

—¿Cómo puedes acordarte de todos ellos?

—¿Cómo podría olvidarlos? —Matthew apuró su copa de vino—. Tienes potencial, Ransome. Estoy deseando hacer negocios contigo en el futuro. Gracias por el vino.

—Hijo de puta —dijo Ransome entre dientes mientras veía salir al señor de su clan.

El cansancio calaba a Matthew hasta los huesos, y cuando llegó de vuelta al Garden District se sentía capaz de matar. Había vuelto caminando desde el barrio francés, con la esperanza de quemar algo de la sobredosis de emociones. La interminable lista de nombres había removido demasiados recuerdos dentro de él, ninguno de ellos agradable, dejando a su estela un sentimiento de culpabilidad.

Sacó su teléfono, esperando que Diana le hubiera enviado alguna foto. Hasta ahora, aquellas imágenes habían sido su tabla de salvación. A pesar de que le enfureció saber que su mujer estaba en Londres y no en Sept-Tours, a lo largo de las últimas semanas había vivido momentos en los que lo único que lo mantenía cuerdo eran aquellos destellos de la vida de Diana.

—Hola, Matthew. —Se sorprendió al ver a Fernando sentado esperándole en los escalones de la casa de Marcus. Chris Roberts estaba sentado cerca de él.

—¿Diana? —Su pregunta sonó mitad aullido, mitad acusación; en cualquier caso, absolutamente aterradora. La puerta se abrió detrás de Fernando.

—¿Fernando? ¿Chris? —Marcus parecía sorprendido—. ¿Qué estáis haciendo aquí?

—Esperar a Matthew —contestó Fernando.

—Entrad. Todos. —Matthew les hizo un gesto apremiante—. La señora Davenport está mirando. —Sus vecinos eran viejos, holgazanes y cotillas.

Pero Matthew ya estaba lejos de cualquier razonamiento. Casi había llegado a ese punto varias veces, pero la inesperada aparición de Fernando y Chris lo había precipitado. Ahora que Marcus sabía que su padre tenía rabia de sangre, entendía por qué siempre se iba —solo— para recuperarse cuando alcanzaba aquel estado.

—¿Quién está con ella? —La voz de Matthew sonó como el disparo de un mosquete: primero un aviso rasposo, seguido de una detonación clara.

—Supongo que Ysabeau —dijo Marcus—. Y Phoebe. Y Sarah. Y Gallowglass, por supuesto.

—No te olvides de Leonard —dijo Jack, que apareció detrás de Marcus—. Es mi mejor amigo, Matthew. Leonard nunca permitiría que le pasara nada a Diana.

—¿Ves, Matthew? Diana está bien. —Marcus ya sabía por Ransome que Matthew había ido a Royal Street y que había logrado zanjar la cuestión de la solidaridad familiar. Dado el éxito, Marcus no podía comprender por qué Matthew estaba tan de mal humor.

Matthew movió su brazo con una velocidad y una fuerza capaces de pulverizar los huesos de un ser humano. Pero en lugar de elegir un objetivo blando, golpeó su mano contra una de las columnas jónicas blancas que sostenían la galería superior de la casa. Jack le agarró el otro brazo.

—Si esto sigue así, voy a tener que mudarme otra vez al Marigny —dijo Marcus suavemente, observando el hueco del tamaño de una bola de cañón que había quedado junto a la puerta de entrada.

—Suéltame —dijo Matthew. Jack dejó caer su mano y Matthew subió rápidamente los escalones y atravesó el largo vestíbulo hacia la parte trasera de la casa. Se oyó un portazo a lo lejos.

—Bueno, ha ido mejor de lo que esperábamos. —Fernando se puso de pie.

—Está peor desde que mi ma... —Jack se mordió el labio y evitó la mirada de Marcus.

—Tú debes de ser Jack —dijo Fernando. Hizo una reverencia, como si Jack fuera miembro de la realeza en lugar de un pobre huérfano con una enfermedad mortal—. Es un honor conocerte. Madame, tu madre, habla a menudo de ti, y con gran orgullo.

—No es mi madre —dijo Jack a la velocidad de un rayo—. Ha sido un error.

—No es ningún error —dijo Fernando—. Diga lo que diga la sangre, yo siempre he preferido lo que cuenta el corazón.

—¿Has dicho «madame»? —dijo Marcus conteniendo la respiración y con voz rara. No imaginaba que Fernando pudiera hacer algo tan generoso y sin embargo...

—Sí, milord. —Fernando volvió a inclinarse.

—¿Por qué se inclina ante ti? —susurró Jack a Marcus—. ¿Y quién es «milord»?

—Marcus es «milord» porque es uno de los hijos de Matthew —explicó Fernando—. Y me inclino ante ambos, porque así es como los familiares que no son de su misma sangre tratan a los que sí lo son: con respeto y gratitud.

—Gracias a Dios. Estás con nosotros. —Marcus soltó el aire que retenía en los pulmones con un suspiro de alivio.

—Espero que tengáis suficiente *bourbon* en esta casa para tragar todas estas sandeces —dijo Chris—. «Milord»..., ¡anda ya! Yo no me inclino ante nadie.

—Tomo nota —dijo Marcus—. ¿Qué os trae por Nueva Orleans?

—Me manda Miriam —explicó Chris—. Tengo los resultados de unas pruebas para Matthew y no quería enviárselos por correo electrónico. Además, Fernando no sabía cómo encontrar a Matthew. Menos mal que Jack y yo nos hemos mantenido en contacto. —Sonrió al joven y Jack le devolvió la sonrisa.

—Y yo estoy aquí para salvar a tu padre de sí mismo —dijo Fernando inclinándose de nuevo, esta vez con una pizca de burla—. Con su permiso, milord.

—Con mucho gusto —dijo Marcus, entrando en la casa—. Pero si vuelves a llamarme milord o me haces otra reverencia, te lanzo al pantano. Y Chris me ayudará.

—Os enseñaré dónde está Matthew —dijo Jack, deseando volver junto a su ídolo.

—¿Y yo? Tenemos que ponernos al día —dijo Chris, cogiéndole por el brazo—. ¿Has estado dibujando, Jack?

—Tengo el cuaderno arriba... —Jack lanzó una mirada de preocupación hacia el jardín de atrás—. Matthew no se encuentra bien. Nunca se separa de mí cuando estoy así. Debería...

Fernando puso sus manos sobre los hombros tensos del muchacho.

—Me recuerdas a Matthew, cuando era un joven vampiro. —A Fernando le dolía verlo, pero así era.

—Ah, ¿sí? —Jack parecía impresionado.

—Sí. La misma compasión. Y el mismo coraje. —Fernando miró a Jack con aire pensativo—. Y tienes esa misma esperanza de que, si llevas la carga de los demás sobre tus hombros, te querrán a pesar de la enfermedad que corre por tus venas.

Jack dejó caer la vista al suelo.

—¿Te ha contado Matthew que su hermano Hugh era mi pareja? —preguntó Fernando.

—No —murmuró Jack.

—Hace mucho tiempo, Hugh le dijo algo muy importante a Matthew. Estoy aquí para recordárselo. —Fernando esperó a que Jack volviera a mirarle.

—¿De qué se trata? —preguntó Jack, incapaz de ocultar su curiosidad.

—Si amas de verdad a alguien, entonces amarás lo que más desprecia de sí mismo. —Fernando hizo más grave el tono de voz—: La próxima vez que Matthew lo olvide, recuérdaselo. Y si lo olvidas tú, te lo recordaré. Una vez. A partir de ahí le diré a Diana que te estás recreando en el odio hacía ti mismo. Y tu madre es mucho menos indulgente que yo.

Fernando encontró a Matthew en el estrecho jardín de atrás, refugiado bajo un pequeño cenador. La lluvia que llevaba toda la tarde amenazando había empezado a caer. Estaba extrañamente embebido en su teléfono móvil. Casi cada minuto, movía el pulgar, se quedaba mirando la pantalla atentamente y luego volvía a mover el pulgar.

—Estás igual que Diana, todo el día mirando el teléfono y sin mandar un solo mensaje. —La risa de Fernando se interrumpió de súbito—. Eres tú. Has estado en contacto con ella todo este tiempo.

—Solo fotos. Nada de palabras. No me fío de mí mismo, ni de la Congregación, con las palabras. —Matthew volvió a mover el pulgar.

Fernando había oído cómo Diana decía a Sarah: «No he recibido ni una sola palabra de Matthew». Literalmente, la bruja no mintió, y así se había asegurado de que la familia no averiguara su secreto. Además, mientras solo le enviara fotos, sería difícil que Matthew supiera lo mal que habían ido las cosas en Oxford.

Matthew tenía la respiración entrecortada. Trató de equilibrarla con evidente esfuerzo. Y volvió a mover el pulgar.

—Hazlo una sola vez más y te lo rompo. Y no me refiero al teléfono.

El sonido que salió de Matthew fue más un ladrido que una risa, como si la parte humana en él se hubiera rendido ante el lobo.

—¿Qué crees que hubiera hecho Hugh con un móvil? —Matthew meció el teléfono entre sus manos como si fuera el último y precioso vínculo con el mundo que había fuera de su mente atormentada.

—No mucho. Para empezar, Hugh se olvidaría de cargarlo. Amaba a tu hermano con todo mi corazón, Matthew, pero era un desastre para la vida diaria.

Esta vez la risa de Matthew se pareció menos al sonido de un animal salvaje.

—Me parece que hacer de patriarca está resultando más difícil de lo que esperabas… —Fernando no envidiaba el papel de Matthew de tener que reivindicar su liderazgo sobre aquella manada.

—La verdad es que no. Los hijos de Marcus siguen odiándome y están en su derecho. —Los dedos de Matthew se cerraron sobre el teléfono, aunque sus ojos seguían clavados en la pantalla como los de un adicto—. Acabo de ver al último. Ransome me ha hecho dar cuenta de todas las muertes de vampiros que provoqué en Nueva Orleans, incluso aquellas que no tuvieron nada que ver con purgar la ciudad de rabia de sangre.

—Entonces habréis estado un buen rato —murmuró Fernando.

—Cinco horas. Ransome se ha sorprendido de que me acordara de todos sus nombres —dijo Matthew.

A Fernando no le sorprendía.

—Ya he conseguido que todos los hijos de Marcus accedan a apoyarme y formar parte del vástago, pero no pondría a prueba su devoción —prosiguió Matthew—. La mía es una familia construida sobre el miedo: miedo de Benjamin, de la Congregación, de otros vampiros, hasta de mí. No se basa en el amor ni en el respeto.

—El miedo arraiga fácilmente. El amor y el respeto tardan más tiempo —observó Fernando.

El silencio se alargó, haciéndose de plomo.

—¿No quieres preguntarme sobre tu esposa?

—No. —Matthew miró un hacha clavada sobre un grueso tocón. Había montones de leños cortados alrededor. Se levantó y cogió otro tronco—. No hasta que esté lo suficientemente bien como para ir a verla personalmente. No podría soportarlo, Fernando. No poder abrazarla, no ver cómo crecen nuestros hijos dentro de ella ni saber si ella está bien ha sido...

Fernando esperó a que el hacha golpeara la madera para alentar a Matthew a que continuara.

—¿Cómo ha sido, *Mateus*?

Matthew sacó el hacha del tronco. Y volvió a blandirla.

De no haber sido un vampiro, Fernando no habría oído su respuesta.

—Como si me arrancaran el corazón. —La cabeza del hacha de Matthew atravesó la madera con un poderoso chasquido—. Cada minuto de cada día.

Fernando le dio a Matthew cuarenta y ocho horas para recuperarse de la dura experiencia con Ransome. No era fácil confesar los pecados del pasado y Matthew era especialmente propenso a darle vueltas a las cosas.

Mientras tanto aprovechó el tiempo para presentarse a los hijos y los nietos de Marcus. Se aseguró de que entendieran las reglas de la familia y quién castigaría a los que las desobedecieran, pues se había designado a sí mismo ejecutor de Matthew —en toda la extensión de la palabra—. Aquello dejó bastante sumisa a la rama de la familia Bishop-Clairmont en Nueva Orleans y Fernando pensó que había llegado el momento de que Matthew volviera a casa. Estaba cada vez más preocupado por Diana, pues, aunque Ysabeau decía que seguía igual en términos médicos, Sarah todavía estaba intranquila. No paraba de decirle que algo no iba bien, y creía que solo Matthew podría arreglarlo.

Fernando encontró a Matthew en el jardín, donde solía estar siempre, con los ojos negros como el carbón y claramente furioso. Seguía atenazado por la rabia de sangre. Por desgracia, no había más leña que cortar en toda la comunidad de Orleans.

—Toma. —Fernando soltó una bolsa a los pies de Matthew.

Dentro de la bolsa, Matthew vio su pequeña hacha y un cincel, barrenos de varios tamaños con el mango en forma de T, una sierra de arco y dos de sus garlopas preferidas. Alain había envuelto las garlopas cuidadosamente con tela engrasada para protegerlas durante sus viajes. Matthew miró fijamente sus usadas herramientas y luego sus manos.

—Esas manos no siempre han hecho trabajos sangrientos —comentó Fernando—. Recuerdo cuando curaban, creaban y hacían música.

Matthew le miró, mudo.

—¿Las vas a hacer de patas rectas o con la base curva para que podáis mecerlos? —preguntó Fernando iniciando una conversación.

Matthew frunció el ceño.

—¿Hacer qué?

—Las cunas. Para los gemelos. —Fernando dejó que Matthew asimilara sus palabras—. Creo que roble sería lo mejor, es más robusto y fuerte, pero Marcus dice que el cerezo es más tradicional en América. Tal vez le guste más a Diana.

Matthew cogió su cincel. El mango desgastado ocupaba la palma de su mano.

—Serbal. Las haré de serbal para protegerlos.

Fernando le estrujó el hombro con la mano en un gesto de aprobación y se marchó.

Matthew volvió a dejar el cincel en la bolsa. Sacó su móvil y, tras un momento de duda, hizo una foto. Y esperó.

La respuesta de Diana fue rápida y le inundó los huesos de anhelo. Su esposa estaba dándose un baño. Reconocía las curvas de la bañera de cobre en la casa de Mayfair. Pero aquellas no eran las curvas que le interesaban.

Su mujer, su astuta y traviesa mujer, se había colocado el teléfono sobre el esternón y se había hecho una foto desnuda. Lo único que se veía era su tripa, con la piel tirante hasta límites imposibles, y los dedos de sus pies apoyados en el borde de la bañera,

Si se concentraba, Matthew podía oler su fragancia saliendo del agua caliente, sentir la seda de su cabello entre los dedos y trazar las líneas largas y fuertes de su muslo y su hombro. Dios, cómo la echaba de menos…

—Fernando dice que necesitas madera. —Marcus estaba delante de él, mirándole con el ceño fruncido.

Matthew apartó los ojos del teléfono. Solo Diana podía darle lo que necesitaba.

—También ha dicho que si alguien osa despertarle en las próximas cuarenta y ocho horas, lo pagará con creces —dijo Marcus, mirando los montones de troncos cortados. Estaba claro que no les faltaría leña para el invierno—. Ya sabes cómo le gustan los desafíos a Ransome (por no hablar de cabrear al mismísimo diablo), así que imaginarás cuál ha sido su respuesta.

—Cuéntame —dijo Matthew soltando una risilla seca. No se reía desde hacía algún tiempo, así que el sonido salió algo oxidado y crudo.

—Ransome ya ha llamado a la Krewe of Muses*. Creo que tendremos a la Banda del Distrito Nueve aquí antes de la cena. Sean o no vampiros, está claro que despertarán a Fernando. —Marcus se fijó en la bolsa de cuero de su padre—. ¿Por fin vas a enseñar a Jack a tallar? —El chico había estado rogándoselo desde que llegaron.

Matthew negó con la cabeza.

—Pero tal vez le apetezca ayudarme a fabricar las cunas.

Matthew y Jack estuvieron una semana trabajando en las cunas. Con cada corte de la madera, cada cola de milano tallada a la perfección para encajar las piezas, cada pasada con la garlopa, se atenuaba la rabia de sangre de Matthew. Fabricar un regalo para Diana le hacía sentirse conectado con ella otra vez y empezó a hablar de los niños y de sus esperanzas.

Jack era buen alumno y sus habilidades artísticas resultaron útiles a la hora de tallar diseños decorativos en las cunas. Mientras trabajaban, Jack le preguntó acerca de su infancia y cómo conoció a Diana en la Bodleiana. Nadie habría osado hacerle una pregunta tan directa y personal, pero las reglas eran siempre distintas cuando se trataba de Jack.

---

* Orquesta femenina de Nueva Orleans, cuyo nombre rinde homenaje a las musas, que desfila en el festival de Mardi Gras desde 2001. *(N. de la T.).*

Una vez acabadas, las cunas eran verdaderas obras de arte. Matthew y Jack las envolvieron con sumo cuidado en mantas para protegerlas en el viaje a Londres.

Terminadas las cunas y cuando ya estaban listos para partir, Fernando decidió que había llegado el momento de hablar a Matthew del estado de Diana.

La respuesta de Matthew fue exactamente la esperada. Primero se quedó paralizado y mudo. Y luego se lanzó a la acción.

—Llama al piloto por teléfono. No voy a esperar un día más. Quiero estar en Londres por la mañana —dijo Matthew con tono entrecortado y preciso—. ¡Marcus!

—¿Qué ocurre? —dijo Marcus.

—Diana no está bien. —Matthew miró ferozmente a Fernando—. Deberíais haberme informado.

—Creía que ya lo habían hecho. —No hizo falta que Fernando dijera nada más. Matthew sabía quién se lo había ocultado. Y Fernando sospechaba que también sabía por qué.

El rostro habitualmente elocuente de Matthew se petrificó, y sus ojos vivos se tornaron inexpresivos.

—¿Qué ha pasado? —preguntó Marcus. Le dijo a Jack que fuera a buscar su maletín de médico e hizo llamar a Ransome.

—Diana encontró la página que faltaba del Ashmole 782. —Fernando puso sus manos sobre los hombros de Matthew—. Eso no es todo. Vio a Benjamin en la Biblioteca Bodleiana. Sabe lo de su embarazo. Y atacó a Phoebe.

—¿A Phoebe? —exclamó Matthew, turbado—. ¿Está bien?

—¿Benjamin? —Jack aspiró bruscamente.

—Phoebe está bien. Y Benjamin ha desaparecido sin dejar rastro —prosiguió Fernando tranquilizándoles—. En cuanto a Diana, Hamish hizo llamar a Edward Garrett y a Jane Sharp. Ellos se están ocupando de su caso.

—Son de los mejores médicos de la ciudad, Matthew —dijo Marcus—. Diana no podría estar en mejores manos.

—Lo estará —dijo Matthew, cogiendo una de las cunas y saliendo por la puerta—. Cuando esté en las mías.

30

N o debería darte más problema —le dije a la joven bruja que tenía enfrente. Había venido por recomendación de Linda Crosby para ver si yo podía averiguar por qué su hechizo protector no era eficaz.

Desde mi despacho en Clairmont House, me había convertido en la experta más importante en diagnósticos mágicos de Londres y escuchaba relatos de exorcismos fallidos, hechizos caducados y magia elemental descontrolada, y ayudaba a los brujos a encontrar remedios. En cuanto Amanda lanzó su hechizo delante de mí, supe cuál era el problema: cuando recitaba las palabras, los hilos azules y verdes a su alrededor se enredaban con una hebra roja que tiraba de los nudos de seis cruces en el centro del hechizo. La gramaria se había enmarañado, enturbiando las intenciones del hechizo, y en vez de proteger a Amanda se había convertido en el equivalente mágico de un chihuahua cabreado que gruñía e intentaba morder a todo lo que se le acercaba.

—Hola, Amanda —saludó Sarah asomando la cabeza para ver cómo íbamos—. ¿Has conseguido lo que necesitabas?

—Diana ha estado genial, gracias —dijo Amanda.

—Fantástico. Déjame que te acompañe a la puerta —se ofreció Sarah.

Me recliné sobre las almohadas, triste porque se fuera Amanda. Desde que los médicos de Harley Street me habían mandado reposo absoluto, recibía pocas visitas.

La buena noticia era que no tenía preeclampsia. Al menos no como se suele desarrollar en las mujeres de sangre caliente. No tenía proteínas en la orina y de hecho la presión arterial estaba por debajo de lo normal. Eso sí, la inflamación, las náuseas y el dolor en el hombro eran síntomas que no estaban dispuestos a pasar por alto ni el jovial doctor Garrett ni su colega la doctora Sharp, especialmente después de que Ysabeau les dijera que era la pareja de Matthew Clairmont.

La mala noticia era que me habían mandando un reposo absoluto algo modificado de todas formas, y por ello tendría que estar en cama hasta que nacieran los gemelos, lo cual la doctora Sharp esperaba que no ocurriera al menos antes de cuatro semanas, aunque su mirada de preocupación me hacía pensar que esa era una proyección bastante optimista. Tenía permitido hacer estiramientos suaves bajo la supervisión de Amira y darme dos paseos diarios de diez minutos por el jardín. Las escaleras, estar de pie y levantar peso estaban terminantemente prohibidos.

Mi teléfono vibró en la mesilla de noche. Lo cogí con la esperanza de que fuera un mensaje de Matthew.

Al abrirlo vi una foto de la entrada de Clairmont House.

En ese momento me di cuenta del silencio que reinaba, solo roto por el tictac de los muchos relojes de la casa.

El chirrido de la puerta de entrada y el suave roce de la madera contra el mármol rompieron el silencio. Sin pararme a pensar me puse de pie y empecé a balancearme sobre unas piernas que se habían debilitado durante mi inactividad forzosa.

Y de repente, Matthew estaba allí.

Lo único que fuimos capaces de hacer en los primeros momentos fue empaparnos de la imagen del otro. Matthew tenía el pelo algo enmarañado y ondulado por el aire húmedo de Londres, y llevaba un suéter gris y vaqueros negros. Las sutiles arrugas bajo sus ojos revelaban la tensión a la que había estado sometido.

Avanzó tambaleándose hacia mí. Quería saltar y correr hacia él, pero algo en su expresión me retenía pegada al suelo.

Cuando por fin me alcanzó, acunó mi cuello entre las yemas de sus dedos y me miró a los ojos. Acarició mis labios con el dedo pulgar, haciendo que la sangre volviera a la superficie. Noté pequeños cambios en él: la tensión en su mandíbula, la inusual tirantez en su boca, la expresión decaída por tener los párpados más bajos.

Mis labios se entreabrieron al sentir que volvía a pasar el pulgar por mi boca despertando una sensación de hormigueo.

—Te he echado de menos, *mon coeur* —dijo Matthew, con voz áspera. Se acercó a mí con la misma decisión con la que había cruzado la habitación. Y me besó.

La cabeza empezó a darme vueltas. Él estaba aquí. Mis manos agarraron su suéter, como si así no pudiera volver a desaparecer. Un ruido áspero en el fondo de su garganta que casi sonaba como un gruñido me detuvo cuando estaba a punto de levantarme para responder a su beso. Matthew movió la mano que tenía libre por mi espalda, luego mi cadera y se detuvo en mi tripa. Uno de los bebés dio una patada dura y resentida. Él sonrió con los labios aún pegados a los míos, posando el dedo con el que me había acariciado la boca sobre mi pulso con suavidad. Entonces se puso a mirar los libros, las flores y la fruta.

—Estoy perfectamente. Solo tuve un poco de náuseas y dolor en el hombro, nada más —dije rápidamente. Pero su formación médica dispararía su mente hacia todo tipo de diagnósticos horribles—. Mi presión arterial está bien y los bebés también.

—Fernando me lo contó. Siento no haber estado aquí —murmuró, frotando los músculos tensos de mi cuello con sus dedos. Por primera vez desde New Haven, me permití relajarme.

—Yo también te he echado de menos. —Mi corazón estaba demasiado lleno como para decir nada más.

Pero Matthew no quería más palabras. Antes de darme cuenta, estaba meciéndome en sus brazos, con los pies colgando.

Una vez en nuestra habitación, Matthew me recostó en el entorno frondoso de la cama donde habíamos dormido hacía tantas vidas, cuando estábamos en Blackfriars. Me desvistió poco a poco, examinando cada centímetro de mi piel desnuda como si de repente le permitiera ver algo extraño y precioso. Permaneció en el más absoluto silencio mientras lo hacía, dejando que sus ojos y la suavidad de su tacto hablaran por él.

A lo largo de las horas que siguieron, Matthew me recuperó y sus dedos borraron hasta el último rastro de las otras criaturas con las que había estado en contacto desde que se marchó. En algún momento me dejó que le desvistiera y su cuerpo respondió al mío a una velocidad gratificante. Sin embargo, la doctora Sharp había sido tajante con respecto al peligro asociado a cualquier contracción de los músculos de mi útero. No debía permitirme liberar ninguna tensión sexual, pero el hecho de que yo no pudiera satisfacer las necesidades de mi cuerpo tampoco significaba que Matthew no pudiera hacerlo. Cuando estiré la mano para acariciarle, me detuvo y me besó profundamente.

«Juntos», dijo Matthew sin articular una sola palabra. «O juntos o nada».

—Fernando, no me digas que no puedes encontrarle —dijo Matthew, sin tratar de parecer razonable. Estaba en la cocina de Clairmont House, haciendo huevos revueltos y tostadas. Diana seguía arriba, ajena a la conversación que tenía lugar en el piso de abajo.

—Sigo pensando que deberíamos preguntárselo a Jack —dijo Fernando—. Al menos nos ayudaría a descartar posibilidades.

—No quiero involucrarle. —Matthew se volvió hacia Marcus—. ¿Está bien Phoebe?

—Estuvo demasiado cerca, Matthew —dijo Marcus con tristeza—. Sé que no apruebas que Phoebe se convierta en vampiro, pero…

—Tienes mi bendición —dijo Matthew interrumpiéndole—. Pero elige a alguien que lo haga como es debido.

—Gracias. Ya lo he hecho. —Marcus vaciló un instante antes de seguir—. Jack ha estado diciendo que le gustaría venir a ver a Diana.

—Mándale esta tarde. —Matthew pasó los huevos a un plato—. Dile que traiga las cunas. Sobre las siete. Le estaré esperando.

—Se lo diré —aseguró Marcus—. ¿Alguna otra cosa?

—Sí —dijo Matthew—. Alguien debe de estar pasando información a Benjamin. Dado que no lográis dar con Benjamin, buscadle a él o a ella.

—¿Y luego? —preguntó Fernando.

—Traédmelo —dijo Matthew mientras salía de la cocina.

Estuvimos tres días encerrados en la casa, entrelazados, hablando poco, pero sin separarnos más de unos instantes, para que Matthew bajara a preparar algo de comer o recogiera comida a domicilio del personal del Connaught. Al parecer, el hotel había llegado a un acuerdo de comida-por-vino con Matthew. Varias cajas de Château Latour de 1961 salieron de casa a cambio de bandejas de exquisitos manjares, como huevos duros de codorniz en nido de algas o delicados raviolis rellenos de tiernas setas que, según aseguró el chef a Matthew, habían traído de Francia esa misma mañana.

Al segundo día, Matthew y yo decidimos aventurarnos a hablar y nos ofrecimos pequeños bocados de palabras que digerimos junto a las delicias que nos traían de unas calles más allá. Me habló de los esfuerzos de Jack por gobernarse en medio de la prole descontrolada de Marcus. Matthew se mostró muy admirado por la habilidad que Marcus demostraba lidiando con sus hijos y nietos, cuyos nombres eran dignos de personajes de una novela de crímenes decimonónica. Finalmente, aunque a regañadientes, también me habló de la lucha con su rabia de sangre y con el deseo de estar a mi lado.

—De no haber sido por las fotos me habría vuelto loco —confesó, pegándose a mi espalda y hundiendo su larga nariz fría en mi cuello—. Las imágenes de donde vivíamos, o las flores del jardín, o los dedos de tus pies sobre el borde de la bañera han hecho que no perdiera la razón por completo.

Yo le conté mi propia historia con una tranquilidad digna de un vampiro, observando sus reacciones y tomándome descansos para que él absorbiera lo que yo había vivido en Londres y Oxford. Por un lado, encontrar a Timothy y la página que faltaba, y luego ver a Amira y volver a Old Lodge. Le enseñé mi dedo morado y le conté lo que la diosa había dicho: para tener *El libro de la vida* tendría que renunciar a algo que amaba. Y no escatimé en detalles al relatarle el encuentro con Benjamin: ni mis fracasos como bruja, ni lo que le había hecho a Phoebe, ni su última amenaza al despedirse.

—Si no hubiera dudado, Benjamin estaría muerto. —Había revivido lo ocurrido cientos de veces y todavía no lograba entender por qué me había fallado el coraje—. Primero Juliette y ahora...

—No puedes culparte por elegir no matar a alguien —dijo Matthew, poniendo un dedo sobre mis labios—. La muerte es un asunto difícil.

—¿Crees que Benjamin sigue aquí, en Inglaterra? —pregunté.

—Aquí no —contestó tranquilizándome y cogiendo mi rostro para que le mirara—. Nunca más volverá a estar donde estés tú.

«Nunca es mucho tiempo». La admonición de Philippe reapareció con toda claridad en mi mente.

Intenté apartar la preocupación y me acerqué a mi marido.

—Benjamin ha desparecido por completo —dijo Andrew Hubbard a Matthew—. Eso es lo que hace.

—Eso no es del todo cierto. Addie dice que le vio en Múnich —dijo Marcus—. Y ella avisó al resto de caballeros.

Mientras Matthew estaba en el siglo xvi, Marcus había admitido a varias mujeres en la hermandad. Empezó con Miriam y ella le ayudó a nombrar al resto. Matthew no estaba seguro de si aquello era una genialidad o una locura, pero si contribuía a encontrar a Benjamin, estaba dispuesto a permanecer neutral. Matthew achacaba las ideas progresistas de Marcus a su antigua vecina Catherine Macaulay, que ocupó un lugar importante en la vida de su hijo nada más convertirse en vampiro y le llenó la cabeza con sus ideas intelectualoides.

—Podíamos preguntarle a Baldwin —dijo Fernando—. Al fin y al cabo, él está en Berlín.

—Todavía no —dijo Matthew.

—¿Sabe Diana que estás buscando a Benjamin? —preguntó Marcus.

—No —contestó Matthew mientras volvía arriba con su mujer llevando una bandeja de comida de Connaught.

—Todavía no —murmuró Andrew Hubbard.

Aquella noche era difícil decir cuál de los dos estaba más emocionado por nuestro reencuentro: Jack o Lobero. Se hicieron un nudo de piernas y patas, pero al final Jack logró liberarse de la bestia, que no obstante le ganó la carrera hasta mi diván en la salita china y saltó sobre el cojín con un ladrido triunfal.

—Abajo, Lobero. Vas a hacer que se rompa. —Jack se inclinó y me besó respetuosamente en la mejilla—. Abuela…

—¡Ni se te ocurra! —le advertí, cogiendo su mano entre las mías—. Guárdate los cariños de abuela para Ysabeau.

—Ya te dije que no le gustaría —dijo Matthew con una sonrisa burlona. Chasqueó los dedos hacia Lobero y señaló el suelo. El perro bajó las patas delanteras del diván, pero dejó su trasero firmemente pegado a mí. Tuvo que chasquear los dedos otra vez para que se bajara del todo.

—Madame Ysabeau dice que tiene unos estándares que mantener y que debo hacer dos cosas extremadamente retorcidas para que me deje llamarla «abuela» —dijo Jack.

—Y sin embargo, sigues llamándola madame Ysabeau… —Le miré asombrada—. ¿Qué te detiene? Llevas ya varios días en Londres…

Jack bajó la mirada, frunciendo los labios de solo pensar en las deliciosas travesuras que le esperaban.

—Bueno, me he estado portando bien, madame.

—¿Madame? —exclamé gruñendo y arrojándole un cojín—. Eso es peor que llamarme abuela.

Jack dejó que la almohada le golpeara en toda la cara.

—Fernando tiene razón —dijo Matthew—. Tu corazón sabe cómo debes llamar a Diana, aunque tu obtusa cabeza y la propiedad vampírica te digan otra cosa. Ahora ayúdame a subir el regalo de tu madre.

Bajo la estrecha vigilancia de Lobero, Matthew y Jack trajeron un bulto envuelto en una tela y luego otro. Eran altos y rectangulares, como pequeñas estanterías para libros. Matthew me había enviado una foto de un montón de leña y varias herramientas. Debieron trabajar juntos en ello. Sonreí al verles así, uno moreno y otro rubio, inclinados sobre un proyecto común.

Conforme desenvolvían los dos objetos, vi que no eran estanterías, sino cunas: dos preciosas cunas de madera, talladas y pintadas idénticas. Tenían una base curvada que colgaba dentro de una robusta estructura de madera apoyada sobre unas patas niveladas. De esa manera podríamos mecer la cuna en el aire o quitarla de su soporte para dejarla en el suelo y mecerla con el pie. Los ojos se me llenaron de lágrimas.

—Las hicimos de madera de serbal. Ransome pensaba que no encontraríamos madera escocesa en Luisiana, pero está claro que no conoce a Matthew. —Jack pasó los dedos por los suaves bordes de una de las cunas.

—Las cunas son de serbal, pero la base es de roble, fuerte roble blanco americano. —Matthew me miró con una pizca de inquietud—. ¿Te gustan?

—Me encantan. —Levanté la mirada hacia mi marido, con la esperanza de que mi expresión le dijera cuánto me gustaban. Debió de hacerlo, pues recogió un lado de mi cara en la palma de su mano con ternura y su propia expresión se volvió más feliz de lo que la había visto desde que volvimos al presente.

—Las diseñó Matthew. Dijo que así se solían hacer las cunas, para poderlas levantar del suelo y apartarlas de las gallinas —explicó Jack.

—¿Y la talla? —En el pie de cada cuna había un árbol tallado, con las raíces y las ramas entrelazadas. Y las hojas y el tronco quedaban resaltados por cuidados toques de pintura plateada y dorada.

—Eso fue idea de Jack —dijo Matthew, poniendo su mano sobre el hombro del chico—. Se acordó del diseño de tu caja de hechizos y pensó que el tema quedaría bien en la cama de un niño.

—Cada parte de las cunas tiene un significado —dijo Jack—. Verás, el serbal es un árbol mágico y el roble blanco simboliza la fuerza y la inmortalidad. Los remates de las cuatro esquinas tienen forma de bellota (eso trae suerte) y se supone que las bayas de serbal talladas en las patas los protegen. Y también está Corra. Los dragones vigilan los serbales para que los humanos no se coman sus frutos.

Me fijé con más atención y vi que una cola curvada formaba el arco de los balancines.

—Entonces van a ser los bebés más seguros del mundo —dije—, por no hablar de los más afortunados, de dormir en camas tan bonitas.

Tras entregar el regalo y ver que yo lo recibía con tanta gratitud, Jack se sentó en el suelo con Lobero y empezó a contar historias animadas de la vida en Nueva Orleans. Matthew se relajó en uno de los sillones encerados, viendo cómo pasaba el tiempo sin que Jack mostrara síntoma alguno de la rabia de sangre.

Cuando los relojes dieron las diez, Jack se marchó hacia la casa de Pickering Place, la cual según decía estaba llena, pero de buen humor.

—¿Está Gallowglass allí? —No le había visto desde que volvió Matthew.

—Se marchó en cuanto llegamos de vuelta a Londres. Dijo que tenía que ir a un sitio y que volvería cuando pudiera. —Jack se encogió de hombros.

Algo debió de brillar en mis ojos, porque Matthew se quedó mirándome atentamente. Pero no dijo nada hasta que vio que Jack y Lobero estaban abajo de camino a su casa.

—Probablemente sea lo mejor —dijo Matthew al volver. Se acomodó detrás de mí en el diván para hacerme de respaldo. Me recosté sobre él con un suspiro de alegría mientras él me rodeaba con sus brazos.

—¿Qué toda la familia y amigos estén en casa de Marcus? —dije con una risa socarrona—. Claro que crees que es lo mejor.

—No. Que Gallowglass haya decidido irse por un tiempo. —Matthew presionó los labios sobre mi pelo. Yo me tensé.

—Matthew... —Necesitaba hablarle de Gallowglass.

—Lo sé, *mon coeur*. Llevaba tiempo sospechándolo, pero cuando le vi contigo en New Haven salí de dudas. —Matthew balanceó una de las cunas con un suave empujón de su dedo.

—¿Desde cuándo? —pregunté.

—Tal vez fuera desde el principio. Al menos desde la noche en que Rodolfo te tocó en Praga —contestó Matthew. El emperador se había portado de forma despreciable en Walpurgisnacht, la noche en que vimos el *El libro de la vida* íntegro y completo por última vez—. Pero entonces tampoco me sorprendió, simplemente vino a confirmar algo que ya sabía de alguna manera.

—Gallowglass no ha hecho nada inadecuado —dije rápidamente.

—También lo sé. Gallowglass es hijo de Hugh y, por tanto, incapaz de deshonrar. —La garganta de Matthew tembló mientras intentaba ocultar la emoción en su voz—. Tal vez cuando nazcan los niños sea capaz de retomar su vida. Me gustaría que fuera feliz.

—A mí también —dije con un suspiro, preguntándome cuántos nudos e hilos harían falta para ayudar a Gallowglass a encontrar a su pareja.

—¿Adónde ha ido Gallowglass? —preguntó Matthew con una mirada amenazadora a Fernando, aunque los dos sabían que su desaparición no era culpa de Fernando.

—Dondequiera que sea, estará mejor allí que aquí, esperando a que Diana y tú deis a vuestros hijos la bienvenida al mundo —contestó Fernando.

—Diana no está de acuerdo. —Matthew estaba comprobando su correo electrónico. Se había acostumbrado a leerlo en el piso de abajo, para que Diana no se enterara de la información que iba recabando sobre Benjamin—. Pregunta por él.

—Philippe se equivocó al hacer que Gallowglass la vigilara. —Fernando apuró su copa de vino.

—¿Eso crees? Yo hubiera hecho lo mismo —dijo Matthew.

—Piensa, Matthew —dijo el doctor Garrett con impaciencia—. Tus hijos tienen sangre de vampiro, aunque entender cómo eso ha sido posible queda entre tú y Dios. Eso significa que tienen al menos algo de inmunidad vampírica. ¿No preferirías que tu esposa diera a luz en casa, como lo han hecho las mujeres durante siglos?

Ahora que Matthew había vuelto, quería tener un papel importante en la decisión de cómo vendrían al mundo los gemelos. A su parecer, debía dar a luz en el hospital. Yo prefería hacerlo en Clairmont House y que Marcus me atendiera.

—Marcus lleva años sin ejercer la obstetricia —refunfuñó Matthew.

—Caray, tío, tú le enseñaste anatomía. Ahora que lo pienso, ¡me enseñaste a mí anatomía! —Era evidente que el doctor Garrett estaba al límite de su paciencia—. ¿Crees que el útero estará en otro lugar? Jane, haz que entre en razón.

—Edward está en lo cierto —dijo la doctora Sharp—. Entre los cuatro tenemos decenas de títulos médicos y más de dos milenios de experiencia. Marthe ha asistido más partos que nadie que siga con vida y la tía de Diana es comadrona titulada. Me da la impresión de que nos las arreglaríamos.

Yo estaba de acuerdo con Jane. Y en el fondo Matthew también. Viéndose desautorizado en la decisión sobre el parto de los gemelos, en cuanto llegó Fernando salió de la habitación. Los dos se fueron al piso de abajo. A menudo se encerraban juntos para hablar de asuntos de familia.

—¿Qué te dijo Matthew cuando le contaste que habías jurado lealtad a la familia Bishop-Clairmont? —le pregunté a Fernando cuando subió a saludarme más tarde.

—Me dijo que estaba loco —contestó Fernando con mirada pícara—. Yo le dije que espero que me haga padrino de vuestro primogénito a cambio.

—Estoy segura de que se podrá arreglar —dije, aunque me empezaba a preocupar la cantidad de padrinos que iban a tener los niños.

»Espero que lleves la cuenta de todas las promesas que has hecho —le dije a Matthew aquella tarde.

—Lo hago —contestó—. Chris quiere al más listo y Fernando al primogénito. Hamish quiere al más guapo. Marcus quiere una niña. Jack quiere un hermano. Antes de marcharnos de New Haven, Gallowglass dijo que quería ser padrino de un bebé rubio. —Matthew iba contándolos uno por uno con los dedos.

—Voy a tener gemelos, no una camada de cachorros —dije, alucinada ante la cantidad de partes interesadas—. Además, no somos la realeza. ¡Yo soy pagana! Los gemelos no necesitan tantos padrinos.

—¿Quieres que me encargue de elegir las madrinas también? —dijo Matthew levantando una ceja.

—Miriam —dije rápidamente antes de que pudiera sugerir a alguna de sus aterradoras parientas—. Phoebe, por supuesto. Marthe. Sophie. Amira. También me gustaría pedírselo a Vivian Harrison.

—¿Ves? Una vez empiezas, se van acumulando —dijo Matthew sonriendo.

Eso nos dejaba con seis padrinos por niño. Acabaríamos enterrados bajo vasos de plata y ositos de peluche, a juzgar por las ropitas, patucos y mantas que Ysabeau y Sarah habían comprado ya.

Dos de los posibles padrinos de los gemelos venían a cenar casi todas las noches. Marcus y Phoebe estaban tan ostensiblemente enamorados que era imposible no ponerse romántico en su presencia. Había entre ellos una tensión que se podía cortar con tijeras. Por su parte, Phoebe seguía tan serena y contenida como siempre. Aunque no se contenía tanto a la hora de reprender a Matthew por el estado de los frescos en el salón de baile o de mencionar lo conmocionada que estaría Angélica Kauffman si viera su trabajo abandonado de tal forma. Tampoco tenía intención de dejar que los tesoros de la familia De Clermont permanecieran ocultos indefinidamente a los ojos del público.

—Siempre hay formas de compartirlos de manera anónima y por un tiempo limitado —le dijo a Matthew.

—Puedes contar con que el retrato de Margaret Moro que teníais en el aseo de arriba de Old Lodge estará expuesto en la National Portrait Gallery en breve. —Apreté la mano de Matthew en un gesto de ánimo.

—¿Por qué no me advirtió nadie de lo difícil que sería tener historiadores en la familia? —le preguntó a Marcus, con aspecto algo aturdido—. ¿Y cómo es posible que hayamos acabado teniendo dos?

—Cosa de buen gusto —dijo Marcus, lanzando una mirada ardiente a Phoebe.

—Y tanto. —Matthew hizo una mueca ante el obvio doble sentido.

Cuando estábamos los cuatro, Matthew y Marcus se quedaban horas hablando del nuevo vástago, aunque Marcus prefería llamarlo «el clan Matthew» por cuestiones relacionadas con su abuelo escocés y porque no le gustaba aplicar términos botánicos y zoológicos a familias de vampiros.

—Los miembros del vástago Bishop-Clairmont (o «clan», si insistes) tendrán que tener especial cuidado cuando se apareen y se casen —comentó Matthew durante la cena una noche—. Las miradas de todos los vampiros estarán sobre nosotros.

Marcus le miró fijamente, sorprendido.

—¿Bishop-Clairmont?

—Claro —dijo Matthew frunciendo el ceño—. ¿Cómo esperabas que nos llamáramos? Diana no usa mi apellido y nuestros hijos llevarán los dos. Una familia formada por brujos y vampiros debería tener un nombre que lo refleje.

Me conmovió su consideración. Matthew podía ser una criatura sumamente patriarcal y excesivamente protectora, pero no había olvidado las tradiciones de mi familia.

—Vaya, Matthew de Clermont… —exclamó Marcus con una sonrisa lenta—. Eso es muy progresista para un fósil como tú.

—Hum. —Matthew dio un trago a su vino.

El teléfono de Marcus vibró y miró la pantalla.

—Hamish está aquí. Bajo a abrirle.

El sonido tenue de una conversación subió por las escaleras. Matthew se levantó.

—Phoebe, quédate con Diana.

Phoebe y yo intercambiamos miradas de preocupación.

—Será mucho más fácil cuando yo también sea vampira —dijo ella, tratando de escuchar lo que decían abajo sin éxito—. Al menos sabremos qué está pasando.

—Entonces se irán a dar un paseo —dije yo—. Tengo que inventar un hechizo que amplifique las ondas de sonido. Tal vez utilizando aire y un poco de agua.

—¡Chis! —Phoebe inclinó la cabeza y soltó un sonido de impaciencia—. Ahora han bajado la voz. ¡Esto es desesperante!

Cuando Matthew y Marcus volvieron a aparecer con Hamish detrás, su expresión me dijo que algo iba realmente mal.

—Ha habido otro mensaje de Benjamin. —Matthew se agachó delante de mí y puso sus ojos al nivel de los míos—. No quiero ocultártelo, Diana, pero debes tratar de mantener la tranquilidad.

—Dímelo —dije, con el corazón en la garganta.

—La bruja que Benjamin tenía prisionera está muerta. Y su bebé también. —Los ojos de Matthew buscaron los míos, que se llenaron de lágrimas. Y no solo por la joven bruja, sino por mí misma y mi fracaso. «Si no hubiera dudado, la bruja de Benjamin tal vez seguiría con vida».

—¿Por qué no podemos tener el tiempo que necesitamos para arreglar las cosas y ocuparnos del desastre que parece que hemos causado? ¿Y por qué tiene que seguir muriendo gente mientras lo hacemos? —dije entre lágrimas.

—No había forma de evitar que esto sucediera —repuso Matthew, retirándome el pelo de la cara con una caricia—. Esta vez no.

—¿Y la próxima? —pregunté.

Los tres hombres se quedaron serios y mudos.

—Ah. Claro… —Hice una respiración honda y punzante, y sentí un hormigueo en los dedos. Corra emergió de mis costillas con un graznido perturbado y se lanzó hacia arriba para posarse sobre la lámpara de araña—. Le vais a detener. Porque la próxima vez vendrá a por mí.

Sentí que algo reventaba y luego un chorrito de líquido.

Matthew bajó la mirada hacia mi tripa, estupefacto.

Los bebés estaban en camino.

31

N i se te ocurra decirme que no empuje. —Tenía la cara roja y empapada de sudor, y lo único que quería era sacar a los bebés lo antes posible.

—No em-pu-jes —repitió Marthe. Ella y Sarah me estaban obligando a caminar para aliviar el dolor de espalda y piernas. Las contracciones aún venían cada cinco minutos, pero el dolor ya era casi insoportable, irradiando de la columna vertebral hasta la tripa.

—Quiero tumbarme. —Tras varias semanas negándome a hacer reposo absoluto, ahora solo quería meterme en la cama, con su colchón protegido por una funda impermeable y sus sábanas esterilizadas. La ironía no se me escapaba, ni a mí ni a ninguno de los presentes.

—No te vas a tumbar —dijo Sarah.

—Ay, Dios. Aquí viene otra. —Me quedé quieta y agarré fuerte sus manos. La contracción duró mucho. Cuando me acababa de enderezar y empezaba a respirar de nuevo, me vino otra—. ¡Quiero que venga Matthew!

—Estoy aquí —dijo Matthew, sustituyendo a Marthe. Miró a Sarah y asintió—. ¡Qué rápido!

—El libro decía que las contracciones deberían hacerse cada vez más seguidas. —Parecía como una institutriz enfadada.

—Los bebés no leen libros, cariño —repuso Sarah—. Ellos tienen sus propias ideas sobre estas cosas.

—Y cuando deciden que quieren nacer no se andan con chiquitas —añadió la doctora Sharp sonriendo al entrar en la habitación. El doctor Garrett había tenido que ir a atender otro parto en el último minuto, así que la doctora Sharp se puso al frente de mi equipo médico. Apretó el estetoscopio contra mi tripa, lo movió y volvió a apretar—. Vas de maravilla, Diana. Y los gemelos también. No hay ningún peligro. Yo recomendaría hacerlo por vía vaginal.

—Quiero tumbarme —dije y apreté los dientes al sentir otro puñal de acero atravesándome la espina dorsal y amenazándome con partirme en dos—. ¿Dónde está Marcus?

—Está al otro lado del pasillo —dijo Matthew. Entonces recordé vagamente que le había echado de la habitación cuando las contracciones se hicieron más intensas.

—Si necesito una cesárea, ¿llegará Marcus a tiempo? —pregunté angustiada.

—¿Me llamabas? —dijo Marcus, entrando en la habitación vestido con la bata quirúrgica. Su sonrisa afable y su serenidad me tranquilizaron inmediatamente. Ahora que estaba de vuelta, no recordaba por qué le había echado de la habitación.

—¿Quién ha movido la maldita cama? —pregunté resoplando mientras me daba otra contracción. La cama parecía estar en el mismo sitio, pero tenía que ser un espejismo porque estaba tardando siglos en alcanzarla.

—Ha sido Matthew —contestó Sarah alegremente.

—Yo no he hecho tal cosa —protestó Matthew.

—En el parto se culpa al marido de todo. Así se evita que la madre desarrolle fantasías homicidas y se le recuerda al hombre que no es el centro de la atención —explicó Sarah.

Solté una carcajada, y con ello evité la ola de dolor que vino con la siguiente contracción salvaje.

—Jo… Mie… Me ca… —presioné los labios con fuerza.

—Diana, no puedes pasar el acontecimiento estelar de la noche sin soltar tacos —dijo Marcus.

—No quiero que las primeras palabras que oigan los bebés sean una sarta de blasfemias. —En ese momento recordé por qué había echado a Marcus de la habitación: había sugerido que estaba siendo demasiado remilgada en medio de mi agonía.

—Matthew sabe cantar y lo hace bien alto. Estoy seguro de que podría cubrirte.

—¡Dios... maldito..., duele! —grité, doblándome—. ¡Si quieres ayudar, mueve la puta cama, pero deja de discutirme, gilipollas!

Mi respuesta fue recibida con un silencio consternado.

—¡Así se habla! —soltó Marcus—. Sabía que lo llevabas dentro. Vamos a echar un vistazo.

Matthew me ayudó a subir a la cama, de la que habían quitado la valiosa colcha de seda y gran parte de las cortinas del dosel. Las dos cunas estaban delante de la chimenea, esperando a los bebés. Me quedé mirándolas mientras Marcus me examinaba.

Por ahora habían sido las cuatro horas físicamente más invasivas de toda mi vida. Me habían metido y sacado más cosas de lo que creía posible. Resultaba extrañamente deshumanizador, teniendo en cuenta que iba a traer nueva vida al mundo.

—Aún falta un poco —indicó Marcus—, pero las cosas se están acelerando bien.

—Es fácil decirlo. —Le habría golpeado, pero estaba colocado entre mis piernas y los niños estaban en medio.

—Es tu última oportunidad de pedir la epidural —informó Marcus—. Si dices que no y hay que hacer cesárea, tendremos que dormirte por completo.

—No tienes por qué hacerte la valiente, *ma lionne* —comentó Matthew.

—No me estoy haciendo la valiente —repliqué por cuarta o quinta vez—. No tenemos ni idea de lo que la epidural podría hacerles a los bebés. —Me detuve, contrayendo la cara para tratar de bloquear el dolor.

—Cariño, tienes que seguir respirando. —Sarah se abrió paso para ponerse a mi lado—. Ya la has oído, Matthew. No quiere la epidural y no tiene sentido seguir discutiendo con ella sobre ese asunto. Ahora, el dolor. Reír ayuda, Diana. Y también concentrarte en otra cosa.

—El placer también ayuda —dijo Marthe, colocando mis pies sobre el colchón de forma que mi espalda se relajó de inmediato.

—¿El placer? —pregunté, confundida. Marthe asintió. La miré horrorizada—. ¡No te referirás a eso!

—Así es —dijo Sarah—. Puede ayudarte mucho.

—No. Pero ¿cómo se puedes siquiera sugerir tal cosa? —A mí no se me ocurriría un momento menos erótico que aquel. De repente, caminar me pareció buena idea, así que bajé las piernas del colchón, pero eso fue lo más lejos que llegué, porque entonces me golpeó la siguiente contracción. Cuando pasó, Matthew y yo estábamos a solas.

—Ni se te ocurra —dije al verle rodearme con sus brazos.

—Entiendo el «no» en doce idiomas. —Su templanza era irritante.

—¿No quieres gritarme o hacer algo? —pregunté.

Matthew se tomó un momento para pensarlo.

—Sí.

—Ah. —Esperaba una canción y un bailecito sobre la santidad de las embarazadas y de cómo haría lo que fuera por mí. Solté una risita nerviosa.

—Túmbate sobre el lado izquierdo, te voy a dar un masaje en la espalda. —Matthew me acercó hacia sí.

—Eso es lo único que me vas a tocar —dije en tono de advertencia.

—Ya pareces la misma. Estaba empezando a pensar que te habían puesto la epidural por error.

Me giré y pegué mi cuerpo al suyo.

—Bruja… —dijo, dándome un mordisquito en el hombro.

Me vino bien estar tumbada cuando vino la siguiente contracción.

—Es mejor que no empujes, porque no sabemos cuánto va a tardar esto y los niños aún no están listos para nacer. Han pasado cuatro horas y dieciochos minutos desde que empezaron las contracciones. Puede que te espere otro día entero así. Y necesitas descansar. Esa era una de las razones por las que quería que te hicieran un bloqueo nervioso. —Matthew me dio un masaje con los dedos sobre la zona lumbar.

—¿Solo han pasado cuatro horas y dieciocho minutos? —pregunté con voz exhausta.

—Ahora diecinueve, pero sí. —Matthew me abrazó mientras una nueva contracción sacudía mi cuerpo. Cuando volví a centrarme, solté un leve gemido y empujé mi cuerpo contra la mano de Matthew.

—Tienes el pulgar sobre un punto absolutamente divino. —Suspiré aliviada.

—¿Y aquí? —El pulgar de Matthew se movió más abajo y más cerca de mi columna.

—Maravilloso —murmuré, viéndome capaz de respirar algo mejor a pesar de la siguiente contracción.

—Tu presión arterial sigue normal y el masaje en la espalda parece estar ayudando. Hagámoslo bien. —Matthew llamó a Marcus para que trajera de su biblioteca la silla de cuero de forma extraña con el soporte de lectura y le hizo montarla junto a la ventana. Puso una almohada en el soporte originalmente diseñado para colocar un libro y me ayudó a subirme a horcajadas, mirando hacia la almohada.

Mi tripa cayó hacia delante hasta tocar el respaldo de la silla.

—¿Para qué demonios sirve esta silla en realidad?

—Para ver peleas de gallos y jugar partidas de cartas que duran toda una noche —dijo Matthew—. Y si puedes echarte un poco hacia delante y apoyas la cabeza en la almohada, verás cómo te duelen mucho menos las lumbares.

Tenía razón. Matthew empezó a darme un masaje en profundidad comenzando por las caderas y subiendo hasta que me soltó los músculos en la base del cráneo. Tuve tres contracciones más mientras estaba en ello y, aunque fueron prolongadas, sus manos frías y sus fuertes dedos mitigaron parcialmente el dolor.

—¿A cuántas embarazadas has ayudado de este modo? —le pregunté, sintiendo algo de curiosidad por dónde habría aprendido aquella técnica. Sus manos se detuvieron.

—Solo a ti. —Los movimientos relajantes continuaron.

Volví la cabeza y vi que me estaba mirando, aunque sus dedos no dejaban de moverse.

—Ysabeau dijo que soy la única que ha dormido en esta habitación.

—No había conocido a nadie que me pareciera digna de dormir en ella. Pero al poco de conocerte ya podía imaginarte en esta habitación… conmigo, por supuesto.

—¿Por qué me quieres tanto, Matthew? —No entendía su atracción por mí, especialmente estando tan gorda, boca abajo y jadeando de dolor. Su respuesta fue rápida.

—Tú eres la respuesta a todas las preguntas que me he hecho siempre y a todas las que me haré. —Me apartó el pelo del cuello y me besó la zona sensible justo debajo de la oreja—. ¿Quieres ponerte un poco de pie?

Un dolor repentino y más intenso me bajó por las extremidades inferiores impidiéndome responder. En su lugar, solté un grito ahogado.

—Eso me suena a diez centímetros de dilatación —murmuró Matthew—. ¿Marcus?

—Buenas noticias, Diana —anunció Marcus alegremente al volver a la habitación—. ¡Puedes empujar!

Y vaya si empujé. Durante lo que me parecieron semanas.

Primero lo intenté a la manera moderna: tumbada, mientras Matthew me cogía de la mano con una mirada de adoración.

Eso no funcionó.

—No tiene por qué ser indicio de problemas —nos dijo la doctora Sharp, mirándonos a Matthew y a mí desde su posición privilegiada entre mis piernas—. Los gemelos pueden tardar más en empezar a moverse durante esta fase del parto. ¿Verdad, Marthe?

—Necesita un taburete —sugirió Marthe frunciendo el ceño.

—He traído el mío —dijo la doctora Sharp—. Está en el pasillo. —Movió la cabeza en aquella dirección.

Y de ese modo, los bebés, que habían sido concebidos en el siglo XVI, decidieron pasar de las convenciones médicas modernas y nacer a la manera antigua: sobre un simple taburete de madera con el asiento en forma de herradura.

Y en lugar de tener a media docena de desconocidos compartiendo la experiencia del parto, estaba rodeada de mis seres queridos: Matthew detrás de mí, sosteniéndome física y emocionalmente; Jane y Marthe a mis pies, dándome la enhorabuena por tener unos hijos tan considerados que se presentaban al mundo de cabeza; Marcus, haciéndome una amable sugerencia de vez en cuando; Sarah a mi lado, diciéndome cuándo tenía que respirar y cuándo empujar; Ysabeau de pie junto a la puerta, informando a Phoebe, que esperaba en el pasillo mientras mandaba un torrente constante de mensajes a Pickering Place, donde Fernando, Jack y Andrew aguardaban noticias.

Fue atroz.

Fue eterno.

Cuando a las 11.55 de la noche escuchamos por fin el primer llanto indignado, rompí a llorar y a reír. Un feroz sentimiento de protección se arraigó en el mismo lugar donde mi hijo había estado hasta hacía unos instantes, llenándome de resolución.

—¿Está bien? —pregunté, mirando hacia abajo.

—Está perfecta —dijo Marthe, con una inmensa sonrisa de orgullo.

—¿Perfecta? —Matthew parecía aturdido.

—Es una niña. Phoebe, diles que madame ha dado a luz una niña —dijo Ysabeau emocionada.

Jane levantó a la pequeña criatura. Estaba azul y arrugada, y cubierta de las sustancias de aspecto asqueroso sobre las que había leído pero que no estaba preparada para ver en mi propia hija. Tenía el pelo negro como el azabache y era abundante.

—¿Por qué está azul? ¿Qué le pasa? ¿Se está muriendo? —Sentí cómo me dominaba la ansiedad.

—En nada se pondrá roja como una remolacha —aseguró Marcus, mirando a su nueva hermana. Le pasó unas tijeras y una pinza a Matthew—. Y está claro que no tiene ningún problema en los pulmones. Creo que tú deberías hacer los honores.

Matthew se quedó inmóvil.

—Matthew Clairmont, si te desmayas, nunca dejaré que lo olvides —dijo Sarah con tono impaciente—. Ven aquí y corta el maldito cordón.

—Hazlo tú, Sarah. —Las manos de Matthew temblaban sobre mis hombros.

—No, quiero que lo haga Matthew —dije yo. Si no lo hacía, se arrepentiría más adelante.

Mis palabras animaron a Matthew, que no tardó en arrodillarse junto a la doctora Sharp. A pesar de su reticencia inicial, una vez que le pusieron delante al bebé y el instrumental médico correspondiente, sus movimientos fueron ágiles y seguros. Tras pinzar y cortar el cordón, la doctora envolvió rápidamente a nuestra hija en una manta. Entonces se la entregó a Matthew.

Se quedó de pie, pasmado, meciendo el cuerpo diminuto entre sus enormes manos. Había algo milagroso en la yuxtaposición de la fuerza del padre y la vulnerabilidad de la hija. Ella dejó de llorar por un instante, bostezó y retomó el llanto en protesta por la fría indignidad de su situación.

—Hola, pequeña desconocida —susurró Matthew. Me miró asombrado—. Es preciosa.

—Dios, escúchala —dijo Marcus—. Un ocho seguro en el test de Apgar, ¿no crees, Jane?

—Estoy de acuerdo. ¿Por qué no la pesas y la mides mientras limpiamos un poco y nos preparamos para el siguiente?

Consciente de que solo había hecho la mitad de mi trabajo, Matthew dejó a la niña en manos de Marcus. Luego me miró detenidamente, me dio un beso intenso y asintió con la cabeza.

—¿Lista, *ma lionne*?

—Como nunca —dije, atenazada por otra punzada de dolor.

Veinte minutos más tarde, a las 0.15 horas, nació nuestro hijo. Era más grande que su hermana, tanto en altura como en peso, pero con la misma fortaleza pulmonar. Aunque me dijeron que era algo muy bueno, no pude evitar preguntarme si pensaríamos lo mismo doce horas más tarde. A diferencia de nuestra primogénita, el chico era rubio rojizo.

Matthew le pidió a Sarah que cortara el cordón, ya que él estaba demasiado ocupado susurrándome al oído una sarta de deliciosas tonterías sobre lo preciosa que era y lo fuerte que había sido, mientras me colocaba en posición erguida.

Nada más nacer el segundo bebé, empecé a temblar de pies a cabeza.

—¿Qué... pasa? —dije mientras me castañeaban los dientes.

Matthew me levantó del taburete de parto y me colocó sobre la cama en un abrir y cerrar de ojos.

—Traed los bebés aquí —ordenó.

Marthe puso un bebé sobre mí y Sarah depositó el otro. Tenían las extremidades contraídas y las caras moradas de la irritación. En cuanto noté el peso de mi hijo y mi hija sobre el pecho, dejé de temblar.

—Eso es lo único malo del taburete de parto cuando hay gemelos —dijo la doctora Sharp con una enorme sonrisa—. Las madres se ponen nerviosas por la repentina sensación de vacío y no os damos la oportunidad de crear un vínculo con el que sale primero antes de que el segundo requiera vuestra atención.

Marthe apartó a Matthew y envolvió a los bebés en mantas sin apenas moverlos, con una habilidad de vampira que estaba segura de que iba más allá de la destreza de la mayoría de comadronas, por muy expertas que fuesen. Mientras ella atendía a los bebés, Sarah se dedicó a darme un suave masaje sobre el estómago hasta que salió la placenta con un último y constrictivo calambre.

Matthew sostuvo a los pequeños por unos instantes mientras Sarah me limpiaba con sumo cuidado. Me dijo que no hacía falta que me duchara hasta que tuviera ganas de levantarme, lo cual estaba segura de que sería aproximadamente nunca.

Ella y Marthe quitaron las sábanas y pusieron unas nuevas, todo ello sin necesidad de que me moviera, y en nada estaba sentada sobre mi lecho de almohadas de plumón, rodeada de ropa de cama limpia. Matthew volvió a ponerme los bebés en los brazos. La habitación estaba vacía.

—No sé cómo lográis las mujeres sobrevivir esto —dijo, presionando sus labios contra mi frente.

—¿Qué te saquen lo que llevas dentro? —Me quedé mirando uno de los diminutos rostros y luego el otro—. Yo tampoco. —Mi voz se tornó grave—: Ojalá estuvieran aquí mi madre y mi padre. Y también Philippe.

—Si Philippe estuviera aquí, estaría dando gritos por las calles y despertando al vecindario —dijo Matthew.

—Quiero llamarle Philip, por tu padre —dije suavemente. Al decirlo, nuestro hijo abrió los ojos de repente—. ¿Te parece bien?

—Solo si a ella la llamamos Rebecca —contestó Matthew, cubriendo la oscura cabellera de la niña con la palma de la mano. La niña arrugó un poco más la cara.

—No sé si le parece bien —dije, maravillada de que alguien tan diminuto pudiera ser tan terco.

—Rebecca tendrá muchos otros nombres entre los que elegir si sigue oponiéndose —dijo Matthew—. Casi tantos nombres como padrinos, ahora que lo pienso.

—Vamos a necesitar una hoja de cálculo para aclararnos —manifesté arrullando un poco más a Philip en mis brazos—. Está claro que este es el que más pesa.

—Ambos tienen buen tamaño. Y Philip mide cuarenta y cinco centímetros. —Matthew miró a su hijo con orgullo.

—Va a ser alto, como su padre. —Me hundí un poco más en las almohadas.

—Y pelirrojo, como su madre y su abuela —dijo Matthew. Rodeó la cama, atizó un poco el fuego y se tumbó a mi lado, apoyándose sobre un codo.

—Todo este tiempo buscando secretos antiguos y libros de magia perdidos hace mucho, cuando estos dos son el verdadero enlace químico —dije yo, observando cómo Matthew ponía su dedo en la manita del pequeño Philip. El niño lo agarró con una fuerza sorprendente.

—Tienes razón. —Matthew giró la mano de su hijo hacia un lado y el otro—. Un poco de ti, un poco de mí. Parte vampiro, parte brujo.

—Y absolutamente nuestros —declaré con firmeza, sellando su boca con un beso.

—Tengo una hija y un hijo —dijo Matthew a Baldwin—. Rebecca y Philip. Los dos están sanos y bien.

—¿Y su madre? —preguntó Baldwin.

—Diana no tuvo ningún problema. —A Matthew le temblaban las manos cada vez que pensaba en lo que su esposa había pasado.

—Enhorabuena, Matthew. —Baldwin no parecía contento.

—¿Qué pasa? —dijo Matthew frunciendo el ceño.

—La Congregación ya sabe que han nacido.

—¿Cómo? —preguntó Matthew con tono inquisitivo. Alguien estaría vigilando la casa: un vampiro con la vista muy aguda o algún brujo con segunda visión potente.

—¡Quién sabe! —dijo Baldwin desalentado—. Están dispuestos a dejar en suspenso los cargos contra Diana y contra ti a cambio de que se les deje examinar a los niños.

—Nunca. —La ira de Matthew se encendió.

—La Congregación solo quiere saber qué son los gemelos —dijo Baldwin secamente.

—Míos. Philip y Rebecca son míos —contestó Matthew.

—No parece que nadie discuta eso, aunque en teoría sea imposible —replicó Baldwin.

—Esto es cosa de Gerbert. —Todos sus instintos le decían que el vampiro era un eslabón esencial entre Benjamin y la búsqueda de *El libro de la vida*. Llevaba años manipulando la política de la Congregación y probablemente había atraído a Knox, Satu y Domenico a sus maquinaciones.

—Tal vez. No todos los vampiros en Londres son criaturas de Hubbard —dijo Baldwin—. Verin sigue teniendo la intención de acudir ante la Congregación el 6 de diciembre.

—El nacimiento de los niños no cambia nada —dijo Matthew, a pesar de que así fuera.

—Cuida de mi hermana, Matthew —dijo Baldwin con voz suave. Matthew creyó detectar una pizca de verdadera preocupación en el tono de su hermano.

—Siempre —contestó Matthew.

Las abuelas fueron las primeras en visitar a los bebés. Sarah tenía una sonrisa de oreja a oreja y a Ysabeau le brillaba el rostro de alegría.

Cuando les dijimos el nombre de pila de los niños, las dos se mostraron conmovidas por el hecho de que el legado de los abuelos ausentes continuara en el futuro.

—Teníais que ser vosotros quienes tuvieran gemelos que ni siquiera nacen el mismo día —dijo Sarah, cambiando a Rebecca por Philip, que había estado observando a su abuela con el ceño fruncido por la fascinación—. Mira a ver si logras que abra los ojos, Ysabeau.

Ysabeau sopló suavemente sobre la cara de Rebecca. Sus ojos se abrieron de par en par, y empezó a chillar, moviendo las manos enguantadas ante su abuela.

—Ahí está. Ahora ya puedes ver bien, mi preciosa.

—También tienen distinto signo del zodiaco —dijo Sarah, balanceándose suavemente con Philip en brazos. A diferencia de su hermana, Philip parecía encantado de quedarse quieto y observar lo que le rodeaba tranquilamente, con sus ojos oscuros bien abiertos.

—¿Quiénes? —Yo estaba muy adormilada y las palabras de Sarah eran demasiado complicadas como para seguirla.

—Los bebés. Rebecca es escorpio y Philip, sagitario. La serpiente y el arquero —contestó Sarah.

«Los De Clermont y los Bishop. El décimo nudo y la diosa». La pluma de búho de la flecha me hizo cosquillas en el hombro y la cola del dragón escupefuego se tensó alrededor de mi cadera dolorida. Sentí un dedo premonitorio deslizándose por mi espalda, despertando un hormigueo en mis nervios.

Matthew frunció el ceño.

—¿Ocurre algo, *mon coeur*?

—Nada. Solo una sensación extraña. —La necesidad de proteger que se había arraigado en los momentos inmediatamente después del parto se hacía cada vez más intensa. No quería que Rebecca ni Philip estuvieran atados a un entramado mayor, cuyo diseño no pudiera ser comprendido nunca por alguien tan pequeño e insignificante como su madre. Eran mis hijos (nuestros hijos) y me aseguraría de que se les permitiera encontrar su propio camino, no seguir el que el destino y la suerte quisieran para ellos.

—Hola, padre. ¿Me ves?

Matthew observó la pantalla de su ordenador, con el teléfono encajado entre el hombro y la oreja. Esta vez Benjamin había llamado para entregar el mensaje. Quería escuchar las reacciones de Matthew a lo que veía en la pantalla.

—Creo que procede una enhorabuena. —La voz de Benjamin sonaba muy cansada. El cuerpo de una bruja muerta estaba tirado sobre una mesa de operaciones detrás de él, abierto en un intento fallido de salvar al bebé que esperaba—. Una niña. Y también un niño.

—¿Qué quieres? —Matthew articuló la pregunta con serenidad, pero por dentro estaba furioso. ¿Por qué nadie podía encontrar a su maldito hijo?

—A tu esposa y a tu hija, por supuesto. —Los ojos de Benjamin se endurecieron—. Tu bruja es fértil. ¿Cómo es eso, Matthew?

Matthew se quedó callado.

—Averiguaré qué es lo que hace tan especial a esa bruja. —Benjamin se inclinó hacia delante y sonrió—. Sabes que lo haré. Si me dices lo que quiero saber ahora, no tendré que sacárselo más tarde a ella.

—Nunca la tocarás. —La voz de Matthew se quebró y con ella su autocontrol. Un bebé empezó a llorar arriba.

—Oh, lo haré —prometió con voz suave Benjamin—. Una y otra vez, hasta que Diana Bishop me dé lo que quiero.

No llevaría más de treinta o cuarenta minutos dormida cuando Rebecca me despertó con su furioso llanto. Cuando logré enfocar la vista, vi a Matthew paseándola delante de la chimenea, murmurándole cariñitos y palabras de consuelo.

—Lo sé. El mundo puede ser un lugar duro, chiquitina. Con el tiempo te será más fácil aguantarlo. ¿Oyes cómo cruje la madera? ¿Ves cómo juegan las luces sobre la pared? Eso es el fuego, Rebecca.

Puede que lo tengas en las venas, como tu madre. Chis. Solo es una sombra. Nada más que una sombra. —Matthew la abrazó más fuerte contra sí, mientras canturreaba una nana francesa:

> *Chut! Plus de bruit,*
> *c'est la ronde de nuit,*
> *en diligence, faisons silence.*
> *marchons sans bruit,*
> *c'est la ronde de nuit.*

Matthew de Clermont estaba enamorado. Sonreí observando su mirada de adoración.

—La doctora Sharp dijo que tendrían hambre —le recordé desde la cama frotándome los ojos. Me mordí el labio. También me había dicho que podía ser difícil dar el pecho a los bebés prematuros porque los músculos que necesitaban para mamar no estaban lo suficientemente desarrollados.

—¿Voy a llamar a Marthe? —se ofreció Matthew por encima de los lloros insistentes de Rebecca. Él sabía que me preocupaba el tema de darles el pecho.

—Vamos a intentarlo solos —propuse. Matthew colocó una almohada en mi regazo y me pasó a Rebecca. En ese momento despertó Philip, que estaba profundamente dormido. Tanto Sarah como Marthe me habían insistido mucho sobre la importancia de dar el pecho a los dos bebés al mismo tiempo, de lo contrario en cuanto amamantara a uno el otro tendría hambre.

—Philip va a ser un alborotador —observó Matthew con satisfacción cogiéndolo de su cuna. El niño miró a su padre frunciendo el ceño y pestañeando con sus inmensos ojos.

—¿Cómo lo sabes? —Moví ligeramente a Rebecca para hacer hueco a Philip.

—Está demasiado callado —dijo Matthew sonriendo.

Philip hizo varios intentos hasta agarrarse a mi pecho. Pero con Rebecca fue imposible.

—Es que no mama porque no deja de llorar —dije frustrada.

Matthew le acercó el dedo a la boca y ella la cerró obedientemente sobre su yema.

—Cambiémoslos. Tal vez el olor del calostro y el de su hermano la convenzan para intentarlo.

Los cambiamos de lado. Philip berreó como un hada llorona cuando su padre le movió y luego estuvo hipando y resoplando delante del otro pecho para asegurarse de que entendiéramos que en el futuro no toleraría ese tipo de interrupciones. Hubo varios momentos angustiosos de indecisión mientras Rebecca trataba de comprender a qué tanto alboroto, hasta que por fin se cogió a mi pecho. Después de la primera chupada, sus ojos se abrieron como platos.

—Ah. Ya lo ha entendido. ¿Te lo dije o no, chiquitina? —murmuró Matthew—. *Maman* es la respuesta para todo.

Sol en Sagitario

Sagitario gobierna la fe, la religión, las escrituras,
las libros y la interpretación de los sueños. Aquellas
nacidas bajo el signo del arquero harán grandes
prodigios y recibirán grandes honores y dichas.
Mientras Sagitario rija los cielos, consulta
tus asuntos con juristas. Es buena época
para hacer juramentos y cerrar tratos.

Libro de dichas anónimas inglesas, ca. 1590.
Gonçalves MS 4890, f. 9ᵛ

32

Los gemelos tienen diez días. ¿No crees que son un poco jóvenes para que les hagan miembros de una orden de caballería? —Bostecé caminando de un extremo del pasillo al otro con Rebecca, que no parecía demasiado contenta de que la hubiera sacado de su cómoda cuna junto al fuego.

—Todos los nuevos miembros de la familia De Clermont son hechos caballeros lo antes posible —explicó Matthew al pasar junto a mí con Philip en brazos—. Es la tradición.

—Sí, pero ¡la mayoría de los nuevos De Clermont ya son hombres y mujeres adultos! ¿Y tenemos que hacerlo en Sept-Tours? —Mis razonamientos iban a velocidad de tortuga. Tal y como había prometido, Matthew se ocupaba de los niños por la noche, pero mientras siguiera dándoles el pecho, me despertaban cada pocas horas.

—Es allí o en Jerusalén —dijo Matthew.

—En Jerusalén no. ¿En diciembre? ¿Estás loco? —Ysabeau apareció en el rellano, silenciosa como un fantasma—. Hay hordas de peregrinos. Además, los bebés deberían ser bautizados en casa, en la iglesia que construyó su padre, y no en Londres. Ambas ceremonias pueden tener lugar el mismo día.

—Por ahora, nuestra casa es Clairmont House, *maman*. —Matthew la miró enfurruñado. Empezaba a cansarse de las abuelas y sus constantes intromisiones—. Y Andrew se ha ofrecido a bautizarlos aquí, si hace falta.

Philip, que ya había demostrado una sorprendente sensibilidad hacia los humores volátiles de su padre, movió sus facciones haciendo una imitación perfecta del ceño fruncido de Matthew y agitó un brazo como si estuviera pidiendo una espada para vencer a sus enemigos juntos.

—Pues entonces que sea en Sept-Tours —dije yo. Andrew Hubbard ya no era un constante incordio, pero tampoco me emocionaba la idea de que adoptara el papel de asesor espiritual de los niños.

—Si estás segura… —dijo Matthew.

—¿Estará invitado Baldwin? —Sabía que Matthew le había contado lo de los gemelos. Baldwin me había mandando un magnífico ramo de flores y dos mordedores hechos de plata y hueso para Rebecca y Philip. Los mordedores eran un regalo habitual para recién nacidos, claro, pero en este caso estaba segura de que era un recordatorio poco sutil de la sangre vampírica que corría por sus venas.

—Probablemente. Pero no nos preocupemos por eso ahora. ¿Por qué no das un paseo con Ysabeau y Sarah? Así sales de casa un rato. Si a los niños les entra hambre, hay leche de sobra —sugirió Matthew.

Seguí la sugerencia de Matthew, aunque tenía la incómoda sensación de que los niños y yo éramos piezas de un enorme tablero de ajedrez De Clermont, movidas por criaturas que llevaban siglos jugando.

Aquella sensación se hacía más fuerte conforme pasaban los días y nos preparábamos para ir a Francia. Había demasiadas conversaciones susurradas como para estar tranquila. Pero estaba demasiado ocupada con los gemelos y en ese momento no tenía tiempo para política familiar.

—Claro que he invitado a Baldwin —dijo Marcus—. Tiene que estar aquí.

—¿Y a Gallowglass? —preguntó Matthew. Había enviado a su sobrino fotos de los gemelos, junto con sus imponentes nombres completos. Matthew tenía la esperanza de que Gallowglass contestara al saber que era padrino de Philip y que el bebé tenía uno de sus nombres, pero se había llevado una desilusión.

—Dale tiempo —dijo Marcus.

Pero últimamente el tiempo no había acompañado a Matthew y tampoco esperaba que empezara a cooperar ahora.

—No tenemos más noticias de Benjamin —informó Fernando—. Ha enmudecido. Otra vez.

—¿Dónde demonios está? —Matthew se pasó la mano por el pelo.

—Estamos haciendo todo lo que podemos, Matthew. Benjamin ya era muy retorcido cuando tenía sangre caliente.

—Bien. Si no podemos encontrar a Benjamin, concentrémonos en Knox —dijo Matthew—. Será más fácil sacarle de su escondite que a Gerbert y los dos están dando información a Benjamin. Estoy seguro de ello. Quiero pruebas.

No descansaría hasta encontrar y destruir a cualquier criatura que representara un peligro para Diana y los gemelos.

—¿Lista para marchar? —Marcus cogió de la barbilla a Rebecca y su boca dibujó una perfecta O de felicidad. Adoraba a su hermano mayor.

—¿Dónde está Jack? —dije, exhausta. En cuanto dejaba a un niño colocado, otro desaparecía. La simple maniobra de dejar y coger se había convertido en una pesadilla logística comparable con enviar a un batallón a la guerra.

—Está dando un paseo con la bestia. Por cierto, ¿dónde está Corra? —preguntó Fernando.

—Bien guardadita. —De hecho, Corra y yo estábamos atravesando un momento delicado. Desde que nacieron los niños, había estado nerviosa y de mal humor, y no le hacía gracia tener que recogerse en mi cuerpo para viajar a Francia. A mí tampoco me gustaba el plan. Era maravilloso volver a ser la única moradora de mi cuerpo.

Unos ladridos fuertes y la repentina aparición de la melena cuadrúpeda más grande del mundo anunciaron el regreso de Jack.

—Venga, Jack. No nos hagas esperar —dijo Marcus. Jack subió rápidamente a su lado y Marcus le dio un manojo de llaves—. ¿Te ves capaz de llevar a Sarah, Marthe y tu abuela a Francia?

—Claro que sí —dijo Jack, cogiendo el llavero. Apretó los botones de un mando de coche y se abrieron las puertas de un enorme vehículo habilitado con una cama para perros en lugar de asientos para niños.

—¡Qué emoción volver a casa! —Ysabeau se cogió del codo de Jack—. Me recuerda a cuando Philippe me pidió que fuera con dieciséis carros desde Constantinopla hasta Antioquía. Las carreteras estaban fatal y había bandidos por todo el camino. Fue un viaje sumamente difícil, lleno de peligros y en constante amenaza de muerte. Lo pasé en grande.

—Si no recuerdo mal, perdisteis la mayoría de los carros —dijo Matthew con una mirada oscura—. Y de los caballos.

—Por no hablar de bastante dinero de otras personas —añadió Fernando.

—Solo se perdieron diez carros. Los otros seis llegaron en perfecto estado. Y en cuanto al dinero, simplemente fue reinvertido —contestó Ysabeau, cuya voz rezumaba altivez—. No hagas caso, Jack. Te contaré mis aventuras por el camino. Así te distraeré mientras conduces.

Phoebe y Marcus salieron en uno de sus característicos coches deportivos azules, en este caso británico y digno de James Bond. Empezaba a valorar los coches de dos plazas y pensé con anhelo en pasar las siguientes nueve horas con la única compañía de Matthew.

Cuando llegamos a Sept-Tours, Marcus y Phoebe nos estaban esperando para darnos la bienvenida en lo alto de las escaleras iluminadas con antorchas junto a Alain y Victoire, lo cual no me sorprendió, dada la velocidad a la que viajaban y que no tuvieron que parar de camino para ir al aseo, cambiar pañales ni dar de comer a nadie.

—Milord Marcus dice que en la casa vamos a tener todo tipo de ceremonias, madame Ysabeau —dijo Alain saludando a su señora. Su esposa, Victoire, se asomó dando saltitos de emoción a ver a los niños en sus cochecitos y luego corrió a echar una mano.

—Será como en los viejos tiempos, Alain. Montaremos catres para los hombres en el granero. A los que sean vampiros no les importará el frío y el resto se acostumbrará —dijo Ysabeau despreocupadamente mientras daba sus guantes a Marthe y se volvía para ayudar con los bebés. Estaban completamente arropados para protegerlos de las gélidas temperaturas—. ¿No son milord Philip y milady Rebecca las criaturas más bonitas que hayas visto jamás, Victoire?

Victoire no era capaz de proferir más que *uhs* y *ahs*, pero a Ysabeau parecían bastarle como respuesta.

—¿Les ayudo con el equipaje de los bebés? —preguntó Alain, observando el contenido del maletero, lleno a rebosar.

—Muchas gracias, Alain. —Matthew le señaló las maletas, las bolsas, los parquecitos portátiles y montones de pañales desechables.

Matthew cogió un portabebés en cada mano y, entre los comentarios de Marthe, Sarah, Ysabeau y Victoire sobre que las escaleras estaban heladas, subió hasta la puerta de entrada. Una vez dentro, le golpeó la magnitud de dónde estaba y por qué. Matthew traía a los últimos miembros de una larga línea de De Clermont al hogar ancestral. No importaba que nuestra familia solo fuera un vástago humilde de aquel distinguido linaje. Sept-Tours era y sería siempre un lugar empapado de tradición para nuestros hijos.

—Bienvenido a casa —le dije con un beso.

Él me lo devolvió y luego me regaló una de sus sonrisas lentas y deslumbrantes.

—Gracias, *mon coeur*.

Volver a Sept-Tours había sido lo correcto. Con un poco de suerte, no ocurriría ningún percance que empañase nuestro agradable regreso a casa.

En los días anteriores al bautizo, todo indicaba que mis deseos se iban a cumplir.

Sept-Tours bullía de tal manera con los preparativos para el bautizo de los gemelos que esperaba que en cualquier momento apareciera Philippe por la puerta cantando y bromeando. Pero ahora el alma de la casa era Marcus, que iba dando vueltas por el lugar como si fuera suyo —técnicamente, supongo que lo era— y poniendo a todo el mundo de un humor festivo. Por primera vez pude comprender por qué, a Fernando, Marcus le recordaba al padre de Matthew.

Cuando Marcus dio orden de que todos los muebles del gran salón fueran sustituidos por largas mesas y bancos para sentar a las hordas que esperábamos, me dio una vertiginosa sensación de *déjà-vu* al ver cómo Sept-Tours volvía a su aspecto medieval. Lo único que no cambió fueron los aposentos de Matthew. Marcus los había declarado zona vedada, puesto que allí dormían los invitados de honor. Yo me retiraba a la torre de Matthew a intervalos regulares para dar de comer, bañar y cambiar a los bebés, y para descansar de la constante multitud de gente contratada para limpiar, organizar y mover el mobiliario.

—Gracias, Marthe —dije al volver de un vigorizante paseo por el jardín. Se había ofrecido gustosa a hacer de niñera y así entregarse a otra de sus adoradas novelas de misterio, dejando la cocina atestada de gente.

Di una suave palmadita a mi hijo, que yacía dormido, y cogí a Rebecca en brazos. Mis labios se fruncieron al notar lo poco que pesaba en comparación con su hermano.

—Tiene hambre. —Los ojos oscuros de Marthe se clavaron en los míos.

—Lo sé. —Rebecca siempre tenía hambre y nunca parecía satisfecha. Mis pensamientos huyeron de lo que aquello podía significar—. Matthew dice que es demasiado pronto para preocuparnos. —Hundí la nariz en el cuello de Rebecca y aspiré su dulce olor a bebé.

—¿Qué sabrá Matthew? —replicó Marthe con aire socarrón—. Tú eres su madre.

—A él no le gustaría que le llevara la contraria —dije advirtiéndole.

—Menos le gustaría que la niña muriese —replicó Marthe con brusca franqueza.

Pero no podía dejar de dudar. Si seguía las manifiestas indirectas de Marthe sin consultarlo con Matthew, se pondría furioso. Pero si le pedía su opinión, me diría que Rebecca no corría ningún riesgo inmediato. Tal vez fuera verdad, pero era evidente que la niña no rezumaba salud. Sus lloros de frustración me rompían el corazón.

—¿Sigue Matthew de caza? —Si íbamos a hacerlo, tenía que ser cuando no estuviera cerca y no pudiera inquietarse.

—Que yo sepa, sí.

—Shhh, ya está. Mamá lo va arreglar —murmuré, sentándome junto al fuego mientras me desabrochaba la camisa con una mano. Puse a Rebecca sobre mi pecho derecho y se agarró inmediatamente, mamando con toda su fuerza. La leche se le salía por las comisuras de los labios y su gemido se convirtió en un llanto en toda regla. Antes de que me subiera la leche me era más fácil darle el pecho, como si su organismo tolerara mejor el calostro.

En ese momento me había empezado a preocupar.

—Aquí tienes. —Marthe me acercó un cuchillo largo y afilado.

—No lo necesito. —Me puse a Rebecca sobre el hombro contrario y le di unas palmaditas en la espalda. Soltó un eructo lleno de gas seguido de un chorro de líquido blanco.

—No digiere bien la leche —dijo Marthe.

—Veamos cómo le va con esto. —Coloqué a Rebecca sobre mi antebrazo, di unos golpes con la punta de los dedos sobre la piel sensible y cicatrizada de mi codo izquierdo, donde había tentado a su padre a que bebiera mi sangre, y esperé a que el líquido rojo y vital emanara de mis venas.

Rebecca se fijó de inmediato.

—¿Es esto lo que quieres? —Doblé el brazo, apretando su boca contra mi piel. La sensación era muy parecida a la succión cuando mamaba del pecho, solo que ahora la niña no estaba nerviosa, su hambre no era voraz.

Sin embargo, el fluir libre de sangre de mis venas no podía pasar desapercibido en una casa llena de vampiros. Ysabeau llegó a los pocos instantes. Fernando fue casi tan rápido. Y luego apareció Matthew como un tornado, con el pelo desaliñado por el viento.

—Fuera todo el mundo. —Señaló hacia las escaleras. Sin detenerse a ver si le obedecían, se arrodilló delante de mí—. ¿Qué estás haciendo?

—Estoy dando de comer a tu hija. —Las lágrimas me escocían en los ojos.

Se podía oír los tragos satisfechos de Rebecca en el silencio de la habitación.

—Todo el mundo lleva meses preguntándose qué serían los niños. Bueno, pues aquí tienes resuelto uno de los misterios: Rebecca necesita sangre para crecer sana. —Metí mi dedo meñique entre su boca y mi piel para detener la succión y ralentizar el flujo de sangre.

—¿Y Philip? —preguntó Matthew, con el gesto helado.

—Parece bastante satisfecho con mi leche —dije—. Tal vez con el tiempo Rebecca admita una dieta más variada. Pero por ahora necesita sangre y se la voy a dar.

—Hay un buen motivo para no convertir a los niños en vampiros —dijo Matthew.

—No la *hemos convertido* en nada. Rebecca nos ha venido así. Y no vampira. Es una vampiruja o una brumpira. —No intentaba ser ridícula, aunque las palabras invitaban a la risa.

—Los demás querrán saber con qué clase de criatura tratan —dijo Matthew.

—Pues tendrán que esperar —dije bruscamente—. Es demasiado pronto para saberlo y no estoy dispuesta a que nadie encasille a Rebecca para su conveniencia.

—¿Y cuando eche los dientes? ¿Qué haremos entonces? —preguntó Matthew, levantando la voz—. ¿Te has olvidado de Jack?

«Ah». O sea que lo que le preocupaba a Matthew era la rabia de sangre, más que el hecho de que fueran vampiro o brujo. Le pasé a Rebecca, que dormía profundamente, y me aboté la camisa. Cuando terminé, la tenía abrazada contra su pecho, con la cabeza metida entre la barbilla y el hombro. Matthew tenía los ojos cerrados, como si intentara apartar de su mente lo que acababa de ver.

—Si Rebecca o Philip tienen rabia de sangre, tendremos que afrontarlo… juntos, como una familia —declaré, apartándole un mechón de pelo que había caído sobre su frente—. Intenta no preocuparte tanto.

—¿Afrontarlo? No se puede razonar con un niño de dos años en pleno arranque asesino —dijo Matthew.

—Entonces la hechizaré. —No lo habíamos discutido, pero lo haría sin dudarlo—. Del mismo modo que hechizaría a Jack, si esa fuera la única forma de protegerle.

—No vas a hacer a nuestros hijos lo que tus padres te hicieron a ti, Diana. Nunca te lo perdonarías.

La flecha que descansaba contra a mi espina dorsal me pinchó el hombro y el décimo nudo empezó a retorcerse en mi muñeca al despertar los cordones en mi interior. Esta vez no había ninguna duda en mí.

—Haré lo que haga falta para salvar a mi familia.

—Está hecho —dijo Matthew, dejando su móvil.

Era 6 de diciembre, un año y un día desde que Philippe marcara a Diana con su juramento de sangre. En Isola della Stella, una pequeña isla en la laguna de Venecia, una declaración jurada de su estatus como una De Clermont esperaba sobre el escritorio de un funcionario de la Congregación para ser introducida en el pedigrí de la familia.

—Así que la tía Verin ha acabado accediendo —dijo Marcus.

—Tal vez haya estado en contacto con Gallowglass. —Fernando aún albergaba esperanzas de que el hijo de Hugh volviera a tiempo para el bautizo.

—Lo hizo Baldwin. —Matthew se reclinó sobre su silla pasándose las manos por la cara.

Alain apareció, pidiendo disculpas por la interrupción, con un fajo de correo y una copa de vino. Lanzó una mirada de preocupación a los tres vampiros reunidos en torno al fuego de la cocina y se fue sin decir nada.

Fernando y Marcus se miraron, claramente sorprendidos.

—¿Baldwin? Pero si ha sido Baldwin... —Marcus ni siquiera terminó la frase.

—Le preocupa más la seguridad de Diana que la reputación de los De Clermont —concluyó Matthew—. La cuestión es qué sabe él que nosotros no sepamos.

El 7 de diciembre era nuestro aniversario, y Sarah e Ysabeau se quedaron con los niños para darnos a Matthew y a mí unas horas a solas. Preparé varios biberones de leche para Philip, de sangre y leche mezcladas para Rebecca, y bajé a los dos a la biblioteca de la familia. Allí, Sarah e Ysabeau habían montado un maravilloso mundo de mantas, juguetes y móviles para entretenerlos, y esperaban anhelantes la velada con sus nietos.

Cuando sugerí la posibilidad de que cenáramos en la torre de Matthew para estar cerca si surgía cualquier problema, Ysabeau me dio unas llaves.

—Os espera una cena en Les Revenants —dijo.

—¿Les Revenants? —Nunca había oído hablar de tal sitio.

—Philippe construyó el castillo para dar albergue a los cruzados que vinieran de Tierra Santa —explicó Matthew—. Es de *maman*.

—Ahora es vuestra casa. Os la regalo —dijo Ysabeau—. Feliz aniversario.

—No nos puedes regalar una casa. Es demasiado, Ysabeau —protesté yo.

—Les Revenants es más adecuado para una familia que este lugar. Es muy acogedor. —La expresión de Ysabeau adquirió un toque de melancolía—. Y Philippe y yo fuimos felices allí.

—¿Estás segura? —preguntó Matthew a su madre.

—Sí, y te gustará, Diana —dijo Ysabeau levantando las cejas—. Todas las habitaciones tienen puerta.

—¿Cómo se puede decir que este lugar es acogedor? —pregunté cuando llegamos a la casa a las afueras de Limousin.

Les Revenants era más pequeño que Sept-Tours, pero no demasiado. Según Matthew, solo tenía cuatro torres, una en cada esquina de la cuadrada fortaleza. Pero el foso que la rodeaba era suficientemente grande como para llamarse lago y el espléndido complejo de establos y el precioso patio central anulaban cualquier argumento de que aquella casa fuera más modesta que la residencia oficial de los De Clermont. Sin embargo, el interior tenía un ambiente íntimo, a pesar de los grandes salones de recepción en el piso de abajo. El castillo había sido construido en el siglo XII, pero lo habían renovado en profundidad y ahora tenía todas las comodidades de la vida moderna, como aseos, electricidad y hasta calefacción en algunas habitaciones. A pesar de todo, yo estaba cada vez más convencida de rechazar el regalo y cualquier posibilidad de vivir allí, hasta que mi astuto marido me enseñó la biblioteca.

La sala neogótica, con su artesonado de vigas de madera, sus talladas *boiseries*, su inmensa chimenea y la decoración de escudos herráldicos, estaba situada en la esquina suroeste del edificio principal. Una larga hilera de ventanas daba sobre el patio interior mientras que otro pequeño vano enmarcaba la vista del campo de Limousin. Las únicas dos paredes sin aberturas estaban cubiertas de estanterías de libros, del suelo al techo. Una escalera de nogal en curva llevaba a la galería que daba acceso a los estantes más altos. Me recordaba un poco a la sala de lectura Duke Humfrey, con su madera oscura y su tenue iluminación.

—¿Qué es todo esto? —Las estanterías de nogal estaban llenas de cajas y libros desordenados.

—Los documentos personales de Philippe —dijo Matthew—. *Maman* los trajo después de la guerra. Todo lo relacionado con los asuntos de la familia De Clermont o los Caballeros de Lázaro sigue en Sept-Tours, por supuesto.

Aquel tenía que ser el archivo personal más extenso del mundo. Me senté con un golpe seco, comprendiendo de repente la situación de Phoebe entre todos los tesoros artísticos de la familia, y me cubrí la boca con la mano.

—Supongo que querrá echarles un vistazo, doctora Bishop —dijo Matthew besándome la cabeza.

—¡Pues claro que quiero! Nos pueden dar información sobre *El libro de la vida* y los comienzos de la Congregación. Puede que haya cartas que hagan referencia a Benjamin y a la hija de la bruja de Jerusalén. —Mi cabeza daba vueltas con tantas posibilidades.

Matthew parecía algo escéptico.

—Creo que es más probable que encuentres sus diseños de armas de asedio o sus instrucciones para alimentar a los caballos que cualquier cosa relacionada con Benjamin.

Todos mis instintos de historiadora me decían que Matthew estaba infravalorando la importancia de lo que había allí. Dos horas después de que Matthew me llevara a la biblioteca, aún seguía allí, rebuscando entre cajas mientras Matthew bebía vino y me divertía traduciéndome textos escritos en códigos o lenguas que yo no entendía. Los pobres Alain y Victoire acabaron sirviendo la romántica cena de aniversario que nos habían preparado en la mesa de la biblioteca en lugar del comedor.

Nos mudamos a Les Revenants con los niños a la mañana siguiente, y sin queja alguna por mi parte acerca de sus dimensiones, las facturas de calefacción ni las escaleras que tendría que subir para darme un baño. De todas formas, esta última preocupación era irrelevante, ya que Philippe había hecho instalar un ascensor de husillo en la torre alta después de un viaje a Rusia en 1811. Afortunadamente, en 1896 lo hicieron eléctrico y desde entonces no hacía falta la fuerza de un vampiro para girar la manivela.

Marthe fue la única que se vino con nosotros a Les Revenants, aunque Alain y Victoire habrían preferido quedarse con nosotros en Limousin y dejar al grupo de Marcus en manos más jóvenes. Marthe cocinaba y nos ayudaba a Matthew y a mí a acostumbrarnos a las exigencias logísticas de cuidar de dos niños. Conforme Sept-Tours se fuera llenando de caballeros, Fernando y Sarah se vendrían con nosotros, y también Jack, si la marabunta de desconocidos le resultaba demasiado apabullante; pero por ahora estábamos solos.

Aunque todavía andábamos algo nerviosos por Les Revenants, la mudanza nos dio la oportunidad de ser por fin una familia. Rebecca empezó a engordar ahora que habíamos dado con cómo alimentar adecuadamente su diminuto cuerpo. Y Philip aguantó todos los cambios de rutina y ubicación con su habitual expresión reflexiva, observando el movimiento de la luz sobre las paredes de piedra o escuchando con silenciosa alegría el ruido de las hojas al pasarlas en la biblioteca.

Marthe cuidaba de los niños siempre que se lo pedíamos, dándonos la oportunidad de reconectar después de las semanas de separación y las tensiones y alegrías que acompañaron el nacimiento de los gemelos. Durante esos preciosos momentos a solas, paseábamos de la mano junto al foso y hablábamos de nuestros planes para la casa, de dónde plantar mi jardín de bruja para aprovechar al máximo la luz solar o cuál sería el lugar perfecto para que Matthew construyera una cabaña en un árbol para los niños.

Ahora bien, por muy maravilloso que fuera estar solos, pasábamos todo el tiempo que podíamos con las nuevas vidas que habíamos creado. Nos sentábamos delante de la chimenea de nuestro dormitorio y les observábamos moverse lentamente retorciéndose para acercarse hacia el otro y mirarse extasiados mientras se agarraban las manos. Nunca eran más felices que cuando sus manos se tocaban, como si los meses que habían pasado juntos en mi útero les hubieran acostumbrado a estar en contacto constantemente. Aunque pronto serían demasiado grandes para hacerlo, por ahora les dejábamos dormir en la misma cuna. Y les pusiéramos como les pusiéramos, siempre acababan con las caras pegaditas y rodeando al otro con sus diminutos brazos.

Todos los días, Matthew y yo trabajábamos en la biblioteca, buscando pistas sobre el paradero de Benjamin, la misteriosa bruja de Jerusalén y su no menos misteriosa hija, y sobre *El libro de la vida*. Philip y Rebecca no tardaron en familiarizarse con el olor a papel y pergamino. Volvían la cabeza cuando oían la voz de Matthew leyendo en alto documentos escritos en griego, latín, occitano, francés antiguo, dialectos germánicos antiguos, inglés antiguo o el singular dialecto de Philippe.

La idiosincrasia lingüística de Philippe resonaba en el sistema de ordenación que había creado para guardar sus archivos y libros personales. Por ejemplo, nuestros esfuerzos conjuntos por encontrar documentos de la época de los cruzados dieron como resultado una carta del obispo Adhémar exponiendo las justificaciones espirituales para la Primera Cruzada, curiosamente acompañada de una lista de la compra de 1930 que contenía artículos que Philippe quería que

Alain le enviara desde París: zapatos nuevos de Berluti, una copia de *La cuisine en dix minutes* y el tercer volumen de *La ciencia de la vida* de H. G. Wells, Julian Huxley y G. P. Wells.

Aquellos momentos juntos en familia eran como un milagro. Había tiempo para reírnos y cantar, de maravillarnos con la diminuta perfección de nuestros hijos, y para confesar la angustia que ambos habíamos sentido ante el embarazo y sus posibles complicaciones.

Nuestros sentimientos por el otro nunca habían titubeado, pero en aquellos días tranquilos y perfectos en Les Revenants se vieron reforzados, y eso a pesar de saber los desafíos que nos acechaban las semanas siguientes.

—Estos son los caballeros que han accedido a venir. —Marcus le entregó la lista de invitados a Matthew. Los ojos de Matthew recorrieron rápidamente la página.

—Giles. Russell. Genial. —Matthew pasó de página—. Addie. Verin. Miriam. —Levantó la mirada—. ¿Cuándo has hecho caballero a Chris?

—Cuando estábamos en Nueva Orleans. Me pareció lo correcto —dijo Marcus algo avergonzado.

—Muy bien, Marcus. Viendo los asistentes al bautizo de los niños, dudo que nadie de la Congregación se atreva a causar problemas —dijo Fernando sonriendo—. Creo que puedes estar tranquilo, Matthew. Diana podrá disfrutar del día como esperabas.

Pero Matthew no estaba tranquilo.

—Ojalá hubiéramos encontrado a Knox. —Matthew miró la nieve por la ventana de la cocina. Al igual que Benjamin, Knox había desaparecido sin dejar rastro. Lo que eso sugería era demasiado aterrador como para ponerlo en palabras.

—¿Quieres que interrogue a Gerbert? —preguntó Fernando. Habían hablado de las posibles repercusiones de actuar como si Gerbert fuera un traidor. Podría crear un conflicto abierto entre los vampiros de la mitad sur de Francia por primera vez en más de un milenio.

—Aún no —dijo Matthew, que no quería atraer más problemas—. Seguiré buscando entre los documentos de Philippe. Tiene que haber alguna pista en ellos sobre dónde se oculta Benjamin.

—¡Jesús, María y José! Pero ¿cuántas cosas más podemos necesitar para un viaje de media hora a casa de mi madre? —Matthew llevaba toda la semana haciendo menciones sacrílegas a la Sagrada Familia y sus viajes de diciembre, pero hoy era especialmente notorio, porque íbamos a bautizar a los gemelos. Algo le inquietaba, pero se negaba a decirme qué.

—Quiero estar segura de que Philip y Rebecca están completamente a gusto, dada la cantidad de extraños que van a conocer —dije, haciendo botar a Philip para que soltara el aire en lugar de vomitar a mitad de viaje.

—Tal vez podríamos dejar la cuna —dijo Matthew con optimismo.

—Hay espacio de sobra para llevarla y van a necesitar una siesta como mínimo. Fuentes fidedignas me han informado de que este es el vehículo motorizado más grande de Limousin, a excepción del carro de heno de Claude Raynard. —Los lugareños habían dado a Matthew el apodo de Gaston Lagaffe, el inepto y adorable personaje de cómic, y bromeaban sobre su *grande guimbarde* desde el día en que fue a comprar pan a la tienda con el Range Rover y se quedó encajado entre un diminuto Citroën y un Renault aún más minúsculo.

Matthew cerró de un portazo el maletero sin decir palabra.

—Deja de fruncir el ceño, Matthew —dijo Sarah apareciendo junto a la entrada de la casa—. Tus hijos van a creer que eres un oso.

—¡Estás preciosa! —exclamé. Sarah iba de punta en blanco con un traje de chaqueta verde hecho a medida y una exquisita blusa de seda color crema que destacaba su cabellera pelirroja. Estaba a la vez glamurosa y alegre.

—Me lo ha hecho Agatha. Sabe lo suyo —dijo Sarah volviéndose para que pudiera admirar su trasero—. Ah, antes de que se me olvide. Ha llamado Ysabeau. Dice que Matthew ignore todos los coches que hay aparcados en la entrada y que vaya directamente a la puerta. Han reservado espacio para vosotros en el patio.

—¿Coches? ¿Aparcados en la entrada? —Miré a Matthew consternada.

—Marcus creyó que sería buena idea que estuvieran presentes algunos caballeros —dijo diplomáticamente.

—¿Por qué? —Mi estómago empezó a hacer piruetas mientras el instinto me decía que no todo era como parecía.

—Por si la Congregación decide oponerse al evento —contestó Matthew. Sus ojos se clavaron en los míos con una mirada tranquila y serena como un mar de verano.

A pesar de las advertencias de Ysabeau, nada podría haberme preparado para la entusiasta bienvenida que nos esperaba. Marcus había transformado Sept-Tours en Camelot, con banderas y estandartes ondeando en la gélida brisa de diciembre y sus colores destacando sobre la nieve y el oscuro basalto de la zona. En lo alto de la fortaleza cuadrada, habían izado el pendón negro y plateado con el uróboros de la familia De Clermont, con una enorme bandera cuadrada encima que mostraba el gran sello de los Caballeros de Lázaro. Las dos piezas de seda serpenteaban sobre la misma asta, aumentando casi diez metros la altura de la torre ya de por sí elevada.

—En fin, si la Congregación no sabía que algo estaba pasando, ahora ya lo saben —dije yo, contemplando el espectáculo.

—No tenía mucho sentido intentar pasar desapercibidos —dijo Matthew—. Vamos a empezar tal y como pretendemos seguir. Y eso significa que no vamos a esconder a los niños de la verdad ni del resto del mundo.

Asentí y le cogí de la mano.

Cuando Matthew entró en el patio, estaba lleno de simpatizantes de la familia. Se abrió paso cuidadosamente entre la multitud, deteniéndose de vez en cuando junto a algún viejo amigo que quería estrechar su mano y darnos la enhorabuena por nuestra buena fortuna. Pero frenó en seco al ver a Chris Roberts con una enorme sonrisa en el rostro y una jarra de plata en la mano.

—¡Eh! —Chris golpeó la ventanilla con la jarra—. Quiero ver a mi ahijada. Ahora.

—¡Hola, Chris! No sabía que venías —dijo Sarah, bajando la ventanilla y dándole un beso.

—Soy caballero. Tenía que estar. —La sonrisa de Chris era cada vez mayor.

—Eso me han dicho —dijo Sarah. Había habido otros miembros de sangre caliente antes que él, entre ellos Walter Raleigh y Henry Percy, pero nunca habría imaginado que mi mejor amigo acabaría siéndolo.

—*Sip*. El próximo semestre haré que mis alumnos me llamen Sir Christopher —repuso Chris.

—Mejor eso que san Christopher —replicó Miriam con su aguda voz de soprano, sonriéndonos con los brazos en jarras. En esa postura se veía la camiseta que llevaba bajo un discreto blazer azul marino. Era del mismo color y llevaba el lema «Ciencia: arruinándolo todo desde 1543», escrito sobre el pecho junto a la figura de un unicornio, una representación aristotélica de los cielos y un boceto de la creación del hombre de Miguel Ángel en la Capilla Sixtina. Y todas las imágenes estaban tachadas con una raya roja.

—¡Hola, Miriam! —dije saludándola con la mano.

—Aparcad ya para que veamos a los retoños —dijo ella con tono imperativo.

Matthew les hizo caso, pero en cuanto se empezó a formar una multitud, dijo que los niños no podían coger frío y emprendió la retirada rápidamente hacia la cocina, armado con la bolsa de pañales y escudándose en Philip.

—¿Cuánta gente ha venido? —pregunté a Fernando. Habíamos pasado por delante de varias decenas de coches aparcados.

—Al menos un centenar —contestó—. No me he parado a contar.

A juzgar por los febriles preparativos en la cocina, había bastante sangre caliente entre los asistentes. Vi cómo metían ganso relleno en un horno mientras sacaban un cerdo, listo para ser untado con vino y hierbas. Se me empezó a hacer la boca agua con los aromas.

Poco antes de las once de la mañana, las campanas de la iglesia de Saint-Lucien empezaron a repicar. Para entonces, Sarah y yo habíamos vestido a los gemelos con trajes blancos a juego hechos de seda y encaje y unos gorritos que les habían tejido Marthe y Victoire. Parecían bebés del siglo XVI hasta el último milímetro. Los envolvimos en mantas y bajamos las escaleras.

En ese momento las ceremonias dieron un giro inesperado. Sarah se subió a uno de los todoterrenos de la familia con Ysabeau, y Marcus nos guio hacia el Range Rover. Una vez abrochados los cinturones, no nos llevó hacia la iglesia, sino al templo de la diosa en la montaña.

Mis ojos se llenaron de lágrimas al ver a todos los simpatizantes reunidos bajo el roble y el ciprés. Solo me sonaban algunos rostros, pero Matthew conocía a muchos más. Vi a Sophie y a Margaret, con Nathaniel a su lado. También estaba Agatha Wilson, mirándome vagamente como si me reconociera pero no supiera bien dónde ubicarme. Amira y Hamish estaban juntos, ambos algo apabullados por tanta ceremonia. Pero lo que más me sorprendió fue la cantidad de vampiros desconocidos que había. Sus miradas eran frías y curiosas, pero no maliciosas.

—¿Qué es todo esto? —pregunté a Matthew cuando me abrió la puerta.

—Pensé que deberíamos dividir la ceremonia en dos partes: una ceremonia pagana de nombramiento aquí y un bautismo cristiano en la iglesia —dijo—. Así Emily podrá participar del día de los bebés.

La consideración de Matthew y sus esfuerzos por recordar a Em me dejaron muda por un instante. Sabía que siempre estaba maquinando planes y haciendo negocios mientras yo dormía. Pero no imaginaba que su trabajo nocturno incluyera supervisar los preparativos del bautismo.

—¿Está bien, *mon coeur*? —preguntó, algo inquieto por mi silencio—. Quería que fuera una sorpresa.

—Es perfecto —dije en cuanto me vi capaz—. Y va a significar mucho para Sarah.

Los invitados formaron un círculo en torno al antiguo altar dedicado a la diosa. Sarah, Matthew y yo ocupamos nuestro lugar en el centro. Mi tía no se creía que yo pudiera recordar una sola palabra de los rituales de nombramiento para recién nacidos que había presenciado, y estaba dispuesta a oficiarlo. Era una ceremonia sencilla, pero también un momento importante en la vida de un joven brujo, ya que representaba una bienvenida formal a la comunidad. Eso sí, Sarah sabía que era mucho más que eso.

—Bienvenidos, amigos y familiares de Diana y Matthew —comenzó a decir Sarah con las mejillas sonrojadas por el frío y la emoción—. Estamos aquí reunidos para otorgar a sus hijos los nombres que llevarán en este mundo. Entre los brujos, llamar a algo por su nombre es reconocer su poder. Al nombrar a estos niños, honramos a la diosa, que los ha confiado a nuestro cuidado, y expresamos nuestro agradecimiento por los dones que les ha concedido.

Matthew y yo nos negamos a dar nombres a los niños siguiendo ninguna fórmula y yo había vetado la tradición vampírica de poner los primeros cinco nombres en honor a un cuarteto elemental. Con un apellido compuesto ya me parecía bastante. El primer nombre de pila de los niños venía de uno de sus abuelos. El segundo rendía honor a la tradición De Clermont de dar los nombres de los arcángeles a Matthew y a otros miembros de su familia. El tercero también era de un abuelo. El cuarto, y último, lo elegimos entre los nombres de personas que habían sido importantes en su concepción y nacimiento.

Hasta ese momento, nadie sabía los nombres completos de los niños, salvo Matthew, Sarah y yo.

Sarah hizo una señal a Matthew para que levantara a Rebecca con la cara mirando hacia arriba.

—Rebecca Arielle Emily Marthe —dijo Sarah, haciendo que su voz resonara por el claro de la montaña—, te damos la bienvenida al mundo y a nuestros corazones. Ve con la certeza de que todos los aquí presentes te conocerán con este honorable nombre y considerarán sagrada tu vida.

Los árboles y el viento susurraron «Rebecca Arielle Emily Marthe». No fui la única que lo oyó. Los ojos de Amira también se abrieron de par en par y Margaret Wilson murmuró admirada agitando los brazos.

Matthew bajó a Rebecca y observó a su hija, que tanto se parecía a él, con la mirada llena de amor. Rebecca respondió estirando el brazo y tocándole con su delicado dedito, en un gesto de conexión que hizo rebosar mi corazón.

Entonces llegó mi turno y levanté a Philip, ofreciéndolo a la diosa y a los elementos del fuego, el aire, la tierra y el agua.

—Philip Michael Addison Sorley —dijo Sarah—, te damos la bienvenida también al mundo y a nuestros corazones. Ve con la certeza de que todos los aquí presentes te conocerán con este honorable nombre y considerarán sagrada tu vida.

Al oír el último nombre de Philip, los vampiros se miraron entre sí y buscaron a Gallowglass entre la multitud. Habíamos elegido Addison porque era el segundo nombre de mi padre, pero Sorley pertenecía al gran ausente gaélico. Deseé que lo hubiera oído a través de los árboles.

—Que Rebecca y Philip lleven con orgullo sus nombres, hagan realidad su potencial con el tiempo y confíen en que serán adorados y protegidos por todos aquellos que han sido testigos del amor que sus padres sienten por ellos. Sean bendecidos —dijo Sarah, con los ojos brillando de lágrimas contenidas.

Era imposible encontrar unos ojos que no estuvieran emocionados en el claro de la montaña, ni saber quién quedó más conmovido por la ceremonia. Hasta mi hija, siempre tan elocuente, parecía sobrecogida por la ocasión y se chupaba pensativa el labio inferior.

Del claro fuimos hacia la iglesia. Los vampiros bajaron caminando y llegaron los primeros al pie de la montaña, mientras que los demás fuimos en todoterrenos, lo cual fue motivo de orgullo para Matthew al ver su acierto en la preferencia de automóviles.

En la iglesia la multitud de testigos aumentó con la incorporación de gente del pueblo y, como en nuestra boda, el sacerdote nos recibió a la entrada con los padrinos.

—¿Todas las ceremonias católicas tienen lugar al aire libre? —pregunté, ciñéndole más la mantita a Philip.

—Unas cuantas —contestó Fernando—. Para mí nunca ha tenido sentido, pero, bueno, yo soy un infiel.

—Chis —nos advirtió Marcus, mirando al sacerdote con preocupación. —*Père* Antoine es admirablemente ecuménico y ha accedido a pasar por encima de los exorcismos habituales, pero tampoco nos pasemos. ¿Sabe alguien lo que hay que decir en la ceremonia?

—Yo —dijo Jack.

—Yo también —dijo Miriam.

—Bien. Jack cogerá a Philip y Miriam a Rebecca. Vosotros dos podéis hablar. El resto intentaremos estar atentos y asentiremos cuando lo creamos apropiado —dijo Marcus, con inquebrantable bonhomía. Le hizo un gesto con los pulgares al sacerdote para que continuara—. *Nous sommes prêts, père Antoine!*

Matthew me cogió del brazo y me llevó hacia dentro.

—¿Estarán bien? —susurré. Entre los padrinos había un solo católico, un converso, un baptista, dos presbiterianos, una anglicana, tres brujos, un daimón y tres vampiros de creencias religiosas inciertas.

—Es una casa de oración y he rogado a Dios que cuide de ellos —murmuró Matthew mientras nos colocábamos junto al altar—. Esperemos que me esté escuchando.

Pero ni nosotros ni Dios teníamos por qué preocuparnos. Jack y Miriam contestaron todas las preguntas del sacerdote acerca de su fe y el estado de las almas de los niños en un latín perfecto. Philip soltó una alegre carcajada cuando el cura le sopló sobre la cara para ahuyentar los espíritus malignos y protestó enérgicamente cuando le pusieron sal en la boca. Rebecca parecía más interesada en los largos rizos de Miriam, uno de los cuales tenía cogido en el puño.

El resto de los padrinos formaban un grupo fantástico. Fernando, Marcus, Chris, Marthe y Sarah —en lugar de Vivian Harrison, que no pudo asistir— hicieron de padrinos de Rebecca junto a Miriam, mientras que Jack, Hamish, Phoebe, Sophie, Amira e Ysabeau —que se ofreció para ocupar el lugar de su nieto Gallowglass— prometieron guiar y cuidar de Philip. A pesar de no ser creyente, las palabras ancestrales que pronunció el sacerdote me hicieron sentir que los niños serían queridos y cuidados pasara lo que pasara.

La ceremonia se acercaba a su fin y Matthew estaba visiblemente más tranquilo, cuando *père* Antonie nos pidió a los dos que diéramos un paso adelante y cogiéramos a Philip y a Rebecca de los brazos de sus padrinos. En cuanto lo hicimos y nos volvimos para mirar a la congregación, sonó un *hurra* espontáneo y luego otro.

—¡Y se acabó el acuerdo! —dijo en voz alta un vampiro a quien no conocía—. Y ya era hora…

—¡Amén, Russell! —murmuraron varios en respuesta.

Las campanas empezaron a repicar. Mi sonrisa se convirtió en una carcajada envuelta en la felicidad del momento.

Como siempre, ese fue el momento en que todo empezó a torcerse.

La puerta sur se abrió dejando entrar una ráfaga de viento frío. En el umbral apareció recortada la silueta de un hombre. Entorné los ojos tratando de reconocer sus rasgos. Todos los vampiros que había en la iglesia se movieron como un relámpago hacia el pasillo, bloqueando el paso al recién llegado.

Me arrimé a Matthew y estreché a Rebecca entre mis brazos. Las campanas enmudecieron, pero sus últimos ecos seguían resonando en el aire.

—Enhorabuena, hermana. —La voz profunda de Baldwin inundó el espacio—. He venido a dar la bienvenida a tus hijos a la familia De Clermont.

Matthew se irguió hasta su máxima altura. Sin mirar atrás, dejó a Philip en manos de Jack y avanzó por el pasillo hacia su hermano.

—Nuestros hijos no son De Clermont —dijo Matthew fríamente. Se metió la mano en el bolsillo interior de la chaqueta y con un movimiento brusco entregó un documento doblado a Baldwin—. Me pertenecen a mí.

33

Todas las criaturas presentes en el bautizo dejaron escapar simultáneamente un grito ahogado. Ysabeau señaló hacia *père* Antoine, que sacó rápidamente de la iglesia a los vecinos del pueblo. Luego ella y Fernando se colocaron a ambos lados de Jack y de mí, vigilándonos.

—No esperarás que reconozca a una rama corrupta y enferma de esta familia y le dé mi bendición y respeto… —Baldwin arrugó el documento en su mano.

Los ojos de Jack se tornaron negros al oír el insulto.

—Matthew te ha confiado a Philip. Eres responsable de tu ahijado —le recordó Ysabeau—. No dejes que las palabras de Baldwin te hagan ignorar los deseos de tu señor.

Jack inspiró profunda y temblorosamente, y asintió. Philip hizo gorgoritos para llamar su atención y, cuando Jack le miró, recompensó a su padrino frunciendo el ceño preocupado. Cuando Jack volvió a levantar la mirada, sus ojos volvían a ser verdes y marrones.

—Tío Baldwin, no me parece que esta sea una actitud demasiado amistosa —dijo Marcus con serenidad—. Esperemos a discutir los asuntos de familia después del banquete.

—No, Marcus. Los vamos a discutir y zanjar ahora —intervino Matthew, contradiciendo a su hijo.

En otra época y otro lugar, los cortesanos de Enrique VIII informaron a su rey de la infidelidad de su quinta esposa en la iglesia para que tuviera que pensarse dos veces el matar al mensajero. Aparentemente, Matthew también creía que así podía evitar que Baldwin le matara.

Cuando de repente vi a Matthew aparecer súbitamente detrás de su hermano tras haber estado un segundo antes frente a él, comprendí que su decisión de seguir en la iglesia era en realidad para proteger a Baldwin. Matthew, al igual que Enrique, no derramaría sangre en suelo sagrado.

Ahora bien, eso tampoco significaba que Matthew fuera a ser del todo compasivo. Tenía a Baldwin completamente inmovilizado, con uno de sus largos brazos alrededor del cuello de su hermano, de forma que se agarraba su propio bíceps. Por otro lado, hincó la mano derecha sobre el omóplato de Baldwin con fuerza suficiente como para partírselo en dos, sus ojos de un tono entre gris y negro sin mostrar rastro de emoción.

—Y esa es la razón por la que nunca debes permitir que Matthew Clairmont te venga por detrás —murmuró un vampiro a otro.

—En breve le va a doler bastante —contestó su amigo—. A no ser que Baldwin pierda el conocimiento antes.

Sin decir una palabra, dejé a Rebecca con Miriam. El poder me picaba en las manos y las escondí en los bolsillos de mi abrigo. Sentía el peso de la punta plateada de la flecha contra mi columna y a Corra totalmente alerta, a punto de desplegar las alas. Después de New Haven, mi dragón se fiaba de Baldwin tan poco como yo.

Baldwin estaba a punto de zafarse de Matthew, o al menos eso pensé yo, porque antes de que pudiera advertirle, se hizo evidente que la aparente ventaja de Baldwin no era sino un astuto truco de Matthew para hacerle cambiar de postura. Cuando lo hizo, Matthew utilizó el peso del propio Baldwin y una patada rápida y demoledora sobre la pierna de su hermano para ponerle de rodillas. Baldwin soltó un gruñido ahogado.

Fue un claro recordatorio de que Baldwin podía ser más grande, pero Matthew era el asesino.

—Ahora, sieur. —Matthew levantó ligeramente el brazo dejando a su hermano colgado de la barbilla para presionarle más el cuello—. Me gustaría que reconsideraras mi respetuosa petición de crear un vástago De Clermont.

—Nunca —balbuceó Baldwin. Los labios se le estaban poniendo morados por la falta de oxígeno.

—Mi esposa dice que la palabra «nunca» no debería decirse en lo que atañe a los Bishop-Clairmont. —Matthew tensó el brazo y los ojos de Baldwin empezaron a quedarse en blanco—. Por cierto, no voy a dejar que pierdas el conocimiento ni tampoco te voy a matar. Si estás inconsciente o mueres, no podrás acceder a mi petición. Así que, si estás decidido a negarte, ya puedes prepararte para unas cuantas horas así.

—Suél-ta-me —balbuceó Baldwin, con enormes esfuerzos para pronunciar cada sílaba. Matthew le dejó que cogiera un poco de aire entre resuellos. Lo suficiente como para que siguiera consciente aunque sin llegar a recuperarse.

—Suéltame tú a mí, Baldwin. Después de todos estos años, quiero convertirme en algo más que la oveja negra de la familia De Clermont —murmuró Matthew.

—No —contestó Balwdin con dificultad.

Matthew movió su brazo para que su hermano pudiera decir más de una o dos palabras a la vez, pero sus labios seguían teniendo el mismo tono morado. También tomó la sabia precaución de hincar el tacón de su zapato en el tobillo de Baldwin por si intentaba aprovechar el oxígeno extra para revolverse. Baldwin aulló de dolor.

—Llévate a Rebecca y a Philip de vuelta a Sept-Tours —le dije a Miriam arremangándome. No quería que vieran a su padre así. Ni tampoco quería que vieran a su madre utilizar magia contra un miembro de la familia. El viento empezó a levantarse alrededor de mis pies, haciendo que el polvo que había en la iglesia se arremolinara en pequeños tornados. Las llamas de los candelabros bailaban, dispuestas a seguir mis órdenes, y el agua de la fuente bautismal empezó a burbujear.

—Déjanos ir a mí y a los míos, Baldwin —dijo Matthew—. Si de todas formas, no nos quieres.

—Puede… te… necesito. Mi… asesino… después… todo —contestó Baldwin.

La iglesia estalló en exclamaciones de conmoción y susurros al oír abiertamente aquel secreto de los De Clermont, aunque yo sabía que algunos de los presentes ya conocían el papel que Matthew jugaba en la familia.

—Haz tu propio trabajo sucio para variar —dijo Matthew—. Dios sabe que eres tan capaz de matar como yo.

—Tú. Distinto. Gemelos ¿también... rabia... sangre? —escupió Baldwin.

Los invitados se quedaron mudos.

—¿Rabia de sangre? —La voz de un vampiro rasgó el silencio con un acento irlandés suave, pero inconfundible—. ¿De qué está hablando, Matthew?

Los vampiros presentes se miraron inquietos mientras resurgía un murmullo de conversaciones. La rabia de sangre era más de lo que habían acordado cuando aceptaron la invitación de Matthew. Luchar contra la Congregación y proteger a los hijos de un vampiro y una bruja era una cosa. Una enfermedad capaz de convertir a uno en un monstruo sediento de sangre era otra bastante distinta.

—Baldwin ha dicho la verdad, Giles. Mi sangre está manchada —dijo Matthew. Sus ojos se clavaron en los míos, con las pupilas ligeramente dilatadas. Silenciosamente, me urgieron: «Vete mientras puedas».

Pero esta vez Matthew no estaría solo. Me abrí paso entre Ysabeau y Fernando y fui hacia mi marido.

—Eso significa que Marcus... —Giles no concluyó la frase. Entornó los ojos—. No podemos permitir que alguien con rabia de sangre lidere a los Caballeros de Lázaro. Es imposible.

—¡No seas estúpido! —dijo el vampiro al lado de Giles con un frío acento británico—. Matthew ya fue gran señor y ni nos dimos cuenta. De hecho, si no recuerdo mal, Matthew fue un comandante inusualmente bueno para la fraternidad en más de una situación complicada. Creo que, a pesar de ser un rebelde y un traidor, Marcus también promete. —El vampiro sonrió, asintiendo con la cabeza hacia Marcus en un gesto respetuoso.

—Gracias, Russell —contestó Marcus—. Viniendo de ti, es todo un cumplido.

—Siento haber dicho fraternidad, Miriam —dijo Russell guiñándole un ojo—. Y no soy médico, pero tengo la impresión de que Matthew está a punto de dejar inconsciente a Baldwin.

Matthew movió el brazo ligeramente y los ojos de Baldwin volvieron a su posición normal.

—La rabia de sangre de mi padre está bajo control. No hay razón para que actuemos guiados por el miedo y la superstición —explicó Marcus, dirigiéndose a todos los presentes en la iglesia—. La orden de los Caballeros de Lázaro se fundó para proteger a los vulnerables. Cada miembro ha hecho un juramento para defender a los demás caballeros hasta la muerte. No hace falta que recuerde a nadie que Matthew es caballero. A partir de este momento, también lo son sus hijos.

La necesidad de investir a Rebecca y Philip empezaba a cobrar sentido.

—¿Qué dices tú, tío? —Marcus avanzó por el pasillo y se detuvo delante de Baldwin y Matthew—. ¿Sigues siendo caballero o te has convertido en un cobarde con la vejez?

Baldwin se puso morado y no por la falta de oxígeno.

—Cuidado, Marcus —le advirtió Matthew—. Al final le tendré que soltar.

—Caballero. —Baldwin miró a Marcus con odio.

—Entonces empieza a comportarte como tal y trata a mi padre con el respeto que se ha ganado. —Marcus miró a su alrededor en la iglesia—. Matthew y Diana quieren crear un vástago y cuando lo hagan los Caballeros de Lázaro les brindarán su apoyo. Cualquiera que no esté de acuerdo puede desafiar formalmente mi liderazgo. De lo contrario, este asunto no es negociable.

La iglesia se quedó completamente en silencio.

Los labios de Matthew se curvaron en una sonrisa.

—Gracias.

—No me las des todavía —dijo Marcus—. Aún tenemos que enfrentarnos a la Congregación.

—Una tarea desagradable, sin duda, pero no imposible —dijo Russell secamente—. Suelta a Baldwin, Matthew. Tu hermano nunca ha sido demasiado rápido y tienes a Oliver a tu izquierda. Lleva queriendo darle una lección a Baldwin desde que tu hermano le partió el corazón a su hija.

Varios de los invitados se rieron y los vientos de opinión empezaron a soplar a nuestro favor.

Lentamente, Matthew siguió el consejo de Russell. No hizo intento alguno de alejarse de su hermano o de protegerme. Baldwin se quedó unos instantes de rodillas y luego se puso en pie con dificultad. En cuanto estuvo erguido, Matthew se arrodilló delante de él.

—Deposito mi confianza en vos, sieur —dijo Matthew, inclinando la cabeza—. A cambio pido vuestra confianza. Ni yo ni los míos deshonraremos a la familia De Clermont.

—Sabes que no puedo, Matthew —contestó Baldwin—. Un vampiro con rabia de sangre nunca está bajo control, no del todo. —Sus ojos se posaron en Jack, pero en realidad estaba pensando en Benjamin y en el propio Matthew.

—¿Y si el vampiro pudiera estar bajo control? —pregunté yo.

—Diana, este no es momento de hablar de ilusiones. Sé que Matthew y tú teníais la esperanza de dar con una cura, pero...

—Si te diera mi palabra, como hija de Philippe por juramento de sangre, de que cualquier familiar de Matthew con rabia de sangre puede ser controlado, ¿le reconocerías como cabeza de su propia familia? —Estaba a pocos centímetros de Baldwin y notaba el zumbido de mi poder. Mis sospechas de que el hechizo de camuflaje se había agotado se vieron confirmadas por las miradas de curiosidad a mi alrededor.

—No puedes prometer algo así —dijo Baldwin.

—Diana, no... —Matthew empezó a hablar, pero le corté con una mirada.

—Puedo y lo haré. No tenemos que esperar a que la ciencia encuentre una solución cuando ya existe una solución mágica. Si cualquier miembro de la familia de Matthew actúa llevado por la rabia de sangre, le hechizaré —dije—. ¿De acuerdo?

Matthew me miró estupefacto. Y con razón. Hacía un año, por estas fechas, yo seguía convencida de que la ciencia era superior a la magia.

—No —dijo Baldwin negando con la cabeza—. Tu palabra no es suficiente. Tendrías que demostrarlo. Y entonces tendríamos que ver si tu magia es tan buena como crees, bruja.

—Muy bien —contesté rápidamente—. El periodo de prueba empieza ya.

Baldwin entornó los ojos. Matthew levantó la mirada hacia su hermano.

—La reina da jaque al rey —dijo Matthew suavemente.

—No adelantes acontecimientos, hermano. —Baldwin puso a Matthew de pie—. Nuestro juego está lejos de acabar.

—Lo dejaron en el despacho de *père* Antoine —dijo Fernando horas después de retirarse los últimos invitados—. Nadie vio quién lo trajo.

Matthew miró el feto muerto conservado en formol. Era una niña.

—Está más loco de lo que creía. —Baldwin estaba pálido y no solo por lo que había ocurrido en la iglesia.

Matthew volvió a leer la nota.

«Enhorabuena por el nacimiento de tus hijos —decía—. Quiero que tengas a mi hija, puesto que pronto yo tendré a la tuya». —La nota estaba simplemente firmada: «Tu Hijo».

—Alguien está informando a Benjamin de todos tus movimientos —dijo Baldwin.

—La pregunta es quién. —Fernando puso su mano sobre el hombro de Matthew—. No permitiremos que se lleve a Rebecca, ni a Diana.

La idea era tan escalofriante que Matthew solo pudo asentir.

A pesar de las palabras tranquilizadoras de Fernando, Matthew sabía que no tendría un momento de paz hasta que Benjamin estuviera muerto.

Después del espectáculo del bautizo, el resto de las vacaciones de invierno transcurrieron tranquilamente en familia. Nuestros invitados se marcharon, salvo la familia Wilson, que permaneció en Sept-Tours para disfrutar del «muy dichoso caos», en palabras de la propia Agatha Wilson. Chris y Miriam regresaron a Yale, comprometidos a seguir investigando la rabia de sangre y su posible tratamiento. Baldwin se fue a Venecia en cuanto pudo para intentar controlar la respuesta de la Congregación a cualquier noticia que se filtrara desde Francia.

Matthew se volcó en los preparativos de Navidad, convencido de acabar con cualquier resquicio de amargura que hubiera dejado el bautizo. Se fue al bosque que había al otro lado del foso, volvió con un inmenso abeto para el gran salón y lo adornó con diminutas lucecitas que brillaban como luciérnagas.

Nos pusimos a hacer lunas y estrellas de papel plateado y dorado, mientras recordábamos a Philippe y sus decoraciones navideñas. Luego combiné un hechizo de vuelo y un encantamiento para unir y así ponerlas a bailar en el aire y colocarlas sobre las ramas, donde tintineaban y reflejaban la luz del fuego.

En Nochebuena, Matthew fue a Saint-Lucien a oír misa. Él y Jack fueron los únicos vampiros que asistieron, lo cual complació mucho a *père* Antoine, que después de lo ocurrido en el bautizo se mostraba bastante reacio a que hubiera demasiadas criaturas en los bancos de su iglesia.

Los niños ya habían comido y dormían profundamente cuando Matthew llegó a casa sacudiendo los zapatos para quitarse la nieve. Yo estaba sentada junto al fuego en el gran salón con una botella de su vino preferido y dos copas. Marcus me había asegurado que una copita de vez en cuando no afectaría a los bebés, siempre y cuando esperara un par de horas antes de darles el pecho.

—Paz, insuperable paz —dijo Matthew, estirando el cuello para cerciorarse de que los gemelos no se movían.

—Noche de paz, noche de amor —dije con una amplia sonrisa, alcanzando el monitor para bebés y apagándolo. Al igual que los aparatos de tensión y las herramientas eléctricas, el monitor era un instrumento opcional en una casa de vampiros.

Mientras manejaba los mandos del monitor, Matthew se me acercó. Las semanas de separación y el enfrentamiento con Baldwin habían despertado su lado juguetón.

—Tienes la nariz helada —dije soltando una risilla al sentir la punta contra la piel calentita de mi cuello. Solté un grito ahogado—. Y las manos también.

—¿Por qué crees que me casé con una mujer de sangre caliente? —Los dedos de Matthew rebuscaron por debajo de mi jersey.

—¿No habría sido menos complicado una simple bolsita de agua caliente? —dije burlándome de él. Sus dedos dieron con el objetivo y yo me arqueé acompañando la caricia.

—Tal vez. —Matthew me besó—. Pero desde luego no tan divertido.

Olvidado el vino, marcamos las horas hasta la media noche en latidos en vez de minutos. Cuando las campanas de las iglesias cercanas en Dournazac y Châlus repicaron celebrando el nacimiento de un niño mucho tiempo atrás en la lejana Belén, Matthew se detuvo un instante para escuchar su sonido solemne a la vez que exuberante.

—¿Qué estás pensando? —pregunté mientras desaparecía el eco de las campanas.

—Estaba recordando cuando el pueblo celebraba Saturnalia, cuando yo era niño. No había muchos cristianos, aparte de mis padres y otras pocas familias. El último día del festival, el 23 de diciembre, Philippe iba casa por casa, fuera pagana o cristiana, preguntando a los niños qué deseaban para el Año Nuevo. —Matthew sonrió con melancolía—. Cuando nos despertábamos al día siguiente, descubríamos que nuestros deseos habían sido concedidos.

—Le pega mucho a tu padre —comenté—. ¿Qué deseabas?

—Generalmente, más comida —dijo Matthew con una carcajada—. Mi madre decía que era un pozo sin fondo con la comida. Una vez pedí una espada. Todos los niños del pueblo idolatraban a Hugh y Baldwin. Todos queríamos ser como ellos. Creo que la espada que me regalaron era de madera y se rompió la primera vez que la blandí.

—¿Y ahora? —susurré, besando sus ojos, sus mejillas, su boca.

—Ahora lo único que deseo es envejecer a tu lado —dijo Matthew.

El día de Navidad, la familia vino a casa, ahorrándonos así tener que volver a arropar a Rebecca y a Philip para trasladarlos. Con tantos cambios en su rutina, los gemelos sabían que aquel no era un día normal y querían participar en lo que ocurría, así que tuve que llevármelos a la cocina conmigo para que se callaran. Una vez allí, monté un móvil improvisado poniendo piezas de fruta a flotar en el aire para que estuvieran distraídos mientras yo ayudaba a Marthe a dar los últimos toques a una cena que haría felices por igual a vampiros y a familiares de sangre caliente.

Matthew también era un incordio y no dejaba de picar del postre de nueces que había preparado a partir de una receta de Em. A estas alturas, sería un verdadero milagro navideño que quedara alguna para la cena.

—Solo una más —dijo engatusándome y poniendo sus manos sobre mi cintura.

—Ya te has comido casi medio kilo. Deja alguna para Marcus y Jack. —No sabía si a los vampiros les daban subidas de azúcar, pero tampoco me apetecía averiguarlo—. ¿Aún contento con tu regalo de Navidad?

Desde que nacieron los gemelos, había intentado pensar en qué regalarle a un hombre que lo tenía todo, pero en cuanto Matthew me dijo que su deseo era envejecer conmigo, supe exactamente cuál tenía que ser su regalo.

—Me encanta. —Se llevó la mano a las sienes, donde acababan de aparecer varios cabellos plateados que destacaban sobre el negro.

—Siempre dijiste que conmigo te iban a salir canas —dije sonriéndole.

—Es que creía que era imposible. Pero eso era antes de saber que *impossible n'est pas Diana* —dijo, parafraseando a Ysabeau. Matthew cogió otro puñado de nueces y fue hacia los niños antes de que pudiera reaccionar—. Hola, belleza. —Rebecca hizo un gorgorito en respuesta. Ella y Philip tenían un complejo vocabulario a base de gorgoritos, gruñidos y otros ruiditos que Matthew y yo intentábamos aprender.

—Ese tiene que ser uno de los ruidos de felicidad —dije mientras metía una bandeja de galletas en el horno. Rebecca adoraba a su padre, especialmente cuando le cantaba, pero Philip no estaba tan seguro de que cantar fuera una buena idea.

—Y tú ¿también estás contento, jovencito? —Matthew cogió a Philip de la mecedora de bebés y a punto estuvo de golpearse con el plátano volador que había añadido al móvil en el último momento. Era como un brillante cometa amarillo moviéndose a toda velocidad entre las otras frutas en órbita—. Qué suerte tienes de tener una madre que hace magia para ti.

Como la mayoría de bebés de su edad, Philip era todo ojos al observar cómo la naranja y la lima dibujaban círculos sobre el pomelo que había suspendido en el aire.

—Lo de tener una madre bruja no siempre le va a parecer tan maravilloso. —Fui a la nevera a coger las verduras que necesitaba para el gratinado. Cuando cerré la puerta, vi que Matthew me esperaba junto a ella y di un saltito de sorpresa.

—Tienes que empezar a hacer algún sonido o darme alguna pista para advertirme de que te mueves —dije con voz quejumbrosa apretándome el corazón, que latía desbocado.

Matthew frunció los labios, molesto.

—¿Ves a esta mujer, Philip? —dijo señalándome y Philip giró la cabeza hacia mí—. Es una académica brillante y una bruja poderosa, aunque no quiera admitirlo. Y tú tienes la inmensa fortuna de poder llamarla *maman*. Eso significa que eres una de las pocas criaturas que conocerá el secreto más preciado de esta familia. —Matthew acercó a Philip hacia sí y le susurró algo al oído.

Cuando terminó y se apartó del niño, Philip se quedó mirando a su padre, y sonrió. Era la primera vez que uno de los gemelos sonreía, pero yo ya había visto aquella expresión de felicidad. Era lenta y genuina, y le iluminaba todo el rostro desde dentro.

Tal vez hubiera heredado mi pelo, pero Philip tenía la sonrisa de su padre.

—Exacto. —Matthew asintió mirando a su hijo con un gesto de aprobación y lo dejó de nuevo en la mecedora. Rebecca miró a Matthew enfurruñada, algo irritada por haber sido excluida de la conversación entre chicos. Matthew le susurró amablemente algo al oído y luego le hizo una pedorreta en la tripa. Los ojos y la boca de la niña se abrieron de repente, como si las palabras de su padre la hubieran impresionado, aunque sospecho que la pedorreta también había tenido que ver.

—¿Qué bobada les has dicho? —pregunté mientras atacaba una patata con el pelador. Matthew me quitó ambas cosas de las manos.

—No era ninguna bobada —dijo serenamente. Tres segundos después, la patata estaba completamente pelada. Cogió otra del cuenco.

—Dímelo.

—Acércate un poco más —dijo, haciéndome un gesto con el pelador. Di unos pasitos hacia él. Volvió a mover el pelador—. Más cerca.

Cuando ya estaba a su lado, inclinó su cara hacia la mía.

—El secreto es que puede que yo sea el cabeza de la familia Bishop-Clairmont, pero tú eres su corazón —susurró—. Y los tres estamos completamente de acuerdo en que el corazón es más importante.

Matthew ya había revisado varias veces la caja que contenía las cartas entre Philippe y Godfrey.

Solo por desesperación, volvió a hojear las páginas. La carta de Godfrey comenzaba así:

> *Mi más reverendo señor y padre:*
> *Los más peligrosos de Los Dieciséis han sido ejecutados en París, tal y como ordenasteis. Dado que Matthew no estaba disponible para realizar el trabajo, Mayenne se brindó a hacerlo, y agradezco vuestra ayuda con el asunto de la familia Gonzaga. Ahora que se siente seguro, el duque ha decidido jugar a dos bandas y está negociando con Enrique de Navarra y Felipe de España a la vez. Mas, como soléis decir, la astucia no es sabiduría.*

Hasta ahí, la carta no contenía más que referencias a las maquinaciones políticas de Philippe.

«*Con respecto al otro asunto*», continuaba Godfrey:

> *He dado con Benjamin Ben-Gabriel, como le conocen los judíos, o Benjamin Fuchs, como le llama el emperador, o Benjamin el Bendecido, como prefiere él. Tal y como temíais, está en el este, moviéndose entre la corte del emperador, los Báthory, los Draculesti y su majestad imperial en Constantinopla. Hay rumores preocupantes de la relación que une a Benjamin y la condesa Erzsébet, que en caso de extenderse más harán que la Congregación ponga en marcha investigaciones que serían dañinas para la familia y nuestros seres queridos.*
>
> *El mandato de Matthew en la Congregación se acerca a su fin, pues ya habrá cumplido el periodo de medio siglo. Si no queréis involucrarle en asuntos que afecten de manera tan directa a su persona y su linaje, os ruego que os encarguéis personalmente o enviéis a alguien de vuestra confianza a Hungría con la mayor premura.*
>
> *Además de los rumores de excesos y crímenes junto a la condesa Erzsébet, los judíos de Praga hablan del terror que Benjamin causó en su distrito, amenazando a su querido rabino y a una bruja de Chelm. Ahora corren rumores imposibles de una criatura encantada hecha de barro que deambula por las calles protegiendo a los judíos de quienes ansían darse un banquete con su sangre. Los judíos afirman que Benjamin también busca a otra bruja, una inglesa que aseguran que fue vista por última vez con el hijo de Ysabeau. Pero esto no puede ser verdad, pues Matthew está en Inglaterra y nunca se rebajaría hasta el punto de relacionarse con una bruja.*

Matthew soltó una respiración silbante entre los labios.

> *Tal vez confundan a la bruja inglesa con Edward Kelley, el daimón inglés a quien Benjamin visitó en el palacio del emperador el pasado mayo. Según vuestro amigo Joris Hoefnagel, Kelley quedó bajo custodia de Benjamin unas semanas después*

de ser acusado de asesinar a uno de los sirvientes del emperador. Benjamin se lo llevó a un castillo en Křivoklát, de donde Kelley trató de escapar y casi murió.

Hay otra noticia que he de compartir con vos, padre, aunque dudo si debería hacerlo, pues puede que solamente sea producto de la fantasía y el miedo. Según mis informadores, Gerbert estuvo en Hungría con la condesa y Benjamin. Los brujos de Pozsony se han quejado oficialmente ante la Congregación de que varias mujeres han sido raptadas y torturadas por estas criaturas infames. Una bruja logró escapar y estas fueron las únicas palabras que fue capaz de decir antes de morir: Buscan «El libro de la vida entre nosotros».

Matthew se acordó de la espantosa imagen de los padres de Diana, partidos en dos desde la garganta hasta la ingle.

Estos oscuros asuntos ponen a la familia en demasiado peligro.

No se puede permitir a Gerbert que fascine a Benjamin como lo ha hecho con el poder que tienen los brujos. Hay que apartar al hijo de Matthew de Erzsébet Báthory, si no queremos que se descubra nuestro secreto. Y no debemos permitir que los brujos sigan buscando El libro de la vida. *Vos sabréis bien la mejor manera de lograr estos propósitos, ya sea ocupándoos personalmente o emplazando a la hermandad.*

Quedo humildemente a vuestro servicio y encomiendo vuestra alma a Dios con la esperanza de que Él nos reúna a salvo de modo que podamos seguir discutiendo de estos asuntos más de lo que las actuales circunstancias aconsejan.

Vuestro hijo que os quiere,

Godfrey

Escrito en la Confrérie, París, hoy, día 20 de diciembre de 1591.

Matthew dobló cuidadosamente la carta.

Por fin creía saber dónde buscar. Iría a Europa central a buscar a Benjamin personalmente.

Pero antes debía contarle a Diana lo que había encontrado. Ya le había ocultado las noticias de Benjamin todo lo que había podido.

La primera Navidad de los gemelos fue tan amorosa y festiva como cualquiera pudiera desear. Con ocho vampiros, dos brujas, una humana a punto de ser vampira y tres perros presentes, resultó también muy movida.

Matthew alardeó de las doce canas que le habían aparecido con mi hechizo de Navidad y explicó entusiasmado que cada año le daría más. Yo había pedido una tostadora para seis rebanadas y me la regaló, junto con una preciosa pluma antigua con incrustaciones de plata y nácar. Ysabeau criticó los regalos diciendo que no eran suficientemente románticos para una pareja casada hacía tan poco tiempo, pero yo no necesitaba más joyas, no me apetecía viajar y tampoco me interesaba tener más ropa. Una tostadora me iba que ni pintada.

Phoebe había animado a toda la familia a pensar en regalos hechos a mano o heredados, y a todos nos pareció una idea profunda y práctica a la vez. Jack se puso el jersey que Marthe le había tejido y los gemelos que le regaló su abuela y que un día pertenecieron a Philippe. Phoebe lucía unos pendientes de esmeralda brillantes y supuse que se los había dado Marcus, pero ella contestó sonrojadísima que Marcus le había regalado algo hecho a mano y que había preferido dejarlo en Sept-Tours por seguridad. Viendo su color, preferí no seguir preguntando. Sarah e Ysabeau estaban encantadas con los álbumes de fotos que les regalamos para documentar el primer mes de vida de los gemelos.

Y entonces llegaron los ponis.

—Philip y Rebecca deben montar a caballo, por supuesto —dijo Ysabeau como si fuera una obviedad mientras supervisaba cómo George, su mozo de cuadras, bajaba los dos caballos pequeños del remolque—. Así se irán acostumbrando a los caballos antes de que los subáis a la silla. —Entonces pensé que ella y yo probablemente tuviéramos ideas distintas de lo temprano que ese bendito día podía llegar.

—Son de raza paso fino —continuó Ysabeau—. Pensé que un caballo andaluz como el tuyo podía ser demasiado para un principiante. Phoebe dice que deberíamos regalar cosas heredadas, pero yo nunca he sido esclava de los principios.

George sacó otro animal del remolque: era Rakasa.

—Diana lleva pidiendo un poni desde que aprendió a hablar. Ahora por fin tiene uno —dijo Sarah. En ese momento Rakasa decidió investigar en los bolsillos de Sarah buscando algo interesante, como una manzana o caramelos de menta, y ella se apartó de golpe—. Qué dientes más grandes tienen los caballos, ¿no?

—Puede que Diana tenga más suerte que yo enseñándole modales —dijo Ysabeau.

—Ven, déjamela —pidió Jack, cogiendo el ronzal de la yegua. Rakasa le siguió, dócil como un cordero.

—Creía que eras un chico de ciudad —le dijo Sarah mientras se marchaba.

—Mi primer empleo (bueno, el primero honrado) fue cuidar de los caballos de los caballeros en El Sombrero del Cardenal —dijo Jack—. Abuela Sarah, olvidas que antes las ciudades estaban llenas de caballos. Y de cerdos. Y de su mier…

—Bueno, donde hay ganado, también hay eso —dijo Marcus antes de que Jack pudiera terminar. La yegua paso fino que sostenía ya había dejado una muestra de lo que Marcus quería decir—. ¿Tienes al otro, cariño?

Phoebe asintió, completamente cómoda con el animal a su cargo. Ella y Marcus siguieron a Jack hacia los establos.

—La yegua pequeña, Rosita, se ha impuesto como jefa de la tropilla —dijo Ysabeau—. También habría traído a Balthasar, pero dado que Rosita le despierta el lado amoroso lo he dejado en Sept-Tours, por ahora. —La idea de que el enorme semental de Matthew tratara de poner en práctica sus intenciones con una yegua tan pequeña como Rosita era inconcebible.

Estábamos sentados en la biblioteca después de la cena, rodeados de los restos de la larga vida de Philippe de Clermont y con el fuego crepitando en la chimenea de piedra, cuando Jack se levantó y se acercó a Matthew.

—Esto es para ti. Bueno, en realidad, para todos. *Grand-mère* dice que todas las familias como Dios manda las tienen. —Jack le entregó un papel—. Si te gusta, Fernando y yo lo pondremos en un estandarte en la torre de Les Revenants.

Matthew miró el papel.

—Si no te gusta… —Jack estiró la mano para recuperar el papel.

—Es perfecto. —Matthew levantó la mirada hacia el niño que siempre sería nuestro primogénito, aunque yo hubiera participado en su alumbramiento humano y Matthew no fuera responsable de su renacimiento—. Enséñaselo a tu madre. A ver qué le parece.

Yo me esperaba un monograma o un escudo heráldico, así que cuando vi la imagen que Jack había creado para simbolizar nuestra familia, me quedé atónita. Era un uróboros que completamente nuevo que no estaba formado por una serpiente con la cola en la boca, sino por dos criaturas engarzadas eternamente en un círculo sin principio ni fin. Una era la serpiente De Clermont. La otra era un dragón escupefuego, con las patas pegadas al cuerpo y las alas extendidas. Sobre la cabeza del dragón había una corona.

—*Grand-mère* dijo que la corona la debía llevar el dragón, puesto que tú eres una verdadera De Clermont y nos excedes a todos en rango —dijo Jack sin darle importancia. Se empezó a pellizcar los bolsillos del pantalón—. Puedo quitarle la corona. Y también hacerle las alas más pequeñas.

—Matthew tiene razón. Es perfecto tal y como está. —Estiré la mano buscando la suya y le atraje hacia mí para besarle—. Gracias, Jack.

Todos se quedaron mirando el emblema oficial de la familia Bishop-Clermont e Ysabeau explicó que tendríamos que encargar nuevos juegos de plata y porcelana, además de una bandera.

—Qué día tan maravilloso —dije rodeando a Matthew con un brazo mientras con el otro saludaba a la familia cuando ya se marchaban; sentía un ligero picor de aviso en el pulgar.

—No me importa lo razonable que pueda ser tu plan. Diana no va a dejar que te vayas a Hungría y Polonia sin ella —dijo Fernando—. ¿Has olvidado lo que te pasó cuando te dejó ir a Nueva Orleans?

Fernando, Marcus y Matthew habían pasado gran parte de las horas entre la media noche y el amanecer discutiendo qué hacer con respecto a la carta de Godfrey.

—Diana debería ir a Oxford. Solo ella puede encontrar *El libro de la vida* —dijo Matthew—. Si algo va mal y no logro encontrar a Benjamin, tendré el manuscrito para hacerle salir de su escondite.

—¿Y cuando le encuentres? —preguntó Marcus bruscamente.

—Tu deber es cuidar de Diana y de mis hijos —dijo Matthew con la misma brusquedad—. Déjame a Benjamin a mí.

Miré el cielo en busca de augurios y tiré de todos los hilos que parecían descolocados tratando de prever y rectificar el mal que mi dedo pulgar decía que había allí afuera, fuese lo que fuese. Pero el mal no apareció galopando por la colina como un jinete del Apocalipsis ni se presentó con su coche en el camino de entrada, ni siquiera llamó por teléfono.

El mal ya estaba dentro de la casa y llevaba tiempo allí.

Varios días después de Navidad, encontré a Matthew en la biblioteca por la tarde con varios pliegos delante de sí. Mis manos se encendieron con todos los colores del arco iris y el alma se me cayó a los pies.

—¿Qué es eso? —pregunté.

—Una carta de Godfrey. —La deslizó por encima de la mesa hacia mí. La miré, pero estaba escrita en francés antiguo.

—Léemela —dije mientras me sentaba a su lado.

La verdad era mucho peor de lo que me había permitido imaginar. A juzgar por la carta, la matanza de Benjamin llevaba siglos produciéndose. Se había ensañado con los brujos, especialmente los tejedores. Parecía casi seguro que Gerbert también estaba involucrado. Y la frase «Buscan *El libro de la vida* entre nosotros» me hizo arder helándome la sangre.

—Matthew, tenemos que detenerle. Si se entera de que hemos tenido una hija… —Ni siquiera acabé la frase. Las últimas palabras que Benjamin me había dicho en la Bodleiana volvieron a mi mente. Cuando pensé en lo que podía intentar hacerle a Rebecca, el poder empezó a crujir en mis venas como a latigazos.

—Ya lo sabe. —Matthew me miró a los ojos y la rabia que vi en los suyos me hizo soltar un grito ahogado.

—¿Desde cuándo?

—En algún momento antes del bautizo —dijo Matthew—. Voy a ir a buscarle, Diana.

—¿Y cómo le vas a encontrar? —pregunté.

—No a través de ordenadores ni intentado dar con su dirección IP. Es demasiado listo para eso. Le encontraré de la mejor manera que sé: siguiendo sus huellas, su olor, acorralándole —dijo Matthew—. Cuando lo consiga, le descuartizaré miembro a miembro. Si fracaso…

—No fracasarás —rechacé rotundamente.

—Puede que ocurra. —Matthew me miró directamente. Necesitaba que le escuchara, no que le tranquilizara.

—De acuerdo —dije con una serenidad que no tenía—, ¿qué ocurre si fracasas?

—Necesitarás *El libro de la vida*. Es lo único que puede hacer que Benjamin salga de su escondite para matarle de una vez por todas.

—Lo único aparte de mí —dije.

Los ojos de Matthew, que cada vez estaban más oscuros, me dijeron que de ningún modo me utilizaría como cebo para Benjamin.

—Saldré para Oxford mañana. La biblioteca está cerrada por las vacaciones de Navidad. No habrá empleados aparte de los de seguridad —dije.

Para mi sorpresa, Matthew asintió. Me iba a dejar ayudar.

—¿Estarás bien solo? —No quería preocuparme demasiado por él, pero necesitaba saberlo. Matthew ya había sufrido bastante con una separación. Asintió con la cabeza.

—¿Qué hacemos con los niños? —preguntó Matthew.

—Tienen que quedarse aquí con Sarah e Ysabeau, y con provisiones suficientes de mi leche y mi sangre para alimentarles hasta que vuelva. Me llevaré a Fernando, a nadie más. Si alguien nos vigila y está informando a Benjamin, tenemos que hacer todo lo posible para que parezca que seguimos aquí y que todo sigue con normalidad.

—Alguien nos está vigilando, de eso no cabe duda. —Matthew se pasó los dedos por el pelo—. La cuestión es si ese alguien pertenece a Benjamin o a Gerbert. Puede que el papel de ese cabrón artero haya sido mayor en todo esto de lo que pensábamos.

—Si tu hijo y él han estado compinchados todo este tiempo, es imposible saber cuánta información tienen —razoné.

—En ese caso, nuestra única esperanza es poseer información que ellos no tengan. Consigue el libro. Tráelo aquí e intenta arreglarlo reinsertando las páginas que arrancó Kelley —dijo Matthew—. Mientras tanto yo encontraré a Benjamin y haré lo que debería haber hecho hace mucho.

—¿Cuándo te vas? —pregunté.

—Mañana. Después de que te vayas tú, para asegurarme de que no te siguen —dijo, poniéndose de pie.

Observé en silencio cómo todas las partes que conocía y amaba de Matthew —el poeta y el científico, el guerrero y el espía, el príncipe renacentista y el padre— iban desapareciendo hasta que solo quedaba su parte más oscura e intimidatoria. Ahora ya solo era el asesino.

Pero aún era el hombre al que amaba.

Matthew me cogió por los hombros y esperó a que le mirara a los ojos.

—Ten cuidado.

Sus palabras fueron enfáticas y sentí su fuerza en ellas. Cogió mi rostro entre sus manos, observando cada milímetro como si intentara memorizarlo.

—Hablaba en serio el día de Navidad. La familia sobrevivirá si no vuelvo. Hay otros que pueden ponerse a la cabeza. Pero tú eres su corazón.

Abrí la boca para protestar, pero Matthew apretó sus dedos sobre mis labios, deteniendo las palabras.

—No tiene sentido que discutas conmigo. Lo sé por experiencia —dijo—. Antes de ti, no era nada más que polvo y sombras. Me has dado la vida. Y no puedo sobrevivir sin ti.

Sol en Capricornio

La décima casa del zodiaco es Capricornio.
Representa a madres, abuelas y antepasadas del sexo femenino.
Es el signo de la resurrección y el renacimiento.
En este mes, planta semillas para el futuro.

Libro de dichos anónimos ingleses, ca. 1590.
Gonçalves MS 2890, f. 9ᵛ

34

ndrew Hubbard y Linda Crosby nos estaban esperando en Old Lodge. A pesar de mis esfuerzos para convencer a mi tía de que se quedara en Les Revenants, insistió en venir con Fernando y conmigo.

—Diana, no vas a hacer esto sola —dijo con un tono que no permitía ninguna discusión—. Me da igual que seas tejedora y que tengas a Corra de ayuda. Para hacer magia a esta escala hacen falta tres brujos. Y no cualquier brujo. Tienen que saber lanzar hechizos.

Linda Crosby apareció con el grimorio oficial de Londres, un tomo antiguo con un oscuro olor a belladona y matalobo. Nos saludamos mientras Fernando y Andrew se ponían al día sobre cómo estaban Jack y Lobero.

—¿Estás segura de que te quieres meter en esto? —le pregunté a Linda.

—Completamente. El aquelarre de Londres no se mete en nada la mitad de emocionante desde que ayudamos a frustrar el intento de robar las joyas de la corona en 1971. —Linda se frotó las manos.

A través de sus contactos con el inframundo londinense de cavadores de tumbas, poceros y fontaneros, Andrew se había hecho con esquemas detallados del laberinto de túneles y estanterías que constituían las instalaciones de almacenaje de libros de la Biblioteca Bodleiana. Los desenrolló sobre la larga mesa de refectorio del gran salón.

—Ahora mismo no hay estudiantes ni personal por las vacaciones de Navidad —empezó Andrew—. Pero hay obreros por todas partes. —Señaló los esquemas—. Están convirtiendo el viejo almacén de libros subterráneo en un espacio de trabajo para los lectores.

—Primero trasladan los libros raros a la Biblioteca Científica de Radcliffe y ahora esto. —Me incliné para ver los mapas—. ¿A qué hora terminan la jornada los obreros?

—No terminan —dijo Andrew—. Han estado trabajando las veinticuatro horas para minimizar las interferencias con el curso académico.

—¿Y si vamos a la sala de lectura y solicitas el libro como si fuera un día cualquiera en la Bodleiana? —sugirió Linda—. Ya sabes, rellenas la hojita, la metes en el tubo Lamson y cruzas los dedos. Podríamos quedarnos junto a la cinta transportadora y esperar. Tal vez la biblioteca satisfaga tu solicitud aunque no haya empleados. —Linda me lanzó una mirada altiva al ver mi asombro ante su conocimiento de los procedimientos de la Bodleiana—. Estudié en St. Hilda, cariño.

—El sistema de tubos neumáticos se suspendió en julio del año pasado. Y desmontaron la cinta transportadora en agosto. —Andrew lanzó las manos al aire—. No maten al mensajero, señoras. No soy la Biblioteca Bodleiana.

—Si el hechizo de Stephen es suficientemente bueno, no hará falta ningún equipo, solo que Diana solicite algo que necesita de verdad —dijo Sarah.

—La única manera de averiguarlo es ir a la Bodleiana, esconderse de los obreros y buscar la forma de llegar a los fondos de la biblioteca. —Suspiré.

Andrew asintió.

—Mi Stan está en el equipo de excavación. Lleva toda la vida cavando. Si puedes esperar hasta que se haga de noche, él te dejará entrar. Se meterá en un lío, claro, pero tampoco sería la primera vez, y no se ha construido una cárcel capaz de retenerle.

—Un buen hombre Stan Cripplegate —dijo Linda asintiendo satisfecha—. Siempre es de gran ayuda en otoño, cuando hay que plantar bulbos de narciso.

Stanley Cripplegate era como un galgo diminuto con un prognatismo galopante y los rasgos sinuosos de alguien que lleva toda la vida desnutrido. La sangre de vampiro le había dado longevidad y fuerza, pero poco podía hacer para alargar sus huesos. Nos dio un casco de seguridad amarillo a cada uno.

—¿No vamos a llamar un poco la atención con este chisme? —preguntó Sarah.

—El mero hecho de que sean mujeres ya llama la atención —dijo con tono enigmático, y luego silbó—. ¡Eh, Dickie!

—¡Calla! —le corté. Aquel iba a ser el robo más sonoro y evidente de la historia.

—*Ta* bien. Dickie y yo nos conocemos de hace tiempo. —Stan se volvió hacia su compañero—. Dickie, lleva a estas damas y caballeros al primer piso.

Dickie nos depositó, con cascos y todo, en la sección de Artes de la sala de lectura Duke Humfrey, entre el busto del rey Carlos I de Inglaterra y el de sir Thomas Bodley.

—¿Soy yo o nos están observando? —dijo Linda, mirando con el ceño fruncido y los brazos en jarras al desafortunado monarca.

El rey Carlos pestañeó.

—Los brujos llevan metidos en seguridad desde mediados del XIX. Stan nos ha dicho que no hagamos nada que no deberíamos cuando estemos cerca de cuadros, estatuas o gárgolas. —Dickie se estremeció—. A mí no me importa la mayoría de ellos. De noche hacen compañía, pero ese de ahí es un viejo asqueroso.

—Pues deberías haber conocido a su padre —comentó Fernando. Se quitó el sombrero e hizo una reverencia al monarca, que seguía pestañeando—. Su majestad...

Aquella era la pesadilla de cualquier usuario: que le estuvieran observando cada vez que sacaba del bolsillo un caramelo para la garganta. Aparentemente, en el caso de la Bodleiana los lectores sí tenían motivo para preocuparse. El centro neurálgico del sistema de seguridad mágico estaba oculto tras los globos oculares de Thomas Bodley y el rey Carlos I de Inglaterra.

—Lo siento, Charlie. —Lancé mi casco amarillo al aire, que voló hasta posarse sobre la cabeza del rey—. Nada de testigos para lo que ocurra esta noche. —Fernando me pasó su casco.

—Usa el mío para el fundador. Por favor.

Una vez cegado sir Thomas, empecé a tirar y retorcer los hilos que unían las estatuas con el resto de la biblioteca. Los nudos del hechizo no eran complicados —solo lazos de tres y cuatro cruces—, pero había muchísimos y estaban apilados uno encima del otro como un panel eléctrico sobrecargado. Por fin, logré dar con el nudo principal en el que estaban enhebrados todos los hilos y lo deshice con sumo cuidado. La extraña sensación de que nos estaban observando desapareció.

—Así está mejor —murmuró Linda—. ¿Y ahora qué?

—Prometí llamar a Matthew una vez estuviéramos dentro —dije, sacando mi teléfono—. Dadme un minuto.

Abrí la barrera de celosía y atravesé el eco de la silenciosa avenida principal de la sala de lectura Duke Humfrey. Matthew lo cogió al primer tono.

—¿Todo bien, *mon coeur*? —Se podía palpar la tensión en su voz y le conté brevemente nuestros progresos hasta el momento.

—¿Qué tal Rebecca y Philip después de marcharme? —pregunté una vez le había contado mi parte.

—Nerviosos.

—¿Y tú? —Mi voz se suavizó.

—Más nervioso.

—¿Dónde estás? —pregunté. Matthew había esperado a que me marchara a Inglaterra para emprender su viaje en coche hacia el nordeste, en dirección a Europa central.

—Acabo de salir de Alemania. —No me iba a dar más detalles por si me topaba con algún brujo inquisitivo.

—Ten cuidado. Recuerda lo que dijo la diosa. —Su advertencia de que tendría que renunciar a algo si quería hacerme con el Ashmole 782 me seguía obsesionando.

—Lo tendré. —Matthew hizo una pausa—. Hay otra cosa que quiero que recuerdes.

—¿Qué?

—Los corazones no se pueden romper, Diana. Y solo el amor nos hace verdaderamente inmortales. No lo olvides, *ma lionne*. Pase lo que pase. —Y colgó.

Sus palabras desencadenaron un escalofrío de miedo por mi espalda que hizo estremecer la flecha de plata de la diosa. Repetí las palabras del hechizo que había tejido para que Matthew estuviera a salvo y sentí el tirón de la cadena que nos unía.

—¿Va todo bien? —preguntó Fernando suavemente.

—Como era de esperar. —Me metí el teléfono en el bolsillo—. Vamos a ello.

Habíamos acordado que lo primero que haríamos sería intentar recrear los pasos por los que el Ashmole 782 llegó a mis manos la primera vez. Ante la atenta mirada de Sarah, Linda y Fernando, rellené todas las casillas de la hoja de solicitud. La firmé, escribí el número de mi carnet de lectora en el hueco adecuado y lo llevé al lugar de la sección de Artes donde estaba el tubo neumático.

—La cápsula está aquí —dije sacando el receptáculo vacío—. Tal vez Andrew se equivoque y el sistema de entrega siga funcionando. —Cuando abrí la cápsula, estaba llena de polvo. Tosí.

—O puede que eso no importe de todas formas —adujo Sarah con una pizca de impaciencia—. Métela y a muerte.

Puse la hoja de solicitud en la cápsula, la cerré bien y la volví a meter en el compartimento.

—¿Y ahora qué? —dijo Sarah, unos minutos después.

La cápsula seguía donde la había dejado.

—Pues le damos un buen porrazo. —Linda golpeó un extremo del compartimento, haciendo que los soportes de madera a los que estaba unido, y que sostenían la galería que había encima, temblasen de manera alarmante. Pero la cápsula desapareció con un sonido vertiginoso.

—Buen trabajo, Linda —dijo Sarah claramente admirada.

—¿Es un truco de bruja? —preguntó Fernando.

—No, pero siempre mejora la señal de Radio 4 en mi estéreo —repuso alegremente Linda.

Dos horas más tarde seguíamos junto a la cinta transportadora esperando un manuscrito que no tenía visos de aparecer.

Sarah suspiró.

—Plan B.

Sin mediar palabra, Fernando se desabrochó el abrigo oscuro y lo dejó caer de sus hombros. Tenía una funda de almohada cosida en el forro interior. Dentro de la funda, metidas entre dos trozos de cartón, estaban las tres páginas que Edward Kelley había arrancado de *El libro de la vida*.

—Aquí tienes —dijo, entregándome el valioso paquete.

—¿Dónde lo quieres hacer? —preguntó Sarah.

—El único lugar lo suficientemente grande es ese —contesté señalando el espacio entre la espléndida vidriera y el puesto del guardia—. ¡No toques eso! —Mi voz salió en una mezcla de suspiro y aullido.

—¿Por qué no? —preguntó Fernando, que tenía las manos alrededor de las barras verticales de una escalera de madera que nos obstaculizaba el paso.

—Es la escalera más vieja del mundo. Casi tan antigua como la biblioteca. —Apoyé las hojas de pergamino contra mi pecho—. Nadie la toca, jamás.

—Mueve la maldita escalera, Fernando —ordenó Sarah—. Estoy segura de que Ysabeau tendrá algún recambio si le pasa algo. Y ya que estás, aparta esa silla.

Unos momentos angustiosos más tarde, estaba abriendo una caja de sal que Linda había subido dentro de una bolsa de Marks & Spencer. Susurré varias plegarias a la diosa pidiendo su ayuda en la búsqueda de un objeto perdido mientras dibujaba un triángulo con los cristales blancos. Cuando terminé, distribuí las páginas de *El libro de la vida*, y Sarah, Linda y yo nos colocamos una en cada vértice del triángulo. Pusimos las ilustraciones mirando hacia el centro y repetí el hechizo que había escrito horas antes:

> *Páginas perdidas,*
> *perdidas y encontradas, mostradme*
> *dónde el libro tiene su morada.*

—Sigo pensando que necesitamos un espejo —susurró Sarah después de una hora de silencio expectante—. ¿Cómo nos va a mostrar nada la biblioteca si no le damos dónde proyectar una aparición?

—¿Debería haber dicho Diana «mostradnos» en lugar de «mostradme» dónde está el libro? —Linda miró a Sarah—. Somos tres.

Me salí del triángulo y coloqué la ilustración del enlace químico sobre la mesa del guarda.

—No funciona. No siento nada. Ni el libro ni ningún poder, ni nada de magia. Es como si la biblioteca estuviera muerta.

—Bueno, no me extraña que la biblioteca no esté bien —dijo Linda con una risilla de solidaridad—. Pobrecita. Con toda esta gente metiendo mano en sus entrañas todo el día.

—No hay más que hablar, cariño —dijo Sarah—. Vamos al plan C.

—Tal vez debería revisar el hechizo primero. —Cualquier cosa era mejor que el plan C. Transgredía lo poco que aún quedaba íntegro del juramento que un día había hecho como estudiante y suponía un serio peligro para el edificio, los libros y los colegios cercanos.

Pero no era solo eso. Estaba dudando por las mismas razones que me habían hecho vacilar cuando me encontré con Benjamin en aquel mismo sitio. Si utilizaba mis poderes plenamente en la Bodleiana, los últimos vínculos con mi vida como académica desaparecerían.

—No hay nada que temer —dijo Sarah—. Corra estará bien.

—Es un dragón, Sarah —repliqué—. No puede volar sin lanzar destellos. Mira este lugar.

—Es un polvorín —dijo Linda—. Pero no se me ocurre otra manera.

—Tiene que haberla —dije poniendo el dedo índice sobre mi tercer ojo con la esperanza de despertarlo.

—Venga, Diana. Deja de preocuparte por tu queridísimo carnet de la biblioteca. Ya es hora de dar una lección de magia.

—Antes necesito un poco de aire. —Me volví y fui hacia el piso de abajo. El aire fresco me calmaría los nervios y me ayudaría a pensar. Bajé con paso pesado por los paneles de madera que habían puesto sobre la piedra, empujé las puertas de vidrio y salí al Cuadrángulo de Old Schools para aspirar el aire frío y limpio de diciembre, con Fernando siguiéndome los talones en todo momento.

—Hola, tía.

Gallowglass apareció de entre las sombras.

Su mera presencia me decía que algo terrible había ocurrido.

Sus siguientes palabras lo confirmaron:

—Benjamin tiene a Matthew.

—No es posible. Acabo de hablar con él. —Sentí una sacudida en la cadena de plata dentro de mí.

—De eso hace cinco horas —dijo Fernando mirando su reloj—. Cuando hablaste con él, ¿te dijo dónde estaba?

—Solo que estaba saliendo de Alemania —susurré aturdida. Stan y Dickie se acercaron con expresión seria.

—Gallowglass —saludó Stan inclinando la cabeza.

—Stan —contestó Gallowglass.

—¿Algún problema? —preguntó Stan.

—Matthew ha desaparecido —anunció Gallowglass—. Benjamin lo tiene.

—Ah. —Stan parecía preocupado—. Benjamin siempre ha sido un cabrón. Imagino que no habrá mejorado con el tiempo.

Pensé en mi Matthew en manos de aquel monstruo.

Entonces recordé lo que Benjamin había dicho sobre su esperanza de que tuviera una niña.

Vi el diminuto y frágil dedito de mi hija tocando la punta de la nariz de Matthew.

—Sin él no podemos seguir adelante —dije.

Sentí cómo la ira me ardía por las venas, seguida de una ola brutal de poder —fuego, aire, tierra y agua— que barrió todo lo que encontraba a su paso. Entonces me invadió una extraña ausencia, un vacío que me decía que había perdido algo vital.

Por un instante me pregunté si se trataba de Matthew. Pero aún podía notar la cadena que nos unía. Aquello que era esencial para mi bienestar seguía allí.

En ese momento comprendí que no había perdido algo esencial, sino algo *habitual*, una carga que había llevado durante tanto tiempo que me había acostumbrado a su peso.

Ahora, aquello que había adorado durante tanto tiempo ya no estaba, tal y como había predicho la diosa.

Me volví rápidamente, buscando la entrada de la biblioteca entre la penumbra.

—¿Adónde vas, tía? —dijo Gallowglass, sujetando la puerta para que no pudiera pasar—. ¿Es que no me has oído? Debemos ir a buscar a Matthew. No hay tiempo que perder.

Los gruesos paneles de vidrio se convirtieron en arena brillante y las bisagras y pomos de latón cayeron sobre el umbral de piedra con un ruido metálico. Salté sobre los restos y subí hacia la Duke Humfrey, medio corriendo, medio volando.

—¡Tía! —gritó Gallowglass—. ¿Has perdido el juicio?

—¡No! —le contesté gritando—. Y si utilizo mi magia, tampoco perderé a Matthew.

—¿Perder a Matthew? —dijo Sarah cuando volví a entrar en la Duke Humfrey, seguida de Gallowglass y Fernando.

—La diosa. Me dijo que si quería el Ashmole 782 tendría que renunciar a algo —expliqué—. Pero no se trataba de Matthew.

La sensación de vacío dio paso a otra sensación pujante de poder liberado que ahuyentaba cualquier preocupación en mí.

—Corra, ¡vuela! —Abrí los brazos y mi dragón escupefuego salió con un chillido y empezó a volar entre las galerías y por el largo pasillo que unía la sección de Artes con el ala Selden.

—Entonces ¿qué era? —preguntó Linda, viendo cómo Corra daba una palmadita con la cola sobre el casco de Thomas Bodley.

—El miedo.

Mi madre me había advertido de su poder, pero yo lo había malinterpretado, como suelen hacer los niños. Pensaba que tenía que guardarme del miedo de los demás, pero era de mi propio miedo. Por aquel malentendido, había dejado que el miedo se arraigara dentro de mí hasta nublar mis pensamientos y cambiar mi manera de ver el mundo.

El miedo también había anulado cualquier deseo de hacer magia. Había sido mi muleta y mi capa a la vez, impidiendo que utilizara mi poder. El miedo me había protegido de la curiosidad de los demás y me había ofrecido una mazmorra donde podía olvidar lo que era en realidad: una bruja. Creía que había dejado atrás el miedo hacía meses, cuando descubrí que era tejedora, pero sin saberlo me había estado aferrando a sus últimos vestigios.

Basta.

Corra se precipitó en una corriente de aire, extendiendo los talones y batiendo las alas para frenarse. Cogí las páginas de *El libro de la vida* y se las puse delante del morro. Las olisqueó.

El rugido furioso del dragón inundó la sala e hizo temblar las vidrieras. Aunque desde nuestro primer encuentro en casa de Goody Aslop, Corra me había hablado pocas veces y prefería comunicarse por sonidos y gestos, en aquel momento decidió hablar.

—Hay mucha muerte en esas páginas. También del arte de tejer y del arte de la sangre. —Sacudió la cabeza tratando de quitarse el olor de las fosas nasales.

—¿Ha dicho el arte de la sangre? —preguntó Sarah con manifiesta curiosidad.

—Ya le haremos preguntas a la bestia más adelante —dijo Gallowglass con voz hosca.

—Estas páginas proceden de un libro. Está en algún lugar de la biblioteca. Necesito encontrarlo —dije concentrándome en Corra en lugar de en la conversación de fondo—. Mi única esperanza de recuperar a Matthew puede estar en su interior.

—¿Y qué ocurrirá si te traigo ese terrible libro? —Corra parpadeó, con los ojos negros y plateados. Me recordó a la diosa y a la mirada llena de rabia de Jack.

—Quieres dejarme —dije comprendiendo de repente. Corra estaba presa, del mismo modo que lo había estado yo, hechizada y sin forma de escapar.

—Igual que tu miedo, no puedo irme a menos que me liberes —dijo Corra—. Soy tu dragón. Con mi ayuda has aprendido a hilar lo que fue, a tejer lo que es y a anudar lo que debe ser. Ya no me necesitas.

Pero Corra llevaba meses conmigo y, como mi miedo, me había acostumbrado a confiar en ella.

—¿Qué pasará si no logro encontrar a Matthew sin tu ayuda?

—Mi poder nunca te abandonará. —Las escamas de Corra brillaban iridiscentes, a pesar de la oscuridad de la biblioteca. Pensé en la sombra del dragón escupefuego en mis lumbares y asentí. Al igual que la flecha de la diosa y mis cordones de tejedora, la afinidad de Corra con el fuego y el agua siempre estaría dentro de mí.

—¿Adónde irás? —pregunté.

—A lugares antiguos y olvidados. Allí esperaré a los que vengan cuando les liberen sus tejedores. Tú has traído la magia de vuelta, tal y como se predijo. Ahora ya no seré la última de mi especie, sino la primera. —El aliento de Corra inundó de vapor el aire que nos separaba.

—Tráeme el libro y luego vete con mi bendición. —La miré profundamente a los ojos y vi su anhelo de ser su propia criatura—. Gracias, Corra. Puede que yo haya traído la magia de vuelta, pero tú le has dado alas.

—Y ha llegado el momento de que las uses —declaró Corra. Con tres batidas de sus extremidades palmeadas cubiertas de escamas, se subió a las vigas.

—¿Por qué está Corra volando por ahí arriba? —bufó Sarah—. Mándala a los almacenes subterráneos de la biblioteca por el hueco de la cinta transportadora. Allí es donde está el libro.

—Sarah, deja de intentar dar forma a la magia. —Goody Aslop me había enseñado acerca de los peligros de creerte más hábil que tu propio poder—. Corra sabe lo que hace.

—Eso espero —dijo Gallowglass—, por el bien de Matthew.

Corra emitió notas de agua y fuego, y la sala se llenó del suave susurro de una voz grave.

—*El libro de la vida.* ¿Lo oís? —pregunté, buscando a mi alrededor el origen del sonido. No estaba en las páginas que había sobre la mesa del guarda, aunque ellas también empezaban a murmurar.

Mi tía negó con la cabeza.

Corra sobrevoló en círculos la parte más antigua de la Duke Humfrey. Los murmullos se oían más cada vez que batía las alas.

—Lo oigo —dijo Linda, emocionada—. Es un murmullo de voces. Viene de por allí.

Fernando saltó por encima de la puerta de celosía hacia el pasillo principal de la Duke Humfrey. Le seguí.

—*El libro de la vida* no puede estar ahí arriba —protestó Sarah—. Alguien se habría dado cuenta.

—No, si no está a la vista —dije, mientras empezaba a sacar libros de un valor incalculable de una estantería cercana, los abría para examinar su contenido y volvía a ponerlos en su lugar antes de pasar al siguiente. Las voces seguían sonando, llamándome, rogándome que las encontrara.

—¿Tía? Creo que Corra ha encontrado tu libro. —Gallowglass señaló con el dedo.

Corra estaba posada sobre la jaula enrejada del compartimento de libros donde guardaban bajo llave los manuscritos que los usuarios utilizarían al día siguiente. Tenía la cabeza ladeada como si aún estuviera escuchando las voces. Contestó con un arrullo y un cacareo, subiendo y bajando la cabeza.

Fernando había seguido el sonido hasta el mismo sitio y ahora estaba detrás del mostrador de pedidos donde Sean pasaba sus días. Estaba mirando hacia uno de los estantes. Allí, junto al directorio de teléfonos de la Universidad de Oxford, había una caja de cartón gris de aspecto tan común que podía pasar desapercibida; aunque ahora mismo llamaba bastante la atención, por la luz que salía por las juntas de sus esquinas. Alguien había grapado una nota sobre ella: «Guardado. Devolver a los montones después de revisar».

—No puede ser. —Sin embargo, todo mi instinto me decía que así era.

Estiré la mano hacia arriba y la caja se inclinó hacia atrás hasta caer sobre mi palma. Con cuidado, lo puse sobre la mesa. Cuando aparté las manos de ella, la tapa salió volando y cayó a unos metros. En su interior, varias pinzas de metal mantenían el libro cerrado.

Saqué el Ashmole 782 del cartón de protección con suavidad, consciente de la cantidad de criaturas que había en su interior, y lo puse sobre la superficie de madera. Apoyé la mano plana sobre la cubierta. Las voces cesaron.

Elige, dijeron al unísono todas las voces.

—Te elijo a ti —susurré al libro, soltando las pinzas que sostenían el Ashmole 782. El metal era cálido y reconfortante al tacto. «Mi padre», pensé.

Linda me pasó las páginas que pertenecían a *El libro de la vida*. Lentamente, pero con decisión, abrí el libro.

Pasé el papel rugoso que habían insertado en la encuadernación para proteger las páginas interiores y la hoja de pergamino que contenía el título escrito a mano por Elías Ashmole, así como el añadido de mi padre a lápiz. En la página siguiente, la primera de las ilustraciones alquímicas del Ashmole 782 —una recién nacida de pelo negro— me miraba.

La primera vez que había visto la imagen de esta niña filósofa me impactó lo distinta que era de las típicas ilustraciones de alquimia. Esta vez no pude evitar notar que la niña se parecía a mi propia hija: con una de sus manitas asía una rosa de plata y con la otra una rosa dorada, proclamando al mundo que era la hija de una bruja y un vampiro.

Sin embargo, la niña alquímica no había sido pensada para figurar como la primera ilustración de *El libro de la vida*. Se suponía que iba después del enlace alquímico. Tras siglos de separación, había llegado el momento de volver a insertar las tres páginas que Edward Kelley había quitado de aquel precioso libro.

Los márgenes donde la página de *El libro de la vida* había sido recortada del lomo apenas eran visibles. Metí la ilustración del enlace químico en la hendidura y apreté el borde contra su margen. Página y margen se ligaron ante mis ojos y sus hilos cortados se volvieron a unir.

Líneas de texto empezaron a correr por la página.

Cogí la ilustración del uróboros y el dragón escupefuego derramando su sangre para crear nueva vida y la puse en su lugar.

El libro emitió un extraño lamento y Corra me advirtió con un trino.

Sin dudar y sin miedo, metí la última página en el Ashmole 782. *El Libro de la Vida* volvía a estar íntegro y completo.

Un aullido estremecedor rasgó lo que quedaba de la noche. Un extraño viento se empezó a arremolinar a mis pies, subiendo por mi cuerpo y apartando mechones de pelo de mi cara y mis hombros como si fueran haces de fuego.

La fuerza del aire empezó a pasar las páginas del libro, cada vez más rápido. Intenté detener su avance, presionando los dedos sobre el papel vitela para poder leer las palabras que iban saliendo del corazón del palimpsesto mientras desaparecían las ilustraciones alquímicas. Pero había demasiadas para captarlas todas. La alumna de Chris estaba en lo cierto: *El libro de la vida* no era solo un texto.

Era un enorme recipiente de conocimiento: nombres de criaturas y sus historias, nacimientos y muertes, maldiciones y hechizos, milagros forjados por obra de magia y sangre.

Era nuestra historia, la historia de los tejedores y los vampiros que llevaban rabia de sangre en las venas, y de los extraordinarios niños que salían de su unión.

No solo me hablaba de un sinfín de generaciones de mis ancestros, también me decía cómo era posible tan milagrosa creación.

Era difícil absorber toda la historia de *El libro de la vida* conforme pasaban las páginas.

Aquí comienza el linaje de la antigua tribu conocida como los Nacidos Iluminados. Su padre era la Eternidad y su madre el Cambio, y el Espíritu los alimentó en su vientre…

Mi mente se aceleró, tratando de identificar un texto alquímico que era muy similar.

… Pues cuando los tres se hicieron uno, su poder era ilimitado como la noche…

Y ocurrió que la ausencia de los niños era una carga para los Athanatoi. Fueron en busca de las hijas...

¿Las hijas de quién? Intenté detener las páginas, pero era imposible.

... Descubrieron que el misterio del arte de la sangre era conocido por los Sabios.

¿Qué era el arte de la sangre?

Las palabras seguían y seguían, acelerándose, enredándose y retorciéndose. Se partían en dos, formaban otras palabras, mutando y reproduciéndose a un ritmo furioso.

Había nombres, rostros y lugares sacados de pesadillas e insertados en los sueños más dulces.

Su amor empezó con la ausencia y el deseo, dos corazones haciéndose uno...

Escuché un susurro de anhelo, un grito de placer, mientras las páginas no dejaban de pasar.

... Cuando el miedo les sobrepasó, la ciudad se bañó de sangre de los Nacidos Iluminados.

Un aullido de terror salió de la página, seguido del gemido asustado de un niño.

... Los brujos descubrieron quién de ellos había yacido con los Athanatoi...

Me tapé los oídos con las manos, intentando bloquear la letanía empecinada de nombres y más nombres.

Perdido…
Olvidado…
Temido…
Marginado…
Prohibido…

Con el pasar de las páginas ante mis ojos, podía ver el complejo tejido que había formado el libro, los lazos que unían cada página con linajes cuyas raíces se remontaban a un pasado lejano.

Cuando llegó a la última página, estaba en blanco.

Entonces empezaron a aparecer en ella nuevas palabras, como si una mano invisible siguiera escribiendo y su labor no hubiera terminado aún.

Y de esa forma los Nacidos Iluminados se convirtieron en Hijos de la Noche.

«¿Quién pondrá fin a su deambular?», escribió la mano invisible.

¿Quién portará la sangre de la leona y el lobo?
Busca al portador del décimo nudo, pues los últimos volverán a ser los primeros.

Mi mente estaba aturdida entre palabras de Louisa de Clermont y Bridget Bishop que recordaba a medias, fragmentos de poesía alquímica del *Aurora consurgens* y el constante fluir de información de *El libro de la vida.*

Una página nueva surgió del lomo del libro, y se extendió como el ala de Corra, desdoblándose como una hoja en la rama de un árbol. Sarah soltó un grito ahogado.

De la página floreció una ilustración con brillantes colores de plata, oro y piedras preciosas molidas en los pigmentos.

—¡El emblema de Jack! —exclamó Sarah.

Era el décimo nudo, formado a partir de la unión infinita de un dragón escupefuego y un uróboros. El paisaje que los rodeaba era fértil, con tal abundancia de flores y una vegetación tan frondosa que podía ser el paraíso.

La página pasó y de su fuente oculta fluyeron más palabras.

> *Aquí continúa el linaje de los más antiguos Nacidos Iluminados.*

La mano invisible se detuvo un instante, como si estuviera mojando la pluma en tinta fresca.

> *Rebecca Arielle Emily Marthe Bishop-Clairmont, hija de Diana Bishop, última de su línea, y de Matthew Gabriel Philippe Bertrand Sébastien de Clermont, primero de su línea. Nacida bajo la influencia de la serpiente.*
> *Philip Michael Addison Sorley Bishop-Clairmont, hijo de los mismos Diana y Matthew. Nacido bajo la protección del arquero.*

Antes de que la tinta se secara, las páginas empezaron a pasar vertiginosamente hacia el principio.

Mientras observábamos, una nueva rama surgió del tronco del árbol en el centro de la primera imagen. Hojas, flores y frutos empezaron a brotar hasta cubrirla entera.

El libro de la vida se cerró con un ruido seco y los cierres se engancharon. Las voces desaparecieron, dejando la biblioteca en silencio. Sentí cómo el poder crecía dentro de mí como nunca antes lo había hecho.

—Espera —dije, intentando abrir el libro otra vez para estudiar la nueva imagen con más detalle. Al principio, *El libro de la vida* se resistió, pero después de forcejear con él acabó abriéndose de nuevo.

Estaba vacío. En blanco. El pánico me inundó.

—¿Adonde se ha ido todo? —Pasé las páginas—. ¡Necesito el libro para traer de vuelta a Matthew! —Miré a Sarah—. ¿Qué he hecho mal?

—Oh, Dios. —Gallowglass estaba blanco como la nieve—. Sus ojos.

Me volví a mirar por encima del hombro, esperando encontrar alguna bibliotecaria fantasmagórica observándome.

—Hay algo detrás de ti, cariño. Y el libro no se ha ido muy lejos. —Sarah tragó saliva—. Está dentro de ti.

Yo era *El libro de la vida*.

35

Eres tan patéticamente predecible… —La voz de Benjamin penetró la niebla que se había instalado en el cerebro de Matthew—. Solo espero que tu esposa sea tan fácil de manipular como tú.

Un dolor abrasador le recorrió el brazo y Matthew gritó, incapaz de contenerse. La reacción no hizo sino espolear a Benjamin. Matthew apretó los labios, decidido a no conceder a su hijo más satisfacción.

Un martillo golpeó contra metal; era un ruido familiar que recordaba de su infancia. Matthew sintió el repicar del metal como una vibración en el tuétano de sus huesos.

—Ahí está. Así no te moverás. —Matthew sintió unos dedos fríos cogiéndole de la barbilla—. Abre los ojos, padre. No creo que te guste si te los tengo que abrir yo.

Matthew se obligó a abrir los párpados. Tenía el rostro inescrutable de Benjamin a apenas unos centímetros. Su hijo hizo un ruido suave y apesadumbrado.

—Qué pena. Tenía la esperanza de que te resistieras. Pero, bueno, esto no es más que el primer acto. —Benjamin le retorció la cabeza hacia abajo.

Un largo pincho de hierro candente atravesó el antebrazo derecho de Matthew y se clavó en la silla de madera donde estaba apoyado. Al enfriarse, el hedor a carne y hueso quemado fue disminuyendo. No necesitaba mirar para saber que ya le había hecho lo mismo en el otro brazo.

—Sonríe. No queremos que la familia se pierda desde casa un solo minuto de nuestro reencuentro. —Benjamin le agarró del pelo y le levantó la cabeza. Matthew oyó el movimiento de la cámara.

—Un par de advertencias: primero, el pincho ha sido cuidadosamente introducido entre el cúbito y el radio. El metal candente se habrá fundido con los huesos colindantes lo suficiente como para que se astillen a nada que intentes resistirte. Tengo entendido que es bastante doloroso. —Benjamin dio una patada a la silla y Matthew apretó la mandíbula al sentir el espantoso dolor bajándole hasta la mano—. ¿Lo ves? Segundo, no tengo ningún interés en matarte. Nada de lo que hagas, digas o amenaces con hacer me hará entregarte a las amables manos de la muerte. Quiero darme un festín con tu agonía y saborearla bien.

Matthew sabía que Benjamin esperaba que le hiciera una pregunta muy concreta, aunque su lengua adormecida no obedecía las órdenes del cerebro. Pero persistió. Todo dependía de ello.

—¿Dónde... está... Diana?

—Según Peter, está en Oxford. Puede que Knox no sea el brujo más poderoso de todos los tiempos, pero tiene sus métodos para saber dónde se encuentra. Te dejaría hablar con él personalmente, pero eso fastidiaría el desarrollo del drama para nuestros espectadores en casa. Por cierto, no pueden oírte. Todavía no. Me reservo eso para cuando te derrumbes e implores. —Benjamin se había colocado cuidadosamente para dar la espalda a la cámara. Así no podrían leer sus labios. Pero el rostro de Matthew sí era visible.

—¿Diana... no... aquí? —Matthew articulaba cada sílaba con esmero. Necesitaba que quienquiera que estuviese viéndolo supiera que su mujer seguía en libertad.

—La Diana que has visto era un espejismo, Matthew —dijo Benjamin sofocando la risa—. Knox lanzó un hechizo proyectando su imagen en esa habitación vacía del piso de arriba. Si la hubieras mirado un poco más de tiempo, habrías visto que volvía al principio, como una película.

Matthew se había dado cuenta de que era una ilusión visual. La imagen de Diana era rubia, porque Knox no había visto a su mujer desde que volvieron del pasado. Pero aunque su color de pelo hubiera sido el adecuado, Matthew habría sabido que no era Diana, pues no sintió ningún destello de vida o calor atrayéndole hacia ella. Matthew había entrado en el recinto de Benjamin sabiendo que le harían preso. Era la única manera de obligar a Benjamin a dar un paso más y poner fin a su retorcido juego.

—Si hubieras sido inmune al amor, tal vez habrías sido un gran hombre. Pero esa emoción inútil te domina. —Benjamin se inclinó hacia Matthew hasta que este pudo oler la sangre en sus labios—. Es tu gran debilidad, padre.

Matthew cerró la mano instintivamente respondiendo al insulto y lo pagó su antebrazo, al crujir el cúbito como si fuera barro seco bajo un sol ardiente.

—Eso ha sido un poco estúpido, ¿no crees? No has conseguido nada. Tu cuerpo ya está sometido a bastante tensión, tu mente rebosa ansiedad por tu mujer y tus hijos. Tardarás el doble de tiempo en curarte en estas condiciones. —Benjamin abrió la boca de Matthew y observó sus encías y su lengua—. Tienes sed. Y hambre. Tengo una niña abajo; tendrá tres o cuatro años. Cuando estés listo para alimentarte con ella, dímelo. Estoy intentando averiguar si la sangre de virgen es más restauradora que la de las putas. Por ahora los datos no son concluyentes. —Benjamin apuntó algo en una tabla médica sujeta a un portapapeles.

—Nunca.

—«Nunca» es mucho tiempo. Philippe me lo enseñó —dijo Benjamin—. Veremos cómo te sientes más tarde. Decidas lo que decidas, tus respuestas me ayudarán a contestar otra pregunta de mi investigación: ¿cuánto tiempo hay que matar de hambre a un vampiro hasta que se le agote la devoción y deje de creer que Dios le va a salvar?

«Mucho, mucho tiempo», pensó Matthew.

—Tus constantes vitales son sorprendentemente fuertes, teniendo en cuenta toda la droga que te he metido en el organismo. Me gusta la desorientación y el aletargamiento que provocan. La mayoría de mis presas experimentan mucha ansiedad cuando se embotan sus reacciones y sus instintos. En tu caso, alguna evidencia de ella, pero no lo suficiente para mi propósito. Tendré que subir la dosis. —Benjamin tiró el portapapeles sobre un armario de metal con ruedas. Parecía de la Segunda Guerra Mundial. Matthew observó una pequeña silla también hecha de metal junto al armario. El abrigo que había sobre ella le resultaba familiar.

Sus fosas nasales se abrieron.

Peter Knox. No estaba en la habitación en ese momento, pero estaba cerca. Benjamin no le había mentido al respecto.

—Me gustaría conocerte mejor, padre. La observación solo me puede ayudar a descubrir verdades superficiales. Hasta los vampiros más comunes ocultan bastantes secretos. Y tú, mi señor, eres de todo menos común. —Benjamin se acercó a Matthew y le rasgó la camisa desnudando su cuello y sus hombros—. Con el paso de los años, he aprendido a maximizar la información que saco de la sangre de una criatura. Verás, todo es cuestión de ritmo. No debes apresurarte. Ni tampoco ser demasiado codicioso.

—No. —Matthew sabía que Benjamin intentaría invadir su mente, pero era imposible no reaccionar de manera instintiva a la intromisión. Se revolvió sobre la silla. Un antebrazo se partió con un chasquido. Y luego el otro.

—Si te rompes los mismos huesos una y otra vez, nunca se curarán. Piensa en ello antes de intentar escapar otra vez, Matthew. Es inútil. Y puedo clavarte pinchos entre la tibia y la fíbula para demostrártelo.

Benjamin arañó la piel de Matthew con su uña afilada. La sangre brotó a la superficie, fría y húmeda.

—Antes de que hayamos terminado, Matthew, lo sabré todo sobre ti y tu bruja. Con tiempo suficiente (y los vampiros tenemos mucho tiempo) seré capaz de presenciar cada caricia que le has hecho. Descubriré qué le provoca placer y qué dolor. Conoceré el poder que maneja y los secretos de su cuerpo. Sus vulnerabilidades se me abrirán como si su alma fuera un libro abierto. —Benjamin acarició la piel de Matthew, aumentando poco a poco la circulación en su cuello—. Podía oler su miedo en la Bodleiana, claro, pero ahora quiero entenderlo. Tan asustada y a la vez tan increíblemente valiente. Será apasionante ver cómo se rompe.

«Los corazones no se pueden romper» se recordó Matthew. Logró carraspear dos palabras:

—¿Por qué?

—¿Por qué? —La voz de Benjamin crepitó de furia—. Porque no tuviste el valor de matarme del todo. En vez de eso, me destruiste día a día, gota a gota de sangre. En vez de confesar a Philippe que le habías fallado y habías revelado los planes secretos de los De Clermont para Outremer, me hiciste vampiro y me arrojaste a las calles de una ciudad llena de sangre caliente. ¿Recuerdas lo que se siente al tener un hambre de sangre que te parte en dos de anhelo y deseo? ¿Recuerdas lo poderosa que es la rabia de sangre nada más te conviertes?

Matthew lo recordaba bien. Y había albergado la esperanza, no, que Dios le asistiera, pero Matthew *había rezado* pidiendo que Benjamin tuviera la maldición de la rabia de sangre.

—Te importaba más la buena opinión de Philippe que tu propio hijo. —La voz de Benjamin temblaba por la rabia y sus ojos estaban negros como la noche—. Desde el momento en que me convertí en vampiro, he vivido para destruiros a Philippe, a ti y a todos los De Clermont. La venganza me dio un propósito y el tiempo ha sido mi aliado. He esperado. He planeado. He creado a mis propios hijos y les he enseñado a sobrevivir como yo aprendí a sobrevivir: violando y asesinando. Fue el único camino que me permitiste seguir.

Matthew cerró los ojos tratando de bloquear no solo el rostro de Benjamin, sino también la conciencia de su fracaso como hijo y como padre. Pero Benjamin no se lo iba a permitir.

—Abre los ojos —gruñó su hijo—. Pronto, no tendrás más secretos que ocultarme.

Los ojos de Matthew se abrieron asustados.

—Según vaya conociendo a tu pareja, descubriré más cosas de ti —continuó Benjamin—. No hay mejor manera de conocer a un hombre que comprender a su mujer. Eso también lo aprendí de Philippe.

El engranaje del cerebro de Matthew chirriaba haciendo ruidos sordos. Una verdad espantosa estaba tratando de abrirse paso hacia la luz.

—¿Tuvo la oportunidad Philippe de hablarte de los momentos que compartimos él y yo durante la guerra? No salió tal y como lo había planeado. Philippe me lo echó a perder cuando fue a ver a aquella bruja en el campo, una vieja gitana —explicó Benjamin—. Alguien le avisó de mi presencia y como siempre Philippe decidió hacerse cargo personalmente. La bruja le robó casi todos sus pensamientos, se los revolvió como si fueran huevos y luego se ahorcó. Fue un revés, sin duda. Philippe siempre había tenido una mente tan ordenada... Yo tenía ganas de explorarla, en toda su compleja belleza.

El rugido de protesta de Matthew surgió como un graznido, pero los gritos en su cabeza no cesaron. Aquello sí que no se lo esperaba.

Había sido Benjamin, su hijo, quien torturó a Philippe durante la guerra, no un oficial nazi.

Benjamin golpeó a Matthew en la cara, partiéndole el pómulo.

—¡Cállate! Te estoy contando un cuento para dormir. —Benjamin apretó los dedos contra los huesos quebrados en el rostro de Matthew, moviéndolos como si fueran un instrumento cuya única música era el dolor—. Cuando el comandante de Auschwitz dejó a Philippe en mis manos, ya era demasiado tarde. Después de lo de la bruja, solo quedaba un elemento coherente en aquella mente que un día había sido tan brillante: Ysabeau. Y descubrí que, para ser tan fría, es una mujer sorprendentemente sensual.

Por mucho que Matthew intentara bloquear sus oídos ante aquellas palabras, no lograba hacerlo.

—Philippe odiaba su propia debilidad, pero no podía apartarse de ella —prosiguió Benjamin—. Incluso en medio de su locura, mientras lloraba como un bebé, pensaba en Ysabeau, aun sabiendo que yo compartía su placer. —Benjamin sonrió, revelando sus dientes afilados—. Pero ya está bien de historias familiares por ahora. Prepárate Matthew. Esto te va a doler.

36

En el avión de camino a casa, Gallowglass explicó a Marcus que algo inesperado me había ocurrido en la Bodleiana.

—Vas a encontrar a Diana... alterada —dijo Gallowglass con cautela por el teléfono.

Alterada. Era una descripción adecuada para una criatura hecha de nudos, cordones, cadenas, alas, sellos, armas y, ahora, palabras y un árbol. No sabía en qué me convertía aquello, pero quedaba muy lejos de lo que había sido antes.

A pesar de que le advirtieron del cambio, Marcus quedó claramente impactado cuando me bajé del coche en Sept-Tours. Phoebe aceptó mi metamorfosis con más ecuanimidad, como hacía con todo.

—Nada de preguntas, Marcus —dijo Hamish, cogiéndome por el codo. Ya había visto lo que me hacían las preguntas en el avión. Ningún hechizo de camuflaje era capaz de ocultar la forma en que mis ojos se ponían lechosos y empezaban a mostrar letras y símbolos a la mínima pregunta, ni las letras que aparecían en mis antebrazos y el dorso de mis manos.

En silencio, di gracias por el hecho de que mis hijos ya no me conocerían de otra manera y que, por tanto, verían como algo normal tener un palimpsesto como madre.

—Nada de preguntas —contestó rápidamente Marcus.

—Los niños están en el estudio de Matthew, con Marthe. Han estado descansando la última hora, como si supieran que venías —dijo Phoebe, entrando a mi estela en la casa.

—Primero iré a ver a Becca y a Philip. —Llevada por el anhelo, subí las escaleras volando en vez de caminar. No parecía tener mucho sentido hacerlo de otro modo.

Estar con los niños me removió el alma. Por una parte, me hacían sentirme más cerca de Matthew. Pero sabiendo que estaba en peligro, era incapaz de ignorar lo mucho que se parecía la forma de los ojos azules de Philip a los de su padre. A pesar de lo joven e inmaduro que aún era, su barbilla también tenía la misma línea marcada. Y el color de Becca, su cabello oscuro como ala de cuervo, sus ojos de un azul que no era el típico azul de bebé sino que ya brillaban de un gris verdoso y su tez blanca tenían un parecido inquietante con Matthew. Los abracé contra mí, deshaciéndome en promesas en sus oídos sobre todo lo que haría su padre cuando volviera a casa.

Después de pasar todo el tiempo que me podía permitir con ellos, bajé las escaleras, esta vez lentamente y a pie, y exigí que me pusieran la conexión por vídeo de Benjamin.

—Ysabeau está viéndolo ahora mismo en la biblioteca familiar. —La evidente preocupación de Miriam me heló la sangre más de lo que nada lo había hecho desde que Gallowglass se presentó en la Bodleiana.

Me armé de valor para lo que estaba a punto de ver, pero al entrar en la biblioteca Ysabeau cerró la pantalla del portátil.

—Miriam, te dije que no la trajeras aquí.

—Diana tiene derecho a saberlo —contestó Miriam.

—Miriam tiene razón, abuela. —Gallowglass saludó a su abuela con un beso rápido—. Además, la tía no va a obedecerte más de lo que tú obedeciste a Baldwin cuando quiso que no te acercaras a Philippe hasta que se curaran sus heridas. —Le quitó el ordenador de las manos a Ysabeau y abrió la pantalla.

Lo que vi me provocó un sonido ahogado de terror. De no haber sido por sus inconfundibles ojos azules grisáceos y su pelo negro, no habría reconocido a Matthew.

—Diana. —Baldwin apareció con paso airado en la biblioteca, con aquella expresión cuidadosamente controlada para no mostrar reacción alguna al verme. Pero también era un soldado y sabía que fingir que algo no había ocurrido no haría que desapareciera. Estiró la mano con una suavidad sorprendente y me tocó el nacimiento del pelo—. ¿Te duele?

—No. —Un árbol había aparecido en mi cuerpo al absorber *El libro de la vida*. Su tronco cubría mi nuca, perfectamente alineado con mi columna vertebral. Sus raíces se extendían por mis hombros. Las ramas del árbol se desplegaban bajo mi pelo cubriendo mi cuero cabelludo. Las puntas de las ramas asomaban por el nacimiento del pelo, por detrás de mis orejas y por los bordes de mi cara. Igual que el árbol de mi caja de hechizos, sus raíces y ramas estaban extrañamente entrelazadas por los lados de mi cuello en una forma que recordaba a los nudos celtas.

—¿Por qué estás aquí? —pregunté. No habíamos sabido nada de Baldwin desde el bautizo.

—Baldwin fue el primero en ver el mensaje de Benjamin —explicó Gallowglass—. Se puso en contacto conmigo inmediatamente y luego se lo contó a Marcus.

—Me lo dijo Nathaniel. Había seguido la última comunicación por móvil de Matthew (una llamada que te hizo a ti) en un lugar de Polonia —dijo Baldwin.

—Addie vio a Matthew en Dresden, de camino a Berlín —prosiguió Miriam—. Matthew le pidió información sobre Benjamin. Mientras estaba con ella, recibió un mensaje y se fue de inmediato.

—Verin se unió a Addie allí. Han empezado a seguir el rastro de Matthew. Uno de los caballeros de Marcus le vio saliendo de lo que solíamos llamar Breslau. —Baldwin miró a Ysabeau—. Iba hacia el sureste. Debió de caer en una emboscada.

—Pero hasta entonces iba hacia el norte. ¿Por qué cambió de dirección? —preguntó Marcus frunciendo el ceño.

—Puede que fuera a Hungría —dije yo, tratando de visualizar todo aquello sobre el mapa—. Encontramos una carta de Godfrey que mencionaba varios contactos de Benjamin allí.

Sonó el teléfono de Marcus.

—¿Qué has encontrado? —Marcus se quedó escuchando un momento y fue hacia otro de los ordenadores portátiles que había repartidos sobre la mesa de la biblioteca. Cuando se iluminó la pantalla, escribió la dirección de una página web. Aparecieron planos cortos de la transmisión de vídeo, con la imagen aumentada para ofrecer mayor resolución. Una de las imágenes era de un portapapeles. Otra, del extremo de una tela colgando de una silla. La tercera, una ventana. Marcus dejó el móvil sobre la mesa y lo puso en modo altavoz.

—Nathaniel, explícanos —ordenó Marcus, como si fuera su comandante más que su amigo.

—La habitación está bastante desierta, no hay mucho que pueda servirnos de pista para hacernos una idea de dónde está Matthew. Estos objetos eran lo que parecía tener más potencial.

—¿Puedes ampliar la imagen del portapapeles?

Desde el otro lado del planeta, Nathaniel manipuló la imagen.

—Es el tipo de portapapeles que utilizábamos para las gráficas médicas. Estaban en todos los hospitales, colgados al pie de las camas. —Marcus inclinó la cabeza—. Es un formulario de admisión. Benjamin ha hecho lo que haría cualquier doctor: ha escrito la altura de Matthew, su peso, su presión arterial, su pulso. —Marcus hizo una pausa—. Y ha indicado la medicación que está tomando.

—Matthew no toma ninguna medicación —dije yo.

—Ahora sí —contestó escuetamente Marcus.

—Pero los vampiros solo sienten los efectos de las drogas si... —No acabé la frase.

—Si las ingieren a través de un ser de sangre caliente. Benjamin le ha estado dando (y obligándole a tomar) sangre drogada. —Marcus apoyó ambos brazos sobre la mesa y blasfemó—. Y las drogas en cuestión no son exactamente paliativas para un vampiro.

—¿Qué está tomando? —Sentía la cabeza atontada y las únicas partes de mi cuerpo que parecían estar vivas eran los cordones que me recorrían como raíces, como ramas.

—Un cóctel de ketamina, opiáceos, cocaína y psilocibina. —Marcus hablaba con tono aséptico e impasible, pero le palpitaba el párpado derecho.

—¿Psilocibina? —pregunté. Los otros al menos me resultaban familiares.

—Es un alucinógeno derivado de las setas.

—Esa combinación volverá loco a Matthew —señaló Hamish.

—Matar a Matthew sería demasiado rápido para los planes de Benjamin —dijo Ysabeau—. ¿Qué hay de esta tela? —preguntó señalando la pantalla.

—Creo que es una manta. Está casi completamente fuera del encuadre de la imagen, pero la incluí de todos modos —dijo Nathaniel.

—No se distinguien puntos de referencia a través de la ventana —comentó Baldwin—. Lo único que se ve son nieve y árboles. Podría ser mil lugares de Europa central en esta época del año.

En el plano central, se vio cómo Matthew movía ligeramente la cabeza.

—Algo pasa —dije, acercando el ordenador hacia mí.

Benjamin entró con una niña en la habitación. No tendría más de cuatro años y llevaba un camisón blanco y largo con encaje en el cuello y los puños. La tela estaba manchada de sangre.

La pequeña parecía atontada, con el pulgar metido en la boca.

—Phoebe, llévate a Diana a la otra habitación. —La orden de Baldwin fue inmediata.

—No. Yo me quedo aquí. Matthew no se va a alimentar de ella. No lo hará. —Sacudí la cabeza.

—Está fuera de sí, entre el dolor, la pérdida de sangre y las drogas—indicó Marcus suavemente—. Matthew no es responsable de sus actos.

—Mi marido no se alimentará de una niña —dije, absolutamente convencida.

Benjamin colocó a la niña inclinada sobre la rodilla de Matthew y le acarició el cuello. Tenía la piel rasgada y la sangre se había secado alrededor de la herida.

Las fosas nasales de Matthew se hincharon al reconocer instintivamente la cercanía del alimento. Apartó la cara de la niña deliberadamente.

Baldwin no despegaba los ojos de la pantalla. Observó a su hermano, al principio prudente, y luego asombrado. Según pasaban los segundos, su gesto se convirtió en una expresión de respeto.

—Mira qué control —murmuró Hamish—. Hasta el último instinto le debe de estar pidiendo sangre para sobrevivir.

—¿Aún crees que Matthew no tiene lo que hace falta para liderar su propia familia? —pregunté a Baldwin.

Benjamin estaba de espaldas a la cámara, de modo que no se podía ver cómo reaccionaba, pero su frustración se hizo evidente por el violento golpe que le asestó a Matthew en el rostro. No era de extrañar que me costara reconocer los rasgos de mi marido. Entonces, Benjamin agarró a la niña y la colocó de manera que su cuello estuviera justo debajo de la nariz de Matthew. La transmisión no tenía sonido, pero la cara de la niña se retorció al gritar aterrada.

Los labios de Matthew empezaron a moverse. La niña volvió la cara y sus gemidos parecieron apaciguarse un poco. A mi lado, Ysabeau empezó a cantar:

—*Der Mond ist aufgegangen, / Die goldnen Sternlein prangen / Am Him-mel hell und klar.* —Entonaba perfectamente sincronizada con el movimiento de los labios de Matthew.

—No lo hagas, Ysabeau —dijo Baldwin conteniendo la ira.

—¿Qué canción es esa? —pregunté, estirando la mano para acariciar el rostro de mi marido. A pesar de aquel tormento, mantenía una inexpresividad increíble.

—Es un himno alemán. Algunos de los versos se han convertido en una nana popular. Philippe solía cantarla después de... volver a casa. —Por un instante, el rostro de Baldwin quedó destrozado por el dolor y la culpa.

—Es una canción sobre el Juicio Final de Dios —dijo Ysabeau.

Benjamin movió las manos. Cuando volvieron a pararse, el cuello de la niña colgaba inerte, con la cabeza doblada hacia atrás en un ángulo imposible. Matthew no la había matado, pero tampoco había sido capaz de salvarla. La suya sería otra muerte con la que Matthew cargaría para siempre. La rabia me ardía en las venas, clara y luminosa.

—Ya basta. Esto se acaba. Esta noche. —Cogí un juego de llaves que alguien había dejado sobre la mesa. No me importaba de qué coche eran, aunque esperaba que fuera el de Marcus y, por tanto, veloz—. Decidle a Verin que voy para allá.

—¡No! —El grito angustiado de Ysabeau me dejó clavada en el sitio—. La ventana. ¿Puedes aumentar esa parte de la imagen, Nathaniel?

—Ahí fuera no hay más que nieve y árboles —dijo Hamish, frunciendo el ceño.

—La pared junto a la ventana. Enfoca ahí. —Ysabeau señaló la pared mugrienta en la pantalla como si de algún modo Nathaniel pudiera verla. Y aunque no podía, Nathaniel acercó la imagen solícitamente.

Según la imagen se iba haciendo más clara, no podía imaginar lo que Ysabeau creía ver. La pared estaba manchada de humedad y hacía bastante tiempo que no se había pintado. Tal vez fuera blanca en algún momento, como los azulejos, pero ahora era de un color grisáceo. La imagen continuaba ganando resolución y precisión con los ajustes de Nathaniel y varias manchas de mugre resultaron ser una serie de números escrita sobre la pared de arriba abajo.

—Mi astuto hijito —dijo, con los ojos rojos entre la sangre y el dolor. Se puso de pie, con los brazos y las piernas temblando—. Ese monstruo. Le haré pedazos.

—¿Qué pasa, Ysabeau? —pregunté.

—La pista estaba en la canción. Matthew sabe que le estamos viendo —explicó Ysabeau.

—¿Y qué es, *grand-mère*? —preguntó Marcus, mirando la pantalla—. ¿Los números?

—Un número. El número de Philippe. Ysabeau señaló el último de la serie.

—¿Su número? —inquirió Sarah.

—Se lo pusieron en Auschwitz-Birkenau. Después de capturar a Philippe cuando intentaba liberar Ravensbrück, los nazis le enviaron allí —dijo Ysabeau.

Eran todos nombres de pesadilla, lugares para siempre identificados con el salvajismo de la especie humana.

—Los nazis se lo tatuaron una y otra vez. —La furia iba creciendo en la voz de Ysabeau, haciéndola sonar como una campana de aviso—. Así es como descubrieron que era distinto.

—¿Qué estás diciendo? —No podía creerlo y sin embargo...

—Fue Benjamin quien torturó a Philippe —concluyó Ysabeau.

La imagen de Philippe fluyó ante mis ojos: la cuenca del ojo que Benjamin le cegó y las horribles cicatrices sobre su cara. Recordé su letra temblorosa en la carta que dejó para mí, cuando su cuerpo ya estaba demasiado dañado para controlar el movimiento de una pluma.

Y la misma criatura que le había hecho aquello a Philippe tenía a mi marido ahora.

—Déjame pasar. —Intenté apartar a Baldwin mientras corría hacia la puerta. Pero Baldwin me sostuvo con fuerza.

—No vas a caer en la misma trampa que él, Diana —dijo Baldwin—. Es exactamente lo que quiere Benjamin.

—Me voy a Auschwitz. Matthew no va a morir allí, donde murieron tantos otros —dije revolviéndome en los brazos de Baldwin.

—Matthew no está en Auschwitz. Poco después de ser capturado, Philippe fue trasladado de allí a Majdanek, a las afueras de Lublin. Allí es donde encontramos a mi padre. Recorrí hasta el último centímetro del campo de concentración buscando más supervivientes. Y no había ninguna habitación como esa en aquel campo.

—Entonces tuvieron que trasladar a Philippe a algún otro sitio antes de Majdanek, a algún otro campo de trabajo. Alguno que dirigiera Benjamin. Él fue quien torturó a Philippe. Estoy segura de ello —insistió Ysabeau.

—Pero ¿cómo es posible que Benjamin dirigiera un campo? —Jamás había oído tal cosa. Los campos de concentración nazis estaban en manos de las SS.

—Había decenas de miles de ellos, por toda Alemania y Polonia: campos de concentración, burdeles, instalaciones de investigación, granjas —explicó Baldwin—. Si Ysabeau tiene razón, Matthew podría estar en cualquier parte.

Ysabeau se volvió hacia Baldwin.

—Puedes quedarte aquí y preguntarte dónde está tu hermano, pero yo me voy a Polonia con Diana. Le encontraremos nosotras.

—Nadie va a ir a ninguna parte. —Marcus dio un golpe con la mano sobre la mesa—. No hasta que tengamos un plan. ¿Dónde está Majdanek exactamente?

—Abriré un mapa. —Phoebe fue a coger el ordenador.

Le paré la mano. Había algo inquietantemente familiar en aquella manta… Era de *tweed,* de un color marrón brezo con un tejido inconfundible.

—¿Eso es un botón? —Me fijé más—. Eso no es una manta. Es una chaqueta. —Me quedé observándola—. Peter Knox llevaba una chaqueta como esa. Recuerdo haberle visto esa tela en Oxford.

—¡Un vampiro no podrá liberar a Matthew si Benjamin también tiene consigo a un brujo como Knox! —exclamó Sarah.

—Es como revivir 1944 —dijo Ysabeau en voz baja—. Benjamin está jugando con Matthew… y con nosotros.

—Si es así, capturar a Matthew no era su objetivo. —Baldwin se cruzó de brazos y entornó los ojos mirando la pantalla—. Benjamin montó esa trampa para cazar a otro.

—Quiere a la tía —dijo Gallowglass—. Benjamin quiere saber por qué razón ella sí puede concebir un hijo de un vampiro.

«Benjamin quiere que tenga un hijo suyo», pensé.

—Pues no va a experimentar con Diana para averiguarlo —dijo Marcus enfáticamente—. Matthew preferiría morir antes que dejar que eso ocurra.

—No hace falta ningún experimento. Yo ya sé por qué los tejedores pueden tener hijos con vampiros con rabia de sangre. —La respuesta me estaba subiendo por los brazos en letras y símbolos de lenguas desaparecidas hace mucho o jamás pronunciadas salvo en hechizos lanzados por brujos. Los cordones de mi cuerpo se retorcían volviéndose hélices de tonos vivos de amarillo y blanco, rojo y negro, verde y plata.

—Así que la respuesta estaba en *El libro de la vida* —dijo Sarah—, tal y como creían los vampiros.

—Y todo empezó con el descubrimiento de unas brujas. —Apreté los labios para no revelar nada más—. Marcus tiene razón. Si vamos a por Benjamin sin un plan y sin el apoyo de otras criaturas, ganará. Y Matthew morirá.

—Os estoy enviando un mapa de carreteras del sur y el este de Polonia —dijo Nathaniel por el altavoz. En la pantalla se abrió otra ventana—. Aquí está Auschwitz. —Apareció una banderita morada—.

Y aquí está Majdanek. —Una banderita roja marcaba una ubicación en las afueras de una ciudad tan oriental que casi estaba en Ucrania. Entre un campo y otro había kilómetros y kilómetros de suelo polaco.

—¿Por dónde empezamos? —pregunté—. ¿En Auschwitz y de ahí vamos hacia el este?

—No. Benjamin no estará lejos de Lublin —insistió Ysabeau—. Los brujos a quienes preguntamos cuando encontraron a Philippe dijeron que la criatura que le torturó tenía viejos vínculos con la región. Supusimos que se trataba de algún lugareño reclutado por los nazis.

—¿Qué más dijeron los brujos? —pregunté.

—Solo que el captor de Philippe había torturado a los brujos de Chelm antes de volcar sus atenciones sobre mi marido —dijo Ysabeau—. Le llamaban «El Diablo».

Chelm. En pocos segundos encontré la ciudad. Estaba justo al este de Lublin. Mi sexto sentido de bruja me decía que Benjamin estaba allí o muy cerca.

—Deberíamos empezar a buscar allí —indiqué, tocando la ciudad sobre el mapa como si de alguna forma Matthew pudiera sentir mis dedos. Al mirar la transmisión de vídeo, vi que Benjamin le había dejado solo con la niña muerta. Sus labios seguían moviéndose, seguía cantando… a una niña que nunca oiría nada más.

—¿Por qué estás tan segura? —preguntó Hamish.

—Porque un brujo que conocí en Praga en el siglo XVI nació allí. El brujo era tejedor…, como yo. —Mientras hablaba, nombres y linajes familiares empezaron a aparecer en mis manos y brazos, marcados en negro como un tatuaje. Surgieron un instante y luego desaparecieron por completo, pero yo sabía lo que querían decir: que Abraham ben Elijah probablemente no fuera el primer tejedor en la ciudad ni tampoco el último. Chelm era el lugar donde Benjamin había llevado a cabo sus perturbados intentos de engendrar un hijo.

En la pantalla, Matthew bajó la cabeza y se miró la mano derecha. Tenía espasmos y el dedo índice daba golpes irregulares sobre el brazo de la silla.

—Parece que tiene dañados los nervios de la mano derecha —dijo Marcus, viendo el movimiento en los dedos de su padre.

—Eso no es un movimiento involuntario. —Gallowglass se inclinó hasta que su barbilla casi tocó el teclado—. Eso es morse.

—¿Qué está diciendo? —Me puse frenética al pensar que tal vez hubiéramos perdido parte del mensaje.

—D. Cuatro. D. Cinco. C. Cuatro. —Gallowglass deletreó las letras una por una—. Dios. No tiene sentido nada de lo que está diciendo. D. X…

—C4 —dijo Hamish, alzando la voz—. DXC4. —Suspiró emocionado—. Matthew no ha caído en ninguna trampa. La ha hecho saltar a propósito.

—No entiendo —dije yo.

—D4 y D5 son los dos primeros movimientos del gambito de dama, una de las aperturas clásicas de ajedrez. —Hamish se acercó al fuego, donde había un pesado tablero de ajedrez colocado sobre una mesa. Movió dos peones, uno blanco y uno negro—. El siguiente movimiento de las blancas obliga a las negras bien a poner a sus piezas clave en peligro y ganar más libertad, o bien a asegurarse y limitar su capacidad de maniobra. —Hamish movió otro peón blanco al lado del primero.

—Pero cuando Matthew juega con blancas, nunca hace un gambito de dama y cuando va con negras lo rehúsa. Matthew siempre se asegura y protege a su reina —dijo Baldwin, cruzando los brazos sobre el pecho—. La defiende a toda costa.

—Lo sé. Por eso pierde. Pero esta vez no. —Hamish cogió el peón negro y derribó al peón blanco que estaba en diagonal en el centro del tablero—. DXC4. Gambito de dama aceptado.

—Creía que Diana era la reina blanca —dijo Sarah, mirando el tablero—. Pero hablas como si Matthew jugara con las negras.

—Así es —dijo Hamish—. Creo que nos está diciendo que la niña era el peón blanco de Benjamin, la pieza que ha sacrificado creyendo que le daría ventaja sobre Matthew. Sobre nosotros.

—¿Y se la da? —pregunté.

—Depende de lo que hagamos ahora —dijo Hamish—. En ajedrez, el negro podría seguir atacando peones para tener ventaja al final o ponerse más agresivo y mover los caballos.

—¿Qué haría Matthew? —preguntó Marcus.

—No lo sé —contestó Hamish—. Como ha dicho Baldwin, Matthew nunca acepta un gambito de dama.

—No importa. No estaba intentando dictar nuestro siguiente movimiento. Nos estaba diciendo que no protejamos a su reina. —Baldwin volvió la cabeza y me miró directamente—. ¿Estás preparada para lo que viene ahora?

—Sí.

—Ya has dudado antes —recordó Baldwin—. Marcus me ha contado lo que pasó la última vez que te enfrentaste a Benjamin en la biblioteca. Esta vez, la vida de Matthew depende de ti.

—No volverá a pasar. —Le miré a los ojos y Baldwin asintió.

—¿Serás capaz de encontrar a Matthew, Ysabeau? —preguntó Baldwin.

—Mejor que Verin —contestó ella.

—Entonces saldremos de inmediato —dijo Baldwin—. Llama a tus caballeros a las armas, Marcus. Diles que se reúnan conmigo en Varsovia.

—Kuźma está allí —anunció Marcus—. Él dirigirá a los caballeros hasta que yo llegue.

—Marcus, tú no puedes ir —dijo Gallowglass—. Tienes que quedarte aquí, con los bebés.

—¡No! —exclamó Marcus—. Es mi padre. Puedo olerle tan fácilmente como Ysabeau. Tenemos que utilizar cualquier ventaja.

—Tú no vas, Marcus. Y Diana tampoco. —Baldwin apoyó los brazos sobre la mesa y clavó sus ojos en Marcus y en mí—. Hasta ahora todo ha sido una escaramuza, un preámbulo de este momento. Benjamin ha tenido casi dos mil años para planear su venganza. Nosotros tenemos horas. Todos debemos estar donde más se nos necesita, no donde nos lleva el corazón.

—Mi marido me necesita —dije con firmeza.

—Tu marido necesita que le encontremos. Otros pueden hacerlo, del mismo modo que otros pueden combatir —contestó Baldwin—. Marcus debe quedarse aquí, porque Sept-Tours solo tiene el estatus legal de santuario cuando hay un gran maestre en él.

—Y ya hemos visto lo bien que eso nos ha venido con Gerbert y Knox —dijo Sarah con amargura.

—Murió una persona —reconoció Baldwin, su voz sonaba fría y clara como un témpano—. Fue una lástima, una trágica pérdida, pero si Marcus no hubiera estado aquí, Gerbert y Domenico habrían invadido el lugar con sus hijos y todos vosotros estaríais muertos.

—Eso no lo puedes saber —dijo Marcus.

—Lo sé. Domenico alardeaba de sus planes. Marcus, te quedarás aquí y protegerás a Sarah y a los niños para que Diana pueda hacer su trabajo.

—¿Mi trabajo? —dije levantando las cejas.

—Hermana, tú vas a ir a Venecia.

Una pesada llave de hierro voló por los aires. Levanté la mano y cayó sobre mi palma. La llave era pesada y ornamentada, con un exquisito lazo forjado siguiendo la forma del uróboros de los De Clermont, un tallo largo y un ápice robusto con complejos refuerzos en forma de estrella. Recordé vagamente que yo tenía una casa allí. Tal vez fuera la llave de la casa…

Todos los vampiros presentes se quedaron mirando mi mano, estupefactos. La giré a un lado y al otro, pero no tenía nada especial aparte de los colores del arco iris, la muñeca marcada y los fragmentos de escritura. El primero en recuperar el habla fue Gallowglass.

—No puedes mandar a la tía allí —protestó, dando un empujón agresivo a Baldwin—. ¿En qué estás pensando, tío?

—En que es una De Clermont y que yo seré más útil siguiendo la pista de Matthew con Ysabeau y Verin que sentándome en la cámara de un consejo a discutir los términos del acuerdo. —Baldwin me miró con los ojos brillantes. Se encogió de hombros—. Tal vez Diana les haga cambiar de opinión.

—Espera. —Ahora era yo la que estaba alucinando—. No puedes…

—¿Esperar que ocupes el asiento de los De Clermont en la mesa de la Congregación? —Baldwin curvó el labio inferior—. Pues así es, hermana.

—¡Yo no soy vampira!

—Nada dice que tengas que serlo. La única manera en la que consiguieron que padre firmara el acuerdo fue pactando que siempre habría un De Clermont entre los integrantes de la Congregación. El consejo no puede reunirse sin la presencia de uno de nosotros. Pero ya he repasado el tratado original y no estipula que el representante de la familia tenga que ser un vampiro. —Baldwin negó con la cabeza—. Si no le conociera tan bien, diría que Philippe previó que este día llegaría y lo planeó todo.

—¿Y qué esperas que haga la tía? —preguntó Gallowglass—. Puede que sea tejedora, pero no obra milagros.

—Diana tiene que recordar a la Congregación que no es la primera vez que hay quejas sobre un vampiro en Chelm —dijo Baldwin.

—¿La Congregación sabía lo de Benjamin y no hizo nada? —No me lo podía creer.

—No sabían que fuera Benjamin, pero sí que algo malo ocurría allí —contestó Baldwin—. Y a los brujos tampoco les importó lo suficiente como para investigarlo. Puede que Knox no sea el único brujo que esté cooperando con Benjamin.

—Si es así, no llegaremos muy lejos en Chelm sin el apoyo de la Congregación —dijo Hamish.

—Y si los brujos del lugar han sido víctimas, de Benjamin, este grupo de vampiros necesitará el beneplácito del aquelarre de Chelm para lograr lo que quiere, no solo el apoyo de la Congregación —añadió Baldwin.

—Eso significa que hay que convencer a Satu Järvinen para que se ponga de nuestro lado —señaló Sarah—, por no hablar de Gerbert y Domenico.

—Eso es imposible, Baldwin. Hay demasiada mala sangre entre los De Clermont y los brujos —coincidió Ysabeau—. Nunca nos ayudarán a salvar a Matthew.

—*Impossible n'est pas français* —dije, recordando a Ysabeau sus propias palabras—. Yo me encargo de Satu. Baldwin, cuando me reúna con vosotros, tendréis todo el apoyo de los brujos de la Congregación. Y también el de los daimones. Pero no puedo prometer nada con respecto a Gerbert y Domenico.

—Eso es todo un desafío —dijo Gallowglass advirtiéndome.

—Quiero a mi marido de vuelta. —Me volví hacia Baldwin—. ¿Y ahora qué?

—Iremos directamente a la casa de Matthew en Venecia. La Congregación ha exigido que Matthew y tú os presentéis ante ellos. Si nos ven llegar a los dos, darán por hecho que he cumplido sus órdenes —dijo Baldwin.

—¿Correrá peligro Diana allí? —preguntó Marcus.

—La Congregación quiere un procedimiento oficial. Nos vigilarán de cerca, pero nadie querrá desatar una guerra. Desde luego, no antes de que concluya la reunión. Acompañaré a Diana hasta Isola della Stella, a Celestina, donde está la sede de la Congregación. Después de eso, ella puede entrar al claustro con dos asistentes. ¿Gallowglass? ¿Fernando? —Baldwin se volvió hacia su sobrino y hacia el amigo de su hermano.

—Será un placer —contestó Fernando—. No he asistido a una reunión de la Congregación desde que Hugh estaba vivo.

—Claro que voy a Venecia —gruñó Gallowglass—. Estás loco si crees que la tía va a ir sin mí.

—Me lo figuraba. Recuerda, Diana: no pueden empezar la reunión sin ti. La puerta de la cámara del consejo no se cerrará sin la llave de los De Clermont —explicó Baldwin.

—Ah, ¡por eso está encantada la llave! —dije yo.

—¿Encantada? —preguntó Baldwin.

—Sí. Cuando fabricaron la llave forjaron un hechizo de protección. —Y las brujas que lo hicieron eran hábiles. Con el paso de los siglos, la gramaria del hechizo apenas se había debilitado.

—La Congregación se mudó a Isola della Stella en 1454. Las llaves se hicieron en ese momento y desde entonces han pasado de una generación a otra —dijo Baldwin.

—Entonces eso lo explica todo. El hechizo se hizo para garantizar que no se harían duplicados de la llave. Si lo intentaras, se destruiría sola. —Giré la llave sobre la palma de mi mano—. Qué astuto.

—¿Estás segura de que quieres hacer esto, Diana? —Baldwin me miró detenidamente—. No tienes por qué avergonzarte si no estás preparada para enfrentarte otra vez con Satu y Gerbert. Podemos idear otro plan.

Me volví y miré a Baldwin a los ojos sin encogerme.

—Estoy segura.

—Bien. —Cogió una hoja de papel que había sobre la mesa. Tenía un uróboros de los De Clermont sellado sobre un disco de cera negra en la parte inferior, junto a la rúbrica decidida de Baldwin. Me la dio—. Puedes darle esto al bibliotecario cuando llegues.

Era su reconocimiento oficial del vástago Bishop-Clermont.

—No me hacía falta ver a Matthew con esa niña para saber que estaba listo para liderar su propia familia —dijo Baldwin al ver mi expresión de asombro.

—¿Cuándo? —pregunté, incapaz de decir nada más.

—Desde el momento en que te dejó intervenir entre nosotros en la iglesia… y no sucumbió a su rabia de sangre —contestó Baldwin—. Le encontraré, Diana. Y le traeré a casa.

—Gracias. —Dudé un instante y dije una palabra que no solo tenía en los labios, sino en mi corazón—: Hermano.

37

El mar y el cielo eran de plomo y el viento rugía feroz cuando el avión De Clermont aterrizó en el aeropuerto de Venecia.

—El buen tiempo de Venecia, ya veo. —Gallowglass me protegió de las ráfagas mientras bajábamos la escalerilla del avión detrás de Baldwin y Fernando.

—Al menos no llueve —dijo Baldwin, observando la pista.

De las muchas cosas que me habían advertido, la posibilidad de encontrarme un par de dedos de agua en el piso de abajo de la casa era la que menos me preocupaba. Los vampiros podían tener un sentido desorbitado de lo que era verdaderamente importante.

—¿Podemos irnos ya? —dije, caminando resueltamente hacia el coche.

—No conseguirás que sean las cinco antes —comentó Baldwin mientras me seguía—. Se niegan a cambiar la hora de la reunión. Es la tra...

—... Tradición. Lo sé. —Me subí al coche que nos esperaba.

El coche solo nos llevó hasta el muelle del aeropuerto, donde Gallowglass me ayudó a subir a una lancha rápida. Tenía la cimera de los De Clermont sobre el reluciente timón y ventanas tintadas en la cabina. En poco tiempo llegamos a otro muelle, que en este caso flotaba delante de un *palazzo* del siglo XV en la curva del Gran Canal.

Ca'Chiaromonte era una residencia adecuada para alguien como Matthew, que había jugado un papel clave en los negocios y la vida política de Venecia durante siglos. Sus tres plantas, la fachada gótica y las deslumbrantes ventanas irradiaban riqueza y distinción. Si hubiera estado allí por cualquier otro motivo que no fuera salvar a Matthew, me hubiera detenido a disfrutar de su belleza, pero aquel día el lugar me parecía tan deprimente como el clima. Un hombre enjuto de pelo oscuro, nariz prominente, gafas redondas con gruesas y una expresión de sufrimiento prolongado esperaba para darnos la bienvenida.

—*Benvegnùa, madame* —dijo con una reverencia—. Es un honor darle la bienvenida a su hogar. Y siempre es un placer volver a verle, ser Baldovino.

—Eres un mentiroso terrible, Santoro. Necesitamos café. Y algo más fuerte para Gallowglass. —Baldwin le entregó sus guantes y su abrigo al hombre y me guio hacia la puerta abierta del *palazzo*. Estaba cobijada bajo un pequeño pórtico que, como habían predicho, tenía un par de dedos de agua a pesar de los montones de sacos de arena apilados junto a la puerta. En el interior, un suelo de azulejos de color terracota y blanco se extendía una buena distancia, hasta el extremo contrario, donde se veía otra puerta. Las *boiseries* estaban iluminadas por velas insertadas en candelabros con fondo de espejo para aumentar la luz. Me quité la capucha de la pesada gabardina, desenrollé mi bufanda y miré a mi alrededor.

—*D'accordo, ser* Baldovino. —Santoro parecía casi tan sincero como Ysabeau—. ¿Y para usted, madame Chiaromonte? Milord Matthew tiene buen gusto con el vino. ¿Una copa de Barolo, tal vez?

Negué con la cabeza.

—Ahora es *ser* Matteo —dijo Baldwin desde el otro extremo del pasillo. Santoro se quedó boquiabierto—. No me digas que te sorprende, viejo cabrón. Llevas siglos animando a Matthew a que se rebele. —Baldwin subió la escalera a toda velocidad.

Traté de desabrocharme con torpeza los botones del maldito abrigo. Por ahora no llovía, pero el aire estaba espeso por la humedad. Por lo que había visto, Venecia era esencialmente agua contenida valientemente —o vanamente— con ladrillos y mortero. Mientras lo hacía, eché un vistazo a los valiosos muebles de la entrada. Fernando advirtió mi mirada errante.

—Diana, los venecianos entienden dos lenguajes: la riqueza y el poder. Los De Clermont dominan ambos, con fluidez —dijo—. Además, la ciudad se habría hundido en el mar hace mucho tiempo de no haber sido por Matthew y Baldwin, y los venecianos lo saben. Ninguno de los dos tiene por qué esconderse en este lugar. —Fernando me cogió el abrigo y se lo dio a Santoro—. Ven, déjame que te enseñe el piso de arriba.

El dormitorio que habían dispuesto para mí estaba decorado en tonos rojos y dorados, y había un fuego encendido en la chimenea alicatada, pero ni sus llamas ni sus vivos colores podían hacerme entrar en calor. Cinco minutos después de que Fernando cerrara la puerta detrás de sí, volví a bajar al piso principal.

Me dejé caer en un banco acolchado bajo uno de los ventanales con forma de mirador que sobresalían sobre el Gran Canal. El fuego crepitaba en una de las cavernosas chimeneas de la casa. Grabado sobre la repisa de madera de la chimenea se leía un lema familiar: «Lo que me nutre me destruye». Me recordaba a Matthew, al tiempo que vivimos en Londres, a hechos pasados que seguían acechando a mi familia.

—Por favor, tía. Tienes que descansar —murmuró Gallowglass con preocupación al descubrirme allí—. Aún quedan horas antes de que la Congregación escuche tu caso.

Pero no quería moverme. Me quedé sentada entre las ventanas emplomadas, cada una de las cuales capturaba un reflejo fraccionado de la ciudad, escuchando cómo las campanas marcaban el paso lento de las horas.

—Es la hora. —Baldwin puso su mano sobre mi hombro.

Me levanté y me volví a mirarle. Yo vestía la chaqueta isabelina con bordados de color vivo que me había traído desde el pasado, un grueso jersey de cuello vuelto negro y pantalones de lana. Me había vestido pensando en Chelm, para que pudiéramos marcharnos en cuanto terminara la reunión.

—¿Tienes la llave? —preguntó Baldwin.

La saqué de mi bolsillo. Por suerte, el abrigo estaba diseñado para guardar los muchos avíos de un ama de casa de la época isabelina. Y aun así, la llave de la cámara de la Congregación era tan grande que apenas cabía.

—Vamos entonces —dijo Baldwin.

Encontramos a Gallowglass abajo, con Fernando. Ambos llevaban capa negra y Gallowglass me puso una prenda similar de terciopelo negro sobre los hombros. Era antigua y pesada. Mis dedos recorrieron la insignia de Matthew bordada en los pliegues de la tela que me cubría el brazo derecho.

El viento feroz no había amainado y agarré la parte de abajo de la capucha para que no se me abriera. Fernando y Gallowglass subieron a la lancha, que cabeceaba arriba y abajo con el vaivén de las olas del canal.

Baldwin me llevaba firmemente asida por el codo mientras caminábamos por el suelo resbaladizo. Salté a la lancha en el mismo instante en que el muelle se inclinaba vertiginosamente hacia el atraque, ayudado por el repentino peso de la bota de Gallowglass sobre una abrazadera de metal en la borda de la barca.

Navegamos a toda velocidad por la boca del Gran Canal, pasando por el tramo delante de San Marco para luego meternos por un canal más pequeño que atravesaba el distrito del Castello y volver a la laguna al norte de la ciudad. Pasamos junto a San Michele, con sus altos muros y sus cipreses guardando las lápidas. Mis dedos empezaron a doblarse, trenzando los cordones negros y azules en mi interior mientras murmuraba unas palabras en recuerdo de los muertos.

Al cruzar la laguna, pasamos varias islas deshabitadas, como Murano y Burano, y otras donde solo había ruinas y árboles frutales durmientes. Cuando vislumbramos los inhóspitos muros que protegían Isolla della Stella, sentí un cosquilleo en el cuerpo. Baldwin explicó que los venecianos creían que el lugar estaba maldito. Y no era de extrañar. Allí había poder, tanto magia elemental como vestigios de siglos de hechizos lanzados para mantener el lugar seguro y ahuyentar las miradas curiosas de los humanos.

—La isla va a notar que no debería entrar por una puerta para vampiros —le dije a Baldwin. Podía escuchar los espíritus que los brujos habían dejado alrededor del lugar para que recorrieran su perímetro efectuando controles de seguridad. Quienquiera que vigilara Isola della Stella y Celestina era mucho más sofisticado que el brujo que instaló el sistema de vigilancia mágica que desarmé en la Bodleiana.

—Entonces moveos con rapidez. Las normas de la Congregación prohíben la expulsión de cualquier persona que alcance el claustro en el centro de Celestina. Con la llave en tu poder, tienes derecho a entrar con dos acompañantes. Siempre ha sido así —dijo Baldwin serenamente.

Santoro apagó los motores y la barca se acercó suavemente hacia el atraque protegido. Al pasar bajo el pasaje abovedado, distinguí el contorno apenas visible del uróboros de los De Clermont sobre la dovela central. El tiempo y la sal habían desgastado la talla del emblema y para un observador cualquiera no habría parecido más que una sombra.

En el interior, los escalones que conducían hasta el alto atraque de mármol estaban cubiertos de algas. Un vampiro podía arriesgarse a trepar, pero no un brujo. Antes de que pensara en una solución, Gallowglass ya había saltado de la lancha al atraque. Santoro le lanzó un cabo y Gallowglass amarró la barca a un bolardo con la agilidad que da la práctica. Baldwin se volvió a darme sus últimas instrucciones:

—Una vez llegues a la cámara del consejo, siéntate sin entablar conversación. Se ha arraigado la costumbre de que los miembros charlen interminablemente antes de empezar, pero esta no es una reunión cualquiera. El representante de los De Clermont siempre es el miembro que preside. Declara abierta la sesión en cuanto puedas.

—Bien. —Aquella era la parte que menos me apetecía de la velada—. ¿Da igual dónde me siente?

—Tu asiento está enfrente de la puerta, entre Gerbert y Domenico. —Con esas palabras, Baldwin me besó en la mejilla y dijo—: *Buona fortuna*, Diana.

—Tráele de vuelta a casa, Baldwin. —Le agarré de la manga un instante. Era la última señal de debilidad que me podía permitir.

—Lo haré. Benjamin esperaba que su padre fuera a buscarle y cree que tú irás detrás de él —dijo Baldwin—. A mí no me espera.

Las campanas repicaron sobre nosotros.

—Debemos irnos —dijo Fernando.

—Cuida de mi hermana —le dijo Baldwin.

—Cuido de la pareja de mi señor —contestó Fernando—, así que no temas. La protegeré con mi propia vida.

Fernando me cogió de la cintura levantándome y Gallowglass se estiró y me agarró por el brazo. En dos segundos estaba sobre el atraque, con Fernando a mi lado. Baldwin saltó de la lancha a otra más pequeña. Mientras nos saludaba con la mano maniobró la embarcación hacia el extremo del atracadero. Allí esperaría hasta que las campanas dieran las cinco, marcando el comienzo de la reunión.

La puerta que me separaba de la Congregación era pesada y estaba negra por el tiempo y la humedad, aunque la cerradura resplandecía sorprendentemente en comparación con el resto, como si la acabaran de pulir. Supuse que era la magia lo que mantenía su brillo y al pasar los dedos por encima confirmé mis sospechas. Pero no era más que un hechizo de protección benigno para evitar que los elementos estropearan el metal. A juzgar por lo que había visto en las ventanas de Ca'Chiaromonte, en Venecia un brujo emprendedor podía hacer una fortuna encantando la escayola y los ladrillos de la ciudad para evitar que se cayeran.

La llave estaba caliente al tacto cuando mi mano se cerró sobre ella. La saqué del bolsillo, deslicé el extremo hasta encajarlo en la cerradura y la giré. El mecanismo interior se activó rápidamente y sin oposición.

Cogí la pesada anilla y tiré para abrir la puerta. Al otro lado había un oscuro pasillo con suelos de mármol veteado. Apenas podía ver más allá de un metro entre tanta penumbra.

—Te mostraré el camino —dijo Fernando, cogiéndome del brazo.

Después de la oscuridad del pasillo, quedé momentáneamente cegada al alcanzar la tenue luz del claustro. Cuando mis ojos volvieron a enfocar, vi arcos de medio punto apoyados sobre elegantes dobles columnas. En el centro del espacio había una fuente de mármol, como recordatorio de que el claustro había sido construido mucho antes de que aparecieran la electricidad y el agua corriente. En épocas en las que viajar era difícil y peligroso, la Congregación se reunía durante meses y permanecía en la isla hasta que zanjaba sus asuntos.

El grave murmullo de las conversaciones se detuvo. Me cubrí con la capa y la capucha, tratando de ocultar cualquier señal de poder visible sobre mi piel. Sus gruesos pliegues también escondían la bolsa de mano que llevaba al hombro. Sondeé rápidamente a los presentes. Satu estaba sola. Aunque evitó mi mirada, pude notar su malestar por volver a verme. Más aún, en ella había algo… malo, por alguna razón, y mi estómago se encogió con una sensación parecida, aunque más leve, a la que notaba cuando otro brujo me mentía. Satu llevaba un hechizo de camuflaje, pero no le servía de nada. Yo sabía lo que ocultaba.

Las otras criaturas presentes formaban grupos según su especie. Agatha Wilson estaba con otros dos daimones. Domenico y Gerbert estaban juntos y ahora intercambiaban miradas de sorpresa. Las otras dos brujas de la Congregación eran mujeres. Una tenía aspecto adusto y llevaba una larga trenza morena con vetas canosas recogida en un moño. Lucía el vestido más feo que había visto en mi vida, acentuado por una recargada gargantilla. Un pequeño retrato en miniatura adornaba el centro del collar de oro y esmalte —algún antepasado, sin duda—. La otra bruja tenía una cara agradable y redondeada, con mejillas sonrosadas y el pelo blanco. No tenía una sola arruga en la piel, lo cual hacía imposible determinar su edad. Algo en ella también me encogía el estómago, aunque no sabía qué. Sentí un cosquilleo en los brazos, una sensación que me avisaba de que *El libro de la vida* contenía la respuesta a aquellas preguntas, pero ahora no podía tomarme el tiempo de descifrarlo.

—Me alegra ver que los De Clermont han cedido ante la solicitud de la Congregación de ver a la bruja. —Gerbert apareció delante de mí. No le había visto desde La Pierre—. Nos volvemos a encontrar, Diana Bishop.

—Gerbert. —Le sostuve la mirada sin encogerme, aunque mi piel sí lo hizo. Él curvó el labio inferior.

—Veo que sigues siendo tan orgullosa. —Gerbert se volvió hacia Gallowglass—. ¡Ver un linaje tan noble como el De Clermont llevado a la confusión y a la ruina por una muchacha!

—Lo mismo decían de la abuela —contestó Gallowglass—. Si sobrevivimos a la abuela, podremos sobrevivir a esta «muchacha».

—Puede que cambies de parecer cuando conozcas las ofensas de esta bruja —respondió Gerbert.

—¿Dónde está Baldwin? —preguntó Domenico acercándose con una mirada de desaprobación.

El carillón de las campanas empezó a girar con un sonido metálico sobre nuestras cabezas.

—Salvados por la campana —dijo Gallowglass—. Apártate, Domenico.

—Un cambio de representante en los De Clermont a estas alturas y sin notificarlo es sumamente irregular, Gallowglass —advirtió Gerbert.

—¿A qué esperas, Gallowglass? Abre la puerta —ordenó Domenico.

—No soy yo quien tiene la llave —dijo Gallowglass con voz suave—. Vamos, tía. Tienes una reunión a la que asistir.

—¿Qué quieres decir con que no tienes la llave? —preguntó Gerbert con un tono tan cortante que atravesó el carillón encantado que sonaba desde lo alto—. Eres el único De Clermont presente.

—No. Baldwin reconoció a Diana Bishop como hija de Philippe de Clermont por juramento de sangre hace varias semanas. —Gallowglass miró a Gerbert con una sonrisa burlona.

Al otro lado del claustro, una de las brujas soltó un grito ahogado y susurró algo a su compañera.

—Eso es imposible —dijo Domenico—. Philippe de Clermont lleva muerto más de medio siglo. ¿Cómo…?

—Diana Bishop es viajera del tiempo. —Gerbert me miró lleno de odio. Al otro lado del patio, los hoyuelos en las mejillas de la bruja de pelo blanco se pronunciaron—. Debería haberlo imaginado. Todo esto forma parte de un inmenso encantamiento que ha estado tramando. Os avisé de que había que detener a esta bruja. Ahora ten-

dremos que pagar por no haber hecho lo que debíamos. —Apuntó a
Satu con un dedo acusador.

Sonó la primera campanada marcando la hora.

—Es hora de comenzar —dije enérgicamente—. No querremos
llegar tarde y romper las tradiciones de la Congregación. —Aún estaba irritada por su incapacidad de llegar a un acuerdo para reunirnos
más temprano.

Al acercarme a la puerta, sentí cómo el peso de la llave me llenaba la palma de la mano. Había nueve cerraduras y todas tenían una
llave dentro; todas salvo una. Deslicé el extremo de metal en la cerradura que faltaba y la giré con un golpe de muñeca. Los mecanismos
empezaron a dar vueltas hasta soltar un chasquido. Y la puerta se abrió.

—Después de ustedes. —Me eché a un lado para que pasara el
resto. Mi primera reunión de la Congregación estaba a punto de comenzar.

La cámara del consejo era magnífica, decorada con brillantes frescos
y mosaicos iluminados por la luz de antorchas y centenares de velas.
El techo abovedado parecía estar a muchos metros de distancia y una
galería de tres o cuatro pisos rodeaba la sala. En los pisos superiores
se guardaban los registros de la Congregación. Miles de años de registros, a juzgar por el rápido inventario visual que hice de las estanterías. Además de libros y manuscritos, había otros soportes de escritura anteriores, entre ellos rollos de pergamino y fragmentos de
papiro enmarcados en vidrio. Por las pilas de cajones poco profundos, diría que allá arriba podía haber incluso tablas de arcilla.

Mis ojos volvieron a estudiar la sala de reuniones, en cuyo centro había una enorme mesa ovalada con sillas de respaldo alto a su
alrededor. Igual que las cerraduras y las llaves que las abrían, cada silla tenía un símbolo grabado. La mía se encontraba justo donde Baldwin dijo que estaría: en un extremo de la sala, enfrente de la puerta.

Dentro de la sala había una joven humana que iba entregando
una carpeta de cuero a todos los miembros de la Congregación según
entraban. Al principio pensé que sería la agenda de la reunión. Pero

luego me di cuenta de que cada carpeta era de distinto grosor, como si cada uno hubiera solicitado artículos concretos de las estanterías superiores.

Fui la última en entrar en la cámara y la puerta se cerró detrás de mí con un ruido metálico.

—Madame De Clermont —saludó la mujer, cuyos ojos oscuros rebosaban inteligencia—. Soy Rima Jaén, bibliotecaria de la Congregación. Aquí están los documentos que sieur Baldwin solicitó para la reunión. Si necesita cualquier otra cosa, solo tiene que decírmelo.

—Gracias —dije, cogiendo el material de sus manos.

Ella vaciló un instante.

—Disculpe mi atrevimiento, madame, pero ¿nos conocemos? Me resulta muy familiar. Sé que es usted académica. ¿Ha visitado alguna vez el archivo Gonçalves, en Sevilla?

—No, nunca he trabajado allí —dije y luego añadí—: Pero creo que conozco al propietario.

—El señor Gonçalves me propuso para este puesto después de que me despidieran —dijo Rima—. El anterior bibliotecario de la Congregación se jubiló inesperadamente en julio, después de sufrir un ataque al corazón. La tradición dicta que los bibliotecarios sean humanos. Sieur Baldwin se encargó de sustituirle.

El ataque al corazón del bibliotecario —y el nombramiento de Rima— habían ocurrido unas semanas después de que Baldwin averiguara lo de mi juramento de sangre. Tuve un repentino presentimiento de que mi cuñado había maquinado todo aquel asunto. El rey de los De Clermont cada vez me parecía más interesante.

—Profesora Bishop, nos está haciendo esperar —interrumpió Gerbert malhumorado, aunque, a juzgar por el murmullo de conversaciones entre los delegados, era el único a quien le importaba.

—Deja que la profesora Bishop se ubique. Es su primera reunión —dijo la bruja de los hoyuelos con un marcado acento escocés—. ¿Y tú, Gerbert? ¿Recuerdas tu orientación o te la dejaste en la noche de los tiempos?

—Dadle una oportunidad a esa bruja y nos hechizará a todos —dijo Gerbert—. No la subestimes, Janet. Me temo que la valoración que Knox hizo de su poder y potencial cuando era niña fue tremendamente engañosa.

—Eres muy amable, gracias, pero no creo que sea yo quien necesite la advertencia —dijo Janet con un brillo en sus ojos grises.

Cogí la carpeta de manos de Rima y le di el documento doblado que confería legitimidad a la familia Bishop-Clairmont en el mundo de los vampiros.

—¿Le importaría archivarlo, por favor? —dije.

—Será un placer, madame De Clermont —asintió Rima—. El bibliotecario de la Congregación también ejerce de secretario. Haré los trámites que requiera el documento mientras están reunidos.

Después de entregar los documentos que establecían oficialmente el vástago Bishop-Clairmont, rodeé la mesa, con la capa negra ondeando alrededor de mis pies.

—Bonitos tatuajes —susurró Agatha Wilson cuando pasé junto a ella, señalando el nacimiento de su pelo—. Y bonita capa.

Le sonreí sin mediar palabra y seguí andando. Cuando alcancé mi asiento, forcejeé con la capa húmeda, tratando de no soltar la bolsa de mano mientras lo hacía. Por fin logré quitármela y la colgué en el respaldo de la silla.

—Hay perchas junto a la puerta —dijo Gerbert.

Me volví a mirarle. Sus ojos se entreabrieron. Mi chaqueta tenía mangas suficientemente largas como para ocultar el texto *El libro de la vida*, pero mis ojos eran plenamente visibles. Y me había recogido el pelo a propósito en una larga trenza pelirroja que revelaba los extremos de las ramas que cubrían mi cuero cabelludo.

—En estos momentos mi poder está agitado y a algunas personas les incomoda mi aspecto —dije—. Prefiero tener la capa cerca. O puedo utilizar un hechizo de camuflaje, como Satu. Pero esconderse estando a plena vista es lo mismo que decir una mentira.

Miré a todas las criaturas de la Congregación, una por una, retándolas a reaccionar a las letras y símbolos que sabía que me estaban pasando por los ojos.

Satu desvió los ojos, pero no lo bastante rápido como para ocultarme su mirada asustada. El repentino movimiento descolocó su hechizo de camuflaje, que no era ninguna maravilla. Busqué la firma del hechizo, pero no tenía. El hechizo de Satu no se había llegado a pronunciar. Ella misma lo había tejido y no demasiado bien.

Conozco tu secreto, hermana, dije silenciosamente.

Llevaba mucho tiempo sospechando el tuyo, contestó Satu con voz amarga como el ajenjo.

Huy, pues me he creado unos cuantos más sobre la marcha, dije.

Después de observar lentamente la sala, la única que se atrevió a preguntar fue Agatha.

—¿Qué te ha pasado? —susurró.

—Que elegí mi camino. —Solté la bolsa de mano sobre la mesa y me senté. La bolsa estaba tan atada a mí que aun a esa distancia notaba cómo me tiraba.

—¿Qué es eso? —preguntó Domenico con recelo.

—Una bolsa de mano de la Biblioteca Bodleiana. —La había cogido de la tienda de la biblioteca cuando recuperamos *El libro de la vida*, asegurándome de dejar un billete de 20 libras bajo un cubilete para lápices junto a la caja registradora. La bolsa de tela tenía el juramento de la biblioteca escrito en letra roja y negra, lo cual era muy apropiado para la ocasión.

Domenico abrió la boca para hacer otra pregunta, pero le detuve con una sola mirada. Ya había esperado bastante para que empezara la reunión de hoy. Domenico podría preguntarme lo que quisiera una vez que Matthew estuviera libre.

—Declaro abierta la sesión. Soy Diana Bishop, hija por juramento de sangre de Philippe de Clermont, y represento a la familia De Clermont. —Me volví hacia Domenico, que se cruzó de brazos y rehusó hablar. Continué:

»Este es Domenico Michele y a mi izquierda está Gerbert de Aurillac. Conozco a Agatha Wilson de Oxford, y Satu Järvinen y yo coincidimos en Francia. —Mi espalda se irguió al recordar su fuego—. Me temo que el resto tendrán que presentarse personalmente.

—Soy Osamu Watanabe —dijo el joven daimón sentado junto a Agatha—. Parece un personaje de manga. ¿Puedo dibujarla más tarde?

—Claro —contesté, esperando que el personaje en cuestión no fuera maligno.

—Tatiana Alkaev —se presentó una daimón rubia platino con unos ojos azules encantadores. Solo le hacía falta un trineo tirado por caballos blancos para ser la heroína perfecta de un cuento de hadas ruso—. Está usted llena de respuestas, pero por ahora no tengo preguntas.

—Excelente. —Me volví hacia la bruja de la expresión amenazadora y paupérrimo gusto en el vestir—. ¿Y usted?

—Soy Sidonie von Borcke —contestó, poniéndose unas gafas y abriendo su carpeta de piel con un golpe seco—. Yo no tengo constancia de tal juramento de sangre.

—Está en el informe de la bibliotecaria. Segunda página, abajo, en el apéndice, tercera línea —dijo Osamu amablemente. Sidonie le lanzó una mirada asesina—. Creo recordar que empieza así: «Adiciones a los pedigríes vampíricos (en orden alfabético): Almasi, Bettingcourt, De Clermont, Díaz...».

—Sí, ya lo veo, señor Watanabe —dijo bruscamente Sidonie.

—Creo que me toca presentarme, querida Sidonie —continuó la bruja del pelo blanco con una sonrisa bonachona—. Soy Janet Gowdie y conocerla es un placer que esperaba hace mucho tiempo. Conocí a su padre y a su madre. Fueron un gran orgullo para nuestra gente y aún siento profundamente su pérdida.

—Gracias —dije yo, conmovida por el sencillo tributo de aquella mujer.

—Nos han dicho que los De Clermont querían que consideráramos una moción... —Janet devolvió con sutileza la reunión a su cauce.

La miré agradecida.

—Los De Clermont solicitan formalmente la ayuda de la Congregación en la búsqueda de un miembro del vástago Bishop-Clairmont: Benjamin Fox, o Fuchs. El señor Fox contrajo la rabia de sangre de su padre, mi esposo, Matthew Clairmont, y ha estado raptando y violando brujas durante siglos con el propósito de preñarlas, especialmente en los alrededores de la ciudad polaca de Chelm.

Algunos de ustedes recordarán las quejas presentadas por el aquelarre de Chelm, quejas que fueron ignoradas por la Congregación. Hasta el momento, el deseo de Benjamin de crear un hijo brujo-vampiro se ha visto sido frustrado, en gran parte porque desconoce algo que los brujos descubrieron hace mucho tiempo, a saber, que los vampiros con rabia de sangre pueden reproducirse biológicamente, pero solo con una clase concreta de brujos: los tejedores.

La sala se quedó en completo silencio. Respiré hondo y continué:

—Mi marido fue a Polonia con el propósito de hacer salir a Benjamin de su escondite, pero ha desaparecido. Creemos que Benjamin le ha capturado y le tiene preso en unas instalaciones que funcionaron como campo de trabajo o laboratorio de investigación nazi durante la Segunda Guerra Mundial. Los Caballeros de Lázaro se han comprometido a traer a mi marido de vuelta, pero los De Clermont vamos a necesitar la ayuda de brujos y daimones. Hay que detener a Benjamin.

Miré a mi alrededor de nuevo. Todos salvo Janet Gowdie estaban boquiabiertos de asombro.

—¿Discusión? ¿O pasamos directamente a la votación? —pregunté, queriendo adelantarme a un largo debate.

Tras un largo silencio, la cámara de la Congregación se inundó de un clamor indignado, entre preguntas dirigidas a mí y acusaciones entre los representantes.

—Pues discusión —dije.

38

Tienes que comer algo —insistió Gallowglass, poniéndome
un sándwich en la mano.

—Tengo que volver a entrar. La segunda votación no tardará.
—Aparté el sándwich. Entre otras cosas, Baldwin me había recorda-
do la complejidad de los procesos de votación de la Congregación:
tres votaciones sobre cada moción, con discusión entre votación y
votación. Era habitual que los votos fueran de un extremo a otro
conforme los miembros consideraban, o fingían considerar, las pos-
turas enfrentadas.

Había perdido mi primera votación por ocho en contra y uno
—el mío— a favor. Algunos votaron en contra por razones de procedimiento, pues consideraban que Matthew y yo habíamos transgredido el
acuerdo cuando la Congregación ya había votado mantener el antiguo
pacto. Otros se opusieron porque el azote de rabia de sangre ponía en
peligro la salud y la seguridad de todos los seres de sangre caliente —daimones, humanos y brujos—. Se sacaron y leyeron en alto crónicas de los
periódicos sobre los asesinatos a manos de vampiros. Tatiana se negó a
rescatar a los brujos de Chelm, quienes, según afirmó entre lágrimas,
habían lanzado un hechizo sobre su abuela que la cubrió de forúnculos
mientras pasaba unas vacaciones allí. Por mucho que se le explicara, nadie
lograría convencer a Tatiana de que en realidad se estaba confundiendo
con Cheboksary, incluso a pesar de que Rima sacó fotografías aéreas que
demostraban que Chelm no era una localidad playera a orillas del Volga.

—¿Hay noticias de Baldwin o de Verin? —pregunté. La cobertura del teléfono móvil era muy mala en Isola della Stella y dentro de los muros de Celestina la única forma de tener señal era ponerse en el centro descubierto del claustro en medio del diluvio.

—Nada. Gallowglass me puso una taza de té en la mano y cerró mis dedos a su alrededor—. Bebe.

La preocupación por Matthew y la impaciencia por las normas y reglamentos bizantinos de la Congregación me habían revuelto el estómago. Le devolví la taza de té sin tocar.

—No te tomes a pecho la decisión de la Congregación, tía. Mi padre siempre decía que el primer voto no es más que una pose y que a menudo la segunda votación revoca la primera.

Cogí la bolsa de mano de la Bodleiana y volví a la cámara del consejo. Las miradas hostiles que recibí de Gerbert y Domenico al entrar me hicieron preguntarme si Hugh no habría sido algo optimista en lo referente a la política de la Congregación.

—¡Rabia de sangre! —exclamó Gerbert siseando y cogiéndome del brazo—. ¿Cómo es posible que los De Clermont nos ocultaran algo así?

—No lo sé, Gerbert —contesté, zafándome de su mano—. Ysabeau vivió bajo tu techo durante semanas y tampoco lo descubriste.

—Son las diez y media. —Sidonie von Brocke entró a grandes zancadas en la sala—. A media noche aplazamos la sesión. Acabemos con este sórdido asunto y pongámonos con cosas más importantes…, como la investigación de las transgresiones del acuerdo por parte de la familia Bishop.

Nada apremiaba más que eliminar a Benjamin de la faz de la tierra, pero me mordí la lengua y tomé asiento, dejando la bolsa de mano sobre la mesa delante de mí. Domenico fue a cogerla, todavía movido por la curiosidad sobre su contenido.

—No lo hagas. —Le miré. Mis ojos debieron de ser bastante elocuentes, porque apartó la mano rápidamente.

—Entonces, Sidonie, ¿debo entender que está pidiendo que votemos? —pregunté bruscamente. A pesar de todos sus llamamientos para que lo resolviéramos rápido, ella misma estaba resultando ser un obstáculo importante en las deliberaciones y alargaba cada discusión con detalles irrelevantes hasta sacarme de mis casillas.

—En absoluto —dijo refunfuñando—. Simplemente me gustaría que consideráramos el asunto con la eficacia adecuada.

—Yo me sigo oponiendo a intervenir en algo que es claramente un problema de familia —dijo Gerbert—. La propuesta de madame De Clermont pretende abrir este desafortunado asunto a un escrutinio más amplio. Los Caballeros de Lázaro ya están en ese lugar buscando a su marido. Lo mejor es dejar que las cosas sigan su curso.

—¿Y la rabia de sangre? —Era la primera vez que Satu decía algo más allá del «no» en la primera votación.

—La rabia de sangre es un asunto del que deben ocuparse los vampiros. Sancionaremos a los De Clermont por su grave falta de juicio y tomaremos las medidas adecuadas para localizar y exterminar a todo el que pueda estar infectado. —Gerbert juntó las yemas de los dedos formando un triángulo entre las manos mientras miraba a su alrededor—. Podéis estar tranquilos en lo que a eso se refiere.

—Estoy de acuerdo con Gerbert. Es más, no se puede crear ningún vástago liderado por un señor enfermo —corroboró Domenico—. Es inconcebible. Matthew Clairmont debe ser ejecutado y con él todos sus hijos. —Los ojos del vampiro relucían.

Osamu levantó la mano y esperó a que le concedieran la palabra.

—¿Sí, señor Watanabe?

—¿Qué es un tejedor? —preguntó—. ¿Y qué tienen en común con los vampiros que tienen rabia de sangre?

—¿Qué te hace pensar que tienen algo en común? —preguntó Sidonie bruscamente.

—Es lógico que los vampiros con rabia de sangre y los brujos tejedores tengan algo en común. De lo contrario, ¿cómo podrían haber tenido hijos Diana y Matthew? —Agatha me miró expectante. Antes de que pudiera contestarle, Gerbert se levantó y se inclinó sobre mí.

—¿Es eso lo que Matthew descubrió en *El libro de la vida*? —preguntó en tono inquisitivo—. ¿Encontrasteis un hechizo que une a las dos especies?

—Siéntate, Gerbert. —Janet llevaba horas haciendo punto y levantando la mirada solo de vez en cuando para lanzar un comentario acertado o una sonrisa bienhechora.

—¡La bruja tiene que contestar! —exclamó Gerbert—. ¿Qué hechizo es y cómo lo lanzasteis?

—La respuesta está en *El libro de la vida*. —Acerqué la bolsa de mano hacia mí y saqué el volumen escondido durante tanto tiempo en la Bodleiana.

Se escucharon gritos ahogados de asombro por toda la mesa.

—Esto es un truco —proclamó Sidonie. Se levantó y se acercó rodeando la mesa—. Si ese es el libro de hechizos perdido de los brujos, exijo que se me permita examinarlo.

—Es la historia perdida de los vampiros —dijo Domenico con un gruñido cuando pasó por detrás de su silla.

—Aquí lo tiene. —Le entregué *El libro de la vida* a Sidonie.

La bruja intentó abrir los cierres de metal apretando y tirando, pero el libro se negaba a cooperar con ella. Estiré las manos y el libro voló de ella a mí, ansioso por volver donde tenía que estar. Sidonie y Gerbert se miraron.

—Ábrelo tú, Diana —pidió Agatha, con los ojos abiertos como platos. Entonces me acordé de que meses antes Agatha me había dicho en Oxford que el Ashmole 782 pertenecía a los daimones además de a los brujos y a los vampiros. De algún modo, ella ya había adivinado un significado de su contenido.

Dejé *El libro de la vida* sobre la mesa mientras la Congregación se reunía a mi alrededor. Los cierres se abrieron en cuanto los toqué. El aire se llenó de susurros y suspiros, seguidos de los rastros sobrenaturales de las criaturas que estaban ligadas a las páginas.

—No está permitido hacer magia en Isola della Stella —protestó Domenico, con una pizca de pánico en la voz—. ¡Díselo, Gerbert!

—Si estuviera haciendo magia, lo sabrías, Domenico —contesté yo.

Domenico empezó a palidecer al ver cómo los espectros se hacían más consistentes y adquirían formas humanas alargadas, con ojos oscuros y vacíos.

Abrí el libro. Todos se inclinaron para verlo mejor.

—Ahí no hay nada —dijo Gerbert, con la cara retorcida por la ira—. El libro está en blanco. ¿Qué le has hecho al libro de nuestros orígenes?

—Este libro huele… raro —dijo Domenico, olisqueando sospechosamente el aire—. Como a animales muertos.

—No, huele a criaturas muertas. —Agité las páginas para que el olor se prendiera en el aire—. Daimones. Vampiros. Brujos. Están todos aquí dentro.

—¿Quiere decir…? —Tatiana parecía horrorizada.

—Exacto —asentí—. Es pergamino hecho con piel de criatura. Y las hojas también están cosidas con pelo de criatura.

—Pero ¿dónde está el texto? —preguntó Gerbert, levantando la voz—. Se supone que *El libro de la vida* contiene la llave para resolver muchos misterios. Es nuestro texto sagrado, la historia de los vampiros.

—Aquí está vuestro texto sagrado. —Me subí las mangas. Las letras y los símbolos se retorcían bajo mi piel, saliendo a la superficie como burbujas en un estanque, para luego deshacerse. No tenía ni idea de lo que ocurría en mis ojos, pero sospechaba que también estaban llenos de letras. Satu se apartó de mí.

—¡Lo has encantando! —gruñó Gerbert.

—*El libro de la vida* fue encantado hace mucho tiempo —contesté—. Lo único que hice fue abrirlo.

—Y la eligió a usted. —Osamu extendió un dedo para tocar las letras sobre mi brazo. Varias de ellas se arremolinaron alrededor del punto donde su piel tocó la mía y luego se alejaron bailando.

—¿Por qué eligió el libro a Diana Bishop? —preguntó Domenico.

—Porque soy tejedora (hacedora de hechizos) y solo quedamos unos pocos. —Volví a mirar a Satu. Sus labios estaban fruncidos y sus ojos me imploraban que no dijera nada—. Teníamos demasiado poder creativo y nuestros hermanos brujos nos asesinaron.

—El mismo poder que hace posible que crees nuevos hechizos te da la capacidad de crear nueva vida —dijo Agatha, claramente emocionada.

—Es un don especial que la diosa concede a las tejedoras —contesté—. No todos los tejedores son hembras, claro está. Mi padre también era tejedor.

—Eso es imposible —gruñó Domenico—. Esto es parte de la traición de la bruja. Jamás he oído hablar de tejedores, y el viejo azote de rabia de sangre ha mutado en una forma mucho más peligrosa. En lo que respecta a los descendientes de vampiros y brujas, no podemos permitir que se arraigue un mal así. Serían monstruos, más allá de la razón y del control.

—Tengo que discrepar contigo en ese punto, Domenico —dijo Janet.

—¿Por qué motivo? —dijo él, con un toque de impaciencia.

—Porque yo soy una criatura como la que has descrito y ni soy maligna ni monstruosa.

Por primera vez desde que llegué, la atención se desvió hacia otro lugar.

—Mi abuela era hija de una tejedora y un vampiro. —Los ojos de Janet se clavaron en los míos—. Todo el mundo en las Tierras Altas le conocía como Nickie-Ben.

—Benjamin —dije con un suspiro.

—Así es —contestó Janet asintiendo—. Advirtieron a las jóvenes brujas que tuvieran cuidado las noches sin luna, por miedo a que Nickie-Ben las raptara. Mi bisabuela, Isobel Gowdie, no hizo caso. Tuvieron una loca aventura. Dice la leyenda que la mordió en el hombro. Cuando Nickie-Ben se marchó, dejó una hija sin saberlo. Yo llevo su nombre.

Me miré los brazos. En una especie de Scrabble mágico, las letras fueron emergiendo y ordenándose hasta crear un nombre: «Janet Gowdie, hija de Isobel Gowdie y Benjamin Fox». La abuela de Janet fue una de los Nacidos Iluminados.

—¿Cuándo fue concebida su abuela? —El relato de la vida de un nacido iluminado podría revelarme información sobre el futuro de mis hijos.

—En 1662 —contestó Janet—. La abuela Janet murió en 1912, que Dios la bendiga, a la edad de doscientos cincuenta años. Mantuvo su belleza hasta el día de su muerte, pero, en fin, a diferencia de mí, la abuela era más vampiro que bruja. Estaba orgullosa de haber inspirado las leyendas del *baobhan sith,* y atrajo a muchos hombres a su cama para luego causarles la ruina y la muerte. Era aterrador contemplar el mal genio de la abuela Janet cuando se enfadaba.

—Pero eso significa que usted tiene... —Mis ojos se abrieron como platos.

—El año que viene cumpliré ciento setenta —confirmó Janet. Murmuró unas palabras y su pelo blanco se tornó negro oscuro. Entonces pronunció otro hechizo y su piel se volvió blanca y brillante como una perla.

Janet Gowdie no aparentaba más de treinta años. Las vidas de mis hijos empezaron a cobrar forma en mi imaginación.

—¿Y su madre? —pregunté.

—Mi madre vivió doscientos años. Con cada generación, nuestras vidas se hacen más cortas.

—¿Cómo oculta lo que es a los humanos? —preguntó Osamu.

—Supongo que igual que los vampiros. Un poco de suerte, un poco de ayuda de otros brujos y un poco de la predisposición humana a ignorar la verdad —contestó Janet.

—Todo esto son puras sandeces —dijo Sidonie encendiéndose—. Eres una bruja famosa, Janet. Tu habilidad para lanzar hechizos es bien conocida. Y vienes de un distinguido linaje de brujos. De veras que no entiendo por qué quieres mancillar la reputación de tu familia con una historia así.

—Ahí está... —dije con voz suave.

—¿Ahí está qué? —Sidonie parecía una institutriz.

—El asco. El miedo. El desprecio por cualquiera que no se avenga a sus ingenuas expectativas del mundo y de cómo debería funcionar.

—Escucha, Diana Bishop...

Pero ya había tenido suficiente de Sidonie y de cualquiera que utilizara el acuerdo como un escudo para su propia oscuridad interior.

—No, escúcheme usted —dije—. Mis padres eran brujos. Soy hija de un vampiro por juramento de sangre. Mi marido, y el padre de mis hijos, es un vampiro. Janet también desciende de una bruja y un vampiro. ¿Cuándo dejarán de fingir que hay un ideal de brujo de pura sangre en el mundo?

Sidonie se puso tensa.

—Ese ideal existe. Así es como hemos mantenido nuestro poder.

—No. Así es como nuestro poder ha muerto —repliqué—. Si seguimos ateniéndonos al acuerdo, en pocas generaciones ya no nos quedará ningún poder. El único propósito de ese pacto era evitar que las especies se mezclaran y se reprodujeran.

—¡Todo sandeces! —exclamó Sidonie—. El propósito del acuerdo es ante todo y sobre todo salvaguardar nuestra seguridad.

—Se equivoca. El acuerdo se diseñó para evitar el nacimiento de niños como Janet: poderosa, longeva, ni brujo ni vampiro ni daimón, sino algo entre medias —expliqué—. Es lo que todas las criaturas han temido. Es lo que quiere controlar Benjamin. Y no podemos permitírselo.

—¿Entre medias? —dijo Janet arqueando las cejas. Ahora que las veía bien, eran negras como la noche—. Entonces, ¿es esa la respuesta?

—¿La respuesta a qué? —preguntó Domenico.

Sin embargo, aún no estaba preparada para compartir ese secreto de *El libro de la vida*. No hasta que Miriam y Chris encontraran una evidencia científica para respaldar lo que el manuscrito me había revelado. De nuevo, las campanas de Celestina me libraron de tener que contestar.

—Es casi medianoche. Debemos suspender la sesión… por ahora —dijo Agatha Wilson, con los ojos brillantes—. Llamo a votación. ¿Debe la Congregación apoyar a los De Clermont en sus esfuerzos por eliminar a Benjamin Fox?

Todos regresaron a sus asientos y emitimos nuestro voto, uno por uno.

Esta vez la votación fue más esperanzadora: cuatro a favor y cinco en contra. Había progresado en la segunda ronda, ganándome el apoyo de Agatha, Osamu y Janet, pero no lo suficiente como para asegurar la victoria cuando se votara por tercera vez, la definitiva, al día siguiente. Sobre todo teniendo en cuenta que entre los que se resistían había viejos enemigos como Gerbert, Domenico y Satu.

—La reunión se reanudará mañana a las cinco en punto de la tarde. —Consciente de cada minuto que Matthew pasaba en manos de Benjamin, intenté que adelantaran la hora de la reunión. Una vez más, mi petición fue denegada.

Sin apenas energías, recogí mi carpeta de cuero —que no había llegado a abrir— y *El libro de la vida*. Las últimas siete horas habían sido agotadoras. No podía dejar de pensar en Matthew y lo que estaba soportando mientras la Congregación vacilaba. Y también me preocupaban los gemelos, que estaban sin sus padres. Esperé a que se vaciara la sala. Janet Gowdie y Gerbert fueron los últimos en salir.

—¿Gerbert? —le llamé.

Se detuvo de camino a la puerta, sin volverse.

—No he olvidado lo que ocurrió en mayo —dije, sintiendo el poder ardiendo con fuerza en mis manos—. Un día responderás ante mí por la muerte de Emily Mather.

Gerbert volvió la cara.

—Peter dijo que tú y Matthew ocultabais algo. Debería haberle escuchado.

—¿Y no te contó Peter lo que los brujos habían descubierto? —pregunté.

Pero Gerbert no había vivido tan poco como para caer tan fácilmente. Arqueó el labio inferior.

—Hasta mañana —dijo, con una ligera reverencia formal hacia Janet y hacia mí.

—Deberíamos llamarle Nickie-Bert —dijo Janet—. Benjamin y él formarían una buena pareja de diablos.

—Sí que lo harían —contesté con inquietud.

—¿Estás libre para comer mañana? —preguntó Janet Gowdie mientras salíamos de la cámara de reuniones al claustro; su acento escocés me recordaba a Gallowglass.

—¿Quién?, ¿yo? —A pesar de todo lo que había ocurrido aquella noche, me sorprendía que quisiera ser vista con una De Clermont.

—Diana, ninguna de las dos cabemos en las diminutas casillas de la Congregación —dijo Janet, con los hoyuelos acentuándose risueños.

Gallowglass y Fernando me esperaban bajo el pórtico del claustro. Gallowglass frunció el ceño al verme aparecer con una bruja.

—¿Todo bien, tía? —preguntó con preocupación—. Deberíamos irnos. Se hace tarde.

—Quiero hablar un segundo con Janet antes de irnos. —Miré a Janet, buscando indicios de que estuviera intentando ganarse mi amistad para algún propósito perverso, pero lo único que vi fue preocupación—. ¿Por qué me ayudas? —le pregunté con franqueza.

—Se lo prometí a Philippe —dijo Janet. Dejó la bolsa de hacer punto a sus pies y se levantó la manga de la camisa—. Diana Bishop, no eres la única cuya piel cuenta una historia.

Tenía un número tatuado en el brazo. Gallowglass maldijo y yo solté un grito ahogado.

—¿Estuviste en Auschwitz con Philippe?

—No. Estuve en Ravensbrück —contestó ella—. Fui capturada mientras trabajaba para el EOE, el Ejecutivo Operaciones Especiales. Philippe estaba intentando liberar el campo. Logró sacarnos a unos cuantos antes de que le cogieran los nazis.

—¿Sabes dónde tuvieron preso a Philippe después de Auschwitz? —pregunté precipitadamente.

—No, aunque le buscamos. Pero ¿le tenía Nickie-Ben? —Los ojos de Janet se oscurecieron de solidaridad.

—Sí —contesté—. Creemos que estaba cerca de Chelm.

—Benjamin también tenía brujos a su servicio. Recuerdo que en aquel momento me intrigaba por qué todo en un radio de ochenta kilómetros estaba cubierto de una niebla tan densa. No éramos capaces de orientarnos en ella, por mucho que lo intentáramos. —Sus ojos se llenaron de lágrimas—. Siento que le falláramos a Philippe. Esta vez lo haremos mejor. Es un asunto de honor de la familia Bishop-Clairmont. Y al fin y al cabo, yo soy familiar de Matthew de Clermont.

—Tatiana será la más fácil de convencer —dije yo.

—Tatiana no —dijo Janet sacudiendo la cabeza—. Está enamorada de Domenico. Aparte de resaltarle la figura, ese jersey esconde los mordiscos de Domenico. Tenemos que convencer a Satu.

—Satu Järvinen nunca me ayudará —dije, recordando lo que ocurrió en La Pierre.

—Huy, yo creo que sí —aseguró Janet—. En cuanto le expliquemos que la ofreceremos a Benjamin a cambio de Matthew si no lo hace. Después de todo, Satu es tejedora como tú. Puede que las tejedoras finlandesas sean más fértiles que las de Chelm.

Satu se alojaba en una pequeña casa situada en un *campo* tranquilo al otro lado del Gran Canal de Ca'Chiaromonte. Por fuera parecía absolutamente normal, con cajas de flores pintadas de colores vivos y pegatinas en las ventanas anunciando sus tarifas en relación con otros negocios de la zona (de cuatro estrellas) y las tarjetas de crédito que aceptaban (todas).

Sin embargo, por dentro, toda apariencia de normalidad desaparecía.

La propietaria, Laura Malipiero, estaba sentada tras un escritorio en el vestíbulo, vestida de terciopelo morado y negro, mezclando una baraja de tarot. Tenía el pelo rizado y alborotado, con vetas blancas entreveradas con el negro. Los buzones estaban cubiertos por una guirnalda de papel negro con formas de murciélago y el aire olía a salvia y sangre de dragón.

—Estamos llenos —dijo, sin levantar la mirada de las cartas. Tenía un cigarrillo sujeto en la comisura de los labios. Era morado y negro, como su atuendo. Al principio no creí que estuviera encendido. Después de todo, la *signorina* Malipiero estaba sentada bajo un cartel que decía: «Vietato fumare». Pero entonces le dio una larga calada. Y aunque la punta se encendió, no salió nada de humo.

—Dicen que es la bruja más rica de Venecia. Hizo su fortuna vendiendo cigarrillos encantados. —Janet la miró con desagrado. Se había cubierto con el hechizo de camuflaje otra vez y para un observador cualquiera parecía una frágil nonagenaria en lugar de una esbelta treintañera.

—Lo siento, hermanas, pero la Regata delle Befane es esta semana y no hay ninguna habitación en este lado de Venecia. —La atención de la *signorina* Malipiero seguía clavada en las cartas.

Había visto carteles por toda la ciudad anunciando la carrera anual de góndolas del Día de Reyes para ver quién llegaba antes desde San Tomà al Rialto. Ahora bien, había dos carreras distintas: la regata oficial por la mañana y la carrera de medianoche, mucho más peligrosa y emocionante, donde además de la fuerza bruta se usaba magia.

—No buscamos habitación, *signorina* Malipiero. Me llamo Janet Gowdie y ella es Diana Bishop. Hemos venido a ver a Satu Järvinen por asuntos de la Congregación, a no ser que esté entrenando para la carrera de góndolas.

La bruja veneciana levantó la mirada, estupefacta, con los ojos oscuros abiertos de par en par y el cigarrillo colgando de los labios.

—Habitación 17, ¿verdad? No hace falta que se moleste. Ya subimos nosotras. —Janet obsequió con una amplia sonrisa a la bruja pasmada y me empujó hacia las escaleras.

—Janet Gowdie, eres una apisonadora —dije sin apenas respiración mientras me metía prisa por el pasillo—. Por no hablar de tu capacidad para leer la mente. —Era una habilidad mágica realmente útil.

—Qué cosas más bonitas me dices, Diana. —Janet llamó a la puerta—. *Cameriera!*

No hubo respuesta. Después de la maratón de reunión con la Congregación el día anterior, estaba cansada de esperar. Cogí el pomo entre mis dedos y murmuré un hechizo de apertura. La puerta se abrió. Satu Järvinen nos esperaba dentro con las manos en alto, lista para hacer magia.

Agarré los hilos que la rodeaban y tiré con fuerza, atándole los brazos a ambos lados del cuerpo. Satu lanzó un grito ahogado.

—¿Qué sabes de los tejedores? —pregunté.

—No tanto como tú —contestó ella.

—¿Por eso me trataste tan mal en La Pierre? —dije yo.

Satu me lanzó una mirada de acero. Ella había actuado llevada por el interés de sobrevivir. No sentía remordimiento alguno.

—No voy a permitir que me desenmascares. Si averiguan lo que los tejedores podemos hacer, nos matarán a todos —dijo Satu.

—A mí me van a matar de todas formas por amar a Matthew. ¿Qué tengo que perder?

—A tus hijos —escupió Satu.

Eso ya era demasiado.

—No eres digna de tener los dones de un brujo. Satu Järvinen, te ato y te entrego a manos de la diosa sin poder ni brujería. —Con el dedo índice de la mano derecha, tiré de los hilos un centímetro más y los anudé bien. El dedo me brillaba de un morado vivo. Según había descubierto, era el color de la justicia.

El poder de Satu la abandonó con un silbido que succionó todo el aire de la habitación.

—¡No puedes hechizarme! —exclamó—. ¡Está prohibido!

—Denúnciame ante la Congregación —la reté—. Pero antes de que lo hagas, hay una cosa que debes saber: nadie será capaz de deshacer el nudo que te tiene atada, nadie que no sea yo. ¿Y de qué le vas a servir a la Congregación en este estado? Si quieres conservar tu asiento, tendrás que quedarte callada y esperar que Sidonie von Borcke no se dé cuenta.

—Diana Bishop, ¡pagarás por esto! —prometió Satu.

—Ya lo he hecho —contesté—. ¿O es que has olvidado lo que me hiciste en nombre de la solidaridad entre hermanas?

Avancé lentamente hacia ella.

—Ser hechizada no es nada comparado con lo que Benjamin te hará si descubre que eres tejedora. No tendrás forma de defenderte y estarás completamente a su merced. He visto lo que Benjamin hace a las brujas a las que intenta preñar. Y ni siquiera tú mereces algo así.

Los ojos de Satu brillaban de miedo.

—Vota por la moción De Clermont esta tarde. —Le solté los brazos, pero no el hechizo que limitaba su poder—. Si no lo haces por Matthew, hazlo por tu propio bien.

El miedo parpadeaba en los ojos de Satu.

—Tu poder ha desaparecido. No estaba mintiendo, hermana. —Me volví y salí con paso airado. Al llegar al umbral de la puerta me detuve y me giré—. Y no vuelvas a amenazar a mis hijos. Si lo haces, acabarás rogándome que te arroje a una zanja y me olvide de ti.

Gerbert intentó retrasar la votación final por razones procedimentales, diciendo que la actual composición del consejo de gobierno no cumplía los criterios establecidos en los documentos fundacionales de la época de las Cruzadas. Estos estipulaban la presencia de tres vampiros, tres brujos y tres daimones.

Janet evitó que estrangulara a Gerbert adelantándose a explicar que, dado que ella y yo éramos parte vampiro y parte brujo, la Congregación estaba bien equilibrada. Mientras ella se explayaba en porcentajes, yo estudié los documentos que Gerbert había descrito como fundacionales y encontré palabras como «inalienable» que pertenecían claramente al siglo XVIII. Cuando expuse la relación de términos lingüísticamente anacrónicos en un documento que se suponía que era de la época de las Cruzadas, Gerbert lanzó una mirada asesina a Domenico y dijo que por supuesto se trataba de transcripciones posteriores de los originales perdidos.

Nadie le creyó.

Janet y yo ganamos la votación: seis a tres. Satu votó tal y como le dijimos, con actitud sumisa y derrotada. Hasta Tatiana se puso de nuestro lado gracias a Osamu, que había dedicado la mañana a trazar un mapa de la ubicación exacta de Chelm y de todas las ciudades rusas que empezaban por Ch para demostrarle que las brujas de la ciudad polaca nada tenían que ver con el infortunio dermatológico de su abuela. Cuando los dos entraron cogidos de la mano en la cámara del consejo, supuse que, aparte de bando, también había cambiado de novio.

Una vez recontados y registrados los votos, no nos quedamos a celebrarlo. Gallowglass, Janet, Fernando y yo zarpamos por la laguna en la lancha de los De Clermont rumbo al aeropuerto.

Tal y como habíamos planeado, mandé un mensaje de tres letras a Hamish con los resultados de la votación: «GDA». Significaba «gambito de dama aceptado», un código para indicar que habíamos convencido a la Congregación de ayudarnos a rescatar a Matthew. Como no sabíamos si alguien vigilaba nuestras comunicaciones, preferíamos ser precavidos.

Su respuesta fue inmediata.

Bien hecho. Espero vuestra llegada.

También contacté con Marcus, que dijo que los gemelos estaban siempre hambrientos y habían monopolizado por completo la atención de Phoebe. En cuanto a Jack, dijo que estaba todo lo bien que cabía esperar.

Después de intercambiar mensajes con Marcus, escribí a Ysabeau:

Preocupada por el par de alfiles.

Era otra referencia al ajedrez. Habíamos apodado a Gerbert, que una vez fue obispo de Roma*, y a su secuaz Domenico como «el par de alfiles» porque siempre parecían trabajar juntos. Tras su última derrota, seguramente tratarían de tomar represalias. Era posible que Gerbert hubiera avisado a Knox de que habíamos ganado la votación y estábamos en camino.

Ysabeau tardó algo más que Marcus en contestar.

El par de alfiles no puede hacer jaque mate a nuestro rey a no ser que la reina y su torre lo permitan.

Hubo una larga pausa, y luego otro mensaje.

Por encima de mi cadáver.

---

* Esta pieza del ajedrez que originalmente representaba a un elefante (del árabe *al-fil*) más tarde pasó a representar a un obispo, porque su forma recordaba a la mitra de los eclesiásticos. De ahí que en inglés se denomine *«bishop»* («obispo») a dicha pieza. *(N. de la T.)*.

39

El aire mordía a través de mi gruesa capa, haciendo que me encogiera ante las ráfagas de viento que amenazaban con partirme en dos. Nunca había sentido un frío como aquel y me preguntaba cómo sobreviviría nadie al invierno en Chelm.

—Allí. —Baldwin señaló un puñado de edificios bajos al fondo del valle.

—Benjamin tiene al menos una docena de sus hijos consigo. —Verin estaba a mi lado con unos prismáticos en la mano. Me los ofreció, por si mi vista de sangre caliente no era lo bastante poderosa para ver dónde tenían preso a mi marido, pero los rechacé.

Sabía exactamente dónde estaba Matthew. Cuanto más cerca estaba de él, más se agitaba mi poder, brotando hacia la superficie de mi piel como si intentara escapar. Eso y mi tercer ojo de bruja compensaban con creces cualquier deficiencia de los seres de sangre caliente.

—Esperaremos hasta que se haga de noche. En ese momento sale a cazar un destacamento de hijos de Benjamin. —Baldwin parecía abatido—. Han estado ensañándose con Chelm y Lublin, y trayéndose indigentes y gente débil para alimentar a su padre.

—¿Esperar? —Durante tres días no había hecho otra cosa—. No pienso esperar ni un segundo más.

—Sigue vivo, Diana. —La respuesta de Ysabeau debería haberme tranquilizado, pero no hizo más que espesar el hielo que me envolvía el corazón al pensar en las seis horas más que tendría que sufrir Matthew mientras esperábamos a que anocheciera.

—No podemos atacar el complejo cuando tiene su poder al máximo —indicó Baldwin—. Diana, tenemos que guiarnos por la estrategia, no por la emoción.

«Piensa y mantente con vida». A regañadientes, dejé a un lado la esperanza de liberar inmediatamente a Matthew para centrarme en los desafíos que teníamos ante nosotros.

—Janet dice que Knox ha puesto guardas alrededor de todo el edificio principal.

Baldwin asintió.

—Estábamos esperándote para que los desarmaras.

—¿Cómo van a tomar posiciones los caballeros sin que Benjamin se dé cuenta? —pregunté.

—Esta noche, los Caballeros de Lázaro entrarán en el recinto de Benjamin por los túneles que hay debajo —dijo Fernando con expresión calculadora—. Veinte, tal vez treinta caballeros serán suficientes.

—Verás, Chelm está construida sobre piedra caliza y el subsuelo es un laberinto de túneles —explicó Hamish mientras desenrollaba un pequeño plano apenas esbozado—. Los nazis destruyeron algunos, pero Benjamin dejó estos abiertos. Conectan su complejo con la ciudad y le ofrecen a él y a sus hijos una forma de atacar la ciudad sin ser vistos en la superficie.

—No me extraña que haya sido tan difícil localizar a Benjamin —murmuró Gallowglass observando el laberinto subterráneo.

—¿Dónde están los caballeros ahora? —Todavía no había visto la masa de tropas que según decían había en Chelm.

—Esperando —contestó Hamish.

—Fernando decidirá cuándo los manda a los túneles. Como mariscal de Marcus, la decisión es suya —dijo Baldwin inclinando la cabeza en un gesto de reconocimiento a Fernando.

—En realidad, es mía —dijo Marcus, apareciendo de repente entre la nieve.

—¡Marcus! —exclamé quitándome la capucha aterida de miedo—. ¿Qué les ha pasado a Rebecca y a Philip? ¿Dónde están?

—No ha pasado nada. Los gemelos están en Sept-Tours con Sarah, Phoebe y treinta caballeros, todos ellos elegidos por su lealtad a los De Clermont y su desprecio hacia Gerbert y la Congregación. Miriam y Chris también están allí. —Marcus cogió mis manos entre las suyas—. No podía quedarme en Francia esperando noticias. No cuando podía estar ayudando a liberar a mi padre. Además, puede que Matthew necesite mi ayuda después.

Marcus tenía razón. Matthew necesitaría un médico, uno que conociera a los vampiros y supiera cómo curarlos.

—¿Y Jack? —Fue lo único que pude articular, aunque las palabras de Marcus habían hecho que mi corazón volviera a latir casi con normalidad.

—Él también está bien —dijo Marcus con firmeza—. Tuvo un episodio malo anoche cuando le dije que no podía venir, pero Marthe ha resultado ser toda una arpía cuando la provocan. Le amenazó con prohibirle ver a Philip y eso le hizo reaccionar de inmediato. Nunca aparta los ojos del niño. Dice que es su deber proteger a su ahijado, pase lo que pase. —Marcus se volvió hacia Fernando—. Explícame tu plan.

Fernando repasó la operación detalladamente: dónde debían tomar posiciones los caballeros, por dónde se moverían dentro del complejo y el papel que jugarían Gallowglass, Baldwin, Hamish y ahora también Marcus.

El plan parecía perfecto, pero yo seguía preocupada.

—¿Qué ocurre, Diana? —preguntó Marcus notando mi inquietud.

—Gran parte de nuestra estrategia se basa en el elemento sorpresa —dije—. ¿Qué pasa si Gerbert ya ha avisado a Knox y a Benjamin? ¿O Domenico? Incluso puede que Satu haya decidido que está más a salvo de Benjamin si se gana la confianza de Knox.

—No te preocupes, tía —dijo Gallowglass tratando de tranquilizarme, aunque sus ojos azules empezaron a nublarse—. Gerbert, Domenico y Satu están en Isola della Stella. Los Caballeros de Lázaro les tienen rodeados. No tienen modo de salir de la isla.

Las palabras de Gallowglass apenas aliviaron mi preocupación. Lo único que me ayudaría sería liberar a Matthew y poner fin a las maquinaciones de Benjamin de una vez por todas.

—¿Lista para echar un vistazo a las defensas? —preguntó Baldwin, sabiendo que así me daría algo que hacer para controlar la ansiedad.

Después de cambiar la capa negra, demasiado visible, por una parka gris claro que se camuflaba en la nieve, Baldwin y Gallowglass me condujeron hasta un punto a poca distancia del complejo de Benjamin. Silenciosamente, estudié la situación de las defensas que vigilaban el lugar. Había varios hechizos de alarma, un hechizo gatillo que sospechaba que podría desencadenar algo como un incendio o una tormenta elemental, y un puñado de distracciones diseñadas meramente para demorar a un agresor lo suficiente para montar una defensa adecuada. Knox había utilizado hechizos complejos, pero estaban viejos y algo desgastados. No costaría demasiado deshacer sus nudos y dejar el lugar desguarnecido.

—Necesitaré dos horas y a Janet —susurré a Baldwin mientras nos retirábamos.

Juntas, Janet y yo liberamos el complejo del perímetro invisible de alambrada de espino que lo rodeaba. No pudimos tocar uno de los hechizos de alarma, porque estaba directamente conectado con Knox y temía que el mínimo movimiento de los nudos le advirtiera de nuestra presencia.

—Es un cabrón astuto —dijo Janet, pasándose la mano cansada por los ojos.

—Demasiado astuto para su propio bien. Sus hechizos son perezosos —dije yo—. Demasiados nudos y pocos hilos.

—Cuando todo esto acabe, vamos a tener que pasar varias noches delante del fuego para que me expliques lo que acabas de decir —dijo Janet con tono de advertencia.

—Cuando todo esto acabe y Matthew se encuentre en casa, estaré encantada de quedarme junto al fuego el resto de mi vida —contesté.

La presencia de Gallowglass acechándonos me recordó que el tiempo volaba.

—Es hora de irnos —dije enérgicamente, asintiendo hacía el silencioso gaélico.

Gallowglass insistió en que debíamos comer algo y nos llevó a un café en Chelm. Allí logré ingerir un poco de té y dos bocados de bizcocho mientras el calor del radiador de metal hacía entrar en calor mis extremidades.

Conforme pasaban los minutos, los sonidos metálicos y regulares del sistema de calefacción del local empezaron a sonarme como campanas de aviso. Por fin, Gallowglass anunció que había llegado la hora de reunirnos con el ejército de Marcus.

Nos llevó a una casa de antes de la guerra a las afueras del pueblo. El propietario nos había entregado las llaves y se había ido encantado a climas más cálidos a cambio de una cantidad generosa que costeara sus vacaciones y la promesa de que la gotera del techo estaría reparada a su regreso.

Conocía a pocos de los caballeros vampiros que estaban reunidos en la bodega, aunque sí reconocí varias caras del bautizo de los gemelos. Al mirarles, con sus rasgos fuertes y silenciosamente dispuestos para afrontar lo que les esperara allá abajo, fuera lo que fuera, comprendí que aquellos guerreros habían luchado en las guerras y las revoluciones del mundo moderno, y también en las Cruzadas medievales. Estaban entre los mejores soldados que jamás habían existido y, como cualquier soldado, se mostraban dispuestos a sacrificar su vida por una gran causa.

Fernando dio sus últimas órdenes mientras Gallowglass abría una puerta improvisada. Tras ella había una pequeña plataforma y una escalera desvencijada que conducía a la oscuridad.

—Buena suerte —susurró Gallowglass al primer vampiro que desapareció de nuestra vista y cayó silenciosamente en el suelo allá abajo.

Esperamos mientras los caballeros elegidos para destruir a la partida de caza de Benjamin hacían su trabajo. Aún inquieta ante la posibilidad de que alguien le avisara de nuestra presencia y que pudiera responder quitándole la vida a Matthew, clavé la mirada en el suelo entre mis pies.

Aquello era insoportable. No había manera de saber cómo les iba a los caballeros de Marcus. Tal vez se hubieran topado con una resistencia inesperada. Quizás hubiera enviado a cazar a más hijos de los que creíamos. O tal vez no hubiera enviado ninguno.

—Así es el infierno de la guerra —comentó Gallowglass—. No es luchar ni morir lo que te destruye. Es la incertidumbre.

Menos de una hora después —aunque me parecieron días—, Giles abrió la puerta de un empujón. Su camisa estaba manchada de sangre. Era imposible saber cuánta era suya y cuánta de los hijos de Benjamin ahora muertos. Nos hizo un gesto para que entráramos.

—Vía libre —le dijo a Gallowglass—. Pero tened cuidado. Hay eco en los túneles, así que cuidado con lo que hacéis.

Gallowglass ayudó a Janet a bajar y después a mí, sin hacer uso de la escalera con sus peldaños de metal oxidado, que podría delatarnos. El túnel estaba tan oscuro que no podía ver las caras de los vampiros que nos iban cogiendo, pero sí olía el combate en ellos.

Nos apresuramos por el túnel tan rápido como nos lo permitió la necesidad de no hacer ruido. Con aquella oscuridad, fue una suerte tener un vampiro a cada lado para guiarme por las esquinas, porque me hubiera caído varias veces de no ser por su agudeza visual y sus rápidos reflejos.

Baldwin y Fernando nos estaban esperando en el cruce de tres túneles. Dos bultos manchados de sangre cubiertos con lonas y una sustancia blanca y polvorienta levemente reluciente marcaban el lugar donde los hijos de Benjamin habían encontrado la muerte.

—Hemos cubierto su cabeza y su cuerpo con cal viva para ocultar el olor —dijo Fernando—. No lo eliminará por completo, pero ganaremos algo de tiempo.

—¿Cuántos? —preguntó Gallowglass.

—Nueve —contestó Baldwin. Una de sus manos estaba completamente limpia y blandía una espada, la otra estaba cubierta de sustancias que prefería no reconocer. El contraste me revolvió el estómago.

—¿Cuántos quedan dentro? —murmuró Janet.

—Al menos otros nueve, probablemente más. —Baldwin no parecía preocupado ante la perspectiva—. Si son como estos, serán arrogantes y listos.

—Y guerreros sucios —dijo Fernando.

—Como era de esperar —sentenció Gallowglass, con tono sereno y relajado—. Aguardaremos vuestra señal para entrar en el complejo. Buena suerte, tía.

Baldwin tiró de mí antes de que pudiera despedirme de Gallowglass y Fernando. Tal vez fuera mejor así, porque la única vez que me volví a mirar vi sus rostros marcados por el agotamiento.

El túnel por el que nos metió Baldwin llevaba a la verja de entrada al complejo de Benjamin, donde Ysabeau y Hamish estaban esperando. Con todas las defensas desactivadas, salvo la de la puerta, que estaba conectada directamente con Knox, el único peligro era que nos descubriera algún vampiro gracias a su agudeza visual.

Janet redujo esa posibilidad con un hechizo de camuflaje global que nos disfrazaba a mí y a todo el que estuviera en un radio de seis metros.

—¿Dónde está Marcus? —Esperaba verle allí.

Hamish señaló.

Marcus ya estaba dentro del perímetro, apoyado en el tronco de un árbol y apuntando hacia una ventana con un rifle. Debía de haber saltado los muros de piedra del complejo balanceándose de rama en rama. Sin elementos de seguridad de los que preocuparse, salvo que hubiera entrado por la puerta, Marcus había aprovechado la pausa en nuestro ataque y ahora nos cubriría al atravesar la entrada y la puerta principal.

—Un tirador de primera —aseguró Baldwin.

—Marcus aprendió a usar un arma cuando aún tenía sangre caliente. De niño cazaba ardillas —añadió Ysabeau—. Más pequeñas y, según dicen, más rápidas que los vampiros.

Marcus no nos hizo ninguna señal, pero sabía que estábamos allí. Janet y yo nos pusimos manos a la obra con los últimos nudos que ataban el hechizo de alarma a Knox. Ella lanzó un hechizo de anclaje, de esos que las brujas emplean para apuntalar los cimientos de sus casas o para evitar que sus hijos se marchen. Mientras yo desataba el edificio, dirigí su energía hacia Janet. Teníamos la esperanza de que el hechizo no se diera cuenta de que el pesado objeto que ahora protegía no era una inmensa puerta de hierro, sino una roca de granito.

Funcionó.

Habríamos entrado en la casa en unos momentos de no haber sido por la inoportuna aparición de uno de los hijos de Benjamin, que salió a fumarse un cigarrillo y se encontró con que la entrada estaba abierta. Se quedó con los ojos como platos.

De repente apareció un pequeño agujero en su frente.

Luego desapareció un ojo. Y después el otro.

El hijo de Benjamin se echó las manos a la garganta. La sangre empezó a manar a chorro entre sus dedos y emitió un extraño silbido.

—Buenas, *salaud*. Soy tu abuela. —Ysabeau le clavó una daga en el corazón.

La pérdida simultánea de sangre por tantos sitios facilitó a Baldwin la labor de agarrar la cabeza del tipo y retorcérsela, rompiéndole el cuello y matándole al instante. De un solo tirón, le arrancó la cabeza de los hombros.

Desde el primer disparo de Marcus hasta que Baldwin soltó la cabeza del vampiro boca abajo sobre la nieve habían transcurrido cuarenta y cinco segundos.

Entonces empezaron a ladrar los perros.

—*Merde* —susurró Ysabeau.

—Ahora. ¡Vamos! —Baldwin me cogió del brazo e Ysabeau se ocupó de Janet. Marcus le lanzó el rifle a Hamish, que lo cogió con facilidad y soltó un silbido penetrante.

—Dispara a todo lo que salga por esa puerta —ordenó Marcus—. Voy a por los perros.

Sin saber si el silbido era para llamar a los perros, que ladraban ferozmente, o a los Caballeros de Lázaro que esperaban su entrada, corrí junto a los demás hacia el edificio principal. Dentro hacía el mismo frío que fuera. Una rata escuálida atravesó el vestíbulo, que estaba lleno de puertas idénticas.

—Knox sabe que estamos aquí —dije. Ya no hacía falta silencio ni hechizo de camuflaje.

—Y Benjamin también —manifestó Ysabeau sombría.

Tal y como habíamos planeado, nos separamos. Ysabeau fue en busca de Matthew. Baldwin, Janet y yo fuimos a por Benjamin y Knox. Con un poco de suerte, les encontraríamos a todos en el mismo lugar y caeríamos sobre ellos apoyados por los Caballeros de Lázaro una vez que hubieran tomado los niveles inferiores del complejo y se abrieran paso hacia arriba.

Un suave gemido llamó nuestra atención hacia una de las puertas cerradas. Baldwin la abrió bruscamente.

Era la habitación que habíamos visto en la transmisión de vídeo: los mismos azulejos mugrientos, el desagüe en el suelo, las ventanas que daban sobre la nieve, los números escritos con cera en las paredes, hasta la silla con el abrigo de *tweed* sobre el respaldo.

Matthew estaba sentado en otra silla, con los ojos negros y la boca abierta en un grito mudo. Le habían abierto las costillas con un aparato metálico, dejándole al aire el corazón y su lento latir, cuyo sonido regular siempre me tranquilizaba cuando él me abrazaba.

Baldwin corrió hacia él, maldiciendo a Benjamin.

—No es Matthew —dije yo.

El chillido de Ysabeau a lo lejos me dijo que se habían encontrado una escena similar.

—No es Matthew —repetí, esta vez más alto. Fui a la puerta de al lado y giré el pomo.

Allí estaba Matthew, sentado en la misma silla. Sus manos —sus preciosas y fuertes manos que me tocaban con tanto amor y ternura— habían sido cortadas a la altura de la muñeca y ahora estaban sobre una bandeja quirúrgica en su regazo.

Abriéramos la puerta que abriéramos, encontrábamos a Matthew en un espantoso cuadro de dolor y tormento. Y todas aquellas escenas ilusorias habían sido diseñadas especialmente para mí.

Después de ver mis esperanzas crecer y derrumbarse una docena de veces, con una sola palabra arranqué de sus bisagras todas las puertas de la casa. Ni siquiera me molesté en mirar dentro de las habitaciones que estaban abiertas. Las apariciones podían ser bastante convincentes, y las de Knox eran realmente buenas. Pero no eran de carne y hueso. No eran mi Matthew y no consiguieron engañarme, a pesar de que ahora que las había visto ya nunca me abandonarían.

—Matthew estará con Benjamin. Encontradle. —Me fui sin esperar respuesta de Baldwin ni Janet—. ¿Dónde está, señor Knox?

—Doctora Bishop. —Knox me estaba esperando cuando doblé la esquina del pasillo—. Adelante. Tómese una copa conmigo. No va a salir de aquí y puede que sea su última oportunidad de disfrutar de las comodidades de una habitación caliente, al menos hasta que conciba el hijo de Benjamin.

Para que nadie me siguiese, hice caer de golpe un muro impenetrable de fuego y agua a mi espalda.

Luego levanté otro detrás de Knox, encerrándonos en un pequeño tramo del pasillo.

—Muy bien. Veo que sus habilidades lanzando hechizos han florecido —observó Knox.

—Me encontrará… alterada —repuse, utilizando la expresión de Gallowglass. La magia estaba esperando en mi interior, rogándome que la dejara volar. Pero la mantuve controlada y el poder me obedeció. Lo sentía ahí, quieto y vigilante.

—¿Dónde ha estado? —preguntó Knox.

—En muchos sitios. Londres. Praga. Francia. —Sentí un cosquilleo de magia en la punta de los dedos—. Usted también ha estado en Francia.

—Fui en busca de su marido y su hijo. Verá, encontré una carta. En Praga. —Los ojos de Knox relucían—. Puede imaginar mi sorpresa al toparme con Emily Mather (nunca fue una bruja demasiado brillante) atando el espíritu de su madre dentro de un círculo de piedra.

Knox estaba intentando distraerme.

—Me recordaba al círculo de piedra que hice en Nigeria para atar a sus padres. Tal vez fuera esa la intención de Emily.

Las palabras se arrastraban bajo mi piel, contestando las preguntas mudas que sus palabras engendraban.

—Nunca debí permitir que Satu hiciera los honores tratándose de usted, querida. Siempre he sospechado que era distinta —dijo Knox—. Si la hubiera abierto en canal el pasado octubre, como hice con sus padres hace tantos años, le habría ahorrado mucho dolor.

Pero en los últimos catorce meses había habido mucho más que dolor. También había habido alegrías inesperadas. En ese momento me aferré a ellas, anclándome con la misma firmeza que Janet ponía en sus hechizos.

—Está muy callada, doctora Bishop. ¿No tiene nada que decir?

—La verdad es que no. Últimamente prefiero los hechos a las palabras. Ahorran tiempo.

Por fin, solté la magia tejida con tanta tensión dentro de mí. La red que había hecho para atrapar a Knox era negra y púrpura, y tenía hilos blancos, plateados y dorados entrelazados. Se extendió desde mis hombros en forma de alas, recordándome a la ausente Corra, cuyo poder seguía dentro de mí, tal y como me había prometido.

—Con el nudo de uno, empiezo el conjuro. —Mis alas en red se ensancharon.

—Una obra ilusoria brillante, doctora Bishop —declaró Knox con tono condescendiente—. Pero un simple hechizo para alejar…

—Con el nudo par, el conjuro se hace realidad. —El fulgor de los hilos plateados y dorados en mi red se acentuó, creando un equilibrio entre los poderes oscuros y los luminosos que marcaban la intersección de la alta magia.

—Una lástima que Emily no tuviera su habilidad, Diana —dijo Knox—. Podría haber sacado más al espíritu atado de su madre que las tonterías que encontré cuando le robé los pensamientos en Sept-Tours.

—Con el nudo de tres, el conjuro libre es. —Las alas gigantes batieron una vez, lanzando un ligero torbellino de aire a través de la caja mágica que había construido. Se desprendieron suavemente de mi cuerpo y subieron hasta quedarse justo encima de Knox. Lanzó una mirada hacia arriba y continuó:

—Su madre soltó un sinfín de estupideces sobre el caos y la creatividad, repitiendo versos de la profecía de esa charlatana de Úrsula Shipton: «Viejos mundos morirán y otros nuevos nacerán». También fue lo único que logré sacarle a Rebecca en Nigeria. Sus habilidades se debilitaron por estar con vuestro padre. Ella necesitaba un marido que le ofreciera desafíos.

—Con el nudo de cuatro, el poder queda asegurado. —Una espiral potente y oscura se empezó a desenrollar lentamente en el punto donde las alas estaban unidas.

—¿La abrimos para ver a quién se parece más, si a su madre o a su padre? —La mano de Knox hizo un leve gesto y noté cómo su magia abría un camino desgarrador a través de mi pecho.

—Con el nudo de cinco, el conjuro crecerá con ahínco. —Los hilos morados en la red se tensaron alrededor de la espiral—. Con el nudo de seis, el conjuro afianzaréis. —Los hilos dorados se encendieron. Con una suave pincelada de mi mano cerré la herida en mi pecho.

—Benjamin mostró bastante interés cuando le hablé de su madre y su padre. Tiene planes para usted, Diana. Engendrará a los hijos de Benjamin y serán como los brujos antiguos: poderosos, sabios y longevos. Entonces ya no tendremos que escondernos en la sombra. Reinaremos sobre el resto de seres de sangre caliente, como debe ser.

—Con el nudo de siete, que el conjuro despierte. —El aire se inundó de un suave lamento, parecido al sonido de *El libro de la vida* en la Bodleiana. Pero entonces había sido un grito de miedo y dolor. Ahora sonaba como una llamada a la venganza.

Por primera vez, Knox pareció preocuparse.

—No puede escapar de Benjamin, igual que Emily no pudo huir de mí en Sept-Tours. Lo intentó, claro, pero yo me impuse. Lo único que quería era el libro de hechizos de la bruja. Benjamin dijo que Matthew lo había tenido en su poder. —Los ojos de Knox adquirieron un brillo febril—. Cuando lo tenga, también tendré ventaja sobre los vampiros. Y entonces hasta Gerbert se inclinará ante mí.

—Con el nudo de ocho, el conjuro esperará en reposo. —Recogí la red dándole la forma trenzada que simboliza el infinito. Mientras manipulaba los hilos, apareció la figura de mi padre.

—Stephen. —Knox se relamió—. Esto también es una ilusión.

Mi padre le ignoró, se cruzó de brazos y me miró con dureza. *¿Estás lista para terminar esto, cielito?*

—Lo estoy, papá.

—No tiene suficiente poder para acabar conmigo —espetó Knox con un gruñido—. Emily lo descubrió al tratar de impedirme que averiguara más sobre el libro perdido de hechizos. Me quedé con sus pensamientos y le paré el corazón. Si hubiera cooperado...

—Con el nudo de nueve, mi conjuro se mueve.

El lamento se convirtió en un aullido y entonces todo el caos contenido en *El libro de la vida* y toda la energía creativa que mantenía a las criaturas ligadas en un mismo lugar empezaron a brotar de la red que había tejido y se tragaron a Peter Knox. Las manos de mi padre estaban entre las que salieron del oscuro vacío para agarrarle mientras él se resistía, sujetándole en un remolino de poder que iba a comérselo vivo.

Knox chilló aterrado mientras el hechizo iba consumiendo su vida y empezó a desenredarse ante mis ojos al tiempo que los espíritus de todos los tejedores que habían existido antes que yo, incluido mi padre, descosían deliberadamente los hilos que formaban aquella criatura dañada, hasta reducir a Knox a un cascarón sin vida.

Algún día tendría que pagar por lo que acababa de hacer a otro brujo. Pero había vengado a Emily, cuya vida le había sido arrebatada por el simple motivo de soñar con el poder.

Había vengado a mi madre y a mi padre, que querían a su hija lo bastante como para morir por ella.

Saqué la flecha de la diosa de mi columna vertebral, mientras un arco hecho de serbal con incrustaciones de plata y oro aparecía en mi mano izquierda.

La venganza había sido mía. Ahora era el momento de que la diosa impartiera justicia.

Me volví hacia mi padre, con una pregunta en los ojos.

—Está arriba. Tercera planta. Sexta puerta a la izquierda. —Mi padre sonrió—. Sea cual fuere el precio que te impusiera la diosa, Matthew lo merece. Igual que tú lo merecías.

—Él lo merece todo —dije, derrumbé los muros mágicos que había levantado y dejé atrás a los muertos para encontrar a los vivos.

La magia, como cualquier recurso, no es infinita. El hechizo que había utilizado para eliminar a Knox había gastado una parte importante de mi poder. Pero me había arriesgado porque sabía que, sin Knox, Benjamin solo tendría fuerza física y crueldad en su arsenal.

Yo tenía amor, y nada que perder.

Aun sin la flecha de la diosa, estábamos muy igualados.

La casa tenía muchas menos habitaciones ahora que habían desaparecido las ilusiones de Knox y, en lugar de una hilera interminable de puertas idénticas, solo quedaba su verdadera esencia, mugrienta e impregnada de olor a muerte y miedo, un lugar de terror.

Mis pies corrieron escaleras arriba. Ahora ya no podía desperdiciar ni un gramo de magia. No tenía ni idea de dónde estaban los demás, pero sí sabía dónde encontrar a Matthew. Abrí la puerta.

—Aquí estás. Te hemos estado esperando. —Benjamin estaba de pie detrás de una silla.

Esta vez no cabía duda de que la criatura sentada era el hombre al que amaba. Sus ojos estaban negros y colmados de rabia de sangre y dolor, pero cuando parpadeó comprendí que me había reconocido.

—El gambito de dama llega a su final —declaré.

Aliviados, los ojos de Matthew se cerraron lentamente.

—Espero que pienses lo que haces antes de disparar esa flecha —dijo Benjamin—. Por si no eres tan versada en anatomía como en química, me he asegurado de que Matthew muera al instante en cuanto mi mano no esté aquí para sujetar esto.

Esto era un largo pincho de hierro que Benjamin había insertado en el cuello de Matthew.

—¿Recuerdas cuando Ysabeau me metió su dedo en la Bodleiana? Así creó una especie de sello. Y eso es lo que yo he hecho aquí. —Benjamin movió ligeramente el pincho y Matthew soltó un aullido. Brotaron varias gotas de sangre—. A mi padre no le queda mucha sangre. Los últimos dos días le he estado alimentando a base de esquirlas de vidrio y se ha ido desangrando por dentro.

Entonces vi el montón de niños muertos en un rincón.

—Comidas anteriores —dijo Benjamin en respuesta a mi mirada—. Todo un desafío lo de buscar formas de atormentar a Matthew, porque quería asegurarme de que todavía tuviera ojos para ver cómo yo te violaba y oídos para escuchar tus gritos. Y he dado con la manera.

—Eres un monstruo, Benjamin.

—Matthew me convirtió en un monstruo. Pero no malgastes más energía. En cualquier momento llegarán Ysabeau y Baldwin. Esta es la misma habitación donde tenía a Philippe y he dejado un rastro de migas de pan para cerciorarme de que mi abuela la encuentre. A Baldwin le va a sorprender bastante saber quién mató a su padre, ¿no crees? Lo vi todo en los pensamientos de Matthew. En cuanto a ti..., en fin, no te puedes ni imaginar las cosas que a Matthew le gustaría hacerte en la intimidad de su cama. Algunas de ellas hacen que me ruborice, y no soy precisamente remilgado.

Sentí la presencia de Ysabeau detrás de mí. Una lluvia de fotografías cayó sobre el suelo. Fotos de Philippe. Aquí. Agonizando. Lancé una mirada de furia a Benjamin.

—Nada me gustaría más que hacerte trizas con mis propias manos, pero no quiero privar a la hija de Philippe de ese placer. —La voz de Ysabeau sonó fría y afilada, tanto que casi rasgaba mis oídos.

—Conmigo no le faltará placer, Ysabeau. Te lo aseguro. —Benjamin susurró algo al oído de Matthew y vi cómo la mano de mi esposo se contraía como si quisiera golpear a su hijo, pero sus huesos rotos y sus músculos desgarrados lo hacían completamente imposible—. Aquí está Baldwin. Cuánto tiempo, tío... Tengo algo que decirte, un secreto que Matthew ha estado ocultando. Tiene muchos, lo sé, pero este es muy jugoso, te lo aseguro. —Benjamin hizo una pausa para crear suspense—. No fui yo quien mató a Philippe. Lo hizo Matthew.

Baldwin le miró sin inmutarse.

—¿Quieres hacerle algo antes de que mis hijos te manden al infierno con tu padre? —preguntó Benjamin.

—Tus hijos no me van a mandar a ningún sitio. Y si crees que me sorprende ese supuesto secreto, deliras más de lo que temía —dijo Baldwin—. Reconozco el trabajo de Matthew cuando lo veo. Es casi demasiado bueno en lo que hace.

—¡Suelta eso! —La voz de Benjamin crujió como un látigo y sus ojos fríos e insondables se clavaron en mi mano izquierda.

Mientas discutían, había aprovechado la oportunidad para levantar el arco.

—Suéltalo ahora mismo o morirá. —Benjamin sacó ligeramente el pincho, y la sangre empezó a brotar.

Dejé caer el arco que golpeó el suelo con estrépito.

—Chica lista —dijo, volviendo a meter el pincho. Matthew gimió—. Me gustabas incluso antes de saber que eras tejedora. Entonces, ¿es eso lo que te hace especial? Matthew ha sido vergonzosamente reacio a explicarme los límites de tu poder, pero no temas. Me aseguraré de que averigüemos hasta dónde llegan tus capacidades exactamente.

Sí, era una chica lista. Más de lo que creía Benjamin. Y conocía los límites de mi poder mejor que nadie. En cuanto al arco de la diosa, no lo necesitaba. Lo que me hacía falta para destruir a Benjamin seguía en mi otra mano.

Levanté un poco el dedo meñique para rozar el muslo de Ysabeau y advertirla.

—Con el nudo de diez, empieza otra vez.

Las palabras salieron como un susurro, insustanciales y casi imperceptibles, del mismo modo que el décimo nudo parecía un simple bucle. Sin embargo, al desplazarse a través de la habitación, el hechizo cobró el peso y el poder de un ser vivo. Extendí el brazo izquierdo y lo apunté como si aún tuviera el arco de la diosa. Mi índice izquierdo ardía de un vivo color morado.

Mi mano derecha se echó hacia atrás rápida como un relámpago, doblando los dedos sobre los blancos timones de la flecha. Estaba clavada en el cruce entre la vida y la muerte.

Y no dudé.

—Justicia —dije soltando los dedos.

Los ojos de Benjamin se abrieron sorprendidos.

La flecha salió disparada de mi mano atravesando el centro del hechizo y cogiendo velocidad a medida que volaba. Golpeó el pecho de Benjamin con fuerza, partiéndolo en dos y haciendo estallar su corazón. Una ola cegadora de poder inundó la habitación. Hilos de plata y oro se extendieron por todas partes, acompañados de hebras púrpuras y verdes. *El rey sol. La dama luna. Justicia. La diosa.*

Con un grito sobrenatural de angustia frustrada, Benjamin soltó la mano y el pincho ensangrentado empezó a caer.

Rápidamente, retorcí los hilos que rodeaban a Matthew para formar una sola cuerda que se enrolló en el extremo del pincho. Lo sostuve firme, manteniéndolo en su sitio, mientras la sangre de Benjamin se derramaba a chorros y su cuerpo caía pesadamente sobre el suelo.

Las pocas bombillas desnudas que había en la habitación parpadearon varias veces y se apagaron. Había tenido que usar hasta el último ápice de energía del lugar para matar a Knox y a Benjamin. Lo único que quedaba era el poder de la diosa: la brillante cuerda que colgaba en medio de la habitación, las palabras que corrían bajo mi piel y el poder que chasqueaba en la punta de mis dedos.

Había acabado.

Benjamin estaba muerto, ya no podría atormentar a nadie más.

Y Matthew, aunque destrozado, seguía vivo.

Después de caer Benjamin, todo pareció precipitarse. Ysabeau se llevó a rastras el cadáver del vampiro. Baldwin se puso al lado de Matthew y empezó a llamar a Marcus mientras comprobaba sus heridas. Verin, Gallowglass y Hamish irrumpieron en la habitación. Fernando entró poco después.

Me acerqué a Matthew y acuné su cabeza contra mi pecho, protegiéndole de más daño. Con una mano levanté la herramienta de hierro que le mantenía con vida.

Matthew soltó un suspiro exhausto y se movió ligeramente hacia mí.

—Ya está. Estoy aquí. Estás a salvo —murmuré, tratando de reconfortarle lo poco que pudiera—. Estás vivo.

—No podía morir. —La voz de Matthew era tan débil que ni siquiera podría considerarse un susurro—. No sin despedirme.

Cuando estábamos en Madison, le había hecho prometer que nunca me dejaría sin despedirse como era debido. Mis ojos se llenaron de lágrimas al pensar en todo lo que había sufrido para mantener su promesa.

—Has guardado tu promesa —dije—. Ahora descansa.

—Tenemos que moverle, Diana. —La voz serena de Marcus no podía disfrazar su urgencia. Puso la mano alrededor del pincho, disponiéndose a ocupar mi lugar.

—Que no lo vea Diana. —La voz de Matthew sonó cruda y gutural. Su mano esquelética se contrajo sobre el brazo de la silla como protestando, pero no fue capaz de hacer nada más—. Te lo ruego.

Matthew tenía prácticamente todo el cuerpo destrozado y eran muy pocos los preciosos rincones que podía tocar sin aumentar su dolor. Encontré unos centímetros de piel intacta bajo la luz que arrojaba *El libro de la vida* y posé un beso suave sobre ella como si lo dejara en la punta de su nariz.

No sabía si Matthew podía oírme. Tenía los ojos cerrados de la hinchazón, así que dejé que mi respiración le inundara y le bañé con mi olor. Sus fosas nasales se inflaron mínimamente, indicando que había notado mi cercanía. Pero hasta aquel leve movimiento le provocó una mueca de dolor y me tuve que contener para no gritar por lo que Benjamin le había hecho.

—No puedes esconderte de mí, amor. —Eso fue lo que dije—. Te veo, Matthew. Y tú siempre serás perfecto a mis ojos.

Su respiración salió en un ahogado y exhausto grito, pues sus pulmones no podían expandirse lo suficiente por la presión de las costillas rotas. Con un esfuerzo hercúleo, Matthew abrió un ojo. Estaba velado por la sangre y tenía la pupila enorme entre la rabia de sangre y el trauma.

—Está oscuro. —La voz de Matthew adoptó un tono frenético, como si temiera que aquella oscuridad anunciara su muerte—. ¿Por qué está tan oscuro?

—Está bien. Mira. —Soplé sobre mi dedo y una estrella azul y dorada apareció en la punta—. ¿Ves? Esto nos alumbrará el camino.

Era un riesgo y lo sabía. Tal vez no fuera capaz de ver aquella bolita de fuego y entonces el pánico le ahogaría. Matthew miró mi dedo y se estremeció levemente cuando la luz le enfocó. Su pupila se cerró un poco en respuesta, lo que me pareció una buena señal.

La siguiente respiración fue menos descontrolada, conforme se apaciguaba su ansiedad.

—Necesita sangre —dijo Baldwin, manteniendo el tono de voz sereno y bajo.

Intenté arremangarme sin bajar el dedo iluminado, que Matthew seguía mirando fijamente.

—La tuya no —dijo Ysabeau, deteniéndome—. La mía.

Matthew volvió a agitarse. Era como ver a Jack tratar de controlar sus emociones.

—Aquí no —dijo—. No mientras Diana esté mirando.

—Aquí no —repitió Gallowglass también, devolviendo a mi marido un mínimo control.

—Diana, deja que sus hermanos y su hijo cuiden de él. —Baldwin me bajó la mano.

Así pues, dejé que Gallowglass, Fernando, Baldwin y Hamish entrelazaran sus brazos para hacer una camilla mientras Marcus sostenía el pincho de hierro en su lugar.

—Diana, mi sangre es fuerte —prometió Ysabeau apretándome la mano—. Le curaré.

Asentí con la cabeza. Pero le había dicho la verdad a Matthew: a mis ojos, él siempre sería perfecto. Sus heridas externas no me importaban. Eran las heridas de su corazón, su mente y su alma las que me preocupaban, porque ni toda la sangre de los vampiros podría sanarlas.

—Amor y tiempo —murmuré, como intentando dar con los componentes de un hechizo, mientras veía desde lejos cómo los hombres colocaban a Matthew ya inconsciente en el compartimento de carga de uno de los coches que nos esperaban—. Eso es lo que necesita.

Janet se acercó y me puso una mano tranquilizadora sobre el hombro.

—Matthew Clairmont es un vampiro antiguo —dijo— y te tiene a ti. Así que creo que el amor y el tiempo bastarán.

Sol en Acuario

Cuando el sol atraviesa el signo del aguador,
presagia grandes fortunas, amigos leales y ayuda
de los príncipes. Así pues, no temas los cambios
que ocurren cuando Acuario rige la tierra.

Libro de dichos anónimos ingleses, ca. 1590.
Gonçalves MS 2890, f. 10ʳ

40

Matthew solo dijo una palabra durante el vuelo: «Casa».
Llegamos a Francia seis días después de lo ocurrido en
Chelm. Matthew aún no podía caminar. No era capaz de usar las
manos. No lograba retener nada en el estómago durante más de media hora. Tal y como había prometido, la sangre de Ysabeau estaba
curando lentamente sus huesos rotos, los tejidos dañados y las heridas en sus órganos. Tras caer primero en la inconsciencia por la mezcla de medicamentos, dolor y agotamiento, ahora se negaba a cerrar
los ojos para descansar.

Y apenas hablaba. Cuando lo hacía, solía ser para rechazar algo.

—No —dijo cuando giramos para entrar en Sept-Tours—.
A nuestra casa.

Ante las distintas posibilidades, le dije a Marcus que nos llevara a Les Revenants. Era un nombre extrañamente apropiado para su
actual propietario, porque después de lo que Benjamin le había hecho, Matthew había vuelto a casa más fantasma que hombre.

Nadie se había imaginado que Matthew pudiera preferir Les
Revenants a Sept-Tours, y cuando llegamos la casa estaba fría y sin
vida. Se sentó en el vestíbulo con Marcus, mientras su hermano y yo
recorríamos la casa a toda prisa encendiendo chimeneas y haciéndole la cama. Baldwin y yo estábamos discutiendo qué habitación era
la más adecuada para él, dadas sus actuales limitaciones físicas, cuando el convoy de coches procedente de Sept-Tours entró en el patio.

Nadie, ni siquiera los vampiros, llegó a la puerta antes que Sarah: tales eran sus ganas de vernos. Mi tía se arrodilló delante de Matthew. Su rostro estaba conmovido por la compasión y la preocupación.

—Tienes un aspecto infame —observó.

—Pues me siento aún peor. —La preciosa voz de Matthew ahora sonaba áspera y chirriante, pero yo adoraba cada palabra sucinta que decía.

—Cuando Marcus me lo permita, me gustaría ponerte un ungüento en la piel que te ayudará a sanar —dijo Sarah tocando su antebrazo en carne viva.

El aullido de un bebé hambriento y furioso rasgó el silencio.

—Becca. —Mi corazón dio un vuelco ante la idea de volver a ver a los gemelos. Pero Matthew no parecía compartir mi felicidad.

—No —dijo Matthew con una mirada feroz y temblando de pies a cabeza—. No. Ahora no. Así no.

Dado que Benjamin se había adueñado de la mente y el cuerpo de Matthew, insistí en que ahora que estaba a salvo debía ser mi marido quien decidiera libremente las condiciones de su vida diaria e incluso su tratamiento médico. Pero esto no pensaba permitirlo. Cogí a Rebecca de los brazos de Ysabeau, le besé la suave mejilla y la posé en el hueco del codo de Matthew.

En el instante que Becca vio la cara de su padre, dejó de llorar.

En el instante que Matthew tuvo a su hija en los brazos, dejó de temblar, igual que me ocurrió a mí cuando nació. Mis ojos se llenaron de lágrimas al ver su expresión atónita y aterrada.

—Bien pensado —murmuró Sarah. Me miró de arriba abajo—. Tú también tienes mal aspecto.

—Mamá —dijo Jack, besándome en la mejilla. Intentó darme a Philip, pero el niño se retorció negándose, y se encogió y apartó la cara.

—¿Qué pasa, hombrecito? —Acaricié el rostro de Philip con la punta de un dedo. Mis manos brillaban de poder y las letras que ahora aguardaban bajo la superficie de mi piel empezaron a brotar y ordenarse en historias aún por contar. Asentí con la cabeza y le di un beso en la mejilla, sintiendo un hormigueo en los labios que vino a confirmar lo que *El libro de la vida* ya me había revelado: mi hijo tenía poder, mucho poder—. Jack, llévaselo a Matthew.

Jack conocía perfectamente las atrocidades que Benjamin era capaz de cometer. Se armó de valor para ver la prueba de ellas antes de volverse. Vi a Matthew a través de los ojos de Jack: su héroe, de vuelta de la batalla, demacrado y herido. Jack se aclaró la garganta y su gruñido me inquietó.

—No dejes a Philip fuera de la reunión, papá. —Jack metió a Philip con cuidado en el recodo del otro brazo de Matthew.

Los ojos de Matthew parpadearon sorprendidos por su saludo. Era una palabra muy corta —*papá*—, pero Jack nunca le había llamado más que señor Roydon o Matthew. A pesar de la insistencia de Andrew Hubbard de que Matthew era el verdadero padre de Jack y aunque Jack había empezado a llamarme «mamá» casi inmediatamente, por alguna razón se había mostrado reacio a conceder un honor parecido al hombre al que adoraba.

—Philip se enfada cuando Becca acapara la atención. —La voz de Jack raspaba por la rabia contenida e intentó que sus siguientes palabras fueran juguetonas y ligeras—. La abuela Sarah tiene un sinfín de consejos sobre cómo mimar a los hermanos pequeños. La mayoría tienen que ver con helados y excursiones al zoo. —Pero la guasa de Jack no engañó a Matthew.

—Mírame. —La voz de Matthew sonó débil y rasposa, pero no cabía duda de que aquello era una orden.

Jack le miró a los ojos.

—Benjamin está muerto —dijo Matthew.

—Lo sé. —Jack desvió la mirada, balanceándose de un pie a otro, nervioso.

—Benjamin no puede hacerte daño. Ya no.

—Te lo hizo a ti. Y se lo habría hecho a mi madre. —Jack me miró y sus ojos se llenaron de oscuridad.

Temiendo que la rabia de sangre le engullera, di un paso hacia él, pero me detuve antes de dar el segundo, obligándome a dejar que Matthew se ocupara.

—Mírame, Jack.

La piel de Matthew estaba gris por el esfuerzo. Había dicho más palabras desde la llegada de Jack que en toda una semana, y estaban minando sus fuerzas. La atención errante de Jack volvió sobre el líder de su clan.

—Coge a Rebecca. Dásela a Diana. Y luego vuelve.

Jack hizo tal y como ordenaba, mientras el resto observábamos inquietos por si él o Matthew perdían el control.

Cuando volví a tener a Rebecca a salvo en mis brazos, la besé y le susurré lo buena chica que era por no quejarse de que la hubieran arrancado de los brazos de su padre.

Becca frunció el ceño, indicándome que tampoco le gustaba demasiado aquel juego.

Jack volvió junto a Matthew y fue a coger a Philip.

—No. Me lo quedo. —Los ojos de Matthew también estaban cada vez más oscuros e inquietantes—. Jack, llévate a Ysabeau a casa. Todos los demás, marchaos.

—Pero Matthieu... —protestó Ysabeau. Fernando le susurró algo al oído. A regañadientes, asintió—. Vamos, Jack. De camino a Sept-Tours te contaré la historia de cuando Baldwin intentó expulsarme de Jerusalén. Murieron muchos hombres.

Tras soltar aquella advertencia apenas velada, Ysabeau se llevó a Jack de la habitación.

—Gracias, *maman* —murmuró Matthew. Aún sostenía a Philip y los brazos le temblaban de forma alarmante.

—Llamadme si me necesitáis —susurró Marcus mientras salía hacia la puerta.

En cuanto nos quedamos los cuatro solos en casa, cogí a Philip del regazo de Matthew y dejé a los gemelos en la cuna junto a la chimenea.

—Peso demasiado —dijo Matthew con inquietud mientras intentaba levantarlo de la silla—. Me quedo aquí.

—No te vas a quedar aquí. —Estudié la situación y opté por una solución. Dirigí el aire para que impulsara un hechizo de levitación que tejí rápidamente—. Échate hacia atrás, voy a probar con la magia. —Matthew emitió un débil sonido que podía ser un conato de risa.

—No. El suelo es suficiente —dijo, arrastrando las palabras por el agotamiento.

—La cama es aún mejor —contesté con firmeza mientras avanzábamos por el suelo hacia el ascensor.

Durante nuestra primera semana en Les Revenants, Matthew dejó que Ysabeau viniera a alimentarle. Recuperó parte de su fuerza y algo de movilidad. Aún no podía caminar, pero ya se mantenía de pie con algo de ayuda, con los brazos colgando inertes a los lados.

—Estás progresando muy deprisa —dije alegremente, como si el mundo fuera de color de rosa.

Sin embargo, en mi cabeza todo estaba muy oscuro. Gritaba de rabia, miedo y frustración al ver al hombre a quien amaba luchando para abrirse paso entre las sombras del pasado que le habían superado en Chelm.

Sol en Piscis

Cuando el sol está en Piscis, espera hastío y tristeza.
Aquel que ahuyente el miedo experimentará el perdón y la comprensión.
Serás llamado a trabajar en lugares lejanos.

Libro de dichos anónimos ingleses, ca. 1590.
Gonçalves MS 4890, f. 10

—Quiero algunos de mis libros —dijo Matthew con una engañosa tranquilidad. Recitó del tirón una lista de títulos—. Hamish sabrá dónde encontrarlos. —Su amigo había viajado a Londres por poco tiempo y después había regresado a Francia. Desde entonces, Hamish se había acomodado en los aposentos de Matthew en Sept-Tours. Se pasaba los días tratando de evitar que burócratas insensatos arruinaran la economía mundial y las noches vaciando la bodega de Baldwin.

Hamish llegó a Les Revenants con los libros y Matthew le pidió que se sentara a tomar una copa de champán. El daimón parecía comprender que aquel intento de actuar con normalidad era un punto de inflexión en la recuperación de Matthew.

—¿Por qué no? Uno no puede vivir solo de rosado. —Con una mirada sutil, Hamish me hizo entender que él cuidaría de Matthew.

Tres horas más tarde, Hamish seguía allí y los dos estaban jugando al ajedrez. Me temblaron las rodillas al ver a Matthew sentado ante el tablero en el lado de las blancas, considerando sus opciones. Sus manos seguían estando completamente inútiles —aparentemente la mano era una complejísima pieza de ingeniería anatómica—, así que Hamish le movía las piezas siguiendo sus instrucciones codificadas.

—E4 —dijo Matthew.

—¿La variante central? Muy atrevido. —Hamish movió uno de los peones blancos.

—Has aceptado el gambito de dama —dijo Matthew con suavidad—. ¿Qué esperabas?

—Espero que varíes un poco. Recuerdo que una vez te negaste a poner en peligro la reina. Ahora lo haces en cada partida. —Hamish frunció el ceño—. Es una mala estrategia.

—A la reina le fue muy bien la última vez —susurré al oído de Matthew, que sonrió.

Cuando Hamish se hubo marchado, Matthew me pidió que le leyera en voz alta. Se había convertido en un ritual sentarnos delante del fuego viendo caer la nieve al otro lado de las ventanas con uno de los libros adorados de Matthew en mis manos: Abelardo, Marlowe, Darwin, Thoreau, Shelley, Rilke. A menudo, los labios de Matthew se movían siguiendo las palabras según yo las iba leyendo, demostrándome —y lo que era más importante, demostrándose— que su mente estaba tan despierta e íntegra como siempre.

—«Soy la hija de la Tierra y el Agua, / y la niña de pecho del Cielo» —leí de su ejemplar desgastado de *Prometeo Liberado*.

—«Atravieso los grietas del océano y las costas —contestó Matthew—. Cambio, pero no puedo morir».

Después de la visita de Hamish, nuestro círculo social en Les Revenants se fue expandiendo gradualmente. Matthew invitó a Jack a venir con el chelo. Tocaba Beethoven durante horas y la música no solo tenía efectos positivos sobre mi marido, sino que siempre hacía que mi hija se durmiera.

Matthew estaba mejorando, pero aún le quedaba mucho camino por recorrer. Cuando descansaba mal, yo me tumbaba a su lado con la esperanza de que los niños no se despertaran. Él me dejaba ayudarle a bañarse y vestirse, aunque se odiaba a sí mismo —y a mí también— por ello. Cada vez que creía que no podía verle sufrir un segundo más, me concentraba en alguno de los trocitos de su piel que se habían curado ya. Como las sombras de Chelm, las cicatrices nunca desaparecerían del todo.

Cuando Sarah vino a verle, su preocupación era evidente. Pero Matthew no era el causante de su inquietud.

—¿Cuánta magia estás haciendo para mantenerte en pie? —Acostumbrada al oído de murciélago de los vampiros, esperó a decírmelo cuando volvíamos hacia el coche.

—Estoy bien —dije, abriéndole la puerta del coche.

—Esa no era mi pregunta. Puedo ver que estás bien. Y eso es lo que me preocupa —dijo Sarah—. ¿Cómo es que no estás a las puertas de la muerte?

—No importa —contesté, haciendo caso omiso a su pregunta.

—Importará cuando te derrumbes —replicó Sarah—. No puedes seguir así.

—Sarah, te olvidas de que la familia Bishop-Clairmont está especializada en lo imposible. —Cerré la puerta del coche para silenciar las protestas que siguieron.

Pero debería haber sabido que mi tía no se callaría tan fácilmente. Baldwin se presentó en casa a las veinticuatro horas de su marcha, sin invitación y sin avisar.

—Es una mala costumbre, Baldwin —dije, recordando el momento en que había vuelto a Sept-Tours y nos quitó las sábanas de la cama—. Como vuelvas a sorprendernos pondré tantas defensas en la casa que no entrarán ni los Cuatro Jinetes del Apocalipsis.

—Desde que murió Hugh no los han visto por Limousin.

Baldwin me besó en ambas mejillas, tomándose su tiempo entre beso y beso para evaluar mi olor.

—Matthew no recibe visitas hoy —informé, separándome de él—. Ha pasado mala noche.

—No he venido a ver a Matthew. —Baldwin clavó sus ojos de águila sobre mí—. He venido a advertirte que, si no empiezas a cuidarte, me pondré al mando aquí.

—No tienes…

—Sí que lo tengo. Eres mi hermana. Tu marido no es capaz de mirar por tu bienestar en este momento. Hazlo tú o asume las consecuencias. —La voz de Baldwin sonaba implacable.

Los dos nos miramos fijamente durante unos instantes. Baldwin suspiró al ver que yo no bajaba la mirada.

—Es muy sencillo, Diana. Si te derrumbas (y a juzgar por tu olor, diría que te queda una semana antes de que eso suceda), los instintos de Matthew le exigirán que intente proteger a su pareja. Eso le distraerá de su tarea principal, que es curarse.

Baldwin tenía razón.

—La mejor manera de lidiar con una pareja vampiro (especialmente si tiene rabia de sangre, como es el caso de Matthew) es no darle motivos para pensar que necesitas protección. Cuídate siempre y por encima de todo —dijo Baldwin—. El verte sana y feliz le hará más bien a Matthew, mental y físicamente, que la sangre de su hacedora o la música de Jack. ¿Nos entendemos?

—Sí.

—Me alegro mucho. —Los labios de Baldwin se curvaron en una sonrisa—. Y ya que estás, contesta tus correos electrónicos. Te he mandado un montón y no me contestas. Es bastante frustrante.

Asentí con la cabeza, temiendo que si abría la boca acabaría dándole instrucciones detalladas de lo que podía hacer con sus correos electrónicos.

Baldwin se asomó para saludar a Matthew. Le llamó inútil porque no podía practicar lucha libre, pelear ni otras empresas fraternales. Y luego se fue, gracias a Dios.

Obedientemente, abrí mi ordenador.

Tenía cientos de mensajes por leer, la mayoría de la Congregación pidiendo explicaciones y de Baldwin dándome instrucciones.

Cerré la tapa del portátil y volví con Matthew y mis hijos.

Varias noches después de la visita de Baldwin, me desperté con la sensación de un dedo frío apretándome la columna y recorriendo la línea del tronco del árbol en mi cuello.

El dedo se deslizó de forma apenas controlada hacia mis hombros y allí encontró la marca que habían dejado la flecha de la diosa y la estrella de Satu Järvinen.

Poco a poco, bajó hasta el dragón que rodeaba mis caderas.

Las manos de Matthew volvían a funcionar.

—Necesitaba que lo primero que tocara fueras tú —dijo al notar que me había despertado.

Apenas podía respirar, así que cualquier respuesta por mi parte quedaba absolutamente descartada. Sin embargo, las palabras que no decía necesitaban liberarse. La magia creció dentro de mí y las letras empezaron a formar frases bajo mi piel.

—El precio del poder. —La mano de Matthew rodeó mi antebrazo, acariciando con su pulgar las palabras según iban apareciendo. Al principio sus movimientos eran bruscos e irregulares, pero con cada caricia se hacían más suaves y constantes. Él había visto los cambios en mí desde que me convertí en *El libro de la vida,* pero hasta ahora no me había hablado de ellos.

—Tanto que decir... —murmuró, rozándome el cuello con sus labios. Sus dedos ahondaron, separando mi carne, hasta alcanzar lo más profundo de mi ser.

Solté un grito ahogado. Hacía mucho tiempo y, sin embargo, su tacto aún me era familiar. Los dedos de Matthew profundizaron decididos en los lugares que más placer me daban.

—Pero no necesitas palabras para decirme lo que sientes —dijo Matthew—. Te veo, incluso cuando te escondes del resto del mundo. Te oigo, incluso cuando guardas silencio.

Aquello era una pura definición del amor. Como por arte de magia, las letras que se amontonaban en mis antebrazos empezaron a desaparecer según Matthew iba desnudando mi alma y guiaba mi cuerpo hacia un lugar donde las palabras eran completamente innecesarias. Me liberé, temblando y, aunque su tacto se hizo ligero como una pluma, sus dedos no dejaron de moverse.

—Otra vez —dijo, al sentir que mi pulso volvía acelerarse.

—No es posible —contesté yo. Entonces hizo algo que me arrancó un grito ahogado.

—*Impossible n'est pas français* —replicó Matthew, dándome un mordisquito en la oreja—. Y la próxima vez que venga a visitarnos tu hermano, dile que no se preocupe. Soy perfectamente capaz de cuidar de mi mujer.

Sol en Aries

El signo del carnero significa dominio y sabiduría.
Mientras el sol resida en Aries, verás crecimiento en todas tus obras.
Es un momento para nuevos comienzos.

Libro de dichos anónimos ingleses, ca. 1590.
Gonçalves MS 4890, f. 7ᵛ

—¡Contesta tu puto correo electrónico!

Aparentemente, Baldwin estaba teniendo un mal día. Al igual que Matthew, yo estaba empezando a apreciar cómo la tecnología moderna nos permitía mantener al resto de vampiros de la familia a cierta distancia.

—Les he dado largas todo lo que he podido. —Baldwin me lanzó una mirada asesina desde la pantalla del ordenador, con la ciudad de Berlín enmarcada en las ventanas a su espalda—. Diana, te vas a Venecia.

—No, no me voy. —Llevábamos varias semanas teniendo distintas versiones de aquella conversación.

—Sí que irás. —Matthew se inclinó por encima de mi hombro. Ahora ya caminaba, despacio pero tan sigiloso como siempre—. Diana se reunirá con la Congregación, Baldwin. Pero vuelve a hablarle así y te arranco la lengua.

—Dos semanas —dijo Baldwin, completamente impávido ante la amenaza de su hermano—. Han accedido a darle dos semanas más.

—Es demasiado pronto. —Las secuelas físicas de la tortura de Benjamin empezaban a desaparecer, pero habían dejado el dominio de Matthew sobre su rabia de sangre en el filo de la navaja, y su irascibilidad igual de cortante.

—Allí estará. —Cerró la tapa del portátil, cortando con ello a su hermano y sus últimas exigencias.

—Es demasiado pronto —repetí.

—Sí, lo es. Demasiado pronto para que yo viaje a Venecia y me enfrente a Gerbert y a Satu. —Matthew apoyó sus manos sobre mis hombros—. Si queremos que rechacen oficialmente el acuerdo, y lo queremos, uno de los dos tiene que defender el caso ante la Congregación.

—¿Qué hay de los niños? —Me estaba agarrando a un clavo ardiendo.

—Los tres te echaremos de menos, pero nos las arreglaremos. Si parezco lo suficientemente inepto delante de Ysabeau y Sarah, no tendré que cambiar un solo pañal mientras estés fuera. —Sus dedos aumentaron la presión y con ello el sentido de la responsabilidad sobre mis hombros—. Tienes que hacerlo. Por mí. Por todos. Por cada miembro de la familia que ha sido perjudicado por el acuerdo: Emily, Rebecca, Stephen, incluso Philippe. Y por nuestros hijos, para que puedan crecer rodeados de amor en vez de odio.

Después de aquello, no podía negarme a ir a Venecia.

La familia Bishop-Clairmont se puso en acción, ansiosa por ayudar a preparar nuestro caso ante la Congregación. Fue un esfuerzo colaborativo entre especies, que empezó por pulir nuestro argumento hasta dejarlo en su esencia. Por difícil que resultara dejar a un lado todos los insultos e injurias que habíamos sufrido, grandes o pequeños, nuestro éxito dependía de ser capaces de hacer que nuestra solicitud no pareciera una venganza personal.

Al final, fue increíblemente sencillo, al menos a partir del momento en que Hamish se hizo cargo. Lo único que teníamos que hacer, según él, era afirmar sin dejar lugar a dudas que el acuerdo se había redactado por miedo al mestizaje y por el deseo de mantener los linajes artificialmente puros para preservar el equilibrio de poder entre criaturas.

Sin embargo, como casi todo argumento sencillo, el nuestro requirió horas de arduo trabajo. Todos aportamos nuestro talento al proyecto. Phoebe, que era una investigadora superdotada, indagó en los archivos de Sept-Tours buscando documentos relacionados con la creación del acuerdo y las primeras reuniones y debates de la Congregación. Llamó a Rima, que se mostró encantada de que le pidiéramos hacer algo más que archivar, y la puso a buscar documentos que apoyaran nuestra tesis en la biblioteca de la Congregación en Isola della Stella.

Esos documentos nos ayudaron a crear una imagen coherente de aquello que verdaderamente temían los fundadores de la Congregación: que las relaciones entre las criaturas dieran como resultado hijos que no fueran ni daimón ni vampiro ni brujo, sino algún tipo de combinación aterradora, enturbiando con ello los antiguos linajes de criaturas y su supuesta pureza. Aquella preocupación se construyó sobre una interpretación de la biología del siglo XII y sobre el valor que se daba a la herencia y al linaje en aquella época. Y Philippe de Clermont había tenido la visión política para sospechar que los hijos de tales uniones serían suficientemente poderosos como para gobernar el mundo si así lo deseaban.

Lo que era más difícil, por no hablar de peligroso, era demostrar que ese miedo había contribuido de hecho al declive de las criaturas sobrenaturales. Siglos y siglos de endogamia habían hecho que los vampiros tuvieran cada vez más dificultades para hacer nuevos vampiros, que los brujos fueran menos poderosos y que los daimones fueran cada vez más propensos a la locura. Para que aquella idea formara parte de nuestro argumento, los Bishop-Clairmont tendríamos que revelar la rabia de sangre y los tejedores que había en nuestra familia.

Redacté una historia de los tejedores usando información de *El libro de la vida*. Expliqué que era difícil controlar el poder creativo de los tejedores y eso les hacía vulnerables a la animosidad de otros brujos. Con el tiempo, los brujos se habían acomodado y utilizaban cada vez menos hechizos y encantamientos. Como los antiguos seguían funcionando, los tejedores pasaron de ser miembros sumamente valorados en su comunidad a ser parias perseguidos. Para ilustrar esa idea, Sarah y yo nos sentamos y trazamos un relato dolorosamente detallado de las vidas de mis padres: los intentos desesperados de mi padre de ocultar sus habilidades, los esfuerzos de Knox por descubrirlos y sus espantosas muertes.

Matthew e Ysabeau documentaron una historia igualmente difícil, una historia sobre la locura y el poder destructivo de la ira. Fernando y Gallowglass rastrearon los documentos personales de Philippe en busca de pruebas que demostraran cómo había evitado que su pareja fuera exterminada y la decisión de ambos de proteger a Matthew a pesar de tener síntomas de la enfermedad. Tanto Philippe como Ysabeau pensaban que una educación esmerada y el control adquirido a base de esfuerzo serían contrapeso suficiente para cualquier posible enfermedad en su sangre —un clásico ejemplo de lo adquirido frente a lo heredado—. Y Matthew confesó que sus fracasos con Benjamin venían a demostrar el peligro de la rabia de sangre cuando se dejaba que se desarrollara por sí sola.

Janet llegó a Les Revenants con el grimorio Gowdie y una copia de la transcripción del juicio de su bisabuela Isobel. Las actas del juicio describían su relación amorosa con el demonio conocido como Nickie-Ben con gran detalle, incluido su perverso mordisco. El grimorio demostraba que Isobel era tejedora de hechizos, pues reconocía con orgullo sus personales creaciones mágicas y los precios que les había puesto por compartirlas con sus hermanas de las Tierras Altas de Escocia. Isobel también identificó a su amante como Benjamin Fox —el hijo de Matthew—. De hecho, Benjamin había firmado con su nombre en el registro familiar que encontraron al comienzo del libro.

—Aún no es suficiente —manifestó Matthew preocupado observando los documentos—. No podemos explicar por qué los tejedores y los vampiros con rabia de sangre, como tú y yo, podemos concebir hijos.

Yo podía explicarlo. *El libro de la vida* había compartido el secreto conmigo. Pero no quería decir nada hasta que Miriam y Chris aportaran las pruebas científicas.

Empezaba a pensar que tendría que defender nuestro caso ante la Congregación sin su ayuda cuando un coche entró en el patio.

Matthew frunció el ceño.

—¿Quién puede ser? —preguntó, soltando la pluma y acercándose a la ventana—. Miriam y Chris están aquí. Debe de haber ocurrido algo en el laboratorio de Yale.

Una vez dentro y después de asegurar a Matthew que el equipo de investigación que habían dejado en New Haven seguía prosperando, Chris me entregó un sobre grueso.

—Tenías razón —dijo—. Buen trabajo, profesora Bishop.

Abracé el paquete contra mi pecho, aliviada más allá de las palabras. Luego se lo di a Matthew.

Abrió el sobre y sus ojos recorrieron a toda velocidad el texto y los ideogramas en blanco y negro que lo acompañaban. Levantó la mirada, boquiabierto de asombro.

—A mí también me sorprendió —admitió Miriam—. Mientras estudiáramos a daimones, vampiros y brujos como especies distintas, lejanamente relacionadas con los seres humanos pero diferentes entre sí, la verdad se nos escaparía.

—Entonces Diana nos dijo que *El libro de la vida* trataba de lo que nos unía, no de lo que nos separaba —continuó Chris—. Nos pidió que comparáramos su genoma con el genoma de los daimones y con los genomas de otros brujos.

—Estaba todo ahí, en el cromosoma de las criaturas —dijo Miriam—, escondido a plena vista.

—No comprendo —dijo Sarah, confusa.

—Diana fue capaz de concebir el hijo de Matthew porque ambos tienen sangre de daimón —explicó Chris—. Es demasiado pronto para saberlo con certeza, pero nuestra hipótesis es que los tejedores descienden de antiguas uniones entre brujos y daimones. Los casos de vampiros con rabia de sangre, como Matthew, se producen cuando un vampiro con el gen de la rabia de sangre crea otro vampiro a partir de un humano que tiene algo de ADN de daimón.

—No encontramos demasiada presencia daimónica en la muestra genética de Ysabeau ni en la de Marcus —añadió Miriam—. Eso explica que nunca hayan manifestado síntomas de la enfermedad como Matthew o Benjamin.

—Pero la madre de Stephen Proctor era humana —dijo Sarah—. Era un coñazo (lo siento, Diana), pero, desde luego, no por ser daimón.

—No tiene por qué ser una relación inmediata —continuó Miriam—. Solo tiene que haber suficiente ADN de daimón en la mezcla para desencadenar los genes de tejedor y de la rabia de sangre. Puede que fuera uno de los antepasados lejanos de Stephen. Como ha dicho Chris, los hallazgos están todavía muy verdes. Tardaremos décadas en entenderlo por completo.

—Una cosa más: la pequeña Margaret también es tejedora —dijo Chris señalando el papel que sostenía Matthew—. Página treinta. No cabe ninguna duda.

—Me pregunto si esa era la razón por la que Emily insistía en que Margaret no cayera en manos de Knox —murmuró Sarah—. Tal vez Emily descubrió la verdad, de alguna manera.

—Esto va a hacer temblar los cimientos de la Congregación —dije.

—Hará más que eso. La ciencia hace que el acuerdo sea absolutamente irrelevante —dijo Matthew—. No somos especies distintas.

—Entonces, ¿simplemente somos razas distintas? —pregunté—. Eso refuerza nuestro argumento sobre el mestizaje.

—Profesora Bishop, tiene usted que ponerse al día con sus lecturas —dijo Chris sonriendo—. La identidad racial no tiene fundamento biológico, al menos ninguno que sea aceptado por una mayoría de científicos. —Matthew me había dicho algo parecido hacía mucho tiempo en Oxford.

—Pero eso significa... —me detuve.

—Que no sois monstruos, después de todo. No existen los daimones, los vampiros ni los brujos como tales. No, desde un punto de vista biológico. Sois solo humanos con una ligera diferencia. —Chris sonrió—. Dile a la Congregación que se chupe esa.

No utilicé exactamente esas palabras en mi declaración de introducción para el enorme dossier que enviamos a Venecia antes de la reunión de la Congregación, pero lo que dije venía a ser lo mismo.

Los días del acuerdo habían llegado a su fin.

Y si la Congregación quería seguir funcionando, tendría que encontrar algo mejor que hacer con su tiempo que controlar los límites entre daimón, vampiro, brujo y humano.

Sin embargo, cuando fui a la biblioteca la mañana antes de salir hacia Venecia, vi que nos habíamos dejado algo fuera del dossier. Mientras investigábamos, fue imposible ignorar el rastro pegajoso de los dedos de Gerbert. Parecía acecharnos en los márgenes de cada documento y en cada prueba. A pesar de que era difícil relacionarlas directamente con él, las pruebas circunstanciales eran evidentes: Gerbert de Aurillac conocía desde hacía tiempo las habilidades especiales de los tejedores. De hecho, había llegado a tener una como esclava, la bruja Meridiana, que le maldijo en su lecho de muerte. Y también había estado dando información a Benjamin Fuchs durante siglos acerca de los De Clermont. Philippe lo descubrió y le plantó cara, pero fue justo antes de salir hacia su última misión en la Alemania nazi.

—¿Por qué no se ha mandado la información sobre Gerbert a Venecia? —pregunté con impaciencia a Matthew cuando por fin le encontré en la cocina preparándome una taza de té. Ysabeau estaba con él, jugando con Philip y Becca.

—Porque es mejor que el resto de la Congregación no sepa que Gerbert está involucrado —dijo Matthew.

—¿Mejor para quién? —pregunté con aspereza—. Quiero que se saque a la luz y se castigue a esa criatura.

—Pero los castigos de la Congregación son muy poco satisfactorios —dijo Ysabeau con los ojos brillantes—. Demasiada palabrería. Poco dolor. Si lo que quieres es un castigo, déjamelo a mí. Tamborileó con los dedos sobre la encimera, provocándome un escalofrío.

—Ya has hecho suficiente, *maman* —advirtió Matthew lanzándole una mirada amenazadora.

—Ah, eso. —Ysabeau hizo un gesto con la mano restándole importancia—. Gerbert ha sido un chico muy malo. Pero por eso mismo cooperará con Diana mañana. Encontrarás muy servicial a Gerbert de Aurillac, hija.

Me senté de golpe en el taburete de la cocina.

—Mientras Ysabeau estaba presa en casa de Gerbert, ella y Nathaniel fisgaron un poquito —explicó Matthew—. Han estado controlando su correo electrónico y su actividad en Internet desde entonces.

—Diana, ¿sabías que nada de lo que ves en Internet desaparece? Sigue viviendo eternamente, como los vampiros. —Ysabeau parecía verdaderamente fascinada con la comparación.

—¿Y? —Aún no tenía ni idea de adónde quería llegar.

—A Gerbert no le gustan solo las brujas —aclaró Ysabeau—. También ha tenido una sarta de amantes daimón hembras. Una de ellas sigue viviendo en Via della Scala, en Roma, en un edificio de apartamentos palaciegos con bastantes corrientes de aire que compró para ella en el siglo XVII.

—Espera, ¿en el siglo XVII? —Intenté pensar con calma, aunque era difícil con Ysabeau mirándome como Tabitha después de devorar a un ratón.

—Gerbert no solo «se juntaba» con las criaturas daimón: convirtió a una en vampiro. Ese tipo de cosas están terminantemente prohibidas, no por el acuerdo, sino por la ley vampírica. Y parece que con motivo, ahora que sabemos lo que desencadena la rabia de sangre —dijo Matthew—. Ni siquiera Philippe sabía de su existencia, aunque sí supo de otras amantes daimón de Gerbert.

—¿Le vamos a hacer chantaje con eso? —pregunté.

—«Chantaje» es una palabra muy desagradable —corrigió Ysabeau—. Yo prefiero pensar que Gallowglass fue especialmente convincente cuando se pasó por Les Anges Déchus anoche para desearle un buen viaje.

—No quiero ninguna operación secreta de los De Clermont contra Gerbert. Quiero que el mundo entero sepa qué clase de serpiente es —exigí—. Quiero ganarle limpiamente en el campo de batalla.

—Descuida. Todo el mundo lo sabrá. Vayamos guerra a guerra, *ma lionne*. —Matthew mitigó el tono perentorio de su comentario con un beso y una taza de té.

—Philippe prefería la caza a la guerra. —Ysabeau bajó la voz, como si no quisiera que Becca y Philip escucharan sus siguientes palabras—: Verás, cuando cazas, puedes jugar con tu presa antes de destruirla. Eso es lo que estamos haciendo con Gerbert.

—Ah. —Tenía que admitir que había algo tentador en aquella idea.

—Sabía que lo entenderías. Al fin y al cabo, llevas el nombre de la diosa de la cinegética. ¡Feliz caza en Venecia, querida! —dijo Ysabeau, dándome una palmadita en la mano.

Sol en Tauro

El toro rige el dinero, el crédito, las deudas y los obsequios. Mientras el sol esté en Tauro, lidia con cuestiones pendientes. Resuelve tus asuntos, no vayan a darte problemas más adelante.

Si recibieras una recompensa inesperada, inviértela para el futuro.

Libro de dichos anónimos ingleses, ca. 1590.
Gonçalves MS 4090, f. 7

Venecia me pareció en mayo muy distinta que en enero, y no solo porque el cielo estuviera azul y la laguna tranquila.

Cuando Matthew estaba en las garras de Benjamin, la ciudad me había resultado fría e inhóspita, y quise marcharme lo antes posible. Cuando lo hice, nunca pensé que volvería.

Pero la justicia de la diosa no sería completa hasta que el acuerdo quedara anulado.

Así que allí estaba, de nuevo en Ca'Chiaromonte, sentada en un banco en el jardín de atrás, en lugar del que miraba sobre el Gran Canal, esperando una vez más a que empezara la reunión de la Congregación.

Esta vez Janet Gowdie me acompañaba en la espera. Juntas revisamos nuestro caso por última vez, tratando de imaginar los argumentos que podían salir en contra mientras las preciosas tortugas que Matthew tenía de mascota recorrían los senderos de gravilla deslizándose a la caza de un aperitivo de mosquito.

—Es hora de irnos —anunció Marcus justo antes de que las campanas marcaran las cuatro en punto. Fernando y él nos acompañarían hasta Isola della Stella. Janet y yo habíamos intentado convencer al resto de la familia de que solas estaríamos perfectamente a salvo, pero Matthew no nos dio opción.

Los miembros de la Congregación eran los mismos que en la reunión de enero. Agatha, Tatiana y Osamu me recibieron con una sonrisa alentadora, pero el saludo de Sidonie von Borcke y de los vampiros fue decididamente gélido. Satu entró en el claustro en el último momento, como tratando de pasar desapercibida. Poco quedaba de aquella bruja segura de sí misma que me raptó del jardín de Sept-Tours. A juzgar por la mirada con que Sidonie evaluó su aspecto, la transformación de Satu tampoco había pasado desapercibida y sospeché que no tardaría en haber cambios entre la representación de los brujos.

Atravesé tranquilamente el claustro para acercarme a los dos vampiros.

—Domenico, Gerbert —saludé, inclinando la cabeza hacia cada uno.

—Bruja —dijo Gerbert con tono burlón.

—Sí, y también De Clermont. —Me incliné para acercar los labios a su oreja—. No estés tan satisfecho de ti mismo, Gerbert.

Puede que la diosa te haya reservado para lo último, pero no te equivoques: se acerca el día de tu juicio final. —Me aparté, contenta de ver un atisbo de miedo en sus ojos.

Cuando inserté la llave De Clermont en la cerradura de la sala de reuniones, me invadió una sensación de *déjà-vu*. Las puertas se abrieron y aquella sensación sobrenatural desapareció. Mis ojos se clavaron en el uróboros —el décimo nudo— tallado sobre el respaldo del asiento De Clermont, y los hilos plateados y dorados de la habitación crujieron de poder.

Todos los brujos aprenden que hay que creer en las señales. Por suerte, el significado de aquella era evidente sin necesidad de magia ni interpretaciones complejas: «Este es tu asiento. Este es tu lugar».

—Declaro abierta la sesión —pronuncié, dando un par de golpes sobre la mesa una vez alcancé el lugar que tenía asignado.

Tenía un grueso lazo de color violeta en el índice izquierdo. La flecha de la diosa había desaparecido después de utilizarla para matar a Benjamin, pero aún conservaba la llamativa marca morada, el color de la justicia.

Estudié la habitación: la mesa ancha, los documentos de mi gente y de los antepasados de mis hijos, las nueve criaturas reunidas para tomar una decisión que cambiaría la vida de miles como ellos por todo el mundo. Sobre nuestras cabezas, sentí los espíritus de aquellos que nos precedieron, sus miradas heladoras, alentadoras y acariciantes.

—*Haznos justicia* —dijeron todos al unísono— *y recuerda nuestros nombres.*

—Ganamos —informé a los miembros de las familias De Clermont y Bishop que se habían reunido a esperarnos al volver de Venecia—. El acuerdo ha sido revocado.

Hubo vítores, abrazos y enhorabuenas. Baldwin alzó su copa hacia mí, en una demostración menos efusiva de su aprobación.

Mis ojos buscaron a Matthew.

—No me sorprende —dijo él. El silencio que siguió estaba cargado de palabras que escuché perfectamente a pesar de que no las pronunciara. Se agachó para coger a su hija—. ¿Ves, Rebecca? Tu madre lo ha vuelto a arreglar todo.

Becca había descubierto el puro placer de morderse los dedos. Menos mal que el equivalente vampírico de los dientes de leche no le habían salido aún. Matthew le sacó la mano de la boca y la movió como saludándome, distrayendo la atención de su hija de la rabieta que estaba incubando.

—*Bonjour, maman.*

Jack estaba haciéndole el caballito a Philip sobre sus rodillas. El niño parecía a la vez intrigado y preocupado.

—Buen trabajo, mamá.

—He tenido mucha ayuda. —Se me hizo un nudo en la garganta al ver no solo a Jack y a Philip, sino a Sarah y Agatha, que habían juntado las cabezas para cuchichear sobre la reunión de la Congregación; a Fernando, que entretenía a Sophie y Nathaniel hablándoles de la actitud estirada de Gerbert y la ira de Domenico; y a Phoebe y Marcus, que estaban saboreando un largo beso de reencuentro. Baldwin estaba junto a Matthew y Becca. Me acerqué a ellos.

—Esto te pertenece, hermano. —Sentí otra vez el peso de la llave De Clermont sobre la palma de mi mano al extenderla.

—Quédatela. —Baldwin me cerró los dedos alrededor del frío metal.

La conversación en el salón se desvaneció.

—¿Qué has dicho? —susurré.

—He dicho que te la quedes —repitió Baldwin.

—Pero no querrás decir…

—Así es. Todos en la familia De Clermont tenemos una responsabilidad. Ya lo sabes. —Los ojos marrones dorados de Baldwin relucían—. A partir de hoy, el tuyo será supervisar a la Congregación.

—No puedo. ¡Soy profesora! —protesté yo.

—Pues organiza la agenda de reuniones de la Congregación de acuerdo con tus clases. Siempre que contestes tus correos electrónicos —razonó Baldwin, mirándome con severidad fingida—, no creo que tengas problemas simultaneando responsabilidades. He tenido abandonados los asuntos de mi familia demasiado tiempo. Además, yo soy un guerrero, no un político.

Miré a Matthew con una llamada muda de auxilio, pero él no tenía intención de sacarme de aquel aprieto. Su expresión rebosaba orgullo, no una actitud protectora.

—¿Y qué hay de vuestras hermanas? —repliqué, con la cabeza a mil por hora—. Estoy segura de que Verin se opondrá.

—Fue Verin quien lo sugirió —repuso Baldwin—. Y después de todo, tú también eres mi hermana.

—Bueno, pues no se hable más. Diana servirá en la Congregación hasta que se canse del puesto. —Ysabeau me besó en una mejilla y luego en la otra—. Solo piensa en el disgusto que se va a llevar Gerbert cuando se entere de lo que acaba de hacer Baldwin.

Aún algo aturdida, me volví a meter la llave en el bolsillo.

—Al final se ha quedado un día precioso —observó Ysabeau, asomándose a ver el sol de primavera—. Vamos a dar un paseo por el jardín antes de cenar. Alain y Marthe han preparado un banquete, y sin la ayuda de Fernando. De ahí que Marthe esté de tan buen humor.

La risa y la conversación siguieron la estela de nuestra familia al salir por la puerta. Matthew dejó a Becca en brazos de Sarah.

—No tardéis mucho vosotros dos —nos dijo Sarah.

Una vez solos, Matthew me besó con un hambre punzante, que se convirtió poco a poco en algo más profundo y menos desesperado. Era un recordatorio de que su rabia de sangre no estaba completamente bajo control y de que mi ausencia le había pasado factura.

—¿Fue todo bien en Venecia, *mon coeur*? —preguntó al recuperar el equilibrio.

—Te lo contaré todo más tarde —dije—. Aunque debería advertirte: Gerbert trama algo. Intentó boicotearme a cada paso.

—¿Y qué esperabas? —Matthew se apartó de mi lado para unirse al resto de la familia—. No te preocupes por Gerbert. Ya descubriremos a qué está jugando, descuida.

Algo inesperado llamó mi atención. Me paré en seco.

—¿Diana? —Matthew se volvió y me miró frunciendo el
ceño—. ¿Vienes?

—En un minuto —contesté.

Me observó extrañado, y luego salió.

Sabía que serías la primera en verme. La voz de Philippe sonó
en un susurro, y pude ver los horrendos muebles de Ysabeau a través
de su figura. Pero no importaba. Estaba perfecto: entero, sonriente
y con los ojos llenos de alegría y cariño.

—¿Por qué yo? —pregunté.

Ahora tú tienes El libro de la vida. *Ya no necesitas mi ayuda.*
Clavó su mirada en la mía.

—El acuerdo... —empecé a decir.

Lo sé. Oigo la mayoría de las cosas. Su sonrisa se ensanchó. *Me
enorgullece que uno de mis hijos haya sido quien lo destruya. Has
hecho bien.*

—¿Y verte es mi recompensa? —dije, tratando de contener las
lágrimas.

Una de ellas, dijo Philippe. *Con el tiempo tendrás otras.*

—Emily. —En cuanto dije su nombre, la figura de Philippe
empezó a desvanecerse—. ¡No! No te vayas. No haré preguntas. Solo
dile que la quiero.

Ya lo sabe. Y también tu madre. Philippe me guiñó un ojo.
*Estoy completamente rodeado de brujas. No se lo digas a Ysabeau.
No le haría gracia.*

Solté una carcajada.

*¿Esa es mi recompensa por tantos años de buen comportamien-
to? No quiero ver más lágrimas, ¿comprendes?* Levantó el dedo índice. *Estoy profundamente harto de ellas.*

—¿Qué quieres entonces? —dije enjugándome las lágrimas.

Más risa. Más baile. Su expresión se tornó traviesa. *Y más nietos.*

—Eso por preguntar... —dije soltando otra carcajada.

Pero me temo que el futuro no alberga solo risas. Su expresión
recobró la seriedad. *Tu trabajo aún no ha terminado, hija. La diosa
me ha pedido que te devuelva esto.* Me tendió la misma flecha de oro
y plata que disparé al corazón de Benjamin.

—No la quiero. —Di un paso atrás, levantando la mano para rechazarla.

Yo tampoco la quiero, pero alguien tiene que asegurarse de que se haga justicia. Su brazo se estiró un poco más.

—¿Diana? —Matthew me llamaba desde fuera.

De no haber sido por la flecha de la diosa, ya no escucharía la voz de mi marido.

—¡Voy! —exclamé.

Los ojos de Philippe se llenaron de cariño y comprensión. Toqué la punta dorada en un gesto vacilante. En el momento que mi piel entró en contacto con ella, la flecha se desvaneció y volví a sentir su carga pesada sobre mi espalda.

Desde el instante en que nos conocimos, supe que eras tú, dijo Philippe. Sus palabras fueron como un extraño eco de lo que Timothy Weston me había dicho el año anterior en la Bodleiana y de nuevo en su casa.

Con una última sonrisa, su fantasma empezó a desvanecerse.

—¡Espera! —exclamé—. ¿Que yo era qué?

Quien sería capaz de acarrear mis responsabilidades y no romperse, susurró su voz a mi oído. Sentí el sutil contacto de sus labios contra mi mejilla. *No las llevarás sola. Recuérdalo, hija.*

Contuve un sollozo al sentir que se había ido.

—¿Diana? —Matthew volvió a llamarme, esta vez desde el umbral de la entrada—. ¿Qué ha pasado? Parece como si hubieras visto un fantasma.

Así era, pero no era el momento de contárselo a Matthew. Tenía ganas de llorar, pero Philippe quería alegría, no pena.

—Baila conmigo —dije sin derramar una sola lágrima.

Matthew me rodeó con sus brazos. Empezó a mover sus pies por el suelo, deslizándonos hacia el salón de baile. No hizo ninguna pregunta, aunque las respuestas ya estaban en mis ojos.

Le pisé.

—Perdón.

—Estás intentando llevarme otra vez —murmuró. Me besó en los labios y me hizo girar—. Por ahora lo tuyo es seguirme.

—Se me olvidaba —dije riendo.

—Entonces te lo tendré que recordar más a menudo. —Matthew me estrechó firmemente contra sí. Su beso fue lo bastante rudo como para ser una advertencia, lo bastante dulce para ser una promesa.

Philippe tenía razón, pensé mientras salíamos al jardín. Llevara o siguiera, nunca estaría sola en un mundo en el que Matthew viviera.

Sol en Géminis

El signo de Géminis afecta a las relaciones de marido y mujer,
y todos los asuntos que como ellas dependen de la fe.
El hombre nacido bajo su signo tiene un corazón bueno y sincero,
y un ingenio aguzado que le llevará a aprender muchas cosas.

Será rápido en la ira, mas también de reconciliar.

Es atrevido en sus palabras aun en presencia de un príncipe.

Hábil en el disimulo, extiende astutas fantasías y mentiras.

Se verá enredado en problemas a causa de su esposa,
pero acabará prevaleciendo ante los enemigos de ambos.

Libro de dichos anónimos ingleses, ca. 1590.
Gonçalves MS 2890, f. 10ʳ

41

S iento interrumpirla, profesora Bishop.
Levanté los ojos del manuscrito. La sala de lectura de la Royal
Society estaba completamente bañada por el sol de verano, cuya luz
se precipitaba a través de los vidrios de las altas ventanas derramándose por las amplias superficies de lectura.

—Uno de los miembros de la junta de profesores me pidió que
le diera esto. —La bibliotecaria me entregó un sobre que llevaba la insignia de la Royal Society. Alguien había escrito mi nombre en la parte delantera con una letra oscura e inconfundible. Asentí en señal de
agradecimiento.

Dentro estaba la antigua moneda de plata de Philippe, la que
enviaba para que alguien volviera a casa u obedeciera sus órdenes. Le
había encontrado un nuevo uso, una función que ayudaba a Matthew
a manejar su rabia de sangre mientras yo me reincorporaba a una vida
más activa. La condición de mi marido mejoraba constantemente
después del suplicio que vivió con Benjamin, pero su estado de ánimo era aún volátil y su ira difícil de controlar. Tardaría tiempo en
recuperarse del todo. Cuando Matthew notaba que su necesidad de
mí alcanzaba niveles peligrosos, solo tenía que enviarme aquella moneda y yo acudía a su lado de inmediato.

Devolví al empleado del mostrador los manuscritos encuadernados que había estado consultando y le agradecí su ayuda. Era el
final de mi primera semana completa de vuelta a los archivos, una

prueba para ver cómo respondía mi magia al contacto repetido con tantos textos antiguos e intelectos brillantes, a pesar de que estuvieran muertos. Matthew no era el único a quien le costaba recuperar el control, porque había tenido un par de momentos complicados en los que me parecía imposible volver al trabajo que tanto amaba, pero cada día que pasaba hacía que mi objetivo se hiciera más alcanzable.

Después de hacer frente a la Congregación en abril, había llegado a la conclusión de que yo era un tejido complicado, no solo un palimpsesto andante. Mi cuerpo era un tapiz de brujo, daimón y vampiro. Algunos de los hilos que me componían eran puro poder, como simbolizaba la forma oscura de Corra. Otros provenían de la habilidad que representaban mis cordones de tejedora. El resto habían brotado por la sabiduría contenida en *El libro de la vida*. Cada hebra anudada me daba fuerza para utilizar la flecha de la diosa en pos de la justicia, y nunca buscando venganza ni poder.

Encontré a Matthew esperándome en el vestíbulo cuando bajé la gran escalera que llevaba de la biblioteca a la planta principal. Como siempre, su mirada me heló la piel al tiempo que hacía arder mi sangre. Solté la moneda en su mano abierta.

—¿Todo bien, *mon coeur*? —preguntó tras saludarme con un beso.

—Perfectamente. —Tiré de la solapa de su chaqueta negra en un suave gesto de posesión. Matthew se había vestido como un profesor distinguido, con sus pantalones de color gris acero, una camisa blanca impecable y una chaqueta de lana fina. Yo le había elegido la corbata. Era un regalo de Hamish de la Navidad pasada, y el estampado verde y gris de Liberty resaltaba los colores cambiantes de sus ojos—. ¿Cómo ha ido?

—Una discusión interesante. Chris ha estado brillante, como siempre —dijo Matthew, cediendo generosamente el foco de interés a mi amigo.

Chris, Matthew, Miriam y Marcus habían estado presentando los hallazgos de una investigación que expandía los límites de lo que se consideraba «humano». Demostraron así que la evolución del *Homo sapiens* incluía ADN de otras criaturas, como los neandertales, previamente consideradas especies diferentes. Matthew había ocultado gran parte de las pruebas durante años y Chris decía que Matthew era peor que Isaac Newton cuando se trataba de compartir su investigación con los demás.

—Marcus y Miriam han hecho su numerito encantador-y-cascarrabias de siempre —dijo Matthew, dejándome ir por fin.

—¿Y cómo ha reaccionado la junta de profesores a las noticias? —dije quitándole la etiqueta con su nombre y metiéndosela en el bolsillo. Decía «Profesor Matthew Clairmont, miembro investigador, All Aouls (Oxon), Universidad de Yale (Estados Unidos)». Matthew había aceptado una oferta de trabajo de un año como investigador invitado en el laboratorio de Chris. Habían recibido una cuantiosa ayuda económica para estudiar el ADN no-codificante. Así sentarían las bases para exponer, algún día, posteriores revelaciones sobre otras criaturas homínidas que no estaban extinguidas como los neandertales, sino que se ocultaban a plena vista entre los humanos. En otoño, volveríamos a New Haven.

—Se quedaron sorprendidos —dijo Matthew—. Pero en cuanto han escuchado la ponencia de Chris, la sorpresa se ha convertido en envidia. La verdad es que ha estado brillante.

—¿Dónde está ahora? —pregunté, buscando a mi amigo por encima del hombro mientras Matthew me conducía hacia la salida.

—Miriam y él se han ido a Pickering Place —dijo Matthew—. Marcus quería recoger a Phoebe antes de irse todos a un bar de ostras cerca de Trafalgar Square.

—¿Quieres que vayamos? —pregunté.

—No. —Su mano se posó sobre mi cadera—. Te llevo a cenar, ¿recuerdas?

Leonard nos estaba esperando en la acera.

—'Nas tardes, sieur. Madame.

—Con «profesor Clairmont» basta, Leonard —dijo suavemente Matthew mientras me ayudaba a entrar en el asiento trasero.

—¡Vale! —contestó Leonard con una alegre sonrisa—. ¿Clairmont House?

—Por favor —dijo Matthew, metiéndose en el coche.

Era un precioso día de junio y probablemente hubiéramos tardado menos caminando del Mall a Mayfair que yendo en coche, pero Matthew insistió en que nos llevaran por motivos de seguridad. No habíamos visto nada que hiciera pensar que alguno de los hijos de Benjamin hubiera sobrevivido al enfrentamiento en Chelm, y tampoco Gerbert o Domenico nos habían dado motivo de preocupación desde su hiriente derrota en Venecia, pero Matthew no quería arriesgarse.

—¡Hola, Marthe! —exclamé al entrar por la puerta de casa—. ¿Cómo va todo?

—Bien —contestó ella—. Milord Philip y milady Rebecca están despertando de la siesta.

—Le he pedido a Linda Crosby que se pase más tarde a echar una mano —dijo Matthew.

—¡Ya estoy aquí! —Linda entró detrás de nosotros, cargada con no una sino dos bolsas de Marks & Spencer. Le dio una a Marthe—. He comprado el siguiente libro de la saga de esa encantadora detective y su pretendiente: Gemma y Duncan. Y aquí está el patrón de punto del que te hablé.

Linda y Marthe se habían hecho amigas rápidamente, sobre todo porque compartían el gusto por las novelas de misterio y asesinato, la costura, la cocina, la jardinería y el cotilleo. Entre las dos habían defendido de manera contundente y sumamente interesada el argumento de que los niños debían ser atendidos por miembros de la familia o, a falta de ellos, una vampiro y una bruja ejerciendo de canguro. Linda afirmaba que era una sabia medida de precaución, porque aún no sabíamos qué dones y tendencias tenían los gemelos; aunque la preferencia de Rebecca por la sangre y su incapacidad de dormir sugerían que era más vampiro que bruja, del mismo modo que Philip parecía más brujo que vampiro, a juzgar por el elefante de peluche que a menudo encontraba revoloteando sobre su cuna.

—También podemos quedarnos en casa —sugerí yo. El plan de Matthew conllevaba traje de noche, esmoquin y solo la diosa sabría qué más.

—No. —Matthew seguía excesivamente encariñado con aquella palabra—. Voy a llevar a cenar a mi esposa. —Su tono apuntaba a que el tema ya no era negociable.

Jack bajó corriendo por la escalera.

—¡Hola, mamá! Te he dejado el correo arriba. Y el de papá. Me tengo que ir. Ceno con el padre H.

—Vuelve para desayunar, por favor —dijo Matthew mientras salía como un rayo por la puerta.

—Tranqui, papá. Después de cenar, saldré con Ransome —dijo Jack cerrando la puerta tras de sí. La rama de Nueva Orleans del clan Bishop-Clairmont había llegado a Londres hacía dos días para ver la ciudad y visitar a Marcus.

—Saber que está por ahí con Ransome no me tranquiliza —dijo Matthew con un suspiro—. Voy a ver a los niños y a vestirme. ¿Vienes?

—Ahora mismo voy. Quiero asomarme al salón de baile para ver cómo van los del cátering con los preparativos de la fiesta de tu cumpleaños.

Matthew gimió.

—No seas tan viejo gruñón —dije.

Matthew y yo subimos la escalera juntos. El segundo piso, habitualmente frío y silencioso, era un hervidero de actividad. Matthew me acompañó hasta las puertas altas y anchas del salón de baile. Los del cátering habían montado las mesas junto a las paredes para dejar espacio para bailar. En el rincón, los músicos ensayaban para el día siguiente.

—Nací en noviembre, no en junio —murmuró Matthew, arrugando más el ceño—. El Día de Todos los Santos. ¿Y por qué has tenido que invitar a tanta gente?

—Puedes gruñir y quejarte todo lo que quieras. No va a cambiar el hecho de que mañana es el aniversario del día en que renaciste como vampiro y tu familia quería celebrarlo contigo. —Observé uno de los arreglos florales. Matthew había elegido una variada selección de plantas, entre las que había ramas de sauce y madreselva, así como una amplia gama de música de distintas épocas que la banda debía tocar durante el baile—. Si no quieres tantos invitados, deberías pensarlo mejor antes de hacer más hijos.

—Pero me gusta hacerlos contigo. —Su mano se deslizó por mi cadera hasta posarse en mi abdomen.

—Entonces ya puedes acostumbrarte a que este evento se repita cada año —dije con un beso—. Y más mesas cada año que pase.

—Hablando de niños —dijo Matthew inclinando la cabeza y escuchando un sonido inaudible para un ser de sangre caliente—. Tu hija tiene hambre.

—*Tu* hija *siempre* tiene hambre —dije, apoyando la palma de la mano suavemente sobre su mejilla.

La antigua habitación de Matthew se había transformado en el cuarto de bebés y ahora era el reino especial de los gemelos, habitado por un zoo de animales de peluche, con arsenal suficiente para armar a un ejército de recién nacidos y gobernado por dos tiranos.

Cuando entramos, Philip volvió la cabeza hacia la puerta y nos dirigió una mirada triunfal. Estaba de pie, agarrado a un lado de la cuna. Rebecca había logrado sentarse y observaba a Philip con interés, como intentando comprender cómo había crecido tan rápido.

—Madre de Dios. Está de pie. —Matthew parecía aturdido—. Pero si aún no tiene siete meses…

Observé los brazos y las piernas fuertes del bebé y me pregunté por qué le sorprendía tanto a su padre.

—¿Qué has estado haciendo? —dije mientras cogía a Philip de la cuna y le abrazaba.

Un chorro de sonidos incomprensibles salió de su boca y las letras bajo mi piel acudieron a la superficie para ayudarle a contestar a mi pregunta.

—¿De verdad? Pues entonces has tenido un día muy animado —dije, pasándoselo a Matthew.

—Me da a mí que vas a ser tan problemático como tu tocayo —dijo Matthew cariñosamente, mientras Philip le agarraba el dedo índice.

Les dimos de cenar y cambiamos a los niños mientras hablábamos de lo que yo había descubierto aquel día en los documentos de Robert Boyle y sobre las nuevas perspectivas que le habían dado a Matthew las presentaciones en la Royal Society sobre la problemática de comprender los genomas de criaturas.

—Dame un minuto. Tengo que comprobar mi correo electrónico. —Ahora recibía más correos que nunca, después de que Baldwin me nombrara representante oficial de los De Clermont para poder dedicar más tiempo a amasar fortunas e intimidar a su familia.

—¿No te ha molestado bastante por esta semana la Congregación? —dijo Matthew, otra vez con tono gruñón. Había pasado demasiadas noches trabajando en declaraciones de política sobre igualdad y apertura, y tratando de desentrañar la enrevesada lógica daimónica.

—Me temo que aún queda bastante —contesté, llevándome a Philip a la salita china, que había convertido en mi despacho. Encendí el ordenador y le puse sobre mis rodillas mientras revisaba los mensajes.

—Hay una foto de Sarah y Agatha —dije en voz alta. Estaban en una playa en algún lugar de Australia—. Ven a verla.

—Parecen contentas —dijo Matthew mirando por encima de mi hombro con Rebecca en brazos. Rebecca hizo sonidos de placer al ver la foto de su abuela.

—Cuesta creer que ya haga más de un año que murió Em —dije—. Qué bien volver a ver sonreír a Sarah.

—¿Sabes algo de Gallowglass? —preguntó Matthew. Gallowglass había vuelto a desaparecer y no había contestado a nuestra invitación para la fiesta de Matthew.

—Por ahora, no —dije—. Tal vez Fernando sepa dónde está. —Se lo preguntaría al día siguiente.

—¿Y qué cuenta Baldwin? —preguntó Matthew, mirando la lista de remitentes, donde estaba el nombre de su hermano.

—Llega mañana. —Me alegraba que Baldwin fuera a estar presente para desearle lo mejor a su hermano en su cumpleaños. Daría más peso a la ocasión y acallaría cualquier rumor falso de que Baldwin no apoyaba a su hermano o al nuevo vástago Bishop-Clairmont—. Viene con Verin y Ernst. Y debería avisarte: también viene Freyja.

Aún no conocía a la hermana mediana de Matthew, pero tenía muchas ganas después de las historias que Janet Gowdie me había contado sobre sus proezas en el pasado.

—Dios, Freyja también no... —dijo Matthew con un gemido—. Necesito una copa. ¿Quieres algo?

—Un vino —dije con voz ausente, mientras seguía revisando la lista de mensajes de Baldwin, Rima Jaén desde Venecia, otros miembros de la Congregación y el jefe de mi departamento en Yale. Nunca había estado tan ocupada. Ni tan feliz.

Cuando me reuní con Matthew en su estudio, no estaba preparando ninguna copa. Estaba delante de la chimenea, con Rebecca apoyada en la cadera, mirando la pared sobre la repisa con una expresión curiosa en el rostro. Al seguir su mirada, comprendí por qué.

El retrato de Ysabeau y Philippe que solía haber allí colgado había desaparecido. Una pequeña etiqueta pinchada en la pared decía: «Retrato de sir Joshua Reynolds de matrimonio desconocido temporalmente cedido a la exposición "Sir Joshua Reynolds y su mundo" en la Real Galería de Pintura de Greenwich».

—Phoebe Taylor golpea de nuevo —murmuré. Aún no era vampira, pero ya se la conocía entre los círculos vampíricos por su habilidad para identificar las obras de arte en su poder con las que podía sacar considerables deducciones de impuestos a cambio de cederlas al país. Baldwin la adoraba.

Sin embargo, no era la repentina desaparición de la imagen de sus padres lo que había paralizado a Matthew.

En lugar del Reynolds había otro lienzo: un retrato de Matthew y de mí. No cabía duda de que era obra de Jack, por su característica combinación de detallismo del siglo XVII con la sensibilidad moderna del color y la línea. Para confirmarlo, había dejado una nota encima de la repisa con «Feliz cumpleaños, papá» escrito en ella.

—Creía que estaba pintando tu retrato. Se suponía que iba a ser una sorpresa —dije, recordando cómo me había insistido en que distrajera a Matthew mientras él hacía los bocetos.

—A mí me dijo que estaba pintando *tu retrato* —contestó Matthew.

Pero Jack nos había pintado a los dos juntos, en el gran salón junto a uno de los grandes ventanales de la casa. Yo aparecía sentada en un silla isabelina, una reliquia de la casa de Blackfriars. Matthew estaba de pie a mi lado, mirando al espectador con ojos claros y luminosos. Los míos también miraban al espectador y tenían un toque de otro mundo que sugería que no era un ser humano común.

El brazo de Matthew estaba estirado sobre mi hombro para cogerme la mano izquierda, que tenía alzada, y nuestros dedos estaban firmemente entrelazados. Mi cabeza estaba ligeramente inclinada hacia él y la suya algo doblada hacia abajo, como si nos hubieran interrumpido en mitad de una conversación.

La postura dejaba mi muñeca izquierda a la vista, con el uróboros que rodeaba mi pulso. Aquel símbolo de los Bishop-Clairmont transmitía un mensaje de fuerza y solidaridad. Nuestra familia había comenzado con el sorprendente amor que surgió entre Matthew y yo. Creció porque nuestro vínculo fue lo bastante fuerte como para aguantar el odio y el miedo ajeno. Y perduraría porque habíamos descubierto, como hicieran las brujas siglos atrás, que el secreto de la supervivencia estaba en la disposición a cambiar.

Es más, el uróboros simbolizaba nuestra relación. Matthew y yo éramos el enlace alquímico del vampiro y la bruja, de la muerte y la vida, del sol y la luna. Esa combinación de contrarios había creado algo más refinado y precioso de lo que hubiéramos podido ser nunca cualquiera de los dos por separado.

Éramos el décimo nudo.

Irrompible.

Sin principio ni fin.

Agradecimientos

Mi más sincero agradecimiento…

… a mis amables lectores por sus comentarios: Fran, Jill, Karen, Lisa y Olive.

… a Wolf Gruner, Steve Kay, Jake Soll y Susanna Wang, por compartir su experiencia de forma generosa y amable a través de sus críticas.

… a Lucy Marks, que recogió opiniones expertas sobre cuánto debe pesar una hoja de papel vitela.

… a Hedgebrook, por su radical (y muy necesaria) hospitalidad cuando más falta me hacía.

… a Sam Stoloff y Rich Green, por defender la trilogía *Todas las almas* de principio a fin.

… a Carole DeSanti y el resto del equipo de *Todas las almas* en Viking y Penguin por apoyar este libro, y los dos anteriores, a cada paso del proceso de publicación.

… a los editores extranjeros que han llevado la historia de Diana y Matthew a los lectores de todo el mundo.

… a Lisa Halttunen, por editar y preparar el manuscrito para el editor.

… a mis ayudantes, Jill Hough y Emma Divine, por hacer que mi vida sea posible.

… a mis amigos por su constancia.

… a mi familia, por hacer que mi vida merezca la pena: mis padres, Olive y Jack, Karen, John, Lexie, Jake, Lisa.

… a mis lectores, por dejar entrar a los Bishop y a los De Clermont en vuestro corazones y en vuestras vidas.

Papel certificado por el Forest Stewardship Council®